清末民初文獻叢刊

八述奇

（第一册）

［清］張德彝　撰

朝華出版社
BLOSSOM PRESS

圖書在版編目（CIP）數據

八述奇 : 全5册 / (清) 張德彝撰. -- 北京 : 朝華出版社, 2018.6
（清末民初文獻叢刊）
ISBN 978-7-5054-4263-4

Ⅰ. ①八… Ⅱ. ①張… Ⅲ. ①日記－作品集－中國－清代 Ⅳ. ①I264.9

中國版本圖書館CIP數據核字(2018)第084674號

八述奇（全五册）

作　　者　[清]張德彝

選題策劃　楊麗麗　尚論聰
責任編輯　趙　倩
特約編輯　孫　開　齊　芳
責任印制　張文東　陸競贏
封面設計　劉敬偉

出版發行　朝華出版社
社　　址　北京市西城區百萬莊大街24號　**郵政編碼**　100037
訂購電話　（010）68996618　68996050
傳　　真　（010）88415258（發行部）
聯系版權　j-yn@163.com
網　　址　http://zhcb.cipg.org.cn
印　　刷　藝堂印刷（天津）有限公司
經　　銷　全國新華書店
開　　本　880mm×1230mm　1/32　**字　　數**　404千字
印　　張　66.75
版　　次　2018年6月第1版　2018年6月第1次印刷
裝　　別　精
書　　號　ISBN 978-7-5054-4263-4
定　　價　500.00元（全五册）

出版前言

中國自一八四〇年鴉片戰爭以來，傳統的農業文明在西方的堅船利炮轟擊之下徹底被顛覆，有擔當的知識分子苦苦追尋，思索社會改革的途徑。從最初的『師夷長技以制夷』到『民主制度，天下之公理』（梁啓超語），他們發現要『强國富民』，首先要『開啓民智』，祇有民衆擁有了獨立思想和批判精神，國家纔能實現真正的强大。在此後一百年的時間裏（一八四〇—一九四九），思想者們從社會變革深入到國民性的改造，用每一部作品見證着中國近代化的遞變歷程。這是一個極其重要的時代，《清末民初文獻叢刊》正是收録了這一時期的作品，大部分書籍都是早期版本，有着極高的文獻研究價值。

清末的中國經歷了『三千年來未有之大變局』（李鴻章語），大清王朝面對西方列强的艦炮，表現得驚慌失措。尤其是鴉片戰爭，使『天朝帝國萬世長存的迷信受到了致命的打擊，野蠻的、閉關自守的、與文明世界隔絶的狀態被打破了』（《馬克思恩格斯選集》）。一批士大夫知識分子，尤其是在歐美諸國擔任使臣或者游歷的知識分子最先覺醒，着眼于對西方國家的考察，進而反省本國政治制度的劣勢，可以視作『啓蒙』的端倪。如曾擔任駐英公使（兼任駐法公使）的郭嵩燾在《使西紀程》中以日記的形式記録了自己對歐西諸國的觀感，他在考察了英國的政治制度之後，發現英國政府官員收入超過三百磅者與普通老百姓一樣同等納稅，他説：『此法誠善，然非民主之國，則勢有所不行。西洋所以享國長久，君民兼主國政故也。』他明確提出了『民主』，在國家的管理問題上，人民也有參與的權利。他在該書中所披露的西方政治、經濟、文化等領域優于大清帝國這一事實觸動了保守派的神經，立刻遭到保守派群起而攻之，進士何金壽彈劾他『有二心于英國，欲中國臣事之』，他家鄉湖南的民衆對他更是痛加詆毁，以至于滿城揭帖，誣蔑他『溝通洋人』，在這種群情洶洶的情況下，朝廷最後下旨將《使西紀程》毁版，從而使該書成了禁書。然而，書雖被毁版，却不能堵死民衆的傳播與閱讀的途徑，上海的《萬國公報》依舊連載該書，張佩綸曾説：『朝廷禁其書，而新聞紙接續刊刻，中外傳播如故也。』從某種意義上來説，啓蒙是時代的需要，盡管清政府發諭旨禁了該書，民衆乃至一些朝廷大員却依舊在私下閲讀，以便瞭解外部的世界。進步的社會是開放性的，任何企圖『閉關鎖國』的努力都意味着歷史的倒退，衹有開放，與整個世界文明保持同等的步伐，纔能實現真正的强國之夢。當大批知識分子走出閉鎖的國門，親歷了文明的洗禮之後，也就把啓蒙的智識帶回了中華大地。容閎的《西學東漸記》，梁啓超的《新大陸游記》，崔國因的《出使美日秘日記》等一大批作品介紹了海外諸國的政治、經濟、軍事、外交、文化。雖然這些作品在認識上仍然帶有時代的局限性，然而却是那時最爲珍貴的聲音。

另一方面，在學術上，中國文化母體内『經世致用』思想與資産階級思想相結合，也唤起了變革，以康有爲、梁啓超爲首的改良派試圖通過自上而下的革新以實現變革。康有爲的《新學僞經考》《孔子改制考》就是借經學之表論資産階級學説之裏的著作，康有爲的弟子梁啓超更是通過《新民説》一書提出國民性改造。與早期啓蒙者『師夷長技』的器物文明引進不同，梁啓超上升到形而上的精神領域，從文化心理上更加徹底地進行變革。梁氏是清朝末年到民國初年一個橋梁式的人物，被譽爲『與論之驕子，天縱之文豪』，其影響力不但在學術領域，同時還在文學領域，他所倡導的『詩界革命』得到了譚嗣同、黄遵憲、丘逢甲等人的響應，黄遵憲的《日本雜事詩》，丘逢甲的《嶺雲海日樓詩鈔》都體現了這種主張。這一主張要求反映新的時代和新的思想，用『我手寫我口』（黄遵憲語）的方式直抒胸臆，對長期占詩壇主流的擬古主義、形式主義産生了巨大的衝擊，解放了寫作者的心靈和頭腦。

與社會變革同步的是早期對西方思想著作的翻譯，這裏面影響最大的是嚴復，他翻譯的《天演論》《社會通詮》等書直接孕育了民國一代的知識階層。魯迅、胡適等人在文章中都曾提到《天演論》對他們思想所産生的震撼。與嚴復略有不同的另一位翻譯家是林紓，他的譯作雖然參差不齊，但却在更細膩的心靈層次對讀者産生影響，許壽裳曾回憶，他和魯迅都熱衷于林譯的小説，如《巴黎茶花女遺事》《黑奴籲天録》《迦茵小傳》等作品。

辛亥革命之後，進步社會思潮成爲主流，比之清末思想啓蒙者『求存』的追求，民國以來的知識階層深入到了更加細微的肌理，一方面呼唤社會變革，另一方面進行點滴的建設，革命并不能使所有的一切一蹴而就，在更加深廣的領域，事物的改變是由微觀而宏觀。通俗地説，比之于革命，建設的意義更大。如《中國商業史》《中國教育史》《中國倫理學史》《中國哲學史大綱》《中國小説史略》等一大批作品都是進行系統的梳理與建設的理論作品。其中，以胡適和魯迅二人的影響最大，他們的作品一紙風靡，從而成爲新文化運動的主力人物。

《清末民初文獻叢刊》收録的文獻大致上可以分爲三個階段，其中龔自珍、張之洞、魏源、郭嵩燾、薛福成等人的作品可視爲『早期啓蒙』，康有爲、梁啓超、黄遵憲、嚴復、林紓等人的作品可視爲『中期啓蒙』，胡適、魯迅、蔡元培等人的作品可視爲『晚期啓蒙』。當然，這種劃分并非嚴格意義上的，大部分啓蒙思想者隨着時代的變化，其思想在不斷進步。縱觀整個近現代史，可以發現，要求變革不是在某一個領域，由某一類人發起和完成的，而是全社會的要求。變革，已經成爲全社會的共識。

從清末民初的文獻中，我們能够發現一種豐富性。這些作品涉及政治、經濟、軍事、教育、外交、宗教、心理、情感等方方面面，從内而外地净化着中國兩千年以來的封建積習。它不衹是對社會的改造，更是對人心靈的重塑；它首重國家社會之建設，同時亦重靈魂心智之唤醒；它是宏大的，也是微觀的；它是嚴肅莊重的，也是活潑靈動的；這些作品結構精巧，思想内容深刻，擁有濃厚的人文主義色彩，對推動社會主義建設，實現中國夢有重大意義，是近現代中國一百年來最宏富的智識與情感的寶藏。因此，整理這些文獻作品，無論是出于資料保存的目的，還是爲圖書館提供資料副本，都有不可估量的意義。

特定時代下的文獻，當它一旦形成（既指草擬，創作的完成，也指其成爲一個載體），就不可再複製了，也就意味着它將面對消亡。對于文獻資料而言，越接近歷史事件發生的時代記録，越具有研究價值。文獻本身具有不可再生性，它衹會消亡，而不會增多。盡管文獻本身的文字可以保留下來，并進行傳播，却失去了當時的時代氣息。當時的作品可能在技巧上，文字的成熟度上不及當代，但它所負載的信息，創作者的情感都反映了當時的歷史，也就是説，它具有不可替代的歷史意義。

影印的版本有三個特點，第一是擁有文獻的『原始性』；第二個特點是『未經改動的』；第三個特點是『歷史的原貌』。所謂『原始性』，也就是説，它是第一手資料，而非轉述的，回憶形成的；『未經改動的』，是指未被篡改、删節、挖補的；『歷史的原貌』是指在影印製作過程中，完全依照文獻的原來模樣……這樣製作出版的作品，無异延續了文獻的壽命。

近現代思想史上的一個最重大的思潮就是『開放』，從林則徐的『開眼看世界』到蔡元培的『兼容并包』，都是在倡導一種開放式的胸襟。而《清末民初文獻叢刊》最有魅力的部分就是『開放』這一主題，祇有融入到世界文明發展的進程中，中華文明纔能歷久彌新。

《清末民初文獻叢刊》編委會
二〇一七年四月十四日

凡例

一、《清末民初文獻叢刊》（以下簡稱『叢刊』）爲影印本，舉凡所用之底本，均爲該書之早期版本。有清末刊本，亦有民國印本。

二、《叢刊》均依底本影印，未予删改，僅代表作者個人觀點，不代表官方立場；原刊本有誤，不予校改，以保留文獻之原貌。

三、《叢刊》所用之底本，因時日久遠存在漫漶的情况，均進行了修復；底本闕文、印刷不清，均保留原貌。

四、爲讀者閲讀之便，《叢刊》中之舊底本目録未標記頁碼者，編了目次；原底本有頁碼和目録，未予重複編目。

五、爲保持文獻的原始風貌，影印本保留了原書書影（原書爲多册，則保留第一册書影）、扉頁等信息。所用底本無相應信息者，則不予妄添，以免錯訛。

目録

光緒戊申

八述奇

袁樹勛拜題

叙

同光以来出使絕域者海上相望槖筆萬里外言海外奇事犖犖、可數然翔實資考鏡有名於時匪所易得郭曾薛洪尚矣其它肊椓皮毛盛推外國所有無關宏恉者恒目炫而耳聾也張在初都護往年銜

命歷聘歐西時國際交涉未甚繁
密都護以導揚德意餘暇采風問
俗著之於篇名曰述奇都如千冊
是篇其終卷也都護品端正有學
問故所揭載得彼國要領昔張騫
使西域還具爲天子言其地形所
有烏孫昆莫之屬狼乳烏銜肉之
異言醰、其有味其後騫封博望侯

顔師古曰取其廣博瞻望今都護奉
使所歷過博望萬、而廣博瞻望後
先一轍若傳為家藥者然豈不異
哉雖然班孟堅有言盛德在我無
取於彼自騫開外國道以尊貴吏
士爭上書言外國奇怪利害妄言
無行之徒絡圜求通使不絕寖至
中國罷敝輪臺哀痛貽仁聖之悔

古今內外得失之故不重可思歟
抑吾聞外國使人之在吾國也吾
國政事洪纖鉅細須之殊悉茍有得
則風馳電掣朝聞而夕歸之往、吾
國人所未知而彼已騰播若吾國使
者則韜斂客館碌、靡所短長有故
則奉
朝旨惟謹其甚者已俞都盧海中

碭極湯衍魚龍角抵之戲發揚唱
導騰笑於人國報滿則異言異服
揚、然以歸嗟夫戊戌庚子以後
外交多故憂患迭生外國駐使
視往日有加若輿若義若比若和
前此未有也重以鼓吹立憲王公
貴人持節攷察不絕於梯航使
都護丁此時尚翺翔其間至是邦

必聞其政其必有異乎人之求之者

與又豈第如斯篇所謂述奇已也

宣統元年己酉春萊陽王埒拜撰

八述奇自序

瀛寰五洲邦國數百欲盡知其國政民風僉云難矣小國之邨鎮風氣尚有此疆爾界之異同矧大國

手刴環球各國乎偶入一國
之一鄉一邑即謂其人情風
俗舉國皆然如語云百里
不同風獨未之前聞乎余
此次奉

命使英順遂專使日斯巴尼
共歷三年七月餘時與
國之播紳先生往来周
之間之有所見聞輒為劄
若云居一國專記一國事

宜以英為綱然僅以歐羅巴
諸國論其分居一洲如我國
之各省風氣即殊政教每多
相類蓋政教如水著鹽漸
而得味得味則翕異為同

哥倫比亞剏造美南徼後
美人多歐洲流裔美亦歐
美迺於遂日公餘搜羅采擷
苟有所聞考察之信不厭繁
難不辭瑣屑彙成是編由

前七記之志也前記謂如
彼今又謂如此者非詞之矛
盾抑事有變遷耳是編不
敢云盡得其國政民風然信
而有徵語非鑿空扣槃捫

燭之譏吾其免矣夫

光緒丙午十二月張德彝在初

甫書於海上天后宮

八述奇凡例

一海邦政俗近年諸星使著作如林久已膾炙人口余則不過遹竊其緒餘而已

一是書本紀外國風土人情故所叙瑣事不嫌累牘連篇至於各國政事得失自有西士譯書可考

一是書原係逐日登記藉驅睡魔其文俚而不雅難免有道之譏閱者諒之

一所紀天文度數山川遠近里數不無訛錯然行人持此而往或不迷於所向也

一錄外國往事以及製造之創始雖用西麻紀年而仍
附以中麻者以便閱者考查也

一海外地名以‖識之人名官名物名以｜識之
其還音雖本瀛寰志略各書仍有不甚吻合之處聊
以得其彷彿云爾至中華之地名人名官名物名則
不復識別

一歷次出洋雖辱承譯事而一切密勿闕而不書亦全
人緘口之意也

一前七次筆所述及者概不登入以免重複

一昔宋洪邁成容齋隨筆後有續筆三筆四筆五筆張端義貴耳集有二集三集古人編纂與時俱積原不必統隨一式余八次出差各就見聞筆錄故以述奇再述三述四述五述六述七述八述而名之

一所載有見聞不確失其事實者尚望　高明正之

八述奇目錄

卷之一

英國
卷之二
英國
卷之三
英國
卷之四
英國
卷之五
英國

卷之六

英國

卷之七

英國

卷之八

英國

卷之九

英國

卷之十

卷之十五

英國

卷之十六

英國

卷之十七

英國

卷之十八

英國

卷之十九

英國

卷之二十

英國

義大里

埃及國

亞丁

印度國

暹羅國

八述奇卷一

鐵嶺張德彝在初隨筆潘士魁校

光緒二十七年歲次辛丑、余在京、十月初四日奉
行在旨記名道張德彝著賞加三品卿銜充出使英國義國
比國大臣欽此十一日午正拜發謝
恩摺子滿漢各一分
安摺二分、二十九日奉電
旨著以副都統交軍機處記名遇缺儘先題奏
十一月初五日拜發謝

恩賜子二十八日巳正至永定門內天橋南
天壇前甬路下外務部帳內祗候至未初偕聯春卿顧康民瑞
　鼎臣紹仁廷陳夢陶舒春舫諸公跪接
鑾輿二十九日卯初入內午初進乾清門隨禮邸崑相及他
　在京各大員入
　乾清宮
陛見跪聆壹是二十八年正月二十六日丑初入
　朝請
訓二月初一日奉

旨順道專使日斯巴尼亞國遞
國書賀加冕初三日早入內、進
乾清宮西閤、啓簾入跪、謝
天恩、免冠叩頭、著冠起立、進至墊前、跪聆
聖訓、奏對良久
諭你跪安、罷、立起退至原位、跪稱奴才張德彝跪請
聖安、啓簾退出
上年十月二十四日開用木質關防、兼奏調隨帶各員、
駐英叅贊、為外務部候補主事陳懋鼎、徵宇、浙江試用

二

道周鴻遇翀翰隨員為內務府候補郎中衡光子中候選主事王芸香圃候選知縣尹壽齡元輔刑部筆帖式聯治瑞亭內務府候補筆帖式繼善旭生詹事府主簿白堃厚之江西候補府經歷陳名慎默之駐新嘉坡總領事、候選知府鳳怡夔九隨員內閣中書孔慶瓛季璡繙譯官江蘇候補知縣余文熾丹暘專赴日斯巴尼亞之隨員、為戶部候補員外郎衡璋芝圃禮部候補主事瑞光熙臣太常寺筆帖式耆昌艾亭札調學生、為分部主事李經濤、分省同知高恩洪、分省州判樂達義、分省試用縣丞譚學芹、江蘇試用典史呂廼章、江蘇試用布理問蕭永熙、外務部譯繕電報生慶奎、文生員林戟垣、醫官文生員郝鳳鳴、供事分省補用知州陸寶庠、即選知縣劉恩詰、候選巡檢楊逢甲、武弁六品功牌陳亞炎也。奉

命以來，與駐京各國公使互相往拜，戚友朝夕祖餞，料理行裝，收拾筆研，夜以繼日，競及分陰。

壬寅二月

初八日己亥，晴。卯正挈眷起程，乘車至正陽門外東車

一 三

棧、諸戚友及英日兩國人送行、握別登火車、辰正開午
初過津、未刻抵塘沽下車、遂上新裕輪船、酉初一刻展
輪、戌正出口、平
初九日庚子、早晴、酉刻大霧、汽笛時鳴、為警來舶、終夜
不息、船且微搖
初十日辛丑、早陰晴不定、巳初霧、未正止、逆風、船微簸
揚、同行上下四十餘人、僅余與衡子中王香圃能早餐、
入夜大搖、又稍擱淺、乃試水緩行、
十一日壬寅、陰、辰正又霧、雖至黃浦口外、不見燈船、不

知所向遂停輪以待霧散、申初開行數里復停、申正再開、戌正抵金利源碼頭、登岸至官亭與各官出迎者一談、乃乘肩輿入天后宮、呂鏡宇海寰、顧緝庭肇熙、袁海觀樹勛、汪瑤庭懋琨、翁緝夫熙孫、趙菊曾有倫、謝笏亭上松、李汝才景枚、劉乙笙元楷、李嘉樂光亨、張炳樞辰前後來拜、皆坐談極久、

十二日癸卯、陰、竟日、惟盛杏蓀宮保宣懷、黃花農廉訪建笎、杜枝園司馬仁幹、廖楚才叅戎得勝、劉資英協戎冠雄、江海關稅務司好博遜、張笠江勉壽、趙翰墀儒林、

前後來拜、張趙二君談最久、要皆舊雨也、

十三日甲辰、細雨陣陣、涼、早坐馬車在城外答拜數處、午後瑞熙臣、王香圃持名刺代為往拜各國領事及稅務司諸人、余改乘肩輿進城答拜四處、回寓知有毛實君慶蕃、馮孔懷國勲、徐星階際平、龔芷南寶琛、鄭渭江清江、沈蔚文炳儒來拜、中夜大雨、

十四日乙巳、陰雨、涼、張子豫桐華、張叔和鴻祿、慶西園錫庚、三觀察及楊仲卿太守書雯來談、後日本總領事岩崎三雄、俄國領事闊雷明、與國領事柯次臘、義國領

事聶臘濟尼、英國副領事慈必佑并正金銀行長鋒郎
實相寺貞彥、陸續來拜
十六日丁未陰涼早張曉九兆蘭、吳竹樓筠孫、程仲五
卓山、江南稅務司裴式楷、三井洋行山本條太郎來拜
午後乘馬車答拜各國領事及各洋行與稅務司酉初
顧緝庭名飲於味蒓園
十七日戊申微風陰午後晤劉我山奉璋、張弼士振勳、
徐雨之潤、章菊農恆溆、孫紹彭鑱、申正袁海觀約飯於
洋務局

十八日己酉陰晴不定微暖早督僕役收拾行李酉正
呂鏡宇約飲於僑寓同席者張曉九吳竹樓劉我山暢
敘已往蓋皆十年前之學朋僚友也入夜微晴
十九日庚戌晴暖午正發行李申初乘肩輿至法公司
碼頭登德國輪舟有呂鏡宇顧緝庭袁海觀慶西園諸
君送別陪談良久酉初啟椗戌初抵吳淞口外即乘德
公司巴晏輪船各人分艙安置一切住入夜陰涼
二十日辛亥陰雨冷巳正二刻信船到收畢午正信船
回滬巴晏展輪初尚平繼而黑水微波入夜雨止霧雷

二十一日壬子陰、涼、鎮日微風皺浪、幸船大不甚簸揚、午正行三百二十一洋里、當赤道北二十七度二十一分、格林尼址東百二十一度十九分、

二十二日癸丑陰晴不定、浪小、船平、午正行三百五十六洋里、當赤道北二十三度四分、格林尼址東百十七度六分、下餘一百七十三洋里、前後共計八百五十洋里、夜停香港口外、

二十三日甲寅陰、早開進口、卯正泊岸九龍、辰正一刻、差王香圃執片往拜駐港英國總督葛𨓏良、知其現去

澳門申刻有武官執葛片登船謝步

二十四日乙卯晴暖早潘蘭史飛聲上船來訪談極久乃前在德京之舊友也午正一刻船開出口甚平

二十五日丙辰晴平午正行三百十九洋里當赤道北十七度四十六分格林尼址東百十一度十七分

二十六日丁巳晴熱至著單衣午正行三百二十五洋里當赤道北十二度三十五分格林尼址東百零九度四十一分

二十七日戊午驟雨陣陣浪微船平午正行三百二十

五洋里當赤道北十七度四十六分格林尼址東百零八度七分入夜晴

二十八日己未晴平早見東面小島二三乃中國海正南柏尼歐麻六甲中間之那土那阿南曼羣島也島之大者長僅百八十洋里午正行三百三十六洋里當赤道北二度四十八分格林尼址東百零五度十二分下餘百三十五洋里前後共計一千四百四十洋里亥初至新嘉坡口外下錨

二十九日庚申早陰霧寅正開行進口卯正傍岸有署

七

總領事吳壽珍士奇等登船迎迓並請振裕園早餐辰
正一刻英署總督郃樂爾以車來接遂攜鳳夔九前往
坐談許久去此轉赴振裕園園屬華商李清淵父子子
名浚源父生麻六甲子生新嘉坡兩世未回故土富甲
王侯雖未改裝而僅能土語與英語午後天晴乘車一
遊酉正鳳夔九約晚酌畢回船

三月

初一日辛酉晴極熱早吳壽珍鳳夔九孔季璉余丹暘
楊鼎三来送少談即去辰正展輪出口甚平午正行四

十九洋里當赤道北一度十九分格林尼址東百零三度六分零入夜大雨雷

初二日壬戌晴午正行三百三十四洋里當赤道北五度三十分格林尼址東百度十分下餘十五洋里前後共計三百九十八洋里未初一刻抵檳榔嶼住船即有領事官謝夢池榮光率梁壁如廷芳何惠荃晋梯以小火輪來接登岸乘車至其公廨晚酌酉初回船酉正啟椗出口甚平

初三日癸亥晴午正行二百二十洋里當赤道北五度

四十五分格林尼址東九十六度四十六分
初四日甲子晴午正行三百零四洋里當赤道北六度
十四分格林尼址東九十一度四十二分
初五日乙丑晴午正行三百十五洋里當赤道北六度
八分格林尼址東八十六度二十五分連日天氣晴爽
同船男女早晚或玩樗蒲或玩牙牌或擲灰布餅或拋
繩結圈（詳見四述奇）以破岑寂
初六日丙寅晴午正行三百二十洋里當赤道北五度
四十四分格林尼址東八十一度四分下餘百二十七

洋里。統計一千二百八十六洋里。酉正過盤得高地角。戌正至克倫柏。佳船。終夜上煤。喧譁聒耳。

初七日丁卯。晴。極熱。巳正開行。出口水平如鏡。午正行二十二洋里。當赤道北七度一分。格林尼址東七十九度三十分。自香港至新嘉坡。船皆南行稍西。繼而轉北。而正西。由此則西行稍北矣。

初八日戊辰。天晴。水平。逆風。涼甚。午正行三百二十二洋里。當赤道北七度四十九分。格林尼址東七十四度九分。亥刻。船南左鄙一帶。水手以各國商旗懸之兩邊

乜

作壁中間。開敞。燈煞。樂作。通船頭等男女跳舞甚懽。丑初始散。

初九日己巳。晴平如昨。午正。行三百三十六洋里。當赤道北九度一分。格林尼址東六十八度三十七分。同船有英人男爲貝克爾。女爲何爾碧者。既非由一處搭船。亦非素識。遂日共卓而餐。竝肩而坐。携手談笑。歡愜逾於夫婦。男女論交。西國通俗。無足怪也。

初十日庚午。晴。水平清爽。午正。行三百三十一洋里。當赤道北十度十六分。格林尼址東六十三度十分。入夜船面猶以旗爲壁，用備二等男女各客跳舞，亦天明始畢。

十一日辛未，晴。午正行三百三十洋里，當赤道北十一度十四分，格林尼址東五十七度三十九分。輪船行海，艙内向難納風，以故由新嘉坡至蘇耳士地，近赤道，或紅海蒸熱，致人昕夕汗流，口不知味，卧不安牀。西人遂設法由電燈而得電風，式爲一物，扁圓形，周三尺，外圍銅條，内一銅造四出梅花瓣，微彎，略比船尾攪水器，竪挂艙角，繫有銅線，下通造電鑪。物旁有關鍵，用則開之，梅花旋轉、涼風四扇、既過外來熱氣、復散內生蒸氣、使人坐臥以安、飯廳向安風扇、洋名明窖、詳見四述奇 用時操縱、需人、今則通廳承塵俯懸大銅花八朵、周各六尺、外無銅罩、花作八出、關鍵在墻邊、開之花轉、清風下來、襲我襟袖、血和肺斂、飲食以甘、烟房一橫、首尾各懸花一、男客飲加非、吸捲菸、亦安逸舒暢、誠事半功倍之衛生物也、

十二日壬申、晴、午正、行三百二十八洋里、當赤道北十一度五十八分、格林尼址東五十二度七分、卯刻、北過搜勾特拉島、國屬英 晚、南過圭爾大斐角、在斐洲中界、正東北臨亞丁灣

十三日癸酉晴熱、午正行三百二十一洋里、當赤道北十二度三十六分、格林尼址東四十六度四十一分、下餘百零六洋里、統計二千零九十六洋里、戌初抵亞丁下錨、眾土人上船爭售貨物、如花錫、羊角、山羊皮、駝鳥翎、蘋鐙、下人多亂雜、有剔選者、議直者、雞頭等、客人亦不免攙于二三等客中、排前擠後、移時不知所之者、更當多人取物入手時、忽出水手舉棍驅逐、土人恐刺、即收拾下船、不則受鞭撻、夫貿苦土人並非商賈、原冀獲船客微利、今如此被逐、則所失已多、各國公司船、惟於

士

雅斐兩洲諸口每施如此辣手迨過波賽至歐洲各口乃皆買賣公平互不欺騙咽喝依然街市之間矣警强淩弱凡人之屢經各國者自知

十四日甲戌晴丑初開入紅海順風凉爽鎮日忽遠忽近左右頻見島嶼午正行一百四十四洋里當赤道北十三度十九分格林尼址東四十三度三分

十五日乙亥晴北行少西逆風浪湧船力飊水且穩心神清快爲十一次往来未留有者午正行三百二十六洋里當赤道北十七度五十五分格林尼址東四十度

五分、戌正二十分、月蝕將既、子初十分復圓、海天無翳、視線遼闊、地近高度、蒙氣漸清、仰見地影中月不黑而紫黃、影後仍露月形也。

十六日丙子、早微霧、巳正晴、依然逆風大浪、而船平、午正行三百零六洋里、當赤道北二十二度零、格林尼址東三十七度二十一分。

十七日丁丑、晴、風浪如昨、午正行三百十三洋里、當赤道北二十六度五十二分、格林尼址東三十四度三十二分、下餘二百十九洋里、前後共計一千三百零八洋

里自早東面隱隱見山、過午則左右突兀皆童山、
十八日戊寅、晴、逆風頗涼、卯初抵蘇耳士河外停輪、辰
正本地醫官上船驗畫載客有無染患瘟疫、巳正展輪
進口緩行、午正行八洋里、下餘七十九洋里、共計八十
七洋里、未正在小湖遇法公司百喜酉初至鹹湖搭客
男女廿餘、皆自開路來者、
十九日己卯、晴、冷、丑正至波賽口外停船上煤、卯初開
向西行、見北面漸築隄水長堤甚固、午正行五十二洋
里、當赤道北三十一度五十分、格林尼址東三十一度

三十七分、入夜細雨、

二十日庚辰、晴、涼、逆風微波、午正行三百三十四洋里、當赤道北三十四度十八分、格林尼址東二十五度四十分、申刻左過克來達、一名堪的亞長島、山頂積雪未消、繼右見二小島、三島屬希臘國、

二十一日辛巳、晴、浪湧船搖、午正行三百三十五洋里、當赤道北三十六度四十一分、格林尼址東十九度二十八分、因不日抵熱諾瓦、又名日迺伍、余將率衆下船、乃晚餐備有錫塔花塔、高皆二尺強、鷹以銀盤內嵌小

燈、照澈紅綠鮮明、下以冰糕作水與地上、立中國龍旗、遣僕接座傳送、請食是亦船主敬客之意也、

二十二日壬午陰、是船大副安簀者、身高六尺、極為雄壯魁偉、人亦謙和、倏于七日前自火艙嬰熱症、乃于船面結構板屋一臥之、以期涼爽、船醫百治無功、迄今辰刻奄然而斃、午正行三百三十一洋里、當赤道北三十九度五十二分、格林尼址東十四度四十三分、下餘六十二洋里、前後共計千一百十四洋里、申初左右見山、酉初抵那百里、下錨後大雨如注、先經船主率醫生登

岸報明安簧病故、繼同義國醫官回船、驗死者畢、乃通驗各船客之有無病證、亥初始允是船撤下黃旗、衆客登岸、

二十三日癸未、終日陰晴、風雨不定、巳正船面奏樂、由下艙鼕上安樞覆以國旗、移入小艇、載運上岸、同船多有送花圈者、因亦送一分、藉表邦交、未正展輪出口、微搖冷甚、聞安大副之病、因船醫既不能詳言、而本地醫生亦爲說异、遂定于上岸入教堂唪經後、將剖屍公驗云、

5

二十四日甲申、陰風怒號、船頗搖蕩、午正行三百九十洋里、當赤道北四十三度三十五分、格林尼址東九度三十二分、下餘五十六洋里、前後共計三百四十六洋里、午後右見山岡、申正抵熱諾瓦、酉初本地醫官上船驗畢、撤去黃旗、始允他人下上、即有日斯巴尼亞國總領事層珮上船來迎、為之照料行李、并代租定羅馬街之伊搜搦店、余遂挈眷率陳徵宇衡芝、甯瑞熙臣耆、艾亭、劉紫封下船、駕小舟登岸、乘馬車入店、他人仍乘德船巴晏赴倫敦、戌刻層珮夫婦偕子女請余與內人及李兒、榮驥、孫女佑英在的乃格婁街之樸里的阿馬園觀劇、甚好，子正回寓。

二十五日乙酉晴。早乘車拜德日兩國領事，午後乘車遊看康樸三塊瑩地，一切景物詳見五六述奇閱。其地每面縱六尺、橫二尺，直一百四十方（義小銀錢名，稍亞法國者）。石壁上寬長與土地同者千方，堂中石像有直二千方者。

二十六日丙戌晴。申初送內人及李兒與孫女坐火車赴倫敦。晚餐得食枇杷，不甘而酸。

二十七日丁亥細雨陣陣，辰初偕陳瑞諸君乘馬車至

吉

普阿阿卦火車棧、對高樓立有哥倫伯白石像、甚偉、工
亦精緻、辰正二刻上車、即開西行、少南一路左海右山、
山勢高低、石類顏色、絡繹起伏、班駁陸離、花木五色、筆
述難既、過長短山洞數十、瀾壑溝河鐵橋數四、共行二
百三十餘英里、合三百五十吉婁、每當見三述奇未初至義
法交界倭爾堤彌格里亞鎮、易車早饍、坐開、因覩往來
兵之著藍衣袴帽垂雞翎者、俚歌以識感曰、吁其嗟烏
歲在庚子、拳匪倡亂、官民枉死、生靈塗炭、披俄與德兮
掠淫一、何慘兮、走狗烹兮、義兵復以為餐兮、申初登車

入法界過尼司河、山嶺峻秀、樓房華美、較之義國別一
景象、內阿埉地方產青石、作長方幕地、光潤異常、過
此則左右皆山、相距稍遠、中間樹林陰翳、田畝參畦成
列、至都隆城、少停、復開轉西北行、戌正一刻至馬賽下
火車、坐馬車入馬賽大店、計由義法交界處至此共行
三百英里、合四百五十吉婁每當零
二十八日戊子、晴、風涼、早接電、知內人等安抵倫敦、記
馬賽大店、在諾埃勒街第二十六號、為馬賽街之至寬
至繁者、道路之潔整、樓閣之崇閎、較四年前尤勝、亦添

有鐵路電車往来雙轍、夜半不停不聞馬蹄蹓蹓、只聞輪轉隆隆、熱諾瓦遜此繁盛、

二十九日己丑晴、風冷似冬初、須著棉、晚餐一種魚名卜的多、蓄似鮎而肥、短長約八寸、圍則三四寸、極肥嫩而無刺、烹法僅以油煎、食加擰檬汁少許、苟依中國烹法、味必尤美而鮮也、

三十日庚寅晴、冷如昨、亥初有駐日代辦使事王杉絲、觀察樹善差來迎接之洋文叅贊英人科登到、見時詢明一切、定于初三日啟程赴日都、

四月

初一日辛卯、微陰、冷、今日為彼教天主升天節、法語名阿桑斯袂、鋪戶掩門、人工休業、竟日街市行人男女老幼如蟻、

初二日壬辰、早微雪、既而雨、酉正雨止、自余到此店、樓正面懸中國龍旗、今日希臘國三太子尼和拉來寓、此店亦赴日國賀加冕者、中國旗旁、遂加希臘旗、旗色九橫五藍四白、臨杆上角白十字、一十字中心王冕一、兩旗皆店所備、蓋馬賽法之大海口、各國官宦往來之通

衢、店備國旗、隨時懸挂、誇張榮耀也、
初三日癸巳、晴、微風、尤冷、戌初由店起身、乘火車始北
行、稍東、後轉西、過迺因斯村、再過那爾卉鎮、則轉正南、
一路緣海、左右多山、惟因天墨色、外望不宜、間聞過山
洞聲而已、
初四日甲午、陰、冷、丑正過法文得蕾海口、入日界柏歐
海口、易車、即開、西南行、緣邊山高、澗深、山雖不枯、而岩
間有草木、亦不豐茂、石皆朽、片成灰、敗不堪用、茍有平
坦可耕之地、民皆開墾分畦、比鄉房少、而小石片壘成

斯實陋室行逾百里過白色樓那村地稍坦豁肥沃房舍稍多而高僅一二層平頂白色遙望如堠及者由此南行稍西漸有桑榆麥高二尺不分隴尚無穗樓房道路畧覺可觀雖不如他國之整齊一律而人行車過之路無不整潔平坦辰正抵白色樓那海口地在日之北界稍西西臨地中海下火車即乘馬車行約七八里至嘎他陸那坊入寬的南他店細雨紛如店小而高亦六層房間低窄特整潔與他處同店左臨大街右對一敞院周里餘四面石鑲環種栗樹中設電燈石徑平坦專

為行人往來地、為日之大海口、諸所街道樓房亦不亞馬賽、自入界至此、稅關皆奉國諭免驗行李、放行、計由馬賽至柏歐、約二百五十英里、合四百餘吉婁每當、又自柏歐至此、百二十英里、合一百八十吉婁每當、統計三百七十餘英里、其鐵道電車極多、往來前後皆頭皆尾、與德之鐵道公車同（詳見述奇）五、而寬長加倍、此外之鐵道公車、雙馬、海車、坐車、車式無异他國、土人喜食羊乳、羊紫紅色毛、比牛馬、角尾皆小、腹下垂二乳、如欲到此半日、屢見土人羣羣驅行、緣街擠售、其值未知、引羣之

羊項挂一銕鈴如北京行之末駱駝且因天寒陰雨羊
背皆覆青氊一方土人有戴紅氊長帽作柳罐形者後
尾下垂雖為小帽乃暗中一黨名曰喀他里尼司大斯
意在別其本朝君權而自立民會者也酉正雷雨止入
夜晴
初五日乙未晴微暖日之金錢名伊薩貝立那每圓市
銀錢名珮賽達者二十大小與法方同其質亞於法而
強於義按時價一鎊尚易三十二三枚外有二枚一圓
者曰杜卜蕾珮賽達五枚一圓者曰溫杜盧每珮賽達

易銅錢名仙者一百、此錢太小、無使用者、惟有五仙一
枚及十仙一枚者、五仙者名曰興勾三的某斯、十仙者
名的斯三的某斯、其錢兩面、一為國旗、一為王頭、自前
民主時、改鑄一為女神、一為一獅、獅模不佳、頭類狗、故
至今土人呼十枚者以大狗、五枚者以小狗名之、壁薄
而作兩層、門窗皆兩扇、不用時推入牆内、用乃曳出、極
便捷、亦日國之別一法也、其溺器造以玻璃、有蓋極厚
而重、未正乘車南行里餘、臨海立有哥倫伯銅相、銘石
柱高四丈、銅人上立、左手外伸東指、再行二里餘、下車

登山、步行百步至其間、緣邊設有酒館、小屋櫛比、左望藍海無際、口外築有石堤、作雙臂環抱勢、大小火輪、風篷數十、泊于環內、是為船塢、右則白色樓那通城山岡上下白房一片如雪、是處故名白色樓那米喇嘛、譯為山海樓、房果見處也、再向上轉、行百餘步、有古樓一名曼翟什宮、乃八百年前白色樓那邦自主公爵住所也、建于山頂、以為敵人箭射不及之地、于今房雖存而牆壁朽爛坍塌、僅用此兵上年曾以之拘戮謀焚毀官署之叛民、下山坐車轉北數里入一公園、樹林花卉、樂亭水法、假山小島臺榭橋梁、四層小瀑布人工精巧、一切潔淨整齊、與他國者同。惟一小島四面河水清澄、金魚長八九寸者、游泳沫聚。囿中設有加非館、小食酒舖、囿臨門左右各石房一行、左豢獸如獅象虎熊類、右蓄禽如孔雀錦雞鸞鶴屬、供人遊覽。每一禮拜、官兵在內奏樂兩次。入夏遊人甚夥。出此往觀賽物堂、白石高樓一所、如倫敦博物院而小。乃數年前用賽本地製造各物處、現改作畫閣。入門正面一樂堂、式似英之卜靜宮、內者正面高臺中設風琴、左右設樂工坐臺、前椅列千餘、備聽樂者坐樂堂外、左右相距半箭許、各有白石堦二十八級、作曲臂形、寬各丈餘、遂步上左邊石堦、右轉共有三門、闢中門、内一大間、四壁懸油畫大小百餘、皆名筆、因時促無暇竟賞、遂下樓、出門登車、復繞行十數里、遊其新舊城、老城古房狹路、新城樓高道闊、平坦淨潔、所種楊栗及未卜其名之似棕似蕉各樹、皆僅四十年、回店後、有本地總兵喀陸那来拜、稍談辭去、酉正二刻、乘馬車至火車棧、戌初二刻開、甚快、北行稍西、復轉正北、入夜陰、

初六日丙申、陰、涼、西北行、寅正至薩拉勾薩城、少停、復
開、仍西行、稍北、共走四百英里、合六百吉婁、每當午正、
抵日都、馬達力日外部遣二年前駐華參贊安敦備車
迎入維克土里亞第一號努埃婁店、并有王杉綠率繙
譯譚培黃履和迎候、一路饒山嶺澗壑、然石不成齒、木
不成材、房小簷以石土、山坡間作紅黃灰白色、其可耕
者皆分畦栽種、近都城碎灰石山少而土山仍都屬成
行、平頂土黃、遠望如長城之帶、夕陽地勢平坦、茅屋鱗
次、沿途雖有人馬車路、而多凸凹泥濘、店樓四層、屋大

小六十牆壁門窗陳設裝潢皆舊式、中多葺補、較他國之中等店仍不如也

初七日丁酉早晴復陰、午初驟雨一陣、晴申初二刻、偕陳徵字、王杉緣、譚繙譯同安敦乘馬車赴外部拜尚書麼多華、立禮官沙爾庫坐談頃刻、轉入別間見其侍郎戛巴迪諾坐談約一小時、兩處所敘無非問一路平安、由何道而來、請總預備不周、此地一切不如他國、惟天色常藍等語、日君奉天主教、其老王佛爾曼兜第七卒於西一千八百三十二年（道光十二年）無子、長女伊薩貝臘

立為君主、下嫁表兄傅蘭西斯勾在位三十五年、生子即阿芬搜第十二、當君主死後、國大亂、先換朝代、更改民主、至一千八百七十四年、（同治十三年）阿芬搜第十二借兵爭定、始得即位、娶奧斯馬加之郡主柯立斯蒂娜為后、生二女、長茉爾賽、今二十二歲、次茖来薩、二十一歲、阿芬搜薨于西一千八百八十五年十一月（光緒十一年十月）遺腹未卜子女、乃公議立長女權為君主、方五歲、王后遂發誓暫行垂簾攝政、待其及笄、儻得子、則即歲而繼姊、六越月至西千八百八十六年五月十七日（光緒十一年四

（四月初明日）阿芬搜第十三生、遂立之、今十七歲、加冕登基、王后歸政、君主茉爾賽、以阿芬搜生辭位、嫁族兄博爾責、改稱王妃、其所謂因王祖之喪禮節稍減者、是緣老君主伊薩貝臘之夫傅蘭西斯甸于數日前卒也、老君主年六十二、昔西千八百三十三年九月（道光十三年）稱君主時、僅三歲、八百四十三年冬（道光二十三年）及笄加冕、至八百六十八年九月（同治七年八月）因夙多醜行、且向其子阿芬搜第十二言、汝提督蘇拉那歐之子、固非王子也、王聞之慫遂去法都、阿芬搜第十二卒、其后柯立斯蒂那乃不

安于室每出必須壯年魁梧之官護從車接軫馬聯騎也聞曾向彼之御前侍衛埃司考蘇臘者發誓密約所約為何外人無由知之

初八日戊戌晴今日為西歷五月十五日巳正著蟒袍補服賫

國書率陳炁贊譚繼譯并安敦坐官車（此車經官包用十天價五百珮賽達）行三四里王宮門外下車入登梯十數級左轉復十餘級入一大廳向右再進一步別一敞廳內立各國專使大臣炁隨約百餘少立內門開禮官先引教皇美國法

國專使先後入覲（此次不論國之大小以到此城之先後為序）、繼引余入見

王母正立、王立其右、余步至前一鞠躬、王母問初到此

耶、曾來歐洲幾次、駐英幾年、一路平安、是皆英語、余遂

向答之、又問手捧者、貴國

大皇帝之國書耶、余即雙手呈遞、接後對鞠躬、退出旁門少

立、復入一門、見其長公主茉爾賽夫婦、先向一鞠躬、後

以英語彼此寒暄數語、握手而退、出後門下樓、至宮門

登車、旋客館早餐後、乘車往拜其王公文武大員之與

司此次加冕禮者、并拜各國專使及駐紮之公使計數

十處王爵處皆不留刺而令自書名于門簿戍正一刻
王杉綠約晚酌同席有安敦科登記其王宮與別名結
構勢似英之卜靜宮稍古老入門沿路左右凡臨門轉
角之處皆立有古裝侍衛手舉長矛有經其前者舉矛
築地作聲均須以一俛首之禮答之宮外立親軍一隊
直遞收國書時亦奏樂賀之我國
國書左滿右漢文曰
大清國
大皇帝敬致書於

大日斯巴尼亞國

大君主加冕盛典肇舉隆儀凡在友邦同深慶幸中國與
貴國修好訂約睦誼久敦近復日加親密茲特派記名
副都統張德彝爲專使大臣親齎國書前往
貴國呈遞以致欣賀之忱藉爲永好之據該大臣忠
誠夙著練達老成爲朕所親信惟望
優予接待俾克敬慎周旋肅將使命並祝
大君主福祚延長從此我兩國邦交彌篤同享昇平是朕所
厚望焉

此次各國之派王公充專使者十一國、德、英、奧、丹、義、俄、希臘、瑞典、暹羅、芒納哥、葡萄牙、以上皆住王宮或部院，往來火車皆日備。大員充頭等者九、中華、日本、教皇、波斯、和蘭、法、美、摩洛哥、土耳其。充二等者十五、阿真坦、比利時、巴西、秘魯、智利、巴威里亞、克倫比亞、伊奎多、墨西哥、巴拉怪、瓜的麻拉、闊斯大里戛、薩拉瓦多爾、尼喀拉卦、烏拉怪。不列等者三、卜拉戛里亞、魯麻尼亞、色爾維亞、以上皆備住客棧，備飲食，往來火車自備。

初九日巴爽、晴暖、午初乘馬車續拜數十處、並拜前駐

北京日國公使格洛幹見其妻暨子女同居贈送其女
瑪麗雅鮮花兩束禮也酉刻日王令外部送寶星佩帶
戌正宮中宴各國專使余著花衣補服帶寶星率陳恭
賛瑞隨員乘車入宮登樓轉步百級入一大廳會衆專
使少立後國王王母大長公主長公主及他王族近支
王公夫人命婦等廿餘魚貫而入余數十人左右立國
王等自大廳步入飯廳余等同本國禮官及外部大臣
諸人兩兩隨入及門每人得一座位次序單比入見內
直設一長卓中心左三座為王母大長公主教皇專使

右中三座為國王及長公主、再則敖皇專使為首座、其
左坐美專使為次座、長公主左坐法專使為三座、余坐
大長公主右為四座（此即前日招見之次序）以下各國男女左右
兩邊分坐、卓之兩首又各三座、統計男女百零二卓、心
橫鮮花一行、寬二尺、高七八寸、紅黃白紫藍花多種、可
識者芋香、荼花、玫瑰、玫瑰大如牡丹、其香觸鼻、宴時官
兵奏樂、食則牛羊雞魚火腿鷓鴣、青菜、龍鬚菜、清湯、稠
湯、冰乳、冰几凌、波羅蜜、鮮果、糟糕、多品酒七種、色分紅
黃白紫與綠、玉椀金甌、芳烈噴溢、未飲加非畢、皆起步

入旁間、迭相立談、國王能英法德國語言話、至于正國
王等向衆一鞠躬、衆分兩行、亦一鞠躬、國王等在先、余
等隨後、走過兩大間、國王等入正門、余等即入旁門、下
樓梯、出宮門、登車回寓、去時入大門、轉走數大廳、今出
旁門、仍歸前路、因宮樓上下千間、四通八達也、自數日
前、通城預備一切點綴、府第公署舖戶、舉樓頂豎旗、門
前懸燈、形式不一、層樓窗外鍍闌邊、或挂彩綢、或舖花
緞、多有仿日國國旗式、横以二紅一黄三色者、此前更
有飾以鮮花一縷、作鎖形者、闌上有横電燈、多盞玻璃

篁作五彩花者、近王宫四面凡大街道口、多漸設木質
假石牌樓、極精巧、鑿花含燈、并有壁上積水下流作瀑
布者、各巷左右層樓、燈皆四行或六行、每當半箭地左
右各植假樹一造、以綠布紫麻、高約二丈、作棕蕉竹柳
之屬、枝葉逼真、兩樹間各横紙攢綠葉紅黄花一縷、每
花中含電燈一、白晝假花紅綠繽紛、入夜電燈爍列輝
煌、因此大典、每日本國及各國男女老幼之来此者、日
以數千計、故日日自午後至夜半、男女往来雜沓、抽身
則寸步難逸、出語則喧譁聒耳、至天明人聲稍息、而車

馬蹄蹄轆轆之聲作、臥室近街衢、通宵不能眠、今日人工報齊、街市遊人更夥、入夜煌煌火城光綠射目亦歷年在泰西未見過者、

初十日庚子晴、日國議院建以早白玉石高五六丈、其式外長方而內扁圓、今日未正國王臨院誓眾、帖請各國專使及公使往聽、未初余偕陳黍薲與安敦往、至彼下車步石階十四級入門、先直行不及箭地登數級、而右轉、緩步數武入一門、再登數級、再右轉、仍步數武、旁入一門、始抵大廳、廳作橢圓形、正面橫一臺、高三尺、寬

二三丈長丈餘、鋪以花氈、前三面立木闌、左右立二古人石像、臺中另一長方小臺、高不及尺、鋪以氍毹、上置二金椅、為王與后坐、小臺前右一長卓、覆以金花絲緞、上置瓜形金玉冕頗大、旁一寶劍、玉柄金鞘、長約二尺、卓右另一小卓、上陳一銀十字架及他紙筆等、此卓前一椅、坐首相、後三椅、坐他辦事各員、小臺左先二大金椅、為二大長公主、瑪麗雅與烏拉里亞坐、二皆先王妹、一適巴威里亞王太子隆雄、一適法國奔邦樂侯之子土爵昂士阿機、又二大金椅、為長公主茉爾賽與苔來薩坐、小臺後、正中一門、為王入之正門、前挂紅幔、左右立二御前護衛、白褲烏衣金紅坎、手拄長矛、大臺左右二門、皆垂紅簾、內各橫椅六行、左坐各國公使、右坐各國專使、余所入者右門也、彼此列座、左右相向、乃左者面臺右、右者面臺左也、臺前正中一小梯、左右立二金獅、步下則一小圓池、容座數十、共分四長扇面形、因堂圓故也、每中分七橫、每橫列座由三至九不等、四扇面中有路三條、七橫步步登高、至末層中間一門、以便當坐何座者出入、樓上敞屋十九間、橫作半圓形、今日各國王公坐近臺第一二橫、頭等專使坐

第三橫、二等專使坐第四五橫、不列等者坐末橫、除圓
池外、上下皆坐本國文武大員及他男女官宦時及未
正、臺上首相後二員先立起各誦一篇、少時由正門走
入頭戴古式紅絨帽左豎、白翎一束、身穿白緊褲紅緞
金邊乾字短襖、手舉金棰之護衛兩對、乃一對分立門
左右、一對下臺分立金獅旁、繼而前引文武多員、對對
直入、下臺入圓池、移時大長公主入、再則長公主入、俄
而國王母子入立小臺椅前、向三面鞠躬、通堂官衆齊
立、歡呼萬歲、少坐後、王立起、手舉一紙、朗誦大致謂現

及王位、竭力保國愛民、一切實言、否必天誅、誦畢、滿堂又歡呼一陣、無何國王率眾王族、轉回、眾亦由別門陸續擁出、當國王未到時、人聲喧譁、王入、歡呼後、依然人聲嘈嘈、官役嘶嘶作聲止之、不息、迨王舉紙誦一二句後、始覺肅然、出此、乘車馳行六七里、至賢傳蘭奚斯大教堂、堂極崇閎、建以白石、工甚精細、入內地基作亞字形、正面高臺、畫像、設天主位、其前橫坐本國世爵大員、臺下中橫一卓、為教主立處、卓左右各斜設金椅一行、作燕翅形、右坐國王、王母等、左坐各部大員、其後另列大椅數行、右坐各國公使、左坐各國專使、再前左右二寬處、或作長方、為亞字中央、中道之左右、緣邊先各設金椅三行、左者坐各國專使王公、右者坐神甫教士等、其後又橫列椅多行、坐本國上下議院各員、再前左右各分六橋、分坐文武大員、再前為入門之左右、乃列椅坐外來之人、樓上前面奏樂、後面一圈立男女官民、憑闌眺望。當時陣陣奏樂、至申正二刻、教主入堂、六人舉一六柱黃布帳、教主立其下、頭戴◯形高帽、身披大氅、皆白緞金花、率門徒沙彌十數人、服色不一、有著銀氅光頭者、有著烏衣上罩白線織成十字块作四出梅花者、再則王室男女入末、乃國王進至臺前、免冠而立、教主立卓前誦祝一番、忽跪忽立、樂聲隆隆、樓上亦兼唪經、禮畢、國王王母等左右向衆一鞠躬、而後出堂、衆亦隨散、當國王出宮時、突有一人年二十餘者、至王前遞紙一頁、恐係刺客、即被捉獲、訊追、係窘窮多學之人、慕愛長公主苔來薩、因成詩一首献上、以冀上賞、而得公主為妻也、又街市各鋪下層關閉、上層開窗、男女憑闌瞭望、凡國王經過各街敞處、皆搭木臺、座列行行、臺高十層、蒙以襍花布、臺上有棚、臺前臨地圍以紅黃二色義見前布、棚前亦挂花綵、座有號目、價頗昂貴、沿街各處左右咸有馬步巡捕彈壓、見官車過、皆以手扶帽簷以為禮

十一日辛丑晴暖、日廷擬在城北萊堤婁湄中、為前王阿苓搜第十二立石銘、定于今日申正二刻、國王下第一塊基石、帖請各國專使公使夫婦子女及本國官員婦女往觀、屆時乘車前往、見所擇之地、後倚小湖、前對茂林、令先臨湖設一木臺、高五尺、周約十丈、平鋪花氊、中列金椅一行、左右立布闌、上以十六桿長矛支一紅

質金邊王帽形大帳、臺前數武外、以三木棍長丈餘者纏以鮮花支架、作个字形、中以一繩一練繫青石一方、厚八九寸、寬長各尺半、下一方坑、深尺五、四面寬各二尺、坑上四圍鋪紅氈、以便人行、臺右一卓為畫押寫字處、再前立紅地金花圍屏兩扇、屏前另一卓、上供天主像、此外盆盆鮮花、列成一圈、作對月牙形、再外隔數武分設木坐臺八、左右各四、亦作抄手形、如此()各上列座六層、容人百餘、上罩布帳、下則分圍紅紫黃藍四色布、布前三尺、橫以鐵闌、在各鐵闌道口、立一官指示座位號數鋏闌外、環立木國男女之有憑票者来人、在林中大道旁下車、有樂兵一班、鼓吹鏗鍧、步行半里、左右排立兵官、至臺前、進圍處、有大員指請左右分行、蓋外國者登右臺、本國者登左臺也、然四臺仍有區別、乃各國專使坐第一二臺、餘坐第三四臺、湖中輪艇往來、載人遊覽、對岸林中男女觀者紛集、兩岸男女老幼、統以五六千計、先是教主至、著高帽花氅、隨行門徒四五、沙彌六七、中舉形銀燈者四、舉黃紙所糊似燈如傘、粗一圍、高四尺者一、（未詳何義）摩立天主桌前、繼而王族及各國王公、至末則國王母子至官民起立、免冠、齊呼萬歲、王登正臺、向衆一鞠躬、少叙後、下臺、立木架前、王母立其右、教主率衆唪經、繞架一週、隨行以小瓶向木架甩聖水、再則王領王族各人于桌面簽押寫名字、繼將此紙盛一鋏匣内、封固、先放坑中、屆時王母曳鋏練、王曳線繩、將石繫落坑中、放妥後、王衆各倒土泥一鏟入坑、禮畢登臺少坐、少出回宮、下石及王去、人皆歡呼數次、聞所擬立之石銘、係傍湖立二抄手石廊、廊分二十空、内外共石柱七十二、廊之兩首各一石臺、後者頂作

王冕前者各立一飛仙、左臂前伸、右腿後翹、兩廊中先
一八角石座、每角石堦八層、再上改十二角、石堦三層、
其式如此✥、末則長方石臺二層、王像立其上、光頭乘
馬、馬前左蹄高抬、王左手牽韁、右手執冠垂伸鞍後、此
前正面石堦半圈、分五段、高各十四級、每二段中一石
臺、上立一石獅、此圈左右又各石堤一行、作乂形、上立
石闌、每角五電燈一、至其高低寬窄尺寸未詳、惟聞王
像與馬、皆較真者稍大、云奕初日王請在里亞戲園觀
劇、里亞者、御前戲園、甚大、樓五層、容人二千、局式與他

國者大同小异樂工百餘、臺對面樓頭層、正中三敞間、
坐國王親族及各國專使王公、左右各三小間、右坐各
專使夫婦委隨、左坐各國公使等、再前左右各分九隔、
坐本國文武大員官眷、又前臨臺層樓五間、坐命婦妓
好之著白氅斜披紅帶者、所演係法人某所編、據云二
百年前、某城有富室某甲、為人不良、戲謔名人某乙之
女、某乙聞知、怒約甲、林間鬭劍、（詳見再述奇）乙不敵、甲被刺、
甲携僕逃、乙之子女尋得、大痛徹心、不知何人所害、後
聞為某甲、遂著素衣、四出緝訪蹤跡、踽踽獨行、野鸛孤

三五

雲樓無定所、奈久訪不得、後改戴黑面罩、入鄉探偵、一日偶適某村、聞甲在一園會中、乃窸窣而入窺視、果其人也、遂急脫面罩、喚出某甲、拔劍互鬬、不分勝負、甲懼他往、不知所之、乃多日後、覓在別鄉、拐誘三女、皆妙齡都雅、因知乙之子女外出、遂慨旋故里、某乙素行好善、人皆尊敬之、至是土人醵金、在街中立一白石像、以銘其德、甲不知也、一日街行、見之詫異、看石臺下之字、始知乃某乙之石像也、因戲令僕往邀石人明日晚酌、問其願否、僕懼不前、乃自去約之、不意石人竟點頭作冐允狀甲大恐、蕊然無色、急步馳回、次晚、當其偕三女歡飲時、忽報款門、僕去即來、魂魄喪失、齒欲相擊、强言石人來矣、隨言爬匿桌下、自隙睨之、甲怒擧燈操劍自往、未及門、見石人立抛劍奔回、耳聞地板橐橐、石人緊隨其後、至桌前、石人申斥其罪、甲跪求免、石人不允、終將其魂拈入地獄、戲分四節、一切景致甚好、子正演畢、國王起立、上下歡呼、王出園、衆隨散、

十二日壬寅、晴、申正二刻、日王帖請閱兵、屆時率參隨乘車往、在城邊大道南面設布棚、高臺五座、正中一臺

二六五

王坐、右二臺、各國專使公使坐左、二臺本國官員坐、對
面、另一臺為本城府尹等坐、一路沿街左右男女滿立
排齊、咸有馬步巡捕彈壓、登臺少坐、營兵奏樂、國王乘
馬、著戎服、率各國專使、王公及本國文武大員、到登臺
後、隊隊先過步兵、再而礮隊、再而馬隊、統計萬餘、其隊
伍之整齊、兵服之新鮮、器械之閃爍、馬匹之肥壯、無須
瑣述、每隊中一國旗過時、人皆向之免冠、以昭恭敬、戍
刻過畢、國王領衆乘馬、隨後國人歡呼、王既免冠左右
向之點頭、所立官民亦皆向之脫帽鞠躬、戌正回店、晚

餐、亥初二刻、復率眾入王宮赴茶會、男女千餘、宮殿雖
大而間間擁擠、寸步難移、先在正殿見國王、王母及各
公主等、對立少敘、後由別間轉出、時已子正、即刻登車
回寓、街市彩燈煌煌、男女遊人尚多、
十三日癸卯、陰、日京有種玩戲、曰花戰、乃男女對擲鮮
花以為戲、扔者示以羨慕、接者感其愛恩、彼此點頭展
笑、兩不猜疑、今日為其花戰之期、國王帖請酉刻往觀、
先是學部請申正赴畫閣看歷代名人行樂油畫、乘車
行數里、至一白石高樓前下車、步石堦十級入門、左右

立官兵兩行、再入一門至大堂正面一臺、橫列金椅為
王坐、臺下列椅多行、作燕翅形、右第一行、坐各國頭等
專使、第二行坐二等專使及各參隨、後則各國公使等、
左前幾行坐本國文武大員、其後坐樂工一班、歌女一
排、少頃各國王公及本國各王爵陸續先入、兵樂奏三
陣後、國王王母公主等入、王乃免冠左右向衆一鞠躬、
登臺入座、王坐正中、左坐王母大公主、右坐二公主、大
駙馬其地坐後一行、既而堂中絲竹鼓吹、女歌一曲畢、
學部大臣步立臺下、演說一通、大義謂此閣極古而著

名、共存名人油筆千張、皆歷代聖主名臣、文士武將、及他男女之貞烈豪傑、千載百年、我君一見、恍如覿面云云、説畢、國王起立前行、衆隨後步入各閣、觀望油畫書容、男女老幼、古裝時派、愁悲喜怒、閒坐默思、種種不一、精妙如生、看畢、出門登車、馳行八九里、至城邊曠處、雖云寬曠、乃依然大道、左右密林也、中設木臺三行、作Ⅲ字形、臺上有棚、四面木闌、各皆彩畫鮮明、左右者長各五六丈、寬丈餘、右坐各國專使公使、左坐本國文武官紳、中行分兩節、前長後短、寬各二丈餘、前者長約三丈、

後者長二丈餘、前坐本國大官男女、後坐國王母后、大
長公主、長公主並其近支與各國之王公等、各臺飾以
綵綢、惟當中王立者、前豎國旗、後立五彩鮮花牌樓、每
兩臺之間、爲車道、寬容兩輛、聞共有大小花車百餘、皆
富官家者、各車用鮮花裹滿輪轄與箱、更有以白花將
車箱作成小船者、以五彩花作成茶壺者、古鼎者、蓮花
一大朵者、礮臺形者、作小亭四面繫以白鴿六七者、種
種新奇、筆難盡述、每中或坐少女三四、或坐男女四五、
各帶鮮花成筐、國王及地臺上之鮮花、皆官備、不時有

人大筐舁來、以便拋擲、衆花車排成圈、在三木臺中道
上繞行、隨行互相扔花以為戲、國王先則朵朵擲之、後
竟全筐倒之、至戌初日已曛暮、紗月在天、國王始去、衆
亦散、隨行彼此仍有向車扔花者、計此次共用鮮花不
下萬萬斤、所扔者不能朵朵入車、其墜地者叢叢雜色、
滿鋪如錦、馬踏車軋、亦可惜也、
十四日甲辰、陰、風涼、日京每一禮拜有種鬬牛戲、地在
城邊、寬敞設一大場、外方內圓、外看石樓層層、內則一
圓圈、如馬戲園、當中沙土鋪地、先用紅黃色土作三大

三長

圈、暗指本國國旗、內又鋪以綠土、上用黑白土作雙頭鶯、頭上橫有UNA VARA二字、義乃萬壽無疆也、此外木牆一圈、高約四尺、圈外周立石堦十層、層層坐人、嫌石涼有人出賃棉皮墊、長尺半、寬九寸、厚寸餘、賃價每個索一珮賽達、四面四石門、如橋洞門、兩邊與上有石闌、其正面與左右者通場外、對面者通牛馬圈及鬭牛各人之所、在石堦上有鐵鑄高樓二層、周各一百二十八間、鏤柱鐵闌、每間列座三層、容人十五、樓頭層正面三大間為王坐、對面三大間中奏樂、樂工四十餘、二層各間闌

前挂紅黃紫綠各色毧氈、屋前支布帳、為遮日光也、樓
頂竪國旗、令日申正王請往看、居時乘車至彼、登樓入
座、後國王王母及他近支弁各國王公到、坐正面三大
閣、樓下石洞門前、立護衛三十名、各舉長矛、立屋右各
閣、坐各國專使公使夫婦子女、左各閣坐本國大員命
婦、其他上下咸坐本國文武官眷、通場坐者統計男女
不下二萬人、樂奏一陣、後各鬬牛人先按班由對面石
洞門內走出、繞行一周、而後入人共四五十、各著五彩
金銀繡花緊身短衣、頭頂△形黑帽、腦後黑髮挽作小

三九

結、地在歐洲界人多黑髮先四人各騎駿馬一匹前引、繼而四馬宮車三輛、各中坐二人、後隨空手鬬牛人八對、乘馬鬬牛人四對、掌劍者亦四對、執雙花刺者六對、再則伺候人十名、各皆青衣白褲、整齊鮮明、末乃備曳死牛死馬之馬三排、共六匹、每過王前、乘車者下車免冠、鞠躬、乘馬步行者皆向之脫帽一鞠躬、再奏樂、畢、即挂木牆上紅氈數塊、長寬各約三尺、先在石洞內以刺長一尺者、刺入牛肩、迨其痛極放出、遇人急以角觸、鬬牛人乃丢以雙手提紅氈招之、總以招牛來撞、躲閃伶便、不使撞

著者為能、六七人往來閃紅布招牛、中一人竟被觸倒
幸未受傷、招牛人凡躲避不及者、即跳過木牆以避之、
而牛亦有隨行躍過者、險甚、又牛追人不著、見石洞門
前排立護衛、乃舉頭往觸、護衛橫矛相迎、矛竟被觸折
者二、牛痛急撞人、不著、致以蹄搊地、後則一人雙手執
花刺、招牛往撞、正值牛來時、能兩手齊插二刺于牛肩
者為能、如是三人連插六刺、作✕形、則牛血已滿半身
矣、再後一人乘馬手執長槍、馬首蒙以紅布、自洞門出、
招牛撞馬肚、趁其撞時、能以槍刺入牛肩者為能、牛角

插入馬腹、馬有五臟墜出者、有血滿馬尾者、竟有一牛撞死三馬者、亦慘矣、末則一人左手執紅布、右手掌劍、招牛來撞、當其垂頭前撞時、其人將劍由肩刺入直插牛心、牛心裂、愰行一二步、即倒、而斃、亦有劍刺稍斜、牛鼻出血、乃緩行許久、始倒者、牛倒、即有人引三馬出、以繾綑牛頭、曳入石洞、後其刺牛心者、驅至王前討賞、王即由樓上擲下一包、無非錢囊鈕扣之類、所值無幾、其人拾起、鞠躬而去、聞此等捨命虐戲、國人以刺牛心者胆量勇壯為第一、故其人每次須掙七千珮賽達、其地則一二千至數百不等、每刺中一劍或二花刺、國人男女皆鼓掌稱讚、余及他國專使男女多掩目不忍觀、原擬看周一場、知其大概則足矣、不意此次因國王御臨、定刺八頭、希臘專使看畢第二場即去、余因服色與各國不同、去則易露、待至第六場演完、因久坐覺冷、遂出門登車回店晚餐、亥初國王請入宮看燈、兵隊進宮登樓、繞至正殿、極寬敞、前對宮門外鐵欄、殿正中設寶座、三級、高共二尺、中立二金椅、為王與后坐、椅左右立四名仙相及四銅獅、前外各然一球、殿前玻璃窗外有臺上鋪花毯、同時各專使男女步立臺上、宮樓正面作凹字形、前橫鐵柵欄、左右二門、中一空院、見馬步兵各舉一長柄燈、柄長四尺、燈大於瓜、或紙罩、或玻璃罩、隊隊鼓吹、自大街由左門入、至宮前、繞至右門出、兵共數千、燈行整齊、中有四馬曳一燈車、乃四輪平板、上一瓜形王冕、周盈丈、滿挂白玻璃罩、內然電氣燈、遠望銀光燦爛、雖目可觀、看畢、入殿、同衆橫列一排、國王等走入、向衆一一周旋、王母后及長公主皆先謝國禮、既而少敘、國王亦謝國禮、并問喜觀鬬牛戲否、余答以甚喜、看其人之勇敢、王言不以其為殘虐耶、余云由此使國人發奮毅然保國、王聞微笑、少刻、王先行、余等隨後另入一大間立長桌前飲酒點心、既而各向王前辭行、王等復問何不多住幾時啟程等語、予正回寓、

十五日乙巳晴、早派王參贊譚繙譯送國禮入宮、繼差黃繙譯送衡芝圃者艾亭赴支布洛達海口上德公司回華、午後收理行裝、戌正乘馬車至火車棧、有王譚二君及安敦科登等送別、登車即開、先西北行、既轉東北入夜冷、至著皮衣、

十六日丙午晴午正二刻至法日交界漢代葉換車早饍未初復開入法界西北行戌初至波爾多海口下車入店住店名得米努樓傍車棧既整潔閒敞於征客亦極便當計由日京至漢城四百英里合六百吉婁每當又自漢代葉至波爾多一百五十英里合二百二十五吉婁每當入夜尤冷

十七日丁未陰晴不定巳正登車即開東北行甚快酉初至巴里城內東南之藕蓮車棧下火車乘馬車東北行過河至大北車棧晚饍亥初上車復開北行至阿棉

郵轉西北行、至卜路旺鎮後、改東北行、
十八日戊申晴、丑初抵戛蕾下車上輪船、船名都伍、丑
正展輪、水平天冷、寅初一刻至都伍海口下船登車、有
曾叔吾陳安生羅小荷來接、寅正開、辰初抵倫敦柴令
十字街火車棧、下車有馬清臣及他叅隨人等迎迓、坐
馬車入使館、計由波爾多至巴里共三百七十六英里、
合五百吉婁、每當零由巴里至戛蕾二百七十五英里、
由戛蕾至都伍六十五英里、再由都伍至倫敦一百二
十英里、

十九日己酉晴、午正接印、向東稍南、設香案恭拜

聖牌、繼而拜印、皆行三跪九叩禮、午後查看使館上下一遍、羅稷臣因病久不內住、門窗關閉、塵垢極厚、如古廟、遂飭僱工人洒埽刷洗、修補安置、添買窗簾、牀榻、瓷銕諸物、至桌椅地毯、門窗樓板之霉爛折磨損壞者、一時不能修買、容日另辦、晚接電、知振貝子後日到倫敦、

二十日庚戌晴、未初坐馬車至坡蘭火車棧、登地道火車、西行至巴丁屯地方、換車再開、仍西行、共六十餘里、至斯洛弟村地、近文澂行宮里餘、下火車坐馬車行約

二里、至一所樓房、拜羅稷臣、盖伊因病、使館久欠修理、
厭其髒、聞余由滬放洋、遂移居于此、以便静養、進内
少坐、另入別間、見其鬚髮皆白、右耳重聽、右目失明、坐
談、聞其鼻之右孔仍垂膿血、據云伊現請三洋醫、一内
科、一外科、一眼科、每日各來一次、各人馬錢十三鎊、少
敘、辭回、聞其鼻於初次割挖時、原冀即愈、不意割後見
孔上另有別症、須再割、如不割、恐將來病傳入目入耳、
則治之不易、稷臣未信、先電招福建醫生林東垣、祖榮
來英、調治數月不效、竟至耳聾目痛、再招洋醫、謂再割

未晚、惟割時須用眠藥、割後能否再醒、不敢預料、稷臣
既恐其夫人及諸世兄亦皆畏懼、請不治、是故遷延至
今、奈其氣已微弱、設不治、恐怕亦未必能敵藥力也、晚令
馬清臣陳徵宇、陳安生赴都伍迎接振貝子、
二十一日辛亥、陰、申初、乘馬車赴外部、見其尚書侯爵
藍斯瑺少坐、回使館、令各參隨去維克都里亞火車棧
備接振貝子、亥初、余著花衣補褂、赴賓西店恭設香案
　恭候振貝子到、跪請
聖安、禮畢、坐談極久、後請貝子、爺在店晚餐中國菜、子正回

使館、記此次振貝子帶共參贊七、為觀察黃子元開甲、梁鎮東誠、楊朗軒來昭、陶杏南大均、李幼三經楚、外務部員外郎汪伯唐大燮、唐蔚芝文治、繙譯官三、為參將吳盈之應科、主事劉子生式訓、縣丞潘劍雲斯熾、隨員一、為同知楊侍清立濤、供事一、為徐佩之樹瑾、又經奏派中國駐英稅務司金登幹為參贊、故一切房車各事、皆歸其人經理預備、

二十二日壬子陰雨陣陣、記自光緒乙亥九月十五日、經倫敦新立之阿爾遜克會之會首伯爵色芾義率其

協理考安同請羅稷臣周遊英國各製造局廠連遊數月中有從優接待者亦有平平作常人往觀者不意協理考安從中處處舞弊既收各廠入會之費詳述覩六人索羅稷臣各處車店飲食各費去冬經人告發色弗義自供一概不知遂至累及稷臣幸當時往來車船房飯諸費多經自付乃仍須自請律師從中公斷其所請者爲司屯森與郝爾得自來已費薬資千數百鎊至今仍交馬清臣百鎊備其去後之費云

二十三日癸丑陰雨如昨英老君主維克都里亞生于

西五月二十四日、官場咸於當日筵宴祝嘏、令君生辰雖在冬月九日、其筵宴乃仍因舊制、于是月涓吉以慶賀之、今日為西五月三日、戌刻外部大臣藍倸請晚酌、席設藍斯當府、即藍倸住宅名也、向在外部今務此、詳見四述奇樓房高大華美、油畫書籍甚夥、大廳亦綦闊敞、乃中一長桌周坐七十四人、為各國公使及本部各大員、并他人之曾經外出者、廳前官兵陣陣奏樂、酒食豐美、酬酢甚歡、食畢藍倸立起、用法文敬陳數語、再同衆舉酒恭祝英君壽、後衆公使中領首者復立答一段、再偕衆舉酒同祝英皇

之福、此後吸烟吃加非、繼而齊入書房立談片時子初回使館、

二十四日甲寅稍晴、冷、倫敦天時、向于西五六月間必極清爽溫和、不意邇來連日陰冷、至著皮衣、或謂倫敦在赤道北五十一度三十分、尚在蒙古買賣鎮之北、賴有大西洋之熱水、自南北美洲之間、西印度地方向東北流來、以致溫煖、俟千年後、熱水改道、恐英將冷比俄都矣、乃前于西五月八日、即中四月一日、西印度溫窩羣島中賢皮爾城（在赤道北十五度）中培洌火山崩裂、熱氣滅

少、故此地較涼、此股熱氣、須待地大回轉、水力加熱此地方得四季如初、快須六個月後、否則六年以上、雖係地理會中人所云如此、效否未定、究可慮也、

二十五日乙卯、早晴、酉初雨、戌初備席恭請振貝子及各參隨繙譯供事并本使館諸君晚酌、貝子爺因未遞
國書、不便出門謝辭、上下共列五桌、彼此歡飲暢談、子正始畢、聞在馬蹄泥島之北界一帶、自培洌山崩後、皮爾城等概成灰土瓦礫、人之遭險喪命者、或被土埋、或被轟裂、男女老幼共計三萬餘、其他受傷者得逃無家者、

皆流離失所、飢寒待賑，因而各國公私設法救濟、聞美總統盧貝義、大里王安柏兒、各施千鎊、德皇送萬馬克、（合五百鎊）美會堂募化二十萬圓、英屬地加那他募得五萬圓、法捨七十五萬六千二百九十九方、擬十萬加倫肉四萬加倫、檳檬二萬五千加倫、其他應用之食物、共二萬七千加倫、丹王三太子瓦代瑪代化二萬三千五百方、馬蹄泥救生會湊集百萬方、待救之人既多、據云各處化得之錢、足供半年之需、以待其得地棲止而可自備飲食、且各國醵金在彼立醫院、療治傷病、又英皇自送四百鎊、英后五百鎊、太子與妃送二百五十鎊、其他各公侯世爵、各銀行、各製造公司及通城各善士共湊得三萬二千八百三十八鎊、半統交倫敦美爾聚齊匯寄、又交文浦海口美爾化得二千三百三十五鎊、歸伊另寄云。

二十六日丙辰、晴、前日英外部來文、定于今日午初呈遞

國書、屆時余著花衣補褂、手捧

國書、乘馬車入賢襌木司宮、既值英君午正設朝會、又值

巳正二刻振貝子遞
國書登樓入大廳會各國公使少立俟振貝子自内殿門
出余即步入三鞠躬至英君前止步雙手捧
國書頌云
大清國欽差大臣張德彝欽承
簡命駐紮貴國伏查先后帝御位六十餘年治功顯著德化
懋昭當時中英兩國已極輯睦使臣此次西來又奉
温綸諄諄以固洽舊交爲諭茲特恭逹宸聽今年六月正
值大皇帝加冕吉期而南斐洲軍事現亦和局告成凡茲

二事、天下各國同深欽仰、使臣躬逢其盛、實不勝欣幸

之至、頌畢、遞上

國書、英君接過、答云、敬問

大清國

大皇帝好、循讀貴大臣所遞

國書、仰見

大皇帝眷念邦交、知人善任、本君主同深欣幸、今年斐洲軍

事、言歸於好、値遼加冕之前、渥蒙貴國

遺賀、殷拳尤爲感佩、維願兩國推誠相與、和好益敦、國

印花

祚綿長，昇平同享，余心實有厚望焉。聽畢，三鞠躬退出。見振貝子請安後，轉入大廳，與各國公使齊立。少刻，英君出，立王座前，各國頭等公使入立王左一排，振貝子亦立王左，在太子及各王爵之前。余隨各國二三等公使按到英之先後魚貫而入，見後轉立王對面。繼而本國文武大小官員一一入覲，共計千餘。見畢，國王回入內殿，各公使轉出。未正二刻回使館。按見禮，各人一鞠躬，王向各公使立見，惟與頭等者拉手，其他二三等中有與素識而契厚者，間亦握手。本國者主坐見，間亦有

坐而與之握手者、各公使皆立待國王見畢、國王去而後去、本國者乃皆隨見而隨出也、按今日所遞

國書、謹錄如左、

大清

大皇帝問

大英國暨四海諸轄境

大皇帝

大護教兼五印度

大皇帝好

貴國與中國睦誼夙敦比復言歸於好茲因駐紥
貴國出使大臣羅豐祿任滿特簡二品銜三品卿銜記
名副都統張德彝為欽差出使大臣前往
貴國都城駐紥並令親齎國書以表真心和好之據朕
知該大臣諳練老成通達時務辦理交涉事件必能悉
臻妥協惟願
推誠相信俾盡厥職嗣後與
貴國邦交永固共享昇平朕有厚望焉
光緒二十八年二月初六日

二十七日丁巳，晴。午後振貝子來拜。入夜雷雨。記前由阿爾廸克會借羅稷臣之名，于各處誆騙金鎊之英人考安本猶太教人，素以出售鐘表碎件、囊釘等為生。數年前虧本，共欠人八千餘鎊，告官查斷，除抄家估價外，尚欠五六千鎊。官不實信，飭其將来自償。伊遂將猶太教之本姓改為英蘭人之姓，曰高蘭，自設會得錢後，暗將欠債還清。在外既無所欠，無人控告，官亦無所究斷。于是復改其姓曰考恩。此蓋蘇格蘭人姓，故當時人皆知其為蘇格蘭人也。事發後始經人查得其情，猶太人

多富善理財、如此亦可謂詭詐矣、
二十八日戊午、早陰、申刻晴、進閣華報、華人自謂蠻野、外國文明、恐未必然也、茲將在各大國所見者摘引數端以記之、美國諸處欺侮華人、姑莫論、他如英國向華人擲番菽傷耳、巡捕不理、法國妓女誆騙華人、莫論、而在大街強曳華人、巡捕不理、德國男子摟華人親吻、巡捕不理、俄國雪牀載華人過冰江、加倍索錢、巡捕不理、在北京前于辛丑春有人自黃牆內以繩繫甎出打紙鳶、甎墜牆外、恰落一義國婦人前、竟屢次行文外務部、強索其人。人在牆內，雖當時有人乘馬飛入東安門，至南箭亭，恐亦未必能得其人也。地方官無法，乃捉一賣油炸果之貧人處決完案，以安其狹窄、慘虐、趋勢欺人之心。嗚呼，各國不能各人文明敬勸吾人莫將中外分作如此之大區別。

二十九日己未。微晴、涼。辰初，乘車至倭特路火車棧，送羅稷臣啟程去騷桑比海口，坐德公司膠州，同華同行者為其夫人，其文郎儀元忠詒、儀朱忠諶、儀張忠訒，第二女公子，并其猶子羅小荷忠彬、伯蘇之彥儀程序和、賓谷忠寅，內弟魏蓮叔濂，教讀斷韻斧嗚珂。巳刻回使

館、本國太子及各國頭等公使皆不能突然往拜、自遞
國書後、即致書各處請定時日、繼而陸續答復、中惟德國
公使答稱現在修理樓房、餘地狹窄不淨、俟工竣再當
奉聞、今日申初乘車至沙洛比坊第一號拜美國公使
仇德、坐談良久、

五月

初一日庚申、細雨陣陣、淳午初乘車入賢翟木司宮拜
見英國太子衛拉斯王、卓志此宮四面皆樓、當中空院、
各門立有紅衣護衛、舉槍把守、太子朝房在西南角樓、

名約克蒿斯入內、先見其侍衛長恭將色爾畢格、少坐、太子下樓、同入別間坐談、片刻辭出、記太子生于西一千八百六十五年六月三日（同治四年五月初十日）、現年三十七歲、一千八百九十三年七月六日（光緒十九年五月二十三日）、娶太克公之女瑪麗為妃、生二子、長名埃達倭、年八歲、次名阿色爾、年七歲、回使館、早餐後、往拜俄羅斯日斯巴尼亞和蘭日本四國公使、各皆坐談許久、中惟日本林董見尤親熱、蓋數年前在北京之舊相識也、

初二日辛酉、陰、自巳正至申正、往拜義奧法土四國公

使、英俗兼愛畜類、虐之者罰、有等巡捕屬諸暗察、新報
連見三事、一老嫗失黑猫、鬧爲鄰婦蹤蹟、指名控諸官
罰半鎊、二某馬車載物重甚、輪轉略遲、御者即以小刀
刺馬尾、被捕坐監三個月、三二童子戲以練規猴頸、擲
水中滅頂、沐之出復擲之、經捕見官、恕其年幼、只罰十
五先、

初三日壬戌、陰、戌正、請貝子爺暨梁汪二君吃餺飥、聞
因賀加冕、派來專使者共四十一國、如奥斯馬加王爵
佛的楠、巴威里亞王爵里歐浦、倭爾坦堡王爵阿拉伯

比利時王爵亞喇貝丹麻太子第來得立法蘭西水師
提督者爾衛德義志王爵漢立與妃希臘王爵司巴塔
與妃海斯邦公爵盧得威義大里公爵杜斯達與夫人、
路森堡邦子爵單森布梅林堡邦總兵韋廷果木那扣
邦王爵周賽甫司台里自邦公爵福樂虵蒙坦尼格婁
王爵達尼婁和蘭男爵色堤那魯麻尼亞太子計洛木
與妃葡萄牙太子喀洛斯日斯巴尼亞王爵克爾洛斯
俄羅斯大公爵米晒薩克斯庫堡公爵阿弗蕾薩克森
王爵卓志瑞典太子格斯達甫美利堅將軍李德夫婦、

中國振貝子、土耳其提督圖爾堪尼喀拉依外部大臣撒猩自日本彰仁親王、小松宮、高麗王爵李載覺、埃及王爵阿里巴沙、埃西歐皮亞大臣馬庫南渾都拉斯大臣魏蕾自賴貝里亞男爵司悌音、暹羅太子乩芝那伍墨西哥大臣埃司堪端、墨洛扣大臣阿得薩代烏拉怪大臣庫埃斯塔色爾威亞將軍皮兒威赤烏干達大臣喀太其、婁波斯王爵杜蕾三西巴大臣阿立

初四日、癸亥、微晴、酉刻乘車至宜敦坊第三十號赴英前任香港總督包令夫人家茶會、樓小人多、樂工六人

鼓琴吹笛、亦頗可聽、遇赫宮保夫人母女、立談甚久、下
樓罄香賓一盞、回使館、
初五日、甲子、晴、早挂國旗、戌初一刻、請振貝子、梁鎮東、
黃子元、楊朗軒、陶杏南、李幼三、汪伯唐、唐蔚芝、吳盈之、
劉子生、潘劍雲、楊待清、徐佩之、外務部學生恩崑峰厚
柏峻山銳、國幹臣棟、六定丞保、并南洋公學選派出洋
肄業生曾筠圃宗鑒、李澤民福基、胡仲英振平、趙炳生
興昌、自備資斧學生羅怡重忠誠、沈彥侯成鵠、王石孫
慶驥、徐超侯建勳、沈叔玉寬、金翠伯紹城、金仲廉紹堂

金叔初、紹基及本使館之馬清臣夫婦子女、曾周尹三夫人與各参隨學生、供事諸君、樓上下內外共列十二卓、歡飲暢叙、子正始散。

初六日乙丑、晴。法公使設一集物善會、于昨今兩日請人往買各善男信女施捨之物、得資振濟傷兵。與會者入門票一價六先、糕點票一二先半。今日申正、余乘車至海岱圍堪興坦門外第十二號法公使館、入見三層樓上下四面近牆羅列長卓、分肆金銀珠寶、綢緞、紙木、瓷漆、玻璃諸物、男女應用之器皿、首飾、小孩之玩物。余僅在頭層環繞一周、各阜各所、亦有仕家婦女、竭力周旋、巧言詼諧、令人虞其訕笑、多出錢以購物、直一先者、竟索四五六先、余買蔴捲合子一、瓷身布人一、小細竹籃二、玻璃酒罐一對、小畫一冊、約共值不及一鎊、竟至四鎊七先。酉正回使館。

初七日丙寅、陰雨、冷、著皮衣。猶太人善理財、然多奸詐不實處、即如倫敦東鄙司台普呢區一帶、大小共鋪一千一百零一、中售牛乳、乳油、加非、椒麩、芥末者、屬猶太人五百四十一、屬耶穌教人五百六十、內各貨之攙雜假料者、猶太人居其半、且棋麩芥末之攙假者皆猶太人、其所售之牛乳、價竟落至三四佩呢二升式一夸一即加倫之四分之一乃使耶穌敎人迫於無法、亦隨落之、以上為醫官陶瑪斯所考得、據云真正清純牛乳、豈三四佩呢所能售、猶太人之設法爭利、實為引誘他人不售真貨耳、

初八日丁卯、陰雨、夾正、偕內人金氏入、卜靜宮赴朝會、金氏因初次進宮、由外部大臣藍侯夫人帶見、此次改在跳舞堂中、以其寬敞也、入內登樓、轉入他閒、由堂左

入堂右一長間會各國公使、各公使婦女在前、余等在
後、其他各大員命婦、皆已排坐堂中左右臺上、少刻樂
作、英皇與后、太子太子妃、及他近支王公與妃等入、立
于正面臺上、各國頭等公使夫婦子女見畢、女坐王左
臺上之前兩行、男立臺下、各國專使王公大臣及妃與
夫人皆坐與立于皇右之臺上臺下、俄而各公使之妻
女一一先由右門步入、至皇與后前請安畢、登坐左鄙
臺上之後三行、繼而各公使父子復一一步入、至皇與
后前行鞠躬禮畢、步立左門左右臺邊、再則本國仕官

婦女、有下堂中左右臺者、有存立堂外別間者、乃班班入長間、亦一一自右門入、過皇與后前、請安後、退自左門出、陸續千百、見畢、樂奏天保國王皇與后等、立起下臺、直行各國專使、男女隨後、出前左門、各國公使男女出後左門、另入別間、少立、待英皇過、鞠躬辭別後、分入他間、男女羣立、茶酒點心畢、分路出宮、各自登車回寓、時值丑正。

初九日戊辰、陰雨。聞前日在俄國近巴土木城之耙堤村、有幼女年十五歲者、其名未詳、由女學堂回家、在過

衢大道正行之際，突遇三男，彼此指闘，其得有字者，當
姦此女，該女喊救，他人趕至，竭力爭執，始將三人逐去，
按華例，是為強姦未成，自當捉以治罪，西國則謂此為
賽爾喀西亞（地近黑海，屬俄國）之古俗，名曰提髮，由此觀之，豈
強姦順姦而成婚者，謂之古俗，我國堯舜之世，無是風
也。
初十日己巳，陰雨，猶昨冷，西國通俗，男女老幼皆得上
書於其君主，月之初，閒居倫敦城東北角包爾路幼女
羅愛喜上皇后書云，敬陳于我王后之前，早擬上書，惟

年只十三、誠恐有觸慈顏、惟我皇加冕、大典、舉國同歡、尤望屆期幸邀觀瞻、甚足喜者、文路城美爾安秦前來學堂贈我衆女生極好寶星一上、鑿王冕不日茶會兼放奬賞、惟我皇我后、小女從來得瞻、欣于四年前曾在布立斯妥覩我先君主之聖容、未審此寶星上之聖像符否、今後當朝夕祝禱、此次加冕、願我皇與后壹是順遂、諸事平安、女父昨讀新報內言我皇加冕之期、賜我通城苦民以嘉飡、惜愛喜小疾、弗克承此榮光、然女父曾謂皇恩深重、使多良醫施治貧民、小女微病、當無妨也惟望我皇與后、福壽孔長、治我黎烝、幼女羅愛喜謹陳。前于十三日英后由文恣行宮命其嫂妤代為答復、云娜麗姑娘奉皇后諭、賜書羅愛喜小姐、多謝可愛之小信一函、覽之不勝欣悅云、

十一日庚午、早陰、未初雨、入夜晴涼、英君于二十一日西六月二十六日早、在西敏斯德大教堂受加冕禮、二十二日午後遊幸江左各大街、于是在國君埃達倭第七與皇后阿來三德亞由卜靜宮往來必由之路之各空地、及兩樓之間、一樓之前、或樓上、或樓下、均以木板搭臺板

厚二寸許、蒙以紅布、層層列座、或置椅、或鋪墊、限地尺
餘、貼以號數、凡屬前面臨街、或左右臨街及他人之房
院者、皆遮以短垣、或著色、或蒙布罽、弗鮮明整齊、座上
無樓簷樹木遮蔽者、皆支絲棚、此各坐落有東主自備
者、有計日租賃者、租價數十鎊至數百鎊、或千鎊不等、
視地之寬窄高低、容座多少、得宜與否、座直由一鎊至
一二三四五十鎊、外有樓上按窗出賃者、層樓出賃者、
有藉此請客、預備茶酒小食者、價則一窗容人二三亦
數十鎊、聞在賢槿木司街一家頭層樓前僅三窄窗樓

內茶食概無預備、經人租賃兩日、得六百三十鎊、直他
可知、在海岱圍旁、一小樓、非英君所經之地、二美國人
租住兩月、每禮拜百五十鎊、洵不菲矣、

六十

卷一終

八述奇卷二

鐵嶺張德彝在初隨筆　潘士魁校

光緒二十八年五月十二日辛未晴英君加冕期近通城大小街巷鋪店人家樓前皆燈懸彩結安旗挂花燈式不一或電氣或煤氣有作ER二字及王冕或一巨星者有五彩玻璃罩簇成花者橫懸數行者本使館亦以鐵管通電氣作中外禔福四大篆字橫列樓前彩紬懸摹國旗用紅白藍三色有金蒙鐵闌者有糾結成紋成花者有花壇花紬圍石柱者有紅壇繡ER二金字

及王帽者、種種鮮明燦爛、筆難盡達、家家安旗、有左右街接下行仰望如幕者、有用鮮花堆字與王冕者、有懸挂欄邊窗上者、又有戲園以鮮花堆作牆壁柱簷飾滿樓前遙望如花閣者、國君所經之街、緣路左右每隔半箭許立紅棍一、二丈餘、兩棍之間連以假花一縷、燈含花內、隔棍五立一木臺如塔、上矗木杆、繫以幡旗之類、又一巷左右各建一花牌坊、或鮮花或紬緞、要皆華麗可觀、惟在懷德堂帕勒木街、（又名白堂街）近外部地、橫一木牌坊、高逾三丈、形如門字、又似石門、兩柱方方徑二尺、

每面挂以麥秧、項上及左右飾以紅綠馬口鐵、項上橫
有洋字一行、曰加那他穀倉、蓋英國日用之豆麥多來
自其地也、
十三日壬申、晴、亥初、偕內人乘車、先至庇喀的里街、地
理會館中赴格致茶會、凡會中人皆披紅氅入內見會
首夫婦、老幼男女數百、茶食平平、各間陳列光學化學
各物、不煩覼縷、少立即乘車至康衛街生理博物院赴
地理會之茶會、入內見會首馬康夫婦及他男女數人、
年皆五六旬者、內共官樂場、設酒食兩處、樓上下男女

二

一二千、擁擠熱甚、在内畧繞、即出、再乘車至格婁伍訥
園、日本使署、入見林董夫婦、遂領見其彰仁親王、知隨
來有福島安正、三宮義胥、長崎道至及柴五郎、皆三十
年來之舊雨也、樓中修飾華美、旨酒嘉肴、星羅棋布、樂
工奏曲、盈耳洋洋、復見各國公使及本國各大員、携眷
屬如藍侯夫婦、其人子正還使館、
十四日、癸酉、晴、英巡捕廳出示、值加冕期、戒人民亂行、
用肅國君暨官界往來之路、晨鐘八點、凡乘馬車之赴
西敏斯德者、須即趨往應占之地、八點三十分、凡步行

者、皆須立齊不動、九點、凡乘車擬占由西敏斯德回宮之路者、須即趨往應占之地、九點三十分、凡步行在回路者、皆須立齊、又當遊城之日、在太木斯江北、凡乘車者、八點站止、步行者、八點三十分立齊、江南則自倫敦橋至白堂（見前懷德堂）凡乘車者、須九點站止、步行者九點、半立齊、到處皆有馬步巡捕彈壓指點、屆時自當肅靜整齊、

十五日甲戌、陰雨、涼爽、刻偕內人乘車至生理博物院赴屬地會之茶會、男女擁擠、如初、其他同前、子初還。使

館、

十六日乙亥、晴、戌刻、曾叔音夫婦約在阿拉罕卜拉園觀劇、計十三齣、雖係雜耍兒（北京俚語即雜劇也）而最趣者、甲一男二女在對臺樓上反身仰面向臺發槍、臺上木牌一、牌上橫白玻璃泡三重、其數九九、槍巧中、又臺上高置洋琴一、槍發琴響、宮商合拍、于是叠發百槍成一曲、又一女達立、擎火柴一、男發槍以然之、就而取以吸菸捲、甫半、復交女手、乃退遠發槍、擊滅、女始終無怯容、乙男子二十餘、幼女數十、皆作日本古裝、衣式不一、五彩鮮明、分隊、跳舞、至於合羣往來、毫不羼亂、惟情景衣冠、半屬似是而非耳、兩臺上設一長桌、一人放六猴一猫一葵花鳥于一邊、猫戴花、猴著男女彩衣、彼此要舞賣藝、或單或雙、所异者鳥不畏猫、猫不捕鳥、未悉其何法教演、使之迷失本性、猴之靈巧通人性、雖不能言、所作各藝與人同、如著衣解衣、反正上梯、爬梯、打鞦韆、拉胡琴、吸烟、飲酒、營營伶便、剖悉宮商、處處與人了無異、相了與前在柏林所觀八十日繞地一周之戲相似（詳見五述奇）共分四節、演四處、分春夏秋冬、天氣之寒熱溫和、土地之饒瘠、人民之貧富、無不分明、第一阿斐利加沙漠窮荒、土人貧苦、日炙如火、樹少房低、二印度土地肥沃、人民富饒、山青水秀、花木芬芳、樓房峻麗、衣服華美、復有幼女百數十、衣分四種、別顏色、區長短、赤臂袒胸、因其常俗、披藍紗鬢者、翩翩飛舞、衣襟飄起、微腰外露、無異赤體、乃著附身肉色褲耳、三澳大里亞、天氣溫和、房式民風、皆類郊外、不甚繁華、四加那他、雪地冰天、光搖銀海、皮衣東體、玉筋垂樓、男女駕冰牀、間有用獅羊者、嬉於冰上、如北京俚語謂溜冰者、四處地多屬英、故每節

土人必歌天保國王而作仰頌英廷之態其他度曲攀杠（北京俚諺）舞刀各藝皆他處曾見者無庸再及子正還使館

十七日丙子早晴稍暖酉初陰雨一陣倫敦公車遶城往來頗稱利便余曩幾次駐此亦偶乘之因上中下三社會人皆可坐也而同人多非之令閱代里美拉新報（譯為日報）內一則云英后之弟丹國王爵阿勒達瑪英皇之姪希臘王爵卓志曾同乘公車街市遊覽所經之路由福立街達江岸復西轉由敖斯佛街達雲母石門而南

王

走帕爾克巷至寬斯的究慎山、舍車步回卜靜宮、一路上下易車皆與人俱、乃鮮有詫异者、何也。

十八日丁丑、微晴涼。西敏斯德區美爾蒲洛濱夫婦在藝植園邀午後茶會、由三點至七點。届時偕内人攜孫女乘車入利貞園至園之南門外下車、入門一徑直趨右一小布帳外、立美爾夫婦見畢、而前大道左右行行置椅、正面玻璃煖房一、中植熱帶花木、如竹、棕、芭蕉之類、池種蓮花、茭實、茨菇各物。房前右設大布帳三、内外羅列桌椅、備有茶酒小食。再前左右林中設樂兵三部、衛拉斯歌女一班、外有桌上繃邦球、地上拋球、打木球、飛皮球諸戲、又有小湖花窖、其地容于四點鐘內隨意游賞、或飲食、或弄球、或觀花、或遊水、或聆曲、或閒樂、或步游、或靜坐、一任自然、酉初還使館、

十九日戊寅、大晴暖、英君連日各處臨幸、以示護國愛民、自月之初九日、西六月十四日在阿得鞠地方患病、官傳謂其腰骨痛、十一日小愈、移入文滋行宮靜養、昨日因病較重、回倫敦、雖傳言加寬、不至展期、而是晚察為腸膜熱、火在右胯前之大腸頭上、洋名阿嗊的希堤斯、綖御

醫黎斯得巴爾婁司米士塔拉伍臘慶海衛等五人驗視無外商定醫法力請割治不則殊可畏君曰可故今日午正二刻入宮海衛進睡藥塔拉伍施刀剖右胯前與腎囊之間開流膿血若許洗淨敷藥縫口幸英君酣吐療畢醒後不覺甚痛繼乃靜卧隨時有老年命婦輪侍醫官臘慶通宵守候是疾不能數日痊遂諭加冕改期停止倫敦城內一切燈彩烟火各城鎮仍一律舉行此信一傳電報德律風各局猝無時間不惟即日使通國皆知更欲各國並屬地咸聞因之各國專使公使及

他各官男女皆入卜静宮旁門小閘內登請安簿、街市男女擁擠、互相探詢、停止御前大臣潘卜祿公等之宮中御讌并諸家大茶會亦因之不開、裴柯太太薩蓀太太及藝術會在藝植園中所訂今晚茶會、余既未冐赴約、諒亦必停辦也、

二十日己卯、晴暖、按英君之證或云、十年前經醫考出、係由人食物後、入腸入胃消化、其助人精血力氣者、皆分運周身、粗者下降、轉輸大腸末運穀道、其少腹旁別垂一小腸如袋、長二三寸、自外度之、當在右胯之上腓

骨之下、難消之物、悞墜入、久則漲滿病生、若經醫剖割、
宜向左靜臥七日、然起立無虞、前者曾襲侯之四子患
此證、延洋醫剖割、中有海帶菜凝結、漲滿、剔出、縫固創
口、適曾侯任滿、啟節回華、未可久留、臥僅三日、抱起、縫
口綻裂致死、夫此證既露、即宜割治、免致漲破、難醫、又
須側臥七日、俾割處復原、英君雖健、甚亦必七日中安
寢、氣足不生他病、方可無慮、若欲精力如舊、少須百日、
或半年、或一年、始卜長生、故羅馬教皇得倫敦信、即電
飭在英各神甫教士、晝夜祝禱天主、保佑英皇云、

二十一日庚辰晴暖如昨、昨日加冕展期之信傳出、今日各國專使之擬去者強半、如巴威里亞王爵里歐浦、比國王爵亞喇貝、奧國王爵佛的楠、德國王爵漢里伏、國大公爵米腦、庫堡公爵阿弟蕾、士耳其提督圖爾堪、皆已陸續起程、振貝子擇於二十五日赴比、日本親王定于二十八日赴法德俄國、走賽比里亞鐵道由琿春營口等處回國、惟印度各拉扎（義為印度王稱）因屬英迴暫駐、各屬地之兵亦然、

二十二日辛巳晴熱、戌正請振貝子及梁黃汪唐諸君、

在使館晚酌、邇因英皇加冕、倫敦各街巷搭蓋之臺座、堅用四方木柱、横以寸厚木板、飾以五彩氈緞綢呢、捆縛不用繩、皆束以鐵條、丁以長丁、徑二三寸、長五六寸者、極堅固、一切工料費自數百鎊至一二千鎊不等、座值在江北、由五吉呢至八吉呢、以南則由十先至四鎊、臨窗頭層樓四十吉呢、他皆二十五吉呢、五月朔日前、尚照定價、後則日漲不止、加倍、自聞加冕展限、凡買定座位者、皆向座主索錢、而座主有慈者、慈者慷慨者有謂無須爭論而設法平分者、有謂待數日如不補行、必奉還者、有欲還九成而留一成以償工料費者、有因本來不易而一成不還者、有因主人豪富而一概退還者、如柏克蕾薩伍艾等客棧、及庫克哈卜也各行、與柴苓十字街火車棧前之座主、各設座四五千、概皆退還、意謂將來補行加冕大典、必仍來照顧也。西敏斯德堂前座五千、乃按座還回十分之九、論者謂按座票所印云由某甲收到若干鎊、為買定何字第若干號一座、以便於一千九百二年六月二十七日坐觀國王加冕、如此、則應儘數退還、然座主不能預料此等意外事、則又可

不還、惟賢瞿木司街隆貝行之座票後、印有買座之錢、
不得因故退還十字有此十字、遂不退款、有不平者索
之、管座人言、屆期我自清晨到臺伺候、即請在所買之
第若干號座上、鎮日靜坐、仰觀天色之清朗、俯察街市
男女車馬往來之繁盛、亦足以暢性怡情、庶不至枉費
若干錢也、無賴之語、令人噴飯、
二十三日壬午晴、申初入宮、請安、登簿探詢病勢、據云
雖難遽瘥、然日見痊可、不惟飲食有加、且能吸一捲菸、
承問謝謝、昨記各處設座、原為別種生涯、至各醫院、本

皆善心、因而善募、乃此次亦設座、特為賺錢以助院費、
是則牾募與設賣物會同、如賢卓爾志賢陶木斯與西
敏斯德三醫院、除人工物料各費外、各餘萬餘金鎊、賢
卓爾志院設二千座、售一萬二千餘鎊、費僅二千、贏一
萬、加冕既停、遂致書買座者、明言歸還座價、暗敍一切
費款、巧言激發、使人欲收而止、其書末云、奉繳座價、收
否聽便、因此買座中十分之九、已答云不收所費、願以
助善等語、是則要人樂於施捨也、至柴令十字街設座
五百半、皆地高價廉、收費無幾、聞僅七百五十鎊、其如

何辦法、并座值還否未聞、又設座各處雇定西二十六
七兩日伺候之人、當日雖未供役、皆索工錢、蓋謂從前
若非雇定、自當為他處傭工兩日、就近損失定要償也、
入夜微風陰、
二十四日癸未、陰、數十年前英侯爵哈特佛者、住倫敦
曼荼斯得坊、最喜油畫骨董、存儲甚夥、值約五百餘萬
鎊、長子席墨現稱鴨毛伯、次子洛柏外妻生、聰敏勤學、
心地良善、特佛愛之、以非嫡出、不能領姓、以母姓為姓、
日瓦蕾斯、立志自奮、去法多年、娶法女為妻、學問有成、

回英入考爲官、英政府以其忠心好善、賞以色爾世爵、哈特佛臨終時、以油畫骨董并所住樓房一所、遺洛柏此爲私產、非其長子所應得之產也、英例、遺產盡歸與長子、他無所得、瓦蕾斯無子女、故後其妻將產贈官、國家遂將樓房及中存各物作爲公產、派人管理、隨時雇人看守洒埽整理、日日開門、任人觀看、現歸色爾司闊管理、前日來帖招請、今日往觀、因禮拜日人少清靜也、是樓按日未正開門、戌初閉門、余于酉初乘車至見、高樓三層、備人遊覽者兩層、潔淨整齊、內有巡捕、容之往來上下、皆有定路、不得亂行、頭層四壁懸油畫大小百幅、二層羅列古銅瓷器並各國古時之刀槍盔甲、內有中國日本者各一分、大者丁懸壁上、小則盛以玻璃桌罩、約千餘種、然無甚新奇者、

二十五日甲申、晴、振貝子擇定今日巳正率眾啟節赴比利時、辰正一刻、余偕陳徵宇周稺瀚、曾叔吾三參贊暨馬清臣等乘車先至賽西店謁貝子爺、少坐、同乘宮車、係英廷所備、入柴苓十字街火車棧、遇外部侍郎巴令坦及赫承先諸人、巳正車開、聞倫敦城外阿得朔地方兵

營前定犯罪各兵丁加寬之期、斟酌赦宥一節、昨奉王
諭、以現雖患病展期、須仍奉行、故于酉六月二十四日、即本月二十一日凡監期未滿、在監循守規矩安分聽命者、一
律寬赦、又于二十六七兩日、各監晚飯皆加錢一倍、格
外豐饒、酒食肥美、又前于酉十七日、中十一日英后代國君
在阿得朔閱兵、馬步三萬、太子著戎服乘馬、皇后與妃
乘車、到時午正、聲礮奏樂、迎接皇后登臺、各大員命婦
見畢、皇后立云、今代國君祝爾各營國旗、誠賴汝等謹
禱上天保佑此旗、以及爾眾雄兵、言畢、兵則按隊自皇

后前過、隨過、皆向皇后行禮、皇后與太子之將至將去、兵樂皆奏天保君王、官民陣陣歡呼、亦曰天保君王與后、自英君病後、凡人聚會及各教堂無不祝禱天保君王并有羣圍老君主維克都里亜及君主夫阿拉柏二石像、跪禱天保君王與后者、且潤其他各城亦然、

二十六日乙酉、雷雨陣陣、外部大臣藍侯夫人柬請余與内人全氏及榮驥于今晚亥正二刻在本宅茶會、帶晤他國專使并本國寬諾公等、届時乘車前往、其樓前三面牆頭滿然煤氣燈、樓後園中亦然、鐙奏樂、惜爾時

風雨交加、燈多吹滅、樓雖高廣、而人多擁擠、立無隙地、
丑初還使館、
二十七日丙戌、陰涼、今日為西七月二日、午初、英后與
太子在兵部後校場内、閲印度兵、前日外部發三紅柬
來請往觀、是地東則兵部、南臨外部、西倚賢揑木司園
北傍春園、寬敞平坦、西面立兵奏樂、東北兩面設木臺
兩行、分甲乙丙丁戊五段、每臺十横、每横容座四五十
不等、臺皆木搭、層高一層、鋪以紅氊、東面丙丁戊三臺、
坐各專使王公頭等公使及本國王族暨各大臣命婦、

北面甲乙二臺稍寬、坐各國二三等公使夫婦子女參隨、及各專使之參隨、并領事與本國之文武官員、巳正偕內人與陳安生乘車往、由春園入、登北面乙字臺上第二級、第五百一十、十一、十二號三座、兵約二千、向東橫立五行、戎服色分紅黃藍黑、纏頭布色亦紅白黑藍有別、旗幟既分五彩、兵之面色亦黑黃不同、兵官纏頭式樣更不一律、蓋皆來自印度東南西北各方也、午初、太子着戎服乘馬偕寬諾公等先至、繼則皇后太子妃及他王妃公主等乘車至、皆有親兵侍衛隨車執槍舉

斧、前引後護、兵即奏天保君王樂、四面官民亦皆歡呼、
先是皇后偕太子妃等、自東至西、向南向北、在五行兵
之前後穿行一次、回後東立、兵又自南轉東轉北而西、
隊隊鼓吹蛇行一次、乃陸續五行接成一行、轉畢仍行
行分五立、定復鼓吹一陣、皇后太子等先後出春園、回
宮、申刻、紫草市馬克林畫館、請看畫工賀斯得新畫英
君與后之朝會一幅、寬八尺、高六尺餘、看之不甚新奇、
而初學作畫、譬纓薈萃、眾男女之儀容態度神肖、亦妙
筆也、此外大小數十橫幅中、惟一山景山水幽遠、滴翠

送青萍藻交縈河流成帶、竹樹蒙翳黛色參天、觀之令
人心曠神怡、別一幅山場流水之旁、大小犬十長毛長
耳、色皆黃白、神氣逼真、如仰而吠者、俯而飲水者、回頭
舐毛者、作驚疑狀者、兀然不動者、垂尾嗅地者、似怒者、
懽喜者、按幅價皆數百至千餘鎊、所以請來觀賞者冀
得照顧也、

二十八日丁亥、陰晴不定、初到此致書各國頭等公使、
請定時日往拜、惟德公使復以修葺樓房工竣自當函
請、昨函約于今日酉初、屆時乘車往拜、坐談極久、見其

四壁油飾標糊、煥然一新、原色墨賽公是晚請茶會、因國王病停止、聞英君病住卜靜宮北樓頭層玻璃大窗八扇、外望可見庇喀的里街及花園樓臺等、其寢室右為皇后臥室、左為新建之澡房、國王病通國人憂、王族甚憂、皇后尤憂、邇來皇后恐生意外、心雖憂慮、強作舒容、接待內外之王公大員命婦、以及答覆本國與各屬地之臣民、當割治時、皇后未在前、以後則時時在旁問候安慰、代讀信函奏章、故國人以奶娘嬤嬤比之、太子與妃住別宮、亦時來問安、并代答各國之來電、

聞自英君病後至今、宮中共收各處電信萬餘、

二十九日戊子、晴。酉初、偕内人及榮驥乘車赴戶部尚書席斯庇夫人家茶會、樓後小花園設卓椅、羅列飲食、樹木蔭翳、幽雅怡情、奕正印度部大臣在本部請茶會、帶迎見太子與妃及寬諾公等、居時余偕内人往、入内登樓三層、見世爵哈末屯夫人畢、轉行半圈、奈男女擁擠、寸步難逡、遶繞回至第二層東樓窗下、立此部四面皆樓、作口字形、樓三層、層高二丈餘、由内望之長約八九丈、分七窗、寬五六尺、分五窗、各窗滿玻璃、可開可閉、

上下ㄣ形樓梯凡人必由之路、左右及樓梯之石闌、盡飾鮮花、石闌上則朵朵滿鋪、屋中兩邊又棵棵排立玫瑰丁香居多、五色迷離、馨香觸鼻、各窗外左右闌內更立有芭蕉棕竹各品、樓外是院、而非院乃頂上罩假天、天色深藍、大小遠近零星散錦、四面內外上下電燈萬盞、燦爛輝煌、使人仰望星光閃爍、不辨天之真假、樓中層正面開窗、內設御座、上支方彩棚、坐太子妃及他王妃公主郡主夫人等、樓下院中對面設一長方臺、飾以綵綢鮮花、正中左右皆有木梯、臺前立印度兵兩行、作八字形、前達正門、後分兩翼至臺前、臺左官兵陣陣奏樂、第三層樓正面大間、横桌備有茶酒小食、當時各國專使公使參隨夫婦、及本國文武大員并印度各武官男女、不下萬餘、待至子正、樂奏天保君王、太子至、先有前引數對、再則二官退步導入、登臺立正中椅前、繼経禮官唱名、使各印度官依次上臺謁見、乃由右步至太子前一鞠躬畢、退由左下、見畢、太子下臺步出正門、樂奏天保君王、于是衆人有上樓覓酒食者、有尋路出門喚車者、時已丑正十分、

六月

初一日己丑晴、者爾喜伯爵夫人上月柬約五月十六、本月初一初四日在鄉閒之別墅茶會、去倫敦城西三十里、名款斯特里、園申初偕內人携孫女乘車往、園廣甚、周約十數里、四圍甎牆、牆外行時許始入門、林木森森、有河有橋、綠艸茂縟、牛馬羣羣、繞行里餘、至一紅甎高樓前、下車步石堦十二級入院、行數武、入門為一大廳、桌椅列左右、設酒食、見伯爵夫婦畢、即延入座、喫茶小食并鮮果、賓客填門、接待頗為款昵、食畢出廳、前橫一大間、左右多小間、陳列各物、豐盈、有中國日本瓷器、細緞之類、不勝枚舉、惟中國之蟒袍女裙多襲、懸於一處、不甚雅觀、飯堂有大銀盆一周、六七尺、刻鏨極細、係備用冰酒者、出樓後門、下石階十數級、步草地、游行花木間、老松翳日、細草氈如、林中安排椅凳、并樂工一班、再行里餘、小房三楹、别設茶酒小食、并鮮果、桃李甘美、房前又設布帳二三、中安卓椅、便人休息飲食、酉正轉回、入高樓、出大廳、話别、登車、戌正還使館、

初二日庚寅、晴、暖、因英君加冕之典、倫敦城及通國各

鎮暨各屬地、預備烟火燈燭、以之耀國禮、徵民懽、費款鉅甚、預備者亦不僅一行、自英君抱病、斯禮停止、各行所失夥矣、關裴印一行、已備有彩燈一百四十三萬四千盞、三角煤氣燈八萬四千盞、水晶電燈一百五十盞、獨頭電燈八千盞、已備妥者都百零二買勒、蘋里其官所銀行等、共百五十處、烟火六百八十七處、南斐洲及他各屬地所備烟火、共值二千五百鎊、分送本國駐各國之公使領事、諸人之烟火、共五百八十噸、電氣煤氣、雖尚未用、而工料所費不匡、云賺少賠亦幸矣初三日辛卯、晴、英俗國君加冕、屆期皇與后應肆筵餉通城之子女失怙恃者、皇抱恙、太子偕妃因而代臨于賢瞿木司宮右英君舊居之瑪柏樓府、選通城男女年及十齡、無殘疾病證者一千二百、屬水手女衣藍色、兵丁女衣紅色、由方德齡醫院來、戴白帽衣絳色、由馬麗王后哈木斯代牛坡市、諸處各學堂醫院育嬰堂來、衣亦互別、幼童之衣亦不一、各堂各院各著一色、要皆潔淨整齊、巳午之間、各坐布篷敞車至府、分班入府、先任為童子戲、屆時計名入座、食畢立起、同謳一曲、祝王·永壽

之敬詞也、曲終出座、列成隊伍、少頃府門關、太子與妃
携其二子埃達倭阿勒柏、一女維克都里亞、至羣童歡
呼祝禱一陣、繼乃列班由太子與妃前走過、為兵式、太
子令各班分立樹下、桌邊賜食、橘擲食時、太子偕妃往
來以觀、俟眾食畢、出府回宮、羣童復朗聲恭祝一陣、城
外四方共選萬一千五百餘人、亦按日分地、太子偕妃
餉之、禮與城内同、
初四日壬辰、晴、熱、倫敦女僕老幼約萬餘、英后召眾喫
茶一次、各賜胸針一枚、針之琺瑯頭鏨王冕一、下橫A

凡二洋字、譯為王后阿來三德亞也、後鑿洋文為王后所賜四字、又各賜勺勾朧一匣匣匣面鈐一千九百二年、王后阿來三德亞因加冕賞作記念印識、聞昨日午後、先擇年幼者五百名、在豪路衛路百藝院中、上賀皇后之加冕、下慰其一生之苦衷、申正、各女戴白髮蓋著白油裙、雙雙走入其大堂、宏敞牆挂國旗、長卓飾以鮮花、隨食皆有悅容、食畢、立起齊聲歡祝天保君王與后、繼乃公發電奏謝彼皇后之恩、此外萬名、聞亦按日擇地分賞云、

初五日癸巳、陰涼、德萊芝大學堂（地名與學堂同在倫敦城西二十六里）
帖請即日在畫閣前花園中茶會、酉初偕內人率小兒
與孫女乘車往、小雨如酥、漸裳滑路、不欲步入園中、乃
往來畫閣內、德格樂（見四述奇）夫婦與女奉以茗飲小食、并
地椹等、勸進良毀男女來者多冒雨行至布帳飲茶、雨
久不止、因謝辭回倫敦。
初六日甲午、陰雨陣陣冷、倫敦城中少西、有幼科醫院、
在大款爾門街第四十九號、建於西麻一千八百五十
二年、現安牀二百五十二鋪、年費一萬九千鎊、院中首

善法艾甯公爵夫婦、為集款計、邀聚善男信女在藝植園內設雜物會、此會洋名巴雜爾請人購買、用助院費、名為御前加冕善會、並請皇后首先開會、會場則正門外豫植白帽白衫幼女一班、乃賢馬里貢義學中者、人百餘、后至歌曲慶賀之門內、一三級月臺上構彩棚、下薦紅氈、中安金椅、左右木椅數行、右息各國公使夫婦、左坐各屬地之男女、如印度等、臺下至對面幔密路作申字形、彎曲長合十萬零七千四百八十尺、正中直路止人行、滿布綠油椅、十字中心樂臺一、上坐樂兵一部、中路左

右距數武、各連布棚二十一所、所售物各不同、如鮮花
果、玩物、錫果、香水、畫軸、女衣、帽、書籍、銀花、玻璃、瓷器、竹
籃、罎、竊並別類襍貨及義、奧、俄、美、印度、南斐洲各國之
皮、木、寶石、繡片、綢緞等。棚外美地另有茶并小食加非
館、及射箭、歌曲、變戲法等場。就中皆仕宦婦女出售照
料一切。各棚飾以鮮花彩綢、异常華美。中路左右每邊
隔半箭地立二三丈長之木棍、一共三十對、乃由各棍
頂繫白布帳下遮至各小布棚頂後、式作∩形、每二棍
之間、橫挂燈綵、綠葉紅花、尤為鮮明。近煖寒處并有男

女中廁、信局、寫字房、換錢局、巡捕房、存衣房、救火房及各會首之待客帳房等。申正先來黑絨勺形帽紅呢金花襖高皮靴之鳴號兵四名，分立臺前左右階下，各執一蛇圈金號筒，每上繫一綉金紅方旗，四周約六尺。上有國王族達倭之職華字（即上月十二日所述之巳凡二字也）。少頃，先聞門外羣女歌聲，繼而號兵鳴號，正門開，則皇后率公主寬諾公及他近支王派入，至臺上左右立起，向一鞠躬。王后等未坐，即下階由臺右步往各布棚前游覽零件、看變戲法等，各公使等隨其後，至左鄙第三十五號買一人懷抱小孩乃孩手捧石印會中各人子女小影一本請余買其書厚不及寸粗帋裝釘問其價曰一鎊余即接來照付其他各物之價可不問而知矣繞畢皇后出門余亦喚車回使館今日皇后往來所經之路係三點十五分出卜靜宮經過本街沿途各樓開窗挂旗角道左右排車男女拱立擁擠如蟻除當皇后過時男免冠女搖巾齊聲懽呼外一律肅靜無譁此會共設三日除被請各票外凡去者第一日由申初至酉正每人一鎊後則五先次日終朝五先第三日終朝二先半另有

歌場、第一日酉正至亥初、欲聽者一人十先令、次日自申初起、各人一鎊、會場票在內、第三日亦自酉正至亥初、一人十五先令、會場票在內、會票已付者、至此另付十先令、以後則五先令、又場中王后座臺、通場各電燈、各處卓椅、以及歌場一切、咸由善人施捨借用、至各棚中貨物、亦皆善人化來者、聞另有人捨洋琴一架、拆彩出售、其票每頁十先令、馬車一輛、亦拆彩出售、票則每頁五先令云、

初七日乙未、晴、潦、英國以拋球一戲、為通國少年之上

等斛操、倫敦城西北角、有敞地、周十數里、名世爵拋球
場、正面建高臺、備人觀賞、每值拋球、他人亦可于中請
茶會、今明兩日、為場中練技日、韓格夫婦柬請于彼甲
字帳中第四阜、由四點鐘至六點半茶會、申正偕內人
率塋驥與孫女乘車至、見正面高臺及左右木臺、皆粉
白、黛綠滿座、如雲、對面無臺、而高支布帳、富豪車馬亦
皆密排、當中拋球要技、觀者恐亦不外乎買票也、此外
三面敞地、設大長白布帳數處、分甲乙丙丁等字、每中
橫排長桌兩行、共三四張、作冂字形、每桌可容八座、雖

云客多座少、而陸續往來、有稍坐者、有見主人即謝辭者、故客永不滿、而座永不空也、見韓君夫婦、讓坐喫茶一盅、謝別出帳、步行二三里、見各帳後設有爐竈、煮茶熬加非、作冰乳、擺糕點、堂倌既伺候忽忙、而遊人男女亦往來如雲也、又昨因皇后經過本街、在本街與利貞街交頭之處、乃以繩橫懸一旗、繩左拴廓康店旁石柱、右拴教搜教堂頂石闌上、當日街市男女極多、有幼女司蒻喜者、英屬地加那他人也、立教堂前皇后未到前一刻、忽狂風鼓旗、搖蕩旗大風裂、捲墜堂闌一段、長丈二尺、寬尺半、自堂頂至地、高四丈、洽落女頭、崩裂而死、其他婦女之受重傷者三、或傷頭頂、或傷脊背、或傷雙膝、即有巡捕以病牀舁入米得賽醫院、傷不重者六七人、亦皆走去求治、迨各巡捕初將一切收理清楚、而皇后至矣、聞該女係隨姑母并他女戚來此瞻仰加冕之盛、現住某店、他女皆去善會場中、惟伊立此待望、倏遭此險而殞命、亦可慘也、或謂此女之殮葬使費及其一生之進款、幾成他人之醫費并所應得而不得若干日之進項、皆須店堂兩處攤賠、究不知當均攤耶、抑或孰

多孰少耳、又聞昨在善會場中、有印度某王爵以千八百鎊買一珍珠簪、一美國人以二千鎊、爲其女買一碧玉項圈、

初八日丙申、晴、叅贊曾叔吾以母病呈請回國、前日與之餞別、今午送伊至攸斯屯火車棧、將自立文浦海口坐船走美回華、或謂英后心地慈善、視醫院病猴爲尤重、當其出閣四年後、西一千八百六十七年、同治六年忽患身痛病、因而有感於醫院患病之人、更念各病猴在醫院不比在家一律舒服、病初瘳、即飭送賢巴捜婁繆賢

卓爾志兩醫院各病孩書籍玩物多種並誓以將來即位加冕時當開買物善會以助院費以是故有前日之行然自前誓立善舉以來乃屢次不傳音信筴令宮僕執玩物糖果之類一筐送入醫院分賚各病孩繼而親往探視各院病孩之如是受恩者多矣中有足見善心感動天性者如西三月二十三日皇后親幸阿來三德醫院親將玩物糖果付各病孩按名慰問乃有一孩年將四歲者皇后與之溫言勢同已兒逮去時孩乃手挽后頸而親其吻此即孩之本性不知皇后之尊發自本

心欲親其頰以示親愛而后比生母也某娘好見此孩著紅襖因謂視之如皇后御林旁善女即答曰此乃眾孩平日歌唱之曲名也后云如是願聽之于是暗號傳知眾孩齊聲高歌后聞甚喜蓋通國人民自幼皆知以保國尊主為心故各街市每孩童一歌非天保國王與后即皇后御林等曲各處奏樂末場亦必天保國王也

初九日丁酉晴暖英自光緒二十五年九月與南斐洲和種特闌斯瓦人綽號鋍爾者鬨仗屆今幾至三年先經將軍駱柏爾即鄰居第四十七號率提督祁臣訥在彼爭勝二

大城後回國至他各處皆交衵目訥設法爭服雖云小城村鎮然善勸感服較兵攻大城為尤費力衵為人精明溫厚頗獲本營及敵軍之心至前四月中始經土人倒戈投誠一律肅清所定條約大旨謂敵軍投誠所有軍械皆當獻出今後敵軍投英當聽英皇號令而尊英皇為主條約定後所有前被英軍擒捉配往他處者即由英國運送回籍凡投誠者各人名下之產業按律給還其應享之權利均與英民無異本地學童仍准習讀該種人之語言文字如在公堂之上有應用該種語言

文字者、亦准通用、英廷當助二百萬鎊、以便整頓諸土人于前交兵之際被毀之產、俾其再得謀生、其既降復叛、而再來投誠請罪者、英國仍准來降、惟須削去一生干預政事之權、各為首逆犯之罪、應照本地律例經公堂判斷、應得與否、仍須從寬、惟犯死罪者不赦、以上前于四月底辦定、約于二十七日宣示通國、茲又續定兩條、一英國允准土人收藏軍械以衛己身、一英國不得在該處加抽地稅、以償戰費、又前於二十四日在卜靜宮內發賞各兵官寶星、二十八日英君加陞祁臣訥侯

爵、兼南斐洲兵馬大元帥、并由己囊賞五萬金鎊、以酬

其勞、各國聞得議和之信、奧德等國先發電來賀、上月

初三日禮拜、英皇與后清晨同入賢波羅教堂祝謝上

天垂佑、英斐早定和局、柳臣訥于上月中由南斐洲坐

歐畧塔亂輪船來英、昨早辰正抵騷桑屯海口、經地方

官迎迓、即上火車、未初到倫敦帕丁屯火車棧、有英太

子及各親王將軍等帶官車接入賢瞿木司宮、沿途派

兵列隊、極屬嚴肅整齊、男女觀者如堵、所列之隊、除本

國之馬步水師礮隊外、有印度加那他澳大里亞、斐洲

香港、威海衛、新嘉坡、新錫蘭、肥雞島等各屬地之兵、衣冠五彩、面色黑黄青白不同、未正宫内午酌、除祁臣訥及其屬下各武官外、由將軍駱柏爾哈米屯、傅蘭廸及朝中各大員、共計八十卓、長六丈三尺、寬三丈七尺、四壁懸前在洒勒倭特路、維克都里亞、都爾奈等處戰勝之圖、以表今日南斐獲勝之喜、筵畢、祁臣訥謝辭乘車去貝勒格蕾伍坊、入其友樂阿立家宿、并奉國君諭、待御醫言可會晤時、當即召見云、
初十日戊戌、早微霧、午後晴暖、英君病斃、日見痊愈、斃

壯、神足、據御醫云、割口不日生平、康健如初、不宜久在宮內、須去海面一游、以受清氣、遂擬坐前老君主頻駕往蘇格蘭之火車、知其堅固南行至坡茲茂斯海口下車、乘維克都里亞阿拉柏輪船駛赴英蘭西南角之溪里小島、至啟行之期及外往若干日、皆未定、惟船隻、大車現皆備妥、并閘輪船與考斯海口連有電條、以防不虞、又邇來日日御前五員醫官同行畫押、報英君病勢如何于外、以安民心、因其病漸愈、乃自前日改隔日一報、或謂其病得愈如此之速、將有于西八月初九、十四兩日之間、中七月初六至十一日補行加冕之禮者、故各屬地之兵、皆暫留不走、西敏斯德教堂中所備一切陳設儀杖、以及由文淵宮送來之主杵金瓜金冕禮服等、概行遮蓋不撤、派兵看守云、亥正余偕內人乘車赴狄本遜夫人家茶會、亦二十五年前之舊相識也、入內見其夫婦與女、讓入旁間喫茶、後步出後門、下石堦入園樹下坐、樂工一班、正面樓上滿懸五彩燈、樹上挂花燈、地面花間密列玻璃燈、上下燦爛熒然射目、往來步遊、亦頗有趣、惜天涼、少待謝歸、

十一日己亥、晴熱、前任外部侍郎、十年前派駐美國使
臣潘斯福、兩月前故于華盛頓、在彼教堂禮畢、美廷以
兵船送其靈柩來英蘭東北、至其故土司斗科城、其家
擇于今午在教堂行禮殯葬、英廷亦定今日午正在賢
翟木司宮内堂中唪經弔祭、昨日外部發帖來請、午初、
著素褂乘車前往、堂不大、正面一臺、供十字花燭等、前
立教士一、左右立紅衣沙彌九、烏衣白褂教徒十二、臺
下左右列座四行、右兩行、前坐太子寬諾公及藍侯夫
婦、禮官等、再則本國大員、左兩行、遍坐本國貴胄男女

樓上正面坐各國公使、左坐婦女多名、右設風琴、隨歌奏樂、先是鼓琴、衆徒羣誦一陣、繼而教士高讀一篇、衆徒再唱六節、教士再念數語、衆徒復和唱四節、當誦讀時、坐者忽跽、忽立不定、如是再念再歌一陣、而後散、未刻還使館、奕正率陳徵宇、陳安生、陳默之赴庇喀的里街柏凌屯閣內名藝畫堂茶會、堂中寬敞、油畫萬幅、大小不一、男女千餘、擁擠頗熱、鼓樂喧天、隆隆聒耳、酒食芳美、香溢四堵、

十二日庚子、晴、英皇病躰漸愈、遂於昨日午初、偕皇后

率公主維克都里亞（西國祖孫父子同名甚多不諱）丹國王爵查里與妃、國君奶娘并藍坎侍衛六名由卜靜宮後門乘車緩行、至維克都里亞火車棧、登車即開、去坡茲茂斯海口、坐官輪船赴溪里島、至去否他處及出遊若干日皆未聞、惟當日自出宮至海口、皆未明傳、故沿途人多不甚知覺、申正偕內人小兒與孫女乘車西南行十數里、至柴勒溪區特拉發勒戛坊、入喀賽蘭別墅、赴葛蕾太太家茶會、帶賽中國哈吧狗、該婦本前駐華參贊葛伍訥之妻、葛故未守柏舟節而再醮者也、樓後花園、當中敞地一方、三面立綠油棍、拴狗廿餘、皆各戚友携來比賽者、毛有長短、色有滿黑者、滿白者、草黃者、絳黃者、黃白花者、黑白花者、長耳短嘴犬、名新奇、或人名、或地名、無往而非北京者、男女百餘、多至余前詢問一切、請定甲乙、在彼遇赫夫人母女、馬蕾布朗等、看畢、樓中另備茶點、乃主人特奉一杯、其色清淡、味芳如蘭、問所從來、答稱携自北京、什襲已久、今烹少許、以表待華客之誠也、戌初還使館。

十三日辛丑、微陰、申正、赫夫人請赴海靖園内、堪興坦茶園中小茶會、申初偕內人率榮驥與孫女乘車入園、樹下分列桌椅、上置茶酒小食、男女無多、微風飄灑、紅花綠蔭、河水清澄、坐飲之際、使人心曠神怡、戌正倫敦新瓦更責會館、館名之義、乃違行四方棲無定所也、首領子爵羅柏滋色爾貝斯佛（即前到中國者）等、公請新錫蘭（地在赤道南四十度西近澳大里亞屬英）管理大臣司埃敦、及他國名人、本會會友共男女二百八十、在庇喀的里坊克立透連莊晚酌、十日、前折柬來請、屆時乘車至彼、先見羅貝二君、其客廳極宏敞、外間設澳大里亞樂兵一班、內間設長卓一橫五竪作皿形。横卓一行二十五人。正中首座為世爵多愛樂。其右為司焕敦。其左為伊毋耳。右為余。再左為貝斯佛。如此陸續坐有定地。食畢先息通堂汽燈。一人在門内以電光向衆照相一張。横二尺。竪尺半。即時洗就裝潢。明燈示衆。亦頗清楚。當照時請余坐正面者立起。以防不顯。人各座前置一紙帖。絨繩繫小鉛筆一。帖印藍字。言某照相館出售。每頁五先。帶架者十先。喜要若干。即請註明貴姓住址云云。照後多愛樂先立起。暢言數句。恭頌國王之德。繼而羣立舉杯懽呼。祝王之福、樂奏天保國王、須臾司埃敦演説一段大旨、一謂英各屬地宜同心保護父母之邦、即如英特交兵賴各屬地協助、足得爭服、以曠英之屬地、再謂今晚男女來此盛會、同慶議和之喜、舉杯恭祝彼此之福、此後貝斯佛立起陳説、謂英人以貿易為重、各屬地之人皆須同心前進、努力爭雄、不得使德美兩國徧獲其利等語、末則多愛樂復立起演説大義、亦叙努力通商各情、當各人言至令人喜聞緊要之處、無不鼓掌敲桌、歡呼稱妙、此後外閒樂兵去、換男女多人鼓琴歌曲、聞亦皆新錫蘭

加那他等屬地之人、余聽一曲謝歸時己子正、
十四日壬寅晴、冷、英國國 加冕之期、欽賜貧民一飯、
想必定例也此次英君原擬照辦、奈忽患病、加冕無期
然此節為人民所望、遂前于本月初一日西七月初五日舉行、
命太子太子妃公主郡主及各王公夫人等、分處賞賜、
以悅民心、王先斟酌各處所費、賜以金鎊、簡人代辦一
切、當日共集男女五十萬、各有請帖、人多不得坐于一
堂、乃分宴二十九區、每區又分數處、如巴特溪一萬九
千二百五十人、分五十處、伺候者二千七百六十、上賜

一千零九十五鎊柏門賽二萬五千人分四十二處伺
候者三千六百上賜一千五百鎊貝那格林二萬一千
人分二十三處伺候者二千九百上賜一千二百六十
鎊康柏衛二萬八千八百十二人分五十一處伺候者
四千二百上賜一千八百鎊柴勒溪九千人喫地末分
伺候者一千三百上賜五百四十鎊牛鶯屯四千五百
人喫地末分伺候者六百四十上賜二百七十一鎊西
敏斯德二萬一千人分三十處伺候者三千上賜一千
二百六十鎊代佛爾一萬一千九百八十四人分五十

一處伺候者一千七百二十上賜七百零八鎊第拉木一萬四千人嗅地未分伺候者二千一百上賜八百四十鎊汾斯百里一萬九千人分三十二處伺候者二千七百上賜一千一百四十鎊格林尼址九千五百人分二十七處伺候者一千三百上賜五百七十鎊哈克呢二萬四千人分四十五處伺候者三千四百三十上賜一千四百四十鎊哈磨斯米一萬二千人分二十二處伺候者一千七百二十五上賜七百二十鎊哈木斯苔三千四百二十人分十七處伺候者四百九十上賜二

百零七鎊萬勒賁九千人、分二十處、伺候者一千三百
上賜六百鎊伊苓屯四萬人、分二十處伺候者五千七
百上賜二千四百鎊慶斯屯一萬人分三十四處伺候
者一千四百三十、上賜六百鎊狼猥斯二萬零一百十
八人分三十處伺候者二千九百十五、上賜一千二百
鎊魯伊哈木一萬二千人、分二十七處伺候者二千上
賜七百二十鎊帕丁屯六千零四十九人分二十處伺
候者八百六十四、上賜三百九十鎊坡潘膦二萬四千
四百七十二人分四十處伺候者三千五百上賜一千

五百鎊、賢禹立木一萬零二百七十二人、分十八處、伺候者一千四百六十六、上賜六百鎊、賢潘克思二萬四千人、分三十五處伺候者三千四百三十、上賜一千四百四十鎊、翔爾的池一萬五千人、分十二處、伺候者二千一百四十、上賜九百鎊、驗斯倭三萬人、分四十七處、伺候者四千三百、上賜一千八百鎊、司代樸尼四萬四千人、分八十三處、伺候者六百四十、上賜二百七十鎊、卍宇窩一萬九千人、分處數及伺候人數未詳、上賜一千一百四十鎊、五里治一萬人、分二十一處、伺候者一千四百、上賜六百鎊、倫敦老城一千人同坐一堂、伺候者一百四十五、上賜六百鎊、各處所食菜雖不同、然亦無大區別、按其菜單係燒牛肉、煮牛肉、燒羊腰、燒小牛肉、牛肉餅、火腿、鹹肉、麪包、番薯、拌生菜、醃黃瓜、李子餅、酸果餅、紅果糕、橘子、平果、啤酒、姜酒、檸檬水、食畢各領加冕盜盅一個、菸與菸捲一包、勺匀臘一匣、祝頌詩一篇、按以上英君共賞三萬鎊、貧民五十萬分坐八百十五處、伺候人共七萬一千四百五十五、共用牛肉三十五萬斤、羊肉十三萬斤、小牛肉七萬斤、火腿鹹肉共五萬斤、大麪包二十五萬斤、糕餅共一百二十五噸、生菜一萬一千筐、黃瓜四萬三千條、西紅柿或番茄二萬五千斤、番薯四十萬零四百八十斤、奶油六萬二千五百斤、啤酒三萬六千加倫（鼓形大木桶名）董酒十五萬瓶、檸檬汁七萬五千斤、蕾里什甜水五萬瓶、飯桌各處者統計、直排長遹二百六十洋里、其中各物有經他人施捨者、如巴斯行捨啤酒、戴呢行捨番薯二百噸、槐達行捨檸檬四萬瓶、古多行捨蕾里什五萬瓶、郎特立行捨句匀臘五十六萬匣、御菸行捨菸二十五萬包、卜萊滋行捨祝頌詩五十萬篇杜勒屯行捨加冕杯五十一萬五千個、各處皆有樂工歌女一班、以侑各人歡飲、伺候者內多助善之人、各處人皆辰正聚齊、午正各王或妃或公主或公侯或夫人等每至一處、皆宣王諭、言王與后本當親幸宴爾群黎、不意因病阻止、殊覺可惜、今特派本爵前來、惟願各人暢飲喜食、以盡一日之歡、當日各桌頭皆高豎國旗、于將坐之時、及已食之後、各皆齊立歡呼、恭祝天保國王、各巡捕及各助善之人皆得有國王與后之小影一張以作記念、一日所費統約三萬七千五

三二六

百鎊除國君所賞三萬鎊外尚欠七千五百鎊歸倫敦
美爾施助云
十五日癸卯陰涼未初二刻偕内人率榮驥乘馬車至
慶斯十字路火車棧登車即開申初至哈特扉村赴前
外部大臣沙侯（見再述奇）家茶會下火車備有馬車多輛行
數里入哈特扉別墅登樓見沙侯并其女握手問候畢
出後門入花園步涉往來看魚賞花雜色叢叢長莎蔽
逕著茗飲酒爽肌怡人（其他一切詳見四六兩述奇）待至酉正二刻
復坐馬車至火車棧少待開車戌初還使館因來人多

倫敦城內者、往來不能同時、故特備專車八輛、以使從容不迫也。

十六日甲辰、陰、涼、著棉衣。前在柏林所識英人屠悌之女在彼已許配德人貝婁為妻、未娶而貝故、（詳見述奇）五數年前改嫁英人羅哲爾羅、現年八十三歲、鬚髮皆白。數日前夫婦來拜。今日申初、偕內人乘車西行十數里、至堪興坦園路第四十八號答拜。見其夫婦坐談良久、引看鮮花、煖窨花種頗多、外門置有四籠、養鳥如鴿、叫聲亦如鴿、惟色土黃、項套黑翎一圈、問其名曰凌得伍義

二二七

乃鳥環鴿也、不知產于何地、亦奇種也、再看馬號車房、馬五匹車兩輛、馬肥車輕、潔淨整齊、樓不高、僅兩層、而客廳飯堂書房打球房、無往而不華美、陳設中有中國今古瓷器漆器、皆一一指示、其人蓋一富宦之苗裔也、夫大於妻五十餘、此等嫁法、含有他意、不待明言也、戌初還使館、

十七日乙巳、陰、斐洲沙漠多有國、亦小、教皆回回、弍火教、惟在該洲東界稍北一小國、名阿貝奚尼亞、係天主教、不知奉自何年、泰西同教各國、亦不知其來由、乃傳

教士至其地原為傳教。不意其所奉者。本天主教。是誠
俗所謂一家人不認一家人矣。昨因英君加冕。該國亦
派專使來賀。其使臣名拉斯麻扣。南前于西六月二十
五日。中十三五明二為祝英君速愈。乃在西敏斯德教堂中
獻一十字以表其誠。
十八日丙午。陰涼。前于西七月十二日。即本月初八日。
在倫敦城內紫勒溪區公署內奉英皇諭筵宴瞽民老
幼一千二百餘。桌凳器皿與他處一律。惟內各皆無目
不善操用刀叉。遂專備各人猪肉餅葡萄糕麪包奶油。

地椹、橘子等飲者、爲董酒、加非椁檬水、平果酒、同時鼓吹侑酒者、亦皆盲目人也、坐齊後、聲傳公主綠衣娰到、各雖無目、亦皆面向堂門望之、公主入齊立、而歡呼一陣、因公主代國君親臨也、公主至堂中、立宣國王之意、衆又舉杯恭祝國王壽、食畢、賞各人櫻桃地椹、各一筐、勻勾臘一匣、小菸捲一包、彼此再行歡呼、而後散、又聞前日御宴貧民在哈磨斯來一區、竟用燒牛肉八十五司兜安、（每司兜安重十四斤）自丑正三十分燒至戌正、始熟、多人終夜分切、以供次日之需云、

十九日丁未。晴。冷。閏前初七日。午後。公主綠衣娰。駙馬
阿蓋公在巴特溪園閱看男女學生二萬五千名。來自
四十學。服色分四十種。堂堂不同。一律梳洗乾淨。衣皆
新鮮無油膩。乃按學列隊。自公主前過。男免冠。女請安。
各舉一小國旗。過時搖擺歡呼。各隊領首者皆先立陳
數語。敬謝國王之恩。以及公主臨幸之榮。阿蓋公代答
一段。鼓勵諸生。并謝各人之敬愛云。
二十日戊申。陰。晴不定。英君原定于加冕禮成後。請各
國專使駐紥公使并本國大員在戛喇園觀劇。園極大。

容人千餘、官定在臺對面正中、樓上租屋十間改成一大間、容座一百五十、以坐英皇與后近支王公、公主王妃夫人、以及各國專使公使夫婦左右、又共租二十間、以坐各國文武參隨領事等人、暨各屬地與外部各員、正面屋後大廳、并入門樓梯左右、咸飾以鮮花、廳中横列長卓、預備酒食、以便當戲歇演時、國君率衆飲用、臺前官定各閒、固皆飾以鮮花、其他雖未經官定、亦皆飾以假玫瑰、以使通場視之一律、其所以用假花之故、蓋奉王諭、謂真花香味吸透天氣、而使空氣靜重、不便呼吸也、到期演劇概皆著名優伶、除官定座外仍准出賣座票、其價因而翔貴、屋價向係八鎊八先者、漲至百鎊百先半鎊半先者、改二十鎊二十先、雖原價一先之樓頂站位、亦增至一鎊一先、現在加冕有期、仍請與否未聞、

二十一日己酉晴、聞前因國君加冕、特命提督東行代雇車夫五十名、御宮車載各國專使往各處、必人安詳、不喜喧譁戲笑且善御雙馬了然通城道路者、工直未詳、前于五月二十四五兩日、振貝子所乘者即英官場

所備之宮車也、御者及隨役、皆著紅衣褲、白高襪、黑皮鞋、染白髮、戴金箍、且字形高帽、白皮手套、

二十二日庚戌、鎮日陰晴不定、大風略暖、聞前于西七月二日、即上月二十七日、亥正在水晶宮設大跳舞會、往者買票、聚錢分振各醫院、當日太子與妃及他近支王族領首、（此等樂地、倫敦婦女多願去以為榮、雖傾囊不吝也、西人之不喜娶妻、亦緣此）、場設宮中、木墁地、周積逾一萬二千方尺、容二千人跳舞、跳場左右、改設大廳兩間、內備酒食、陳設器具、華美鮮新、多有仕宦婦女于中請客者、

二十三日辛亥早陰晴不定、巳正大雨一陣、復晴。前于十三日、外部來文云、照得今年本國大君主舉行加冕、典禮、承各國政府簡派大臣前來道賀、不意君主忽病、各該大臣等離英時、不得親自致謝、實不勝抱歉之至。查本國大君主現已體氣日充、加冕典禮不久想可舉行、惟一概從簡、原議之一切禮節、概不舉辦、屆時各國政府毋須再簡專使前來、即由各該國簡派駐紮本國之各項公使代行一切、除欽遵飭令本國簡派駐紮各國之公使等、前向各該國政府恭達歉忱云云。昨日復

來一通、內稱、伏查本國大君主加冕典禮、現定于八月

初九日中七月初六日補行、所有大君主不願各國政府再簡

專使前來之處、業經本大臣欽遵訓條于本月十七日

覲照會在案、現又欽奉大君主訓條、謂補行加冕典禮

時、若中國欽差專使大臣貝子銜鎮國將軍載振及其

參隨各員等、適在英國、願隨班行禮、則西敏斯德教堂

內、當為代留地位、惟不以中國

大皇帝欽派專使接待、仍以王爺之禮相待云云、

二十四日壬子、稍晴、微風涼、英人卜代扣茲者、四年前

曾請至其家赴茶會者也、詳見述奇六其人娶老妻、成巨富、

善養馬、近年在倫敦城西北角、設一大場、畜馬

百餘匹、每年請人觀賞、便出售、獲小利、藉以自娛、各

國人多以馬種良、養法善、買去牝牡配對孳息、并有師

其馬廄、畜養者、十日前來柬、請于本月十九二十一及

今日午後三點、往觀、車行十數里、至艸地數頃、南北設

木房兩行、約百餘間、如（）形、逐間潔淨、鋪蹋草、懸餵艸、

無庸瑣述、正面中横敞廳一、大間木臺三級、層層横椅、

容人三四百、廳前横木闌一行、闌廄之間為馬道、馬百

十四匹、黑紫忡黃三色居多、若者單馬套車、若者雙馬套車、若者一人騎行、若者一人拽行、皆自廳前經過三五次、忽快忽慢、忽馳驅、忽跳越、示馬力之各得其宜、每至廳前少停、便客觀閲稱讚、來人各一簿、上印由第一號至百數十號、馬種、馬名、馬齒、牝牡、顏色、善於何藝、或專套單馬、或套對馬、或單雙馬皆可、或善走、或善馳、秉性如何、迄皆註明、廳旁立一高桿、每試一馬、則桿頂懸一白牌、上書馬名、第若干號、客可按號於簿上察之、今日末天、來人男女數僅百餘、看演八次後、步入廳左布

帳、飲茶一杯、辭歸、
二十五日癸丑、晴、西方各國、遇有喜慶之事、不講餽送
禮物、雖送亦僅些須而已、惟雅洲各國送者良多、如前
當英老君主即位六十年大慶、我國送至二十件、朝鮮
三件、日本兩件、皆貴物也、其他義法等國所送、無非卓
罩一方、或小瓶一對而已、昨在日斯巴尼亞國、亦僅英
俄兩國各贈寶星一枚、他國皆無、所送至此次在英、因
賀加冕、歐洲各國皆無餽贈、惟聞日本親王帶有日皇
所贈乃鍍金大瓶二、用精緻畫工彩畫、多年始竣者、皇

冠菊花寶星各一（如此送法頗近西規）印度耀埔爾（地在西印度東界）之拉扎馬哈由本地携來珠寶甚多在所住店內置二大鐵箱晝夜有印度兵執槍守護聞其中至貴者一假象周身滿飾珠寶價重連城又印度某地拉扎奉一母獅以賀加冕由孟買以輪船運來不惟備生牛以餵獅且備米糧以飼牛也

二十六日甲寅晴辰正率眾向東南恭拜

聖牌行三跪九叩禮戌初公宴共擺八卓各洋僕亦皆排齊同眾華僕另擺兩卓聞英君加冕之費原定之十萬鎊因

前者改期、已有所費、今再舉行、則原數不足、于是加籌
二萬五千鎊云、
二十七日乙卯、微晴、早日本福島安正來辭行、言將由
此去印度遊歷、記倫敦四面寬處、電氣公車亦多、前于
五月二十五六兩日因值銀行放工之期、男女行客計
有十九萬四千八百一十九、統一禮拜共坐人百零二
萬五千四百、總一年計之、約合五千五百萬人、此車因
國王加冕、并未增價、而獲利殊多、輪子車、雖增座價、乃
所獲不覺增減、惟鐵道公車、自西四月一日至六月底、

共收九萬五千一百七十二鎊、較上年四五六三個月所收反少二千九百一十九鎊、其故未詳、由此觀之、西國車輛之生涯亦大矣、

二十八日丙辰、晴、涼、聞上月初間、英太子失一澳洲鸚鵡、遂出示于各新報、謂有能尋得送回者、酬以二鎊、十數日後、有某甲捉得、送入約克宮、太子喜、改賞五鎊、嘗思人之尋錢、諸多試步而入、天下皆然、如華人沈姓者、（詳見四述奇）現年八旬、五十年前來此、未謀正業、乃閒被洋人雇用、聞自討錢、上月某日、故于窮人宮（英京養濟院名）管宮

首善先來書，謂其人病故，現已入窆，葬費一鎊，願否施助，聽便。由此觀之，是非定然索要，迎余因其華人，遂寄去一鎊。不意送後一日，即又來信，言前者伺候其人之善女，當授十五先，如是，豈非得步進步耶。

二十九日丁巳，陰晴不定，戌正驟雨一陣。聞我國直隸一帶，曾于四月七日午後，天色黃，漸紅，漸紫黑，約半時許，室須燈燭，照物成青綠色，移時雷雨一陣，天始開朗。又初四日，英蘭某村陡然風雨大作，雨後，眾見水面浮黃粉，以為奇，後經格致家考驗，始知此粉屬硫磺。初五日德國某邨、午後天忽降雨、色殷紅、點點沾衣如血、亦經格致家以器盛雨、以顯微鏡察之、非雨非血、乃紅色螆也、按以上三事、察中美洲東之培洌火山、前于四月一日崩裂、烈燄上冲、琉璜紅螆、皆自此山噴出、是必狂風由西而東、先過英繼至德耳、至直隸、髒重者先落、故琉璜在先、紅螆次之、至直隸則僅烈燄黑烟矣、事固屬奇、凡人不知其由、不行細察、而多以天心示警、測以災祥、知此兩端者、俗諺自改革矣、

三十日戊午、微晴、涼、各國新報之設、有用之處固良多、

然為害之處亦菲淺按紙上所言有直述者妄說者借以鼓勵者激諷者誇張者陷害者勸解者安慰者使人長見識者更有令人漸改肝鬲者種種情由筆安得述倫敦新報千種推泰晤斯時報為第一所述皆當時四海之實事多關乎國政民風于是凡為官好學之人無不觀之乃前者誤報竟使片言而動八國之師一電而壞承平之局者當前年拳匪倡亂擾及帝都光緒方熾之際英之泰晤斯及日日電報咸由駐上海採訪人飛達倫敦謂駐京各國使臣均經被害誤兩報皆經據電

登錄而日日電報并云各公使於未遭害之先預將妻子自行戕斃當各使臣遇害情形殊覺可慘但見道路染血加以西婦被匪所辱各情尤覺不堪言狀云云各國聞此先耗無不怒髮冲冠因各派雄師冀爲使臣雪恨當德皇遣兵登舟時面諭中有諸軍此行既抵中國斷斷不可再存仁愛之心是必寧殺勿寬以雪國恥等語迨至北京城門既開始知除德使外各皆安然于是八國之師分佔內外兩城日本佔正北爲地最寬兵官不擾代之除暴安良英佔外城東南美佔正南偏西兵

官皆安詳治理、無甚欺凌、其他五國、有倚國勢者、有兵費不足者、有國不大而貧者、有以國王有諭、不存仁愛為心者、於是焚殺擄淫、并南征北剿、踴躍搶刦、京城内外、及直隸四面村鎮、無辜赤子、旗民各家之、飽受苛殘、財產損失、人命傷亡、豈堪言狀、以後既知此報所傳悉屬子虛、上海泰晤斯報自愧不實、乃立論自洗、力數他報訪事主筆之非、斥為無中生有、妄報驚人之信等語、談主筆見而搓之、兩造各執一詞、聞昨由陪訊人員議定、謂泰晤斯報所言、雖屬無罪、惟不當加以毀罵、以致

辱之過甚、斷令罰銀百兩、餘免深究、
七月
初一日己未、早微雨、午初晴、復陰、涼、昨見新報內一則、言木泥池大學院有柯訥苐者、新創一法、將已印之紙、放入漿水中、洗去黑墨、能使紙白如初、據云此法行後、凡造紙者、可于每百分中省五十五分力、而就中獲利之數如之、
初二日庚申、陰、英國將軍戈登前為中國南省帶兵、英人呼曰中國戈登、又因戈登斐洲陣亡、立石像於柴荅

十字街之畫閣前、六月間、又經富官醵錢以銅錫別鑄騎駱駝像一鑄成、罩以油布、先置賢馬丹禮拜堂前、土人不知爲誰也、咸異之、至上月二十七日午後始遷置特拉發夏坊水法前、經堪卜立址公撤去罩布、人乃知爲乘駱之戈登、

初三日辛酉、鎮日陰雨涼、英皇與后擇於今日申初十分由坡茲茂斯下船、坐火車、酉初一刻至維克都里亞車機改坐敞車、走格婁伍諾坊、過海德園、酉初三刻入卜静宫、意在經此寬街大道、俾人瞻仰、奈彼大雨未能

如願國君加冕、初六日舉行、緣街瞻望座舉復辦、乃西敏斯德教堂旁之座前貼告白、有座價一二吉呢者、皆售盡之語、他如議院街價皆漲至由七吉呢至十二、男女買座爭先恐後、現賢翟木司街一帶每座價值四六八十及十二吉呢者、皆不易得、帕拉瑪街之六吉呢以下者亦皆售盡、今國君既回、恐座價為尤貴、蓋買者既不嗇吝、而賣者因時昂價、兩無爭也、

初四日壬戌、陰晴不定、聞倫敦城外十數里謀敦村者、土俗新夫婦一年內、彼此恩愛無一惡言者、通村公舉

報、諸本村之首世爵某富家某世爵夫人即率衆男女
設會讚美之、并贈以醃猪肉半隻、謂不腆之禮、聊表同
里之情耳。
初五日癸亥、鎮日陰晴、細雨不定、涼英君明日加冕在
西敏斯德教堂、預備一切、其往來之時刻、及所經之路、
係早十一點出卜静宮、東北行、走瑪拉大路、賢瞿木司
圍十一點十五分、過御前馬隊校場、入白堂街、轉南走
議院街、賢馬格蕾街、并教堂寬街、十一點二十五分入
西敏斯德之西門、一點鐘禮畢、仍出西門、走教堂寬街、

轉北直行、仍過賢馬格蕾等街至白堂街轉西、一點十分、走柰苓十字街、闊克斯坡爾街、帕瑪街轉北、一點二十分過賢瞿木司街、再轉西走庇喀的里街、一點三十五分過海岱園東南角、轉東、進老宮門走寬斯的究慎山、一點四十分入卜靜宮、按西敏斯德教堂之門、自早七點開至九點半、門閉後、無論何人或坐車或步行、不准入、至各人入堂皆有定路、如入西門者、須走奶子橋、韋勒此坊、韋勒此彎、貝格蕾伍坊、上貝格蕾伍蒼侯伯坊、格婁伍諾園、維克郡里亞街、或卜靜宮路、其入教士院及笛音寺院者亦然、其入鋪艾子角者、須走奶子橋、韋勒乜坊、貝格雷伍坊、伊格來斯乜街、貝格雷伍路及倭爾維街、婁柴斯特爾路、文森坊、佩之街、米勒班街與阿冰鏊街、入北門者、可由阿普斯里門或帕克巷、半月巷、老班街、柴艸市及柴苓十字街、而後入御路、走白堂等街、其來自太木斯江以南、而入西門或笛音寺院者、須走倭克西橋、倭克西橋路、司特蘭街、柴苓十字街與白堂街、入鋪艾子角者、須走狼猾橋及米勒班街、所以然者、當門開閉有定時、來者有定路、直行以免阻滯、而違時刻也、各賣座處、凡人之坐車步行往入座者、率皆限有定時、以使街道清靜、如由白堂街至西敏斯德教堂一帶、明早八點三十分禁車行、至九點禁人行、再由白堂街至海岱園角、九點三十分禁車行、至十點禁人行、狼狽橋一帶、自今夜八點、除有憑票入堂者、其他各車盡行阻止、西敏斯德橋一帶、明早五點禁車行、九點禁人行、別橋則不阻止、其他處欄阻行人、如賢裡木司園北隅堪卜立圯地方、及白堂之御林馬隊路、九點阻行、在瑪拉街之瑪柏樓院、考克斯柏爾街之帕瑪、以東、及庇喀的里之柏克蕾街與哈米屯坊十點阻行凡街巷之關乎御路者皆設柵欄欄阻車馬行人國君往來各路左右備有醫藥椅榻所六十四所以防男女老幼之因擁擠患病者隨時設法療治明日御路左右各看臺今日始行晝夜修理點綴懸燈結彩而街市遊人男女往來之稠密又如上月十九二十等日矣

初六日甲子晴涼數日前英外部寄來請柬二各橫長半尺立寬三寸七分左右緣邊中不足四寸粉紅色上先印第若干號再則西敏斯德教堂下一王冕再下云

上

一千九百二年國王埃達倭第七及王后阿來三德亞之加冕請中國欽差大臣暨欽差夫人前往入由北面唱詩堂二緣邊各寬七八分左印北面唱詩堂入由十字横畫北首之西北門因此堂之地基作十字形也右印此柬不得他人使用後印教堂及所行所入之路徑圖柬下左角鈐有中閣大臣諾福公之圓銅印别有巡捕廳車票一張印地圖號目并往來應行之路及容車停留之地御者手執以免誤行而阻于巡捕辰正余偕内人乘車往由利貞街南首入御路走柴苓十字街過

白堂街、議院街等、一路地鋪黃沙、以防馬跌、左右則本
國及各屬地之步兵、成行排立、整齊嚴肅、緣途當中、每
半箭許、皆有馬步巡捕彈壓、指示各看臺及各樓窓內
皆男女滿座矣、入堂門、步木梯三十二級、至十字橫畫
右邊樓上、設有籐心白木凳十五橫、如階級然、每橫坐
人廿餘、下兩橫坐各國二等公使夫婦、再上坐三等公
使及參隨領事等人、堂作十字形、高數丈、本無樓、此時特
將西南北三面、以鐵以木截作兩層、乃每面又分作三
面、正看作凵字形、旁看作ᐅ形、因堂內寬闊、如此造作、

既（多爾）設座、更面面得見也、東面正中、如我國之戲臺者
為經臺、正面橫卓供耶穌、左右二門掛彩簾、地鋪花氈、
卓前左設二藍緞椅、一老木椅、二跪椅、洋名發斯禿勒、
形如椅而無腿、其背非為受人背、乃為跪後雙手撫之、
如叩首也、堂地滿鋪藍絨、十字中央、別一方臺為寶座
臺高尺餘、分兩級、經臺上設二大古金椅、面向經臺、又經
臺上在坐椅跪椅之左、臨壁一石樞罩、以花綢、上立大
金盤盞、金斝壺四、盤大周逾六尺、近經臺左右亦各截
作兩層、每層列椅行行、容人百餘、左鄙下層、坐太子妃、

及他國并本國之公主郡主王妃夫人等、皆坐南向北
上層及右鄙兩層、皆坐通城美爾暨他文武大員夫婦、
乃面向西或北與西或南、因地勢不直、座列丄形也、經
臺左鄙、再前為正南面、前對方臺、横列絨椅十行、第一
行大椅、坐太子與寬諾公等、後坐公侯伯子男爵二百
餘、經臺右鄙、再前為正北面、亦前對方臺横列絨椅十
行、第一行坐命婦一排十餘、後坐公侯伯子男爵夫人
亦二百餘、上層又木椅行行、容座千餘、內多文武官員
之妻女、其右木截二層、下層坐各國頭等公使夫婦、上

層、即余等坐處、面向東、右轉臨西門、正北一面、亦截二層、通堂坐者、男女數逾六千、凡堂中男女服飾與朝會同、惟王族及各公侯伯子男爵、男女皆古裝、男皆內著時式官服、外披紫絨斗篷、兩襟及下邊皆鑲銀鼠、寬約二寸、斗篷上另覆銀鼠披肩、帶黑縢、長約二尺、婦著各種白氅、赤胸袒臂、亦披斗篷、而式非斗篷、乃自背後兩肩下披一縷、上窄下寬、作形、長約八尺、亦紫絨製、鑲金絲銀鼠邊、項後仍覆銀鼠一長方、寬約一尺三寸、長尺半、兩肩掛處、另作紫絨一圈、外垂四條、作形、條長

二三寸、寬各九分、男女各提一紫絨冠、式同王冕、又似

倭帽、惟無金星寶石十字之類、僅一金圈飾以白瓷球、

大如荸薺者、四六八九十不等、亦按品級也、帽簷下鑲

銀鼠一圈、寬約五分、女冠小周、僅盈尺、戴之覆髻而已、

大主教與主教披花氅、如我國僧道之袈裟、餘教士教

徒有著紅衫黑大半背者、中國俚語挂拉兒有著黑衫白長背

心者、皆於堂西門外迎候、鐘末十點、男女到齊、十點半、

太子妃輦至、十一點四十五分、寬諾公率太子輦至、將午

初、執方戟、捧寶劍者二人先入、登經臺、戟立臺左、劍橫

卓上、少待、教士輩排班入、後則禮部、內部大臣、掌英蘭
蘇格蘭愛爾蘭三旗之大臣、再則韋令坦公舉英蘇愛
三邦合綴之御旗、管理寶物大臣雙手捧方墊一、上有
紅寶石戒指二、劍一、君派執傅油蓋棍之爵臣四、管私
印大臣內閣大臣愛爾蘭大法官堪特百里大教師暨
約爾克大教師、由十點至是時、樂譜五成、至第六成、執
皇后御物者入、英名蕾里亞乃王之特權也是為伯爵庫斯佛、執一
象牙圭上刻鴿一、公爵哈里斯執懿圭一、上帶十字架、
公爵駱斯百蒂捧皇后鳳冕、均跟役代為執帽、并各有

戎服武弁二、執杖相隨、繼則皇后入、不冠、胸敞、臂袒、著白緞平金裙、披紅絨金花銀鼠邊斗蓬、拖長逾丈、中則卜克立坤公爵夫人執裾、左右則世爵八人、襄執、而公爵夫人之衣尾、別有跟役執裾、后之左右隨有敖斯佛比朔、諾爾衛比朔、後隨寢宮命婦世爵夫人四、妤婕宮婦又各四、此後為執國君之御物者、乃伯爵喀呑凌比執賢挨達倭旗、阿蓋公執御圭、上帶十字架、又金刺馬距一對、伯爵勞敦及公爵魯新各捧其一、公爵葛拉芬執鈍劍一、伯爵羅柏滋執第二劍、子爵吳斯立執第三劍、禮官英蘭諾洛艾王、蘇格蘭來安王、愛爾蘭額斯特爾王及柯蘭蘇王、皆著古戰袍、執桓圭與冕、倫敦美爾著朝服紅氅、佩劍及城符、下議院一員朝服執黑棍、再則前引大臣十二員、後又倫得立侯掌國劍、馬柏婁公捧賢埃達倭王冕、色墨賽公捧日輪球、陸堪伯舉帶鴿圭、倫敦大主教捧經、文柴斯特大主教捧聖酒、艾里大主教捧聖餅、以上各員均有隨侍代為持冠、十一點四十五分、國君入、戴紫絨宮帽作口形、戎服罩紅絨綉金氅、尾長約丈、左右勳爵六人提曳、左隨杜哈木大主教、右

隨巴𠫭與衛拉斯大主教、後隨勳爵文武大員廿餘、各
司其職、執有金棍銀棍諸物、門內左右豫立執事十人、
執旗掌劍為信官支應等再衛隊武官八員護衛二十
名、當皇與后入門時、經本堂人唱祝讚耶路撒冷耶穌
詩、王與后皆直入登經臺、各命婦于君坐臺右各椅分
坐、坐宮官于臺左右之堦上、餘各員分立各所、皇與后
少坐、乃跪壓前椅上、默祝數語、起而轉立正東、後大主
教、主教、大法官、內大臣及總管地方各官、分立于西南
北三面、齊向堂內衆人高唱云、謹請諸君靜聽、今將本

五二八

國實當繼位之王族達倭、引至眾前、諸君既來恭賀、願
否、一律奉行、于是通堂歡呼、上帝保佑族達倭王、用達
樂從意也、遂譜樂一成、既主教等將所奉之聖經金盤、
聖酒各件、捧置經臺上、皇與后既坐南向北、凡各勲爵
之手捧御物者、皆至臺前交主教、轉放之經臺、惟劍則
不獻、于是皇與后再跪、二大主教立誦祈禱文一篇、
一主教讀祝文一篇、一主教讀遵天道、愛民如兄弟文
一篇、此後誦聖經、皇與后率眾立、再讀信教道文一篇、
眾仍立讀畢、別一主教立東北角講經臺、講解一段皇

自登臺即免冠至是始仍戴其紫絨帽同后坐于南面通堂衆皆隨坐、皇前右立杜哈木教主、後立捧劍各大員、左立巴他與衛拉斯教主及各內大臣、后之左右各立一主教、其曳皇后鸞尾及各命婦皆立于後、正北坐大主教、左右立各主教、經講畢、大主教立起、步至皇前、問曰、我王願立誓否、曰願、于是王手執書一本、大主教復問曰、我王願否誠心發誓、按照議院法律及他規例、以治英愛及各屬地之民、王曰、我誠心立誓、概行遵照、大主教三問曰、願否自秉主權、按例以慈心懲治一切、日願、大主教四問曰、願否遵上帝之法、執守王權、信經內之真言、敬守耶穌聖教、願否謹守英蘭教堂之規、及英蘭按律所定之理法、教法、以及治法、願否保存各主教教士等照例定給之權利、曰、以上各節、誓皆照行、言畢、立起至講經臺旁、跪於堦上、手按聖經、誓曰、今日在此所誓各節、自當照作、永遠存守、惟望上帝佑我、言畢、主教捧來筆墨、英皇口親聖經、受筆畫押、後皇與后皆跪聽大主教誦聖詩、誦畢、又祝云、自來上帝以油傅作明君聖僧賢人、以教化治理愚民、今上帝派治此地之

埃達倭、謹傳以此油、保護聖明、使為此地之主、更願其
體健神聰、敬畏上帝、享壽無窮、言閉、教主手撫油盤祝
畢、作樂唱詩一次、唱有上帝佑王、王得長生、永壽無終、
各辭唱閉、王起立、內大臣去其絨冠、脫其紅氅、引至正
中坐于前王埃達倭之古木椅上、東向、座前置跪椅、坐
定、四爵臣將金花長方綢蓋各執一角、罩于王頭上、惟時
本堂首牧師由聖卓上取下金盤暨匙、傾油于匙、呈主
教、主教先以油敷王頭、乃曰、自古君王教士名流、皆經
抹油、今故以聖油傳君頭、再敷王胸、乃曰、以聖油抹君

胸、復敷王掌心、乃曰、以聖油抹君手、頭、至胸及左右手、成十字形、敷後、弁云、索婁曼、經教士薩多、及賢人那坦、皆抹油而成王、今亦抹君以即位、奉天之命、位稱君父、稱國主、來此以治斯民、言訖、國君跪、主教復祝云、我教耶穌、爲上帝之子、上帝傅之以油、稱爲當時人中之聖、今以聖油傅我王之頭及心、畀之以權、助以上帝之靈、而使人民富康、奉之以誠、願我王公正聰明、奉敬虔敬、久治此榮耀之邦、永享昇平、祝畢、王起、回坐古椅、移去綢蓋、王改服金襖、腰束金帶、本堂牧師耿剌馬非授內大臣、內大臣執跪王前、向王足後比作安插狀、既仍放之聖卓其世爵之掌國劍者、遞于內大臣、內大臣轉遞主教、主教接置聖卓、因祝曰、吾衆敬聆、謹求上帝、保佑國王埃達倭、佩此劍、弗枉用、但爲天使、以賞善罰惡、言畢、他城各主教、同將此劍奉遞國王右手、其主教復云、現由我衆奉交此劍、王其寶諸、國王立起、內大臣爲之佩帶、國王坐、主教又云、請掌此劍、鎮止罪惡、保護教堂、養育孤寡、復興物之殘弱、保守物之已興、繼治勸化不善者、成全已改過者、統望振作威德、誠心奉教、在位一生、永遠無已、國王立起、釋佩劍置之聖卓、回坐古木椅、某世爵爰取下國劍、去鞘執立王前、王立起、提鼈尾官遞金鼈于本堂牧師、加諸王身內大臣爲結鈕、王坐、主敎遞日球十字于王、繼祝曰受此長服與十字日球、乃上帝賜以知識智慧、威勢權衡、著此長服、示以公平、服此外鼈、示以救援、迨視此日球在十字之下、則知地面之人皆屬上帝、既而王交日球十字與牧師、送置卓邊、主教再取戒指爲王納於右手無名指、隨祝云授此戒指、以明君位、以守敎規、今日肅然受此君位、承襲天業、

永保榮華無極、此後牧師取十字圭與鴿子圭交主教
王著手套、主教先呈十字圭于王右手、隨祝云、受此御
圭、以明公正、再以鴿子圭交王左手、又祝云、受此慈愛
無偏之圭、一切教導施行、概由天助、鼓心毋怠、懷養公
平、懲治兇慝、以正平之道、訓導人民、言已、至聖卓前、一
舉王冕、即安卓上、乃云、叩謝上帝、今日賜我王、俟達倭
以全金之冕、一王聞此語鞠躬冠于其頭、張其威儀、以振通國
國王、迴回坐古木椅、牧師捧王冕、隨主教至王前、主教
轉接、為王冠之、即時作樂、通堂歡呼、天佑國王者再、同

時公侯伯子男世爵亦皆冠其冠、主教又祝曰、敬東天意、遵守天道、康健勇敢、祿壽永茂、繼而通堂復行歡呼祝頌一次、牧師取經于桌交主教、主教轉遞國主、并云、我國仁君、今奉上此經、為天下什襲之至寶、内皆上帝之默示、即人間之定律、言畢、通堂高聲祝嘏一次、詞句甚長、祝已、主教復轉向眾曰、今各教士世爵萃集、成此大典、眾遵天命、奉此君王、互存忠心、太平安康、永樂盛昌云云、王乃逡坐十字中臺上之座、二主教及他掌劍世爵輩、隨侍左右、復作樂、唱詩人隨唱一長篇、既、主教

扶國王即位、各世爵大員、凡執掌御物者、立於臺下左
右、大主教乃立王前曰、今後固守宏基、奉天之命、由我
主教等贊成、我等愈近聖臺、愈見尊位之輩、固我等為
天使、循理扶王即位、自當永垂萬紀、如日之升、上天明
鑒、是後太子王公輩、行朝拜禮、先是大主教跪王膝前、
他主教跪于左右、陸續各報職名、大主教曰、堪特百里
大主教弟來得立等、必以忠誠報効王前、以及英蘭、並
愛爾蘭、承嗣各王、至奉命管理之地、自當誠心保守、與
教堂同、敬求上天垂佑、言畢立起、口親王左頤而後下

三

臺、繼太子免冠跪王膝前、其他王爵亦免冠跪已坐次、先祿報名太子報衛拉斯王兼公爵為王一生忠心膀臂之人永懷尊敬奉以篤誠、生死永保本國、敬求上天垂佑、于是太子及各王逐一立起、先以指彈王冕、再以口親王左頤、此後公侯伯子男班首逐一上臺跪王前、禮節與太子同、再唱詩一節、畢、鼓吹作樂、通堂又齊揚言曰上帝佑埃達倭王長生、埃達倭王我王壽履無疆、國君禮畢、皇后立起、跪聖卓前、約爾克大主教祝云、上帝為百善之根、羣衆敬求保佑我后、體健安康、願我后

懿德虔敬、為通國之規模、上天垂佑、福壽長生、皇后復
迄跪于聖阜與古椅之間、四世爵夫人各執金花蓋帳、
之一角、大主教傾聖油少許于后冕、乃祝曰、傅以聖油、
以迓天庥、永保無疆、皇天眷佑、繼納戒指于皇后右手
之四指、祝曰、受此戒指、為信實之憑、上順天心、永保興
隆、祝畢、雙手為后加冕、祝曰、受此貴冕、歡樂且榮、上天
恩惠、永保貞吉、后既加冕、世爵夫人亦各戴其冠、繼而
大主教將介圭交皇后右手、帶鴿象牙圭于左手、祝曰、
皇后阿來三德亞、修以六德、恭敬虔誠、上帝施恩、品位

尊崇二主敎扶　后登十字中央之臺過皇前時、皇后
向之請安既入座、主教復讀勸濟文云、謹請聖明光照
四方、作循天理、使民頌揚、世上良民富者當施存有盈
餘、用享長年、復鼓風琴樓上、和之以詩、主教又云、凡我
禱祝之人、来此勢等焚香、舉手示衆、如脫閉祭享、爾時
皇與后皆將圭杖交侍官、步登綖臺、脫冕跪椅上、主教
由臺後賢埃達倭殿取麪包一、聖酒一盃、盛以聖盤、
奉遞國王、王交主教、供之卓上、主教又云、以此供奉誠
謝上帝、埃達倭王蒙派得供其職、繼由內大臣捧金寶

一定重一磅、跪進國王、并聖帳一方、國王轉交主教供
諸桌上、皇后亦供聖帳一方、金馬克德金錢名一枚、畢、皇與
后皆移跪二藍緞椅前、主教復立言數節、一為同教之
人祝禱、二為勸衆誠心奉教、三為自請恕罪、四人能悔
過、則上帝赦罪、言至耶穌已卜將死之前夕、稱謝後將
麪包割分衆教徒、曰食之、此即我為爾衆所失之身、念
之、莫忘等語時、主教皆手舉聖盤、割開麪包及手撫麪
包、又言及夜餐後、耶穌舉盃與衆、曰飲之、此為我新約
全書之心血、用以救護爾衆及他改過之人者、永記遵

此而莫忘等語時、主教復親手舉盃、并手撫各盃之有
酒者、皇與后復移跪聖卓前、主教奉麪包與王曰、此即
耶穌賜我王之身、知其身魂永生接之食之、記其死為
救我、誠心謝其慈仁、再則本堂牧師奉以酒盃、並云此
為耶穌之血、用以守護我王、其身魂長生不死、飲之記
其救我、謝以虔誠、禮畢、皇與后頂冕執圭、退登座、主教
又云、上帝在天普視地面、今日賜以麪包、我恕他人、上
帝救我、并非引誘驕慈、實係救出凶惡、其權在天、豈僅
萬年、繼復誦禱一篇、歌祝一篇、畢、主教又有上帝之心、

一視同仁、尊敬上帝、并主耶穌、永存虔誠、永遠隨護、諸語既掌劍、各世爵及主教輩、先引國主入南門、次引皇后走北門、同進賢攸達僕殿中行禮、所行何禮未詳禮成、皇與后皆披紅絨氅、戴冕、執圭、文武各官前引、循舊路出堂、于時鼓吹作樂、內外歡呼、震耳、各人亦由原來之路出堂登車、沿途左右各營兵丁、依舊鵠立、巡捕彈壓、整齊無譁、惟每過一車、左右看臺上之男女、皆免冠搖巾歡聲載道、抵使館已未正、值驟雨一陣、是晚通城街市人家鋪戶公所、皆懸五彩燈、成千累萬、爍如列錦、煤、電、油、

蠟亂、
無罩、有罩、玻璃罩、花紙罩、十字、王冕、金星、國旗、橡葉、ER二字、鐙形各種、悉數難罄、尤繁華者、第一在老城內美爾裔門、倫敦銀行一帶、次則特拉發夏坊、及帕瑪賢翟木司、庇喀的里、利貞、白堂各街、江面各橋、沿江西北兩岸、遂樹懸挂、五色陸離、貫珠纍纍、銀海為之生花、因夜闌男女游玩壅擠、官定是晚戌初二刻、至翌晨丑初、禁車馬來往、其路上行人、須右首向外、如行車之上下軌、并禁緣街叫貨、出售物件飲食、及暗用小激筒、雜錮銅嘯、紙片、紙星等類、免致傷人滋事云、

卷二終、

八述奇卷三

鐵嶺張德彝在初隨筆潘士魁校

光緒二十八年七月初七日乙丑，微晴涼。聞英君昨由卜靜宮沚西敏斯德大教堂，車馬分三起。甲起國戚，前引有樂兵兩隊、馬兵護衛、生衛步隊、御前護軍等。第一車梅林堡公夫婦堪卜立址公、長公主阿麗奴。第二車希臘王爵安得祿、祝爾芝巴坦堡公主艾莉奴暨王妃綠衣奴。第三車巴坦堡王爵墨里斯、柳浦阿來三德與夫人藕哲甯。第四車阿蓋阿巴尼二公夫人魯麻尼亞

太子與妃、第五車舒隋芝、霍斯田王與妃維克兜里亞

教古斯達克立堅寬諾公郡主芭蒂夏、第六車寬諾公

夫人、郡主瑪夏當海溪公司巴他公、第七車丹國太子、

司巴他公夫人布魯斯、王爵漢里夫婦第八車得福公

夫人富艾萬公夫人、郡主維克兜里亞丹國公主墨達

隨有御前馬護軍兩隊、乙起太子前引有太子馬隊護

衛、第一第二車皆御前大臣命婦等第三則宮車、太子

與妃乘之、亦隨有馬護軍兩隊、丙起英皇與后前引為

將軍高文思、領馬隊護衛、水師提督朱其門領水軍一

隊、後車四、皆各世爵内大臣及命婦之伺候王與后入
堂行禮者、車後、印度各王爵勳舊、及各武官、乘馬緩步
前進、再則義兵、礮隊、鄉勇、水師、印度兵、屬地兵等、按部
而行、各有將帥副參游守、前韋後督、又馬步御林護軍、
及各王公乘馬列隊、分班前導、末則宮車王與后乘焉、
車後寬諾公及他各勳爵王公將師侍衛、内大臣等乘
馬帶馬步御林軍擁護前後、一律嚴整、八馬駕王宮車、
六馬駕太子宮車、馬皆一色、車左右隨行宮官、平金紅
襖、執長矛者四、御人金衣黑絨帽、左四騎馬上、右四韋

馬環步行、他車或雙馬四馬、色黑、王之車遍飾金花、頂
上立王冕、
初八日丙寅、晴、涼、英君加冕日之早晨、余矇矓之際、聞
礟聲隆隆、在西敏斯德堂時亦然、今知為聲礟之禮、日
出四點三十分、倫敦臺四十一、海岱園營中二十一、是
為請君安、午初、王出宮、倫敦臺四十一、海岱園營中二
十一、午初一刻、君至堂門、如之、午正五分、君加冕、倫敦
臺六十二、海岱園四十一、是為賀喜、午正三刻十分、君
出堂、一點四十分、君進宮、兩次礟聲亦如之、前後聲礟

計四百一十二、
初九日丁卯、晴、英君加冕日、調馬步兵及水師礮隊應差、共一萬四千分紮六處、堪興垣園三千、利貞囿四千、巴苔溪囿一千九百、鸛泗樓鎮一千一百、狠狽宮二千七百、賢卓志斯校場一千三百、其大小武官有五千一百員、
初十日戊辰、晴、數日前、騷斯倭鎮府署首紳賴得滿上書於王云、禮拜六日行加冕禮、次日禮拜、此兩日若各鋪皆休息、與貧民不便、懇王施恩、另旨遵行、內廷回信

準如所擬、此日民有不便之處、自當聽便示知、凡有關礙各閭巷禁止關閉、以表國王之仁愛云、

十一日己巳晴、聞英王冕上所鑄之金葉、乃地椹葉、官員衣上所綉之金葉、為橡葉、地椹葉主威嚴橡葉主平安其聖酒與麪包、皆始用于千九百年前、麪包洋名衛佛爾、即華人入教時所謂之喫教餅、聖油係五百年前、始自猶太、又剌馬距為前英王埃達倭所創、故此時仍有一對金者、與王比佩之、其古木椅、即前王埃達倭用以即位者、其椅下有烏石一塊、據云本為蘇格蘭各王于即位時坐

之者。六百年前。英蘭奪來。故于每王加冕時。置諸椅下坐之。并云天主降生二千年前。有扎高卜者遊倦枕此石。夢登天梯。見天神。故王之即位。不當者坐之。石必作聲為警云。

十二日庚午。白晝晴。入夜微雨。涼。英君加冕之數日前。有海艾街第十六號住房之老嫗莫爾。廿年百零三歲者。奉書於后云。曾經仰瞻前君主維克都里亞及前王卓志第四之加冕。于今尚望稍得餘年。能見埃達侯皇第七及阿來三德亞后之加冕。何幸如之。至本月初四日后令宮女柯諾麗代答云、柯小姐奉諭送與莫爾甘婦茶葉一匣、茶盃一個、以作加冕之記念、皇后并願莫婦長生、瞻此盛典云云、聞該老媼竟于昨早身故、

十三日辛未、晴暖、按例國君加冕後數日、在英蘭正南司比台海口外英泱水面閱看兵船、前于五月中、曾調集若干隻、後因加冕無期、遂多分駛各處、戍守海口、或去巡行、至今乃由附近各處湊集大小新舊兵輪一百十五艘、近北岸先列四行、再南另四行、兩長兩短、第一行二十艘、中一空地、爲國王維克都里亞阿拉柏船停

甶之霧、其左右爲各國派來賀喜之兵輪、內有日本之高砂（土音塔夏撒勾）淺間（土音阿薩驊）二艘、皆新式者、第二行、二十三隻、皆國家派雇之商輪、爲載各國公使夫婦子女及本國大員夫婦子女者、兩短行各十餘隻、亦然、正西另橫兩小行、各五隻、亦皆商輪、純式作亖形、其他輪渡大小往來甚多、數日前具帖來請余及金氏與榮驥、內稱八月十六日、（唧令）在司比台閱兵船、請于早晨七點四十五分由倭特路東棧乘車至騷桑屯海口坐喀賽之輪船前往、蓋由倫敦往者甚衆、凡有請帖者皆敘明何

時走何路、并車費若干、且車票不能臨時買、須三日前
由他處買辦、車之往來在各棧先後十數輛、尚有快有慢、
又官備輪船不僅一艘、故帖上言明請登何船、以免亂
上人數不均、令早卯初睡起、點心、辰初偕內人帶紫驥
及馬清臣陳安生乘馬車至倭特路車棧、登車即開、巳
初一刻抵騷桑比下車上船、船雖式舊而極大、亦英公
司PO行者、巳正一刻展輪出口、東行過教斯責老王
宮及新樹林雖名曰新然已四百餘年矣午初船上早餐、男女數百
至外達島北之考斯即前英王往養病處小海口外、遙見英君之

維克都里亞阿拉柏船在彼、午正至司比台乃在四行兵輪間緩行穿繞一週作弓字形、末至各國兵船之南、商輪行內下錨地在御船之東南、前對日本船左右與後皆商船、時已未正在上午酌各船桅頂滿掛花旗兩行、單桅者作八字形、雙桅者作八字形以明慶賀、繼而御船自考斯駛來、兵船同時各聲礮若干、作敬接之義、御船亦在各行之間緩繞一週、每行近一商船在上之官民皆歡呼一陣、申正二刻、御船游畢、停于所定之處、後各商船陸續生火、展輪駛回本船亦開緩行、在上茶點、酉初至騷桑比船行雖慢、因進口稍未著意、應轉未轉、船頭觸岸碰碎巨石一塊、船頭亦傷、當時男女咸立船面以待上岸、因而跌倒大半、婦女居多、歷椅亦多滾倒者、船傍岸搭跳板、齊步至棧房、分路登車、少待即開、戌正到使館、

十四日壬申、陰雨、涼、昨晚坡鎡茂斯海口（地近司北台、在其東南）、大小閭巷、人家鋪店、滿懸燈彩、與倫敦同、水面兵船皆自申初至子正、闔放五彩起花、爆竹、火球、火箭、花雨、電星等、水陸觀望之男女以萬計、又看兵船者、除經官請

者外、欲觀者、求可買。商船客票每張十先、其在岸上者、以坐馬車為第一、每輛價由十先至鎊零一先。昨晨由倫敦至騷桑屯之火車、價人出一鎊、皆頭等也。

十五日癸酉。雨。英國司比台、玆坡玆茂斯海口、南正面對法之哈伍海口、此口北為坡玆茂斯、邨南為外達島東南面之賴達莊、兩面臨海淺處、有鐵礮臺三作∴三星形、臺式皆圓、上窄下寬、直徑寬約七丈、高出水面約五丈、臺四面橫分八圈、每圈節以黑黃二色、節節見方圈圈錯置、以使遠望者不易辨其礮眼也。其式大概如

此▦三臺中之北面者名司比台稍東者名霍斯正南者名諾爾曼勢極雄壯至建自何年未聞

十六日甲戌陰雨陣陣聞前當英君患病時宮中晝夜伺候扶持之二女僕一名韓娰一名傅萊哲治君病痊出宮赴考斯之前一日上乃親口面謝各賞一物皇后與太子妃亦各賜多物又通宮男僕兵衛等各得一銅質加冕寶星云

十七日乙亥晴前者英君在教堂所用之王冕圭介寶劍金盤等皆前一日始由倫敦臺中以宮車取來自臺

至堂車之前後路之左右咸有官兵守護入堂出後雖交
堂中牧師教士嚴密收藏而堂外四面依然列兵晝夜
把守巡察自加冕後堂中一切不移自初九日起除禮
拜日外限七日准人入內瞻仰進門買票存集來款別
作善舉入者前兩日每人五先第三日二先半後四日
皆半先每日巳刻開門酉正關閉來者男女當門未開
時在外與在戲園同不得成羣擁擠乃排串而立入則
魚貫而入出亦魚貫而出出入皆有定路不准止步亦
僅隨行一望而已聞第一日入共五百三十三人進一

百三十三鎊五先、次日、五千三百六十一人、進一千三百四十鎊五先、第三日、一萬一千八百零六人、進一千四百七十五鎊十五先、第四日、二萬零四百六十九人、進五百一十一鎊十四先半、第五日、二萬三千七百六十五人、進五百九十四鎊二先半、第六日、一萬六千三百二十三人、進四百零八鎊一先半、第七日、一萬八千六百五十人、進四百六十六鎊五先、以上統計來者九萬六千九百零七人、進共四千九百二十九鎊八先半、來者女多男少、不僅城内之人、竟有數十里外者、至末

天閑門時尚有欲觀而徘徊于二三里外者二千餘并
闈第一日有老嫗年近八旬者囊中僅餘二先半錢因
來自遠方姑亦給票放入
十八日丙子晴三十年前英國各世勳及駐英各國公
使每入朝會皆坐宮車其車鑲條高御者前坐長高方
凳罩以彩緞下垂作形侍僕竝立車後雙手曳皮條
御者并侍僕各戴餃形長黑帽短襖短褲高白襪亮黑
皮靴其各世爵者尤屬華美工既精細彩畫亦以上色
凡本家之世號旌旗劍戟之類無不顯著于左右車頂

四角、飾以該爵應戴之冠鋼、近來概行改用雙馬爲車
矣、自今春因國君加冕大典將行、各世爵咸將舊車重
新、一爲以重大典、再爲皇家賞視也、聞在賢瞿木司街、
有胡珀爾製造官車鋪、前于西千八百三十年、曾爲伯
爵柯拉萬製造一輛、以備入朝、今即與之更新、現復爲
瑪柏婁公造成一輛、價值七百鎊、按時價合庫平五千
六百兩、
十九日丁丑、白晝晴、入夜雨、蓋謂英君加冕之期、遊人
衆多、爲時且早、凡城內鄉間者、皆不得在家早餐、故凡

在熱鬧街衢出售飲食各鋪皆須盛備兩日所需、尤可利市三倍、開在庇喀的里街之畢洒斯特店內、每日預備食物足供萬人、并備精美食物竹盒可蒉兩千人之用、每中盛物足飽十二人、以便臺上觀者不離座位也、至其所儲肉食之數、如牛肉三萬三千六百斤、牛舌三千個、香腸十斤、冷葷千斤、糕點三千斤、牛肝等千斤、鵪鶉千一百隻、雀一萬二千、火腿五百盤、牛肘一百、雞五千、冰乳兩萬分、特邀廚工一百五十管倌六百、刀叉杯盤五萬分、所備者如此、至所售者如何、未之知也、二十日戊寅、陰、入夜雨、教斯貢舊宮為英君之私產地、在外達島之東北隅、原為老君主維克都里亞所喜住、自去歲君主薨于是宮後、遂封閉、今君不忍居之、昨于加冕之期、新任度支院大臣巴樂佛奉諭將教斯貢宮內各樓房庭院、除歷來君主所住各間外、皆作為水陸各官之身體殘廢、以及因病或因受傷而體弱者退職居住之所、使其休息調養、以樂餘年、

二十一日己卯、晴暖、英俗每年四月初第一禮拜某日、有場賽馬大會、名曰德爾貝、乃百年前世爵德爾貝所

創也（見航海述奇） 按歷來講求善養之法何以使其肸壯善走馬廄如何淨潔整齊皆屬養馬者之常規無須瑣述惟此專備賽跑之馬畜法異衆乃晝夜需人餵飲刷洗按時而操練之如每早卯初二刻喚醒然燈餵以淨料兩把繼而通身覆氈拉出馬號至辰初主人乘之急馳三四里畢看馬人拉之慢行一小時以使馬得清肺血脈運行後再疾走三里以生肌肉時值辰正緩行回廄則廄中一切已洒埽收拾矣拉入後餵以雀麥與艸至巳初則刷洗之速洗即擦以免受病後由巳正至未

正皆使休息小睡申初拉出遛行以生元氣申正拉回
再使小睡酉初餧飲後主人搽掌撫其周身察有病否
察遍無病乃備妥一切使睡終宵至明晨卯刻再行喚
醒如此純心善養以冀將来一跑得獲千萬金也
二十二日庚辰晴暖如昨聞本年德爾貝場賽馬獲勝
者六匹第一名東喀色爾贏七千五百十鎊售以一萬
四千鎊第二名班多爾贏一萬七千五百一十七鎊十
先未賣第三名教門得贏二萬八千四百六十五鎊十
先出售一萬二千鎊即時轉售至三萬一千五百鎊第

四名敖爾未嬴三萬二千五百二十六鎊未賣第五名第苓佛克斯嬴四萬九千零九十六鎊售以三萬七千鎊另一匹名西敏斯德公者雖未賭錢亦賣以二萬一千零五十鎊以上非各馬主對賭乃馬主與旁觀者賭而各旁觀者又彼此互賭如白鴿票雖不識馬之好歹者亦可賭當時得失由十數先至數百千鎊者亦有之其他詳情容再述

二十三日辛巳晴西人于格物化學中遂處宜搜集出新材奇法先得名而後獲利聞有英人卜曼倫敦之一

營造師也、創為電線傳送圖畫減筆字摹真筆跡暨人之小影達於電報局、經驗不差此法若盛行、其人必成巨富

二十四日壬午晴、戌初細雨一陣、雨後仍晴、倫敦客店、向皆樸素整潔、地毯罕有用價逾三先一碼者、邇來不惟店數增至百餘、而且處處奢華、樓房高大、鋪陳裝飾、無不鮮明悅目、地毯咸用十八先或一鎊一碼者、杯盤卓椅等件亦皆窮極上等、乃本年春季生意拮据、貴客滿住無多、竟有店較上年少獲三四萬鎊者、或謂英京

固一極大商埠僑居人衆、而其客少之故、一因老君主
之喪、再因天花之傳染、并因兵事未已、多不進城、至西
五六兩月、為英君加冕、客始漸多、按各店之用人、電燈、
煤火、稅費、終年無論住客多寡、永當一律、靡費照常、曩
昔之投寓者、若上等、僅擇一潔淨卧房、飯廳、客廳、烟室
足矣、乃自各店互奪生意以來、竟將客之身價抬高、現
之投寓者、必挑撿各房、概須高大華美、壯觀、倘不照樣
供給、則此棧即須冷落、一邊然光顧者又不肯慷慨破
費、自軍興以來、進項較減、諸物昂貴、昔之飲十五先令一

缾之香賓者、茲祇飲荷斯凡米酒及搜大驗水等類而

已、雖云如是之迴廹、惟見大店日增、而無一關閉者、其

實情不得而知也、

二十五日、癸未、晴暖、聞有義國熱諾瓦人濮洛布者、新

創一種泅水救生衣、造以印度古米前中開襟、易於穿

戴、脚下墜以重石或鉄、平時泅水、半身可立水面、衣外

有兜、以盛燈籠火柴飲食號筒、以及備抗大魚之器具

等、初次試于談騫湖中、其人酉正投水、子正始行浮出、

據云、伊將在彼朝夕試驗、俟一月後、順流至法國哈伍

海口、水中勾留兩禮拜、然後來英海邊演洄、使人觀看、以張其名、

二十六日甲申、晴、聞前于英君加冤之期、不惟在各遊人稠密處備有治病棚、以防人之跌倒暈迷、以及著涼受熱等、且在西敏斯德教堂中、備有收洗胎產之器具人工兩分、其故蓋有二世爵夫人當時已懷孕九越月者、恐在堂哌哌產下也、西俗無忌人、亦強壯、更賴道途平坦、車不震動顛仆也、在中國、少婦懷胎四十天、即不敢遠行、愈後愈覺羞吝、見人臨產、人多閃避、況在大庭

廣衆之中乎、苟此二婦恰值國君加冕之際、紅血蕩流、嗷嗷座上、不知通堂如何作法、羣往扶持耶、抑或羣相驅避耶、殊難預料。

二十七日乙酉、鎮日陰晴、細雨不定。記倫敦郵政局、自去歲四月一日至本年三月三十一日、一年内共收大小四十萬萬件、共進千四百四十六萬五千八百七十鎊、内除費用人工路脚一千零四十六萬六千五百一十九鎊、外合賺三百九十九萬九千三百五十一鎊。又所收信或說帖中、有因人名住址不清、不能送到者十兆于中又有有財物而無主人名姓住址者三千七百八十二封、更有八萬五千六百四十封之未保險者、共失去實金一千鎊、匯票六千鎊、各信局現共僱用男女十七萬九千二百人、內幼女三萬八千名、各工人中女之患病者頗多於男、大概計之男在十之六女則十之七、在倫敦城內、女病速瘳於男、鄉間女子不惟多病而且病多日久、上年女工中出嫁者二百一名、其至大者二十七歲、由此觀之、是信局中之女工出嫁較他處傭工者稍遲云、

十三

二十八日丙戌、陰雨、聞邇來智利國新定一例、乃凡在戲園及他游玩之地、皆不准出售各種烈酒、及在火車棧與車上亦然、沿街遇有酩酊之人、即捉收囹圄、限由三個月至五個月、又凡一家之主、或父或夫、有因酒醉不善養育妻子者、則其家中不居何人、皆可具呈控告、審實則收監、罰由三個月至一年不等、

二十九日丁亥、陰雨、陣陣暖、和蘭國向有代人娶妻之俗、屆今未改、稱曰普洛克奚義即代辦、聞在南北美洲中間、大西洋近巴拉怪有和屬地庫拉搜小島人名黎得爾

者、原定上月中旬完姻、奈屆期黎在紐約因故未回、遂
經土人亞格倫者在彼代娶、後攜赴紐約移交黎得爾
或云亞格倫係一鰥夫曾經代充新郎已五次矣、是亦
另種生涯也、

八月

初一日戊子、陰晴不定、西人好潔、最講衛生之術、泥垢
飛揚、氣味薰蒸、於人呼吸無益、行動不宜、于是各國洒
道清塵之法、咸用機器車噴淨水、藉除塵囂、前者有謂
改用海中鹹水、能驅炭氣、可結泥為凷久則地面堅凝

雖有大風不至攘塵既得窓明几淨亦無撲面之虞是為清道之中仍寓衛生之意然城距海遠水來不易未得興用聞近日美國人攷得以煤油洒道可以壓塵為日既久日光曝炙則細泥反相凝結堅固如石蓋煤油質本黏膩調和土漿一經日晒其性能凝然其氣味薰人不知格致家曾考察其味久嗅與人有益否耳

初二日己丑晴風暖西國郵政規則極嚴罰亦最重聞昨有賣魚人艾格滋悞粘三枚用過之半本士信票經局驗出遂按每半本士罰十鎊十先總三十一鎊十先

因其無力交納、改收監三個月、英例、大小罪犯出監、須以嗣後如何度日、以何為生、報諸官、不則再犯加倍科罰、又有出監一犯韋良斯者、在街剪綹、被捉、定罪收監三個月、因前次出監未報巡捕廳、加罰九個月、共收一年、

初三日庚寅、晴、暖、蘇格蘭都會格拉斯勾之定規、凡遇死胎、皆有接辦殮埋之人、使費十先、為買櫃及腳費、至葬地另付掘坑人六先、聞數日前、在布拉埉街、夜半有二狹步行、聞見三人抱一木匣、匣外包布、隨行閃避形

迹可疑、二狹走近、三人抛匣于地而去、二狹驅前啟匣視之、乃六死胎、且多霉爛處、二狹驚駭馳報巡捕、逮巡捕到時、匣已空矣、不知何往、天明見地有新挖處、開視內有五死胎、他一胎、匿牆外、當日捉得五人、內接辦者三、掘地者二、一因接而不埋、一因應埋未埋、各罰收監三個月、

初三日辛卯、晴、前者英君因加冕、贈各國公使夫婦、及賜本國文武員弁兵卒之有功勞者、另種寶星以作記念、星分三等、大牛頭等者金、二等者銀、三等者銅、其式

圓扁、小於洋圓、而稍厚、前鑿王與后面、背鑿王冕及E

R二字、并加冕之年月日、工不甚精、花邊式同、欄板、令

早見新報內載、此種寶星現錢局鑄成、國家出售、其好

臉面者可買而佩帶之、其制分二、大者橫長直徑二寸、

小者一寸、其價金質帶匣、大者十三鎊、小者二鎊十二

先、六本士、銀質帶匣、大者十先、小者無匣、一先、銅者帶

匣、不分大小、統一制、每枚三先、又英國金銀錢之鑄、以

新君埃達倭第七之面者、第一鑪將鑄成、分為兩等、頭

等係由五金鎊至一銀本士、二等者係自一鎊至一銀

一　十八

本士有好奇而以先得新君第一鑪錢為快者、可致書鑄錢局按等而買其價頭等者每分十鎊六先、二等者每分二鎊十七先六本士帶匣外加五先

初五日壬辰晴、英國自前一千八百九十九年十月十一日、光緒二十五年八月二十五日在南斐洲開仗、至本年五月三十一日四月二十四日議和、共用兵官大小四十三萬五千八百八十九員名、內陣亡者官五百十八員、兵五千二百五十六名、受傷及因病身故者官五百五十四員、兵一萬五千六百一十四名、統計官兵共亡二萬一千九百四

十二員名、外有因傷致病、現仍在南斐洲醫院中療治者官二百九十一員、兵九千四百二十二名、

初六日癸巳、微陰暖、英皇與后前在西敏斯德堂中行加冕禮時、堂中奏有臘典學堂當時諸生于國君入堂時、乃齊聲唱曰威瓦蕾克斯、喉達瓦得斯、譯乃埃達倭王萬壽也、皇后進堂、亦唱曰威瓦蕾吉那阿來三德拉、譯乃阿來三德亞皇后萬壽也、至沿街燈彩中之E R二字、亦即埃達倭君之緘筆也、以上為當日目睹、未得一一注意記載者、今有所聞、故不厭其繁而瑣記之因

亦英君加冕日中之一節事也、

初七日甲午、稍晴、隋初有盜一錢以上皆棄世、或三人共盜一瓜、事發即死之律、西國律最嚴重、而無殺絞之刑、蓋其所惜者寸陰、所重者錢財也、每日無寸陰不足以掙錢、故定例皆以罰錢收監為懲治、頻有先判罰錢若干、不願則改收監若干年月日、因在監不能掙錢、度日須自忖量也、聞在海岱園中當上月花盛時、不惟失去若許朵、且傷損不易補種之花甚多、不知其偷者誰、昨經便衣看花人、于酉初見一人掐去仙人掌花一朵詢之名郭思遠乃利貞街北克萁巷中飯店主人義國之商民也巡捕由馬力貢街捉入官廳官謂伊既開設飯店必係偷花裝潢容麼誠心偷盜作此賊行着罰五鎊否則罰住監一個月

初八日乙未陰倫敦城內降地道火車外現添有隧道電車一行東西鍊道長約二十里東至老城內銀行叢集處之線鐵巷口西至新城邊之晒柏布什街道名電車筒因路狹而直故名曰筒俗呼禿噴斯秋埔譯言二本士筒也坐車不居遠近價皆二本士也沿途段段有

車棧欲坐者入門買票至第二門有人立守一高鋏撲滿坐者擲票于其中即有人開門入一升梯在內坐立任便管梯人關門梯則下墜至地道旁開門即登車車式與火車同惟稍細而長每輛分三節各節容人十六前後兩節皆橫排兩行中節乃左右竪分八椅每椅坐二人鐵道南北兩軌往來皆每二分鐘一輛每輛連車八九輛沿途停輪者十處每至一處停止不及一分有上有下各車前後有門下者出車入升梯即時上墜至棧房二門內下梯出門任便他往無人盤問極爲便當

車每開時管車人皆報云此去某街某巷以免坐人臨時詢問、有延分秒、乃預先提醒也、此道自三年前開辦上年工竣、始開往來、崮今未及一年、獲利頗鉅、車極潔淨華美、內然電燈、兩行禁止吸烟吐沫、車道兩旁與頂皆撐砌以瓷甎、尤可取處、較地道火車無煤烟氣味、道旁上下更無灰塵也、昨見新報內一則云、二本士筒車中、一年內男女之草率遺落物件頗多、計茴斯凡酒二十五瓶、大小菸捲十三匣、烟具一百八十個、婦女遮腦傘、三百把、男子雨傘二百六十四把、其他經本行黏報

三王

出售者，為眼鏡一百五十副，空錢包一百六十六個，初九日丙申，早陰涼，酉初大雨雷。英文參贊馬清臣前自同治初開，即來中土南省，以行醫為業，曾在南京娶華女某氏為妻，生有三子一女。光緒丙子，同隨郭星使來英時，（詳見四述奇）其妻已故三年，後續娶法女鞠氏，復生三子一女。其妻自六月底患血症，因暫遷住卜來敦海邊，以避暑天，而吸清氣。在彼病勢愈重，經血不止，延名醫治之無效。今早清臣來電，謂其妻于昨夜亥正一刻病故，享年四十有一。余即覆電以弔慰之。馬本蘇格蘭

人聞定于本月十四早先送柩該處教堂內誦經後運
去蘇島以卜窀穸
初十日丁酉陰雨陣陣涼二十六年之舊識英人墨蕾
夫婦原住本街現居距文恣宮不遠之艾夏木邨文恣
宮總管郝木斯為墨友數日前墨來信約今日早餐後
同遊文恣宮巳正偕內人率小兒與孫女至倭特路車
棧買票登車午初五分開午正一刻抵艾夏木墨以馬
車迎入其家見其妻夫婦年皆六旬同以蓄犬自娛十
二年前伊由中國攜來草黃色哈吧狗一對至今已孳

生至十二條、各皆馴順淨潔、而夫婦亦即視之如子女、
未初早餐畢同坐馬車南行數里出其里門入格蕾囿、
又數里至英王卓志第三之銅像、像係赤身披氅騎驙
馬、頭向北、右手直伸北指、馬之前右腿亦前邁、人馬之
身較真者稍壯、立一亂石臺上、臺疊石十層、高逾二丈、
此地頗高、西對宮門、中大道一條、其直如矢、長逾九里、
極寬而平坦淨潔、左右共古榆一千六百株、樹後有鏤
欄、欄外爲官囿、內蓄雉雞兎鹿、禁止狩獵、此道名陸昂
倭克義、乃步行長逵也、東至銅像前、轉西直下、至宮前

鐵闌門外、復右轉行約二里、入門下車、登樓會郝木斯
夫婦、少坐、引觀各處、因新王即位、處處刷洗更新陳設、
加增其他地位無甚搬移、古油畫大小千幅、多因日久、
烟塵迷暗、現雇人擦洗、按色補點、傅油以張光彩、步至
正中飯廳、時先見樓下花園、曰義大里園、五彩芬芳、階
砌藩溷、再遙望宮前直道、令人心曠神怡、游覽畢、回入
其屋吃茶點心、少敘謝辭、墨當夫婦以車送至火車棧、
酉正登車、即開、戌初到倫敦、
十一日戊戌、晴、涼、英蘭牛馬廐村、曾地人麥喀苐者、曾

仿美法以石油洒地、用壓攘塵、乃先擇地三百碼、長每十碼洒油一戛倫、觀始自去歲西四月一日、當時天極乾燥、乃至今年餘、並未添洒油水、而地永平淨、不起微塵、是年餘之久、每一碼見方地、僅費半本士銅錢、較他日日洒水所省多矣、又日本人中川正存者、上書求助、據云、客歲蘇格蘭格拉斯勾有萬國博覽會、因能英德語、遂自行往赴、本政府亦曾補助之、在彼會後、隨一二日本人開雜貨鋪、奈事業不振、正存手存無幾、且染疾病、兩月資金全盡、來此日本公使領事各有所助、而仍不足以餬口、今請貴館大官各位富仁慈之資、急救拔他人之貧、冒陳此書、望憐窘窮之境、誠惶誠惶頓首九拜云云、因即付給少許、促之使去、

十二日己亥、晴、冷、前十七初八日、西九月初六日、為倫敦諸生在伊苓比讌會收領國君加冕寶星之期、稱曰紅字日、英音蕾得蕾特爾代、義乃古俗、凡遇喜事、皆用紅墨寫字、因是日為各童之喜事、故即曰紅字日也、幼童統計五萬一千、內本城各學堂者二萬、其他三萬一千、以四十輛專車由他處接來、下車皆由火車棧排隊高歌步入

阿來三德宮外囿中（名宮非宮與水晶宮同）清風徐來、水波不興、豊艸緣縟、百鳥齊鳴、湖邊列讌、湖内駛艇、岸上并有跑竹馬跑旱船、及他多種玩藝、官兵鎮日奏樂、食畢、美爾將寶星按名分賚諸生、于是齊聲歡祝、視寶星如拱璧、紛紛籍籍、歡喜而散、

十三日庚子、鎮日陰冷、時而細雨淋漓、三年前余在此始見有電氣坐車三五輛、列在紫答十字街、出賃式與馬車同、而價亦同、惟行動較馬稍快、今到此街市排列備人雇用者無、惟有富家自備、或由鋪中賃用者、式改

細長車上有座而無棚、間有亦半棚、大半官定每一點鐘准走十洋里、街市往来頗多、并准入游園圃、雖云車頭有哨喚人躲避、然倫敦行人稠密、恐誤撞傷人等事、終必有之、現雖未聞傷人而誤行或違例者甚多、如前在倭爾賽斯得𣐙爾地方、一電車疾馳、一點鐘約行四十洋里、巡捕追趕不及、發電前站、待電到而車已過、再發電、仍未捉得、究不知其為何人、昨在堪卜立址路有亂違者使電車一點鐘行十二洋里、被執、因前有案、官罰六鎊、有卜魯慈者在巴斯路使電車快、與亂違者同、被執、先罰五鎊、因當時不招名姓住址、加罰十鎊、又有費伊勒者在色墨比街使電車一點鐘馳三十洋里、官罰十鎊、更有三人同駕一電車馳驅於鄉間大路、因騾牛誤撞入樹梃、幸人皆跳出、而車頭已成虀粉。

十四日辛丑、陰晴不定、辰正二刻、率王香圃坐火車、巳正至卜來敦、改坐馬車行數里至帕米臘大街第十五號、乃馬清臣僑居所也、入內見清臣及其子女、繼引入別間、其夫人之靈柩在焉、向之一揖、出坐客廳、午初有輿櫬并二坐車至、六人入內舁棺移車上、輿櫬先行、余

等分坐兩馬車、行數里、至諾爾比路之薩克蕾哈爾特
天主教禮拜堂、先從靈柩入內、停止面臺前、支以木架
上罩黑絨白十字一方、後則馬之子女及馬與余等、前
後對對而入、坐左右凳上、背後坐有先來之男女三四
十、蓋雖與喪主不識、屆時亦可入內聽經、再則一神甫
一門徒、四沙彌、臺上唪經、忽立忽跪、忽而請安、對面樓
上鼓風琹、并有二人隨時朗誦、臺下各人亦時坐時立、
末乃奉喪主及同來各人一一白燭、燃著右手、舉蹲之少
項神甫下臺前行、沙彌隨後、繞棺兩週、先以木枝向棺

洒聖水、再以提鑪向棺搖放香烟、禮節如此、其義未詳、蓋與洋人之視中國喜慶喪儀同也、禮畢、經人收去白燭、遂離座對對出堂、清臣約去其住所吃酒、辭謝、乃携香圍步至海邊格朗大店早餐、申初上火車、酉刻還使館、其棺暫留堂內、定于未正載入火車、酉正過倫敦、換車、亥刻再開、明早到蘇格蘭、聞往送者僅馬清臣率其長子按西禮送花圈、余乃定做一圈、差人送至尤斯敦火車棧、面交清臣、令置棺蓋上、

十五日壬寅、稍晴、中秋佳節、早掛國旗、酉初約衆隨

學生及自備資斧諸生挽酌、并賞華英各僕役上下共擺十卓歡飲暢談、亥正始散、記前于西七月二十七日、中六月十三日 二 英君因加冕下諭一道、畧云明晨為朕加冕之期、其事固為莊重之典禮、今願宣示爾民之在本國及僑居在外并在印度者、前當朕病勢沉重之際、爾衆同憂、朕深感佩、惟以朕躬不豫、典禮未克如期舉行、因爾等慶賀情殷、殊慮與爾不便、而能安心靜待、良堪褒奬、至爾百姓誠心祈禱、朕躬速愈、朕亦感激、現蒙天佑幸占勿藥、以精神復元、踐此天授之重任、而繼承大

國之主也、八月八日埃達倭具、

十六日癸卯、晴、冷、前者世爵席門、因憐惜畜生起見、乃致書各報館、以傳知于通城、其大旨謂時值盛暑、凡富宦多外出以乘涼、而遺其猫於空居、無食待斃、殊可慘也、夫猫馴獸耳、性命關乎一家之主、主人將離、須預定主見、或使速死以免飢渴之苦、或送入養猫所以便長生、養猫所有二、一在佛的楠街第三十六八兩號、名曰勅立收養無主猫所、或自送往、或盛以猫匣寄交亦可、一在阿蓋坊之格蹬草舍、名曰保養猫會、送者不用木

匣而用絛筐亦可車費半本士云云、
十七日甲辰晴涼、聞今早辰刻倫敦正北稍西諾桑也
𱖿爾府之開特凌城、見雪厚寸餘、又上禮拜六日、將軍
祁旦諾在倫敦西南衛拉斯府之葦石鋪城、以大小寶
星分賞前在南斐交仗出力之各兵弁、通城懸燈結彩、
觀者輜軿紛集、往來男女如雲、官場設于包感斯行宮
囿內、祁旦諾乘車、有伯爵包感斯夫婦及世爵考寗光
夫人相陪、到時男女迎立左右、免冠搖巾、歡呼慶賀、祁
乃立陳一段、其大旨云、吾人之武操、自當日益月新、各

知操練、以備戰爭、其最要者、無論何人、或居本土、或在屬地、凡黔壯操練者、遇事投營、爲其本分、拒敵守護吾人世代生育之國、更當永存在心云云、夫忠孝節義四字、按西國義字、闕或有之、節字不論、孝字雖有、亦僅講在一時、故爲子者、不念無父母、無以至今日、爲夫婦者、亦不思無子孫、無以終餘年、意在自顧、彼此無所倚賴也、至忠字、通國皆以忠爲心、然尊敬君、仰慕君、而不講報答君、惟以守護邦土爲念、故不以家爲家、而以國爲家也、

十八日乙巳、早黃霧迷漫、午後稍晴、涼海岱囿南邊對
阿拉柏堂之阿拉柏金像亭、銘建自光緒初間、當前君
主維克都里亞之世、由地基至亭頂高一十八丈、留費
至十二萬鎊、二三十年來、金色隨敗、金像見迷、其他白
石亦有損壞、蒙有灰塵、自前月官定修理、搭架支棚、工
估八千鎊、需時半年方竣、又西國養馬、入夏多套以線
織之耳罩、以防蠅、今見貨車及街市備雇各車之馬首、
又多戴以草帽者、帽式前空、後鑿如扁喇叭、因而新報
中有云、本年夏季、蒼蠅之所以少者、因不得吸啄馬汗、

二十九

故多攜眷他移云、

十九日丙午、大晴、仍涼、兩月前、當英君加冕之期、各國人之前來觀望者、多留宿于大店、以張豪富、斯特蘭街、賽西大店中、住有葡萄牙人傅利達夫婦、前于西七月十八日中六十四、明午後、傅妻自飯廳回、入巳臥室、見有不識之人在內、問以何幹、答曰誤為巳屋、懇祈寬恕婦云斯亦奇矣、非拋下手中之物、不使去、其人即擲手巾于地而出、婦見巾中有物、追喊下樓、適有店僕迎來阻其行、其人曰非我也、他人也、祈放去、店僕不聽、提入帳房、播其兜中有鑽石項圈一、戒指三、鐲釧三、金帶扣一、金表二、表練一、鑽石袖扣、髮針等多件、共值千餘鎊。其人名雷音、係一畫戲臺景致匠、住西敏斯德橋路第五十五號。遂送入白鷗街巡捕廳、懲以收監五年。倫敦大城每日新報中所述偷盜、搶劫、殺害之案也多矣。

二十日丁未。微晴、暖。俄國有種不遵國教俗規之村夫、名曰多闊柏爾義、乃剛強壯士也。近百年來生齒日衆、于是俄廷與教堂同行立法而強治之。衆雖入教、乃仍視教堂為無物、彼此平行、互稱兄弟、不受制度、心無官長、不吸烟、不喫酒肉及他各越分者亦不食、前于西一千八百九十八年（中光緒二十四年）請離俄而遷入他國、俄廷允准、于是千餘移入土國以南屬英之賽普勒斯小島、繼有四千餘并由闊喀色斯（地在俄南界、南接土耳其東臨喀斯邊海西為黑海）來之二千餘、統約七千五百移入加那他三四年間聚集甚衆、尚皆安靜、此等人既不喫肉、更將人所飼之六畜如馬牛羊等、皆放縱山中、因一切毡呢之類皆造自羊毛、亦不忍以之為衣、現在加那他之麻呢土巴地方者、因被敎士拘執、強使入敎、恐將蠢動滋事云、二十一日戊申、晴、英蘭一島、現有私設學塾、一萬四千三百一十九、官學帶飲食牀榻者五千七百九十七、統計二萬零一百一十六、按舊章凡幼童入學皆至十三歲出學、今改至十四歲方准出學、且無論貧富之子女、皆須送入其能自養者入私學、貧乏者入官學、蓋私學教習多上等、官學教習則中等、故凡英民之能飽食者、皆願送入私學、以冀子女學業有成、而得列入上等也、按其官學用款出自各本地之稅租、如英蘭官學所費一年共計一千二百八十四萬八千五百二十六鎊、內

六百三十四萬九千八百一十一鎊出自租稅、他皆募化者、

二十二日己酉、微陰、倫敦隧道電車、昨報云半年之工、共搭客二千二百八十七萬九千三百三十四、共進十八萬五千一百一十六鎊、除人工費用外、計賺八萬二千六百鎊、當國王未病之先、因奉加冕、街市鬧熱、于一禮拜內搭客竟數至一百五十萬、又自此車開行以來、至今共搭客七千九百萬、共用工人二百七十五萬、其地筒中之所以清爽者、乃每夜停車後、即設法開門向

外扇吹也、此車現在每一點鐘往來各二十三次、擬至
本年耶穌降生節前、改增一點鐘往來各三十次云、
二十三日庚戌、大晴暖、西國無拍花（北京諺語迷拐小孩之謂）之名、
亦無迷拐之案、昨見新報中有題曰偷孩者、非偷、乃借
用也、倫敦街市禁有乞丐男女、因貧討錢者、必執一業、
仍似傭工、或作小買賣狀、或執帚掃街、或手攜物少許
如火柴鞋帶、野花類、名普婁費甚那拉貝各爾、義為公
認乞丐、（伊既自顯人亦明知也）新報所載、乃一貧婦名蓋里、向為
公認之丐婦、因執火柴沿街乞討、施者無多、昨於某巷

見一男孩獨坐門外、語之以如能隨行、當給銅錢少許、
孩遂隨之、婦乃先買餑餑一枚食之、復交火柴一匣、執
立其旁、使行人目為伊子、憐而多施捨之、經倭什巷巡
捕察出被執、審孩名柯樂佛、年八歲、由巡捕送回婦收
監五年、
二十四日辛亥、晴、暖、前于英君加冕時、有南斐洲中間
巴婁茲小國國王賴瓦尼来慶賀、昨於西八月二十三
日赴騷桑屯海口、駕德公司回國、前在此兩次見英皇
與后及太子、坐車遊覽通城之燈彩、并閱司比台之兵

輪、一切火車、電車、氣球等、無不樂乘、耕種製造之法、各
皆學求一二、各等禮法亦學効之、如前日赴讌著禮服、
乃自言到本國後、定例國人凡赴公讌須著禮服、又買
買多物、如火槍器具、花帽皮靴并綢緞雨繖之屬、以便
回國分贈十二妃嬪、夫巴婁兹彈丸之地、蠻貊之邦也、
英之所以一律看待、而不以大國自居者、蓋以天下各
國其小者、當時雖弱、不敢必其將來之不能勝於我也、
且英初勝時、及各小邦、仍以自主友邦待之、別有深意
存焉、又比國王母前日病殂、昨英外部來文謂奉君諭

官場爲著素服三禮拜、公文暨封筒周塗黑邊寬三分、
表其敬故人友誼敦厚之義、
二十五日壬子、早霧、巳正晴暖、前于西七月底有瑞典
人名安之者、擅駛空諸學、凡專此學者、洋名曰誒洛諾、
渠曾以百鎊另造一種氣球、經其郡主音芝布名之曰
細林達立義未詳、安之率二友于前禮拜二日騰起、每一
點鐘駛行三十洋里、當日午後落于俄地衛立計城、距
賢比得堡南八十洋里、
二十六日癸丑、晴、波斯國王前在法京、于西八月二十

九日赴朗布地方拜見法總統盧貝、還至車棧、因車尚
未備、安波王稍倦、遂坐敞廳凳上、與三等客同、總統無
法陪坐以待、次日天暖、波王在店午酌、乃脫去外褂、僅
著汗衫、食畢以袖拭嘴、佻達如是、不知禮節、他國君王
未必爾爾、波王在巴里多收土人書、有兩函語頗新奇、
一云、現年七十有五、餘年無幾、不勝羨慕王衣之珠寶、
如肯割捨一粒、則使餘生用之有餘、一云、前者當王到
北方車棧、按鄙意所往瞻仰者、非王之尊顏、乃所帶之
若干箱隻也、因聞各箱所盛皆金璧、若沿途遺失一箱

三十四

使我得之、則助我另設一大洋行矣云云、

二十七日甲寅晴、昔英國募幼童當兵、派兵弁之能言者、赴各城勸募、大致謂其父母不必懸念、在營諸事、勝於在家、有人教導學技藝、長見識、守規模、知法律、且在營十四年、或二十一年、必有積蓄、可以別謀生意云云、今別增一法、官出小書十二篇、敘入營之規、年分、年紀、餉格、糧餉等事、書存通國各信局、凡幼童之立意當兵者、由信局取之、至家遍讀酌斟、如實情願、再赴信局領印就投營呈子一張、自寫或信局中人代為填註其確實歲數、軀格、欲入馬隊、步隊、礮隊、寫畢送交本城招兵官、官驗其氣力、身軀、性情、皆宜登册、候傳、更有撓徃、若素識某人在某營、因立意投之、即親徃登册、刻即入隊操練、可免久候、官傳其入營之規、必年在十八二十五之間、身軀至短五尺四寸、腰圍寬須三十三寸、旁及氣力、性情、一切、經營官、醫官考驗合格、派歸何隊、令之發誓畫押、謂自今按例當兵、忠心報國二語、初入營須由家中、携徃者、只木梳一把、胰子一、小凷、殼鞋線襪各一雙、汗衫一件、手巾一二凷、數日後、隊官查其可以造就、由官放給號衣、按營分色、紅、黑、藍、白、尺寸均合體、既著此服、自覺榮耀、是為國君忠義之僕、所得為袷襖二身、（西式長不及胯）一薄一厚、薄者麻布、厚者洋呢氈褲二條、官帽一頂、皮靴二雙、法蘭絨衫二、皮手套二副、絨襪三分、皮掌一個、手巾二條、繫褲皮帶一對、刀叉匙一分、雜髮刀、木梳、頭刷、衣刷、靴刷、及他去銅銹淨皮帶爲靴藥等各一事、凡鈕扣、皮帶等、皆須隨時自行刷洗、使之潔淨光明、零碎小件、有須修補者、自行料理、不得報官、大件費重、不及一年須修補者、報由官鋪修補、其費則官於每月月餉內零星扣抵、俾其人不覺費多、此外每年應得者、袷襖一件、褲二條、靴二雙、每二年得長襖一件、又按本國天氣、別有應得者氈護腿一雙、厚襖一件、護肩一件、應領之軍器、火銃、槍刺、鉛丸、皮袋、行李皮帶等、凡初入營、工課無多、早食前練一點鐘、早食後練兩點鐘、午後再練一點鐘、所練步武用槍各法、此外更有當學者、收拾器具、潔淨整齊、收執皮袋、捲持長襖、皆須敏捷、隨時兼學書讀算法、并爬越各技、蓋營中學堂諸生、宜時習測算文字、必能算能讀能書、可應考試而後已、尤穎者、兼學史書地理、并他國語言文字、蓋每日午後操練畢、不願入城游玩而立志勤學之兵也、箇人每早有自行為靴刷掃襖褲諸事、若于當晚豫行料理出營游玩者、聽之、即于四點理畢出營、至九點、或九點三十分回營、以上各節、學習三閲月、槍法步法爬越等技、嫻熟、始入隊與他兵伍、入隊即應差、差有按日輪流者、有專行派委者、因人之聰明魯鈍、其緊要必應之差、為守護、由早十點至次早十點、合晝夜二十四點鐘、須有力耐勞者、又視乎各營兵之多寡以輪流、人多八九日一次、少者一禮拜、所以守護各官署也、其四面臨街、則抱槍周行、僅前面臨街、抱槍左右往來、計一處一日三名輪流、各步行兩點鐘、休息四點鐘、晝夜一律、甲走畢、乙接班、休息則入署中小房一間、名護兵房、可讀可書、吸烟、小睡、并飲食、惟衣帽暨靴、均不准脫、倘要事來傳也、此外別有輪當之小差、如每禮拜洗樓板、擦玻璃諸事、此差在早餐前、可免早操、每早又有輪派者、為洒掃房間、生火、飯後擦洗盤盌器皿、安置一切、凡差各有專册、既不能亂派、亦不得偷閒、除正差外、有散差、且在本身口粮外加津貼、如一營或一旗有馬夫差役等、不下三十名、學堂副教習一二名、各處書手二三名、裁縫、皮匠、畫匠、木匠等數名、大城內又有營汛公署之書手、司電報人、跑報送信人、看守書庫人、花木園丁以及修補道路、建造房閣等工人、充武官差役馬夫者、月加十先、其他多少不同、視各工藝之輕重、乃每日由四五本士至一先、應此散差、既免操練守護之重差、且外加津貼者、蓋皆挑選兵之聰敏精能、學成各藝而不怠者、也、學軍樂須年在十四五六、其衣食錢粮與他兵同、學擊鼓吹號兼絲竹諸器、以備戲園、花園、跳舞會、茶會諸所樂場雇用、因之額外得錢、在營年久、武藝、樂工皆熟、可升樂師、樂器聲價不同、絲竹自勝於金革、凡精於某器以贍家者頗夥、英之營房高廣、木地板、玻璃窗、每間容宿十四或二十名、左右列牀、中一長桌、上懸吊槽、內置盤盌、備吃茶、飲湯、飲加非、又有五味架、內盛菜油、椒麪、芥末、醬油、滷蝦、鹽、醋各物、牀皆直列、臥時頭抵壁、牀各距四尺、旁各木架一、備立槍、壁上大鐵鉤三、以挂行袋、大襖、槍、錐、腰帶各事、鉤上鐵架一、備箇人度衫褲靴

帽書籍之類、左右四尺界內壁間、亦可懸畫及小影、各
間備有公用之掃帚布刷、鬆刷、水瓶、煤箱、鐵鏟、夜然煤
氣燈、夾正十五分、兵睡乃熄、復有大間盥面房、浴房、冷
熱水盆池布巾均備、廚房一所、各兵按月輪流充庖丁
隨軍鋪專賣各雜貨、如啤酒、乳油、乳餅、醎肉、菸捲類、價
皆極廉、又有衣工、鞋匠、各鋪、兵之肄業是者、亦因之窺
外得錢、更有怡性房、書籍、新報、可觀、象棋、打球、可戲、惟
按名每月捐三本士用償新報各費、營中日三飯、早七
點四十分、午一點、晚茶四點三十分、每名給肉十二兩、

或牛或羊麪包一觔早領一日麪包及加非加糖與牛乳一大盌午牛羊肉或煮或炮或為稠湯加番薯麪包乃用早食餘者晚茶加糖與牛乳一大盌麪包自備盖每日除官給外設不足或欲別添食物皆購之隨營雜貨鋪類如生菜乳餅啤酒等直甚廉兵之應差外出者隨時為之存留一日差既可自行攜帶路近亦可為之一送每遇黎明操演官加給加非一盌

兵登冊分隊雖限如干年仍可有故告退如三月內有不如意自行請退須本人或戚友代賠營費十鎊出三

月、不惟賠款極鉅、官亦不能隨意任其去留、苟其人操練有成、官必挽留使滿所定之年數、凡充兵至少七年再則十四年、多者二十一年、限內于役外國、雖逾限亦不令回、其在本國學練有成、逾五年者、亦可告歸備調或旋家、或遠適他處謀生、然必隨時預備調遣、以補足登冊以來之年數、出營候調、各兵因一年有傳操演八次及遇事被調出征各節、故每一禮拜仍得三先令之養廉、設若有限滿不欲出營、或已授為兵頭外委之屬、亦可稟請續留、續留至二十一年、限滿別有恩賞養老銀兵之因受傷等情撥歸養老者、每年恩賞三鎊、如已當差七年、一年可得二十一鎊、已十二年營差者、一年可得三十六鎊、此英國募兵養兵之大畧也、

二十八日乙卯、陰凉、聞二年前有印度句阿人、詳名未在加爾各荅城庫克珠寶店、陽爲貿客、于選擇間、吞鑽石值七百鎊者一、當時被獲送官、查其嗓含有小皮袋、而鑽石未見、遂定收監二年、限滿釋放、乃乘舟赴孟買、出售庫克店所失之寶石、被人察實、送官復審、定收嚴監三禮拜、是又歐人懲治盜賊之法

二十九日丙辰、陰晴不定、冷、聞義王母后麻格里他現住瑞士堪司坦斯湖旁、地在瑞士正北稍東、東界日耳曼一日乘車獨遊塔格爾威也、村正值馳驅之際、倏被巡捕攔阻、謂本村失物頗多、御者竭力婉言、欲過巡捕不允、隨手鳴哨、獬來巡兵若干、后亦無法、述明來歷、巡兵愕然、辯駁良久始放過、母后微服改稱幸他國無知者是又見西國巡警之權重法嚴也、

三十日丁巳、陰風颯颯、涼、月前日斯巴尼亜國王母后柯立斯蒂那將去德之巴敦迎其母、路經巴里少住、適

禮拜之期晨入馬達蘭教堂瞻禮禮畢教士持匣于王母前化振濟王母忸怩無言回顧公主阿斯士里亞囊亦空空幸公爵達拉巴夫人在旁急出金錢一枚王母遂投入匣中又半月前德皇幸臨福蘭佛乃以已用之菸捲分賞營兵其菸捲較街鬻者稍長而粗乃專供御用他處無售之者其直每枚約一先六本士爲鬻於市當直五先零德皇每街游時遇有孤獨子女輒與之言若應對得體亦有些物面賞用作記念

九月

初一日戊午，稍晴。百日前，南斐洲東北界摩非京之酋長麻洪者土人皆回教送英君新生之支立狐或謂即麒麟見六述奇二頭，英萬生園遣陶木森赴蘇丹地方之閣爾倪番莊迎取，始按結人韋北行，繼以火車載至埃及，傍新開河之伊斯麻里亞村，次日入輪船中木籠內，船名孟巴薩。初上船，二獸不食，逮過比斯吉海灣，風浪巨時，蹭蹬不起，恐其憊而斃，及水平船穩，漸飲食。上月中旬至英，有入隙太木斯江口，車載入園內巨室，比來餵草飲水，尚同他獸。牝牡二獸今高九尺五寸，乃自到後，日日量之，日長

二分五年後、其高大可知矣、入夜雨、
初二日己未、早雨、巳初雨止、仍陰冷、夫偷竊者、貧者卑
鄙之行也、然亦有富而生盜心者、每有所至、意奈非竊、
而瀕行不免陰納少許物於懷、醫書謂之少陰之性、西
人亦有之、聞前英相兼外部大臣德爾貝、生性好竊、一
日自赴司特蘭街鏡鋪、購看戲千里鏡、多不如意者、臨
行終放一枚于衣兜、鋪知其故、不問不索、至期帳討所
直、德詫異、令鋪夥入而詢之、夥指謂卓上鏡、言前于某
月日時、侯爺由本鋪帶回者、德沉思少時、大笑、償如數、

初三日庚申、陰凉、著皮衣、午後、英前任朝鮮總領事官
禧在明來拜、二十六年前舊交也、坐談良久而去、今見
新報內登伊荅屯區之屠戶畢樂恩者妻死買棺因小
退還、澆他鋪做大者用之、殯後前鋪主辛卜遜控于官、
官斷棺小應令改做、既未使改做大者、則前之小者仍
應屠有直當償、屠謂此棺於我無用、則我由此種二手
貨賣與何人耶、官勒令遵斷、遂退堂、
初四日辛酉、陰冷、廓康坊之禮拜堂自兩月前、因石闌
墮地傷人、遂立架于臨街三面、將重修、架上橫挂木牌、

書某廠修理、但僅修外面、中則于每禮拜日依然瞻禮、故在堂外門架之間左右與上皆橫木板、護人出入禦諸灰塵甎石、堂名曰教搜、譯為衆靈魂、不知此堂之門係為生人出入耶、抑為衆魂出入也、自立架至今尚未作工、外洋迷信與中國畧異、其建築則不講風水、必無力陳方向不宜、時日不佳、致工頭懸梁自縊者、

初五日壬戌、陰冷、見新報內載希臘王太子司帕塔係昨日試乘電氣車、由塔土艾村走峭壁入阿森（希臘都城）車極快、法不精、致失馳、墮于八尺之深溝、拋太子于車外、

眼邊口頸受重傷、同車某官薩瓦受傷尤重、太子妃之馬車隨後、電車落溝、聲震馬逸、幾墮山下、此西國少年好勇所致也、

初六日癸亥、鎮日陰晴不定、冷、半月前、有柏斯佛村屠郭丹者、送病猪肉于倫敦肉市、官察出、判收監三月、或罰百鎊、又艾賽地方有屠查里者、亦因售病猪于市、定罰四十鎊、或收監兩月、有謂比來達爾貝一帶、人之服毒或患病或身故者、多因食猪肉餅、故各處猪肉皆細察、以防受毒、英名此毒為樸投美安義、乃食物不潔也、

毒也、

初七日甲子稍晴、記西國人工、不惟禮拜日休息、且作工日有定時、而各鋪之主及夥、亦不令竟日立、立有公會備坐具如鋪夥之數、椅背刻字、他人不得借坐、會中人或暗察、有越坐者罰、是爲培養工人心力之意、

初八日乙丑陰雨、昨馬清臣寄一謝帖、白質、橫三寸、縱二寸強、四周黑邊、寬二三分、內又銀邊一層、寬亦三分、中橫印馬格理率闔家恭謝垂問弔唁之誼、別一頁較小、外皮四周銀邊、寬四分、內又黑邊一條、寬二分、其中

上印紫藍蝶梅三朵，暨一綠葉，此花洋名外歐蕾，下橫印以便愛念四字，花屬法國，其妻故法人，且西國亦不以藍爲吉色也。兩頁內僅銀邊，左印用以記念馬夫人鞠氏，故于九十二年九月九日在倭武城帕米爾街之第十五號，九月十六日葬于柯庫布來鎮地在蘇格蘭南界偏西之敦得蘭楠教堂前，右印二句云，中年故去，心已如灰，如夏之塵土，燒盡之燭。初九日丙寅，晴暖，入夜雨。英與南斐塵兵時，一老嫗有五子，盡投營，英皇聞知，寄五鎊并信一函，云賜汝五鎊。

以樂朕之加冕、昨日英皇遊鄉、見一人形如槁木、行于
而行、問以何疾、曰癆症、上即派御醫治之、並遣習侍君
病之女僕侍之、因其人家貧、既無妻子、終鮮兄弟也、不
意病革、數日而斃、上復遣人為買棺木、代卜窀穸、又賞
德威芝村麻呢喇街第三十號居人名吳德翁者金心
銀邊寶星一枚、嘉其在太木斯江畔拯救老少五命、
初十日丁卯、早大霧、午後霧消、仍陰閉、英君于今早巳
正由北柏爾威（地在蘇格蘭西南界臨海）坐專車、酉初一刻抵倫敦
慶斯十字街火車棧、取道尤斯敦街、坡蘭坊、漢訥倭坊、

及庇喀的里街而入卜静宮其前赴海口、一切護駕皆
免此次回宮亦諭僅用車棧各人司其所司、不得喧譁、
所有歡呼兵衛皆不用惟巡兵二三乘馬隨車而已、
十一日戊辰晴暖、記東西各國皆得以寶星互贈君王、
或互賜臣工英例、文武官不得擅佩他國之寶星必經
駐倫敦所賜寶星之國之公使代為行文外部轉奏英
君、如允給諭旨文憑方可佩帶、又凡戴寶星固皆正面
向前、或謂自新君埃達倭第七即位後凡維克都里亞
老君主所賜之寶星皆當面向內而背向外佩之義謂

母子不便竝立也、

十二日巳巳陰數日前、伊苓屯區有人名柯洛里者御一韓色木車馳疾、觸倒電燈車翻跌傷腿、巡捕捉入官廳、審其人曾竊轎子車一輛、馬兩匹、此車亦竊來者、當日午後、在花嗒的里街、見道旁一韓色木車、御者不在而有一賣新報狭立馬前、蓋車主因故暫離、令之代守、伊乃擲一銅錢于狭曰、我去工夫未久、遂即登車馳去、倉卒不及知其是否車主、更不記車主之相貌、因其裝束與車主同、竊馳至無人之地、竟將號數六改八經官

後審定先收監三年半、滿後加收巡捕房二年、
十三日庚午、早晴、午初細雨一陣、雨後陰晴不定、申初、
瑞典文士倪斯安來、素髮垂頤、神觀爽邁、坐談間謂前
隨志孫兩星使至敝國京城、有三參贊一聯芳、一鳳怡、
其一不記姓字、彼時住日無多、而相得甚歡、聞聯君升
外務部侍郎、已作書致賀、諒早接到矣、小兒現充貴國
山西格物教習、閣下想必喜聞也、啜茗兩杯辭去、
十四日辛未、早大風、陰、午後雨雷、天下各國風土人情、
有迥異者、有相同者、有跡同而義异者、如中國江海船

上有鼠方得興旺、是日亂如財神、西國雖不信讖緯而
大小各船、亦必有鼠方敢遠駛、不則慮遭險沉裂、是又
目鼠如福神矣。
十五日壬申、晴。聞現在倫敦達特木爾帕爾克爾斯特
坡特蘭柏爾斯他四大監牢、別改新章、凡男犯之年不
及二十一歲者、別歸一班、不與他犯同居、特名曰幼犯。
專延老人教讀、喜兵學者、依時教練操身、并令學木匠。
為出監得謀衣食、舊例女犯在監、皆作工、劈麻、現改作
針黹。既自成衣裙、并給男犯成衫褲之類、是不僅不睡

編牀不鎖溺桶而已也、

十六日癸酉陰涼、幼童伍達倭者年十五歲、曾拯一十八歲童出水、三年間救活多人、仁慈會首巴斯特特贈以一銅寶星、此會洋名休曼搜賽伊的、國君聞知賞入水師、童奉父命稟辭、上復由內庫賜錢若干、薦于雅樓銀器局習業、又前于西七月十五號晚在羅蘭樹有二巡捕被羣土棍圍困、幼童名蓋佛爾者馳至附近官廳報信、圍乃解、爾日廳官特贈二鎊、總管亦有所贈、昨日經堪興坦通區之巡捕官民又公送帶練銀表一枚、十七日甲戌雨、微霧、上月初、在極樂佛區之特拉呢的教堂前、為該區前在南斐陣亡軍士三十一人立石碣、堂中奉經時祝禱來者、為議院參議卜路得立及子爵米得乚勲爵訥自佛等、其論資助陣亡家屬一節、咸謂必竭力維持、永遠接濟、以盡鄉誼、以慰幽魂、且不獨彼陣亡者、并兼憐病没于醫院者、以病亡多於陣亡也、卜君并述一事云、當渠在南斐、當的司米士營次接據該處醫院禀稱、一少年軍士故于熱瘟症、當其彌留之際、猶知託醫院女僕寄語乃母勿悲傷、渠係没於王事云

云、

十八日乙亥、早大霧、冷、午初霧稍散、遠日光、少頃復陰雨霧、申初晴、戌正雨一陣、雨息仍陰、英君前有曾充水師提督并海部尚書後即位者、故至今海部僅有四侍郎兼副提督、充御前委員、往來文件、亦不言及尚書提督、蓋仍以國王為水師總理也、又凡文件之與臣民如勅書文憑之類之須國君畫押者、乃請書於頂上起首處、

十九日丙子、陰、西國醫術、百年來益精、欲細考人之筋

肯血脈而不得遂有深夜害人冀得而剖割之英于五六十年前有人名博爾克與海爾者于黑夜遇獨行之人自後猝以兩手握其口使不能聲繼扼喉以斃之由是博爾克之名成為諺語乃凡事之不欲人知或欲緘秘不言者皆曰博爾克之法又小孩旁夕欲出則父母紿嚇之曰出則博爾克與海爾將捉汝不懼耶嗣經巡捕嚴防雖無是舉而又設法掘墓盜屍英德等國因加禁止現准剖醫院病故貧苦無家之屍而考學之

二十日丁丑晴冷昨聞英德等國禁止掘墓盜屍不意

美國復有之、乃多人誓立一會、彼此掘盜、互秘不洩、并將看守墳墓之人及附近夜巡賄令不查、醫館收屍既有工餽、并將屍身所服之冠裳衣履、約指釧鐲及所嵌之金銀齒牙、皆市錢均分、盜屍之人是不僅得有盜屍之工費、更有所貪也、聞在音的阿那一小邦、（地在美國正東稍北）附近都會各村、邇來四五年間被掘墳墓不下一千二百、且有幼女丈藻多之父親見女屍在醫院浸以藥水、不勝悽慘、有人報官、官竟無法而不深究、

二十一日戊寅、陰、昨接美商馬格沁來函云、逐啟者、近

讀新聞報、知英人賡惜德、業因傷故子立文浦海口。按賡惜德亦耶穌教人、乃以耶穌教堂拜木偶為非、思抑制之、挈其子赴立文浦著論立說、以詳其意。其子為地方官拘去、罰監禁三月、渠被一天主教教徒毆傷（天主教堂中多供天母子之像）主。竟至病殂。此事若在中國、則外國必將調派兵船、并勒令將地方官撤任、速拏兇犯、寘之大辟。倘中國不能照辦、礮船必將轟擊矣。夫賡惜德所奉與其所詆者、不過畧有差池耳。然且足以致其命。是則各教士之散處中國窮鄉僻壤、欲地方官一一保護、殊屬不易。

若何吾英人不斛量其情耶、且賚惜德與克手、皆基督教人、既屬同類、而猶不能使之不釀衅端、試問在不同教不同類之中國傳授西教、欲使不生衅、其可得乎、矧中國幅幀之遼闊、有時鞭長莫及也、

二十二日己卯、陰、微霧、涼、西國有車船往來、票名圈兜票、英語為實立斯特、如由倫敦過海抵巴里、復由巴里旋倫敦、限期不同、或數日、或數月、或一年、價亦不等、逾期即成廢紙、車船各站剪收票中各段、皆須繳之總局核銷、然有豫計屆期不自用、而轉售者、亦有自覺無用、

彙交車棧收票人者、昨海邊某車棧收票人、符伊士因屢收票不交局、轉售之他人、局中查出報官審定收監年半作苦工、

二十三日庚辰、鎮日陰晴不定、甚冷、英民敬慕前君主維克都里亞之容、擬在卜靜宮前議立石像、以志不忘、像直估二十萬鎊、并擬由宮前至特拉發勒戛坊闢大道、於約爾克公石堦處更建石坊、仿巴里凱歌路也、款由各屬地集十萬鎊、餘由倫敦美爾鳩集、

二十四日辛巳、晴暖、英例國君加冕後定日幸通城一

周、囲改期遊幸遂亦停止、月前禮成君病新瘥、未經議
及遊幸、且補行加冕倫敦新舊二城人民未得全行瞻
仰君容而各種買賣復有賠累者、國君爰定于今日遊
幸倫敦美爾狄木賽備于午正恭請國君與后及他王
族近支在極樂堂午酌同請各國頭二等公使及前任
各美爾并現任各阿得曼晒里夫諸紳董夫婦文武官
員名士鉅商之相識者男女共八百餘數日前柬約柬
中印字本年十月二十五日禮拜六在極樂堂敬備國
君與后臨幸午酌已邀恩准茲請中國欽差大人朝服、

午初進堂相陪是幸、倫敦美爾率各同事頓首、今早巳正三刻、余著蟒袍補褂、佩寶星乘車往、一路凡國王經過之街、皆挂旗懸燈結彩、地被黃沙、左右兩行排兵、兵後立男女密如蟻聚、行約十里入老城、近「極樂堂」一帶、路仄人稠、修飾愈繁華、兵立尤齊、密馬步巡捕往來彈壓、堂前支布帳、左右立兵、門內支大布棚、中道甚寬、鋪以花氈、左右短木牆二、牆後列層座、以次疊高、坐男女不下二千、皆買票為瞻國王者、由此行數武、正北一門、通大堂、不入、乃轉東走、箭道沿途地鋪紅毯、左右鮮花櫛比、再轉北入藏書樓、書移去、改為長廳、正東紅氈木臺一高數寸、月牙形、上列金椅七、中坐美爾夫人、英語為美爾蕾斯、左陪大阿得曼艾里斯、因是時美爾往遊國王故使其夫人偕艾里斯代之接待來人、對面七間樓前、橫漆椅五行、坐婦女百餘、樓上中間奏樂、左右六間坐男女多人、來者由箭道轉入、先一人代報名姓官銜、一人舉棍前引、至臺前、又一人為之宣報、美爾夫人立與來人握手問候、然後退立臺之左右、禮與國君朝會同、自午初至午正二刻、樂奏共十二章、末闋為上帝保佑國王、各國公使等及本國文武大員到齊、左右分進大堂入座、余等轉回前道入北正門、堂極闊敞、地基長方、正東橫一長臺、兩級高尺餘、臺上長卓一、卓後正中二金椅、上挂遮簷、坐皇與后、左右各三椅、坐太子、太子妃及公主等、臺下橫分兩截、由臺下至北門為一截、東西設甲乙丙丁四行長卓、每卓兩面坐人、共六十八、余同各國公使皆坐乙字右面、余坐第十六座、四行長卓、因在英君后座臺前、故東西各二行、中道分寬、以為王路、自北門向西至閣前設戊己庚辛壬癸六行長卓、每行坐人六十六、閣前另

一十三

橫一行、坐人四十八、閣上分列六卓、每卓坐十四人、六卓後、紅衣官樂工一部、北門內南面壁上、外出一臺、立歌女十餘、通堂上下、挂旗結彩、地鋪花氊、卓上四壁、及王座卓前、無不羅列鮮花、電燈千盞、芳麗輝煌、坐至未、初、遙聞礮聲隆隆、國君與后至、樂奏天保國王、未下車、美爾夫人恭呈皇后鮮花一束、禮也、此花洋名柏歐開、下車、過布棚、入北門、美爾手擎珠匣寶劍、城官捧金圭前引、國君與后行、太子等及美爾夫人隨之、由乙丙二卓之間至臺上卓前止步、所經過處、人皆立起、向之一鞫躬。國君與后既立定。美爾立臺下正中。阿得曼書記官協理官遷逵官晒里夫左右分立恭行參見。先是城官與美爾各將劍圭轉交應執各官。繼乃書記捧讀奏陳數語。無非謹謝臨幸恩之義。讀畢。交美爾。美爾跪呈國君。君立而答云。汝今為倫敦士民。款待於予。街衢點綴如此華麗。民又如是歡喜相迎。具見忠君愛國之忱。朕與后皆不勝快慰。汝于朕加冕時。及病愈後。所遞頌詞。朕兩閱之餘。心殊感切。朕蒙彼蒼俯念民祝。病痊得痊。自此以後。但願我英各屬地國運興旺。居民樂業。予

當與汝相祝禱焉、誦畢、國君遞交美爾、美爾跪接、後夫
婦引皇與后入座、美爾率衆亦入座、午酌與晚餐迥異、
各人惟熱龜湯一盤、其他皆凉菜、或白煮、或醬汁、如雞
魚牛羊火腿、生菜果品、小食牛舌雞子、滷凍麫包、香賓
舍利、紅白酒、檸檬水等、羅列滿桌、任自擇食、將畢、一人
稱克賴爾者（乃宣告之人也）高聲言曰、恭祝國君之福、于是
人皆起立、舉杯向國君一飲、樂奏天保國王、繼而南壁
臺上少婦阿巴昆者、歌一國曲、歌畢、又恭祝皇后太子
太子妃等福、末祝倫敦美爾及通城黎庶之福、比後皇

與后立美爾夫婦引入便間少坐、遂出堂還宮、各人亦陸續出門登車、計自入座至食畢、樂奏十一章、末闋即上天保佑國王、申正回使館、今日英君游幸之路與時、午正出卜静宮、走帕瑪街、特拉發勒戛坊、轉入老城、過登喀南街、司特蘭街、福立街、樂譲得街、賢波羅教堂坊、堪南街、滿慎堂、普林賽巷、（以上皆係東行稍北）未初至格蕾哈木街、入極樂堂、申初出堂、走璉良王街、轉南向西、過倫敦橋、走柏洛埃街、波羅路、賢卓志十字街、西敏斯德路、過西敏斯德橋、（以上皆前未走過者）次再走卜立之街、過西敏斯德教堂議院坊、白堂街、瑪勒街、申正二刻入卜静宮、又國君經過各街、懸燈結彩、樓上樓下設座、與前加冕日同、在議院坊専設官座、恭請各國公使參隨夫婦、瞻國君與后之車經過、余因時刻不及往、乃陳徵宇偕陳安生、尹元輔及兒子榮驥攜孫女乘車未初往、酉正回、按其請柬、淺粉紅色横寬五寸半、竪長四寸、上印王冕、下一千九百二年十月二十五日、國君挨達倭第七與皇后阿來三德亜遊幸、恭請某某在議院坊官座甲字行、棚按字分行也此帖他人不得借用云、二十五日壬午、細雨陣陣、因英君病愈、倫敦比覲擇令日請國君與后率太子在賢波羅教堂中禱謝上天、并請各國公使夫婦聽經、數日前送來柬二、正紅色、橫三寸、竪二寸、上印金章、下印賢波羅教堂一千九百二年十月二十六日禮拜日早晨十點鐘、為國君埃達倭第七病痊、中謝上帝、請于十點三十分入座、入南正門坐惴爾座、惴爾者唱聖經人也旁一大官字、蓋此色請柬專約各國公使及本國文武大員者也、堂東向、極崇敞、外長方、中容人坐處如胡盧正面高臺三級、臨牆橫卓上供

耶穌十字、前陳鮮白菊花四瓶、臺右別一高臺、其上二
金椅、王坐右、后坐左、其後別漆椅一排、坐太子太子妃
等、臺下左鄙二椅、坐命婦、再前至中、節左右各樓一層、
闌以紅氈、如臺、為他王爵王夫人公主郡主及各國頭
等公使并倫敦美爾比翔等坐、此前各椅兩排、為各國
二三等公使夫婦坐、極上樓一層、坐男女官民、右邊盡
頭處風琴一座、再前敞處、為胡盧上肚偏右、坐樂兵一
部、他則層層列座、共坐男女千餘、依門內外排立步兵
護衛兩行、巳初二刻、余偕內子乘車往、入南正門、坐中

節右鄙西首斜向英皇、午初英皇至唱詩奏樂、各人起
立、先一沙彌著黑衫白氅者、雙手舉一銀十字前行、繼
門徒教士等兩兩同美爾手捧珠匣寶劍前引皇與后
入、從人向之一鞠躬後隨太子、太子妃倫敦比朔大主教
本堂的音師大牧與王族近支王公夫人公主郡主等坐
齊、一人唱曰跪、于是國君與后及本教各人皆跪、一教
士朗誦數語、誦畢各皆立起、復鼓琴唱詩一大篇、唱後
復講說、或跪或坐或唱或誦、共數次、至未正始畢、國君
率衆出正門、一切豫備與來時同、他人陸續出正門左

之鐵門、申初回使館、今日英皇著兵馬元帥之戎服、皇
后著滷蝦色氅、白花冠、太子著水師提督之戎服、
二十六日癸未、陰冷、前日英皇入極樂堂午酌、當其出
卜静宫時、海岱園營聲礮四十一、游回入宫、亦聲礮四
十一、轉入老城時、别由倫敦臺營聲礮六十四、其備差
之馬步水師護軍等、計三萬零三百一十四名、各舉火
銃長槍、劍刀手刺、惟御前水師帶礮六門、咸自天明辰
正二刻、按段排立、衣則黑紅藍駝各色、一律整齊鮮明、
其隨護之馬步員弁、皆午初一刻、在宫前排隊鵠立、侍

國君往來之路、及左右附近之閭巷橋梁、皆按時禁止車馬行人、與加冕日同、

王二

卷三終

正

清末民初文獻叢刊

八述奇

（第二册）

［清］張德彝　撰

朝華出版社
BLOSSOM PRESS

八述奇卷四

鐵嶺張德彜在初隨筆潘士魁校

光緒二十八年九月二十七日甲申、陰霧、倫敦老城一帶、百數十年前、國君令美爾自行管理、乃代收租稅、按年供給國帑兵費、至今新舊兩城巡捕衣服一律、帽稍有別、老城舊有城垣城門、繼乃牆皆毀去、僅留門一、於垣布巴爾坊、用作古跡、地在司特蘭街之東、富利街之西、太木斯江之北岸、費特爾巷之南首、是為目令倫敦通城之中心、上年擴充道路、舊門有礙、乃將石逐出拆下、標以碼數、依原式移建他處、以表存留古迹歷來國君入老城、至門、美爾以門鑰進、開門引入、拆牆後、雖不須開門、仍進鑰以為禮、以故日前君入老城、美爾乘馬、披紅氅、捧寶劍、先赴坦布巴爾迓君、君至、乃下馬、頓首跪呈劍、君接劍、微笑曰謝謝、蓋既經諭令管理、賜有圭劍、以示有權、圭高四尺、鑄以金銀、式同佛門之九連環、劍長亦四尺、匣博三寸、滿嵌珍珠、故曰珠匣寶劍、君進城、呈劍、則歸權於君之義、君既接劍、遂分道前驅、鵠立極樂堂外、君下車、授劍、受而捧之、前引入堂、

二十八日乙酉陰、英君前幸老城時、經過特拉發勒戛
坊、有理事廳官馬兜戛世爵立車前數語頌祝、君聆畢、
立右手執一篇答云、予巡幸國都、禮宜親受吾民祝嘏、
汝理事廳各員所獻頌詞、忠告可嘉、予與后聞之實深
欣慰、汝謂凡地方事宜有關民生者、予無不格外成全、
此言允矣、汝等現理各事中之最關予懷者、莫周恤貧
民若經理是事、尤以倫敦及各大城為獨要、汝祝頌予
及王室諸人、予特致謝、汝謂前者予膺大恙、幸蒙彼蒼
默祐、轉危為安、願予得永臨斯土、撫循斯民、當與汝共

矢之過。諾佛街。亞有江北各美爾書手等祝頌數語。英君答云。爾倫敦居民及來游人等聚于斯。歡呼相迓。予心感焉。倫敦地面遼闊。經理地方諸事。惟汝是依。予惟祝彼穹蒼。庇佑爾衆。指示程途。斯民永享太平。安居樂業。蒸蒸日上也。又至某處。英君答倫敦迤南衆美爾曰。予之子民處此。度日情形。甚爲艱難。爾衆能力爲整頓。正契予懷也。

二十九日丙戌。陰霧如昨。冷。閘前于二十四日晚。倫敦美爾接奉内大臣德格樂代國君致謝之諭云。逕啟者。

適奉皇諭致謝貴美爾等今日下午極樂堂之優待并諭以國君與后同喜巡幸一周深見員弁庶民之忠誠亦賴閣下之善理特此奉聞云云

十月

初一日丁亥晴前于禮拜一日巳正英皇乘馬皇后坐車滋兵部後校場閱操馬兵合五千皆前戰于南斐洲者閣畢國君立宣一節云汝等今自斐洲回國予爲爾君主又爲爾衆統帥故特來相迎此次戰爭爲日既長事尤不易余自爾等離英後一切攻戰情形罔不分外

留意、予今稱揚爾等蓋亦爾所應得耳、爾等大振衛軍隊之名、凡曾在隊中任差者、莫不以得與其列為榮、予雖不幸未得親臨、如予弟今得與爾等伍、亦予所深幸、將來諸事、有關衛軍隊者、予必甚留心、并望爾等永遠如此精練、俾曾在隊中効力者、將來追憶時、亦為之有榮、且將與前此之人、互相角勝、而益求精也、予今日所閱衛軍隊甚快予心、兵隊之中、欲求一較勝於此者、恐不能得、弁兵人等、雖于從征斐洲時、歷盡辛苦、然并未忘如何排演陣式、今日之步伐、即不能謂為較勝于平日要亦可以相提並論、予得觀此衛軍隊、予甚以為榮、所不滿意者只以蘇格蘭衛軍隊、不得及時來英一同排演耳、說畢、各兵皆免冑致敬、嵩呼而祝國君、各統帶午膳宮中者五十員、

初二日戊子、陰、倫敦加非館、其著名而一行開百數十家者、如ABC、行（義乃汽格麪包行也）司來特爾行、英蘭憚太布行（義乃轅奶茶）及萊陽等行、不下千數百家、又加邇在利貞街新開之日本遠東茶屋、（英名發爾伊斯特）裝飾華美、半歐半雅、奏樂賣茶點小食、小堂倌六七皆日本裝、其實日本

女僅二人、近又有擬在倫敦開蘇格蘭茶鋪、堂倌雇本地幼女、扮作蘇地山民、以招客云、

初三日己丑、陰涼、英后阿來三德亜丹王克里堅第九之長女也、英君加冕後、上月回丹麻、少住、聞其在丹都扣嗔哈根時、往來頻赴尼波格海口、每登岸散游、至岸邊、輒在一老嫗攤買果少許、前日回英時、不見老嫗、詢之邑長、稱嫗已故、現爲伊女守攤、后惨然、喚女至前、予問畢、乃買砦許粗果并云、後再來過此時、當多買之、

初四日庚寅、陰、雨陣陣、聞前在極樂堂美爾所供之午

酌、乃自七日前、即雇庖丁一百二十名、共用龜三十五尾熬湯三百夸、英二升曰夸烤牛肉二百四十五觔、是不惟供堂內八百人之午酌、且供堂門內左右坐看之二千餘男女之小食酒菜也、當日之菜單裝丁成本寬半尺、長六寸、包以假羊皮、白色、外印金花五彩、如王冕國旗、國號獅馬及英蘇愛三島之花號等、內首篇印君與后像、二篇又印五彩、上橫列君與后之名、下垂一帳、印年月日某處午酌、飾以英之國花、帳左稍下、印美爾及二晒里夫前輩所受國封之旗幟銘號、後四頁皆以金花印作一圈、首頁圈內印酒菜果品各目、二頁印上天保佑國王之國曲、三頁印祝君與后及美爾之福之次序、四頁印老城自美爾以下各執事之名姓、其額倫一切人工物料、共費一萬五千鎊、照當時鎊直合中國庫平銀十二萬兩、

初五日辛卯、徽陰、聞日前英君與后巡幸老城、有外科醫生四十五善士官民一千一百三十、幷賢安布蘭會中信女一百九十六、于國王巡幸之一帶、分駐一百一十三處、以便扶救療治人之遭險患病者、當日男女擁

擠排立致暈倒者、共一千二百一十三人、病重舁入醫
院者九人、
初六日壬辰、鎮日陰晴不定、凉、歷來英君與后、有巡幸
倫敦之典、然自英君卓志第三、于西一千七百六十年
（乾隆二十五年）即位以來、至今一百四十一年之久、罕有同行
巡幸者、故前日國君偕后入城、為萬民之所歡悅、自君
主維克都里亞即位以來、五十餘年、未見國王入極樂
堂、故此次亦為美爾諸人之榮、當日國君與后所經無
不歡呼、將過賢妥瑪醫院時、人叢忽見二幼童舉二旗

各黏有上帝保佑國王大金字六國君微哂而告后、乃同視二良知稚子齊向之點頭以顯榮之、君與后回宮後、宮門已閉、宮前仍立數千人、歡呼不已、逮君與后及太子太子妃開窗露面于樓前涼廳、向衆點頭致謝、始陸續散去。

初七日癸巳、雨、街市預備售座、有自四月間搭起、今尚未撤、以爲將來君之巡幸所必經、迺不意此次取道不遠、所環繞僅倫敦三十二區之中心一區、因而賠累者甚多、有賠至八九百鎊者、然在附近王宮與極樂堂一

帶之通衢小巷樓房內外上下所備之座、獲利頗饒、直
且不昂、如帕瑪街附近、經諾爾福公爵所設之座、價由
一吉呢至五吉呢、老城內地屋人稠、諸鋪戶人家、多將
臨街窗門以木板彩畫遮避、用防擁擠損傷、即有設座
者、亦頗局促、直僅五六先、至昂則七先半、前于禮拜六
日、聞有英蘭禮拜堂之教士馬悌因者、年三十八、因兜
藏火藥一觔被提、意謂賢卓志教堂前不宜搭座備人
觀望、國王故擬以火藥轟之、至判定何罪未聞、
初八日甲午、晴、暖、西人好奇成癖、聞昨在某叫貨場中

七

拍賣一斐洲人骷髏骨有漆至四十鎊賭去、置于客廳
作陳設、又西歷一千八百四十年即道光二十年英國當時所
用每枚一本士之黑信票、計一百一十九枚粘于一帋、
今固為難得、乃於前禮拜六日竟賣百鎊合華銀八百
兩、計自道光二十年距今僅五十八年耳、
初九日乙未、早大雨、未初晴、英君病瘳後初幸滿安島、
此島向無國君到過、西前十月二十日、賜地方官世爵
蓋樂一小影、其下自書名、令與前君主維克都里亞影
並懸、嚴儀西前十一月八日、在勅建針萊學堂中設會、

羅列刺繡針黹，請人往購，以助賑。國君助男子衣服五十九件，太子三百件，太子妃零碎針黹一萬二千件，公主自做綉枕一對。

初十日丙申，大晴暖。巳刻率眾參隨、繙譯學生、供事等卅餘人，向北恭拜

聖牌，行三跪九叩禮。晚筵八卓。今日為西十一月初九，英皇誕辰。德皇今早抵倫敦，疑為伊舅氏祝壽也。英德戚誼詳見五六述奇。客歲法陸軍創用教投某獮自行車後，英即派自行車又名汽輅會中副董梅脩往彼考察，旋將一切用法章程，

詳陳兵部、請設自行車隊、其法乃招集有車者投効、既願投効、須備一輛或數輛、聽候調遣、迨大閱時、或自行管駕、或派人代管、均可、是車益處頗多、而用以巡警偵探、為戰時所必需、且尤有益於先鋒營、兵部如所請、分飭各營一躰照辦、足徵鋭意維新、力整戎政、現投効者、已有百餘車、主此項兵隊號衣、擬仿用陸師將弁之式、裝惟扣帶須改、亦區别也、兵部新章、投効各車、用一日、酬三十先|、就中應用之石油、亦由官給、其武弁擬由曾充當民兵差使人員揀選、俾資駕輕就熟、汽車之用、剌

已通行、是車又用以載旗報、氣球、電燈、小礮、軍械、大千里鏡、幷他應用物件、極便。

十一日丁酉、早陰、申初細雨、倫敦美爾于每年西十一月初八日更換、稱是日曰美爾日、前於初九日公舉弟一㗊里夫薩繆勒為美爾、定今日上任、昨晚老城內各閭巷懸燈結彩、今早美爾著古裝、自午初一刻由極樂堂繞至法律司、未正再繞行數里、申正回極樂堂。一切禮節詳見述奇六戊初堂內請客晚酌、數日前柬約、白柬金邊印字云一千九百二年十一月初十日晚六點鐘美爾偕罘晒里夫在極樂堂恭請中國欽差大臣晚酌、請著官衣、并臨時祈攜此柬入門為據、云酉正余官衣乘車往、入老城、一路巡捕彈壓指路、至正門外支大布帳順鋪紅毡半圈、式同卜静宫門外、左右如穿廊、入内向北轉東走、箭道至藏書處、乃改在正北立一三級長臺高二尺餘、正面立美爾夫婦、左立男一行十餘人、中多前任美爾、右立婦女十餘、中有前任美爾夫人、後立幼女年皆十二三歲者十名、各著白衣白鞋、頭戴鮮花圈、手執鮮花一束、繫以白絛、臺前皆上兮立協理還逢二官、臺下左右已坐立男女數百來者由箭道轉北數武止步待著黑氅執細長棍者一人照請柬唱銜名始向北直行、登臺與美爾夫婦携手問候畢則分立其旁凡來貴客及人之品高位尊者唱名後皆有二著紅氅執長棍之人前引、且左右坐立之男女亦皆鼓掌稱賀所請之各國公使僅余及日本林董希臘梅他克薩本國大員爲首相律法大學士度支院使倫敦正副比莿及英蘭銀行總管惟首相彧下議院首士巴樂佛到時有著烏衣吹細長喇叭者四人隨吹前報男女鼓掌歡呼震耳至戌初、男女八百餘人到齊、貴客六七十、皆立臺上、其臺下人先出藏書處、走箭道、轉北入大堂、按號入座、俟報坐定、乃吹喇叭、與執長棍者兩兩前引、美爾夫婦先行、其後臺上各客及幼女十名、亦兩兩隨之出藏書處、即轉北入大堂、樓上奏樂、先坐者起立、美爾領衆自東鄙北行、轉西而南、而東、繞一周、後入座、隨行各人或擊掌、或握手問候、以示親睦、余亦到處向之點頭握手答之、各幼女別入他間晚飯、此次通堂長桌式異於前、乃在中段北向設一長桌如梳背、共坐一百二十二人、前列六長卓如梳齒、共成形、每卓對坐三十六人、梳背為甲、六齒為乙、丙、丁、戊、己、庚、美爾夫婦坐南面正中第三十二三兩號、其左由第一號至第十七號坐律師等、第十八十九兩號坐副晒里夫夫婦、再由第二十號至三十一號、坐正副比翔及前任美爾夫人等、其右由第三十四號至四十五號、坐前任美爾首相、學士、及各國公使、余坐第四十四號、第四十六七兩號坐正晒里夫夫婦、自四十八至六十四號、皆坐文武大員、對面自第六十五至百二十二號、皆坐阿得曼、東鄙一段橫五桌、每卓對坐三十六人，皆各處紳董夫婦、至梳齒之乙字一卓、坐正晒里夫之友，丙字坐各新報館人、丁戊兩卓、坐新任美爾之友、已字坐文武官員、庚字坐副晒里夫之友，西鄙一段橫六卓，每卓對坐四十四人、皆為本城各阿得曼之友、此西別二窄卓一坐十八人、一坐二十四人、樓上仍設六卓、各坐十二人、統為美爾及晒里夫之友、樓下卓式又如此  再西樓上一層立樂工一班、美爾夫婦背後一臺、立烏衣執棍人、即克賴爾見前臺下左右分立巡捕及吹喇叭之人、各卓羅列金銀玻璃瓷

器五色燦爛、金碧輝煌、有平果、梨、橘、波羅密、哈密瓜、葡
萄、香蕉諸品以佐酒。酒計九種、爲紅酒、白酒、噴泡、舍粒、
霍克、香賓、墨賽、阿坡里那立、周哈呢。卓面每二人中間、
設鮮花一瓶、有南美洲紅蓮及黃白紅紫大朶菊花。菜
單、樂單刷印成本。食中有龜湯、羊、牛、雞、魚、牛舌、火腿、生
菜、冰乳各品。食間、十名女孩先由他間登樓、排立對面
小臺上。食畢、十女孩移立美爾壓後。既、美爾起立演說
一段。後約衆齊立、舉杯恭祝國君之福、隨奏天保國王
之樂。此後又同祝君后、太子、太子妃等之福。少坐、後前

任美爾首相、大學士比莉、晒里夫諸人、各陸續立陳一段、短長不一、說者共十人、所言之大旨、皆不外乎忠心保國、公心待人、水陸兵強、商務興旺之意、每一人將言、左右先吹喇叭、衆遂禁聲、再則臺上立之第一舉長棍人、將請某人演說、于是美爾立起、聲請演說、其人始立而言、又美爾前立一金斝、長柄、高尺餘、滿盛佳釀、美爾雙手捧起、舉向其右者、一點頭、右者與之掀蓋、美爾捧吸一口、畢、以巾抹斝口、覆蓋後、右者接過、轉向第二人點頭、第二人為之掀蓋、右者捧飲一口、抹斝、覆蓋後、第

二人接去轉身向第三人高舉點頭如此一一遞飲通
堂飲畢而後已舉名勒維英克樸釋爲愛盅傳飲者披
此愛睦也樓上共奏樂八節各人演說畢已亥正二刻
貴客散去闌開飲後尚備歌曲跳舞直達天明前禮拜
六日與今晚各美爾晒里夫阿得曼輩皆古裝美爾披
紅皮鷩項圍金扁練或有披黑皮鷩戴金練者練式不
一閒亦分品級地位餘則或著藍短襖外鑲貂皮風毛
或著黑鷩頭頂貂冠
十二日戊戌陰午後細雨淋漓倫敦老城自一千八百

年前當羅馬佔踞時，即稱貿易繁盛。至今一切規模，多賴經始。雖屬某國而不經管轄。當諾爾曼朝題良之世，并給勅書，至今寶藏之，用作自理之憑據。城中首紳古稱坡特里伍，繼經諾爾曼改稱貝里夫。至西厤一千一百八十九年（南宋淳熙十五年）始改曰美爾。其第一充美爾者為費褵文，任職二十四年，故時當國君卓志之世。為一千二百十四年（南宋嘉定六年）始改按年更換，然亦有連任二年者，有換後一年復被選舉者。至一千三百五十四年（元至正十三年）始經國君埃達逵第三諭，惟倫敦老城美爾加稱洛爾得美爾、按其義乃自主也、諸侯之銜也、阿得曼之設、始于一千二百四十二年、南宋淳祐二年奉國君罕里第三諭按年選舉、逮一千三百九十四年明洪武二十六年又經國王里察第二改定、選後一生永守斯職、按二晒里夫與阿得曼之官名、皆前古薩克森之知縣稱曩者、美爾以下各員、咸由官派至國君埃達倭第四即位之初年、乃改令美爾自選、于是定例、皆于夏至之日揀選、九月二十九日新美爾立定、進署任差、此日洋名米晒瑪斯、釋言秋季也、新美爾於十一月初八日上任、次日遊城、入法律司見大律師、領受職訓、因是日老城懸燈結綵、故俗稱洛爾得美爾代義、乃美爾之日也。

十三日己亥晴。倫敦之美爾、華人咸目為府尹、雖係值年首事紳耆、而其權大任重、理民情、管學堂、收稅則、助國帑、供兵費、一年雖收五十餘萬鎊、而所費之數埒之、凡富商精明公正之人、經城民公舉為阿得曼、後依次升晒里夫、由正晒里夫升美爾。一年任滿、無劣跡、不轉升、則仍回為阿得曼、以終其身。美爾以下、阿得曼二十五、中曾充美爾者十二。老城周僅六百五十英畝、今成二十五區每區派一阿得曼管理外有城紳二百零六、分派二十五區多少不一按地之大小事之繁簡又牧師一百一十二管理一切律法條章所以然者地基雖小路窄樓高或云平日夜間住人二萬六千九百零八、每禮拜日夜則住至三十五萬白晝往来及各樓中約足百萬蓋通城大行賈市最多也

十四日庚子早大霧午後晴極樂堂在慶斯巷為美爾公所又在康錫與躂良王二路之間有樓曰曼琛房為美爾公館自上任之日即行移入新任美爾薩繆勒本

去

住本使館之南第二十號、其人極富、係猶太教人、久在
香港、上海、福州三處設有石油廠、凡充美爾、皆須富豪、
一年雖有萬鎊之俸薪、而任滿必虧若許、蓋人不以賠
鈔為累、而以受任為榮也。
十五日辛丑、陰。英國文官之品位最尊、列於太子及近
支王公之次者、為大法官、又名律師、英名洛爾得禪賽勒爾、
博學律例、凡秉公處、雖國王亦無權譴責、遇事亦能律
國王以罪、聞前者有深明機器格物某甲、以數年之工
創一鑄新礟之式、畫圖詳解、呈送兵部、如用其法、國家

當賞萬鎊酬勞數月後兵部擲還其呈謂其法不善不意翌年五里治礮廠鑄新式礮法同某甲其人具呈於大法官上控國王其所以不告兵部者盖兵部為輔國王為主也經大法官判謂其法無論何人所創用在是人呈送兵部之後即為違理云老城別有總律官英名里閭得爾亦本城公舉

十六日壬寅陰微霧而風西國種牛痘始于英前于西麻一千七百七十六年（乾隆四十一年）英君卓志第三特有醫生猩訥爾者見擠牛乳之人皆不生天花開因牛出痘

而擠乳人手亦出少許久經詳考乃明其理先以同村
貧民試之驗、遂報官施行、始則國人亦多以其漿出牛
身惡其不淨而阻撓之、既見無害、遂通行、今成定例、國
人無論貧富子女皆勒令種牛痘兩次、不種者罰、初次
在十歲前二、次在十歲後、蓋以種一次于十年後其力
洩、恐天花復出、再種二次則可保終身矣、因西國有一
生出天花二三次者、當時俄善其法、將用之、而民不從、
俄皇客色林第二之后、諭請英醫之善種牛痘者往于
是前任倫敦美爾狀木斯代之祖狀本賽應名、皇后先

令種已及太子公主等、以示有益無損、國人信服、始遵諭、狄本賽回時、俄廷遇之極厚、且封以男世爵、故至今狄木斯代承襲俄國男爵、

十七日癸卯、微晴、倫敦本有剪綹盜賊、一切與他國無異、日見報章、茲聞有混于行客之中、善竊行李者、竊法不一、頗為奇巧、或男或女、著外邦時式華美衣裝、頗肖貴介、專俟車棧擁擠之際、施厥伎倆、其法有站在車棧附近行李繁多之搭客旁、乘火車始到、鬧閧、僱車行李紛紛起卸、搭客及戚友等下車接迓、寒暄忙亂、鬧閧、預將

大堆中貴重之行李、望定、遂出兩三先賞車棧管行李之丁役、僞作怨猝向之指所望定之行李、言此乃余物、復指賊夥一人之裝顡御者云、伊乃余僕、前來收取行李者、言間、僞僕即搶進數武、車棧丁役趕將所指之件、移交過來、須臾攜之登車而去、此種人多有自養馬車者、待失主覺、二人早遠遁矣、此等無恥輩、遮莫當時若爲物主識破、即卑詞道歉、免冠認錯、蓋其裝扮類世家、使人不疑也、又法、乃專騙婦女搭客、或來自鄉間者、搭客抵棧後、大都將行李暫存車棧行李處、取據收條、候

領此等辦法當海邊避暑時最多係搭客交代明白走
出車棧後乃突有溫和少年人或光頭或戴車棧丁役
之小帽右手執筆左手舉一紙片或票（此即預備影射搭客之收條者）
以手輕拍客之肩或背曰懇求恕我我甚抱歉適才所
付之收條內有錯誤此頁方係老爺或太太者請調換
之并乞原諒因此刻公事異常忙碌也婦女誤認該少
年確為車棧行李處之書寫等人故不相疑而將實票
換給迨取時始知其偽且賊夥于換票後即將行李取
去又法係設法造一種大底衣包呼為啞吧袋其物較

常用者大乃一空套、外面書有名字、袋底兩分如門內有關鍵、運動開關自便、手提此物、亦比搭客偷視某衣包無人看守、即乘間將其空袋罩上、曲身稍一撫弄、則袋底完固、提起、馳去、雖由失主面前經過、亦不之知也、又法、乃手杖或雨傘、棍內空心、含有關鍵、棍頭繫有齒剪、式如夾鉗、棍柄稍按、則剪開、以之專竊零星細軟、如小皮袋之類、係待搭客外出、或出遺、或點心、或行動、或打瞌、乃由車窗探入而挾竊之、又法、係佯作搭客、手提皮袋、臂打絨毯、（西人行遠路必備此物以蓋腿）尾隨貴重行李、並肩而行、乘人不備、即將其毯罩上、賊夥走來、突將毯與他物擁抱而去、又法、係三人一夥、當黃昏陰霧之際、趕一快馬車、裝扮賣青菜或馬販模樣、暗擇四輪馬車之載行李纍纍者、尾之、俟至道途擁擠、車停候開時、乃兩人由暗地下車、一人搶至行李車前、以惡言向該車夫挑釁、一人跳騎已馬項上、適對行李車後、正值前面二人口角、則騎馬項之人乘閒竊移、有時因停工久、而至竊成空車者、有時故使車跑、而與行李車相撞、待口角時、依前法竊之、又法、係當大車將開未開之時、有某富客上

車將隨身行李安置畢賊亦公然上車作搭客他人若
出車買新報等在外勾留賊即竊物而遁更一法係偵
有富貴遊客將行賊乃仿式作珠寶箱以影射其人者
待其人上何車賊亦混入同車以便趁時以假換真也
統各法觀之盜賊資本亦不菲矣
十八日甲辰微晴涼昨日禮拜比利時國王柳埔于巳
刻登車入賢古杜教堂為已故王太后與王后誦經祝
禱午正禮畢升車回宮當日觀者男女雲集御車經過
比京銀號時突一人放手槍轟中第三車東旁玻璃粉

碎、車中為御前巡捕官烏得蒸伯及將軍某甲、烏伯檄傷其面、左右共怒捉得、欲扯其皮、咬其肉、巡捕馳至、強由衆手奪出、于是衆乃齊聲高呼曰、我王長生不死、訊刺客于客廳、身帶槍彈若許、兜中并有比王小影、賃居布晒街第二十一號、遂搜出槍彈四十四枚、無君黨日記一本、此黨洋名安那爾赤斯特義係叛逆自供為義大里國人、名盧碧努、入無君黨、其所識者為某甲某乙、原擬回義、弑其國王埃麻紐闢、比王本日進堂、欲先刺殺之、想拔槍擊第一車、不意一犬齧衣襟、俄延一秒、遂擊中

下

第三車、是亦命也、惜是功將成于他人也、

十九日乙巳、陰涼、聞前在比都行刺之義大里人、係生于那百里海口、年四十餘、先在本國步營、得至外委、因寫有叛亂之書被革、收監五年、出監後逃往法德、遂來英據云半月前尚在倫敦、以賣書為業、陳入搜侯坊地在敖斯佛街之無君黨會、致失其業、飢餓殆斃、經義國駐英領事資助、得至比都、嘗立意弑英王、埃達倭未得手、遂改擬弑義王、以囊空、始取捷徑赴比審、至戍正、始收入賢計業獄、判定何罪未詳、二十日丙午、陰冷、代萬栖坊下議院紳士郭斯比之夫人請由四點至六點三十分茶會。酉初偕內人率孫女乘車往、入門先至旁閒用茶及小食、繼登樓見主人、稍敘寒暄、進內見男女數十、坐立不一、客中婦女有請鼓琴者、歌曲者、迨主人歌一曲畢、辭歸、又舊牛賣街南首有加非館名瑪珀樓、茶舍者樓一層、閒數不多、畢常潔淨、女堂倌伺候、慇懃餑餑、每盂四本士、加非一人一先、其價較ABC行加十倍者、以糕點稍精美、牛乳加非稍濃、別間陣陣鼓琴拉胡琴耳、二十一日丁未陰、英國現在英蘭約克晒府之西來丁一帶、擬以電力代蒸汽、如得法、可免蒸氣如雲烟之迷漫、除高大烟筒之叢立、其地人丁約二百七十萬之譜、大小製造廠二萬五千、煤窰三百、各處汽機之力、共計得百萬馬力、其法係設電氣總局、由總局分運電力至各廠、窰、總局須用地一千七百方畝、用款先須二百萬鎊、地之上下一切綫桿等在內、各處所用之電力多少任意、雖縫紉之機器及鐵道公車、均可分用、此舉本意擬將電氣批分各處公司、再由各公司分通各用、所然、

由總局逕購亦可、惟價稍昂耳、按二百萬鎊之股本可
得十萬馬力之電氣以供各行、又足專駛六大輪船開
足汽鍋之馬力、創始經費甚鉅、即電線一事、已費其三
分之一、先擬在附近多斯卜立地方之米爾肥村立總
行、倘得暢興、則在美斯來瓦洇冰格蕾等處分設煤窰
每不喜以蒸汽鑿物、此則祇將礦口埋一地綫、自接一
綫達礦內、將來所用壯馬千匹皆可放歸艸野矣、
二十二日戊申、陰冷、昨聞英國將有改用電力之議、茲
又聞有以電力振興水利之舉、謂在各運河亦可用電

力拖船、其法有二、一河岸設絞轆機器、通電氣於船上之螺螄、一法岸上設小火車一輛、每次可拖數船、將在西來丁之通埠造馬車鐵路百英里、尚有續造三十英里之議、總局電力足可驅此公車、其價之省、製造廠中每點鐘一馬力之電一本士、一法丁鐵路公車、每點鐘尚無須一本士也、現多創辦、電果能大獲厚利、將來各工廠皆將漸次變通矣、

二十三日己酉、陰霧、冷、倫敦天氣、余所經者、皆冬月暖而正二月涼、現值西十一月、連日陰冷、如北京之隆冬、

氣謂數十年來每年冬月皆温和若近日之冷再延數日、恐大江亦將封固矣然余聞數十年前太木斯江屢見冰結、如西麻一千六百八十三年（康熙二十一年）因冰甚固、在江面支棚設鬪牛會一千七百八十九年（乾隆五十三年）江水封固、船不能行江面行人擺攤售物、一千八百十四年（嘉慶十九年）亦經列市支帳搭棚、兩岸如一家一千八百二十六年（道光五年）因江水凍平、有人設法賭錢于江面衆寬處、色本灘地方、有能將四馬大車由此岸駛至對岸者、[illegible]一百吉呢、更有在江面中心設一印票攤、凡敢踏冰過江者、可由此攤以一銅錢買憑票一張、面上加印買者人名姓、逮登彼岸以示其勇、此等賣票者一日竟能得至六七鎊、又因冰出壅塞橋洞、層疊日厚、積久竟將橋翅擁塌云、

二十四日庚戌、徽晴、聞前任美爾狄木斯代、經眾公舉為本城禪柏連、（為專理美爾署中事務之官稱）其俸第一年二千五百鎊、在任五年、每年加一百、任滿加至三千鎊、到任時、經人照規問曰、能否在署、永守斯職、答曰能、再問以能否在署專一、不理別事、再答曰能、此雖到任之俗規、然必

如此照行而後已也、入夜雨
二十五日辛亥、陰雨、數月前有英人歐爾齡者、在混屯
地方、創造一種無綫電報、現又創得無線得律風、是皆
賴電力而行、然現所創者、乃沿街高桿木架鐵線之類、
概不用、而僅藉地氣為引電之路、凡發信接信之人、祇
連鐵線于臨近信局之煤氣管或自來水管則足矣、且
此等線路安設既不難、而與各種樓房均無阻礙、各信
局借用郁格諾馬蕊尼之法、在兩首立木桿、電氣由此
桿射入空氣、藉空氣傳之彼處、法初設僅通五英里、現

能達至二十五英里強且此法之速當發百字之工按郄法僅傳六字而已現共湊集股本一十七萬五千鎊、用以設立公司製造機器將来出售近處所用之全副得律風機器每副僅取四鎊按年納國捐一鎊若用傳遞墨爾斯號碼之電機價則近者十鎊稍遠者十五鎊、出捐亦均一年一鎊其水陸各營所用便于携帶之電話（即得律風）機器現皆製造云、

二十六日壬子鎮日陰雨泥濘、今春有美人狄武深者、在阿奎良雜安臺前演一種旋風路名曰陸平仄陸鋪

義乃避出結扣也、係一木道寬盈尺高三十尺上下繞圈式作如此図、且左右相錯中有空處其人騎小腳踏車自臺旁窄路撲下、輕快如飛、乘其下撲之力即由此邊繞上、竄過空處、而由彼邊繞下、統需時六秒、當其轉下時、頭雖向下、而飛轉之速力能吸之不墜、此雖動人引觀之末藝、然上下飛馳不墜于停止之地、亦無過不及、無不賞作者測算之工、上月復在水晶宮之北水塔旁、仿旋風路式鑄一旋風汽車鐵道、較高大、車四輪、座容二人、車式較衛行者小、亦上下旋繞、極快而無險無

出轍之虞、男女年壯者、咸喜乘之、

二十七日癸丑、陰霧、聞上月有倫敦巡捕廳之庚字分內一巡捕名米士艾者、著作竹枝詞一小本、刷印出售、乃呈第一本與國君、奉有君諭、宫官代回一函、言國君甚喜、接收其書云云、總巡捕聞而怒、將責其何不預先稟聞、乃擅呈國王、然亦不能懲治也、

二十八日甲寅、鎮日陰霧、白晝然燈、暖街市東之能往來者、霧高故也、聞近日英人某在畢斯萊地方新創一種火槍、能使臨陣無險、名海斯考卜、人立木牌後、不看

槍口連發三十五兩中三十四、槍式稍異他槍、其不看
槍口能命中者、于槍把處置一筒、高出槍口如干、筒口
懸小鏡、一由鏡得見所欲射之處、兩軍對壘、可無須用
礮、執此新槍、身首均可藏隱、僅露手指、若受傷、亦祗槍
筒、手指不至于頭顱、且槍彈之力已盡、用於所中之槍
筒、無力再傷人命、兩軍交鋒、可無多殺之慘、不惟有助
於兵家、且可推廣弭兵會之良意、
二十九日乙卯、陰雨、英兵各府每秋有比槍得賞一事、
賞自國君與后、共計三百五十事、就中以中國瓷杯為

第一槍把在二百碼外、聞今年在某府得上賞者、發槍七十中六十九、其餘發槍之多少、得中之數不一、賞亦有別、

三十日丙辰、陰、月前英國教士山壘樹者來拜、渠云曩在福州興化縣傳教二年、能興化語、既為華人所喜、彼亦喜中國、特來請命、准入華籍、言語強蹳、神氣鶻突、恐有他故、此人願為華人、乃要請六條、令人詫異、雖近瘋癲、出此亂言、然中國入教愚民、恐未嘗不作此想、夫各國傳教、無非勸人為善、罕有引人違國法、變禮節、弗心

乎忠孝、若山曼樹所陳六條一華人奉教後凡不尊孔聖、不供祖先者、不得律之以罪、二凡入教之華人、皆不得勒令助登簿助善、如城隍出巡、盂蘭盆會等、三奉教華人、皆不准勒令執械當兵、四凡奉教之華人涉訟、皆不得以慘刑逼供、五凡入教之華人、見官長、皆不須叩頭請安、惟見皇帝、僅跪一腿、六凡奉教之華人、皆准前往各處傳教、屢來喋喋鬧之厭耳、乃閉門不納、昨日接倫敦耶穌教會函、知渠前在福州、因故被撤、今查其病狂、將遂回本籍云、

十一月

初一日丁巳，陰雨。中國幅幁廣，生齒繁，婚禮大畧同，而規模各異，各省都會之禮節，多有不能行之州縣鄉鎮者。西人筆記所見，僅歷一二城，即以中華通國皆爾。余甫至倫敦，見婚禮有撒米擲鞋之事，亦以英之三島皆然。乃聞英蘭東界之諾浮、色浮二城，若一家有二三姊妹，長者必欲嫁在幼者之先，蓋幼者先嫁，吉期宴樂時，必使其隻身舞于田莊也。客中苟有與之攜手跳舞者，則將有繾綣聘娶之意矣。英蘭西界亦然。是日，此女又

必著綠襪以示未嫁、又英蘭東界、無倫敦之婚糕、別作
牛肉大餅、曰嫁餅、英蘭西南界、代萬晒府、于宴會之期、
必有糖果一盌、調以牛乳香料、為婚果羹、英蘭正南之
這爾奚島人、教堂婚禮成、旋家未入洞房、于屋外壁上
勒石一方、雇石工先鑿以二心相連、下則新夫婦之名
姓暨嫁娶之年月、意謂俾舉國皆知、英蘭西界華特晒
府新夫婦由教堂受禮回室、通村男女紛集門前、各執
一馬口鐵器、如茶壺水罐等、槌擊之、令其發聲宏遠、聒
耳終朝、稱曰婚樂、他城更有屠戶以刀砍骨為聲、當奏

樂者、至英蘭北界一帶、又有於新婚之次日、新郎之友咸贈石一筐、不拘若干、新郎盡縛負之、遊行于各大路通衢、俾從目攢視、尾其後專人防石墜、遺須新婦趨至與之接吻、始止、然新婦每多羞澀、罕有解圍者、可謂惡作劇矣、惟英蘭西北界柯柏蘭府一種羅馬古俗、較雅新夫婦在家行禮時、新郎以金錢一囊、緩步新婦前曰、今將世寶贈卿卿、遂向陪嫁娘輩倒之、若輩以綢袋代新婦接收、又北方各製造局、別一種土俗、同局有婚娶者、假滿入局之第一日、鳴鐘午茶時、齊執鍊棰敲擊鍊

砧等物聲鏗鏗愈震耳愈為樂、以申慶賀斯與葦特晒、等處風俗同一無謂、是僅英蘭一島婚禮其不同已如此、

初二日戊午、陰雨、聞前于西十一月二十五日、即上明廿六日在某城有丹男霍安娶德女博爾格為妻、成禮不在教堂而于獅子籠、籠巨甚、圈獅五頭、教士海班中立唪經、新夫婦跪聽、雖有弄獅人執雙手槍大皮鞭鎮嚇而此三人者可謂忘身矣、籠置于海冰所樓閣寬敞、弄獅人以獅籠成婚四字傳出引人往觀、人多好奇、来者肩摩

踵相接也、賣票入款、新夫婦竟與弄獅人預約勻分、新夫婦得一百一十鎊、老教士亦有所獲焉、

初三日己未、晴、入夜陰、倫敦養孤院英名美投劄里漆阿賽勒木、義爲京都安身地、聞其一年所收之幼童雛女出天花者、二千零二名、病死者二百五十七名、送入醫院療治者一千七百四十三名、一年用款共五十萬鎊、又院中報稱、上年染患各病者數至四萬零三百六十一名、故費用亦至八十六萬七千六百零七鎊云、

初四日庚申、鎮日陰雨而霧、英國大小輪船、皆有女僕、

每月往來得客賞頗多，即如由立文浦至紐約者一月獲至二三十鎊，據云婦女慷慨勝於男客，然文武官員之旋由印度者賞賜又厚於婦女，且富商之求凰未就者、有時眷女僕而娶之，船主之未娶亦有不憶引綫而自招女僕作細奴者。

初五日辛酉，晴，冷，見冰，現東西各國都會咸喜電話傳信如面談，日本東京雖有大數未聞，美國紐約合萬人中有百五十，巴里七十一，舊金山七百零五，倫敦僅有四十七，其最者為瑞都司鐸閣木，合萬人中有九百八

十、各卧房、客廳、及商家、貨鋪、無不連有得律風、雖洗衣小局、亦與電話局相接、各街巷口設有分局、欲言者付小銅錢一、不僅能向本城人、即向舉國無論何城之人、皆可暢所欲言也、便甚、

初六日壬戌、微晴、冷、河水結冰、英例、民間及歲童子皆應入學讀書、否則罰、法良善也、然貧富良莠不齊、聞上月某日、巡捕捉得兩狹、一名李茶滋、一名卜林代、年皆十歲、同由哈叉街、潘丁布鋪竊得擦布兩捲、訊之、知其別糾六狹夥同出入學堂時、入鋪竊物、并預約不得一

物者鞭之、令入某鋪、辭則踢之、入不攜一物出者踢之
以己物代竊者亦踢之、原律以各收監一年、經各猍之
父出保攜家教訓、乃釋、又某日在歡喜路之糖果店中、
有羣猍偷物、巡捕獲二名、年各十二三歲、一名博得曼
一名那十、各衣兜有糖果并小玻璃碟等、訊明何鋪繳
還、判以各責十二樺板、又二小猍一九歲一七歲、因偷
茶葉六瓶、醬水一瓶、牛乳一罐、乳餅半觔、胰皂兩匣、馬
鬃剪一把、布袋麻袋各一、巡捕聽獲、送還各物、不能訊
出所由來、亦僅責每猍十二板、

初七日癸亥、陰霧冷、倫敦各博物院臚列者、不僅木石甎瓦、銅鐵、鉛錫、玻璃、缸瓷、綢緞、毡氈、今古大小各物、其金銀珠寶、多别置玻璃扁匣內、牢以自製專種暗鎖、非他人所知、前于七月杪、在南堪興埋博物院竊出珠寶匣、開失去古製之金耳環九枚、金表二個、火柴匣二個、項圈二副、項鎖一分、十字架一個、項戴鑽石一串、功牌一個、即時電報通國、偷人至今未獲、

初八日甲子、早晴、午後陰、天下各教中人、以猶太者最富、善於理財、精於貿易、在中國惟開河南有兩家名姓

未詳、歐洲各國俄德英最多、俄德嫉其富、妒其能、竭力驅逐、遂如張雲野鶴棲無定所、怨言載道、涕泗横流、英則反是、且任用之、思深法善、如任倫敦美爾一年俸薪雖有萬鎊、而讌會各事所賠甚鉅、或云不下五萬鎊、是不惟由其人并由其財、不使為國之漏卮也、且耶穌不勒、猶太猶太不勸耶穌、兩教各不相擾、畧如中國之儒回兩教、苟歐美各國皆不分教門、一視同仁、則彼此往來貿易、豈不與中國共享昇平哉、噫、

初九日乙丑、陰冷、申初細雨陣陣、泰西各國、街市無口

角、茶園酒舍、叙談無高聲、男女無論何等相見罔弗禮貌、溫恭、雖當忿懥、彼此仍謙遜、無惡言、君諭臣、官示民、主人屬僕婢、廠主、交作工人、鋪夥語同事、街市雇貸人、均用請字及蒙、喜願等字、喜怒不形於色、待外人不阿諛、而言語和睦、聞不厭耳、若土國人、沿海各地、無論見外國何等人、皆諛之、戢北以來、則無論官民、更有極力諂媚外人者、可恥哉、

初十日丙寅、陰冷、倫敦人數之稠、車輛之夥、官塲收稅之豐、車行獲利之厚、稽其一年車稅册可概知矣、城內

各火車、一年載人六萬萬一千八百三十七萬九千九百四、外載來者一千一百一十二萬八千二百輶子車、共載五萬萬三千萬、鐵道公車、共載三萬萬九千零六萬零七百七十、地道火車、汽車、（即筒車）共載二萬萬六千三百九十三萬三千三百八十九、街市馬車、共載三千萬、各家馬車、共載一千萬、太木斯江輪渡、共載一千萬、統計水陸載人一十八萬萬九千三百四十六萬二千二百五十九、

十一日丁卯、陰、倫敦城西界中、騷桑屯路有皮特曼學

堂、創自西千八百七十年、同治九年似屬商務、專于英德法
日語言文字并減筆新法及按字印法、現學者男女千
餘、年底大考、於今晚戌初、在利貞街北首坤娯堂分放
奬賞、放畢并邀名家男女鼓琴歌曲十六場、月前學堂
總管畢爾來拜、預約幫放奬賞、并約安生、元輔二君同
往、酉正、余偕二君步至堂內、見其總管五六人、少坐、轉
前登臺、見臺前及三面樓上坐共男女千餘、臺前左右
有燕翅梯、臺邊沿闌列鮮花百盆、臺上前面正中置卓
一、陳考憑、銀銅寶星、錢鈔等、後列三座、皆絨椅、中坐男

爵孟克遂、左畢爾、右則余、後列椅三橫、坐男女客、先是
孟克遂立陳一段、大旨謂學堂人數之廣、各學所教之
有益、并各人所學之勤、繼而畢爾復演說數語、後孟畢
易座、畢立唱名、各人按名由臺前右梯上臺、余則立遞
獎賞、中有僅給憑單者、有憑单并一二或三寶星者、二
三至十鎊者、共賞一百三十六名、間有寫減筆字、能于
一分之工寫一百六十語者、毫無差錯、散畢、轉回臺後
小食、余喫舍粒一盃、辭回、
十二日戊辰、陰冷、在柴草市瀋屯巷考義的小戲園、初

演新戲、今日未正開臺、數日前有班中美婦艾拉木者、
來邀往觀、附有包箱票一紙、屆時余偕陳安生率孫女
至園、小而容人一千、戲分三節、通場僅六女一男、大廳
一間、外有花園、無非紅綠情意、房間整潔而已、戲創于
法國人、名皆法國者、戲名罷子、洋言猶斯義未詳、戲之
大略、地與人係穆阿三母女之別墅、穆阿三年甫十九、
乃幷一女一寡婦同欲嫁席米業、席年三十四、遂擇其
情深確有愛心者之穆阿三娶爲、看畢謝歸、此類小戲
園、包箱價尚由一鎊十一先半至二鎊二先、三鎊三先

臺前池座亦七先牛、戲非吾所喜觀、然男女裝作之情態、喜怒哀樂、皆似實係其人者、亦優伶之靈敏也、

十三日己巳早微晴、下午大霧、箭地不見人、白晝然燈、

英蘭耶穌降生節、盛於新歲、物直夲昂、又值夲冬頗冷、凡火雞鵝鴨皆不易得、夲國既少、而由加那他諸處販來亦不多、今抵耶穌誕辰距二十餘日、價已漲起、屆期不知漲貴至何地位、即如鵝每觔六七夲士、夲國火雞每觔一先、外國者九或十夲士、山雞每對四先半至五先、夲國山貓三四先、外國者二三先、兎每個十一夲士、

鵪鶉每個八本士至一先三本士、竹雞每隻九本士至一先、雞每隻二先半至三先半、愛爾蘭者稍賤、每隻亦一先半至二先、時價二先合一銀圓六本士合二角五、貴可知矣、

十四日庚午、陰雨陣陣、耶穌降生節在邇、由半月前街市大小各鋪、修理一新、漆人工加新貨、尤盛于衣服綢緞、皮料、糕點、玩物、書紙、銀器各鋪、蓋戚友情人屆期皆用餽贈禮物也、否則亦必送花片一書紙鋪、備有新式花片千種、上印花木人物、吉祥語詞、玩物鋪、糕點鋪皆

備新式百種，羅列玻璃窗內，招人照顧。蓋此二種，為專
送戚友之兒女者，精巧華美，感與德法國者同。天涼陰
雨泥濘，而利貞敖斯佛兩街婦女往來如織，多係選買
禮物者。

十五日辛未，細雨陣陣，入夜大風。天下各大國之人，各
愛一種麯孽之害，如俄人喜灰斯几，英人喜佩蕭德，人
喜啤爾，法人喜萬露（又名紅酒），闔法國男女更多喜一種酒
名阿卜桑代者，其釀法先春各種花葉香草，如泥如茵
香、艾子、白芷根、珍珠菜之類，浸濃酒中八日後，依法蒸

之色成碧綠、再加茴香酒少許則酒成、此為的真香艸阿卜桑代也、然其價且昂、法人依法而釀者少、遂以次等舍粒加之、薑黃藍靛染成綠色、更有加以藍礬者、此酒法國酒行、蒸供民間日用、數頗廣、又有由瑞士運來者、一年不下三四百萬戛倫（每戛倫合中國六斤四兩）、癖酒之人既多、或謂數十年來人受此害、傷身較速、是以法國戶口年見其減、其明徵也、此酒初次功用、當西歷一千八百四十四年、（道光二十四年）法在阿直爾（地在斐洲北界）用兵之際、隨營醫官、始准兵丁加少許于所飲酒內、用除暑熱、班師後、法人均成此癖、飲者皆用玻璃小盃、不能痛飲、大都飲時必加糖水少許、或將糖塊置漏匙內酒化之、其不善飲者、猶有咳嗽、或覺口有異味、其性既烈、異味留舌間亦久、而回味甚佳、多喜飲之。

十六日壬申、早晴、午後陰涼。倫敦白堂坊、設有敎色斯會館、會中人皆講游歷著作、會首為色爾杜艾楠、今晚成初讌客、月前會中人席妥瑪東請、屆時渠引伊第三子席金、以車接入會館、入內少坐、轉進飯廳、卓作丁字形、四面坐人五十二、正面橫坐五人、中為會首杜君、余坐其右、席坐余右、酒食平平、食畢、會首立起、舉杯率衆先祝國君福、未幾、復演說數語、繼有客名包敦者、座在杜左、亦立陳一段大旨、皆讚人之游歷著作、以表此館之有益、更助吾人之見識云云、言畢、齊出飯廳、入別間坐談、英正興辭、是地東臨太木斯江岸、西通柴苓十字街、其名白堂者、英語為懷徳霍勒、因有大石樓一所、高數層、工極精、通樓石皆白色、横長占地甚廣、乃一三百年前之朝房也、街之西首在柴苓十字街中、立有前英君查里第一之銅像、乘馬立石臺上、人馬與真無異、前于西一千六百二十五年、（明光宗泰昌六年）當英司九阿朝、王即位後立此像、至千六百四十九年、（順治六年）年及四十有八、因其苛殘民心不服、將叛、公議弑王於白堂爾、時人民變亂、像遂拆去、後有人售銅葯捲盒于市、謂係王像之銅、于是人多購而什襲之、迨一千六百六十年、（順治二十三）年太子查里第二即位、始知前王之像久經埋藏、至是現出、以重價購回、復立之、銅盒固非王像之銅、買者棄擲、入夜風雨交加、

十七日癸酉、陰雨、溫屯夫婦于今日由申正至戌初請

茶會。酉初。余偕内人往。樓小人多。擁擠極熱。立聽客中一男二女歌曲。畢。前引下樓用茶及小食。後謝歸。光緒初年。香港英國總督開乃第之妹。即温化之妻也。年近六十。上月始嫁温化為夫。兹見温。觀其貌似尚未及四十也。

十八日甲戌。陰。暖。聞法人喜飲阿卜桑代酒。因成癖。而喪命者。罄楮難書。酒性之誘陷人甚於鴉片。初飲能提周身之精神。飲者以為辭壯。心思更覺明爽異常。遂耽焉。多有以之作藥。冀增精神者。暨酒量日增。飲食日減。

由病而瘋癲、由瘋癲而殞命、遲早輕重不同、據斷病之形態、有致人慘惜者、有令人絕倒者、初發先失口胃、次覺渴燥、頭暈耳鳴、聽視日衰、或至飲後反覺心神不定、煩悶、而腦力全失、昏迷狂癲、諸症接踵而起、或先病形不露、僅覺筋肌顫跳、身躰日弱、髮落齒搖、形容憔悴、皮皺色敗、夢寐驚悸、神魂顛倒、厥後痿痺不起矣、此皆可致人慘惜之、其瘋癲一証、有某甲、目光昏花、藍色紬衣、不以火焚、不能見、當法國設賽會時、某因吸呂宋烟、竟燒毀三十八人之衣、被拘、又有嗜齧食人肉者、法俗男

新

與男久別初會亦多接吻示親近、乃與契友親吻而竟咬其顴肉一片、更有病重將己身之肉大嚼殆盡而斃、又有精神恍惚疑有仇人刺刺、防害法人之素習電學名包義患酒癲疑人將用電氣害之、移居鄉間夜卧于六尺深溝蓋之浮土（按電學家謂電氣入土即消也）偶至巴里因避電害著銅衣重三百八十五磅、外罩木板七塊、近身處填以新報等物、頭戴鉛盔、彳亍於市因被拘、五年前俄君游法時、一人自他省至巴里頭頂極大燈籠、身披藍袿、以墨水淵書十字於上、據云特來告俄君以法國實情者、蓋意將行刺也、被捉未久、即得痿痺不仁之症而死、或云雖少飲以防其困、究于身體有損、且元氣乃先天之本、嗜酒者子女無不身體羸弱、天資遲鈍、客歲法人多癆症及他肺症、未非是酒之流毒也、

十九日乙亥晴、微風、聞倫敦患盜狗、失狗者日多一日、城西一帶、狗盜尤劇、其盜狗、因某人豢狗、日日引狗街遊、採狗所喜、暗作其物、或食、誘狗、間亦自攜一雄狗或雌狗、是為狗囮、狗盜亦裝束如富室、狗市在城之東北克勒布路、每禮拜日售黑狗、白狗、紅狗、黃狗、織狗、淨狗

大小狗、由一先令至一鎊、為狗價之差。每盜狗一、畱狗數日、冀失狗者倩人覓狗、得酬。狗直或無人尋狗、或巡捕嚴防、盜狗始貨狗於市。憶余前在英時、使館鼠極多、余不忍殘害、特買拍匣餌誘之、得即盛以紙袋、袖至街市園囿無人處放之。乃同事某某二人同出、諷語謂余出售活鼠、聞之滋詫异。蓋倫敦無有蜜唧唧、亦未聞鼠有何用、不知諷所由來。乃今日始聞設狗市之克勒布路旁貝斯那格林路角、設有鐵籠以售鼠、每鼠四本士、專賣獵犬主人者。惜爾時余未之前聞也。

二十日丙子、陰、耶穌降生節近、各鋪售禮物、糖果以匣、糕點以盒、玩物器皿、分分紙筆書本以包、諸綢緞布店、時式應用各色、度以尺寸剪成、束以紙條、上書尺寸價直、買者任意揀選、免臨時量裁、費工夫、足徵買者之多、因此郵政總局告登新報、凡寄送花片、信函、包裹、均不得過下禮拜二日、即二十四日西十二月二十三日

二十一日丁丑、早晴、午後陰、聞澳大里亞洲近因天旱、乃以糖水拌糠草飼馬牛、竟有人用之解渴、口病良已、傳作良方、蓋一人舌下生瘡、諸藥罔效、遣飼馬口渴、連

飲兩口、舌下痛甚、次日瘳、而飲食利、糖水之力、何以消
瘡、當詢之化學醫家
二十二日戊寅、陰、現值歲杪、學塾皆大考、于耶穌降生
節前考畢、放學一禮拜或三禮拜、各處規矩不同、聞在
哈婁地方、放學前一日、諸生會于學內、排坐若干横對
面、置高卓一、諸生以次歌一曲、須立卓上、左手高舉燭
台而歌、卓下左立一名、手舉一叉、右立一名、手舉一打
球排子、如歌者聲弱、或曲不合腔、或曲不終、須自卓上
爬下、作田雞形、若應歌而力辭、罰飲鹽水一盃、候補也

之韋凌垣學堂屆期諸生聚集奏樂各操一技或琴或鼓或管或笛或琵琶或胡琴合聲齊作均與戲園臺前同初入此學者須立歌一曲四面圍以燈燭所歌如不佳樂器既不隨衆且齊行作聲以淆雜之洛蕾土地方學堂别一法乃于酉正諸生會齊脫去長衫挽汗衫袖過肘或跳舞或以掃帚毛撢等打小皮球以爲戲倦而後已瑪柏婁村諸生多住學堂中放學後回家各抱一扁方頭枕盖數十年前諸生往來所坐馬車座皆平板有嫌其板硬者以此枕墊現車雖有墊而此風不易要

無非相對拋擲戲弄而已、其又埃氏村學堂放學後、諸生各著新衣、如武官巡捕水手等、各以手巾或布袋盛鹽、沿街向其所識者售而討直、是地饒富、室諸生父母亦以多買鹽為樂、有時諸生聚至千鎊、同文學長其人即以此錢讌衆、苟所備者不恰衆意、衆乃特毀壞之、俾其人因虧賠累、其次則文紫斯特城、初入學堂者、令一生手執瓷盤問曰、汝與創立此學之人係一家否、無論答以是否、皆以瓷盤拍其頂曰、我不信、設若盤碎而頭殼不傷、乃又曰、我信矣、是二者尤可哂也、

二十三日己卯、陰霧、暖、著棉衣、在教斯佛與利貞二街
十字東之阿蓋巷、舊有亨格樂馬戲園、內圓樓三層、高
七丈、樓中圓池周一百四十尺、池四周餘地寬各丈餘、
正面臨衖、三層、各有廳房、後面樓下有後臺、樓上有廚
竈、飯廳、樂堂諸所、地基頗大、樓內層層彩畫、中央棚頂
畫作紅日初升、其修飾裝潢、華美光潔、費至萬鎊、而生
意平平、入不敷出、四年前關閉、空至本年、改為涵冰所、
洋名司開丁帕來斯、譯乃涵冰宮也、馬戲之池、移去四
面木闌、盡灌水、以冷氣結冰、厚二寸、每日刮冰二次、因

湎冰人多鏇鞋齒利久則冰面如鋪雪冰不光湎不便也專役刮冰服白衫藍褲轉圈以鏇鏟橫寬四尺直長尺半者剗之樓上四面倚欄設小桌椅來人坐觀帶吃茶及小食桌列鮮花鋪以彩布後臨壁設長桌椅凳備男女閒坐並買糖果句句臘各物到處整齊潔淨每一禮拜除禮拜日皆本局該會中人外餘六天每天分三截巳正至未初申初至酉正三十分戌正至子初三十分入門直晨湎冰者二先半坐第一層樓觀者二先二層樓者一先午後湎冰者三先坐頭層樓者二先半二

層者一先半、晚間涵冰者二先半、坐頭層樓者一先半
二層者一先、涵冰買一季票者一人八鎊、二人十四鎊、
三人十八鎊、四人二十鎊、買一月者一人三鎊三先一
禮拜者一鎊一先、一季內每禮拜涵三晚者二鎊半、涵
六晚者四鎊半、年底小孩放學時、買票一個月者二鎊
半、出賃冰鞋每次每雙一先、初學者晝間經教習教練
者五先、入夜三先、每日奏樂十六場、樂工十二人、間奏
跳舞樂、則男女可攜手同涵、以作跳舞、茶或加非及小
食每人一先、午酌由午正至未正二刻、每飯二先半、零

29

點亦可價則另算晚餐由酉正二刻至亥初每飯五先零點另算其中會十三人爲貝達佛公夫人康樸敦公賴代在公法木斯公與夫人李布斯代公葛森公夫人費士本駱額司葉戴拉庫葛婁伍諾戈萊楠得

二十四日庚辰陰霧近日各肉鋪皆添新貨或羅列或懸掛飾以綠葉鮮花大鋪有在壁上簷前懸掛羊百數十頭者有排牛肉七八十方者豬肉較少野貓山雞野鴨火雞雞鴨鴿鵝海味如魚蝦蛤蜊螺螄螃蟹蠣子龍蝦各物并雞子鴨子乳油乳餅全行羅列皆經巡捕暗

察是否新鮮、有無病物、以免傷人、聞昨茶培街第六十九號寬衛肉鋪賣牛羊肉三百三十六觔、巡捕查非鮮肉、捉入官廳判罰十鎊、二先又哈文街第二號譚思理肉鋪賣六十觔膠滑人食不易消化之肉、官訊明、律罰二十鎊、

二十五日辛巳、陰霧如昨、近見街市閒貨車及停街車之馬、毛皆自背下左右離去、現非天熱、披毡負氊、仍恐受寒、乃僅由背上一片如蓋、不解其故、詢之、此等車行、皆馬棚狹窄、馬亦受涼、其馬或行遠路、或引重物、卸後

有汗、不能存留背上、必下流至腹、如不下滴、久積則凍、馬反受寒也。

二十六日壬午、微晴風、明日耶穌節、今日各鋪即休業、人宜街游、反因大風而冷、皆坐家飲酒吃百果糕、即李子餅直蠣子盛來、因久柴斯特騷桑比坡滋茂斯三海口人患一種熱症、洋名太弗艾、各新報宣傳、遂戒食蠣子、據英巨商甘安云、自新報見後、每日僅售十分之三、是三日之工、少得千鎊、一季當少賺十萬鎊、商人販賣者、所虧無幾、僅少賺耳、惟產蠣之處土人賴此獲微利者苦

矣約計各處不得獲利者六七百家老幼當不下數千
人新報之速可畏哉
二十七日癸未稍晴暖今日為西厤十二月二十五日
耶穌節昨夜城內人民飲樂終宵今日午前街市無人
至午後其不喜遠遊或無力遠遊者皆在園囿江邊夫
妻子女往來游玩以怡性其出城遊者或騎腳踏車或
男女數人坐汽車或雇敞車或僱四馬大車由前日達
今日共坐火車赴布來敦海邊者九萬三千二百人往
東南者共七萬五千七百五十五人正西者共五萬二

千零五十人其專游水晶宮者亦二萬七千餘人又此日俗名箱子日蓋各工役如點燈人送信人掃烟筒人送新報人各鋪送貨人不下千千萬萬至各主顧家討賞得錢入箱因名各家僕婢亦得主人節賞焉

二十八日甲申早大晴暖午後微陰入夜風因明日又直禮拜今日各小鋪雖開祗半日現蠟子上堂居近海邊者多向內地按僅送蠟子與各戚友以為禮自新報見後罕有敢送者蓋恐反滋戚友也據倫敦巨商佛慈云上禮拜共售十萬枚當新報未見時每日售三四萬

新報出後、猶每日售五千三千、一千、今則一枚不得售矣、四日前由漁船運來六萬、行中今存五十萬、不下二千鎊、直只有包收以待腐臭而已、

二十九日乙酉、陰、大風、冷、聞昨堪暖路第百五十七號、雷大曼鋪中、經衛生監督察出兩盆霉爛雞子汁、并一百四十二壞雞子、送入太木斯官廳、判罰十一鎊三先令、收監作一月苦工、又喀布街第百十一號來威鋪中老嫗被人查有一百零八壞雞子、乃官定罰九鎊三先令、是西國之講衛生、不僅街衢潔淨也、

三十日丙戌，晴，冷。英雖屬耶穌教，仍有天主教者，聞在英蘭與衛拉斯二府共天主教士三千五百六十五，紅衣大主教洋名喀爾的那阿赤比鄧者一，副主教洋稱色弟拉干比鄧者一十五，在蘇格蘭有大主教二，副主教四，通國三島共有天主教人一千零五十萬。查猶太教與天主耶穌老東三教雖異，其源究屬一家，乃在歐洲中南一帶猶有謂猶太教人迷拐小孩殺害，以其血祭天等語。華人之奉佛教者與西教迥異，則謂其挖取小孩心眼之謠傳不爲奇矣。

十二月

初一日丁亥，早晴，未初陰雨。前于西十二月二十五日，

即上月十乂日二英后在阿來三德拉特勒斯特飯館，名昨在

南斐洲陣亡各兵之妻與子女晚飯，共二千餘人，名帖

前于二十四日印發，每頁前印君后小影，後印云：一千

九百二年十二月二十五日午後兩點鐘在西的路之

阿來三德拉特勒斯特館君后阿來三德拉備飯，誠心

願爾寡婦子女歡過聖節，上帝保佑以樂來年。各人往

來車費皆官備，憐其貧也。所備之飲食，燒火雞、烤牛肉

四七

牛乳、煮白菜、煮番薯、百果糕、碎肉餅、拌生菜、葡萄、橘子
平果、香蕉、枝桃、糖果、對拉花紙、爆香、茗、加非、扣扣、檸檬
水、此外經郎特立行代送各人匀匀臘一匣、懷德來行
除助修飯館內外、又送各小孩布人一個、其祠候上菜
換傢伙及他一切執事者二百七十五人、內有ＡＢＣ
加非館之女堂倌、助善者、其寡婦子女之屬、馬隊者一
百七十六、御前礮隊者一百五十四、御前機汽營者四
十一、步隊者四百九十八、餘皆各屬地者、外有樂兵一
班、隨食奏樂、時有世爵李卜屯首座、以代君后、食將畢、

君后來電旨云願爾眾客飲食歡樂、上天保佑、來年順利、誠心祝賀、誦畢各婦無不感激君后之仁心慈念而欲泣、食畢、李卜屯立起演說、云今日之會吾人皆當記念、不僅感謝皇后之仁、凡各人所屬之君與國、皆不當忘也、因國與君失去其至忠至勇之人、故有今日之會云云、言畢、眾婦垂淚不止、繼迺率眾公具一電答謝君后、去時又經君后賜各人一花片、上印新年順利安樂吉祥各語、

初二日戊子、早晴、午後陰、今日為西十二月三十一日、

戌初、帶孫女赴代文晒坊第十二號閣斯敦夫婦家、小
狹茶會、共幼童雛女十七八名、外有男女六七人、先則
眾狹玩耍、狹分兩班、一在屋內、一在屋外、第一日猜字、
乃屋外者互相商定後、向屋內言一字、如提手旁、屋內
者鬨而齊出、于是屋外者各置一物于掌上、走向屋內、
若屋內者猜曰托、則眾狹馳回、另設一字、否則另猜、或
一字曰竹字頭、眾狹掩口而入、則猜曰笑、或雙手齊舉
口左、則猜曰笛、是也、再則補句、一人先言一句似是而
非、向眾設法問而補明之、譬如言茶壺即位天下太平

即詢曰識此茶壺否曾經見過否有答以不識茶壺惟知有君王者、則說者鼓掌曰是、或言猫想吃魚卧在冰上、繼而問曰、此何猫耶、知此猫否、有答以非猫乃王祥者、爲是、又玩奪手帕、乃衆猴坐一圈中、立一猴坐中一猴拋手帕、他猴接之、如被立者奪得、則立者坐而拋者立、如此陸續拋奪、惓而後已、畢事時近亥初、遂同下樓入飯廳夜餐、飲熱湯、喫涼魚、火雞、糕點、鮮果、飲柏爾兜、香賓、加非、各品食畢、各猴玩對扯花紙爆、扯開後內含細小玩物、如紙帽、竹哨、銅片、寶星等、彼此戴帽吹哨、玩

耍片刻，將復上樓，余率孫女謝歸，英國惟蘇格蘭土俗，
不重耶穌節，而重守歲，鋪戶休業，人工將息，入夜有携
酒果分賚戚友之禮，乃執赴所識至契各家，雖夜半已
寢，亦必喚起呈飲酒一杯，果一枚，又當晚未嫁女有占
婿之俗，暗室然小燭，一女對鏡以窺，久之目迷，以為鏡
中所見者何等人，則將來必嫁何等人，或獨至井上俯
視之水中，所見者為其必嫁之夫之先兆云，（德國亦有是俗，較此稍异，詳見五述奇）
初三日己丑，早微晴，午後陰，入夜雨，今日為西厤一千

九百三年正月初一日、街市鋪店一律皆開如平日、按
猶太教之禮拜日既與天主耶穌不同、新年亦異、前于
西十月初二日、中九月初一明為猶太教新年日、斯巴尼亞與
葡萄牙兩國之猶太人呼此節曰洛什阿沙那、英德兩
國呼曰洛什阿收那、此名所由來乃自猶太雷堤克斯
経之第二十三節、其首段詞句云、七月朔日乃爾安息
之期兮其鳴觱栗以誌聖會之齋集、爾其拼除俗務兮、
第獻爾蒸嘗以祭上帝兮云云、按其教規、于六月底先
懺悔十日、期滿之第二日、始迎新歲、平素不入教堂誦

經祈禱、故視元旦為第一聖節、而極尊重之、按其古禮所傳、及其所謂先聖者遺言云、七月朔日亦為創造世界之期、故須吹羊角聚衆、逮衆齊集後、教師高聲宣言云、今日乃創世之日、相傳至今、謂乃上天更置人間禍福生死年歲豐歉之日、是以先賢戴艾廸之門徒傳授伊斯烈之子云、於是日祈禱、可免災禍相侵、又于除夕日落後、先入教堂禮拜、回家晚餐、重行祈禱、并遵古俗食羊首以誌追念先賢伊薩克之意、然屆時喫羊首者少、而食蘋果片抹蜂蜜少許者盛行、其故未詳、吹角一藝吹者既以為榮而必揀選會中之精能者肺氣足壯能勝其任蓋羊角乃一直筒也吹要聲音洪亮音調不同且聽者皆須站立否恐震動五內其聲之雄健可知矣據云古時猶太曾藉此吹傾擢里拙之城牆地在代得海北耶路撒冷之東北現僅一村今日吹羊角之故典頗多曩者猶太國王加冕以鳴羊角為樂而軍中亦多用之但近世之鳴角者大都意以贖罪吹角人皆以大白肩巾裹首凡十三歲以上之幼童必用此巾裹首後方准入堂祈禱屆期有人因病不至者則吹角人須至其家吹之據云可

利其全家平安無病又各人皆自昨晚戒食至今日斛角聲後于未申日落之間方得食物其俗乃先贖罪後迎年、再後則戒食及大懺悔諸節大都祭祀祈禱認罪各事而已、其表文云、我猶太人獲罪於天甚於別民五中羞愧深於列國拚絕懽樂喪失厥心、云云戒食懺悔二節詳見後、

卷四終

八述奇卷五

鐵嶺張德彝在初隨筆　潘士魁校

光緒二十八年十二月初四日庚寅。陰霧。猶太人戒食節，名曰阿頭門（義即贖罪），為希布來之最重者。前於西十月初十日（中九月初九日），自日落前起，至次日落日後止，二十四點鐘內，星食點水均不進口。凡不忠不信者，當此之時，諒不敢有不良之心也。日昨倫敦東西一帶猶太人多，其教堂不敷祈禱之用，故將學堂及會館數處皆假作暫時教堂之用云。

初五日辛卯，早大雨雷雹，大如黄豆，午後晴。猶太人懺悔節，自九月九日晚五點十八分日落後，各人即入此不飲不食之祈禱悔罪節，洋名被木齋坡爾。鋪與工人均休業，咸赴教堂，負白巾以誦經。其在波蘭、俄羅斯兩國者，奉教尤虔，至有在教堂中終夜静坐、不稍移動，如和尚參禪。翌日清晨，大眾齊集，同守禁食，迨日落乃鳴羊角以成節。按彼之意，謂先生者非聖人，將來必生一人，使天下一家，無灾病兵兇，山水奠定，五穀豐登云。

初六日壬辰，陰雨。數日前由日斯巴尼亞之瓦蘭溪亞代呢亞二城販來蘋果橘子極多，往年此季上等橘子一筐七百一十四枚價則十先或十二先，現僅七先半。由加那他運來琵琶桶蘋果亦多，價極廉，往年一桶價一鎊，現祇六先。

初七日癸巳。陰，細雨，大風相鬪而作鬧。昨在沙貝巷第五十號鄰樂肉鋪，官查出壞猪腿二，刴碎作團食人，有損，判罰五十鎊。又特樂康椰椰夫馬爾勒因聲一病牛赴倫敦市易錢，官察出，罰五十八鎊八先。夫人既重衛生，在乎自衛，然貧富不齊，哲愚不等，官不能家家察考，遂于飲食中先設法預防之、亦保養通國人民之一法也。

初八日甲午。陰、雨。早熬粥、分眾人并洋僕共四十六盌。考英兵分三類、戰兵、守兵、義兵。戰兵可赴他國、守兵不出本界。義兵雖准出外、僅能到各屬地。然守兵與義兵之自願隨征外國者聽之。各兵皆須在營二十年、有因病或他故在營五年或十年者、亦可滿二十年辭。仍強壯仍願在營二十年者、經官驗明、仍由回家者報明住址、官有賞、日給一先或一先一二本士不等。在外陣亡病故、或因受傷患病回國、于一年内亡故者、妻與子女國家皆有恤賞、每月多少、闗乎人口之數、又别有一會曰忠義會、英名帕特里歐堤克、凡陣亡兵丁之孀寡、亦皆設法養贍、近因優待亡兵、乃將其回家一年身故之限、展爲二年、前當英后賜眾午酌所傳、皆係一年内者、今既改章、故出示補傳其在二年内身故各兵之妻、自行報官、以領月賞、

初九日乙未、早大晴、午後微陰、凉、四年前所記之倫敦拯救隊、現更擴充、募化進款、固多而賑濟養育之費、亦

鉅、其上年總帳各項人數、如所設賤飯鋪價廉而肉食潔淨、專售窮人、一年往食者共三千五百二十六萬三千三百九十一人、暫宿店價廉、木牀鉆被與褥亦皆整潔、一年往宿者共一千五百六十六萬一千八百九十二人、代覓工作之流氓、共十二萬二千一百一十一人、罪犯出監後無處可歸、收留者共五千七百九十人、拯救無家之婦女、收養者共二萬五千一百二十九名、貧苦人家、經訪察設法賑濟、使之過活者、共二十五萬五千八百二十七家、窮人染病、使人前往扶持者、共一萬零九十一人。入夜大晴。明星在望。
初十日丙申。早黃霧迷漫，街市丈地不見人跡。燈未初
細雨，後天稍清爽。今日為西正月八日，戊初，倫敦美爾
夫婦在公署中請小孩男女自六歲至十四歲之改裝
跳舞會，因余帶有孫女，現年九歲，月前以柬約，欲否前
往，候回信，并問年歲、屆期改何裝，余致書謝，謂願携往，
註明年歲，仍服本裝。云即是眾中之新奇者。繼又寄來
夜餐票三頁，其色左白右紅，横寬二寸五分，竪長寸半，
上印千九百三年正月八日，倫敦府小孩跳舞會，九點

三十分美爾夜餐各語今日酉正二刻余同内人率孫
女乘車入老城、城内往来車輛極多、各處立有巡捕彈
壓指示至公署之旁門下車、順樓牆地鋪紅毯、搭有布
帳、入門登樓、轉入大廳前、直行、美爾夫婦率伊阿得魯
等立左鄙金椅前、對面有人執棍唱名、引導一切、多與
前在極樂堂同來者、過美爾夫婦前、男孩向之鞠躬握
手、女孩與之請安、與見君主禮同、各孩見過、皆順步入
大廳、余等與日本公使林董、率其孫女、皆立于美爾夫
婦之右、見所来幼童雛女共一千三百餘、裝束不一、有

歐洲各國今古官民兵丁鄉農工役、有德國閑色述見
瑞國賣牛乳人本國宮廷侍衛及律師、乳娘、庖丁、堂
美洲、西印度人、斐洲黑人、埃及人、印度女、日本女、中
男女、五有戴頂貂尾而身著女裙、紅氅者、有戴旗女
身、者花裙藍氅而唇畫八字烏髭須者、有著紅裙月白
花女袿而頭戴日本女簪者、有戴緯帽著藍襖衣灰
戰裙者、有裝作西國女仙者、有滿身鮮花、肩荷竹梁
日一籃花者、有裝作他洲苗野、赤鬚赤髮者、滿面黑
奢奇醜之態、筆難盡述、見畢、齊入大堂、美爾夫婦坐於

正面矮臺金椅上、余等坐其右、其他世爵婦女坐其左、樓上奏樂、一切款式亦同極樂堂。既而當中四人橫提木棍、直立一行、樂作、小孩繞圈跳舞、形式不一、亦多新奇處。至夜止、計共一十六場、臺上各人立起、美爾相金氏、林董相美爾夫人、余相特立伯爵夫人、美爾夫婦先行、其他依次對對隨入左門、登樓入正飯廳。美爾夫婦正坐、右則金氏與余及孫女、美爾夫人左則林公使并伊孫女、再次則皆臺上各婦女、卓形長圓、坐人二十有四、左右四小卓亦坐、皆美爾戚友之品高位尊者、各小

五

狭男女皆經人引入右門、至他間樓内飲食、火雞、煮魚、
醬雞、牛羊肉、牛舌、海蝦、火腿、生菜、糕點、鮮果、香賓、鹼水
各品、卓上亦列鮮花及對扯花紙爆、食畢、攙扶下樓、入
堂坐臺上、復看小狭跳舞兩場、時已子正、遂謝歸、是會
洋名朱歲廼勒欽勒、譯言幼年跳戲也、是日林公使之
孫女亦著本國服色、

十一日丁酉　陰、細雨陣陣、申正偕内人帶孫女乘車東
南行十數里、至安斯婁園第五十號、赴特拉布夫人之
女歧斯譚夫人家、小狭改裝跳舞、會入内、先進飯廳、見

二

特夫人母女纔而立食茶及小食少許、後登樓看衆孩跳舞幼童稚女百餘裝束與須再述其與昨日不同者、各孩背負一帖上書其人名姓及所裝束為何地人又男女各客一帖上書請于男女各孩中各擇所喜者一名書其名姓裝束于其上以便公賞寶星跳舞六場後、小孩分對走入内間各領糖果一小筐出旁門由大廳左門轉回再則一女執筐向各客索回其帖將入他間、擇其中書名最多者、分賞寶星法與公舉者同許久乃回至旁間對衆唱名給賞所賞之二女孩一係作印度王妃、一則作瑞典鄉女、二男孩則一作宮中舉矛紅衣侍衛、一作法國武官、其寶星、銅質金色、形如制錢、看畢下樓、再入飯廳、喫冰乳、果羹各數匙、謝歸、時已戌正

十二日戊戌、陰、西麻上年十二月十七八兩日、有各善男信女施捨小孩玩物布人等、以備于耶穌節分給各醫院義學中之男女小孩、各物聚齊、先陳列於阿拉柏堂、于此兩日備人觀覽、大小共計二萬八千件、外有雖係玩物而兼可使用者數百件、以給其孩之稍大者、更有無名氏特捨新鑄之六奔士小銀錢一萬一千二百

個司安瑪者特捨對扯花帋爆二萬七千個、布人中之大而著衣者四千、

十三日己亥晴、甚冷、聞蘇格蘭都會格拉斯句人木商麥格來、向在緬甸京城蘭古恩售賣木料為生、數年来集財甚富、遺有一十五萬金鎊、其人將死、留有遺書云、留三分之一與其妻、其二分一半賑濟格拉斯句之貧人、不忘其生產地也、一半賑濟蘭古恩之貧人、不忘得產地也、所有金錢皆願分給確為貧苦之人、不給教中人及福音會中人、以稱其心云、

十四日庚子、晴、冷如昨、入夜微雪、河結冰、京師有以臘八粥塗樹、冀其多子、如古人嫁杏者、而英之英蘭西南界、如代萬晒格婁希色西爾佛色墨賽府等、正月初一日晚、亦有將樹枝浸入酒瓶、名曰酒灌果木、園因地產賽得爾蘋果酒、初一日樹醉、卜將來蘋果豐盛也、數十鄉民一人抱賽得爾酒一大瓶、他人各執一銅鍈器、如鐘句壺鑊、往見園主、先歌一曲、以致賀云、醉盡蘋果樹通鄉、盌色白而酒色黃、盌子造以好楓木、啤酒或由大麥、香浸君樹以我等酒、因此一浸、定芬芳歌果東燭入園擇各樹一枝、浸入酒瓶一次、并將各樹杈置麪包與鹽少許、隨灌酒、各人搖鐘以棰敲所攜銅鉄器、又歌曰、蘋果樹、蘋果樹、我等黃酒如甘露、生而長、長而生、大帽滿、小帽滿、大布袋中亦盈數、哎呀孩子們、英俗指平果樹同心祝爾饒裕、二歌俚鄙不堪譯出、仍之以存真也、

十五日辛丑晴、冷、都門乞丐每於封印後塗面改裝、赴各鋪討錢、昨聞英蘭北界約克晒府、有種下流人于新年之日、亦塗面改裝、作斐美等洲野人、頭頂鳥羽、身披鹿皮、面塗紅土、或染黑漆、怪怪奇奇、觀之令人畏懼、乃

廣聚通城各家、排闥直入、為之洒掃刷洗、撢塵去垢、以為戲、戲入門不語、彼此互作嘈嘈聲、收拾畢、本家備有酒果小食、少食即去、此等游戲、中國不視為暴客、鄖各地風俗雖有相似、用意究不同耳、

十六日壬寅、晴、冷、聞英蘭極北各煤窰中工人、輪班三個月一換、冬季一班、曰耶穌降生節班、平日挖煤鍬桶上下井中、專有一狹換送空桶、至西十二月三十一日所繫之末桶、或正月初一日之第一桶、各工人贈此狹一耶穌降生餅、釘挂桶邊、俾易見、否則亦有給錢少許也

者、又於西十二月三十一日蘇格蘭土俗凡貧家子女、於是日以布作兜挂胸前、沿街成影赴各家討取蕎麥麪餅、乃隨行歌曰臘月三十一特洛洛立（土語無義）請賜白麪包、黑者則不必、繞行一日、兜滿回家、可供三日食云、入夜微風尤冷、

十七日癸卯、晴、冷、昨日藩部傳云申報僑居司、謂少年婦女之僑居南斐洲者、苟無戚友照料、或不經僑居會規款保護、恐無益而有險、按僑居會歷來保護婦女之他往者、現往南斐洲者、亦由該會保護、國家深為嘉許、

自耶穌節後國家設法協助凡助每人一鎊約每月費
至百鎊
十八日甲辰晴冷如昨街行東北風皴面冷如都門十
月天英規男女幼時嬉戲不同屬身體性情無益者禁
之地非閙敞日光能臨而使人爽快者止之凡踢球拍
球拋球各藝之需力者必得學堂驗明年逾六歲七歲
腦氣生足之幼童又隨時訪察違則罰故狡童遊戲各
得其當然各國養育教訓之法非一德國幼童操體練
武祖臂推舉鍊球屬和國則拘執太甚游戲處處有定

章、禁破格、冬日涸冰夏日在臨北海之石文呢根地方挖沙玩耍亦有一定格局、義國最兇烈如二人對劍暗中行刺喪心兮離致人死地各游戲之名雖云童戲多有因之殞命者、通國男女小兒皆不以死為心故無君黨多出自義大里、法俄兩國則經父母教養游戲之法、由長傳幼有益無損大要相同、他如日斯巴尼亞之天主教各國神甫將古時游戲各法著于冊、勸令小孩仿行、而于身命無損丹瑞之間、可堪的那威亞一帶、小孩戲物無多、夏季或栽種小樹、或戲弄碎瓷及馬口鐵之盥盤類、入冬遍地冰雪、以小冰牀載小狭大狭在後隨推隨涵、尚有趣、北美洲加那他之北埃斯奎墨克斯地方極冷苦、入冬冰雪尤厚、小狭更無戲物、乃在撥俗曰蒙古包前挂一物如鵠、因畫短、然油燈、羣狭以皮裹身纏頭、以海馬牙作箭、以手代弓拋射之、亦極歡樂、由此以觀、各地自樂其樂、亦可概見矣、

十九日乙巳晴、而霧、昨由英商部傳云、由各海關報来、謂上年十二個月中、自他國坐三等艙來英之貧苦人、共十九萬九千八百六十八人、較前年多來五萬零百

十八人。降此下船後。或來倫敦或他往者外。尚有乳水手一千五百餘人。自西歷一千八百九十四年至上年。按年又為出入計之。合一年多來萬人。亦可徵英國商務之盛矣。

二十日丙午。鎮日霧迷漫。咫尺不見人。街市燈燭無光。入夜雨。聞英國伯爵蔡那女夫婦於上月由法京李茲各攜行李至北路火車棧。有首飾一小綠皮匣。裝有晴鑽。以皮帶捆入衣包內。交行主發保險。轉車至夏書。改乘午後輪船至都佛。復坐火車。戌初抵倫敦。馬車接至柏克蕾坊第十三號住宅、行李到、衣包未細、皮匣已開、匣內兩層、其上層物直五千餘鎊、皆失去、計戒指十二、金鈪八、胸口針十、女金表二、以上各皆鑲嵌珠寶玉石之類、中惟一戒指鑲重三十米粒珍珠一粒、重三喀拉半、（每喀拉重四米粒）鑽石一粒、共直八百鎊、乃至貴者、即時報巡捕、用德律風傳各處、亞巴里通城巡捕廳火車行皆知、祕為訪察無著、

二十一日丁未、晴、閏前十月十三日、（即上十四）明在暹羅都城曼谷之獨滏圍中有售各物善會、國王及各

大員咸在彼擺攤、然燈結彩、鼓樂喧鬧、陳列佛象為多、
英武官葛倫雇買綉花手帕一击四十鎊、一玻璃酒盃
上鑿暹羅字、二鎊、貴由公主售也、是皆効西法耳、
二十二日戊申、陰而微霧、稍冷、入夜微雨、暖。倫敦新舊
城内因路仄人稠、僅有雙馬跑海公車名教木呢柏斯、
俗謰呼曰柏斯、嗣於四面寬處師美法之鐵道公車、名
特拉木衛、二三年前、又師德之電線公車、名衛希克勒、
此二車雖快於馬車、究不便于城内。四年前、初創電汽
自行車、名曰謀主爾喀、今春初到此、已見售此車專鋪、

而街市乘坐者約十之一二、近在厄喀的里敦斯佛等街又創用電汽公車、容八人者、容二十人者、激棚者帶車箱者、惟車頂不坐人、防險也、是車較鐵道公車稍小較電線公車又甚速、惟不數見、爾聞車行現定造容二十人者二百輛、工竣後、可通城暢行矣、

二十三日己酉、早大霧、稍暖、已刻微清明、申初復大霧、數武不見人、前二十日大霧、半由窗隙吹入屋中、迷漫似烟、今日霧雖厚、而屋中如常清爽、蓋二十日霧低、今日霧高也、聞義俗諸生立有手槍會、散學不回家、即至

他處操練、比賽準頭、故每日諸生入學、皆携手槍、學中按時有幹操、亦有較槍者、致多誤傷、故傷現在學規禁止、然童心不改、合前後兩節觀之、義人之不以身命為重可知矣、

二十四日庚戌、陰、聞義國柏魯那富戶馬那拉者、於數日前與子口角、遂立意死後一切產業子不得承受、乃拍賣各物、易得四萬餘鎊之紙鈔、納於牀褥下、卧其上自焚而死、次早其子始知、鈔皆成灰、苟得各鈔之號數、尚可少獲遺產、否則無一文矣、今日係西正月二十二

日、即前歲（即西千九百零一年正月二十二日）〔英王襲位日、午正通國各營聲礮慶賀、

二十五日辛亥、早晴、申正仍霧、嘉慶年間、西人在中國傳天主教者、分兩黨、曰翟隋滋、曰俔迷尼堪斯、翟黨義取基督、俔黨義取先賢、俔迷尼喀、天主教規、拜天不拜君親、翟黨人豪勇精能、者曰將軍、謂作事雖兇暴、但有益於將來者、即為之甚至弒其君以為將來有益於國、所謂精能者、中國祭祀祖先、凡入教者、暫順之而不勒禁、冀從教者衆、俔黨則定守教規、必要以脚踏祖父墳

墓石碣之上、以明其誠、因之兩黨不睦、伣黨禀教皇、奉
令禁猩黨入直隸、僅在江南一帶現入中國傳教、別加
兩黨、在直隸曰拉雜里斯、他在兩湖曰萬蘭希斯、堪斯、
數日前、英皇與后由三汀杭鎮地方回倫敦宮中午酌
畢、酉正赴文思行宮、因昨為其先君主忌日、早英皇與
后率太子與妃及他王公夫人入宮內禮拜堂、坐聽教
士唪經、祝先君主之靈、西教不拜君親、而行跪拜禮于
教堂、其面謁教皇、求親跪美女、乃勒禁入教華人跪
拜祖先、噫、如英皇之所為、謂之不變國俗斯可矣、

二十六日壬子、陰雨、入夜風、昨日戌正海德夫婦同請在阿勒巴瑪街第十三號阿勒巴瑪會館晚酌、同席男女十六人、有日本公使林董夫婦、肉菜無多、與他飯館之三先嘲飯同、惟外加香賓舍粒耳、詢海德女阿蓮何不來、渠云今日客皆已娶嫁者、不宜來陪也。

二十七日癸丑、早陰、午後雨、昨見新報內一則、幼女被擊、乃一水手名哈爾得、因前日在婁爾什街拳擊幼女葛爾恰之背、被捉、女年十七歲、供云曾與哈爾得同宿三餘月、因哈懶不作工、遂別去、繼而哈乃謀以將娶為妻喜而仍往同宿、哈依然懶惰、飲食不給、云云、官罪哈而釋、葛余劉英以來、見新報所述男女同宿如此者多矣、女皆無罪、女不賣身則無食、賣字不恥、貞字不知、西土民風有如是者。

二十八日甲寅、陰、風、冷、倫敦城內太木斯江以南、貧人甚多、在康柏衛區之阿拉巴尼路、有括牛肉湯處、洋名格蕾蘇普其趙、譯言大湯廚、據云此廚定開半年、自十月中至明春三月、每丑寅之間、遠近來之囚首垢面、舊衣破鞋、婦女兒童極眾、各提盆罐鍋壺、大小形式不一、廚門啟時有二十巡捕彈壓、每四十名一班、按班開閂、廚甚大、先有大缸五、內盛四百五十加倫（每加倫合英一百六十斤）者四、盛二百五十加倫者一、外機器銅鍋四、每中盛八十加倫、又有隨時備用之小鍋三、每中盛六十加倫、屆時由大鍋分入、使之熱、湯可養身、亦開胃口、每日熬法、用牛頭七、牛蹄百十二磅、牛骨髓百六十八磅、番薯三百八十八磅、葱二百二十四磅、紅蘿蔔百七十磅、大蘿蔔百七十二磅、苑豆四百四十八磅、鹽三十磅、胡椒末四磅、芋香十一磅、豆麪九十磅、一日乞湯者不下七八

千人所施日多一日、曩僅六千二百二十加侖、今增至
二萬一百加侖、一禮拜費約八十鎊、乃賴尉中首善名
胡藹德者隨時募化云、
二十九日乙卯、陰雨陣陣、狂風怒號、倫敦城內東南一
帶貧民無工作、婦女多飢苦、入錢不易、一寡婦養子女
四、乃以布裹婦女衣中所用之鯨魚刺、每一百四十四
條工價三法丁到（合一銀圓百分之三不）、又一寡婦養二子、子一眇、
乃縫碎皮作工、每一碼半先令（合二角半）、又一婦攜一聾女、縫
褲度日、每條二本士半（合一角堅）、又有做小狹鞋、專縫皮底

鑽鈕孔者、每十二雙二本士半、或三本士、做火柴匣、自備漿糊、每一百四十四個、二本士半、做布人臂膊、自備針線、每一百四十四對、一先、僅合半圓、英國百物昂貴、貧民之苦可知矣、

三十日丙辰、大晴、西麻正月二十七日、爲德皇韙良第二之生辰、其母英君姊也、昨晚酉正舅氏爲螺設筵遙慶於文潞宮、同席太子、太子妃、丹國太子與妃、及他公主、夫人、王爵、德俄兩國公使、丹國公使夫婦、計二十八人、宴畢、英皇立起演說、以壽德皇、德國公使立答數語、

以祝英君英君即時并電賀穗皇
光緒二十九年歲次癸卯正月
初一日丁巳大晴早懸龍旗已正偕衆恭隨繙譯向北
恭拜
聖牌行三跪九叩禮禮畢團拜互賀新禧寄居倫敦者多國
語言既殊而規矩與教復異即以婚嫁徵之倫敦東北
角之司庇他扉村多波蘭貧民其婚娶在希臘教堂成
禮屆時上等首客先入教堂坐于新郎應坐之座後到
者餽以微物請其移開繼而四人背負紅綢引面遮白

紗之新婦入以避新郎注目、進堂立定、隨新婦之人口稱與之梳髮、乃加鳳冠于頂、後則教士由一銀盆內抓蛇麻一把、向眾頭上洒之、再將神像捧於新夫婦前、使覲面禱神聖保佑、并然短燭、各執其一、各飲酒三杯、彼時隨新婦之女客、佯拉女鬓、乃交其衣尾於新郎、于是新婦之左手始交新郎之右臂、彼此互換戒指而禮成、又西德爾貝路有一清真寺、正面僅一小玻璃窗、畫一星一月、義指長壽、地鋪大氊、壁書亞拉伯經、空屋無座、在英國只一回教牧師、名奎良木、數日前一印度人結親各人入寺、不脫帽而脫鞋于門外、新婦裝飾與英人相似、惟面不遮紗、新郎著淺繡金花紅綢襖頭纏紅白綢、他人皆著英服頭戴□形、紅毡帽、牧師披闊氅頭纏花布、立新夫婦前、操亞拉伯言問曰彼此成親、是否各出本意、連問三次、新夫婦皆答以是、乃請諸客畫押作證、此後稱述回教先聖之名、而夫婦之稱乃定、繼而誦經、末則男客各吮新郎之額并左右腮兩次而禮成、寄居倫敦之德國猶太教人、亦多能英語者、頗少、彼教人在教堂成婚禮、條一大牧師頭頂□形、高帽、著寬氅繡金花偕十二人立于地中、新婦到、隨有六人偕新郎立於牧師對面、上罩一長方花布帳、四角四友各舉一桿、牧師即讀婚例、後令新郎及新婦之戚畫押、新郎乃執新婦之手曰、汝為我妻、彼此互換金戒指、牧師舉酒一杯、為之祝禱、畢、令新夫婦各飲一口、繼而新婦向新郎繞行三次、新郎向新婦繞行兩次、後新郎舉杯擲地使碎、萬分義指夫婦永偕萬分不分也、逮新夫婦出堂、眾人合聲唱曰、去之夫婦、受天之祜、

初二日戊午、晴、西國衣服、不時改式、因之材料花樣亦

時有更易、于是倫敦凡皮毡綢緞衣料及已成之衣服女冠、各鋪皆于正六兩月減價售一次、俾免貨滞本虧、正月者曰冬季、六月者曰夏季、每季貼招賤賣若干日、貨之至老、截尺寸不足者、其價日減、以求速售、有原號一鎊至末天減至十二三先者、又聞大鋪夥計除衣服外、房櫉飲食皆歸鋪中、工價每一禮拜多者二鎊、按時價合銀約十六兩出售各物、由何人賣去、管事者給有憑條、記以所售若干錢、按月總算、每一鎊酬以二本士、

初三日己未、早晴、申刻陰、入夜風雨交加雷、倫敦汽車

或電車、價極貴、每輛由五百至六百五十吉呢合六百八十二鎊半按時價合不下五千五百兩、據云價雖如此、而較馬車尚甚廉也、馬車每輛由一百五十鎊至三百鎊、馬兩匹由二百至五百鎊、鞍轡兩分由五十至百鎊、廄中晝夜背負之鈷奩等、共由十鎊至二十鎊、統計每輛應由四百至一千鎊、此外又加地租、房車馬稅及車夫工價一年須三百鎊、再加飲水麩料等、一年又須三百六七十鎊、是馬車倍貴於汽車、且汽車僅用一人、外加電氣火油之類、費無幾、將來通城汽車必盛於馬車、初四日庚申、早晴、午後陰、申初驟雨一陣、入夜晴、英國古無鐘表時合中國之土圭測景之法、皆用日圭看時刻、故至今凡老花園及樓房中多有日圭古蹟、鑿於石礎牆壁之上、且隨有成語、如光映影轉、晝夜無限、又時比人命、忽短忽長、或彭或殤、又日圭所指一刻不甚寬、苟失一刻、試思棄工若干、日晷之最古者在英蘭正北坑柏蘭城之白鷗行宮、始自西麻六百七十年、唐咸亨六年又在瑙珂畛府之賽特村有小山、向南一面立石四塊、各隔四英里、以其影看時、乃一山日圭也、又在諾福府之三汀杭城內、有英君埃達倭之日圭、英圭之有此名者共十、其第一係在一千九百零一年、係靠南牆外、另立一石牌、形似座鐘、前一方面上插一針、左右與下三面寫數、乃左寫六七八九、右寫五四〇三、下橫十十一十二一二、牌頂刻字一橫云、我之時刻、賴君指示、嗣後日晷之變格、乃寄諸時計

初五日辛酉晴、涼、外國人不惟於平日各節處處求便求精、而水陸軍中、尤日求善法、陸路既有氣球窺軍情、近聞在海底又得探敵船之策、乃一甚巧之法、法國新創、在海底船腹中、能使三里外之敵船映入桌面布上

主

如繪、察其所向、可即定于某地某時放水雷、余所聞如此、雖未目睹其用、而將來各國必仿而盛行也、

初六日壬戌、陰冷、英國水師諸生在船操練、每日飲食皆有定章、如卯正扣扣一大盌、辰正早飯麪包十二兩、猪肉三兩、加非加牛乳一大盌、午正晚飯、牛肉九兩、煮生菜少許、酉初點心、麪包八兩、果汁二兩、將睡時、各乾麪包四兩、

初七日癸亥、陰、英國各公署之司員、皆按本署所辦何事、考其所學、考列前名者、即為正途、隨時傳入、按所考

者、如第一為瑞典文本國及法、德、義、俄等國語言文字、天文、地理、算法等再則所專學者如格物、化學、醫道、律例、水陸兵法、公法、商務、教門、教讀、製造以及雅斐兩洲之文字語言、惟外部則不然、不惟考其所學、更須經人保薦、察明其身家品行、蓋以與外國交涉情形、最關緊要、其人必須忠誠謹慎、以防從中舞弊洩漏機關而賣國求榮也、

初八日甲子陰、西人謂清氣養神、清血、換氣、以口、苟不患口腸之病、亦必虛氣自鼻入、走管入肺、而自煖、且

隨走去滓毛塵垢、氣自清澄、氣自口入、既短而無用、肺
中氣盛不足、血自不淨、肺存濁氣、譬如器積淤泥、終歸
無益、入夜窓上稍開、以進清氣、亦妙法也、
初九日乙丑晴、現因天寒、通城貧民之無工作者、各區
皆有或數百、或千餘、統計逾一萬、經善士所設拯救隊
及工人會等竭力周濟、不使飢餓滋事、近日頻見若人
列隊街行、或數百、或千餘、隨有馬步巡捕數十、四面彈
壓、前行者奏樂、聲調淒慘、此後或舉紅旗、或舉黑旗、其
義未詳、隨行左右有執馬口鐵撲滿者、向人乞錢、于是

有沿途施捨者、有自樓上擲下者、多寡不拘、聞一日竟得數十鎊、足供每人一飽云、

初十日丙寅、早晴、午後霧、入夜暴風驟雨、聞倫敦美爾夫婦、于西去歲十二月三十一日午後、讌老城貧家子女七千四百名於極樂堂、不惟各孩在內聽樂飽餐、且各得贈點心一筐、其筐共載二十五敞車、每筐內盛猪肉餅、耶穌糕、李子餅各一、茶葉、糖果各半觔、捆筐共用花繩五洋里長（合三萬零四百英尺）、裝車共用十二人、四個時辰始行裝畢、當晚食將畢、美爾亦立陳一段、以鼓舞之衆

孩歡聲稱謝而散。

十一日丁卯，陰。倫敦耶穌節餅、或李子餅，又名百果糕，向皆各家自造，材料頗多，去冬諸物直昂，桃仁尤甚，且既做即須一大鍋，所費甚多，故各家就計人數而買，若干斤送禮，買鋪造之餅，每斤二三先不等。聞通城各鋪出售共十萬零五千，出大小不一，由一斤至三十餘斤，統約二百五十噸，在敖斯佛街僅胡柏爾一鋪售出萬，出以上皆倫敦一城所用，此外運往澳大里亞、南斐洲、印度及他各屬地並俄、義、瑞士諸國者，自西八月間即向外販運，每日約在二百上下，共計一百三十餘日，爲數不下三萬。出此亦英人一時之一大生涯也。聞就中有一大出，直徑二尺半，高二尺，重一百九十八斤，直十鎊半。其寄費盛匣，歐洲每匣二先，新錫蘭三先，南斐洲七先半。

十二日戊辰，晴暖，申正微霧。閱賽西店去歲一年，共進二十二萬五千零四十三鎊，除一年所費及他零款，共餘三萬六千二百一十七鎊，除按百分內抽五分半歸舊股，抽三分歸新股外，餘一萬四千九百五十三鎊，仍

留店中使用

十三日己巳、晴，未初稍陰、倫敦鋪戶人家、白晝亦皆閉門、英例禁乞錢、間有貧苦殘廢之人、憑歌曲討錢、然不能敲門討要、乃在街心歌唱、隨行左右望之、其欲捨給者、自由樓上擲下、現因貧民無工作者極多、前曾見有數百街行、巡捕彈壓、以乞錢者近又見有男子三五成羣、街行歌唱討錢、此等人、係不欲入丐大彀、或按章不能入彀、不得而知也、其所唱、或經、或曲、亦不知也、遇有挪移搬抬物件者、隨時亦可僱用此等人、十四日庚午。晴。倫敦新任美爾約飯。例請各國駐英公使。赴否自便。聞前者美爾獨未請魯麻呢亞國公使。公使怒。致書詢其由。美爾答以其國待猶太教人不仁。故不請公使。無法。在英辯駁。乃報知本國。其實乃美爾之錯。蓋美爾雖為猶太教人。而其請飯條照官例。非私情也。彼公使為行文英外部。告其非理。有礙邦交。咎必歸于美爾矣。此次不惟公使未經告理。而彼國亦未追究。是亦關乎國之大小強弱也。彼國猶太教民更乘此機會。勒令國家改定多條新例。保其利益。一切與他教人

主

同、

十五日辛未晴、聞英人之學習水師兵官者、皆須上等
按例必在十六歲以上者、先送登舊大船學四季、合一
年零三個月、其家一年交官七十五鎊、衣服等費年約
五十鎊、凡上船各童、不惟衣須一律、籍隻亦合祖司究、
此四季考畢、授以領催、再登他船、游行外國、每年其家
仍須付官五十鎊、待其升至游都、食官俸方行、停止供
給云、

十六日壬申、晴、聞昨有由美洲加那他正南麻呢报巴

府、經官派來一人名石艾柏者招雇農工、彼處曰地闢墾有四十人創首各領官地由一百六十至六百四十畝不等、種三年後、償本石來此代各地主雇三百或四百農工約共一萬六千人、各人飲食住所歸地主、每年工錢由四十鎊加至五十二鎊、

十七日癸酉晴、前日在稼穡堂洋名阿格里柯邱霍勒、人設犬會名曰克樂蔣、自收携犬來此、或出售、或比賽、犬身與眼瓜之大小、毛與腿耳之短長、色之黑白紫黃、種類不一、價亦極昂、第一為布勒混義、乃血獵犬也、色

紫黄短毛大耳高腿價號五千鎊、第二為達麻田其種
產在奥國南界達麻堤亞地方、故名其色白質黑點短
毛小尾大耳長嘴價亦號五千鎊、第三為柏爾蘇艾係
俄種、其色黄身細毛長嘴尾亦長而腿高價號一百五
十鎊、第四為日本西班牙乃長毛黑白花小哈巴、以其
初產于西班牙又來自日本故名號價二百鎊、大小一
千六百條、共值二萬鎊、往觀者入門帋價及賣去若干
皆未聞、
十八日甲戌、早微雨、酉初大雨、入夜雨止、仍陰、昨記之

布勒混狗、身大耳大性頗靈、𠮷䍐者英人用之尋人踪跡、如將所欲尋覓者之隨身一物如衫褲鞋襪之屬與之一嗅、即能按其所嗅之味而追尋之以意度之各人氣味不同、隨行皆有遺味、故狗能辨別、然被尋者亦有法防之、嚙破中指滴血于地、狗追至滴血之處則止步不前、想係氣味淆混之故、達麻田狗中身長腿行動極速能隨跑於車下四輪之間、故又名曰車狗、柏爾蘇艾狗、身細腿長馳驅輕快、其性極馴能察地勢捉物、且善獵狐云、十九日乙亥，陰涼。亥正二刻，偕內人乘車至庇喀的里街代萬晒爾樓，赴代萬晒爾公夫人茶會。此會為本年倫敦第一大茶會，蓋該公夫人為現在通朝各世爵夫人之首領，故設茶會亦行倡首也。樓房宏闊如宮，修飾華美。樓下奏樂，樓上旁間備茶點酒食，長卓設兩處。來人男女千數百，密擠如蟻，盡官場中人。登樓見代公夫婦後，步入別間，少立，下樓，時乙子正。

二十日丙子，晴。今日為西二月十七日，英廷定于未初開議院。屆時英君與后率太子往誦念宣詞於上議院，并請各國公使夫婦往聽、午初、余偕内人乘車走剎貞街、過柴州市見在柴荅十字街及白堂議院等街、皆左右排兵中以黄沙鋪地、兵後立人男女如堵、馬步巡捕往来彈壓兩邊各樓臨窗亦挂綵綢、賃人瞻望、一切多與國王加冕時同、凡國王經過之地、皆自午初禁止電車游人行走、堂中正面一三級長方小台、上鋪紅氈、中設寶座、為君與后坐、左右二椅、為太子與妃坐、左面横排四椅、為皇叔等坐、臺下右鄙一方池内層層列座、坐各國公使、對英君座列長杌兩行、末一横卓、上陳公文案件、此外左右各列長凳五行、皆坐上議院之公侯伯子男爵夫婦、此層地鋪花氈、杌凳咸罩紫呢緜墊、再上四面敞樓一圈、正面與左右坐各國公使夫人命婦、對面坐下議院中數十人、及新報館中十餘人、下議院人多、而此中容坐無幾、容立之數亦不多、故皆計定坐立之數、眾中拈鬮、得座者坐、得立者立、其拈得白紙而不得入者、亦無法、車共五彩宮車六輛、前四輛各以紫馬四匹載行、內坐前引大臣、御前侍衛及內大臣等、第五輛以四匹烏騅載行、內坐宮官媞好、第六輛載以青馬

八匹、內坐君與后、未初皇叔夫人等先到坐寶座左邊
一行、繼而太子到、坐寶座右椅上、國君與后率各官于
一點三十分出卜靜宮、一點五十五分過白堂街、未正
入議院、進婁冰閣、換禮服、乃紅呢銀鼠鑾尾長八九尺、
換畢、轉入堂門、先二官舉棍退步前導、繼而寢官對對、
再則一官雙手捧寶劍、一官對手托一長方小緞、上置
王冕、君與后入、各後二紅衣童執鑾尾于是、通堂人皆
起立、君與后登臺、向眾一點頭、各皆向之一鞠躬、君坐
右而后左、寶座左右各一門、他人入左門、君入自右門、

二七

君少坐、對面大門開、走入下議院紳董數十、立於橫桌後、既而國君執一篇坐讀云、君主諭上下兩議院爵紳曰、我國與各國、現皆和好如恆、前以魏尼蘇喇國（地在南美洲正北偏西）開罪我國船隻、酷待我國人民、我國不得已、特將彼國海口封堵、旋即開議、一切以息爭端、現在已有成議、所有封堵彼國之各海口、即可弛禁、此則朕言之欣喜者也、至此事之各案卷、業已陳諸案上矣、我之北美洲屬地與美國之阿拉斯喀（地在北美洲西北角）壤地相接、屢以疆域未曾劃清、時啟爭端、現為息爭起見、已議立條

約訂將此事歸公正人判斷、業經蓋印經予批准矣又
土耳其各省之在歐洲者其蠢動情形甚可慮亟須設
法整頓整頓之法須妥慎周密切實可行、此層朕已與
土皇及土之臣工言之矣柏林條約簽押之各國有何
整頓善法可以條陳土皇、請其照辦之處現在與俄正
值商議予願所議各節足以濟事並望我亦得以竭力
相助至此事之各案卷亦將發交汝等閱看我與土國
政府議將毗連亞丁之邊界派員會同劃清雖經竭力
商議而迄未有成言之殊深抱歉、現仍催辦甚力調征

木辣阿布杜拉（地在南斐洲）之大軍在義之蘇梅里蘭屬地歐比亞海口（地在斐洲正東）登岸中有馬兵一隊係在橘子河及脱蘭斯瓦一帶招募成軍現在不久即將前進義國政府于此一事實屬真心相助予願經此一番舉動後歸我英義保護之種族可期安枕無憂矣南斐洲事大有起色令人可慰藩部尚書章伯綸前赴彼處查勘一切功效甚著身歷其地即可與彼處經略大臣米勒訥各屬之執政大臣及巨商碩士等討論一是凡棘手之事或從此可以了結猜忌之心從此可以泯滅矣干奴

（地在雙洲西南界）土酋擅開兵釁、予故不得已派兵征剿、我軍現已進踞其都、呢猩里亞劃界一事、予從此想可開辦、安然無虞矣、至此事之案卷、亦將即行發下矣、予之紹繼印度皇帝之稱也、乙于代樂喜（地在印度西北界）地方詔告大眾、而受各親王之祝賀矣、各王等忠心為國、時時以朕為懷、言之實深感激、此次舉辦慶賀、適值旱象告終、各處農商又復十分富饒、為數年來所未見、是則予言之而不勝欣喜者也、又諭下議院院紳曰、本年所定度支冊不久即將發交汝等核閱、雖所定之支用各款、俱已

格外撙節、然我國幅幀既廣、所費不能不多也、既又諭
上下兩議院各爵紳曰、愛爾蘭農地情形、已經迭次須
例整頓、現擬再議一例、俾竟前例、上次所須興學條例、
現擬擴而充之、行于倫敦都城、傳止津貼糖商之約、已
在比京批准、將來如何可以實力奉行之處、以及如何
籌集款項、以爲開斐洲新地之用、均當設法辦理、倫敦
海口之便利與否、關係全國、如何經理之處、將與汝議
須一例禁酒之例、蘇格蘭須有之、現議更改、俾臻妥善、
予、願此議不久即成爲例、估價條例、如何更改、幼童工

作如何照顧、牛乳等項、如何禁止攙雜、治理收受另款仍生利息之銀行之條例、如何更改收受仗義捐款、公會如何自行設立、均須設法辦理、予謹稅稅脊示爾程途、佑爾蔵事、念畢、立起向衆點頭、而後出院回宮、衆亦即散。

二十一日丁丑　晴　英國白星洋行新置大輪船一隻、名賽得力者、昨由立文浦海口駛赴紐約、船載人可三千、頭等艙一百六十客、廳飯廳在內、二等艙一百四十五、三等艙四百二十　據云、船長如倫敦之柴草市帕瑪二街、寬似利貞街、船面分九處、由船底至船面、高比倫敦至高之樓、船中所備飲食、一日三餐、足供一小城內一萬五千人之用、即如前者往來不足二十天、共用牛羊肉三萬五千斤、猪肉五千斤、牛乳五千斤、糖萬斤、加非二千五百斤、茶葉七千斤、啤酒萬瓶、雞三千隻、鴨子六百、松雞二百、細鵪鶉七百、番薯二十五噸、亦足見英美兩國往來行客之多矣、

二十二日戊寅、晴、入夜風亂、莫多於倫敦新房、莫論矣、本使館老房也、數年前、當余住此時、已見白晝亂游行

樓祓阜櫃閙、昨聞斯特蘭街北一帶、鼠患尤烈、布拉墨司丹侯等街、日落後、婦女皆不敢步行往來、因鼠成羣有害于人也、斯特蘭街之蓋伊堤飯館、一屋中儲有阜布二千、每被鼠銜出千餘、酒窖中酒瓶、有時經鼠拽出七八碼外、以三四十瓶搭成窩洞、并不時咬斷電燈、據人云、所損物件、直共五千餘鎊、且蓋伊堤飯館向來興隆、每日晚餐之客、必有二三千餘人、今則無矣、由以上觀之、其鼠之大而多可知、其他處之鼠、偷食傷人損物、嚇猫害狗、甚多、筆難盡述、且云鼠不宜殺、苟害死一個

必有十餘前往奔喪亦奇聞也、

二十三日己卯晴、入夜風數日、前因現在倫敦無工貧人太多、城中各地方官會於春園議論設法俾之得所、乃議定三條、一派百工官一員、二國家須早開官工、如開墾荒地、種樹成林、修補大路等、三城邑各官須向國家會商、每開一工以用人愈多愈妙、更須設法阻止他城之貧民混入倫敦云、二年前如此無工之人雖多、僅十萬五千零、乃今年竟增至十一萬四千六百四十六人、二十四日庚辰，鎮日陰晴細雨不定。外洋新報：監督俄人魏賽里斯吉請于今日申酉之間在君主門園第四十一號會晤俄國公使賁宜多弗。酉初乘車往，入内，遇他國公使男女多人。見俄國公使，拉手問候，并與他人少敘。戌初回使館。

二十五日辛巳，鎮日陰風怒號，暖。入夜雨帶小雹一陣。聞本年爲羅馬教皇即位第二十五年慶賀之節，名曰朱比立（見六述奇）。宫中懸花結綵，共辦一十二天，係自西二月二十日至三月三日（即中正月二十三日至二月五日）。當日天明先在賢皮特教堂行其所謂之彌撒禮午正宮中接待各國前往慶祝之天主教人數逾六千多比國人教皇既登座名見各國貴客各人餽送禮物頗多共收金冕三頂洋名悌阿拉式與國王者異作⌂形據云各冕皆須人工一年方竣又三冕共直八萬金鎊外有金鎖匙等統計所直不下百萬鎊此等朱比立禮猶太教以五十年為一節羅馬教堂向以百年為一節後漸減至二十五年

二十六日壬午鎮日陰晴風雨不定平初率馬清臣及

衛尹白三隨員乘車入卜靜宮赴朝會晏襲者、當女君主
維克都里亞在位時朝會歷在賢猩木斯宮、見時君主
立、各國公使率參隨同入、今改於此宮、登樓入正殿旁
間、各公使與參隨分立、午正殿門開、各國頭二等公使
依次一行而入、見畢、在君左倚窗橫立一行、繼而各國
參隨依次魚貫而入、見後仍羣立對面侍衛後、再後方
為本國文武員弁、隨入隨出、此次國君改坐金椅、君座
太子及他公侯立君左、座後禮官立君右稍前以唱名、
立至未初二刻、見畢、君起立向眾點頭出殿、申正驟雨

小雹一陣、入夜晴
二十七日癸未、自晨至夕陰風怒號、極冷、入夜風雨交
加、英人麻辛多什者、前赴斐洲西界呢櫂里亞地方搜
覓珠寶、前日來信言尋得產鹽之地甚廣、挖出熬成合
十五先一噸、該處原不產鹽、歷由遠地販往、每年需鹽
甚多、價亦極昂、今得此、則與英人之利益豈淺鮮哉、
二十八日甲申、陰晴不定、涼、英廷現擬在帕瑪街白堂
左之樓房改建兵部衙門、正面平樓四層、左右二高樓
各七層、式作凹字形、現在開工、三年方竣、通用坡蘭地

方白石每塊長六尺厚一尺重五或六噸通樓四面牆壁須用三萬噸因石細乃不鑿而以鋸鋸之向用手鋸每塊須八點鐘繼用機器舊式者鋸一點鐘三十分新式者鋸四十五分現創一種鑽石鋸每塊僅用十分之工是自一日之工減至十分速而且省矣鋸亦鋼造直徑七尺鋸邊隔一尺含鑽石一塊助鋸齒之力誠不在多也

二十九日乙酉早晴巳刻驟雨一陣雨後復晴美國都司甘的之馬戲余前在柏林曾看一次（見述奇五）兩月前甘

來倫敦定入正西和蘭園西阿的森路之教林花畫園
遊見奇六中排演、數日前東請今晚往觀、遂于戌初偕內人
率榮驥暨孫女坐車往、至甘的迎入、登樓入正面客堂、
堂寬敞、橫列金椅一排、後立小椅十餘、戌正一刻開場、
亥正二刻畢、所演較前迥異、馬共二百餘匹、惜無水牛、
西印度土種男女數十名、更有小孩三名、其他有美英
闍薩土耳其馬步兵、乘馬輕捷、放槍極準、隊伍整齊、礮
車六馬曳、號令嚴肅、行動停止、御車聲礮刷膛套車、無
不精利敏爽、兵登城牆、乃一名雙手橫舉其槍、一名登

槍上牆、如此陸續極速、末名則遞槍與墻上者、墻上者接槍、作下爬之式、雙手提槍下垂墻下者、即攀槍而上、至甘的年適耳順、乘馬攀槍旁一人提筐內盛三寸小瓷碟、乘馬隨之、池內馳驅之際、其人向上連拋五碟、甘則連放五槍、碟皆擊碎墜下、末場為三年前在古巴美與日斯巴尼亞交兵、美兵勝、扯去日旗而竪美旗、槍礮齊發、其聲隆隆、聞之頗令人有感、既而甘的延入其房、進各甘酒一杯、少敘辭歸、

二月

初一日丙戌、陰。倫敦人數日衆、地漸擴充、于是四面毘
連各村鎮盡與倫敦混作一城、現周共一百一十六方
洋里、民居四面共五十萬、住樓大小五十八萬所、一年
租值統計三千六百萬鎊。城勢不見方、而長式如艾葉、
太木斯江在當中、彎曲如葉梃、南北西三面皆寬、西面
如葉梢、東面江寬如葉根、四面犬牙相錯、計從前里數、
王宮在城中江北偏西、故城之西半一帶樓房率多華
美、街道寬敞、整潔園囿亦多。富宦城中江北偏東臨
江一小圈地為老城、樓雖高大、而街道局促、住戶少而

商行多城之東南臨江左右皆船塢、戶多船家水手魚商、樓房皆不甚高、其他南北各處多住中下等人、樓房雖少破敗、而高大者少、街道時寬時窄、雖平坦、然較城西各街稍欠潔淨、

初二日丁亥、陰冷、英都地廣人稠、治理不易、因見老城美爾管轄得法、遂于西一千九百年十一月初一日（即光緒二十六年九月初十日）由上下議院議定倫敦通城分作二十八區、各區即以本村之名名之、亦各設美爾、阿得曼及他議事判案各人、一切辦法、咸與老城無異、總名都城會

邑、至各區之名、係巴特溪、柏門賽貝那格林苓斯百里

康柏衛、柴勒溪、代特佛福樂航、格林尼岴、哈墨司米斯

哈克呢、哈木斯代、霍勒貢、伊苓叱魯伊哈木、坡蒲辣爾

堪興坦、猥猾泗帕丁叱、溯爾的池騷斯倭克、司台普呢

司鐸克牛影、叱賢馬立本、賢潘喀斯、西敏斯得、五里治、

宛自倭爾斯、又各區姜爾等、亦由各區公舉、

初三日戊子、鎮日風雨、陣陣凉、倫敦所分各區、大小不

同、人丁樓房、為數亦异、姑分記之、如巴特溪、在城中稍

西、太木斯江南、周二千一百六十九方洋畝、居民十六

萬八十八百九十六名口、樓房一萬四千九百二十二所、按年租價、共估九十萬六千二百三十五鎊、按每鎊公抽六先十本士以供本區公費、設美爾一阿得曼九、柏門賽在城中稍東太木斯江南、周一千五百一十六方洋畝、居民十三萬零四百八十六名口、樓房二萬一千二百六十三所、按年租價、共估九十萬零二百八十八鎊、按每鎊公抽七先九本士以供本區公費、設美爾一阿得曼九、貝那格林在城中稍東太木斯江北、周七百五十五方洋畝、居民十二萬九千六百八十一名口、樓房一萬五千七百一十四所、按年租價、共估四十五萬七千五百一十九鎊、按每鎊公抽七先一本士以供本區公費、設美爾一阿得曼五康柏衞在柏門賽之西南、周四千六百一十四方洋畝、居民二十五萬九千二百五十八名口、樓房三萬七千一百八十七所、按年租價、共估一百二十一萬一千七百四十九鎊、按每鎊公抽七先、以供本區公費、設美爾一阿得曼十柴勒溪在城中偏西、太木斯江北、乃與巴特溪區對岸、周六百五十方洋畝、居民七萬三千八百五十六名口、樓房九千

五百九十所、按年租價共估七十九萬九千二百零八
鎊按鎊公抽六先三本士、以供本區公費、公設美爾一、
阿得曼六代特佛在柏門賽與康柏衛之間、而偏東周
一千五百七十四方洋畝、居民十一萬零五百一十三
名口樓房若干所、按年租價共估五十九萬四千零十
四鎊、按鎊公抽六先一本士、以供本區公費、設美爾一、
阿得曼六芬斯百里在貝那格林之北、周五百八十八
方洋畝、居民十萬一千四百七十六名口樓房之必出
租者一萬六千零七十六所、按年租價共估九十四萬

七千四百七十四鎊、按鎊公抽六先一本士、以供本區公費、設美爾一阿得曼九福樂航、在城正西太木斯江北岸、周一千七百零一方洋畝、居民十三萬七千二百八十九名、口樓房一萬八千五百所、按年租價共估六十七萬七千八百九十七鎊、按鎊公抽七先七本士、以供本區公費、設美爾一阿得曼六格林尼址、在代特佛之南偏東、周三千八百三十七方洋畝、居民九萬五千七百五十七名、口樓房若干所、按年租價共估五十一萬七千三百二十鎊、按鎊公抽六先四本士、以供本區公費、設美爾十、阿得曼五、哈克呢在芬斯百里之北稍東、爲城之東北角、周三千二百九十九方洋畝、居民二十一萬九千二百八十八名口、樓房三萬一千三百三十四所、按年租價、共估一百一十六萬五千三百七十七鎊、按鎊公抽六先八本士、以供本區公費、設美爾一、阿得曼十

初四日己丑、鎮日風雨如昨、哈墨司米斯在城之正西邊、福樂航之北、周二千二百八十六方洋畝、居民十一萬二千二百四十五名口、樓房一萬七千所、按年租價、

四

共估六十八萬四千零五十九鎊按鎊公抽六先半以
供本區公費、設美爾一阿得曼六哈木斯代在城之西
北邊周二千二百六十六方洋畝、居民八萬一千九百
零二名口、樓房一萬二千零九十六所、按年租價共估
九十三萬八千五百五十二鎊、按鎊公抽六先二本士、
以供本區公費、設美爾一、阿得曼六霍勒貴在城正中、
太本斯江之北、東傍老城、周四百零九方洋畝、居民五
萬九千三百九十名口、樓房六千九百二十八所、按年
租價、共估九十一萬一千六百七十四鎊按鎊公抽六

先六本士以供本區公費設美爾一阿得曼七伊苓屯在苓斯百里之北偏西周三百零九十二方洋畝居民三十三萬四千九百二十八名口樓房四萬五千五百九十所按年租價共估一百八十五萬零四百八十一鎊按鎊公抽六先以供本區公費設美爾一阿得曼十堪興坦在城中偏西西接哈墨司米斯周二千一百八十八方洋畝居民十七萬六千六百二十三名口可租之樓房共二萬五千九百六十八所按年租價共估二百二十一萬五千九百零六鎊按鎊公抽五先十本士

以供本區公費、設美爾一、阿得曼十、狼狽洄在城正中、
太木斯江之東南、康柏衛之西北、周四千一百六十一
方洋畝、居民三十萬一千六百七十三名口、樓房四萬
二千二百六十二所、按年租價共估一百八十六萬零
八百七十鎊、按鎊公抽六先七本士以供本區公費、設
美爾一、阿得曼十、曹伊哈木在城之東南界、南臨城邊、
周七千零十一方洋畝、居民十二萬七千四百名口、樓
房若干所、按年租價共估七十五萬鎊、按鎊公抽六先
十本士以供本區公費、設美爾一、阿得曼七、帕丁敦在

城正西稍南、北臨堪興坦周一千二百五十六方洋畝

居民十四萬三千九百五十四名口、樓房一萬三千九

百零六所、按年租價共估一百四十五萬二千八百零

五鎊、按鎊公抽五先八本士、以供本區公費、設美爾一、

阿得曼十、坡瀹拉爾在城正東、臨邊南傍犬木斯江、周

二千三百三十五方洋畝、居民十六萬八千八百三十

八名口、樓房二萬二千九百五十七所、按年租價共估

七十八萬一千五百八十四鎊、按鎊公抽八先八本士、

以供本區公費、設美爾一、阿得曼乂、

初五日庚寅、白晝陰晴不定、入夜大晴。賢馬立本在城中稍北、南近霍勒賁、周一千五百零六方洋畝、居民十三萬三千三百二十九名口、樓房一萬七千零二所、按年租價共估一百六十九萬三千七百七十八鎊、按鎊公抽六先一本士以供本區公費、設美爾一、阿得曼十、賢潘喀斯在賢馬立本之北稍西、周二千六百七十二方洋畝、居民二十三萬五千二百八十四名口、樓房二萬四千四百四十三所、按年租價共估一百七十九萬七千三百一十五鎊、按鎊公抽六先一本士以供本區公費、設美爾一、阿得曼十騷斯倭克、在城正中太木斯江南稍東周一千一百一十九方洋畝、居民二十萬六千一百二十八名口、樓房三萬四千二百三十六所、按年租價共估一百一十八萬四千五百九十九鎊、按鎊公抽六先四本士、以供本區公費、設美爾一、阿得曼十、

瀨爾的池在城中東北芬斯百里與貝那格林之南西臨霍勒賁周六百四十八方洋畝、居民十一萬八千七百零五名口、樓房一萬三千一百所、按年租價共估十七萬三千七百一十鎊、按鎊公抽六先五本士以供本

區公費、設美爾一阿得曼七司鐸克牛影屯、在城正北界偏東南接伊苓屯與哈克呢周八百六十八方洋畝、居民五萬二千四百二十七名口樓房七千六百八十九所按年租價共估三十四萬二千一百一十四鎊、按鎊公抽之數未聞、設美爾一阿得曼五斯台普呢在城東界瀰爾的池之南、太木斯江北周一千七百六十四方洋畝、居民二十九萬八千五百四十八名口樓房三萬四千七百四十三所、按年租價共估一百四十萬四千三百六十九鎊、按鎊公抽六先六本士以供本區公費設美爾一、阿得曼九、究自倭爾斯在城之西南角、周九千一百零六方洋畝、居民二十三萬二千零三十名口、樓房二萬六千九百六十一所、按年租價共估一百五十二萬七千零六鎊、按鎊公抽六先八本士以供本區公費設美爾一、阿得曼十、西敏斯得在城中央、南臨太木斯江、東靠老城、西傍堪興垣、北接霍勒賁、周二千五百五十五方洋畝、居民十八萬二千九百七十七名口、樓房若干、按年租價共估五百萬鎊、按鎊公抽五先九本士以供本區公費設美爾一、阿得曼十五、里治在城正東、太木斯江南、即前所比言之葉根處也、周八十二百九十六方洋畝、居民十一萬七千一百六十五名口、樓房十萬八千零九十九所、按年租價共估六十四萬七千一百八十四鎊、按鎊公抽七先六本士、以供本區公費、設美爾一、阿得曼六、

初六日辛卯、晴、外國火輪車之第一輛機器車、重由一百七十噸至二百噸、故沿路橋梁、皆須極堅固、現電機盛興、用之車輛相宜、聞法國今擬將火輪車撤去機器、車頭改於每輛坐車中置一電匣、歷來坐車每輛重約

八噸雖加電匣而分量依然既去二百噸重之機器則沿路橋梁可省人工料費車亦輕捷尤省時刻蓋沿途無須添水加煤也煤水既省則各站無需人工者多矣入夜陰

初七日壬辰陰雨陣陣前所謂倫敦各區之按年租價內公抽之款乃按一所樓房一年出租若干鎊于是由中按鎊公抽若干先此項在房稅地租之外不歸官而入本區工部局英名撥婁考安熙收數雖多而用處亦雜如學堂教堂醫院書院街巷路燈修理街道溝渠淨

天氣清地氣、預備巡捕衣帽錢糧、賙濟貧民、如各家兒女、按官例皆須於六七歲入學讀書、其無力者則代籌學費、病者領入醫院、代付藥費、出天花者、經醫官報入公局、則送至鄉間、或至海邊船内、往來一切費用皆代付、殁者無力買棺及無葬地、則既代買棺、復代買葬地、并出一切載運葬埋各費也。

初八日癸巳、晴。倫敦通城既分二十八區、而各區又自分段、乃有一教堂、即為一段、各區自設電燈局、管理葬埋所、公書院、任人入内觀看鈔寫、澡堂帶洗衣處、雖按人索錢、而較他處價皆減半、詳見六述奇各區自有公所、名曰米尤呢希巴通勒丁或濤恩霍勒義、皆城邑公堂也、按月公會二三次、皆有定期定時、各官除美爾阿得曼外、有議事人三四五十不等、咸稱曰寬希洛爾義、即議員或議士、此外又有專理一事者、如理財者、估價者、管塚地者、管澡堂者、察工者、察人之身體氣力者、察房地者、收公稅者、管理事歸議院者、管碼頭者、察街道者、察燈火者、察貨車者、察大道者、察花園者、管書院者、察驗食物者、更有書手帳官等、總之一區理事各人大小不

下一百云
初九日甲午、陰冷、見今日倫敦日傳新報內一則、題云、王爵走私、乃俄國某王爵夫婦由德回俄、上車時、管車人察其形迹可疑、電傳下站緝巡、第一站在艾庫痕城、考察未獲、至第二站威巴倫地方、查得該王爵腰圍細絲帶五斤、經稅局勒令加稅五倍、始准夫婦啟程前進、外國事事實辦、處處皆然、亦關乎實有其力、上下一心而已、
初十日乙未、晴、近聞俄人莫克晒斯吉者、本善蟲學、現

創一法使有益於花木、乃挾皁礬于樹梃、免耗樹根吸養之力、而能使樹梃高生、樹葉加綠、而結實茂盛、其細法未詳究、亦不外乎格物化學耳、

十一日丙申、早陰、午初一刻、率陳安生、王香圃、聯瑞亭、繼旭升、乘車入卜靜宮、赴朝會、前次朝會因國君初即位、改新章、各國公使與參隨分兩班、且各參隨皆與本國人同有名帖交禮官唱名、此次仍因舊制、公使在前而參隨隨之、頭等者仍依次排立君左、二三等者同各參隨皆立對面、不知何故、前次共人七百餘、此次加至

九百零、由午正立至未初始畢、由刻細雨陣陣涼、
十二日丁酉、陰雨、英國水師用款、昨經海部尚書擬定、於西曆一千九百零三四年、各年須費至三千四百四十五萬七千五百鎊、較上年多費三百二十萬零二千鎊、又所擬添造船隻費、須一千零十三萬七千鎊、較上年多用一百零七萬九千鎊、水師兵卒擬加練十二萬七千一百名、較上年多加四百六十名、此外又添火夫六百二十五名、水手三百七十五名、今後凡各水手之身體強壯者、皆須加練機器燒火等學、以便隨時隨處

之用、且各武弁亦須學練使用機器各學、以備不虞、十三日戊戌晴、聞一二十年前、有英富官倭特路者、樂善好施、因思男女工人之貧苦無力、多賃房間、老幼羣居、易於生病、遂在鄉間買地、分所築小房、每所兩層、上下三四五間不等、一家夫婦子女之三四五口者、居之較之與他人共居一所、賃僅一二三間者、潔淨便當多矣、且房後咸以木牆圈一小院、在內可以栽花曝物、處處可得自由、其賃價較他房減半、亦貧民之所樂居、數年前、又有世爵婁敦以工人居住鄉間、房雖賤而早晚往來仍須出火車費、莫如在城內建造大所樓房、按層分間、有公廁所、每一二間、間加廚房一小間、按家口人數分居、房直既加賤、且房主代雇工人洒掃收拾、才是在太木斯江西議院之南、沿江米勒班街、舊有米勒班監牢、為官折去、因買其地、及左右一帶、建樓房、現已一十七所、總名曰謀得乞令義為循規住所、各所均以著名工匠之名名之、如郝夏爾樓、甘斯柏樓是也、其地價、共四萬五千二百零二鎊、蓋房共費二十萬六千九百五十九鎊、房間足供四千四百三十人住、租價每間每

禮拜四先半、戌十二先半四開、前于西二月十八日、中止
一月旺二十午後、英皇與后、便服坐四馬敞車、由卜静宮幸
其地、以示憐念貧民之意、當日在瓦克籮及丹敦那兩
街、凡工民之賃此樓者、皆窓外横懸紅白綵綢、壬車到、
有本區工部局總辦馬都戛、率人迎迓、馬幼女喀色蓮
呈獻皇后淺紅玫瑰一束、以表恭敬、人民皆歡呼、君與
后入内、步行一週、末至一所、住係一木匠、其妻女由内
接出、幼女愛蒂、敬呈皇后紫蘿蘭一束、將出樓門、君與
后各畫押於門簿、始登車、由舊路還宮、此類門簿凡於

緊要之處皆有、人之前往遊覽者、臨行皆須書其名於簿、一以張其光耀於將來、一若有物遺失、亦可計日討人追究云、

十四日己亥、晴、半月前、阿木斯當船廠主人那歐布夫婦柬請余與金氏于今日戌正在其家晚酌、戌初偕內人乘車至伊比坊第六十九號、樓頗寬敞整潔、陳設多中華日本物、伊夫婦曾東游也、男女客陸續來十人未詢名姓、少坐下樓入飯廳、酒食豐美、勸進良殷、亥正食畢登樓、各飲加非一杯、少敘、謝歸、

十五日庚子、晴、亥初、偕內人乘車入下靜宮、赴君與后之女朝會、此朝會前君主維克都里亞時、皆於白晝午後、既不奏樂、君主亦立而不坐、此次稟請亥正乃至子初三刻、君與后始出、立于座前、各國公使夫婦子女暨隨過前、君與后仍立、逮本國婦女過、則坐向各人點頭還禮矣、君座對面樓上奏樂、見畢、樂奏天保國王、于是君與后前行、眾陸續後隨、轉入別間茶酒小食、又與暑襄之入宮聽樂、聽曲者同、丑正還使館、

十六日辛丑、晴、黑種人之面黑如鐵如漆者、在南美洲

及斐洲之土人皆然、聞有德國醫生某甲、久歷斐洲之投勾蘭地方、據云其人之原質不黑、初產下其皮色與歐洲者同、二三個月後皮變稍青、再十天則成栗皮色、四個月則深黑如漆矣、查其大凡、必因其皮肉嫩、外表遂為地氣所易、白人至彼久住、而皮色不改者、因其皮肉生就、氣力足而能敵其氣也、

十七日壬寅晴、西俗晚餐最忌十三人共卓、不意昨晚有人在霍勒賁街白玉堂請客、速入座數之、適十三人、主人即具柬別招一友、以足十四人、初舉箸忽座中一

客之家人執電信來請、因係急務、其人謝辭馳去、依然
十三人共桌、皆不樂而散、主人約定改日復請、屆期人
數無誤、乃值月底三十日、且係禮拜五日、按月計之月
底不祥、禮拜五日亦不祥、客皆不坐而去、(以上詳見四述奇)
十八日癸卯、晴、余前在德京觀劇、演有八十日繞地一
周之戲、亦僅人心設想而作、并無其人之曾經走過者、
今見新報中一則、題曰四十五天繞地一周、並將所經
各地之名、及所需之時日開出、統須四十五天零五時、
由倫敦西北行、一天零三點鐘至坤娛塘城、(在愛爾蘭正南海口)

再駕船走大西洋西駛五天零十二點鐘三刻至美國紐約由紐約坐火車西走十一點鐘至凹他里阿地在加那他之南界臨湖再西走陸路四天零四點鐘至萬庫瓦在北美洲西北界西臨太平洋由彼坐船西行十天零十點鐘至橫濱再坐船西南行一天零十二點鐘至長崎仍坐船北行二天至海參崴由海參崴南行兩日至哈爾賓再西行兩天零十八點鐘至滿洲再西北行三天零十二點半鐘至俄國伊爾庫斯克再西行七天零二十三點鐘至俄舊都墨斯高由彼再西北行水陸兩天零二十三點半鐘則

回倫敦矣、雖云繞地一周、乃近寒帶之一小圈耳、
十九日甲辰、鎮日陰雨、入夜大風涼、西人之好奇而不守定規亦過矣、聞昨在倫敦東色蕭地方有新夫婦及兩造男女各客、自本家入教堂、由教堂回家、皆不坐馬車而騎脚踏車、又在巴爾慶地方之霍里特里呢堤教堂中、一水手行成親禮、男客十二人、亦皆水手、出堂時、同將車馬卸下、且由車內將新夫婦攙出、使其携手步行、以博一笑、
二十日乙巳、晴、時值天暖、田地當耕種、各鄉佃戶多致

書于倫敦各善會會首、招雇各無工之人、各地主雇用農夫之定規、地主備給住房院落、攜有妻子、亦歸地主雇用、每一禮拜工錢十三先令、加工逾時加一先令半、地主讓地三十碼、以便自種、加房租所省共合五先令、地主每日給半戛倫（前見）賽得爾酒（前亦見）合二先令、准在院中畜養猪羊雞鴨、合省二先令、儉省柴火、合一先令、總之一禮拜連工錢及所省各項、共一鎊四先令半、

二十一日丙午、巳正陰雨陣陣、申正雨止、仍陰、西人講求格物化學、精益求精、以之造物、有益無損、于是由此

學製造鐵櫃諸物、既防回祿、亦防盜賊、乃近日德國穿窬宵小亦緣是學造物、為破他人已成之物、倫敦城北一帶所獲德人甚多、皆由本國來此、以充堂倌侍僕、為名入夜偷盜、法既便、所用器具亦精巧、而各偷皆明此學、且知造鎖開鎖之法、即如數日前、有三德人偷開某郵政局之鐵櫃、乃先置一養術氣吹筒于櫃前、不用暗燈而用小電燈、且置一二年前新創之熱氣于櫃頂或櫃旁、此種熱氣極烈、至硬之物遇而即軟、鐵門既化成孔、則開之易矣、另有一種火爐、內置長圓鐵一凿、舍以

不灰木、旁置一箇風筒、圍以焦煤與炭火、燒鍰熱、塞入
孔中、隨行無阻、此後插一吸氣筒于一孔中、以吸櫃中
之氣、他人向別孔中塞火藥、此孔隨塞、他孔隨吸火藥
吸足、然之、轟鍰門即不自開、而門亦必毀、此後將刺針
插入、則各門皆開、此針洋名程米、苟此法無成、則塞硫
酸鹽于鎖孔、以毀鎖、巧法種種、各鍰櫃鋪、因知其破櫃
之策、現又別設妙法、以防其毀、是無異一國磤出新式、
則他國必設法以勝之、
二十二日丁未、晴、倫敦理事長官駱立擇於今日 西三月二

叶戌初三十分、在賽西店宴客、名曰理事廳會、半月前、駱柬請、今日戌初、余著官服乘車往、入店正門、在院右下車、進樓門、轉下石梯五層、共百餘級、入大廳、見駱五、待少頃、陸續到齊、共三百五十四人、屆時旁門開、入飯廳、廳極大、四面牆壁皆鑲以彩石、高約七丈、寬六丈、長八丈、四壁有電燈、棚頂復垂大玻璃電燈八、左鄙有樂臺、上坐紅衣樂兵十二、樂奏陣陣、對面壁中橫有鍍闌、內亦寬敞、容坐數十人、蓋此廳在地下、廳上不知仍有樓幾層、其工之大可知矣、廳內長卓列作梳形、如此、正面梳背一橫坐四十一人、對面八空內、每空坐二人、共十六人、竪九齒、每齒左右各坐十六人、齒頭各坐一人、合每齒坐三十三人、外客僅余一人、他皆本國上下議院世爵紳董、及水陸帶兵大員、并各區正副美爾等、騎五坐梳背正中、余坐其右、為首座、再則上下議院爵紳、水陸大員、并倫敦正任及前任美爾等、逼場坐齊、騎先立起、衆亦隨立、謝天賜食、繼而齊行舉箸、菜饌頗佳、酒香賓舍、粒柏爾都、萬卜朗等、冰乳兩次、鮮果有葡萄、平果、香蕉、波羅蜜、飲加非後、各進一帋袋、內盛大小菸捲各一對、于是駱立立言請諸君吸烟、再則請衆擧酒、一祝國君與后、再祝太子與妃等之福樂、兵隨奏天保國王之樂、此後立誦陳詞者十四人、每一人將立、則駱座後一人高聲宣言、請諸位靜坐以聽某某演說、逮聽各人言畢、謝歸、時已子正、

二十三日戊申、晴暖、倫敦穿窬現既多、德義志與坡蘭人所用器具頗多精巧、前已述及一二、茲又聞有幾種、如木樣、長只二尺、可拽長至二丈、割護窗護牆鍥板器、頭作山字形、中一鋼鑽、左右利刃、後有鐵輪轉柄、執柄

五十六

轉輪、則鑽輪兩邊刀亦隨轉、少刻即一圓餅割下、牆壁
通矣、洋人屋門睡時自內關鎖、乃將鑰匙遺插其上、乃
有一種鐵鉗、以之探入、能使鎖上鑰匙轉而開鎖、此外
另有鋼鑽器具多種、皆無定名、至其刺針、乃形似腰刀、
可短可長、并備有帶鈎及各種細硬可大可小之鑰匙、
以便臨時試用、

二十四日己酉晴、西國舊俗、兩人因怒擇日彼此比武、
或以劍對刺、或以手槍對擊、必有一傷而後已、此種鬪
械、名曰吾埃（見前）鬪、現在中國之俄人因槍劍無多、乃別

創一法係二人拈鬮、其拈得寫死字者須由蔡齊喀爾至哈爾賓坐火車往來一次、如果仍活或臂腿不傷、則其仇敵反相慶賀之、蓋此條鐵道新造處處工不精而料不實每行一輛、征客必有損傷也、

卷五終

[illegible]

八述奇卷六

鐵嶺張德彝在初隨筆潘士魁校

光緒二十九年二月二十五日庚戌，晴暖，亥初陰，入夜風雨交作。西國雖各處更新，英之于舊俗古風無損於人者，依然照行，順輿情也。且使人得新不忘舊。即如各城縣宰無判定里案之權，故每年四季由倫敦派按察司赴各處審斷之。其有重案者，由駐預備一切，否則首官送白手套一副，示不勞著手之義。此種陋規雖爲古俗，數百年來亦未嘗改正。又定例，各城公舉一官曰戍法官、英名哂里夫、專判逋城案、一年任滿、賠項鉅甚、即如四季按察司臨皆供給之任此職、并無俸祿、必豪富公正之人、圖其榮耀也、然有富而不願者、稍富而願者、每年經眾紳耆酌定二人、署其名於一紙、請國君刺定、所謂刺定者、乃捧遞紙之背面與君、請以銀針刺孔、刺畢翻看孔近何名、即為奉國君用針派定、此六百年前舊例、今仍之。

二十六日辛亥、陰而微雨、亥正二刻、偕內人乘車入海部、赴尚書伯爵賽樂班夫人茶會、其中一切與他處同、在內繞行一周，頗覺擁擠，幸不上樓，遂登車回寓，時已子正。英國以海軍為重，僅一海部，全年經費二千七萬九千六百鎊，分司十六：曰文件、繪圖、運兵、槍礮、存礮、總計、置買、醫驗、測量、修造、工程、水師學堂、教務、存兵、水師窺探、伙食。復分六股：造船股、機器股、修船澳股、器具軍械股、書手股、會計股。

二十七日壬子，晴。英國當天主、耶穌兩教未興，人之崇奉他教時，亦有比邱老僧隱於高山古洞。閒五六百年前，在英蘭北界約克府之東北葛他毘地方，有野豬被獵戶刺傷，馳匿老僧洞中。獵戶追至，索豬，老僧所其殺牲。獵戶怒而殺老僧，既而懺悔，因其地東臨北海，西通埃斯河，乃誓在海邊漲潮處橫栽木樁一排，栽成後，鳴角三次，以誌其非。九百年來，此風猶存，每年一次，必有悔咎之人據云所吹之牛角乃五百年前之古物矣。

二十八日癸丑，晴。聞前日在牛闌坡街之桃岸戲園初演一齣，名曰暗門，第一場，人即不喜觀，尚有人勉強擊掌稱讚，冀其演而有成；至第二場，乃致多人嘶嘶作聲，合其罷演。園主趨至臺上，高聲請眾息聲靜觀，眾乃依

煞喊叫、羣行立起出座、各至園門收錢處、按票將座價
取回而散、
二十九日甲寅、晴、聞英國鄉間一種古俗、蘇格蘭東界
佛法府之賽爾地方、農家仿古希臘埃路席斯廟之俗、
秋收五穀時、割穀者于割畢末刀之莖穗縛作人形、飾
以花卉、稱爲穀神、割穀人排隊高歌舁穀神地主家、以
慶豐收、地主因犒勞之、
三十日乙卯、鎮日狂風驟雨、間帶小雹、倫敦亂之多、有
害于人、防不勝防、聞前日倫敦東南隅立丁比坊哈艾

三

閑居住之卜鹿克夫婦生一女甫月餘、夾初乳小猱卧
被中、猱睡後、夫婦扃門息燈、携手出游、夜半歸則猱之
左半臉及頭上、皆被咬去、死矣、亂之鉅可知、卜夫婦之
待兒女可知、

三月

初一日丙辰、陰雨陣陣、西國大菸捲葉分良否等、遂分
上下、然性多烈、幼者既不能吸、而婦女亦不敢吸、遂創
紙裹菸絲之小菸捲、長約二寸、周半寸、力柔味香、婦女
及幼童雖女、皆可吸之、然攙雜他物、無益於人、而尤有

損于年幼邇來醫家云十年前一城中間有一二幼童吸之今則各城不待尋覓吸烟者數已逾五百童子吸此平日不覺無益患病則因吸此烟而難療曼柴斯得城（見航海述奇）現立禁吸小捲會一萬六千餘人幼童亦有入會者會規童子苟欲吸此烟至少須俟二十一歲此會禀于議院議定新例人之未十六歲者概禁吸烟違者罰十先令賣與送者俟罰一鎊至二鎊云

初二日丁巳陰雨聞昨日本城巡捕廳判定盜狗犯均監禁二年著名之犯華人李姓盜狗曾被捉二十次所

盗之狗。原主用费取回。其无人认取者，皆由巡捕送入狗家（详见述奇）。六弍谓此狗家自开设四十二年来，共收过大小狗八十一万一千零十条，上年共收二万四千二百六十一条，较前年多收二千八百六十九条。其中经原主收回者一千六百一十一条，售出者三百六十四条。

初三日戊午，阴雨如昨。英人之好古，同我华人。闻有世爵喀米㖊之书房遗产，因无子嗣，亦无遗书，遂经官定拍卖。兮五天，第一天卿昨内有六百年前之金边抄本教書一卷、按本所論、皆當時著名修道教士之列傳、每本首篇畫有所述之人之小影、工極精巧、并知當時各人之衣冠既奇、而所留鬍鬚之形式亦異、其價由二百四十鎊噉起、經多人疊次加添、至六百一十鎊始賣。

初四日己未、陰雨冷、英皇與后自設兩次朝會、後乃同于前日西三十三明由倫敦啟行、分幸各處、君游幸立文浦等各海口、后偕其內弟王爵查里斯于昨日戌正安抵丹京、將下車、有后父丹王克里堅率俄國老皇后及他王族近支、并文武大員與駐丹之英使參隨等、親來迎

廷英公使先親奉英后鮮花一束，後父女共車馳驅入
宮。當日街市左右男女立聚如蟻。
初五日庚申。陰雨，冷。聞在索色庇叫賃場中昨日拍賣
喀米晒之遺産，中有古銅錢數枚，一枚本士係九百年
前英君艾仄當之世鑄，君當時與丹人聯絡，故此錢尤
不易得。竟有人以六十一鎊買去。據云此等古錢甚多，
每一禮拜拍賣六枚，須至明春方賣罄。并聞其他五枚
中有古英堪特地方之巴得蕾王之本士，叫賣五十一
鎊，餘皆未詳朝代，價皆一二十鎊。或云僅古錢六枚賣

得一千一百二十鎊遺産既富、不有遺書、國家所獲之多可知矣、

初六日辛酉 微晴、聞前于禮拜六日晚、居貝斯里巷在外傭工之婦名薩臘、禮拜息工入夜出游、八點鐘時天陰黑暗、悞走挨斯佩代小河、河淺而水急、乃順水走地溝至音佛麻里坊、此地溝上舊有養病院、由此而前、則入喀爾河時、又值暴風驟雨、水流愈疾、雖高聲呼救、而行人甚少、設有人經過、當此風雨交作、亦不易聞、婦以手摩滑溝中地牌、雙手扶牌、略息後竭力回行、水急而

六

流迸、力不及、遂止、擬扶牌待天明、其步入小河、及遇風雨、皆不為奇、至奇者、歇息之頃、突有被水沖來亂數百既觸足、即順衣上、兩手僅能護其頸與臉、天明、從水爬出、始見天光、至辰正、方有巡捕見此婦橫臥堤邊、衣碎零星、滿身傷痕云、

初七日壬戌、微晴、西國當天主耶穌兩教未興之先、土人多奉火祆教、于今英人雖奉耶穌天主兩教、而仍存有焚火祭日之遺規、非誠心祭日、留此作樂、示不忘古也、此日名曰貝田火祆（義即）在愛爾蘭行於西六月二十一

日蘇格蘭各高山地方、行于西五月一日、入夜燒燭山頂、并有典禮若許、在蘇格蘭東北近海之柏爾埃艾及墨來靡斯等處、另有祭日之俗、謂係數百年前之古典、其法、始由祆教老僧燒一物曰克拉威、乃將一吧嗎油桶、分鋸為二、各半盛以村人共助之油柴、届時燒以火炭、苗高五尺、城中若人舁之繞城一周、隨人數百、奏樂排隊而行、如佛教之城隍出巡、末將此桶置一古時祭神石臺之上、澆油柴火、熖將盡、乃有若許少年巫環桶朗誦咒文、并他禮節、亦頗鬧熱、又在英蘭東界約爾克

府之槐特庇等城之山洞中、村民株守、世代相傳、亦頗機密、竟傳流至今、謂係六百餘年之古禮、不燒則不祥云、

初八日癸亥、陰、西人之財產、如有地畝、乃不以之種五穀收田租、而多以栽松柏為利、其樹直挺如杉木、隨時修理、生長極速、聞去冬有地主博那愕者、因若干畝之松樹長成、僱一義國鋸工名喀希那里者、同往樹林估其工價、日暮、喀獨回博家、向博妻索一日工費、問博何不回、答以不知、其妻坐待終宵、次早約六七戚友、攜博

所畜之犬命鋸工引入林中尋覓行聞犬忽棄眾異路而馳鋸工仍欲引眾直行奈犬狀奇異似覺確有異味在前于是眾擬改隨犬後鋸工無法亦姑跡之犬奔至一窄凹處以雙爪掘樹葉青草堆并壘次回首視眾作求人以手協助狀少刻屍露計受刀傷十處眾遂捉鋸工報官聞官場審明因搶劫害命定罪一生為奴并不償命云

初九日甲子晴聞英國一種古俗令人捧腹繁華大城皆行之即如倫敦西北百里地名海葦扣木屬卜靜府

每年新美爾到任皆以鋏稱稱之、一年任滿將卸任又稱之、前後合其所稱之分量、則知其一年曾經勞累與否、此雖俗規、而人皆視為典禮、

初十日乙丑晴、倫敦美爾薩木尤之長女廼麗定嫁同教雷威、為妻、擇于今日未正在倫敦府署中、埃及堂內成禮、半月前、伊夫婦以銀邊銀字白紙柬請其上印云、四月七日禮拜二午後兩點四十五分、在本署埃及堂內小女廼麗與雷威成禮、恭請中國欽差與夫人駕臨美爾夫婦仝拜、繼又寄來座位憑單二紙、前于初四日、

余先具雖花女針黹成分摺扇一柄、綉花女手帕一方、平金卓罩一塊、統以定做大玻璃匣盛妥送去。今日未初一刻、余偕内人乘車往、下車、登樓入堂、即前次小堂跳跳舞處北面當門、以四金柱支一白緞方帳、洋名喀吶庇、又名楚巴、四面沿邊、繫以白色鮮花、四角亦垂以白鮮花、帳左右各列金椅十六行、每行容人十六、有人看票引導入座、各進猶英合璧禮節一本、猶太文類孝西藏者、雖橫念而右起、故此本亦自右啟、與我國之滿漢合璧書同、男女數百、其外國者僅余與日本公使林董夫婦、余

九

坐帳右第二行之首座、林坐帳左第二行之首座、其他諒皆本國者、按西規、今日必在教堂成禮、至猶例不必入西那勾圭堂也、而頻在新娘之父母家、因美爾薩木尤係猶太教人、故今日即在美爾府中、蓋美爾在任一年、府即其家也、先是教童十數名在帳前樓上鼓風琴三通、隨而歌曰、謹謝上天、吾儕居樂土、登歡喜地、敬天為主、天生我、我屬天、同與棉羊伍、草田上、天仁愛無岸無邊、忠信真實、世代連綿、此後猶太教士五人由外步入、五于帳下、一正、四副、各著寬袖黑氅、頭頂黑圓絨冠、作

□形、其正副無大區別、正拉畢僧也僅隨後由領下垂紅綢兩縷、時屆申初、新娘之母携新娘先行、新郎之母陪新郎次之、再則陪護幼女六、兩兩行于後、新郎著青毡燕尾禮服、高帽、按猶規、自新郎至教士及各男客、皆不免冠、新郎之母服藕色、新娘之母服淺灰色、新娘并他六女皆著白色花冠縞衣雪履、各手執鮮花一束、惟新娘者白色、他皆粉紅色、由外兩兩步入、新夫婦入帳向教士對立、新夫婦之母立帳左、六幼女立帳前、美爾父子立帳右、既而正拉畢高聲宣云、貴新夫、貴新婦、上天愛人、吾人互愛、吾今宣言教規、汝等静聽、現當别樹門牆之時、感動五中、使汝彼此意合而情投、在此帳下、循行教禮、敬祝天父、今後佑汝新郎、汝當套戒指于新娘之指、祝爾恩愛如此戒指之圓環、無尾而永連不斷、更比比金之色、愈煉愈足、愈火愈光、言畢、新郎納金戒指于新婦右手食指、隨祝云、謹遵摩西與伊色列之例、自戴此戒指、汝我夫婦為始、教士又手舉禮書、向新夫婦曰、汝彼此和睦、二人共居、如在一身、舟泊港口、避風避浪、歡樂佳耦、言畢、復問新夫婦曰、願否真心和睦、各對

曰願、于是教士唱云、上天保祐、造生萬物、相形生人、并
生葡萄樹子女叢生、如樹之富、夫妻偕老、三星在戶、唱
畢、副教士遞酒一玻璃杯與新郎、新郎接飲一口、轉遞
新娘、新娘飲後、交回新郎、此禮類乎中國合巹禮新郎乃擲諸地
上、腳踹碎之、蓋義謂夫妻情愛連綿、須待碎者復合為
一方止、因玻璃碎永無合時也、此後教士復祝禱一回、
新夫婦及其父母姑舅輩、別入他間畫押、畫畢、入大廳
會男女諸戚友、互相拉手慶賀、出此入對面大間中、橫
大長桌、四壁列窄桌、上陳戚友贈送禮物數千件、銀器

居多、有則登樓小食、酉初回寓、又當教士誦讀時、亦合
掌當胸與釋教同、
十一日丙寅、晴、見今日新報內一則、題云、教皇失望、蓋
英君埃達倭不日將由地中海坐船赴義國羅馬暫駐
三天、歷來英君主維克都里亞極尊敬教皇、每至必謁
此次英君初加冕後到義、教皇李歐第十三、意其必先
來謁、而英君竟擬候拜義王後方往謁見、故教皇大失
所望云、又聞義王將派宗室公爵賓斯塔往那百里接
迓英君同赴羅馬云、

十二日丁卯、晴、聞前日有摩婁扣（地在西北角斐洲）色勒坦（王也）派費滋總督偕駐摩之英公使駕兵輪由坦之爾駛至、支布洛塔專迓英皇、到時礮臺聲礮十九、以明接待禮、又當日該處巡捕捉一無君黨人、審時實招不諱、乃與國人攜有六轉手槍并手刺一把、據云欲刺英君、

十三日戊辰、晴、倫敦城廣人稠、貧富不鄰、里且各處分類而居、英人卜斯云、通城窮人六種、一穿窬、二明火、三無恥匪類、四頑梗不化、五船塢匪、六流氓匪、倫敦老城居中、臨太木斯江北岸、而老城之北及稍西一帶貧苦

居多、第一在霍克斯屯街等處、為穿窬盜窩、霍勒責街稍北、為明火窩、或強盜窩、在代文路與賴木萬街之間地、極污穢、亂子尤多、再北數里、至康貝路、皆為頑梗不化之愚民窩、穢街陋巷、一切不潔之水及物、舉由窗傾拋、直比臭溝暗渠、老城以東數里、近西印度隝一帶、先為無恥匪類窩、再則為船澳賊窩、老城正西、將出新城、在堪興坦坊一帶、亦為頑梗愚民窩、在太木斯江之南、正東傍岸、南近五里治區地名、得斯投為流氓窩、街道骯髒、男女雜居、飲食如獸、得斯投者、譯言低賤穴也、由此而西數里至色勒𡍼巷、北向老城、再西稍南數里至萬宇倭斯街與瓦得當巷諸處、皆爲無恥匪類或頑梗不化窩。今日爲西奶禮拜五日、鋪戶關閉、乃耶穌復甦節也。

十四日己巳、晴。聞今年耶穌節鮮果之由外國販來者盛於往年、昨日倫敦鮮果市橘有二十萬桶、共八千萬枚、内由斐洲西北加拿利島來者過半、又由加挪他屬地運來之平果亦二十三萬桶、是亦人多食眾之證。入夜微風、冷。

十五日庚午陰、申初急雪一陣、雪止陰涼、英君自西三月底月初申初三乘維克都里亞阿拉柏船、先至本國愛爾蘭、少駐、南駛、前于初五日午初過喀維畧角、申初抵葡國西南界之大沽斯海口、停輪、即時由礮臺聲礮二十一、為接待禮、葡王喀爾洛斯登船迎接、稍敘寒暄後、齊上岸、計用宮車六輛、前五輛坐兩國文武大員、二王共乘末輛、馳入葡京五斯本、住阿珠達王宮、爾日由海口至葡都、街之左右窗門、諸所懸燈結彩、男女瞻望如蟻、馬步巡捕彈壓、兵隊護衛、安靜無譁、十六日辛未，晴，涼。聞英君在葡宮休息三日，前于初八日晚，宮宴英、葡兩國，國旗交挂一處，為兩國親近交頤連横之義。食畢，葡王立起演説數語，謝英君之辱臨，皆操法語。繼而英君立言，深謝葡王之優待，兩國同願共享昇平，彼此會盟，今古無异云云，亦用法語。初九日巳正，英君往幸愛爾蘭人之白衣尼姑院，有駐葡英公使夫婦迎候，各尼皆著白色。英君入座後，先一愛爾蘭幼女謹呈英君鮮玫瑰一束，捆以紅、白、藍三色紬條，暗指英國國旗色也，隨遞而祝曰：永感君恩，眷愛人民，受此菲儀、表衆忠心、英君接花微笑謝之、繼飲百年紅酒一杯、麪包一𠙽、此後首尼鼓琴作天保國王之樂、樂畢回宫午酌、後立宫窗内閲兵、英君賜其兵官一小照自書其名于背、并諭賜葡國外部大臣及大禮官寶星各一、是皆敦睦邦交之義也、

十七日壬申、晴、又聞前于初九日申正葡王請英君看鬬牛、與余前在日都看者相同、當日二王换著戎服、葡王著英戎服、英君著葡戎服、亦親近之義也、英君今爲第三次遊葡、葡牙又五百一十八年前之是日爲葡王

卓安第一與英吉利會盟之期、至初十日早二王同入
商務會、彼此互誦陳詞、大旨咸謂兩國連盟、今盛於古
葡都新開大街一、眾商請以埃達倭第七為名、以誌英
君來葡之盛、申初葡王送英君登舟、口內輪船百餘、皆
挂兩國國旗、同時聲礮二十一、維克都里亞阿拉柏船
上備有午酌、葡王率眾在上兩鐘之久、下船時、英君陪
送到岸、後英船展輪出口、礮臺聲礮二十一、并有許多
兵輪送過埃斯庇𠯈角、在葡國西南界英君到葡以來、各處歡
呼皆用英語賀拉、至是葡王送回登岸、國人歡呼則仍

十五

用葡語威瓦美、二語皆譯為歡樂頌、英君用英語、頌國王用葡語禮也、

十八日癸酉、晴、酉初微雪一陣、入夜風涼、聞英　前于初十日酉初由葡啟椗、飛駛二十二點鐘、于十一日未正抵支布洛塔、初到及傅泊、兩次聲礮、總督懷達登船迎、國君申初上岸、君著兵馬大元帥之服、是處於數日前即洒埽街衢、懸燈結彩、沿街與在倫敦加冕同、左右列兵、人民呼萬歲如雷、途遇二老兵、一名葛阿林、一名司高、乃駐車呼前、好言安慰、并問二兵得寶星之由、既

與之拉手言別而去、入公所商務會首莫斯里先立陳數語、移時國王答謝、并云願各人誠心守護此地等語此後由坦之爾來之摩使覲見、酉正回船少息、戌正一刻復登岸用餐、當晚各街左右懸挂五彩中國紙燈數千、

十九日甲戌、鎮日陰晴不定、微雪兩陣、落地即融、涼著皮衣、聞前于十三日早、有日斯巴尼亞王特派之將軍歐貝根、駕彬森兵輪于巳初到支布洛塔、代日王致意於英君、彼處新建第三船隝水師提督阿克蘭請國王

置其第一石基、午初、君著水師提督之服登岸、阿克蘭
隨至放石之處、放畢至水師衙門午酌、并留名于門簿、
出門後、君栽松樹一株于園內、以誌其功、晚在園中設
茶會、君諭各自由、勿拘泥、于是男女往來、咸謂各人親
愛、視君如父、終夜街市繁盛、歡呼歌舞、昨台見摩使時
摩使立陳一段、謂摩王聞英君之遠幸、特派專使前來
致意、並望英君得臨卑國、何幸如之、惟願日後兩國友
誼日敦云、英君答謝曰、摩君之美意、不勝感激、惜去歲
未得與摩使親晤、（見前卷）兩國和睦、敬祝摩王之福不日

將親筆一函、以伸謝悃云、

二十日乙亥、晴涼、聞前十三日禮拜、辰刻英君在船唪經、休息終朝、十四日申正一刻、著戎服登岸、懷達等亦著戎服迎迓、乘車三輛登山、馬兵巡捕前引、沿途左右列兵守護、先看鑄造局、繼看名埃達倭第之礮臺、礮皆新式、并云將立金牌于此、誌國君臨幸之榮、隨行各處駐防兵之子女咸歌天佑國王之曲、去此改乘馬山高路狹故也、復看司普爾賴萬得爾愛立及歐哈喇各礮臺、蓋通山上下皆礮洞也、詳見四述奇 酉正二刻、君回船、二十一日丙子。晴。涼。記英君前于十五日巳正一刻、登岸閱兵官車所過、沿街左右男女免冠歡呼、向車擲花。君左右顧盼、點頭笑謝。車至南面寬處、遙午初山上聲礮慶賀。兵五千由君前按隊走過、繼復聲礮、奏天保國王之樂。兵過畢、轉至懷達夫人母女車前拉手問候。樂兵頭臘伊洛之妻賓訥拉口親君手以為禮。午後回船、酉初復登岸、至公署喫茶、上賞捉魚君黨人之巡捕及車夫輿綱僕各人一寶星。回船後國君賜宴男女數十人、極歡暢。

二十二日丁丑晴涼如昨聞英君前于十六日午正由
支布洛塔開船赴墨拉塔當展輪時通山聲礮歡呼又
國君昨日深讚懷達庖丁調和五味工藝之美而有賞
并交游擊阿格牛百鎊以賜彼處之貧民
二十三日戊寅鎮日陰晴微霧不定聞英君船前于十
七日酉初過阿吉爾（地在斐洲正北臨海為阿支立亜都城現屬法國）凡泊彼
處之英俄義法及日斯巴尼亜各國之兵輪皆挂英旗
各聲礮二十一岸上礮臺共聲百零一礮
二十四日己卯微陰涼英君不日將抵莫洛塔自數日
之

前、該處官民即預備一切、海口以內特造各種古兵船多艘、分列左右、極壯觀、其船第一為六千年前之諾阿方舟、第二為五千年前之中國樓船、似有巢燧人之間第三為四千年前、佛咟窯亜之槳船、第四為二千五百年前之希臘槳船、第五為一千三百年前之賢波羅槳船、第六為一千五百年之羅馬每邊三行槳船、第七為千年前之諾爾曼三槳船、第八為五百年前克倫柏之拼壩船第九為四百年前罕里第八之哈里大船、第十為新造之埃達倭第七兵輪、他數艘未考、是處新築水堤、將請英君落第一塊石基、石長五尺、寬三尺、石下小匣現造成、匣為銅鑄、內襯橡木、匣外別以紅銅鑲嵌作主冕圖章等、此外應用之金鑰匙、銀抹子等亦皆備妥、

二十五日庚辰、微陰、涼、今日戊初、倫敦美爾夫婦約飯題曰耶穌甦生節筵、洋名伊斯特爾班賀、酉正二刻、余偕內人乘車往至倫敦府署、登樓見其夫婦、少立、後步入埃及堂、卓設一橫九豎、作皿形、共坐男女三百六十五人、美爾坐正面中央、余與金氏坐其右、第二第三座、其第一座為達威森世爵夫人、其左第一座坐其夫人、

節二為堪特百里之阿赤比朔再則希臘瑞士兩國公使夫婦對面樓上奏樂燈燭輝煌食品華美香風滿座樽酒聯歡食畢舉杯先祝國君之福再祝君后太子太子妃及他王族近支之福亦奏天保國王王后之樂再後多人立起演說互相致謝亥正食畢步入別間各飲加非一杯謝歸

二十六日辛巳微陰涼聞前于十九日早在莫洛塔島岸上沿街各處即懸花結彩水陸兵卒列隊迓候天氣晴爽辰正接無線電知王將到一切備齊巳初一刻先

各兵輪到繼所派往迎之十四隻水雷船到、分列口內左右、巳正英船進口、礮臺兵船皆聲礮、樂兵奏樂、教堂鳴鐘、人民鵠立免冠歡呼、上著頭等水師提督服、立于船面、停泊後、是處總督柯拉克水師提督董威及他各武官登船進見、午正上駕小舟、左右快艇載兵兩行護送上岸、入古王宮、午酌、申初在賢卓志堂中名見各官、酉刻回船、戌正復登岸、在宮晚餐後入戲園觀劇、入夜各處懸燈、燦爛如錦、當國君上岸時、中途左右立有數千幼童雛女、齊聲高歌、恭祝多國一主之福、指英蘇印度斐洲及

也各屬、又因明日為彼教之禮拜五日、例應齋戒、羅馬教
皇乃特電致莫洛塔之阿赤比翔、以明日赦免教民齋
戒、因英君在彼、使衆得盡一日之歡云、午後英國駐華
公使薩道義來拜、因腿疾告假回國也、坐談極久、
二十七日壬午、陰涼、前于二十日早各教堂鳴鐘、巳正
一刻、國君上岸、水陸列隊、聲礮相迎、王著兵馬元帥之
服、乘馬車先至較場閱兵、兵一萬、經提督雷音管帶、兵
隊行動整齊、閱畢入老宮少息、于午刻復入賢卓安教
堂中觀覽、此堂冣古、極華麗、惜前經法皇那波崙搶劫、

中存古物、現不甚多、據云尚值二十五萬鎊、阿赤比羿率从教徒迎入、瀏覽古畫畢、將上車、君與阿赤比羿握手道謝、去此入水師衙門、午酌、申正閱水操、帳中小食、吸捲菸、酉正回船、戌正復入老宮晚餐、亥刻在馬格琉園中放烟火、看畢回船、當王駕小舟往來各水雷船及他船皆然、燈兩行排列稠密、視比通衢、聞今日戌正英君后由丹國回倫敦、

二十八日癸未晴、午後乘車答拜薩道義、聞前于二十一日早忽風狂湧浪高漫岸、將倫君登岸所鋪之紅氈

濕遍、申正風稍息、君登岸、入賢波羅教堂、比翔馬堪吉
迎入、少坐、轉入巴拉喀園中、步游、入礮臺帳中喫茶、戌
刻登本國兵輪布洛乩、晚餐、水師提督董威等陪坐、通
船懸結紅白藍燈彩、本國旗色也、亥正食畢、君立船面、
命文武三百餘員見、繼而奏樂歌曲、變戲法、大小文武
各操其能、君甚喜、稱謝不已、入夜回本船、二十二日、爲
其禮拜日、早船上唪經、午後上岸、入老宮、與總督夫婦
喫茶、并在園中栽新樹一棵、用作記念、
二十九日、甲申、陰雨陣陣、聞前于二十三日、在莫洛塔、

天氣清爽、自辰初、水陸文武各官率水師八千、在碼頭、
排隊迎接、巳正國君上岸、閱操兵一萬、君入座、兵齊聲
歡呼三陣、隊伍整齊、君頗稱賞、閱畢回船、君落石基定
時申正、乃自未初、即有舟艇自各處載男女至所建水
堤落石處、對面入所設之三大布帳中、正國君登岸、經
各官引至落石處、正面一臺上立本地幼童數百、君到、
眾齊聲歌祝天保國王、繼而副水師提督哈美向國君
舉誦落石銘文一通、畢、將此文及水堤圖與新鑄銀錢
等、呈國君、請置匣內、鎖以金匙、交哈美先放匣于坑內

三

後君落石于匣上、乃高聲唱曰、上天保佑石基妥洛、即時四面官民男女老幼齊聲祝賀、酉正君回船、此堤係轟開堅石深約十尋、英六尺、為一尋、洋名發色木左右立人工假石、重共四十噸、其兩堤各寬五丈、堤頭設有燈塔、

四月

初一日乙酉、鎮日陰晴不定、入夜雨、聞英君前于二十四日早巳正、由莫洛塔趁輪、申正一刻、至西奚里島之東面奚拉庫斯海口、住船、因天色不佳、須至亥正啟椗北駛、倫敦鐵道公車費款之鉅王定坳一帶者長十七

洋里半費九十八萬一千四百八十七鎊、老堪特路與牛克洛斯街者長十九洋里半費七十萬三千三百五十鎊、倫敦南邊者、僅三洋里費一十三萬三千鎊、統計三十九洋里零四分之三、共費一百八十一萬七千八百三十七鎊、每一洋里合四萬五千七百三十一鎊。

初二日丙戌、早雨、午後晴、入夜仍雨、英君前于二十四日亥刻、由奚拉庫斯開船、二十五日未正過麥西那峽、在奚西里之東一帶、有鐵甲兵輪四艘、水雷船二隻前引、鐵甲兵輪七艘、水雷一隻後護、過此北行偏西初三日丁亥、晴、上月二十六日、陰雨迷漫、巳初英君船到那百里、英義各船排列、聲礮迎接、樂奏義國國樂、義國公爵阿卜路吉及英國駐義公使富蘭溪先登船覲見、繼有葡國公爵卜拉甘薩奉葡后命請英君過船午酌、又有奉地將軍水師提督及德國太子等謁見、各官見後、改著水師提督服、佩帶葡義德三國寶星、轉登葡國阿美里亞輪船拜葡后、在上午酌後、登薩扉爾兵輪答拜德太子、登里吉里亞船拜阿卜路吉、咸未登岸、至博物院一觀、當日彼處霧雨淋漓、岸上泥濘、並不鬧熱、

入夜雨止晴、
初四日戊子，白晝微晴、酉初陰雨、上月廿七日那百里
天氣清朗、英君在彼勾留一日、未初、英公使在船隨君
午刚中初上岸、步入喀色達園一游、聞數日前倫敦一
人入酒肆吃啤酒、飲過半瓶、忽有物閉塞、酒傾不暢、探
之、得一死鼠、飲者連病兩日方愈、告官、酒肆受罰六鎊、
共分四股、乃罰滿酒瓶人四鎊、起首洗酒瓶之婦一鎊
零四先、鋪主鋪夥各八先、罰有等差、以其過失有先後
也、

初五日己丑鎮日陰晴細雨不定、申正乘車至君主門街第百十六號赴特喇細夫人家茶會、客無多少、敘即回寓、正二刻偕内人率榮驥乘車赴藍侯家茶會、客多擁擠、子正還使館。上月二十八日英君在那百里早登山巔看賢馬蹄諾博物院與礮臺、後登葡船同葡后早餐、晚在賢喀婁戲園觀劇、男女客三千二十九日為西二十六號乃禮拜日、晚戌正英君在船宴英義文武、從員本月初一日巳初一刻英君登岸、礮臺聲礮百零一、兩國文武迎入馬蘭大車棧、巳正車開、紅男綠女萬千争睹齊聲歡呼、君在車中向之點頭致謝、未正三刻抵羅馬車棧、四面懸紅藍花趂以綠葉、下垂金銀穗、兵隊立左右、奏國樂、義王維克多著兵馬元帥服、率从公侯大員排立道旁迎之、申初英君下車、亦著兵馬元帥服、彼此欣然握手問候畢、登車緩行、當日由車棧至王宮、凡宮車必由之路、兩邊共立精兵二萬五千、樓房頂上窗內人皆立滿、兵排道旁、觀者立于兵與房壁之間、擁擠排立無隙地、人皆新衣、兵亦整齊、五彩衣冠盈眸燦爛、各家門窗懸彩綢絨氈、車至皮阿薩坊、有特派王爵

庫裹那者、立彼以代通城官民歡迎、並陳誦詞一章、以
申恭敬、車停時、男女人民之至車旁向之握手者十餘、
此後少行、至奎里那宮、下車登樓、轉入正殿、王后海蘭
率各王爵夫人、公主、郡主、命婦等、内立、英君至前、口親
王后之手、以為禮、少叙寒暄、繼至敬樓前扶闌外眺、街
市人民瞻望歡呼、英君向之鞠躬點頭、謝其熱心接待、
同在宮内晚餐後、即寢、因當日天熱、終日未得稍息也、
大雞馬巡捕邏來、拏獲新到之無君黨人四百餘、訊之、
皆無戕害君王之心、無非欲在街市擾亂、使兵官倫辨

不懕、而爾義與誠心接待、則英義因之不睦云云、雖西律以為無大罪、而亦收監矣

初六日庚寅、陰雨、自英君到義都、日街市鬧熱、男女擁擠、凡欲觀英君經過者、宜賃座、即一小閣窗外鐵闌內一人亦須二十鎊、大小客寓、各國遊人居住、無空室、因英君心地仁慈、感動拉典人心、各以先得英君小影為快、初二日、早英君携二花圈赴義王陵、義名萬神堂、入內免冠、分置二花圈于今王之祖埃瑪牛第二、與被弑之今王之父安柏勒墓上、英君在各陵前肅敬少立、出

矣

堂登山一覽、後回宮、晚筵設于宮中跳舞堂、卓作冂形、坐英君于正中、義后坐其左、義王坐其右、義王之右為英公使富蘭溪夫婦、男女坐百餘、皆義廷王族貴介、夾正二刻、義王請在阿真堤那戲園觀劇、屆時英君攙義后、義王攙他王妃、登正樓臺前、鼓吹一陣後、英君轉身向義后一鞠躬、義后又向左右各女客一鞠躬、于是通堂男女歡呼、子初戲畢、還宮、當晚王車往來、沿途左右兵立、把守戲園、座價一旦翔貴、漲至每人四十鎊、初三日、義廷請英君閱兵、馬步親軍、護軍及礮隊共二萬自寅初各營即鳴哨齊兵、卯正由各營集于較場、辰正一刻、忽礮臺聲礮、報國王出宮、乃英君與義后共車、義王乘馬于車旁後隨、王公等沿途左右排兵、樂奏天保國王、至較場、停車、各兵隊隊由車前過、極整齊、午初閱畢回宮、申初二刻、英君著兵馬元帥服、佩帶寶星、出宮乘車、先至本國使館、繼至瓦的堪宮、拜教皇、一路聲礮奏樂無异、于前宮門前、教皇內大臣薩池的候立迎車、到急前為之啟車門、請下車、左右鵠立、從員及教士輩入門、宮官引入一廳、名薩辣柯蕾門堤那、義乃賢柯蕾門

之廳也、又有多官迎迓、將入正門、見教皇拱立以待、乃

同行步入內間暢叙、刻許、宮官又帶領英君隨員進宮

英君一一呼名引見、教皇畢、步出、教皇送至廳門、酉正

回宮、今早因英君閱兵、街市車價漲至每輛每一點鐘

四鎊

初七日辛卯、陰雨、涼、初四日巳初一刻、英君曾由義啟

程赴法、義王陪至車棧、彼此用力握手話別、示親密、英

君并遺義王金鎊一袋、作濟貧之用、車將開、英君猶自

窗中探出伸手向義王謝別、初五日寅初入法界、巳正

一刻至的商城地距巴里不遠駐法英公使門森率其叅隨迎候天陰雨人仍多擁立冀瞻君顏兵排一千護守車棧馬步巡捕往来搜察門公使并從法官入見畢車復開未正一刻抵巴里柏路旺火車棧總統盧貝著民服（民主故也）立候迨下車彼此握手問候並肩出棧登車車棧四面懸花結彩排兵鼓吹諸事與他國同既聲礮百姓歡呼馬車由車棧過得勝石門走凱歌路沿街左右緣椅座價晷襄皆一蘇（法銅錢名）遂增至二方隨車左右馬隊護衛二百申正至佛卜賢諾畨街入英公使署各官

站班、樂奏天保國王、門公使夫人迎君與總統入門至
大廳、各世爵夫人母女皆口親君手以為禮、少立、總統
辭歸、半點鐘後、英君復乘車至埃里寶堂、答拜總統、酉
刻回使館、又當日在英君所經各街及附近英國使館
一帶、皆懸花結彩、至有以五彩鮮花纏柱、香氣襲人者、
入夜各街兩旁、縱橫滿然電燈、遂行如龍、更有以燈作
王冕者、作字者、如天保國王、國王長生、樂接國王、長生
無極、埃達倭長年、有賣鈕扣上鑽英君與后之相者、說
帖紙上印英君相與旗者、有賣日本手帕上印英君相

者、更有新印曲本題曰埃達倭我老兄者、埃達倭初到

者、埃達倭來巴里者、埃達倭探訪艾米歧者、凡英商所

開各鋪、自君到、皆閉門息工、外城各英民亦多來巴里

瞻仰、按英使署備國君休息所、大廳三間、四壁黏以花

緞、三間分紅黃藍、寢室亦用金花紅緞、牀帳如之、牀旁

懸英先君維克都里亞相、裝潢陳設、燦爛華美、與倫敦

之宮多同、晚餐于使館、陪者門森夫婦及隨君各員、與

本使館中參隨夫婦、坐後齋、靜無陳詞、雖君膳亦僅牛

尾湯、牛奶、龍鬚菜、白煮魚、燒牛肉、悶雛雞、烤羊肉、白煮

雞、拌生菜、煮豌豆、九色而已、亥初盧貝親約英君同入法國大戲園觀劇、通園觀者男女千人、皆官宦子、正英君回使館、

初八日壬辰、大晴暖、申正、偕内人赴韓闌家茶會、酉正回使館、前于初六日辰正、法廷請英君在萬森莊閱兵、閱畢回城、入巴里邑紳會館、懸花結彩、修飾尤華麗、會長戴維前引入大廳、君與總統分坐二金椅、戴維先立君前、致陳數語、謝君駕臨之幸、君亦立答片言、謝其優待、繼而合館恭進一自製金酒杯、杯式係當中一杯、左

右各一鮫人（俗名媳婦魚）爲柄、滿香賓請君飲、瀕行、英君留名于門簿、用法文以光耀之、去此入柏路旺園看賽馬、登臺、君中坐、總統坐左、其夫人坐右、賽馬第一場獲勝者名柯里蘇馬、恰爲英名專布、因之人皆竭力高呼慶賀、第二場勝者名詹安、馬名葆爾、英君贈一金杯、直二萬五千方、英君遂步入卓吉會館少坐、戌初率門森來車至埃里賽堂晚酌、英君著水師總帥服、將入門時、向法國國旗免冠行禮以示敬、至大廳見總統夫婦及他男女各官、君扶總統夫人、總統扶門森夫人陸續入

飯廳、男女共廿餘、廳外奏樂、其菜單所開、首牛尾湯、次
白煮龍蝦、白煮鱒魚、紅煮小鮮蘑、烹雛雞、涼鵝肝帶汁、
土伏悶雞、紅悶野鴨、拌生菜、煮龍鬚菜帶牛乳汁、白煮
小豌豆、橘子冰凡淩、杏仁糕、鮮果、小食等、酒七種、食畢、
總統立起舉杯祝英君與后及各王族福、再祝英通國
昌盛、復陳數語、謝英君來法、英君亦立答數句、深謝法
之優待、并願兩國邦交益睦、後舉酒先祝總統夫婦及
其闔家福、再祝法通國興旺、祝畢、樂奏天保國王、亥刻
總統與英君同車先游各街、兩邊之燈光輝煌、花彩駐

目者末入樂堂少坐聽曲、乃回使館、初七日、為其禮拜之期、午初、英君步至大古叓巷入英使館之教堂內聽經、聽畢回使館早餐、未刻、法外部請午酌、君帶門使往、客共一百、皆駐法之各國公使、參隨、食畢、亦各宣陳詞一段、前任法國駐英公使亢本、因有服未到、食後、君特遣人名來暢談許久、君謝、歸使館少息、後步入花園中、集有英國幼童一百五十、排立迎候、君至、齊歌天保國王曲、君乃親種小栗子樹一棵於園、用作記念、戌初、英君在使館設宴請總統夫婦男女共八十二入座、扶法

三

同蹊望賽堂、其菜單：甲魚湯、乳汁拌苡米、炒鱘魚片、烤羊肉、燒雞肉、俄國悶雞肉、炸肥肝、燒鵪雀、拌生菜、煮龍鬚菜、文恣宮糕、小食、水果等，酒亦九種。昨日英君特贈百鎊，以濟巴里貧民。

初九日癸巳，微晴。昨日巳初，法總統坐敞車至英使館，將下車，英君著水師戎服迎出，相握手，少敘，同車馳赴昂瓦里火車棧。後車皆英法文武，沿途左右排兵。車棧紮橫懸花結彩，列兵奏樂。棧旁別設一廳，專備諸臣見並君。英君到，軍營聲礮，樂奏天保國王，將上車，英君免

冠向法國國旗行禮、復轉向總統握手、深謝法國國家
及巴里通城厚意、總統答以幸臨敝國、怨待不周、惟望
一路順遂、英君再向各官握手話別、登車陪至海口者
門森、法水師提督傅尼葉、將軍柯路瓦、副將沙柏、午正
東開、英君猶立窗內、手扶帽簷、向衆行禮、英君在巴里
每次出入、法人大都免冠歡呼、酉正車到嘝堡海口、地在法西北界
礮臺聲礮、臨海車棧、亦懸花結綵、地方官及他水
陸各官、均早來迎、當時彼處知府走前、立陳數語、謂深
喜君駕幸臨、與老君主維克都里亞屢來法國、同尚望

君在巴里諸事如意安樂、英君答數句畢、出帳步下石堦、駕知府所備槳舟登本國維克都里亞阿拉柏船、此船送英君至義、後于此迎接也、是晚英君在船設宴送別英法各官、兵奏樂、食畢、各官辭去、船傍終夜令早辰正展輪出口、未正抵玻滋茂斯海口、上火車、申正至倫敦維克都里亞車棧、太子率百官迎接、酉正入卜靜宮、英君此次之專赴三國、皆有寓意、余之按日詳記一以俟各國之交涉與英與各國之有討重東耳。

初十日甲午、白晝微晴、入夜雨、聞俄國舊都墨斯哥環城外鶺極多、土人于春夏間、多貨其羽毛爲業、有柏林一鋪、電定八萬鶺、專用妝飾女帽、彼處農家痛恨殘害飛禽、因之無物食毒蟲、有損田事。俄國直北臨白海之阿蠟訣地方、乃著名禽族毛羽出口之地、并有專種水鳥之羽毛如獸皮、爲婦女領帽外氅用、又有雛鳧各鳥羽、每季出口千噸、如此慘毒、各國多不豐之。

十一日乙未、陰晴各半、涼。是日爲西五月七日、乃倫敦日本會第十二次循年公宴期、會首公使林董上月杪東請在梅頭埔店槐桃樓、戌初、余偕內人乘車往入見

林公使夫婦、及他日本、英、美諸人立談、斯須、轉入飯廳、
卓式一横、八縱、作ⅢⅢ形、共坐男女二百三十、林公使横
卓正中坐、金氏在右、余坐金氏右、林夫人在余右、其左
皆英之世爵夫人輩、卓面裝飾華美、陳日本方圓瓷盆
盆種松、銕藤蘿各樹、至高者尺半、頗覺幽雅、酒食豐且
嘉、食畢、立祝英君與后及太子、太子妃、并日皇及本會
各人福、是後多人演說、皆與他處會相似、末各飲日本
清茶一杯、贈各人小瓷杯一、作記念、子正回使館
十二日丙申陰、亥正偕内人乘車入卜静宮赴朝會、規

模如前、惟老幼婦女之朝見者不下一千、子正始畢、各國公使夫人及本國命婦輩皆坐、而各國公使幷本國執事各官皆立、腿覺酸楚、女服白色者多、間有黑及粉紅而無品藍及他色者、年老有挂杖者、短視有戴眼鏡者、各婦隨過隨有禮官唱名、不報門氏或某人之妻女、只報某夫人、某太太、某姑娘、

十三日丁酉、早陰、午後霧、申初大雨滂沱、雷、酉刻雨止、仍陰、聞前歲英在中國及南斐洲所用之兵費、經戶部報出內除所收税款七千五百一十五萬鎊、如茶葉、合

六百零一萬四千鎊、菸捲合三百九十六萬七千鎊、酒共三百二十八萬鎊、糖合一千零八十七萬六千鎊、煤合三百三十萬四千鎊、米麪共二百三十四萬七千鎊、苦酒合五百三十二萬四千鎊、人丁稅共三千九百八十八萬四千鎊、果餳等共十五萬四千鎊、外核其總數、共用二百一十七兆鎊、在中國僅用六兆、在南斐洲則用二百一十一兆、

十四日戊戌、白晝微陰、入夜大雨、西國向以接吻為禮、現聞漸廢、然仍有暢行、而每下愈況者、半屬男女情人、

幼男雛女及以存曖昧事而使人無從索解之徒、其成規凡婦女入朝會茶會時、不得連吻兩次、妨損妝粉也、凡婦女相遇、皆不接唇、乃致吻頷及顋竅角眼皮頭髮、以表至親平安、美國更有新規、乃僅吻左下唇之下、致臉旁及眼毛、以避傳染病症、用彰衛生云云、

十五日、己亥、陰涼、有時微雨、洋人凡事精益求精、日尋新法、昔人創無線電報、近美人柯林創一種無線電話、又名得律風、昨試於美國荷村江面、兩舟相距五百尺、各有器具、并司問答之人、桅頂挂銅絲、浸水有銅盤五十丈

能傳所言、此次試用靈通、今後各港口、將別有一種生
涯矣、且陰霧時、左右船來、亦可互傳方向也、
十六日庚子晴而涼、聞英君昨日啟程、幸蘇格蘭都會、
后與偕行、乘火車西北行三百九十三洋里、酉正二刻
抵埃典柏城、亂倭里棧下車、佳達勒齋宮、今午正君在
豪里路宮設朝會、申正君后設朝會、將于明日游通城、
十八日游格拉斯高、十九日巳正二刻南旋、酉正二刻
回倫敦、英君此游、乃加冕後之初次、
十七日辛丑陰、聞英人男女寄信其忽略草率糊塗粗

晉字畫不清住址誤書指不勝屈更有信面無字或僅書致吾兒某某者此類信件包封布包木匣一年內留存郵政總局者不下二千五百萬件且較五年前多至五十萬凡信包有住址而筆畫不清者送信人再三設法訪尋不得則拆而加封寄歸原主郵政總局之加費人工紙筆年至五萬四千鎊寄信及物件者因草率有所失而信局亦因此間有所獲以往往信包經拆內無寄信人名姓住址故也

十八日壬寅微晴中國豢哈吧狗往往嚙去半尾冀將

來尾短毛長蓬蓬四出以爲美觀西國亦有之亦于犬
生一月後嚙之以其能負痛也聞某巷某甲家犬生三
禮拜其鄰某乙嚙尾經巡捕察出以爲有傷生靈各罰
七先六本士凡攜犬入英者須報明擔保前于禮拜五
日英人某由法布隆海口登苐克森輪船行李中筐一
云係一犬并未報官船主不允官廳往察開筐視之乃
一古米犬也趣甚
十九日癸卯鎮日陰晴不定微暖酉正二刻十分英君
與后自蘇格蘭回由慶斯十字街火車棧經本街行人

左右立不避、宮車過、男女搖巾摘帽、高聲歡呼、君后點頭、君亦免冠爲禮、昃初、余乘車至博淩屯堂看博物會、廣廈六間、分設五十處、皆時人新創、如電燈、電報、照像、化金各物、法之新奇、不外格致、更有新集古人之物、及印度山崩地裂之景、并所掘出之物、余留此命車旋使館、接金氏至亥正二刻回、至道寧巷第十號赴巴樂佛兄妹家茶會、子正回使館、金氏僅有巴大臣之請柬、故不與博物會、

二十日甲辰、陰雨、連日見新報載、通城男女老幼之迷

路遺失或被人拐帶者頗多、而罪犯之逃匿、數至二千六百二十餘名、殺人兇犯五十餘名、已知逃至外國者三十名、官現出三千錢備賞眼線、其棄妻子家者一千五百名、婦人棄子女逃者三百名、共逃犯及迷失者五千餘人、家亦多備有酬謝、代覓之費自二十五錢至六千錢不等、有人報知巡捕廳、謂有外國人一夥、專為拐帶幼童男女、前于百日之工、覓失去幼童雛女五十五名云

二十一日乙巳、陰雨、紙張作用、人皆知之、西國現有作

茶船火車等、車輪鏃中塞節凝耿不易震裂已屬精能、希臘國之木同

埃及無可作酒桶者、其式圓高似大鼓即俗所謂琵琶桶桶木貴而酒不

易售、近日酒家紙作桶堅如木、酒以桶賤、生意漸茂盛

焉

二十二日丙午、晴、午初、率陳默之尹元輔乘車入卜静

宮赴朝會、均如前、惟日本朝鮮公使未到、本國官一十

二百餘員、多武官、立至未正始散、申正復偕内人攜孫

女乘車赴海岱甯旁太子門第二十六號司特安夫人

家茶會、并聽樂、樓房華麗寬敞、樂工六人、皆他國者、鼓

洋琴、拉胡琹、幽雅可聽、酉正回使館、

二十三日、丁未晴數日前英提督奧里蕃柬請于今日在倫敦城北哈艾街之稼穡堂觀看水陸兵丁演戰、申初余偕内人率榮驥與孫女乘車往、下車、武官迎入登樓坐正面閣中、即初開第一日國王來此坐處中列金椅、前後羅鮮花、備有茶點、開演第一場步兵演御車成車之敏捷、由臺後出四輪大車六輛、上罩油布高棚、每輛駕四烏騅馬、車前坐二兵、左右前後兩馬上各一兵、為一兵驅兩馬、隨行車左右各三兵、烏衣褲、銀鈕扣、腰圍

白皮帶、右挂亮鍘鞘刀、頭上△形硬黑毡帽、帽前銀圓
片一周約三寸、上鏨花號、車乃先于池内環繞一周、繼
而横列一行、官吹哨、兵依次卸馬、卸輪、拆車、一分時、輪
軸、櫓帳、及各木片、疊一方堆、各堆一律、兵列堆後、馬立
兵後少立、官再吹哨、各兵復于一分時將車作成、駕馬
排立、如初、卸車成車之際、及往來馳驅、無錯亂、無喧譁、
按此車拆卸成堆、如在海口備船載也、第二場水軍演
拆車成車、發礮之速、雙輪礮車三輛、礮身長四尺、口圓
徑一尺、每車有兵十八名、縋曳車兵、皆著白汗衫、黑褲、

白扁帽車至池中、橫排一行、繼發礟、畢刷膛換輪、因車
雖兩輪、備輪一對、防損傷也、換輪後再發礟、又橫一木
牆、高逾三尺、車不能過、于是兵躍過數名、其餘拆車抬
礟、此送彼接、一分時、牆外車成、繩曳走矣、第三場海軍
礟兵演後膛大礟、四鍊輪平板大敞車一輛、載鐵礟一
門、重兩噸、鍊礟架一座、上有關鍵、鍊輪重四十二百磅
礟、長二十五尺、杉木四桿、三長一短、車及木棍等共重
二噸、車前粗繩一、三十兵曳之、皆著白汗衫、黑褲、斜項
小圓毡帽、作口形、車至池中、先卸木棍、細作本字形、三

豎一横、以免滑倒、因將以之繫重物也、架上扣繩、曳車
至架下、先將鋏架繫起、礮車退于木架外、鋏架落地、後
推車近鋏架、復將礮繫移鋏架之上、即時拆木架倒置
礮後、他兵胸貼地于木後、留兵四名、發礮畢、復依前式
搭木架、先後繫礮、繫鋏架、抬置車上、再拆木架、安于礮
左右車、如前式、奚整齊敏捷、不及一刻鐘、第四場、係馬
隊礮兵馳驅之際、演放礮位、每車四輪、前二輪架藥箱、
後二輪架礮、礮畧小、如九節龍、六馬曳之、左三馬背各
一兵、礮、四門、兵十二、皆烏衣、戴黑皮帽、上立白翎一束

作口形，四車先在池內，左右往來環繞馳驅，毫不錯亂。末則橫列池中，卸車分車，發繳奏天保國王之樂一堂，男女起立，昭恭敬也。發畢，連車駕車亦極速。第五場名曰代樂喜大賽會，係依前之西正月一日，此地操兵賀英君即印度帝位之喜。代樂喜杜爾巴爾在印度西北界，班扎省東南，竹木那河之右岸，舊為阿當罕及諜古之都城，東臨西藏東南，距喀拉喀塔九千五百四十洋里。池中陸續先進印度馬步兵八隊，御兵一隊，各隊衣裝顏色不同，五彩炫耀。帽式亦各殊，纏頭之式有平纏者，作花者，一色者，雜色者，上加絨球者，中竪三尖帽者，有戴高尖帽下圍羊皮一圈作形者有戴牛角金盔作形者人皆、黃面烏鬚鬢步隊皆執火銃、馬隊或執長矛、或執銅牌、或槍、或劍、無不潔淨整齊、英兵兩隊護軍一隊、皆金盔亮甲白皮手套長盈尺式作形如古之鋏護腕、兵在池中到齊按隊橫立、步兵前馬兵後、其行動排列亦皆整肅、繼出駱駝兩隻、飾以五彩、印度人騎、纏頭花衣手執長槍分立左右兩邊之首、再則象四隻、橫排正中、象披繡花金邊綢被、帶頭罩、飾耳左右垂綢兩縷、頭罩前作如意頭山字形、或或形、不一、綢被亦各異、旁視之

或方或圓或凹或凸、甚華美各象背任一彩漆長方臺、多作亭形上罩彩棚內坐印度人一彩衣纏頭珠寶鑲嵌亭後立一人為僕象頸騎一人手舉鈎槍為象奴皆白衣纏頭臺無棚者後立之僕張傘象前左右各立一人手舉長矛為護衛四象排立當中樂工奏天保國王樂男女觀者復皆起立其通場之馬皆為雕也第六場髒操兵七十二白布緊汗衫黑褲白襪鞋練法係蹲走倒走一腿走翹脚走盤腿蹲並兩腿而直伸兩膊式不一未能縷述總之合羣演習紀律嚴整而已末則是七十二兵齊以胸貼地布成萬壽無疆四字、極清楚、斯時眾復起立以申敬恭、其餘九場、或賽跑無鞍馬、或馬隊衛軍隨樂聲往來盤旋、或以槍刺木牌、挑橘子、隨跑刀砍木人頭、以及騎無鞍馬爭奪、兩營假對陣各事、曾于四年前看過者、無庸再筆。酉初一刻畢、謝歸、瀕行下樓、以一鎊犒其僕役。

二十四日戊申、晴。倫敦汽車日盛、不惟奪盡馬車、公車之利、更將侵及火車之利、或謂汽車載貨每噸可用一本士一洋里、較火車每洋里賤三本士、且于十年後汽

車既多、則道旁鋪店生意、定增千倍、上年火車遭險、壹
一萬七千八百一十四輛、而汽車僅四十輛、汽車價直
低昂、關乎力之快慢、價三百鎊者、每點鐘常行十五洋
里、快至二十六洋里、登山五洋里、三百五十鎊者、常行
十六洋里、快至二十七洋里、登山六洋里、四百鎊者、常
行十六洋里半、快則二十八洋里、登山七洋里、由此推
之、其至昂至快者、常行二十六洋里、快則四十洋里、登
山十六洋里、惑辯云、官限此車每鐘準行三十洋里、似
稍少、蓋鐵道公車一點鐘尚行二十五洋里、奎老火車

一點鐘、猶二十文洋里云

二十五日己酉晴。倫敦城正東太木斯江南轉處、江闊而東入于海、沿江兩岸有船澳貨棧、如西印度加那達諸名、並原有善舉公所幾處、備各國水手暫住、日索飲食費、其人工物件煤火用款、悉善男信女施助、故較之旅舍每日費只及半。以上詳見六述奇江邊一帶、總名窮人樂所英言立木蕎斯邇來復經善人募化施捨、別建一所名曰四海兄弟居。前日申正開門、公請太子與妃并各國公使參隨及本國文武官員往賀、余以鮮暇、令陳安生代表、雖云請賀、仍別具一帖請貲助、因匯十鎊十先先行送去、聞當日太子已代收二十鎊、乃本處美爾夫人及前美國総統姪女教司本夫人輩解囊自助并向他人募得者、又東岸一老漁翁送十鎊、一水手母翁呈太子妃十鎊、又有人施大洋琴一架、書橱一架、書如干部、皆經太子代收安置、畢、太子與妃及餘客咸入大廳、坐用茶點、食間太子起立言、深謝天下沿海各國君主及美國伯理璽天德之慷慨好施、成此英外水手會、而使各國水手之因故留岸者得免流離失所、足見視四

海皆兄弟之誠心云云、此所建築費共三萬六千鎊、現
集得三萬二千鎊半由美國婦女湊成、惟善士艾達倭
一人所施至一萬四千鎊、太子特為稱讚、謂都城凡行
善公所之經艾君施助者、此為第七十三處也、
二十六日庚戌、大晴暖、始脫裘、酉初一刻、世爵駱五約
在蠟色里巷律例書院中晚酌、讌客兩長桌、作〔 〕形、
同座者、英皇叔堪卜立址公及愛爾蘭院長、日本波斯
二國公使其四十餘人、皆例學名士、飯畢、駱五率眾立
起舉酒恭祝國君、君后、太子、太子妃之福、繼而二男一

訥爾克、一席樂坦二女、一艾木立、一柯麗蓮、始各歌曲一、復共歌曲一、阿米爲之鼓琴、聲調短長相間、或悠揚宛轉、或獅吼雷鳴、足以悅耳、亥正謝歸、

二十七日辛亥、晴暖如昨、入夜、雨、今古名人油畫、英人所重、昂其價直、甚於我國、聞昨賚翟木斯開威里閣中賞士爾柏賣油畫七幅、共一萬八千六百六十吉呢、每吉呢係一鎊一先一、第一乃賴本繪世爵辛克蕾喜容、直一萬四千吉呢、第二霍樸訥繪名人柯立喜容、直一千六百五十吉呢、第三甘斯柏繪戴萬晒公夫人弟妣得之半身

喜容、九百吉呢、第四、羅木尼繪葛林小姐喜容、售七百
吉呢、第五、那堤爾繪路義第十五之妃賴勤斯吉喜容、
五百五十吉呢、第六、康斯達繪名人戴巽杭衛喜容、五百
吉呢、第七、甘斯柏繪世爵哈米屯夫人喜容、售三百六
十吉呢。
二十八日壬子、晴、暖、前之二十五日、為西五月二十一
日、稱為聖禮拜四、日據云為識耶穌升天日、聞在英薩
中界稍北得爾貝府之堤興屯地方、鄉民是日行蓋井
古禮、教堂誦經畢、教士引衆遊街、拜井、沿街有假燈樓

礮臺以及鬬龍戲水各物、人則行歌壽山福海詩、周各井列鮮花、井上覆以祭文云、古禮始自一千六百一十五年（明萬曆四十三年）、深謝井恩、崇隆雖值天旱、井水無窮云云、似我國之六月十三日祭龍王、夫作此舉者、固天主耶穌教中人也、心是心非、未可測度、而計年仿行、不謂之敗壞教規也、而于我國之貼神符、挂胡盧、祭星、浴佛、乞巧、寒食諸故事、嗤為迷信、華人入教者、加厲焉、祭天飲福、或託故不與、以為彼所敬之天、非吾所信之、心是因履一地而各戴一天矣、噫、

二十九日癸丑、晴暖、倫敦有盲學堂、啞學堂、近有李葉
公爵在安諾里地方創立聾學堂、事屬經始、地基頗仄、
擬留住宿飲饌者六十名、朝來暮去者二十名、諸生皆
須十三歲以上、往返火車費亦學堂給、宿學諸生皆經
義媪料理、教學大旨寫字讀書外、各依性之所好力能
及者、如製靴鞋、成毡毯、造船、縫衣、鎔鍍金銀、製造木器
各藝、俾學成年壯、可謀生、宿館諸生各分園地一方、自
行栽種花木菜蔬、如得良法、亦一生養贍之資云、
三十日甲寅、晴暖、而微風、天氣翁匌、在屋仍須著棉據

四六

云倫敦工匠之費用、每人一禮拜之飲食計十二先九本士、衣服四先十一本士、房租七先七本士、往來輪車一先六本士、燈火洗衣零用約一二先、都二十八先八本士、合中銀十兩、在所必需。倫敦匠人一禮拜工價較上所計應用之數、有餘亦有不足者。平日工價大都二十五先、然各處不同、一禮拜有二十八先七本士者、車夫有二十六先者、守火車棧人及送信人有二十六先半者、掃街及起土人每禮拜有得二十八先半及三十先者、夫一人每禮拜作工五日半、即得銀十兩、一月作工二十二三日得銀四十餘兩乃不惟不敷自用更不能贍家故倫敦正西及西南一帶人多貧苦男子在外傭工其妻亦必從事縫洗設法入錢方足相需度日也

五月

初一日乙卯晴舊同事曾叔吾兆錕前年冬聞余奉

命出使英國由英電余請由來函亦如之余以渠官事明晰乃電留之曾初到英月薪給十成計二百兩三年後升三等參贊官改八成每月二百四十兩去年正月闕余出京經羅績臣升為二等參贊官月給三百六十兩

余至英因經費支絀且人多、俸薪遂依舊數發給、曾則
次日交還且呈銷差請適得家書母病篤即歸省并請
照正月所得俸薪之數發給歸裝其二等船價洋妻外
擬多索一分余未允且其母就養廣東兄任乃不由英
都直赴香港而擬游美先紐約次華盛頓由舊金山附
輪過日本上海福州達香港此行路遙而日多無意旋
里明矣以此度之想係到美求差優否不論濫竽七八
個月即可更領一分川資歸裝也此弊於光緒初年任
駐紮外洋以來為之者屢矣按定章在乙國所虧之年

月、不准於丙國補足、余曾上條陳、凡出洋回國者、只准支領一次船價川資、用以節省經費、奉旨依議、欽此、聞曾於去年五月抵美、于伍秩庸得署紐約領事、今年三月、梁鎮東繼任未留、曾西旋、其妻仍回倫敦、今日其妻在其外舅家請茶會、申初、余令內人攜孫女往、酉正回、戌正韓闊夫妻請飯、余同內人往、主客共卓男女計二十人、酒食豐渥、勸進良殷、

初二日丙辰、晴、酉初、偕內人攜孫女乘車赴君主門第五十七號莫斯倭夫人家茶會、樓小有義國樂工男女

各三人、裝束新奇、歌聲幽雅、月琴琵琶各樂器、亦與英
國不同、少坐下樓入飯廳、飲舍拉一杯、謝歸、此會男女
百餘人
初三日丁巳、晴、戌初、請薩道義林董二公使及禧在明、
甘伯樂駱立甘美綸諸人、太子堂飯館晚酌、并招陳安
生同往、館在茈喀的里街、洋名普林賽斯蕾司托蘭、詳見
歆述、稱為倫敦第一、宏敞華美、飯廳正面奏樂、燈燭相
輝、酒食合口、賓主款洽、食畢入別間、飲加非、吸菸捲、暢
談極久、甫辭歸

初四日戊午、陰、申初迅雷驟雨一陣、雨後仍陰、入夜仍雷、外洋不言迷信、而近與英人談事有類於我國者、約克晒府衛斯賴縣之葦克廢城中有古教堂名希斯西麻、一千五百九十三年（明萬曆二十一年）有博理夫人綽號胡巴老母死於此、相傳至今有時魂現、見者三日內必死、英蘭正北牛喀斯地方之太音河口、二百年前一美少年與霍姓姊妹相遇、雙花並豔、而少年意在少者、情愛相投、長者妒之、一日乘其妹睡縊之死、至今凡是處附近之夫妻不睦、或不義不節、魂必現而斥之、倫敦東

北、埃賽府開五壑城、古有一磨倌、佚其名、為人忠信正
直、因故自縊于今、或見其項環馬韁、往來于某教堂旁
塋地之間
初五日己未、大晴、熱、早挂龍旗、戌初設席、并邀曾夫人、
馬清臣之女及陳尹二夫人共酌、樓上英國汽車日多、
亦須按輛挂號、保險、車後大書四字、前二字車來處地
名、後二字車主名姓、因車行極速、字多不易辨也、其下
復有所報之第若干號數、天暝、車後然電燈光射字為
有違例遇險等事、車行雖迅、巡捕亦辨其字而記之、

初六日庚申、晴熱、入夜涼、昨日為其耶穌復甦節後第七禮拜日、稱曰懷森代、今日為懷曼代、或懷禮拜一日、懷字之義未詳、按英言白色曰懷、或謂幼女昨日入堂受洗、皆白衣、故曰白禮拜日、鎮日各鋪關閉、人工休息如故、自晨至晚、敞車百餘經樓下、是車平日皆運酒、卸煤、盛糞土、運污穢者、今刷洗潔淨、油彩一新、馬首亦立鮮花、或紙花一束、兩日中出賃游鄉、每車可載男女老幼十數人、行歌互答、藉以陶情、是亦貧民安樂之暇日也、

初七日辛酉、早陰、申初晴、涼風鎮日、至著棉、聞英人亦
有囚古人偶爲之事、至今崇信彷行、如百年前、英蘭西
南角瞞安衛地方、盧喜佛其人與一閨媛情愛久之、女
疑其不誠、乃同誓至溪邊、而水若頭影不露、爲無良、二
人同跪溪前、盧面隱、女遂棄盧而去、自今英蘭男女戀
情、彼此畧有猜忌、即同至井口或河池水旁、照之兩影
同出、所疑兩釋、盧死後、强魄爲害、在英法間之哲爾溪
島、地近法而爲英有人奮勇夜駕舟援他船遭險者、中流見如
盧喜佛者撓之、舟滯、既未援他船、又覆於石岩凹穴中

幸水淺而後漲，舟乃得浮。

初八日壬戌，晴，冷。聞前初五日之懷森代教節，英蘭與蘇格蘭異。英蘭無定期，計復甦節後第七禮拜日，其復甦節本年在前三月二十五日，西四月二十二日禮拜三。蘇格蘭准五月二十八日，既以此日為教節，更為半年之節，蓋自五月二十八日至十一月二十八日為半年，凡遷居還債、雇辭僕婢，皆以是二日為定期。過此節有若許奇零故典，如招友歡飲，有酒名懷森埃勒，性似啤酒，義乃賞心酒也。禮拜堂中設讌，有埃勒酒，性稍烈，名哲池埃勒，義乃教堂酒也。人

三二

家亦有設戴笑面及亞喇伯之雜樂跳舞會者、伊也大學堂、每年前初七日、名曰懷秋斯代懷禮拜二日、雖放學而諸生仍不遣去、乃公舉一名充大主教、鄉比餘充神甫教士、環比翔五喀經、禮儀盡同教堂、後乃別選一名充千總、其他充兵、由堂列隊排行至地名鹽山者、鎮日所為、雖近於戲、而教規軍律、即此是學、此學堂近文恣宮、亦三百年前之一舊學校也、又西國古蹟小說、謂不知幾千年前、耶穌以世界惡人多而善人少、一日謂其徒諾阿、須造大舟、載爾家屬、并帶牝牡雌雄禽獸各一對我將大雨四十日、以溺人之凶惡者、迨水漲舟浮、其妻不願同登、寧成惡鬼云、此說英蘭西南界柴晒府之柴斯特各城男女信之尤誠、因之每年六月四日、賜屯大學堂諸生以地臨太木斯江、援斯故典、鬪舟為戲、略如我國五月五日之鬪龍舟、諸生多世家子弟、屆期皆自備輕艇、疾駛比賽、國王亦往賞閱、此日洋名曰門太木、（字之本義乃臘典文山也、至此日之用義未詳）今日即西六月四日、因學堂于前日晨火、幸未俱焚、燬學生二名、王后親往弔慰、暫停此戲、初九日癸亥、晴、英人奉天主耶穌兩教、而多深信鬼怪者、如英蘭南北約克哂代文哂兩府曩已言之、又西南角之闊安衛城有南斯夫人井、相傳多鬼怪、人以之卜死生禍福、束草作十字、自擲之井、浮者吉、沉則年內必死、蘇格蘭正南夏婁衛地方、有水池一、名殺人窩、據云三百年前、一老媼率二子曾害五十餘行人于水、故至今人多不敢獨行近其地云、余壹記人之信鬼、非欲吾輩說有也、將使人知所謂文明之國者、亦複多此迷信爾也、

卷六終

八述奇卷七

鐵嶺張德彝在初隨筆潘士魁校

光緒二十九年、五月初十日甲子、陰晴不定、仍涼、英蘭西南界代萬膩府人、尤信鬼怪、并有歌云、小鬼小怪、小無賴、無須尺布、即能蓋此歌、肇於府之楚得里甫、邨困山谷有洞曰幽靈、凡經其地者、必擲一鐵或手帕于水、以求福、若得蓋鬼帕下、則獲福無極、彼處迷信頗多、少有異於我國者、且有甚於我國者、昔有農夫無力雇人、自行刈穀、久遂惓而卧地睡、覺見穀皆爲鬼代勞刈畢、人作事誤致多梗迕皆諉之凶鬼如晨起見馬茶煞則謂夜被鬼騎行人失路則謂被小鬼所惑故欲無擾者必每當日暮度鬼在處列啤酒數杯及麪包乳餅各物眦須以禳之數年前有韋艾者暮出門久不歸據堪衛墩人云是必為鬼馬所引夜遊四方矣

十一日乙丑晴申正格林尼址天文臺東約一往地居倫敦坤方約距使館二十五里未正乘車過西敏斯得橋走賢卓志街新推舟路舊推舟路新十字路逾小河入深林登小山至入內壁東先登蕉臺臺式與德國司

由千里鏡望金星、如一黃色半圓、下橫寬約二寸、上圓
徑長約三寸。上此層鐵梯兩層、合五十餘級、出此登旁
之小臺、履木梯六十六級、臺築小山巔、四矚各景、軒豁
呈露、且天朗氣清、兩目如洗、樓房花木河水舟艇、一一
可數。遊者約五六十人、下各奉勺勺朧一杯、小食少許、
食畢、天文生某甲引行半里餘、至新臺、臺八年前築成
者、較舊臺高大宏敞、千里鏡亦長、臺作圓形、下面四圍
分間、乃諸生用功辦事處、列有照成所見各星形式、又
有大片橫寬尺半、縱長一尺者數十頁、每頁僅星點少

許、蓋自數年前英與法美德俄諸國天文臺約定環地
球向天之各點分直天之若干度互相定准照、片尺寸、
數年後各將所向之天照出輻輳一圖則向有未見之
星皆覓見矣出此入別間勸飲香茗一杯少坐謝歸、戌
初抵使館
十二日丙寅晴聞由數日前至今有日本兵船或巡船、
經提督山村管帶駛至澳洲東南西三面之珮爾斯及
阿得萊美勒賁等處昨日行抵奚達呢海口日本水師
上岸排隊街行鼓吹互奏英日之國樂以示兩國之會

盟、因而人民及本地水師、皆歡呼恭祝日本米喀兜之福。

十三日丁卯、微陰、淳爽、正二刻、步至本街第三十二號赴前任外部侍郎卜五斯家跳舞會、入內見其子女、客廳本寬大、適隔壁第三十號樓空、侍租、遂由其樓上前窗右接旁樓之前窗、搭以綵棚、從後樓右壁拆通、亦飾以綵綢、羅列鮮花、旁空間亦然、在內盤桓、人覺軒敞。然男女二千餘客、反形局促。左右設長桌、茶酒、小食兩處、右空樓中、僱義國樂工一班、場場奏樂、左右可作跳舞

三

兩場、壁上高懸每次跳舞名牌、人可預約定、迨樂奏男女比比已備齊矣、看至子初、遂辭出、步回通衢、左右排列重重車輛、燈光燦爛、頗可觀、

十四日戊辰、晴、涼、未初、日本公使林董名飲於怕瑪街之喀勒比飯店、同席薩道義、甘伯樂及二英人、係曾在日本謀生者、酒肴頗佳、飯畢、步至廳外玻璃棚下、環坐飲加非、吸捲菸、暢談中刻、謝歸、是店在通衢南、傍怕瑪街、東臨柴草市地、基頗大、余於數年前在倫時、即見其興工、至客冬始開市、樓房高大、東南兩面開門、兼住旅

客飯廳寬七丈餘深約四丈四面玻璃窗窗外滿列鮮花廳內正面奏樂其前密列大小卓椅華美整齊堂倌百名廳前大玻璃棚羅列竹几椅備客閒坐棚左別一大間為賣頓飯處每頓一人七先令（合三圓半強）飯廳為客點菜定菜處晚餐每人合酒計之必一鎊十先（合銀十二兩）菜極昂一盤牛尾湯二先鼈甲湯五先羊肉一小塊四先小銀魚一尾五先小牛肉一塊加菀豆六先雞肉一塊七先然富家男女朝夕坐滿無隙地可與巴黎飯館競勝已

十五日己巳陰雨涼、西人作書、往往筆法與中合、然所重名人翰牘、多以其人之名望品位者、日前得兆瑪苍索堤碧叫貨行拍賣、內有英君為衛拉斯王時、說帖一紙、售四十鎊、席丹計印司本真伊爾翁輩筆跡、說帖由二三鎊至十二三鎊、西人署尾僅其名之二三字而已、易以十三鎊、計百餘金、亦好名之過也、

十六日庚午陰雨如昨、申正二刻、偕內人攜孫女乘車赴得當闍闕第三十五號耕承先家茶會、見赫宮保夫人及其子女婦與孫、男女客頗多、別間雇有加里樂工

二名、一拉胡琴、一鼓琴、式與中國之扇面琴同而稍大、
橫三尺五寸、縱約二尺、絃橫三十二、以銅絲銅條牛筋
爲之、其聲激烈、敲以皮槌、時而奔濤過峽、時而幽竹吟
風、少立、下樓茶點、畢、謝歸、亥正二刻、復乘車赴庫爾森
街第三十二號、美國萬瓦小姐家茶會、客廳正面一小
臺、高盈尺、旁設一洋琴、先一人鼓琴、一人坐臺上拉大
胡琴、繼一女名富樂麗者歌一曲、皆平平、一人名貝登
之戲法輕快敏捷、可賞、一手執洋紙牌一副、數十頁、請
臺前男女客四人、任便各抽其一、各自認明、牌上點號

任意復插其手從牌內既以一長尺餘竹筒曰此萬里
窺心筒也窺之可知人心所嚮乃佯向前抽牌之人一
窺曰某老爺所抽某牌是否某太太所抽是某牌否均
曰是無一訛者四紙牌名報畢復將牌舉起曰此牌大
小任便牌原長二寸寬寸半甫舉則縮半寸再舉則橫
半寸長僅一寸矣衆鼓掌稱讚復出紙三紅白藍各方
一尺遞與坐客細驗咸淨紙既請座中一男客登臺扯
碎紙搓成團到其手則變成三色小旗百杆下臺分送
諸客復上臺三鞠躬仍在手再撕再搓再張手

國大三色長方旗、又於座客借一先、并請以鉛筆作識
於錢面、出紅紙一頁、橫尺半、縱一尺、云將以之包錢、而
錢小紙大、請臺前一女客、劃而二之、并請一男客上臺、
親手以紙包錢、包已、則接去、隨出火漆一支、請包錢者
向紙包上三點、如封信狀、再交客手、紙包已變為信函、
火漆完、然請客拆封、內仍一信函、再拆亦然、二函皆點
有火漆、第三函則言須請銀圓主人開拆、考察是否原
錢、拆看則鉛筆作識之先在焉、究不知其包封何以若
此之速、末乃一女名黎達者、學作兩人語、或母女、或女

與情人隨說作態頗有趣看畢主人陪入飯廳喫酒小食後謝歸使館

十七日辛未晴午初率白厚之乘車入下靜宮赴朝會一切如前記未正回申正偕內人乘車赴蹕良街第十一號穆爾遜夫人家茶會屋窄人稠客廳設椅五橫臨窗立二男子著武官衣戴面具四女作日本裝而歌英文曲一女鼓琴他女陸續歌或說白或學口吃共二十二場分兩截聽畢一截下樓喫茶戌初旋使館亥正二刻復偕內人率榮驥赴藍侯夫婦茶會人多如前丑初

回

十八日壬申、陰雨、涼、倫敦各醫院之經費、每年善男信女代募或施捨、有名倫敦醫院者、（詳見述奇六）因本年擴充樓房、須用鉅款、乃經戴爾貝伯爵夫人定于前十三日（西六初八）明在阿拉柏堂（詳見述奇四）設跳舞會、售憑票備酒食、半月前之票價每張一吉呢、十二日漲至十吉呢、開初十日已賣去四千餘張矣、夜餐在堂前海岱園邊內之海岱店中、每人連酒二吉呢、小食在本堂大飯廳內、每人一鎊、堂中棚頂周一萬五千尺、滿覆深淺紅假玫瑰

花、頂至地數丈、空處飾以真玫瑰、假花香水噴之、真花
燈、香通堂馥郁、四面滿然電燈、跳舞處別環新式電燈
三十、各作樹形、葉尖花心皆燈、正面臺上奏樂、臺前左
右上下、皆飾以玫瑰紅情綠意、攤風琴而不露、聲出自
花中、正面左右三門、依票分三色、不論等第、俾人不亂
入、綠色票入正門、紅色西門、藍色東門、入門時、將票分
交御者一半、便巡捕點查位置、停車地臨門、有存衣所、
存衣帽者、亦有小憑票、票與入門憑票同色、是晚由九
點至夜半、車如流水、四千餘人中、用腳踏車者弱半、門

外八十巡捕、照料、彈壓男女在內跳舞、至次早丑正始罷而夜餐焉

十九日癸酉、陰雨、冷、聞前日阿拉柏堂中跳舞會、四千餘人、中半入座夜餐、半入廳小食、據云所用食物器數頗鉅、鮭魚一萬五千斤、龍蝦一千枚、羊肉片二千五百斤、山麻雀三千枚、牛肝麪龜二千枚、鶺鴒三千頭、冷雞片三百斤、麪包片挾火腿八千分、白煮雞一千二百隻、鹹肉五十斤、牛舌二百條、地椹五百斤、葡萄二百五十斤、香賓酒二千四百瓶、檸檬水二千一百瓶、肉團六千

廳、指使堂倌二十名、伺候堂倌二百名、其他伺候者八十名、桌上器具六萬一千件、計瓷盤一萬二千、玻璃杯大小八八千、飯單五千、幅食刀一萬二千、食叉一萬、羹匙八千、生菜乾果之數未聞。申刻，駐法孫慕韓星使率繙譯嚴璩來拜。

二十日甲戌，陰雨，冷。早乘車至西敏斯得街賢俄斯民店答拜孫慕韓氏，初約慕韓及嚴繙譯在使館晚酌，陪者陳徵宇、陳安生、陳默之也。中國春夏之間，鄉間演劇，俗謂之野臺戲。聞昨在英蘭西南界紫栖府之森萊江口地方亦演此等劇、洋名歐責埃爾、義爲露天臺、臺在山谷中、四面斜坡、綠樹濃陰、驕陽不入、臺寬百尺、長百五十八尺、于前禮拜六日開臺、往觀者男女約三十

二十一日乙亥、早陰、巳初乘車至紫苓十字街火車棧、送孫慕韓回巴里、申正大雨、冷、聞現有義大里人卜睦者、創一種電線、得律風傳言與電信同時可走一線、昨在義國柏婁那與費拉臘（地在義土北界稍東）二村之間、南北相距約三十洋里、安線演試、尚得用、乃云不日舉國皆改用此線矣、

二十二日丙子、早微晴、午後陰、申正偕内人攜孫女坐
車西行十數里、登喀卜鑿山入喀木別墅、赴費里木夫
人家花園茶會、見伊夫婦并伊女哲細繼、而繞出後門
入園、緣樓穿廊一行、設圓卓竹椅六七分、堦下横長卓
一、羅列茶酒、加非、冰乳、鮮果、糖果、小食類、僕婢廿餘、園
頗廣、艸如綠綺、花木濃交、而多由人工奪天然者、男女
客甚多、步至樓右、四面短籬、豆花之類、蚓蟠其上、作牆
正中有鐵架花障及亭、作雀籠形、中一圓池、種蝴蝶梅、
池外地鋪石子、亭周四門、亭外四面鮮花分畦、每畦一

色畦式長三角形▽其意似以亭為蔥畦作彝竹簇成一花形式如看畢將轉倏為雲四起雷電交加諸客疾走至樓大雨如注林內樂工一班亦急避入他所諸客在樓少立坐喫酒及小食畢陸續辭去余將及使館雨止変正復偕內人乘車至牛貢街內向西之格拉魁屯巷路北格拉魁屯晝閣中赴那歐布世爵夫人（即阿木斯當船廠主人）茶會見伊夫婦並其子媳及相識之男女尋客廳堂高廣正面有臺前列鮮花四壁懸名人油畫大小百幅當中全椅橫列行行容人一千臺之左洋琴有英男歐蘇連歌曲法女梅蕭作、二人語彼此、各演二場、時已子正、眾客齊由臺左門內下、回旋梯五十級、入大飯廳、正面橫長桌、桌前別列多分圓桌、金椅、男女客之相識者、環坐一桌、夜餐酒菜果品豐美、并有熱湯冰乳之類、葷素涼熱、聽食者之便、丑正回使館、

二十三日丁丑、微晴、巳正乘車至維克都里亞火車棧、送別薩道義、渠將乘法公司船回華也、西人專于坐賈者、亦日求新奇、如倫敦東南之維克都里亞園及西北之拋球場、各於林中建一自行呈纔之茶點館、洋名曰

教授麻堤卜費設客座、與堂倌、小房一所、白玉石臺玻
璃明窗、不見一人、石臺分桶、一一作撲滿孔、按孔號物
名與價、納孔三本士者、即由窗出一盤、盛茶壺杯各一、
牛乳一小罐、白糖一碟、抹奶油之麪包兩片、桶旁安龍
嘴、可任便取滾水、此外有麪包挾火腿片、櫻桃餅、加非
鹼水、熱牛乳、檸檬汁、薑茶、薑酒、諸味皆不外兩本士、然
均須自行取置卓上、用畢又須將空具自送至窗前石
槽內、自有活水滌淨、抹布拭乾、此類茶館、若夏日於花
園江岸、小酌殊有趣、

二十四日戊寅、陰雨、冷、西人力破迷信、而亦仕有巫覡、且信之、既信之即屢有預卜後事之靈驗者、如西三月間、有司的達其人、在斯特蘭街某飯館請晚句男女二十、皆名家顯宦、如葛蕾公輩、食畢去者八人、其十二人皆至契留而劇談、中有賢陶瑪斯路第百十一號之婦名目池蕾馬立本路第百六十六號之婦名馬克思、皆善覡術者、談次各出所有以自繩、中有色威亞國王族某出一平金袍、金花綉工極精美、其袍本色王者止稱讚、間則婦忽昏迷、閉目少頃、開目向眾曰、是袍必經御用者、妾適見宮中國王补氏、王后旁跪求免、許多藍衣人擧槍出視王先後立哭泣、此非吉兆、姑識之以為將來驗、聞之者皆疑信參半、今色王二十七歲、名阿米三德、十三歲即位二十四歲、以故武官馬新之妻向充王母內侍、得拉夏為后、年三十七矣、娶時、擧國憤怨、繼立后弄權、擢其弟即瑞威為副將、凡武官之稍不如意者、不為之守護者、輒降革之、以故兵官咸怨、遂于陽曆十一日即本月十六日丑正武官四十餘闖入王宮、槍弑王與后、并殺后弟與妹及他文武護衛者百餘人、若此行出而適國罕

有悲慘者是則目婦之言驗矣

二十五日己卯陰涼西人于三四年前新覓一種石洋名拉的額木大要由拉的埃字義以題其名拉的埃者射光也透光也因石能隔層物而發光于對面也華文可名之曰透光石然透光之理西人精通光化學者至今未解近名醫駱安敦據是石透光之力創一法能使瞽者寫而且讀乃以石作屏射光透目以助其明

二十六日庚辰陰冷如昨英國原有戒酒會因斷飲殊難近又設半戒會僅令早晚兩餐飲少許藉以衛生入

會須領憑票。開二十天以來，已有五千四百張憑票發送暹國及南斐洲、五印度、倫敦公所，在利貞街第七十六號，入會者可往掛號云。

二十七日辛巳。微晴。英人謂英在中國設信局于其國并無益處，且枉賠局費。若中國之郵政妥善，無私拆諸弊，英願撤其局。拆信之事，法、俄皆有，且係奉官令，俄屬尤甚。法詭甚而收信者不覺，拆法無火漆封者，以刀之窄於韭葉而鋒極利者，由旁割之，抽讀竟，有用者少，則手抄；多，則攝影，事畢，裝入再抹以極黏之鰾，於割處紙邊、寬約一線、封固、紙外無痕、有火漆封者、看其印識能讀者、照式摹仿、不識者以藥水撮影、即將漆印扯碎、拆封看後、或抄、或撮影、畢、裝入黏封、按原色火漆化偏、依式刻作處、未逼真、又以熱器壓之、令迷糊似是而非、偽為大捆熱力壓變狀、亦巧矣哉。

二十八日壬午、晴、稍暖。未初、陸斯義夫婦請余與內人午酌、依時乘車至維克都里亞街阿什立園第四十二號、入門坐升梯至第四層、出梯屋款門入、握手寒暄畢、少坐、入飯廳、賓主共卓十四人、內有巴拉佛夫人係阿蓋公

姊之皮喇夫人及名優特立他弗識也酒食不豐不嗇席
罷請以鉛筆題名姓于桌布繡以白線用作記念并張
榮耀四垂繡成者富貴名家已不少矣陸夫婦身皆短
而人甚温和屋非廣廈而潔淨殊常
二十九日癸未晴亥正偕內人攜榮驤乘車入卜靜宮
赴朝會子初英皇及后入座千餘老幼婦女一一覲見
丑初禮畢英皇生于西歷十一月初九日乃定于乙酉
日西六月十六日二受人祝壽因之特多升賞加封諸侯者四
升大學士者二賞從男爵者六賞勇號者如干人太子

亦由海軍少將升副水師提督云、

又五月

初一日甲申晴、西人之麪包、猶華人之米飯、故其歲收之五穀以麥為第一、聞上年歐洲所產英二千四百萬、奧五百二十萬、義三百八十萬、和二百十五萬、瑞典一百九十萬、比四百三十五萬、日斯巴尼亞二十萬、德四百三十五萬、法四千三百九十一萬五千、希臘五十萬、亨加里一百三十萬、俄六千零七十五萬、魯麻呢亞約四百萬、共計一萬萬九千二百四十一萬五千、麥爾特、

一夸爾特為一夏倫之四分之一合二升

初二日乙酉、大晴熱、戌正、藍侯請各國公使晚酌于其家、慶英皇壽也、共卓六十六人、頭二等公使三十二、餘皆本國者、食畢已亥正二刻、法公使先率衆舉杯祝英君壽、藍侯立起舉杯答祝我

大皇帝暨各國君主之壽、繼飲加非、吸捲菸、復轉入別間、至誅斯須辭出、登車順路馳至帕克巷、入倫敦得里樓、赴倫敦得里侯夫人家茶會、樓既軒豁、石梯亦寬、惟男女客有萬千、相擠跬步難逐、進門登梯至頭層、見主人須

行一點鐘之久及登樓每間有門不知某間為下樓處賴彼僕人指告由人叢中得路即下樓將出門依然擠擁來者去者之車須依次來往故待車又一小時餘旋使館已丑正

初三日丙戌晴熱由他國販至倫敦之皮貨種類頗繁即鼠皮亦三四種如美洲西印度鼠洋名歐樸色木或名囊鼠以其長尾或纏樹之勁枝以猱升澳洲鼠洋名烏木巴類美洲囊鼠色皆灰小袋鼠洋名瓦拉拜大袋鼠洋名堪戛路色皆艸黃土猪之洋名巴者爾者大如

狐色灰、穴居而夜游、美國樹貍、洋名拉庫恩、香鼠、洋名莫斯佉士貂鼠、洋名麻爾坦、銀鼠、洋名額爾買因、土撥鼠、洋名麻爾莫、水奴烏、洋名格蕾布、臭鼠、似鼬鼠、洋名司公克、鼬鼠、洋名民克、松鼠、洋名斯奎拉勒、海貍、洋名奴湜里亞、此外有黑狐、紅狐、家猫、野猫、虎、豹、熊、貂、山羊、棉羊、狼、兎、水獺等、更有僅聞其洋名而不知為何獸者多種、每冬在老城南傍太木斯江騷斯倭橋之瞞當芝山之叫賣市會、集出售、聞上年共有囊鼠皮九十一萬四千零六十、每張直一先、小袋鼠皮一十三萬、大袋鼠

上七

皮八千、澳洲鼠皮三萬九千一百六十一、每張直由九本士至三先、紅狐皮一萬一千五百零二、每張直二十七先、野猫皮四百二十七、每張直一先半至四先、家猫皮二千九百八十三、每張直四六八本士至一先不一、土猪皮五百五十八、每張之直未聞、虎皮十二、每張三鎊、獅皮一張一鎊、豹皮三百五十、每張價一鎊餘未詳、入夜風、

初四日丁未、晴熱而風、西人皮色白、於冬夏兩季面多生黃斑、據云有善消之法、此斑頰生於鼻端顴角掌背

夏季醫法、臨睡調勻檸、檬汁與清水各半、滴於斑上二
三次後、仍不消、或致傷皮、乃以柳縈膏一兩、加硫醋白
鉛十滴於其上、臨睡敷之、次晨先洗以溫水、再用玫瑰
水八兩加檸檬汁三十滴、子細洗之、再無効、可用醫家
牛乳皮加硼砂醋一錢、蒸秋花樹二兩、玫瑰水二兩、和
勻依法敷之、必愈、冬日則不易消、法用乳酸四錢、油質
二錢、玫瑰水一錢、調好以小駝毛刷、或小竹籤、蘸塗斑
點、一二夜後、或可消去

初五日戊子、晴、屋中著袷衣、覺涼、倫敦、埃婁諾堤喀勒

會館、義乃騰空也、立有萬國風筝會、不日將在倭爾性地方試行、經舒顏卜艾二人製造演時、德俄等國公使派人察看、蓋各國現又以帋鳶于軍營中作暗號、以及探視敵軍也、紙鳶有能使線長逾三千尺且在空一點鐘不落者、會館備有銀牌以作獎勵云

初六日己丑晴風而爽、戌初攜孫女乘車赴藝植園茶會、入門繳帖、將入門見立八出電燈一出、各盈丈、式同寶星、門內一覽、大小燈光、肥紅瘦綠、散綺連珠、火樹琪花、陸離射目、不知幾千萬盞、乃正中甬路每隔數武以

竹竿支月門、高丈餘、滿繫花紙燈籠、如串珠、左右茂林、枝枝密挂五紅五綠玻璃燈、草地花畦水池石下、沿邊每尺列白玻璃燈一、樂兵四部、分列林中、部各三十餘人、斜五竹竿、懸紙燈環其坐、正面玻璃煖房內外滿然油燈及電燈、內別有樂兵一部、其鮮花與竹蕉棕椰類、各枝皆懸玻璃燈、房後長廊列鮮花千種、奇芬異色、多不識者、房左飯廳中長卓有大小銅鐘四十七、鐘各一音、四男二女十二手同時依調搖鐘、含霜應律、致可聽、廳外設卓椅支小傘、再前横設白布帳二、大者長逾五

七

丈、小者約四丈、帳中橫長卓、羅列茶食、酒食、冰乳、鮮果、各品、侍者男女約百餘人、男女老幼諸客往來如雲、子正還使館

初七日庚寅、晴暖、申初一刻、偕內人率白孥之與孫女乘車西南行十六七里、至柴勤溪區赴特拉發戛爾坊喀色蘭別墅、葛蕾太太家茶會、兼賽哈吧狗會、遇莫蕾夫婦及甘伯樂諸人、狗共四十餘、皆華産、毛別短長、色分白黑、草黃、絳黃、名皆華音、仿人姓氏、及哥哥、兄弟、姐姐、妹妹之稱、葛蕾由北京帶來一對、現已滋生至十六

條、馬一萬者、亦有大小六七條、八繞園中略一觀、即在樹下環坐喫酒小食、酉刻、辭謝、登車東行十餘里、轉至太木斯江畔、入古郎貝宮、赴倫敦大牧師達威森夫婦之茶會、此次下車、由園門步入、見牧師夫婦後、乃親引至宮樓下、請食、左右設大長桌二、左冰乳鮮果酒食、右加非茶水小食、宮前石闌外林中、坐樂兵一部、節節奏樂、在內來往步行、斯須走石堦、入宮、由書房大廳、轉至正門、乃下樓登車回館、其宮樓石砌式樣既古、而其中一切陳設油畫各物、樸素結實、亦皆古製初八日辛卯、晴熱、昨經官宦募施之資、已在坡滋茂斯海口、成水陸兵房一所、并有教堂、極爲壯觀、一切陳設器具牀榻簾幔各物、尚待募錢購備、于是阿巴呢侯夫人、色爾楚樸、教士阿林輩、在利貞街北眾魂教堂旁、假奎音堂小戲園設擺賣捨物會、于西七月初一二三三日開會、今日乃彼之初二日、半月以前、函請資助允否、聽便、錢財物件均可爲施、余函送綉花手帕二、摺筐二、荷包一對、挂鏡二、得復鳴謝、并請擇日往觀、以爲榮遂、于今日未刻、偕内人至會、楚樸夫婦迓入戲臺正面懸山水布畫臺上、陸續鼓吹、步兵及水軍六七名演槍刀、或二人舞劍擊刺、臺前三面以布間隔成室、售善人所施之物、金銀銅鐵玻璃瓷漆綢緞鮮花果品香水菸捲胰皂筐盒各物、巨細美劣不一、正向臺前坐日本畫師一人、名參香、用白緞繪羽族、奮筆一揮、飛鳴食宿無不逼真、且設色鮮明、運腕靈活、是圍後又以紅布截成大小屋間、別作一圍、陳列諸人所施兵房中必需之銅鐵瓷木布毡物類、牀榻被褥、盆罐盤盌、刀叉匙子、桌椅火鑪、弁洋琴、打球桌各物、樓上正面置玻璃高櫃一、內懸

公主與郡主所贈親筆美人畫兩幀、自縫紅緞白花幔
一分、左右賣茶酒小食亦皆他人所施、男傭女傭、亦為
助善、觀畢辭去、是會第一日午正開門、申初太子妃入
內游覽、入門票人五先、樓上坐觀人二先半、今日酉初
前之票價二先半、過此一先、聞明日皆一先矣、
初九日壬辰、晴、微暖、午後十一點二刻、偕內人攜孫女
坐車赴伯比闌第六十九號那歐布夫人家茶會、登樓
見正面支一小戲臺、後懸布畫一幅、寫景幽遠、畫前木
房假樹木凳石几、作山莊式、臺前百餘金椅分行、橫列

對面樂工一部十二人、分闋奏樂、坐閣子正一刻始演、
一女二男、皆三百年前歐洲東南界之古裝、約在輿土
希臘一帶、一男年近四十、富甲一鄉、頭纏花綢、戴金星
翠羽闊袖、毡氅緣邊、滿綴珠寶、指貫金珠戒指、脚着花
毡皁鞋、面黄髪紫、手攜錢囊、游至村舍、被青年男女各
一飲以鄉酒、巧言如簧、謟諛取容、是人醉迷、女先得其
戒指、男子尤巧佞、俾其錢囊一空、二人之裝束、赤足着
木屐、男着灰布襖、女着白衫、以紅綵繫肩背、下垂至袴、
演訖、衆齊鼓掌、主人贈鮮花一束以榮之、按此三人皆

法之優伶初到倫敦者、其名則扮游男者、戴龔薩丹、扮女郎者柯爾蔚、年與真者埒、惟扮幼男者實一老嫗、年近七十、日貝爾那法都、名優也、此一齣價六十鎊、計銀不下五百兩、亦不菲矣、看畢下樓、夜餐酒食甚豐、再上樓乃改跳舞、少坐謝歸、旋館已寅初、而鄰居第四十五號樓上仍燈燭輝煌、音樂鏗鏘、樓下車布成行、如綑斯窑蓋請跳舞會也、

初十日癸巳、晴涼、數十年來、英人創一種淨水、飲之益人、洋名埃蕾胎達倭特爾、是為涼水加炭酸、英人飲之

日多四十年前除人工不計其造水局僅四百零一至本年則增至一千七百五十六、十年前一年售一萬萬五千萬瓶、迨本年至五萬萬瓶、通國一年共出十六萬萬哈夫拼特、（英名小酒罇也）依人計之、通國男女老幼、一年合每人半哈夫拼特、或一大酒罇之四分之一、可謂善賈矣、

十一日甲午、晴涼如昨、現係西歷六月杪七月初、正地椹盛結、（又名草果）洋名司特洛貝里、是果艸種、續根據云、一年一棵可分生五十棵、次年加倍、至第三年至十二萬

五十棵後、兩年當其盛茂、每畝可得二三噸、至第四年、果少而小、殘而不旺矣、果之熟、在英蘭自西南而東北、先至倫敦者、係自西南角之寬倭府、最多處爲東南角堪特府之奧千比與酸蕾二郡、各時六七百畝、發賣行價本國產每斤一先半或二先、而西六月初旬由法國運來二百噸、分赴各城、每斤價僅三本士、所以然者、其果既小、味亦不純也、

十二日乙未、晴、自前四月初間、英君由義至法、後法總統盧貝卽擬擇日答拜、乃于今日來英、巳正一刻、英君

弟寬諾公與法國駐英公使參隨同乘火車赴都伍海口迎之、分列兵輪鋏甲兩行、各長二洋里半、由海岸至城中懸花結彩、遍挂英法國旗、長逾四洋里、午正、法總統駕圭琛兵輪及護送之敵水雷各船駛進都伍、英之什爾迺斯等小敵水雷船分排左右、迎入海口、進口時、各兵船聲礮二十一、兵皆列隊高聲歡祝、各船樂兵齊奏法國馬賽蕭斯軍樂慶賀之、逮圭琛船傍岸、敬向英旗聲礮二十一、即時岸上礮臺亦聲礮二十一答謝之、未初一刻、總統登岸、會寬諾公等、未正二刻登車即開

車亦特備、車內裝潢、式同御車、車頭新畫英法二國國
旗、交挾十字、以示和睦、申正三分、太子由瑪柏樓府馳
赴維克都里亞火車棧迎候、申正七分、英皇由卜靜宮
駛往、申正十五分、總統車到、彼處亦懸花結彩、修飾華
美整潔、下車、總統與英皇太子握手互叙寒暄、其隨總
統來者、文武官外、有法外部大臣戴喀賽、彼此引見畢、
英皇率太子及寬諾公陪乘宮車四輛、走格婁伍諾坊、
在喀的里街、賢瞿木斯街、入賢瞿木斯宮之尤爾克宮、
從數日前、此三大街左右、距數武各立一紅油杆、高約

二丈屆時橫繩繫小旗花朵沿途各樓亦懸花結綵并插英法國旗他大街小巷凡于三日內總統必經之路皆一如國君加冕時自車棧至老宮地鋪黄沙左右排兵舉槍對立車棧前又立紅衣護衛烏衣胡薩等兵數百鼓吹迎迓英皇著兵馬大帥紅服太子著頭等水師提督藍服法總統入宮少息于酉初乘車入卜靜宮拜英皇與后繼入瑪柏樓府拜太子與妃末至克拉蘭府拜寬諾公與公夫人酉初二刻在阿拉柏門法使館令法商會長等謁見戌正一刻總統率隨來文武各員入

卜静宫赴讌、入夜沿街各處懸燈、亦與國君加冕同鎮日各處馬步巡捕彈壓、男女如蟻、每見總統經過、無不齊聲歡呼、凡法人所設鋪店懸掛燈綵、尤華美、城西一帶、多法民僑居、因而放工、男女出街游覽、庇啥的里街、法人頗衆、因英接待法國民主、故巡捕當街多攔阻英民往來、而優待法人出入、于是凡男女之欲過街而能操法語、或自言係法人者、無不寬讓之、非法人而冒充得過者夥矣、入夜各茶園酒肆、法人男女之歡飲歌舞者至多十三日丙申、晴、辰正二刻、法總統至沙浮斯百里大街、觀法國醫院、巳初二刻、由彼至蘭喀斯特該得街拜法國女學教師、巳正一刻、回宮、午初二刻、接見各國公使、屆時余著官服、乘車往登樓、同衆頭二三等公使立成一圈、少間、盧貝從內間出、法使館參贊前引、一一指告某國公使、總統皆與之握手問候、見畢、轉入、衆亦下樓散去、午正一刻、總統由宮乘車赴倫敦極樂堂午酌、乃美爾請也、走帕麻街、倭特路、利貞街、至敖斯佛十字路、有霍勒貢馬立本兩區美爾向南搭一小臺、掛旗懸花總統過時、在臺向之朗誦陳詞、以表歡忱、接待、由此再走教斯佛街、豪樂班街、牛盞街、及克英街、午正三刻入極樂堂、堂中一切裝潢、無須瑣述、人計一千二百、大卓列作冂字形、正面上坐者、為美爾夫婦、法總統、英太子、太子妃寬諾公與夫人、克里堅王與妃、各國頭等公使、再則英法文武從官、食畢、互相舉酒祝頌、一番後、美爾立陳數語、總統亦立宣一段、大要謂、一謝美爾夫婦、再謝通城男女之優待、申初一刻、總統出極樂堂、走奎音巷、維克都里亞君主街、維克都里亞堤、馬兵護衛、街弁

馬步護衛校場、入宮少息、後拜克里堅王與妃絲衣娰
公主、及洛安侯等、又至堪興坦宮拜巴坦布王妃公主
碧阿帝娰、及格婁賽斯得爾宮拜王叔堪卜立地公成
和法總統在法使署請英皇晚膳、飯堂新建裝潢極華
麗、卓作冂字形、賓主計七十、英皇與總統外、為太子各
國頭等公使及法外部大臣等、其坐法盧貝居中、英皇
坐其右、太子坐其左、兩首為法外部大臣及其頭等公
使、盤碟叉匙皆金銀者、菜數色不外雞魚冰乳鮮果之
屬、食間奏天保國王樂、禮也、食畢舉酒互祝、夾初三刻、

英皇請總統在教佩喇戲園觀劇、陪往者、除英法兩國
文武大員外、亦祇各國頭等公使而已、今日凡國君與
盧貝所經之街衢閭巷、皆地鋪黃沙土、左右排兵、懸花
結綵、入夜滿然電燈、男女往來立無隙地、車輛馳驅隆
隆若雷

十四日丁酉、晴、巳初、盧貝乘車遊文悤宮、經阿蓋公導
觀各處、午初回法使館早餐、申刻、英皇在阿得翔校場
請盧貝閱兵、并柬請各國公使、備有專車、地在倫敦西
南距城二十七洋里、未正三刻、英皇與后率太子太子

妃等陪盧貝由維克都里亞車棧往、未正一刻、余偕內人率白厚之同他國公使參隨夫婦子女由倭特路車棧往、車行頗快、申初六分抵阿得翔村、備有雙馬敞車多輛、對坐可容八人、隨車皆有跟役、即時登車穿林過橋、河水清澄、花木叢茂、心為之爽、行七八里至校場、平地長方形、周廿餘里、前三面樹林陰翳、樓房點綴、馬步兵排立對面三里外、作橢圓形、星面中央木亭一、彩飾華美、亭後一白布帳房、前豎一大旗、一面英一面法、二旗合一、示兩國合心邦交、孔厚亭前左鄰相距箭地立

一半紅半白小旗、為兵官過時行禮處、各國公使至、皆
在亭左、梘車橫排一行、車前設列木椅、或坐車上、或坐
木椅、各處皆有兵弁彈壓照料、且有絨繩限人、觀者不
得混雜、亭左右與後、男女觀者數千、英法新聞紙局使
十數人、法之虛素在焉、詳大述奇、或執紙筆、或執照象鏡、隨
時寫照無暇晷、皆立眾公使之左、中隔一繩、少待、忽前
面軍中聲徽、十二英君諸人已抵車棧矣、申初二刻、英
皇率太子與寬諾公并他二三大員乘馬先行、皇后太
子妃與盧貝乘車在後、自右邊行至亭前、即時對面兵

隊鼓吹奏法樂亦禮也君率从過亭左緩行轉自軍隊
之右首隨行閱看至其左首再行回轉亭前下馬下車
齊坐亭上繼自軍隊右首之兵沿場邊向亭左緩步繞
來先過紅衣馬隊樂兵一班至亭前立對面一箭之地
外隊伍隨過隨鼓吹奏法之兵樂以榮之每到亭左邊
竪紅白小旗處兵官喊號其執刀者立起刀尖向上先
向右直伸再轉至左肩撤回對鼻一立而後下垂刀尖
向地以為禮第一過馬軍礮隊護衛胡薩馬隊鏊鏟先
鋒再過礮營三隊隨營便用扁舟活橋六車隨營電線

十車、乘馬步軍一營、紅十字醫病軍一隊、隨有紅十字白布棚大車四輛、雙馬拉大琵琶桶一個、後過烏衣馬兵礮隊一營、馬隊過畢、其樂兵一班、即移隨於後而去、繼而數營步隊之樂兵、共二百餘、齊前立于馬隊樂兵原立之處、按班分奏、後則步隊陸續經過、亦由左而右、末又馬隊一營飛馳而過、統計共過武官六百九十八員、兵一萬五千三百三名、馬三千六百四十五匹、礮一百二十門、一切鮮明整齊、槍刀閃爍、人皆驍勇、馬皆烏騅、其彈壓各處者、武巡捕官一員、兵一百一十六、馬兵

五十一、馬隊武官二十三、兵五百四十二、馬二百九十、礮隊武官二員、兵四百七十六、前鋒營官一員、兵一百五十、步營官十六員、兵六百八十九名。又馬步兵亦有太子與寬諾公帶領者，亦各著戎服，隨隊前引，至小旗前舉刀行禮，與他員同。過畢，時已酉正一刻。英君等下亭，入布帳小食，後登車馳去。余等及各國公使、男女亦皆登車，經馬隊武官引行四里許，至一鄉村，樂堂外點白帘一條，上書專備各國公使。木房無樓，亦頗宏敞淨潔，四面花木分畦，甚覺幽雅。入內立飲加非，食糕點。後

登馬車、再行約四里、至火車棧、戌初登車、即開行、三刻

五分到倭特路火車棧、換坐馬車、回使館、酉正三刻、藍

侯夫婦請法總統在渠家晚酌、陪客為各國頭等公使

夫婦及英法文武大員、共八十人、橫一長桌、華麗豐饒

與前同、亥正二刻、在卜靜宮中設跳舞會、屆時、余偕內

人乘車進宮、入座、待至子初、盧貝扶君后、君扶太子妃、

并太子寬諾公、堪卜立址公等、夫婦及他王公郡主夫

人依序入而登臺、盧正中坐、后右君左、從人男立女坐

于後、堂中人數約二千、對面樓上樂工奏天保國王、繼

則節節奏樂、共跳五場、第一第四兩場為戛達立、其他三場為瓦勒、自第一場、四面男女三十二、中所識者為英皇皇后、太子、太子妃、寬諾公夫婦、皇叔堪卜立址公夫婦、及他國頭等公使夫婦六七人、餘未識、丑初跳畢、樂奏天保國王、齊入飯堂、茶酒小食、食畢有仍入大堂跳舞者、有即去者、余偕內人下樓登車、丑正二刻回使館、

十五日戊戌晴、辰正十五分、法總統盧貝由賢猩木斯宮啟程至維克都里亞火車棧、登車即開、赴戛當海口

駕船回國、英廷派官護送、盧貝者法南肖芒台里瑪城
人、年六十三、母年近九十、依然鄉居艸舍、牧養牛羊雞
鴨、畜蠶繅絲以自娛、英法鄰邦、中隔一水、雖各懷虎視
之心、而勢力相敵、因之不念舊仇、以時事為要、唇齒相
依、不似他國之縱橫自任也、兩國之主、往來雖出本心、
實由民使、蓋英君于未即位前數十年間、寄跡於官民
之中、洞悉一切、故此去彼來、人民歡迓異常也、
十六日己亥、晴、熱、倫敦製造車轆會、定於今日戌刻、偕
地在綫針閣、成衣行會館、設宴恭請倫敦新舊美爾及

他文武世爵紳商共人一百三十、半月前、具柬來請屈
時余乘車至、入見其首領伊臘木等、其樓極古、蓋此兩
會皆開於數百年前也、飯廳亦高大、長桌作冂形、首領
坐于正面中央、余坐其右、現任美爾坐其左、對面樓上
奏樂、桌上滿列粉色玫瑰、芬芳馥郁、酒既清、肴既馨、食
畢、首領率衆舉酒、先祝國君之福、樂奏天保國王、少坐
再祝君后太子太子妃及他王族之福、樂奏天佑君后、
繼而彼此互祝、祝通國水陸兵卒、祝上下議院、祝美爾、
祝局外各客、客祝本會首領等、本會又祝成衣會中各

人、此後奉各人菸捲一匣、請衆吸烟、移時多人演説、另有五男一女、女名卜爾葳、男名貝迺迹、立祁四卜魯克柯阿柏、每一人演説後、則一男或女歌一曲、以閒之、至子初一刻、演説歌唱畢、齊入他間、各飲加非一杯、謝辭去、此又至道甯巷第十一號、赴戶部大臣李齊夫人家茶會、男女擁擠極多、在上見畢主人、即轉入旁間、下樓登車、旋使館、

十七日庚子、晴、頗熱鬧、前日自辰初、在維克都里亞火車棧、一切妥備、懸花結彩、馬步兵隊排列、男女如雲、辰

正十分、英皇著兵馬大帥戎服至既盧貝亦至樂兵特
奏法兵樂以接待之彼此握手對敘寒暄、繼盧貝向英
皇太子公侯等握手謝別、登車即開駐英法公使陪送、
已正抵都伍海口登圭琛兵輪、駛回戛當隨行有英國
敝水雷船薩拉曼護送、當法總統到都伍未上船先發
電致謝英皇云將離英土、先電數言以舒感謝陛下并
王室諸公諸夫人優待之誠、心并謝貴國與法和合、視
法為友云云英皇即電荅云適奉来電深動我心、知尊
駕辱臨敝邑、中意歡悅、幸甚樂甚、予誠願我兩國續加

和好、得用永存、
十八日辛丑、晴、入夜雨、中國少婦有娠、禁忌頗多、期至
六月、即不出門、其貧苦不得已出門者、設産于他處、則
謂與所産之處為不祥、産婦亦屬無恥、且恐婦或受寒、
有性命憂、蓋中國婦女不恒於土地步行、蹐多弱也、乃
聞印度會場之埃及村內、一少婦名伊拉新者邀遊之
際、忽産一女、且以君后之名阿來三德亞名之、以為榮、
母乃此亦尊其君后之意歟、
十九日壬寅、天晴而爽、申正二刻、余偕內人率孫女乘

車西南行八九里、至柴斯特爾坊第七號、赴外部總辦辛智夫婦家茶會、地為三面樓房、中一小公花園、辛借用之、樹下羅木椅數十、正面坐三義大里人、二女一男、皆鄉裝、男則紅褲白衫黑背心、女皆紅襪短裙白汗衫、頭挽小髻、插以金簪花朵若許、二人彈琵琶、一女手敲八角鼓、隨歌而舞、少坐、出園入其樓居飯廳、各飲加非一盃而回、

二十日癸卯、晴、英人產業或莊田、或獵田、獵田大幅山林湖水、蓄養魚鹿山雞野貓之屬、以供春秋之用、現夏

末秋初、多人往漁獵、更有戚友互請前往、留連多日者。據云田主每季可獲五六百鎊、合銀不下五千、田須隨時修理、魚鹿衛護、則買種以孳之、山雞少亦買卵使家禽孵之、待能自飲啄、放入山林、冀種類蕃衍、以供衆需、

二十一日甲辰晴。按者爾布夫人于本年計請茶會者四、五月二十五日、本月初三、初十及今日也。客均樂從、次與會亦有僅赴一兩次。余因天熱事繁、於今日始一赴。申初偕內人帶榮驥與孫女乘車至數斯特爾里園、登樓見者夫婦後、即請坐用茶及小食。路遠故也。食畢、

出後門、下石堦、小步樹林花畦間、片刻、繼與男女客坐
談、者公之女者美嫣、忽至、乃以手帕疊人物與孫女看、
復剪紙作卓椅人馬各物、主客嬉戲洽甚、酉初、步回高
樓再飲香賓一杯、出樓登車、戌初回使館、
二十二日乙巳、陰、細雨陣陣、頗涼、時正地椹熟、佐酒必
以之、鮮果盛以小盤、久而味淡、欲使其味鮮而悅口、遂
擇棵小果多者、植諸彩盆、盆如客數、隨飲自摘、味既濃
且知其確非來自法國者、又一法、取一琵琶酒桶、周圍
鑽孔、每孔周約三寸、桶滿盛土、按孔嵌一棵、桶箍四圈、

三一四

上下二箍各鑽六孔、中二箍較寬、可鑽八孔、上下錯置、枝葉叢生、桶蓋四圍亦可鑽嵌、六棵是果、可由六月結至冬月、紅綠纍纍可觀、鄉間之摘是果多婦女、一斗工價二三四本士不一、肥土植得法者、一棵可得實二斤、是一桶、雖云抗物、亦可得四十餘斤也、

二十三日丙午晴、英人前爭南斐洲馬匹之運往者、率皆轟斃熱死、僅丁字第三十六號一匹、載回昨經君后賜以寶星、慶其長生、每次操馬、繫寶星隨樂兵前引、以為榮、人詢以馬為榮矣、然馬非應得寶星者也、鸛乘軒

國人皆曰使鶴、英君后惡乎知之、
二十四日丁未、寅初大雨雷、午初微晴、申刻復雷雨交
加一陣、仍陰、西人多以創造新物新法使人有益或省
工致富者、聞有美人貴樂爾因犯夜竊之罪收監、非重
罪、監內來往不禁、乃于監牢成衣鋪中創一法、能使機
器縫物、針線往来無異人工、洋名卜賴因洛克司的池、
義乃暗鎖縫也、值限滿出監、遂將此法賣與英國一萬
五千鎊、領有執照、禁止他國之人仿造、
二十五日戊申、陰、聞有英蘭團屯地方之老媼馬爾樂

者、現年九十三、仍于每禮拜日入義學肄業、數日前謹
奉君后一自做之茶壺煖照、昨經君后命媳婦諾臘黛
代書答謝、云奉皇后諭、致謝所呈之煖照、按未經晤面
之人呈進之物、例不應收受、然以馬氏之上壽饋送之
誠心、姑破格存留、今并回賜國君加冕之茶杯及碟一
分、用作記念、示不忘盛典云云、
二十六日己酉、陰涼如昨、英君與后定于今日啟程往
幸愛爾蘭、午正由本使館經過、坐四馬敞車赴尤斯敦
火車棧、屆時沿街左右排立男女老幼、各家亦開窗眺

望巡捕並各道口止車輛往來先過二乘馬巡捕、末則
又二巡捕並行前引再二護衛執槍後為國君親兵一
隊皆紅衣者過時男女齊聲歡呼賀來賀來賀來者英
言喜聲也未初車開西北行三百三十英里酉正一刻
抵蘇里檻海口即上兵輪國君在上筵宴隨从各員及
船主等、
二十七日庚戌晴微暖西人先財物而後倫常親族戚
友既析及錙銖而夫妻父子亦如之故諸事必彼此先
將財物交清始論戚友人情曾叔吾之岳母素以教讀

搭爨為業（叔吾之得娶其女本此）。隨員聯瑞亭治于今春到伊家習英話，每禮拜學費若干（西國不論師生而以教讀為生涯故不曰束脩）。定例：學生欲辭而去者，必于七日前豫告，俾得於此六日間別招他人補其學額。瑞亭因晚告一日，仍堅索一禮拜學費。此其待所疏者如旅客，猶之可也。曾叔吾之長子，於彼為至戚，肆業其家，搭爨住小屋一間，陳設器皿皆自備者，每月錢若干。前日忽令其移住下層大間，之喜甚。迨移下時，每月多索一鎊，殊出意外，遂謂移下非其本願，實老太婆之言也。太婆無法，復令遷回。蓋西俗

子稱繼母曰某太太、繼母視前生之子、亦等之友朋鄰
居矣、至繼母之母之視前生外孫、更不必言矣、故此次
曾少君雖稱繼母曰媽媽、稱繼母之母曰外婆、亦是枉
然、
二十八日辛亥、晴、微風、涼、聞英皇所駕之維克都里亞
阿拉柏兵輪、於昨早卯初展輪、巳初抵愛爾蘭東界之
慶斯墟海口、午初登岸、官民迎送、一切禮節無須繁述、
惟地方官有祝詞數語、國君答云、謝爾忠言、同以誠心
歡迎皇后與朕、既懷念前者未即位之來游、更不忘今

日加冕後之再幸、敘及先母老君主之末年到此、使朕不勝有感、羅馬教皇病篤、爲日已久、不意今日駕崩、竟使民心浩歎、而朕心更有所感、因前至羅馬頗蒙教皇優待、且以仁心視我英民、無論如何、惟望今後景象昇平、人民厚福、永獲利益、子孫連綿云云（所以敘及教皇者、談島人皆天主教）言畢、乘馬車入都會德布林、在衛斯蕾夏鷹所少息、復乘車馳赴德布林行宮、入帕特里克堂、設朗會、文武千餘、申刻始畢、繼而君后親赴阿來三德亞女學院、獎賞列入超等諸生、未入門、男女千百高聲歡呼、既入門衆女生復齊歌曰天保國王與后、恭祝長生萬壽、今朝幸臨此島歡迓人民老幼、我后含笑兮慈顔福厚、萬民同心兮我后天佑、我本王民我名王授、公主同來美容俊秀天保我后兮處心同奏、又是日通城禁止出殯、是又見吾人謂西人不以喪事爲不祥等説亦謬矣。至今日英君與后係往賀喜百年武備學堂、及在佛佑呢閣中閱兵、晚與寬諾公等共餐于吉芙汗醫院、一切無甚奇异、故不述。

二十九日壬子、鎮日陰晴、細雨不定、入夜大雨、聞數日前、有某婦攜其七個月之女孩并女僕坐火車赴某處、中途誤將解扣小針墜孩喉、急延該地醫生二三、抽取不得、遂雇專車一輛、馳回倫敦、計程四百英里、車價二百鎊、都門醫院乃于二分之工即行取出云、又瓦爾達夫婦生子六歲、因屢次揪髮棍打、昨經鄰居執棍報官、瓦爾達供云所以竭力管束者、冀其成人而備國家使用、官謂人家生子女者多矣、未聞有如是教養者、因而判定瓦爾達收監四個月做苦工、其妻收監一個月、或罰二鎊、以警將來、

六月

初一日癸卯晴、西國間有由請茶會而聚賭者、法為尤甚、向以卓上打硼挪球等為賭具、今復改與卓上賽汽車為玩物、且輸贏為數頗鉅、更須玩賭人心目之力並用、其具係木卓作長方形、卓面分三大道、號以一二三、各分三節、另號由一至九、當中者邊左右者各一首臨卓邊、式作田形、一首為開車處、一首為得彩處、該處立一小木房、稱為察斷官站立所、房左立一木人為察斷官、沿道處處雜立木雕之小人巡捕、雞犬猪羊及小樹

三七七

等若許、鬧車處横排古米小汽車九輛、各車顔色不同、號碼由一至九、亦各不同、賭者九人、正面高處另坐二人監視、隨時以筆記錄之、將賭時、各人先置若干方於一盤內、為彩頭、然九車一排、當中五輛馳驅不易騁悶沿道所立之雜物、如雞牛等、而左右四輛走之較便、故凡作四車主人者、又須較他五車之主人多出百分之二五、玩者各執一竹簽、長約五寸、用以隨時隨地撥弄已車、以使騁避沿途所立之物、按其賭規、乃監視之人呼曰走、則九車轉棙、齊鬧、隨行有碰倒段道號碼者、視距得彩處之遠近遠者少近者多罰項亦由一路義至九路義（法金錢名）不等碰倒一雞或樹臨近立有一男或女者罰一方附近無人則不罰豬犬皆二方牛則三方臨近立無人亦皆不罰撞倒木人罰四方巡捕罰五方誤撥他人之車罰十方歸被撥車之主人兩車對撞則齊革除并各罰十方其車之業經馳進彩場而誤碰倒木房罰五十方若碰倒察斷官反受賀由他八人各奉十方人房齊倒則無賀亦無罰以上各罰項皆隨時擲入盤中監視者一一記載完時共計若干以付勝者場中

禁止請主入份以防私弊云、

初二日甲寅晴、閑英 于前早巳初乘火車東北行百餘洋里、申初抵牛頭那城（地在愛爾蘭東北界近海）、當君與后未出宮時、佛術呢國幼童雛女一萬八千分立路兩旁、六千名係由學館傳來、衣履整齊、餘一萬二千皆來自窮僻閭巷、衣之整潔襤褸未能一律、在國君與后必皆一律視之、宮車過時、馬隊前引、後護樂工齊奏天保國王、眾童高聲歡祝、喉幾啞、國君與后皆向之含笑點首、卑行抵北路、大車棧有男女孩二、赤足敝衣、同奉君后鮮花一束、乃菊蓮與酷將闊草、洋名沙木洛、為愛邦之表記各少許、捆以藍繩、此英國旗之藍色、主愛爾蘭、故用此花、此繩意指此花係由愛人所奉也君后笑而納之君與后到牛頭那時、經倫敦得里侯即前又五月初二日請茶會者備車迎至恭斯甲別墅、乃倫侯之本籍住所也、又昨日英君諭令隨行武官文達穆代書致鎮守愛爾蘭大提督杜達理公云、今奉君諭、謂將離此城、請貴公爵轉告德城眾民、以國君與后住留多日、深感眾民忠心戀慕之情、每日所遇、自當永懷不忘、各人聰敏勤奮、必賴上天同賜以福而護佑云云、英皇并賞通城苦民千鎊以劑

四二

之、

初三日乙卯晴西人奇才異能及新創得用之物咸欲

與人賽而得彩以為榮雖耗鉅款不顧也掛現公擬在

愛爾蘭之都會開賽汽車曰郭敦貝會其汽機敦貝所

創也各車行往賽者人工器具材料皆須運往所費不

貲大凡所備專用之汽車值二千五百鎊由倫敦運至

德布林往返車船費十七鎊十四先又備操練汽車一

輛亦需十七鎊十四先在彼試演多次約費二十五鎊

半付賽場公費五十鎊會中應用之新衣各等八十鎊

備用額外之管筒十二鎊試練八天之工藝費二十八鎊共計二千七百三十鎊零八先每人車船路費除每日膳所飲食諸費不在內亦須一百二十鎊此外仍有許多散費不能預計也以上所計之費係指主人之自行駛車者若別雇他人工價亦當不菲會規輸者當贈贏者駛車之人汽車一輛以嘉其能否則贈三四千鎊亦可贏者車主亦須贈其駛車之人百鎊贏者固有餘而輸者乃真不足矣且各車至少須用五十人自立一廠存備器具材料備隨時修補并日用之石油滑油淨

水等物若許，各廠立其本行旗幟，所雇之數十人專備
賽時灌油傾水，各知所司，不得錯亂遲延。是廠所費亦
須四千鎊云。
初四日丙辰，陰。西國每設一會，如賽馬、賽船，其地則聚
人並集錢，錢隨人往，土民獲利甚厚。汽車賽會，如之前
已述。及然亦有有汽車而不賽者，亦攜車至斯。此次男
女之赴德布林約二千人，在彼勾留四五日者約一千，
其餘或十一二日。蓋會畢尚有爬山、跑園各會，雖非賭
賽，亦各逞其能，所費在四五萬鎊之間。又有專看會者

千餘人、住無多日、所費僅各人十鎊、統計及萬餘鎊、本
國及他國新聞紙局人三四百、每人費約十五六鎊、計
共亦五六千鎊、以故彼處大小賈人少有不獲利者、各
國多願有賽會、用以裕民、職此之由、西國汽車始自西
麻一千八百九十四年、（即光緒二十年）其時僅一點鐘行十二
洋里、馬力四、繼而逐年加增、至今則一點鐘行六十五
洋里、馬力已達九十系、
初五日丁巳、陰、細雨陣陣、羅馬教皇李尤第十三、前于
二十七日酉正一刻、去世、年九十四、義都今日唪經送

葬、倫敦天主教大主教、洋稱阿赤比刷教衛斯敏斯得亦于今日午初、在布朗屯路之教拉托里教堂中誦經行彌撒禮、（此禮惟天主教教堂行之、不僅因殯、雖每禮拜日早亦以水洒香薰十字架以祈禱之）并柬請各國公使及皇叔堪卜立址公輩聽經弔唁。余率白厚之素服乘車至。見北鄙臺上正面橫石卓中供十字、左右然長三尺者白燭六、臺前階下以木闌作方圍、中心方木臺一、高盈尺、罩以青呢、臺上以木凳支虛柩、被以紫絨金十字罩、高約八尺、首向北、上加一淺綠色皇冕、橫三銀箍、形似罐、徑尺餘。遙望如瓷、臺上四角立四高燭、連燭奴高逾九尺、臺下欄內四角、置四方木鑿罩以黑毡、盤後各立高燭一、連燭奴高逾丈、由堂門至方臺前中闢直路、左右横設層層長凳、容人一千、方臺左右遂層列木椅、亦容人數百、皇叔及各國頭等公使坐臺右第一排、二等公使坐臺左第一排、凡帶妻女者皆坐第二三排、先是樓上鼓琴一陣、繼由臺右門內來沙彌百名、按對登臺、分立左右、八十名前立、各着黑衫白短褂、後立四十、于短白褂上罩絨紅、絨紫三角背心各二十、石卓前偏左置一椅、大主教至、戴尖子形白

緞冠、高盈尺、身著白衫、外披紫綢氅、背後金絲寬寸許、
作⊡形、後隨三弟子、各著黑衫、披紫氅、金絲作冂形者
二、作冊形者一、沙彌及弟子皆戴絨頂黑方巾、又方圍
外向經臺立、紅衫黑褂者六、不知何司、大主教登臺後
坐椅上、樓上鼓琴歌詩、主教誦經、相間主教忽立忽跪、
忽免冠忽濯手、沙彌各秉燭、一長約二尺、忽然忽熄、意
其皆爲祝教皇昇天也、通堂燭皆深黃色、亦不知與白
燭有何分別也、復自旁門先來三教徒、一舉金十字、二
各秉一燭、排立於方圍南正中、既四副主教洋稱比羽

者來、分坐四角木凳上、皆戴絨頂黑方巾、著白衫、披紫綢氅、金絲作口形者三、而披紫絨氅、金絲口形內加花字者一、不知何品級、何以區別也、坐後由經臺上來二沙彌、一提香鑪、一捧聖水瓶、二弟子一舉經本、一指引一切用、請四副主教行彌撒禮、大主教同時下臺、於靈後坐、由右而左、各副主教依次行之、末則大主教行之、行畢、主教等按對退入旁門、繼而皇叔先行、各國頭二等公使次之、其他男女則又次之、出門登車時已未正、考其行禮、一弟子先雙手舉經至主教前、主教乃讀曰嗚呼哀哉、終年矣、讀畢、一沙彌奉上水匙、主教舉匙向靈左靈右各揮洒三次、又誦經一節、别一沙彌奉爐提鑪、主教又接向靈之左右揮薰之、揮數與水同、此主教由他主教前經過、乃向之一鞠躬、他主教亦為之免冠答禮、由金十字前過、主教亦一鞠躬、而弟子沙彌則行跪禮焉、

初六日戊午、陰雨陣陣、涼、京中小綹亦有師徒倫敦亦然、係誘幼童教以剪偷、各沾其師隨地以變戲法為名、或演他技、引人觀之、趁其專視、得以竊取、昨在克堪衞

地方、師徒二人被捉、師名畢池義、徒年十三、名馬克斯
官判畢池義五年監作苦工、馬克斯送入改革學堂。或
謂此類人之授受、所在本使館之北尤斯敦街一帶甚
多、其鄰因無確據、不能告官。
初七日己未、陰冷、英都招帖各紙、禁貼牆壁、店鋪之大
者或登新報、或雇用肩負木片之人、述詳奇見四、其小鋪、印
小帖、使鋪夥或雇貧孩、沿街逢人遞給、行人或接與否
接閱畢旋棄之、頗有五彩紙帖飄于街市、昨經新舊二
城廵方官、新定禁例、不准棄招帖及各字片於途、必須

袖回寓所，戲別房內擲於紙筐。

初八日庚申，陰。申初，曾叔吾之妻柏氏坐日本國船回華。西人以膽千名礜用較弱强，雖其國君亦復爾爾。如義王與后乘汽車，意在急驅，誤觸樹梃，王后受傷。計各國火車平日每一點鐘皆行二三十洋里，而英皇令一點鐘行五十洋里。其老君主維克都里亞三十五洋里，德皇六十洋里。至英太子衛拉斯王竟欲一點鐘行八十二洋里。

初九日辛酉，陰。英俗，凡創排新戲，第一日出臺，則園主戲班頭、柬請貴客往觀、以為榮。伶人喀特來新排一齣名埃木里（幼女名也），今日戌正在司特蘭街阿代勒扉戲園初演。已經艾拉木太太代函請觀，備有包箱，屆時余偕內人帶榮驥與孫女乘車至園，容人千餘。戲分四節，其文為船戶貝高第之姪女埃木里，原允配水手哈木。後被紈袴少年司悌佛拐去，攜游法、比。司悌佛始戀其美，既憎其貧，終則棄之倫敦馬爾薩小店中。自貝高第失埃木里，急至巴里諸處追尋未獲，後至倫敦訪得，仍嫁哈木。副駛船他往，遇風雷電交作，波濤怒捲，水聲淜湃，倏見一船撞石、貝欲拯之、哈木力阻而自往、貝及女隔窗望外、見哈木之頂時滅時露、致貝衆忽跪泣忽驚喜、救來一人、昇以布兜、審之則誘埃木里之司悌佛也、觸石創重、氣息僅屬、微述數語而斃、遂拋海中、葬諸魚腹、泰西不談報應、司悌佛觸險恰被哈木援出而死、豈非天乎、通場說白不唱、每節男女客盡鳴掌以讚、演將畢、嗒特來得戚友賀電百餘、蓋嗒既屬班頭、又扮貝高第、衆賀其有成、今後可日日出演也、戲散後、埃拉木夫婦請在嗒爾屯大飯館夜餐、僅余一人往、食畢謝歸、

初十日壬戌，鎮日陰晴不定，入夜驟雨一陣。德國西南
界盛坦堡省之堪斯達村，有莫爾賽製造汽車廠。廠大
而工精，可為泰西巨擘。前于五月十五日（西六月初十日）丑正
火，房雖高廣，乃十年前之賽會場，諸凡鉄木工料，麻而
且存煤油若許，一經火起，概成灰燼。水會至，人不勝火，
惟竭力保護廠外各房，然仍有救保不及，盡全焚燬
爛強半者，計八所，迨寅初，各箱煤油轟裂，一條火龍擊
空，聲震如雷。計焚燬汽車百輛，竣工者三十輛，未成者
六十餘輛，合金鎊一十二萬五千，內有他人定做擬在

賽場奪金盌彩者、鬪其馳前爭勝者得此贈直二千五百磅、不僅此也、一切木式紙圖亦皆灰去、轉瞬間、大工停止、而四百五十匠役、亦皆倏爾游閒矣、外國製造局無不高閣所用不外機器火鑪、故其牆門樓梯樓板多用融鐵而成、防祝融也、

卷七終

清末民初文獻叢刊

八述奇

（第三册）

［清］張德彝　撰

朝華出版社
BLOSSOM PRESS

八述奇卷八

鐵嶺張德彝在初隨筆　潘士魁校

光緒二十九年六月十一日癸亥，晴暖。英人好名利，而居家飲食雖豪富朱門，日兩餐，永不外乎牛羊番薯麪包加非。樓房陳設竭力裝潢，出門衣必美，且都婦女奢華尤甚。觀劇必如千鎊之包箱，晚餐于外必著名之大飯館，且觀劇竟又必大飯館一餐，務其富也。無論所食實直若干否，得在萬盞電燈之大庭廣衆中飲食，須臾則足張其富矣。如前晚同埃拉木夫婦所赴之喀爾屯店、華麗稱倫敦第一、玻璃大廳燈光瑩澈、陸離、卓椅華美、遍列鮮花、其他前已敘及、所食先乃每人甜瓜一出、土人醃鹽繼、俄羅斯蘿蔔絲湯、每人一盤、加以小方出牛肉鹹、過於鹽再則白煮魚一出、淡而無味、第四為白煮雞加飯、飯未熟、嚼之格齒、作聲、末則蜜煮桃、味尚好而涼似冰、即此五味、每人六先、合銀二兩五錢、香賓酒直尚在外也、

十二日甲子、陰晴不定、微風、涼、英國一種自製冰糖、名代麻拉喇、色微黃、造以蔗、味甘而價昂、英人多好用之

詞加非飲、產自南美洲北界臨海英屬地吉阿那地方之代麻拉喇城、故名近數年間德法兩國販来一種糖名黄水晶、色味皆比於代麻拉喇價極廉、英貧人多用之以代白糖、白糖本賤於蔗糖、是糖尤賤於白糖、且較在各本國之價亦倍賤、人咸疑爲昨有卜萊珂者養蜂釀蜜、向皆飼以蔗糖、偶以德法販來者試之、竟推出不食異之、卜頗明化學、以法分試、始悉是爲紅蘿蔔根造、確非蔗造、遂曰蜂之知覺十倍我英民、竟不能爲奸商所騙云、十三日乙丑、微陰、倫敦通城內外、向皆煤氣燈、數年前添電氣燈、只于諸緊要十字街中、高然一盞而已、現闊路長衢、皆改電燈、其光瑩澈、與煤氣者直相埒、而尤省、蓋電燈一、足敵數煤氣燈之明、每街無須多盞也、其製各不同、燈力亦不一、即如諾僧布蘭大街者、每燈足五百九十白油燭之力、一年費合三十鎊、格婁伍諾區者足燭力五百七十六、每燈一年費約二十二鎊、白堂大街之色格行者、足燭力三百一十一、每燈一年費須十八鎊、四季然燈時刻之多寡不同、約計每燈一年然

須三千九百四十點鐘、通城之費可知矣、

十四日丙寅晴、暖、羅馬教皇在羅馬勢同一國、向有兩宮、一名瓦堤堪、一名圭里那、瓦堤堪極高大、或云為天下第一、上下屋共三萬間、梯門四百、每梯千級、四壁彩石甃梯、皆白玉層工、頗精美、他宮小式、比他國之王宮教皇有衙署官員兵弁、經費多由法義兩國供給、按年各出若干萬金、且兵卒護守、亦由法國派往、三十年前德法鑾兵、見三洮奇法撤兵回巴里、義王乘勢驅兵入羅馬向教皇奪收羅馬并圭里那宮、改為義國之都會、王亦

後住新宮、乃賓教皇於乱堤、堪隨割附近之地與之、如
封邑。教皇勢遂弱、且自謂如囚圄、誓不出宮、義廷雖
仍照數供給、貴教皇不納、讐視之。前教皇李尤第十三、
義大里人、善詩、能臘典文、其病革時、尚索筆吟詩、且囑
即交印書處刷印（宮中設此以印經文）、以觀其句讀錯否。教皇
之下、其品高位尊、而稱喀的那者七十二、（華稱紅衣主教、因披紅氅）
也。為之輔、間派駐他國為公使、按其規、凡教皇病篤、自
視難愈、遂于此七十二人中擇其一派為代理、銜稱曰
喀麻闌勾、其他在外者、亦皆調回、備教皇逝、公舉而繼

三

其位、敎皇故後、所派代理之人、偕衆以小銀椎輕擊尸額者三、問曰李尤第十三尚在乎、再擊三次、改呼其本名、問曰亞木貝七尚在乎、于是齊聲宣衆曰、敎皇無語敎皇遊矣、逮葬後、七十二人者聚議、互舉其一以作敎皇、向在圭里那宮中、此次改在瓦堤堪擇一樓、僅留一門、官把守之、以便送進飲食、其他門窗、咸用甎泥填塞、用防內外傳遞交言、此七十二人者（此次因有患病僅七十人）每日互示所欲薦舉之人名帖、兩次、一巳正、一申正、屆時各由巳住之樓間、入中堂、各出欲舉六十九人中一人之名、又必經六十九中三分之二書舉、方為合例、第一日已刻、被舉名數無合例者、均擲鑪中焚之、申正再會、若仍無合例數、則改於次日巳正、必待合例而後已、間有遲至十餘日者、自封宮門後、宮之前賢皮特婁坊一帶、男女朝夕擁觀、欲先知教皇者誰、充立而仰望樓之烟筒、每當午初及酉初、烟筒中紙灰飛出、知其議未成、若無烟、乃齊呼曰定矣、蓋合例則不焚、用以示眾、又各人書舉帖、僅書欲舉者之名、而不書己名、是舉定後、而被舉者亦不知六十九人中疇所舉、此次只三日而舉定乃喀的那薩爾投現年六十有八、初次舉其人者僅六至第六次、增至五十、其數已逾三分之二、前日即位、號曰皮歐第十伊、亦義大里人、向與義廷無恨、今後將必和睦如初、此一節、非英事、原不必記、然其在歐而遠離彼地、及教之規俗、吾人亦須知之、且其事亦與英有干涉、蓋各喀的那非皆羅馬人也、凡英法奧美比瑞等國之同教者、皆有之、故各國多願本國人之充喀的那者被選云、

十五日丁卯、晴暖、英之按字機、洋名太晉來丁、創自六

年前彼時用者無多現則官署富室及略大之行店皆用之各女學館均別設一房專教按機寫字之藝因女子心靜且女流多無業者使習此藉以博衣食也聞諸晚學堂稟請英學部加添機器一百十三分共四百六十三分學成者每一分之工可印寫四十個話現有由技藝會商部領有學業憑單者一千七百名西規凡肄專門學領有憑單始為卒業他人乃雇用之不則謂其學未精也有女學館名皮特曼現幼女二千八百學成已有二萬名皆被人雇用工價每七日十五先令三

百鎊一年、在利貞街北首之普台呢學堂、見六述奇亦教有
女生一百六十、現倫敦通城雇用太晉斯按字衍也者五千
三百五十九處。
十六日戊辰晴熱、京中車夫止贏馬步曰迂、趣之走曰
倭和、倭和　國語名意謂路有名宜努力也、迂字未解、
倫敦車夫其御人坐車者有鞭不用、行止皆以韁不作
聲、而馬不失其馳、惟貨車及各大車與起糞土者、止馬
步曰倭和、走曰迂、
十七日己巳晴暖、見前日西八月初七日倫敦日報、洋名代里

美拉者內有歐人固粗無禮一則云夫歐雅兩洲之風土今後彼此所知益多歐人更當知酬酢之禮不可忽而謙讓之風亦治國者所宜講也歐人於行止間未能悉合每強為謙遜雅人見之不惟意有未愜且重其鄙視之心歐人舉止自雅人視之幾如鄙野村夫雅人往來無論所交者為敵體為分位較尊者要無不雍容相讓而此雍容之度歐人絕少歐人之鄙薄雅人亦與上社歐人鄙薄下社歐人同是以周旋之間歐人一舉一動易啟雅人厭憎之心然此僅就小者言之也自雅人

所見者而論之、凡歐人之可以彬彬自詡者、不難更僕數、而此之彬彬自詡者、其風雅之度、又只見之于相交之初、至久又恐野蠻矣、禮文一節、東西意見不同、隨處可考、歐洲喧閙之處、熙攘往來者、無不擁擠而進、摩肩咸股不顧也、此在日本、則目為鄙野之尤、以傷人論、又凡敬工時、搶搭公車者、一擁而進、無論男女、圍立以待、此等情形、日人視之、亦以為一日不能容、雖然、有歐人之粗魯然後、始知人以禮節為重、是粗魯亦未始無功于禮文、然此説也、一時亦尚難定論、歐人無論作何事

業、莫不勇往前進、而一切游嬉、如踢球打球各戲、好之者亦日多、幾與好立事業并論者、亦以歐人朴野無文之故、

十八日庚午、陰雨陣陣、現倫敦朝會茶會之期已過、國王與后外游、于是通城文武大員及富官商民、亦多赴他國游玩、或移住鄉閭、換天氣以養精神、本使館英文參贊馬清臣、率其子女亦遂往于倫敦西北五十餘里之立克是密斯鄉、余日約至彼午酌、午初、余偕內人乘榮驥與孫女乘馬車至貝克爾街之地道火車棧、登火

車、午正十七分開、三刻至馬剌、以馬車迎入其居、見其二子一女、小樓三層、上下十三四間、樸素整潔、一切陳設器皿畢備、左右小花園、菜圃、幽雅清靜、上樓四望、麥風皺浪、菜雨濛花、如展一幅豳風圖也、其租價每星期五鎊五先令、予在他間少息、乃進至飯廳、入座午酌、酒食鮮美、較之城中味純而適口、食畢坐談片時、因天晴乘車遊十數里、路逢平坦、樹林陰翳、田疇迤邐、密綠疏紅、别一景象、酉初遊回、若餘謝辭主人、送上火車、戌初一刻抵使館十九日辛未、鎮日陰雨、英蘭立尖浦海口、有輪船公司屋那者、其船駛大西洋、往來英美之間、七日一次、英廷按年助以六萬二千鎊、作為馹費、開非官向公司商定、令添造快輪兩艘、先設與二百萬鎊、按月二分四三行息、以公司船作巡船、給費十五萬鎊、馹費加至六萬八千鎊、公司遂歸官轄制、凡新入股者、皆須英人、各船船主大副二副及管事者、亦須英人、水手中亦必四分之三為英人、幫船內五隻極速者、其水手須用御前水師中者之半、苟與他國開仗、公司無須為各船雇人、然開須助海軍覓人所令新造之兵輪，約定每一點鐘須行二十四海里半，蓋因他國輪船之至速率僅二十三海里一點鐘，必欲勝之，若加工製造，雖一點鐘行三十五海里亦可，然不敢預必，蓋恐造成尚不及所許之二十四海里半，則按年助款中抽減，亦罰也。

二十日壬申，晴。英君與后周游愛爾蘭，住幸倫敦得里侯及藍斯璫侯之別墅，後于本月初九日早由王后城英名坤姒塘地在愛爾蘭正南閣爾克府，坐船至英蘭坡茲茂斯海口，下船坐火車，午正抵倫敦，入卜靜宮闈前在坤姒塘上船後、君后令葛來威者作書致愛爾蘭將軍杜大力云、今奉皇后諭寄交貴將軍五百鎊、以便分賑德布林及他城人民之至苦者云云、

二十一日癸酉、晴暖、記英政府并與屈那公司專定兩條、以防外人奪獲本國人民之利、即如英船出口載煤、用本國者、每噸若干、間有德商使去漢柏爾載煤、每噸價僅若干、是德人獲其利、而英人無所得矣、各行皆可自主、惟此公司現歸官屬一半、故官可約束之、所定兩條、一、該公司載運貨物、不得多加腳費、因駛船費款按年經官發給則

一、一切船脚既經預定、該公司不得加增（載貨船脚可仕便加增也）不公、反負本國之人、又該行船隻嚴行禁止出售出賃、以使本國水師隨時賃買、或一隻或數隻、該行共船一十七隻、重共十一萬零七百八十二噸、統直九十九萬零五百五十鎊、國家賃其船、係估定一船所容之噸數、而按噸付賃價、如一點鐘走逾二十二海里者、無水手每月每噸二十五先、帶水手三十先、走二十與二十二之間者、無水手二十先、帶水手二十四先、走在十七與二十之間者、無水手十七先、帶水手二十一先半、走在十四與十七之間者、無水手十五先、帶水手十七先、半當官場債用之際、如有遺失、則官照應償之價、賠給、所定平日信船之規、係每禮拜由立文浦坤娍塘兩海口至紐約、由紐約至兩海口、各一次、每次携帶多寡、皆歸郵政大臣作主、該行須用快船、否則受罰、信件由倫敦走德布林赴坤娍塘之車、船費應由該行付給、各船須備屋一間、歸郵政局使用、將來如于每禮拜中另加往來一次、則須另加費款、聞英廷之特向該行如此辦理者、蓋有因也、美國紐約海口有富商莫爾甘者、擬買盡各國輪船之往來紐約者，船行不改而東主則易，其初乃搭價較他公司尚賤而不貴，迨買全各船則權歸一手，搭價倏增，客無法耳。英今拘定此公司不得被美商買去，美商本意不果，則搭價不至獨貴矣。

二十二日甲戌，陰雨陣陣涼，西人雖兒戲賭賽，亦時創新式。昨見英人一種賭法，曰韋韁。幼女擇平坦闊地，任意立空香賓酒瓶若許，以繡巾掩二幼女目，以一著色韁繩之兩端各繫二女右臂，後一少年男子雙手執韁，不用鞭，不作聲，亦不准臨二女之身，惟兩手所曳須二女靈敏、能曉軀之輕重左右、俾免隨行蹴倒酒瓶、行一周一瓶不倒者、觀者薄有贈物、旌其能、是關乎被曳者之心機、亦在挽者之心目及手指力也、

二十三日乙亥、陰風甚冷、英人跳舞有三種、如撲勒喀、瓦勒兹喀達、立為王宮及各處常行者、他則村野之戲、現創一法、專行于天主誕辰節、名曰凱克倭、譯為走糕、請會者備大糕一、周二尺餘、高五寸、四圍并頂飾以五色錫花、盛之銀盤、以桌置於跳舞堂之中央、客則男女擇耦、耦之多寡、先視堂之大小、耦由八九至二三十均

可、先雙雙環糕卓跳舞、舞式任意、或携手、或抱腰、或合
舞、或提裙而翹足、或聳肩而曲背、雖種種笑態各創新
奇、然不得無禮、各耦繞卓跳畢、乃齊立卓前向之一鞠
躬、繼而男女左右對立兩行、男以右手執女左手高舉、
中間作一小巷、主人令一小童捧盤穿巷中、乃擇當環
卓跳時之跳式最新巧而精雅之男女一對、贈之并同
時贈小金戒指一、是女即時貫於左手、更言是女得此
糕與戒指、較同時衆女必先得佳婿云、
二十四日丙子、早晴、未初微雨一陣、雨後晴而暖、入夜

仍兩、英國雞卵之價、四季不同、由西三月至五月、每十二枚約直六七本士、由十月至十二月、則至一二先、其他六個月內、每十二枚亦須九與十本士不等、節儉者可于賤時多買藏之、新創一法、可收半年、納雞卵于一缸瓦器中、浸以砂鹽水、此水洋名倭特格拉斯、譯乃水玻璃也、是水極賤、無異味、別色質、同糖水、遇熱即消、水須逾雞卵二寸、雖浸半年、食之味與新者同、取時以冷水洗畢、候乾烹煮皆宜、用缸瓦罐者、木則水易滲、鉛裹之器則鉛砂相制、故缸瓦最宜也、二十五日丁丑晴。西國婦女喜畜犬，大則獵犬，小則哈吧，寢同室，出共車，步行亦令奔隨於前後。然小者昂，因產自中國，不易得，有袖中犬之名。現于英摯息得之，較易，價亦廉。則婦女厭其不新奇，改畜猴鼠，亦必來自他方，且種類新奇者。先養白鼠及美洲小黑猴、（此猴大耳長毛，如犬而尾粗長，似貓盈尺）纖雖四腳蛇、石龍子、（亦蛇名，四腳，如鼠，能變色）及小龜等，皆飾以金珠絲細而養之。上列四種由鋪售，價皆十一二。先印度麻謀賽猴、（與美洲小黑猴同種）最易馴，置之膝，飼以梨糖，玩弄頗有趣，價則每個二吉；呢印度㺓鼠，尖嘴長毛短腿粗尾類猫、極馴、善捕蛇食鱷魚、價亦二吉呢、婦女亦置卧室中、既不籠盛、亦不縋繫、然匿不見、可由牀被中得之、畏寒也、再則埃及跳鼠、長毛棕色、馴似猫、小於猫、頭似兎、身與袋鼠同、前腿長僅一寸、後腿長約八寸、尾則細長尺半、能高躍六尺餘、賽西侯夫人畜之、六、教以賽跳椅凳為戲、又有美洲蜜熊鼠、洋名喀喀茹、大如猫、行似犬、短耳長尾、舌能長短、善食野蠭蜜、婦女犬畜之、頸套鈴圈、繫以長絛、牽之隨行于街市、爲

二十六日戊寅、大晴。早率蔡隱繙譯學生供事等三十

餘人、向北恭拜

聖牌、行三跪九叩禮、酉正、公讌、并名法文學生文惠唐在復、戴陳霖、入座、甚歡、英國國君每因官事出宮、亦以黃土被道、兵營武官乘馬、亦用踢胸、雖用紅色、而間有黑白色者、此典禮近在英國、始見其黃土被道、英人本意、當是因道滑、防馬跌、至踢胸之用、恐渠尚不知本原之所由來也、

二十七日己卯、晴、暖、前記英屬地吉阿那所產之冰糖、乃係運粗糖至英、再由專行細濾、始成淨糖、故價昂、由

德法販來之偽糖、較在本國出售價減半、是以英之貧民喜買用之、因之議院屢次提論、有謂價賤則有益貧民、有謂如此賤賣正為陷人計、英人喜買偽糖、則真糖售無幾、淨糖行不能獲利、必先歇業、淨糖行既歇、則屬地之粗糖運來無用矣、逮兩行皆閉、真糖不來、則偽糖之價漸漲、漲至極處、英亦無法矣、豈非陷人之計耶、凡辦大事須防將來、此雖小事、而我國人民之利益、不得使外人設法奪去也、

二十八日庚辰、陰涼、間而細雨濛濛、前于二十二日八西

四月廿日英君敬值議院宣詞云君主諭上下兩議院諸爵紳曰今年春間予赴葡萄牙義大里法蘭西各都遊歷聯絡邦交現已有成效可覩各處款待極見殷勤恐無有能過之者法國總統近亦來遊于是兩國人民彼此益形和好西土耳其各處情形人人以為可慮我政府現在商同奧俄兩國及柏林條約簽押之各國竭力使匪勢不至蔓延其與此事有關繫之各國肆應其間亦須自謹不得遇躁我政府亦已明示之矣麻賽兜呢亞地方與奧俄兩國最有關繫彼兩國所擬整頓之法業

上

已要請土皇施行、我政府亦以其法為甚、深願彼地方情形、從此有起色、一千九百零二年九月、中英所訂之商約業奉

筆批准、已經互換、約中所訂各節、有不久即須奉行者、予又與波斯王訂約、自後兩國商務交涉、辦理益可得手矣、新屬脫蘭斯瓦及橘子河兩處、辦理善後事宜、頗有進境、新設之理事院、其中所舉之員、有並無官職而舉以照料各業利益者、是院已經開會議事、所議各例、皆為整頓新屬所必不可少之舉、所訂關稅章程、云凡英

國各貨運赴斐屬者、須較他國貨物、格外看待、斐洲各
英屬之理事總院、亦經核准照行、斐洲各屬、如能于財
政一端、得以立法畫一、則將來各屬聯合自立之舉、即
可兆于此矣、我印屬各處、氣候調和、財賦亦有起色、因
此得以減征稅課、我願我印民情形、從此大見昇平、農
業商物、二者亦日見進境、近日內又聞該屬時雨沛降、
可望有秋、此皆快慰人心之新聞也、蘇麻里蘭地方有
數種族、嘗爲木喇阿布杜辣侵掠不已、予因是發兵剿
之、以保該各種族、現在軍務未已、敵已退出老巢、向東

北遁去、一俟天時得手、即可設法前進、近數月中、予得巡遊蘇格蘭、愛爾蘭、親察吾民情形、實為欣悅、所經各處、莫不歡呼迎迓、予心殊感之、予在愛爾蘭時、曾遊幸德布林城、又倫敦得里及貝勒發斯特地方、此工藝最盛之區、又取道康乃麻拉、前遊覓拉衛及闊爾克等地方、始知凡各要務、為工人棲止之所、當如何擴充商務、當如何使之興旺、耕種之法、如何使有進境、文教如何廣興、疾病殘廢者、如何安置、已莫不為之種種設法、然事之待人為者尚多也、今予曠觀各色人民、彼此日見親睦、是即爲將來合力同心以求郅治之証、予見之不禁欣慰之至、君主又諭下議院諸紳曰、今年各項國用、爾等寬爲籌撥、我特致謝、君主又諭上下兩議院諸爵紳曰、現已議設條例、酌改愛爾蘭佣田情形、使田主樂與本鄉之人同居、雜處不思遷徙、而愛爾蘭邇西瘠苦之區、居民情形亦得望起色、是立此新例、則田主佃户之夙嫌釋、而吾愛民之利益、即可從此振興、奚不禁企望良深、爲上年議行之蒙學課程條例、止行于衛拉斯英蘭之邇、而各處現已立法推行于倫敦、此條例今可告完功矣、其中更變之處、立意甚遠、予願獲益必大也、倫敦口岸條例、雖議多時、而尚未能頒行成例、然亦並未曠廢時日、予願下年開院後、此例不久即可頒行成例也、予前與各國商准裁免糖業津貼銀兩、現經爾等頒行條例、俾我政府得能辦理此事、予堪為汝等賀、又蘇格蘭酒例、現已大加修改、集成一例、如何雇用幼童工作、電力等車當如何行駛、各項賑捐當如何經理、皆已議有條例、已經予允准矣、望彼蒼庇佑爾等、得坐享成功、二十九日辛巳、晴、涼、英君文瀫行宮左右有王田若干田鼠恒為害、雇有專人職捕鼠、每年工費若干、是人故後、懸缺未補、不意鼠種孳生日夥、竟穿孔入宮、且在田間有國王喜愛之牛羊若許、須竭力驅除、以防鼠害、現擬補雇捕鼠之人、禁令毒害、槍擊以及籠罩挾鎖等法捉捕、惟用一種獴鼠、類乎松鼠黃鼠狼等驅入鼠窟而搜獲之、禁用毒藥者、因恐兼傷他鳥獸之與田地有益無害者也、

入夜風、

三十日壬午、晴、聞在英蘭中界稍南柏克臨府恆格佛

地方、有種古風、每年于瞻禮節後第二禮拜之禮拜二日、通村玩戲、名曰霍格太、按字譯為白酒潮、究不知何所取意、屆期雖平日安靖之邨莊、亦除去一切拘束、任意玩舞、而仍不使失禮、侵晨鳴角、使通邨鋪店閉門、匠役息工、凡好嬉者、執短繩、街遊、遇有婦女、則繩束兩手、或罰一本士、或准親吻、始經釋放、次日婦女亦然、而較男子得錢之處更多、而接吻之人少、更有用一木椅、左右縛竿、婦女被束兩手、令坐椅上、二人舁之、環街一遊、然後始受罰者、或付一本士、或准人親吻也、午後公備午

酌、男女環坐一桌、備食僅挂麪湯、水芹菜、白葱頭、及麪包乳油而已、是亦村民之一種歡樂節也

七月

初一日癸未、晴、西國之雕刻白玉石像、或正身或半身、置之於街市教堂樓閣、埜地、或大或小、咸賴椎鑿之功、因對坐摹仿、或鈔由小影、究與是人有不同者、在豪釐之間、近經世爵杜謁與周恩者由義國得一法、雕琢成與人毫髮不爽、乃一高架、上下有輪、架柱各有螄鍵、欲作石像之男之女、西俗男女皆喜於生前作石像置屋中坐于架前椅上、

按已所欲之式坐定頂上拘以鐵圈令毫莫移身左置白玉石或他石一塊高與人齊雕刻匠坐對面架上此架上下皆有關鍵其上與高架通匠人左右手各執一鋼錐左手向人身輕描慢抹仗水之壓力電之動力則右手自於石上重雕速刻需時不久而石像成矣且學此藝者亦無庸耗費心機苟天性聰敏力學兩點鐘之工自能悟會一切成一石像工料價極廉畧裝之直二十鎊者今僅一二十先又此法別有鏡架機器能同時雕刻一式者四五身今後凡高樓大廈之石人鳥獸無須

慮及費鉅矣、

初二日甲申、早陰、午後雨、涼、上月二十二日、西十四八明英「」

議院散、值雖奉君諭、歷在明春二月開、值而國王不欲

質言、蓋國王諭令後、各人計期外游、或在本國、或赴他

國居時、回京入值、在國王所諭限內、雖有事、招之不回、

當議院將散、院首斟酌擬定限期、禀知國君、故國君宣

諭時、不即言至明春始開、乃先諭定本年冬月中、到時

無事、展至年底、再無事、方截至明春、院中各人皆有議

事之責、有事、必須會齊、限覓不能、至苟遇事無其人

在場、則與無其人、派來之地無異、

初三日乙酉、早陰、午後細雨陣陣、諾英沙立斯百里侯乃二十年前之外部大臣也、去歲夏間曾請茶會於其鄉居哈特靡別墅、今春忽患痰疾、至上月三十日（西八月二十二日）亥初十分棄世于哈特靡村、西歷一千八百三十年二月十三日生（道光十年正月二十日）、年七十三、自幼肄業于教斯佛大學堂、二十三歲被舉入議院、二十七歲娶男爵阿德森之女卓芝、雅為夫人、同時自樹門牆、朝夕為太晤斯報、清晨記報及每禮拜六日報與四季評論報各館代筆日進稍豐、按沙侯本姓賽西世代簪纓、老沙侯生二子、長名埃米柳、次即今故之沙侯、名洛柏爾、照英例、雖亦長子襲職、而一切爵產房地盡歸長子、次子無所得、長子先授克蘭班子爵、次子僅稱世爵賽西當賽西洛柏爾、擬娶按察司阿德森之女、時老侯不喜、謂次子宜娶財、意謂次子無所得、世家子弟可娶富家女、因而致富、蓋阿非富家也洛柏爾未遵、而仍娶之、娶後、進款無多、故以所學而為各報館主筆、三十五歲、其兄埃米柳故、得授克蘭班子爵、次年擢為印度部侍郎、三十八歲、伊父故、始襲沙立斯百里

三

侯爵、四十六歲、派赴土京、君斯丹丁爲專使、四十八歲升外部尚書、五十五歲升丞相、仍兼外部大臣、七十歲改充丞相兼國璽大臣、至七十二歲始謝職歸隱、即上年也、英君得其訃音、即于次日諭云、茲聞沙立斯百里侯溘逝、不勝惋惜之至、察該大臣秉其異衆之才、能歷事兩朝、自先君主以至於予、數十年來、忠心保國、予既痛惜、而通國人民亦必永念不忘也、英君并另發專電弔唁其子云、致爾同心哀慟之懷、并將予痛惜喪失爾父之心、轉達爾之兄弟姊妹云云、自該大臣充當外部

大臣以來、余即與之相識、因亦留片于其京寓、乃禮也
係在阿答也街第二十二號片上并書英字云維斯邁
謀斯特辛希爾安大西麻賽堤克堪兜希賽斯、譯乃誠
心唁慰也、
初四日丙戌、晴、西國有人好集今古信票為寶者、名曰
肥拉台黎斯他、華言信票癖也、每遇不易得之票、不惜
重費必購之、按今古之廢信票雖毫無可貴之處、乃竟
成一種奇貨、致人寶之、即如近在某巷菩提號鋪中出
售前于西歷一千八百八十九年（光緒十五年）在支布洛塔

所用之十仙信票（此票用年後止）一雖為日不久、一枚竟至十四鎊、又前在好望角所用之一本士錯字信票（此票當時刻印工人疏忽錯字當時未經查出逮行用後始知遂經改印）一枚至五十四鎊、限上二枚尚不為奇、其至奇而貴者乃一魯麻呢亞國（在土俄奧三國之間）前于西一千八百五十四年（咸豐四年）之信票價二百二十鎊、

初五日丁亥、微陰涼、聞上月在澳洲東南角英之屬地牛騷衛府地、旱有馬克西者自謂妙法能作雨、于是在卜婁崑山向土人約定、于三禮拜內作雨三寸、果如約、

通府公贈五千鎊、至第八日、大雨傾盆、逾九寸、街亦神
奚、苟得此法、則通國膏腴、年無旱災之慮矣、
初六日戊子、晴、微暖、英國賓西氏原住倫敦城西北六
十里之木耳園、地既寬闊、樓亦崇敞、老松翳日、花草蒙
茸、四百年前、即授有伯爵、至西歷一千七百八十九年、
乾隆五十六年始加沙立斯百里侯爵、曩者英人皆奉天主教、
凡人故後所遺之地畝、皆不歸官、而贈與神甫、生人好
善、亦多敬奉田地與神甫、于是人民多自無耕產而充
神甫之佃戶、至一千五百零九年、明武宗正德四年英君亨里

第八即位、憐民丁之苦而愠神甫之富、遂改奉耶穌教、
怒止教皇派公使來、英盡奪神甫之地分贈各王友、至
一千五百三十七年、明世宗嘉靖十五年太子埃達倭第六即位
仍之在位十三年、駕崩無儲、公主瑪麗嗣之君主瑪麗
仍奉天主教欲國人棄新仍舊而不得、瑪麗君主之妹
伊里斯白娰、不信天主仍奉耶穌、姊妹因而不睦當時
哈特扉之園囿樓房本屬王室、于是發伊里斯白娰於
彼禁其外出、如投之囹圄、沙立斯百里侯亦耶穌教也
未經擢用而心歸伊里斯白娰、迨一千五百五十八年、

嘉靖三十八年君主瑪麗痛沙侯佃住倫敦不時採訪乃沙侯第一聞瑪麗薨逝之信急令親卒乘馬飛馳哈特扉報賀即位之喜、蓋瑪麗無所出也、恰值伊里斯白以坐一樹下得信狂喜、拋其帽于半空、即至倫敦入宮而登基、後因不喜哈特扉、遂令沙侯以木耳圓易之、此賽西氏哈特扉寓所之由來也、至今沙侯樓中桌上尚有君主伊里斯白以所拋之帽、罩以玻璃寶而藏之、當時所倚之樹、依然黛色參天、枝幹豐茂、

初七日己丑晴、華人多信巫覡、婦女被騙者多、西國則

無是說、余亦度其必無、不意昨見新報內一則、題曰死人之信、一德人名哈四、現年六十二、住本使館東北之尤斯敦路、自號通神先生、云能與鬼言、如中國之走無常者再現者、先是一婦名韓柏爾、懷其故夫匪伊朝夕、一日遇哈于途、盡表其情、哈遂給之曰、可置一十五鎊紙鈔於衣襟左右、逮其降神之期、到自能得夫之信、婦聞畢之、意未深信、屆期往、先付香資一鎊、繼而哈四搖動臂肱、口作奧妙神語、揮筆一函、書訖授之婦曰、回家啟看、此即汝故夫信也、婦流涕嗚咽、深謝而去、抵家看信問候而已解衣搜鈔、不翼而飛矣、又哈四探得所識某婦之戚屬某甲近日身死不明、意為甲婦所害、往見而佯為閒談、叙其所遇、乃曰令親某人之魂昨來向我訴説、謂其死于非命、當設法報之、或使害者施錢、亦可了結云云、婦聞所言、顏色慘變、垂頭不語、哈四察明其情、婦因奉給十五鎊、哈言察汝無多孽愆、僅此一事、當代哀之、法亦不難、可以紙包五百鎊票、藏於裙内、俟十二個月後當無事矣、婦因遵辦、而百餘日後婦乃漸聞哈四所為、多屬妖術蠱惑、既不信、並悔被騙十五金鎊

檢其裙中紙包亦空矣、婦急馳覓哈四據房主云兩月前、伊已逸去不知所之、婦既無法而亦不能對人言也、

入夜微風、陰、

初八日庚寅早晴、午後陰雨陣陣、察東西各國駛船之規、彼此定章一律、故在各處凡有關于航海之人及在水面泛舟之人、皆須深悉一切、中國雖有兵輪出洋、亦僅至安南暹羅而已、外洋規則知不甚確、往往受其責罰、而西人亦有錯誤者、聞非有英船名馬爾歸者、行至愛爾蘭正東之舟達海灣遭風、遂升旗求拖船、蓋船在

水、無得律風及電線可以求救、惟以旗作暗號示於人

不意誤懸藍黃二色旗、此旗所指、乃船有瘟疫也、岸上

防守兵見旗、即電報本口醫官、特費三十五鎊電達醫

院、由德布林專帶女醫上船、始知其誤、遂定罰船主以

始末往來所費云、

初九日辛卯、晴、暖、英沙候盧樞擇今日申初出殯、先昇

入賢埃太得蕾教堂中唪經、畢、葬距伊宅不遠老沙候

墳墓之旁、倫敦大主教求定今日未正在衛斯民斯得

大教堂內誦經祝禱、數日前、首牧師駱賓孫帖請各國

臣、

公使、及上下議院各爵紳聽經帖、式長方、橫三寸、豎二寸半、四角塗黑半寸、想亦四邊塗黑二分之義也、未初余乘馬車往、因英君與后、太子、太子妃及王室宗戚皆游歷在外、于是君派律法大學士柯拉林敦、后派葛蕾伯、太子派戈洛侯、至寬諾公及他王公亦皆派人代往、德皇、比王并皆派人來英吊唁、以上各人分坐入門左右槅中、首牧師坐門左之首座、再前左右各四層高座一行、前一段頭層坐各國頭等公使、二層坐二三等公使、第三四層坐議院各世爵、此後為中段、坐各國公使夫人及世爵夫人命婦等、其他男女來觀望者、有千餘人、中亦有被請者、皆坐正面經臺之左右及末正樓上鼓琴鳴鐘、先自外一人舉金棰前引、後隨著燕尾青氅者四對、末則衛斯民司得區美爾著紅青氅、項套金鎖練、因其氅後較長、旁一頭項假白髮者隨行、雙手提之、入內坐臺前右鄙一行金椅、再則一人舉一銀棍前引、後隨白衫紅襖沙彌十二對、白衫青襖教徒八對、教士六員、亦烏衣白氅、後垂青面紅裡頭兜、入則分坐末段四層高座上、坐畢、教士沙彌等同聲朗誦一陣、後則忽

主

而一人獨念、忽而同唪、聽經者忽坐忽立、通場僅首牧
師登臺一次、朗誦數語而已、申正二刻禮畢、各人依次
出堂、登車、酉刻回使館、此次不有假靈柩、不秉燭、不薰
香、禮頗簡略、與前于六月初五日爲教皇唪經之禮迥
異、是亦天主、耶穌兩教不同之處也、又前次著官衣、此
次請著便章、前次者教皇也、此次者官也、咸友也、
初十日壬辰、大晴、熱、沙侯之子名虎斑、年四十一歲、自
幼在教斯佛及伊屯大學堂肄業、先襲克蘭班子爵、繼
充外部副侍郎、並經舉入上議院、當藍斯瑞侯入外部

伊出外部、去南斐洲帶兵前歲回國娶阿蘭伯爵之女
苫洱為夫人、按英規無須引見等事、其侯爵自歸虎斑
承襲、又昨日通城各大鋪戶多扯半旗、以示哀敬之意、
入夜陰雨。
十一日癸巳、早晴熱如昨、戌初雨涼、入夜狂風一陣、復
晴。聞前日沙侯出殯時、國君送一花圈、攢以蓮花玫瑰
菊桃等、極爲潔淨馨香、下繫一紙云、以此聊表哀慟之
心、敬慕之意、更誌友愛之誠。君后送鮮花十字一、下另
一帋、親筆寫云、阿來三德亞送此以弔唁通國敬愛悲

痛精明忠勇之大呂沙立斯百里侯下接兩句云初想
以家爲天、今知天竟是家。
十二日甲午、晴、涼。聞年前有船主蒲特爾者、由蘇格蘭
正東里斯海口駕貝那得輪船來中國、駛至地中海、忽
存信一包落水、追覓未得。數日前在日斯巴尼亞國海
邊阿圭拉村、一漁戶網得一巨魚、開膛內有英文信一
包、送呈該處美爾、轉交英國領事、現已寄來倫敦交船
主蒲特爾矣。又昨在葡萄牙國立斯本城一老貧嫗、以
游街賣魚度日、一日至午後、尚餘鰽魚一尾、因日晒牛

天莫若切段售之、不意腹中含有鑽石金戒指一枚、老嫗視之喜出非望、賣與某巷珠寶客、竟得二十二鎊半云
十三日乙未、晴、酉正大雨、雷、記前晚亥初、倏見東南紅光大片、燦燦爛爛、烈焰冲天、遥望尚遠、不知其為何處、今早見早信新報、知在倫敦城東南角太木斯江東岸之西印度塢存貨房失火、此房建于二年前、分兩大間、每間長四百五十尺、各樓二層、内中滿藏桄桃、吧拉麻、麻霍頁尼等上品木料、當時不僅道場化作灰燼、且燃

貨天稱又名鶴頸轆轤之被焚落水者多架、運貨船亦毀壞三隻、幸左右鄰房經水火會守護、未遭祝融之災、摟被焚房貨共值五萬鎊。

十四日丙申、晴。英君自前由愛爾蘭回後、留宮一日、即假他公侯之名、赴奧國西北柏海米亞邦又名波斯米亞西北之麻林堪城。王之所以用此名者、蓋他國雖知其爲英主、而無須官禮接待也。地產一種鹹水、洋名薩林泉、流甚旺、人或飲、或在其中洗浴、能舒筋絡、養身軀、每年各國人之前往者萬四千餘、極爲繁盛。其水泉名庫爾胡斯、王因軀胖、且腹有他疾、故去

彼洗浴飲用數日後、始往奥京維也訥、到時奥皇迎迓
入宮、一切預備、與他國同、乃在彼觀劇三次、臨行賞
維城貧民百鎊、昨晚戌初抵倫敦、定于後日復往英蘭
中界諾茲地方、訪薩威侯、少住即北行遊蘇格蘭極北
近海之巴木拉鎮、俟開議院時之前後方回、君后亦擇
于同日往赴丹京、
十五日丁酉、稍陰、記西歷一千八百六十一年八月初
六日、（咸豐十一年七月初一）英國頒行禁止謀害人命例之第四
節云、凡謀害人命者、允從謀害人命者及唆人謀害人

命者無論其所謀害之人是否係英國子民是否在英國境內皆以作事不端論審明後由法官酌核判罰嚴禁苦監多不過十年少亦不得不及三年或判罰尋常監禁不逾二年期內或罰作工或不罰作工云云至前一千八百八十一年六月十八日（光緒七年五月二十二日）英國法官審訊一案案中被告名莫斯特係德人寄居倫敦刊有文日新報報名發嗇哈特當俄皇阿永三德第三被弒後莫斯特著論立説刊入報中盛揚此事之美並謂德皇亦應刺殺英政府於是按照上開條例派人拘拿

莫斯特交法堂審辦、法官先將案情詳細說明、後會審各員亦皆謂該報主筆莫斯特確曾唆人謀害人命、違犯千八百六十一年八月六日頒行禁止謀害人命之例、遂定以罪、察前五月念四日蘇報中有殺君主、殺貴族、殺官吏及不殺皇帝大憝未去等語、蘇報主筆之行為、洽與莫斯特之案無異、

十六日戊戌晴 近年各處金價日漲、銀價日落、各國之專用銀錢者、殊受其害、即如美墨兩國皆用銀圓、產銀極多、且出售他國、茍按金價發賣、幾虧礦本、金銀行價

如此懸隔與商務無益再美墨兩國銀圓與他國之金錢尚有兌換之成價惟中國雖有新鑄之銀圓而他國未認（在本國各省所造名雖一律價仍不同）惟知按兩用銀每值匯兌一兩庫平僅得他國小銀圓二三枚共重三錢零只中國受虧為尤重因而美墨兩國商定各派四人之深悉此情者同來歐洲向商務重大之各國敘明其情以便設法維持云云前于四月底由美啟程按美國派來者為哈那寇歐楠古理治計拉克墨西哥所派者為葛里勒喀麻楚梅德卜爾斯五月初抵英初七日哈寇葛喀四

人來拜、知英廷共派六員與之會商、乃印度部一員、為馬凱、外部一員、為匯豐付總辦甘美綸、其他為戶藩二部各二員、余於發電請示外務部後、即派參贊馬格理繙譯陳貽範、隨同聽議、遇有窒礙中國之處、亦須隨時宣說、自初十日起、連會五次、至二十二日始議定五節二十三日由各員簽押、作為蕆事、所定五節、一、凡用銀之國、所用銀錢、若定有易金準價、獲益必多、此條總綱二中國須用通國流行之銀錢、其易金之價、何時可以劃定、即何時辦理、三、用金之國及現用銀後或用金之國所

三

用之錢、劃價總要大概一律四、若銀價不再大改、劃價可定為三十二換五、各國購銀鑄錢、其所購之銀、如可定一公道限數、銀盤或可有定、惟此須視各國錢政及隨時情形酌辦、按以上各節、細加推勘、似于中國情形、並無窒碍、所定銀價三十二換、亦當適中、好在雖經各員簽名、而將來如何辦理、仍憑各政府自行裁决、并不因此牽制、又美員原呈之九條、一凡用銀之國、若立一匯盤、定準金銀劃價、商務必可大旺、外財流入其國、可興、二中國須有通行之銀、錢須有一定劃價、可在中國各處用以交納稅課、三、中國金銀劃價、當於五年以內定準、（以上第二三兩條、由英員改成一條、）四、如願中國政府能立該項錢法並能維持英政府所按一千九百零一年所定公約應得之賠款、當按銀數收受以十年為限、其以如此辦法因而少收之數、將來應否帶利補還英政府可酌辦、（此條經英員刪去、以非各會員所應議之條）五、凡金錢與將來或按金價計算之銀錢、其劃價總以大概一律為要、六、如銀條銀塊、價值不再有大而永遠之更改則金錢與上文所說之銀錢、其劃價當按日本、非立賓、墨西哥各處以三十二換算、七、如銀價能使有定、則劃一價或可早定、永遠安穩、八、各國購銀鑄錢、其所購之銀如可定一年年購買之公道限數、則銀價可期有定、七八兩條由英員改成一條 九、此事須再考究以查有無別項維持銀價之法、此條經英員刪去 又經中美英墨各員會議、維持銀價之詳細五條、一凡用銀之國所用銀錢、若定有易金準價、而可于各處用以交納稅課並無限制、則不但多使外財流入、且可大興其國及該國與用金之國之商務、二中國須用通國流行之銀錢、無論在中國何處可用以交納稅課、其易金之價何時可以劃定即何時辦理三觀四如銀條銀塊之價不再大有更改則現用銀後或用金各國之金銀錢其劃價可以三十二換計算五各國購銀鑄錢其所購之銀如可定一年年購買之公道限數則銀盤或可稍使有定但此等辦法須視各國之錢政及隨時情形酌核辦理美墨二國委員前于五月二十五日由英赴法德和俄四國本月中回英復定明早啟程各回本國乃于三日前帖請今晚戌正在喀勒屯店晚酌屆時余率馬格理陳貽範乘車往入內見哈那葛里勤少敘入座

同桌二十四人、為美公使仇德墨、公使戛勒兇、甘美綸、馬凱等、食畢、哈那首先立起、率衆舉杯、同祝英王與后之福、繼而各人陸續演説、稱讚此行之得、當有成誠與各國商務有益云云、予初席散、握手謝歸。

十七日己亥、晴。上月初奥國駐英公使伯爵戴恩因病回國、昨于十三日（西九初三）明在籍溘逝、該國署使擇于今日午初、在伐木街之伊麻庫賴天主教堂中唪經吊唁。前日具帖請往、巳正乘車至彼處、地基不甚寬闊、堂式與敖拉托里堂相同、臺正面設石卓、上中置金龕一、内供耶穌釘十字架上、左右安放銀爉阡各三隻、每上然黃燭一、長各尺半、臺前以長凳結成方池、凳上罩青毯、中設假靈柩、覆以絳地金邊黑十字絨片、四面圍置鮮花八盆、左右各置爉阡六、每上黃爉一、長逾二尺許、池前左右橫排長凳、秩列行行、王孫及他公侯坐右邊第一橫排、各國頭二等公使坐左邊第一二橫排、署使等坐第三橫排、統計男女無多、僅二百有餘、始則樓上鼓琴、既而自旁門來沙彌六、皆赤頭、著青衫白紗短褂、又神甫三、一正二副、皆著白衫、外罩黑質金花褂、正者無袖、副者短袖、鼓琴唪經一次後、各人奉黃燭一炬、粗與手指同長約八寸、皆然、而手舉之輝煌燗爍、聽者忽坐忽立忽而假跪、神甫則時而誦經、時而請安、凡教中人每由像前經過亦必請安為禮隨行必打問心禮、如佛僧之流、為時不久、將終、一副神甫舉銀十字、立靈前面、大神甫立臺下靈後、左右立沙彌、或秉燭、或捧聖水罐、或提檀香鑪、既而神甫朗誦數句後、隨繞靈柩、先以麻刷捧洒聖水、再提提鑪、繞靈捧薰一次、禮畢、琴鳴、則王孫及各國公使陸續起座、將出門、有該國署使立待、向眾拉手道謝、未刻回使館、按此等禮節、客應僅著禮服乃且字形高帽、燕尾形兆褂而已、乃此次於請帖末另書一行、言本使館各人咸著公服、佩帶寶星、蓋意在暗請來人亦然也。入夜大風雨。

十八日庚子、晴。戌初陰雨、亥正復晴。聞羅馬教皇之第一張油畫像、將由亨加里著名畫師李珮繪畫、其人與教皇素識、現來羅馬請教皇坐而照描六次、摹形仿肖、毫無差然。其像高與本人同。此教皇像乃特倫德皇到羅馬時贈送者、迨此像工竣、并令照畫六幅、備贈他國

君主、蓋英王亦在其數內焉、按此等工藝一經繪名人之像、則聲價頓揚、再與他人畫像工費翔貴、大約一張之價則不下千金鎊矣、

十九日辛丑、早陰涼、申初細雨淋淋、忽降忽止、入夜狂風大雨滂沱、按都門各戲園中演戲、每日觀者多則園主與班主同獲其利、来者少則亦各得無多、西國則不然、每出新戲、闔乎園主察其是否人所共賞、苟不善料、按已意以為可觀、迨演時來者寥寥、竟有因而虧累至千百鎊者、蓋一新戲演成、某園主以其足招人觀賞、則

與之寫定若干禮拜、或月或季、按角色各錢若干演時觀者無多、亦須照數付給也、其付錢之期、係在每禮拜中某日名付錢日、又名開庫日、凡大戲園中到日應付之男女老幼、不下千餘、奈晝夜無暇、乃定在演戲之際分給之其法、係將各人名姓按字母一⋮丶ノ排定每人一小信封、外書其人之名姓、內先寫菲敬酬謝四字、下書放錢人某某之名字、工價多者封以金鈔、少者封以金錢或銀錢、屆時各人量其名字之前後往取、如此發放尚須六小時、每禮拜各人之工價男子由五鎊五先至一百一十鎊、婦女由三鎊三先至六十六鎊、其至少者十先十二先十八先、一鎊一先、二鎊二先、三鎊三先、四鎊四先、戓三鎊半不等、皆按其角色良否而定也。更有臨時街市僱來混足人數者、此等人名曰蘇柏爾、登臺一次、僅付一先、此等此時付錢、盖各人去自後臺、并不改裝、故忽而娘娘、往取、忽而判官、來要、忽而大老、去收、忽而院戶、往領、是日臺上圖場場作戲、而帳房亦各各點卯也。

二十日壬寅、晴。英人嗜藏名人之筆跡花押、然不論其字畫筆力如何、惟重其品位、故雖一字半畫、皆寶而藏之、聞昨有人買英君親董、舊信套一個、價直十七先咸友筆跡錄一本、不甚大、內有前君卓志第三第四及老君主維克都里亞之花押、價直一鎊韋凌屯公之花押一頁、賣十三先、魏斯理之信一篇、賣三鎊十二先半、觀西人之風流雅士、與我中華之好古者、大畧相同、

二十一日、癸卯、半陰半晴、倫敦大雜貨鋪曰吳者、玻璃窗內有陳列燕窩者、國人皆視為奇物、雖陳列而罕有用之者、蓋亦不知為何法食之也、邇來年餘、倫敦人之豪

富好奇張筵讌客者不吝傾囊食多用之可驗文明愈
開浮華愈熾據云一年竟得出售百斤價則每兩十五
先食乃用作第一盤湯作法先熬濃雞湯後于每盤中
加燕菜少許作與鷄脊鷄肚肉湯之法畧同每一小盤
湯約三四匙價合七先六本士又另種貴湯乃鱘魚或
鮪骨湯此骨每斤合十二先六本士然較燕菜所直賤
多矣

二十二日甲辰鎮日陰晴忽作涼洋人向以不喫米而
吃麪包為常例聞英國各營兵丁之飯食除大麪包外

各人熟肉一斤、其肉按日有定章、不得紊亂、係每禮拜內計禮拜日及二三五六日食牛肉、一四兩日食羊肉、當此之時、牛皆肥壯、肉少而油多、不勝食量、于是兵部乃為國家慮兵丁之苦、又加體卹之意、遂議定暫改鮮魚豬肉兩種、兵丁聞之、皆喜溢眉宇而感激之、

二十三日乙巳、晴、涼、英蘭之地、四面臨海、雖通陸路、亦屬無多、於四日前夜內風雨大作、雷電交加、海面波濤洶湧、觸岸激起、高至數丈、于是船隻房屋之損壞坍塌者不知凡幾、人物禽獸因而受傷殞命者亦復不少、又

三七九

英蘭東北界牛馬旣地方、有伊勒美伯爵雇用編籬笆之人、名查夏者、夜被雷轟、據云其人胸有赤線、繞内銀錢變色、腰下并有黑紋如蝌蚪、地方官驗畢、乃言其人之死也、係被上帝巡察也、西人不信天誅、究不知此等語言何所由來耳、

二十四日丙午、晴、聞前于西六月間、在澳洲東南臨海英屬地梅立奔地方、有司米士者、娶其故妻之妹之女為續室、又昨在本城溝勒叱坊居住人名柯拉克者、拐娶其甥女伊文姒、年十五歲、因女未及笄、拐誘嫁娶、有

犯定例、經官判定收監六個月、罰作苦工、究不知娶甥女為妻有干例禁否、未之聞也、

二十五日丁未、晴、微暖、英都舊有小說帖、專歸信局出售、詳見述奇六其前作信面、印有信花、專書人名住址、後則白紙作信箋、苟無秘密、即可暢所欲言、與不封之信同、價既廉而便、當無非使人節儉樸誠之意、二三年前、書筆鋪中另售一種、乃前面自黏半本士信花、後面改成花箋、然因不便書寫、故特留寸餘空地于左角、以便寫所欲言、價則按頁一本士、不惟紙貴、而字反不得多寫

矣、一切人物山水、鳥獸花木樓房、先僅墨印、既而彩畫、既而抹油、工極精妙、勝於畫本冊頁、漸至通篇不留餘地、乃使寄信者不寄一言、惟寄其名與小畫一頁而已、此等紙、不便名曰說帖、可改曰花片、今竟有將真鳥翎湊黏其上、作仙鶴孔雀金雞鸚鵡鴛鴦鷺鷥鸞雁等形、羽翼光潔、活動如生、了無異相、工極精巧、價亦可觀、每頁一先較白俗說帖、貴加二十五倍、竊以此等花片由信局寄送、打印折弄、有傷錦羽、未免可惜、莫若片外加封為妙也、聞上年倫敦郵政局共寄花片四百八十八

兆是不惟畫工紙匠及筆墨書紙等鋪之生涯格外得意、即官場信票亦因此盛興也、

二十六日戊申、晴、涼、吾人嘗有俗諺云、猫認家不認人、狗認人不認家、昨聞有英人某甲帶兩猫由酸梨村遷居代大木莊、兩地南北相距八十洋里、中隔太木斯江、不意遷後數日、兩猫失其一、不知何往、迨越六日後、老婦復回故里探親、見其猫在舊房、已餓瘦矣、按華里計、二百四十、路途遙遠、江水寬廣、究不知其何以渡耶、誠奇事也、憶曩余在京時、曾由武清縣青坨地方隨糧車

來一犬、豹耳龍形、余頗愛之、以鐵練鎖項、畜養月餘、後以其熟識家主、遂釋之、乃于次日即失去、迨數月後、佃戶再來、知其犬已早回青坨矣、夫犬性固靈、隨行記認道途、然地在京東百四十里、且都城九門、不知其出何門、由何路、覓覓得其舊主家乎、

二十七日己酉、晴、聞昨在某村一少婦、收他人致其夫之信一函、察封外筆跡、似女子者、遂私拆之、按西例、不擅拆他人之信、如此開拆、似由妒嫉所致、紙上無他、僅記念我一句而已、下亦無名字、將看畢、自覺痳痺眩仆於地、其兩歲子無意中

拾起信紙一看、亦竟暈倒、死生未卜、究不知信由何而毒、毒由何而致、西人深悉格物化學者應知之、竊思解鈴、繫鈴、未非明化學者之所為也、

二十八日庚戌、陰。倫敦城中稍東賢卓安街與牛益街之間、司米廓地方為魚市、（英人不食河魚、皆海魚、故名死肉市。）每于禮拜六日午後及夜晚、男女擁擠如蟻、因而剪綹混入以逞其能、在該處每皆三人一夥、白晝則衣服整齊、作入市買魚者之狀、入夜、凡工匠男女咸往、賣者思冀售其貨、買者亦思賤而多得、于是伊等亦作工匠、伴在羣中

尋覓、當斯時也婦女之錢囊荷袋尤須小心、否則必有所失、有時伊等戲弄相識之人、如某甲忽謂失表、伊乃自羣中捉一確係作工之人、謂表為其人所竊、工人聞而詫異之、解衣搜之、其表竟在兜中、且繫鍊上、失者既不知何時失去、而愚魯之工人、亦不知何以置其兜中練上、其人之巧能如此、

二十九日辛亥晴、倫敦車夫必經考試、得有憑單、方准御行、蓋欲其熟習行車使馬之法、明曉走路雇用之定章、以及城內外街道之所由、并其遠近曲直、也迺來汽

車輕便用者日見其繁、而使車者尚無專藝、因而英人伊瓦霍定設一學堂、專教用車之法、一切機關計策、并隨時修補些須之損壞、以便一路順遂、學者考試、亦給三次憑單、一為初學有效、二為深學已成、三為特學超等、學者七課、學費乃男子五鎊五先、婦女三鎊十先、車夫二鎊十先、凡車夫之學成者、專作使汽車之役、每日當獲一鎊之工資也、

八月

初一日壬子、晴、風、倫敦、住戶鋪店、向多雇用女僕侍婢、

茶館酒肆、亦多用女堂倌、取其工價賤也、乃邇來法德
義與瑞士等國男子因在各本國謀生不易、遂多來此
求作女工因而侍婢之稱改曰侍僕、即如哈爾他街第
三十五號之代雇英外僕婢局據云于一年內代外國
男子之覓得工作者三千人、年紀皆在十九廿四之間、
其工價與婦女同、亦每禮拜五先洗衣費在內所代作
之女工係女堂倌、女庖丁、洒掃女、客廳女、刷洗女、收拾
牀被女伺候飲食女、撢塵女、聽門女、及他各女工、大為
減色、人之所以喜用男者、乃謂男子整潔、身強力壯、能

作苦工早起晚睡、又無情人牽制、晚間出門者少每晚僅休息半點鐘、以便吸烟且多有曾經軍營內傭工者故些須洗滌、伊亦能之云、

初二日癸丑陰雨陣陣、秋風甚涼、聞英國東方船行、洋名旺年麻辣教里安他、即平日減華之P與O行也華言東方洲邊也、義乃往來于雅洲之中華日本印度各處也、乃定由明年正月初一日中十一月十四日在各船多加頭等客艙、而且減價、每日嘉餚四餐、統計合一本士一洋里可謂賤矣、

初三日甲寅、鎮日陰雨微霧、英國畜動物培植物、如馬牛雞鴨等類暨各種菜蔬果品花卉、無不設會比賽、不時張其能抑亦考求法之善否也、昨禮拜六日、倫敦城內太木斯江之南岸稍東牛堪路、又設襁褓會小孩由兩個月至一年半者、抱至比賽、當日共集四百三十二名、醫官百員考查斟別、賞物者十二獎其養育之功、散賞物時、醫官高聲宣衆以撫養乳子之道、何者為至妙之法、聞當日得賞各孩、多按月計重、重則為壯、輕則為弱、蓋以壯弱徵其育嬰之良否也、有兩個月重十九磅

者二十磅零一兩者六個月重二十九磅者一年重三十三磅零五兩者十三個月重三十三磅零八兩者

初四日乙卯鎮日天氣合當陰霧縹緲英人日用之乾菜醃菜酸辣菜甚多海軍所用尤夥而通國十八行中製造僅有一處其他皆來自德法和蘭并屬地加那他其故有四一因本國鮮菜無多一因價貴一因本國天氣不易曝物一因人工直昂也

初五日丙辰晴數日前英藩部大臣章伯綸議改稅則凡各國進口貨物皆徵關稅稅之重輕準諸各國之稅

我者、蓋歷來凡他國來貨為人所必需者、皆不收稅、而英貨之去他國者、他國仍重徵之、各屬地
之貨、或征或免、隨時酌辦、因各屬地有收英貨稅、與他國同者、總以優待
為主、如是則匪獨將來與各國商立商約時、英可有操
縱之權、且可以聯絡各屬地、用固邦本云云、惟六十年
來英之商務政策、向以不抽稅為宗旨、是以談富國之
學者、一聞章伯綸之論、咸謂英非魚米之鄉、一切民食、
皆仰給於外國、今若稅貨物、價必昂、小民何堪擾之者
頗多、戶部大臣李齊、印度部大臣哈米屯、皆主不抽稅、
亦力駁之、首相貝爾佛、向與章伯綸善、深以章論為是

惟謂一時不能盡行、李哈兩大臣以首相之言、與己不合、不安其位、一同告退、藩部大臣亦隨之去、所以去者、意將四出、將其本意宣言與眾、以招公斷、苟不退位、恐人謂與樞密院同黨也、至所出各缺、應由首相擇人薦補、所舉之人未聞、

初六日丁巳、微霧、按英規凡人或年邁、或疾病、自度殘年垂盡、將卜窆安、于是將財產酌量分散妻子女孫戚友、此事每在數年前即寫註明白、作為遺書、并請戚友之公正者二三人、逮分時照單監理、毫不錯亂、此人英

稱襄里細安爾華言切懇之人也聞已故之沙侯共遺三十一萬零三百三十六鎊八先其遺書寫於西一千八百九十一年即求其友世爵倪綽森為監理所分之數係其長女官斗倫夫人一萬一千鎊次女薩樂本夫人一千鎊外孫子女各五百鎊其弟攸斯達千鎊其友倪綽森五百鎊其夫人萬鎊另由每年進款抽給千鎊給其次子躂良三子樂本四子鶴百五子荷福者為京城內阜安街第九號住房一所并在倫敦衛斯民司得二銀行及阿凌屯街第二十號之藏寶庫見大述奇中所存

者與他居住之產業、惟二銀行存款、須候各人完姻時、按名分給二萬五千鎊、至其世爵中遺產、如哈特扉村之樓房地畝、樓中陳設畫軸器具、并車輛馬匹林木、及阿凌屯街之住房一所、概歸長子虎斑閘在法國各銀行、并皆存有鉅款、別有遺書云、

初七日戊午、早陰雨陣陣、午後雨止仍陰、英國人民男少女多、婦女不比我國、僅以鍼黹治生、且外國女工鍼黹無多、衣帽衫褲鞋襪領袖、皆由鋪店造成出售、罕有自作者、故必別專一藝、方可以度餘年、聞有女工係以

專種泥堆出、橅雕走獸、猫狗兕熊之類、然必狀態活潑
肖真、勝於笵成者、昔人尚未發明、迨俄國皇后阿麗娭
及丹國三太子妃娃代瑪雕刻冰熊海龍、後技乃盛興、
俄后與丹太子妃可稱是藝之鼻祖、其法係泥堆成、後
以刀鏟雕刻、成則曝乾、著色復燒作缸瓷、此工易學、學
貴無多、應用器具、貴亦尠、然必心靜意巧者、方可學、在
倫敦現設專局、婦女傭工、工直較昂、然多丹麻人云、
初八日己未、白晝晴、入夜雨、萬生園入門費向來、成丁
者一先、幼者半先、現改章、凡彩游者減價、其成丁者由

五十至一百、每人九本士、幼者五本士由百零一至二百五十、成丁者八本士、幼者四本士由二百五十一至五百、成丁者七本士、幼者三本士、數多至千亦然、惟成丁者由五百零一至一千、則皆每人六本士、凡學生年在十四歲以上者、每二十五名幷教習一人帶領、格外減至十一先、至義學、國學、官學、及帶供飲食各學、苟數不逾三百、照另章不索費

卷八終

鐵嶺張德彝在初隨筆　潘士魁校

光緒二十九年八月初九日庚申，陰雨陣陣。倫敦城東北角，舊爲哈克尼村，現連大城，而地名不改。該地居民貧苦，極多往往有六七家共居一樓者。每遇男子患病無力求醫，乃送入醫院，其妻其子其女或不能度日，入招工之所傭工。久之，此須房租亦難償給，致仰屋而居，殊堪惻惻。因而地方官乃定公造長樓一排，内分小間，每間應用之牀桌器具什物，合計不逾五鎊，專備貧民

患病者携眷居之、其人或故或愈、始令移出、別納他人
患病者、是亦辭恤之意也、聞彼處一老嫗因貧由住所
移入、招工所、用敞車兩輛載大小敝筐二十餘、就中無
非爛鉆破布、舊紙、亂繩、統估其值、不及兩車運費、別一
男在招工所作工、平日由街市拾取大小石、出集於牀
下、暇則按出數之、貧民之心、概可見矣
初十日、辛酉、晴、華人畜犬、大者守夜、小者或入耳目玩
好之列、皆豢於家、不聞寄豢于外者、而倫敦城外之狗
店、代人收養、費以月計或日計、主人可隨時往看、店有

草木小園、日日以時放犬任其馳逐博犬懽已、犬病女婢監之、視如童子、庖嫗司其飲食、必熟必潔、犬臥處涼燠取度于人、且朝夕洒埽、除其汙穢、犬身時梳洗、俾其清爽、免生疾以取悦于畜犬之主人、歐人之生財乃如此、

十一日壬戌、陰、入夜雨、北斐洲中央薩哈拉國、地曠人稀、大片沙漠、昨讀新報、薩國皇帝勒博的隻身出遊、法之獵戶某甲引之于前、禮拜日旁晚到倫敦、住薩外店、行李無多、嘗赴城西角之小加非館、一日出游、終夜未

歸、不知何往、初抵倫敦、陸續謁者一日千輩、多商賈、而槍礮工人強半、咸求覓生涯、薩皇乃以愚蠢之態接待之、人所言者皆恍惚應允、不知將來作何了局、所收信件名片、筐不勝盛、云云、新報尊勒博的曰皇帝莫知其由、

十二日癸亥、晴、涼、西人謂人之營業而得永年者、醫與樂工耳、夫醫知養生之理、衛身之術者也、其在樂工、學得一門、足以自給、雖所入無多、而無凍餒之慮、不勞心不勞力、無所抑鬱、可卜長年、如美國人都七千六百萬、

年逾百者、男則一千二百八十九、婦女二千二百四十七、其八十九十歲者不止萬人、要皆樂工醫士居多、十三日甲子、微晴、外國婦女亦有得寶星者、英國居多、始自君主維克都里亞、賞分五品、形式不一、第一品名維克都里亞阿拉柏（君主老夫婦名）、分四等、頭二等中鑿君主夫婦二頭相竝（夫右婦左皆旁向）、外一圈上一王冕、皆以珠寶鑽石鑲嵌、冕上連一白縧、叠作八字形、左右垂總縧、寬四分、三等正面王頭改鑲珍珠、四等正面王頭改鑿VA二名減筆之字、仍用珍珠鑲嵌、以上式皆橢圓、周約

三

三寸、第二品名印度冕、不分等、亦橢圓形、正面鏨IR
V三字拼成一處、作冠形、是為君主減筆押義、乃帝后
維克都里亞也、其上之王冕及四邊、亦皆鑲以珠寶、鑽
石、王冕頂上亦鑿以疊成六形、扁綠色作淺藍白窄邊、
第三品名襪帶、乃上等第一寶星、其式一金花頸練、長
約尺寬一寸、作五圓花餅、彩絲繫狀、居中餅下垂一金
鑄馬踏飛龍、周約四寸、扁形、晶瑩透徹、詳見後別一八出
菊花、鑽石寶星、中一白十字、外圍一圈、鏨以懸生於心
者懸及其身九字、此星外周八寸餘、亦不分等、此寶星于今亦

賞男佩戴子第四品名開𨌺伊新大義乃印度王也式作橢圓周約五寸沿邊鏨花飾以珠寶中嵌鏨IRV三字之滅筆押第五品名洛亞蕾克洛斯譯乃御前紅十字也（即現所謂紅十字會）之周四五寸四出作雙搭銀定形珐琅瓷紫紅色外鑲白窄邊中心圓圈白色內鏨君主頭作左視狀其第一品始于西一千八百六十二年（同治元年）猲佩帶者為君主太子妃王夫人公主郡主縣主及德儀兩國后和蘭魯麻呢亞兩國王后此外命婦夫人小姐輩十數人皆前有功於斐洲軍事者第二品始于英君主

加印度后帝徽號時婦女受賞者三十人、為印度王妃官婦及管理印度各處之英官夫人第三品佩帶者惟英老君主、并未賜他人、因係第一上等、位卑者不易得也、第四品、始自何年未詳、暦此賞者、僅費爾思夫人、以其曾有大功于印度通國也、第五品、始于西一千八百八十三年光緒九年、為賞各婦女之在軍營行善、拯救、療治、撫養兩營兵官之受傷患病飢餓者、此婦女稱為養育姊妹、雖世爵仕官之妻女、亦在焉、

十四日乙丑、鎮日陰晴不定、入夜風雨交加、涼、外國婦

女寶星、又有三品、一曰耶路撒冷賢卓安條、一銀圍頸
綠、長約尺二、寬一寸、中繫一白瓷十字、式如四魚尾倒
攢一處、上尾左右二小馬、下尾左右二飛龍、統作米形、
周約五寸、共二枚、一垂項下、胸前一挂左乳旁、此寶星
于七百年前傳入英國、至今得佩者、英君主與杜達當
伯爵夫人而已、此寶星惟賜天主耶穌教中人、且有定
例、佩之者每遇回教人赴耶穌塚、則率衆攻之、蓋千百
年前天主回回兩教之舊仇也、一曰賴攘多扈法國創
製、譯乃畢榮也、不知始自何年、婦女之得佩者二、一條

女子博洛薩、為著名之百獸畫師、一係婦人瞿樂法在軍營善偵探、不惟得佩此寶星、圍紅帶、且特准作男子裝、至各處哨勇見之舉槍行禮、與男官同、第三品、名曰司蕾烏騷倭爾秋、譯乃女婢之德也、始于西一千六百六十二年、康熙元年與國皇后第來得五第三所創、數共三十皇后為首佩帶其一、其他凡朝中婦女之有仁心善舉者賜之、其式未詳、

十五日丙寅、早雨、午後雨止、仍陰、酉正開筵賞中秋、凡華人之來英肄業游歷者、盡邀入座、合中外僕役上下

共十二臬、彼此易錢交酬、暢敘甚歡、西國之寶星、本名教爾得爾哉美達勒、譯為賞號及功牌、形式不皆作星之金光四射、方者長方者、圓者橢圓者、十字者、八角者四五六出菊花者、不一、其製色分黑白紅藍、質不僅金銀、按寶星二字由來、當是道光二十二年、南京華英初次立約、英國公使官銜佩帶此物而無名、依字譯出、又恐不明來歷者笑、英教士墨利遜以國王所賜者為寶、其式如星、創其名曰寶星、蓋壬寅以前、言洋務各書、未有論及者、十六日丁卯，陰，雨，細雨陣陣。英國駐美公使何柏爾今春因病請假赴瑞士養痾，日前身故，今日出殯。西十月六日乃奉英王諭于今日未正在賢猩木斯宮旁瑪柏樓府中小教堂唪經禱祝，雖未柬約，而登之泰晤士報，是晤爲知會也。未初，余著素褂乘車往，至經外部小禮官引入，坐于右鄙第二橫長凳，同時到者各國頭二等公使六七人，本國大員如藍侯輩多人，男女百餘，皆仕宦也。屆時鼓風琴，先入宮中教堂沙彌九，各光頭著紅呢金邊長襖，再則白氅紅領教士十二，白氅紅領加黑綢長裢之牧師（英名稱曰的音見前）、三兩兩步入、登臺分坐左右、一牧師名史戈巴、立于正面卓前、堂小而樸素、臺上正面懸油繪耶穌像、如在半天雲霧中、像前立一金十字、左右分陳白菊四瓶、各排作團扇形、花面向外、然白燭兩枝、高各二尺餘、一切禮節、忽念忽誦、忽坐忽立、與他處同、申正回寓、

十七日戊辰、微晴、風、入夜雨、聞章伯倫夫婦于昨日戌初乘火車由倫敦飛至蘇格蘭之格拉斯滿城、下車處男女觀者擁擠數千、特派巡捕一百四十名彈壓、初下

車、歎一老嫗由眾中搶出、雙手獻章夫人鮮花一束、繼又土人千餘、同歌他是暢快好人一曲以歡迎之、行經之處、男女無不脫帽搖巾、高聲祝賀、飯後入賢安得路堂中演説、堂廣容人五千、前日爭買座券者男女七萬人、券直每幅五先竟漲至三吉呢、章伯倫立臺上朗宣兩點鐘之久、不只數萬言、大旨謂六十年來、經寇普坦所定不收他國貨物進口稅、始自本城、指格拉斯滿原冀他國亦如此辦理、乃至今依然如故、英國向來較他國製造者多、故進口者少、英國如此辦理、望別國亦皆照辦、殊與英之商務有益、不意近來別國亦皆能造、而且稅章不改、故有是言、今特擬改數條、我國工商、庶幾得有利益、所可收外國進口稅者、如麥子每麥特合英八斗收二先、肉百分抽五、奶油、雞蛋、菜蔬、菓、亦皆百分抽五、此貨向多來自俄丹其他造成各物、皆百分抽十、各屬地之酒減稅、澳斐二洲英人所釀亦不亞於法國者今減稅自得多售矣外國麪較麥子進口收稅加倍、其所以然者、蓋粗麥進口第一為磨俾得有工作二所餘之麩皮可賣錢可餵豬其仍不抽稅者、為蕎麥鹹猪肉、以上二種為貧人所食及各屬地之五穀粗貨、如麻棉等所擬減稅者、如茶葉減三分、原係六本士、今改二本士、糖加非扣扣皆減、歷來英之飲食什物、多來自他國、六十年來、英之屬地日多、出產俱備、故敢如是云云、有謂英國茶葉減稅有益於

華商者、不知歐洲各國、惟有英人種茶于印度也、否則何有如此耶、仔細合計、税務如此

辦法、則農工于每禮拜可省九法丁半、匠役省十法丁、

按所減之税、每年戸部當少收二三兆、然按所加之税、

又當多收九兆、以所加所減、合而計之、是反多收七兆

也、

十八日己巳、陰雨、午、英君由蘇格蘭巴勒那行宮回

倫敦、英國襪帶寶星之由來、西國婦女之襪、皆線織、上

長過膝、扣以絲綫帶、帶寬五分、色分五彩、連以銀扣、前

于西歷一千三百三十年、元文帝天曆元年英君埃達侯第三

時甚晚、宮中設跳舞會、有沙立斯百里侯夫人之襪帶猝墜地、維黑盤太子拾之、便拾起雙手交還、左右嗤之以鼻、太子怒曰、慝生於心者慝及其身、由是設此寶星、不作襪帶之用、而以襪帶爲名、且將慝生於心九字鑿于其上、志之、此寶星共備二十四枚、從前專賜公侯伯三世爵、至三百年前、約在查里第二之世、則改賜公侯兩爵矣、其馬踹飛龍、乃傳自新約全書、謂昔賢卓志乘馬遇飛龍、恐被所害、使馬蹴其身、而以劍刺之、因英蘭供奉卓志、故用斯典。

十九日庚午、陰雨陣陣、倫敦各大新報館于章伯綸未到格拉斯溝之兩日前、即派多人赴彼部署一切、蓋為速傳所言至倫敦、次早可印入新報也。多人坐近臺前、以便詳聽、各館派人六七名或十數名不一、統約百五十餘、中各一人為首、隨時指點、各館中人不同時聽寫、互為輪流、各司五分之工。章伯綸登臺將開口、為首各人即各以暗號指定某甲、此等人洋名力頗特爾、華言減筆報事人也、其減筆字如蝌蚪、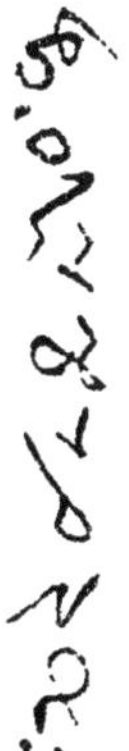時及五分、為首人即指派某乙接寫、當乙聽寫時、甲又須於此五分之內將所聽寫音錄成明文、錄就即交為首人、為首人閱一周無錯落、復文產近一小屋內所屋報局多人、此等人洋名噴吃爾華言鑿子手也、各人手執一古米物、如鑿如錐、按字以鑿鑿點橫暗號于四分寬之紙條上、其號如｜∶∶∶｜｜｜｜｜、此字洋名莫爾斯扣達、乃莫爾斯所創之號碼也、此後復以一管器名韋斯敦特蘭斯彌特爾者（詳見後）飛去電報局、大五分則變成⋯⋯⋯⋯而到倫敦、再由孔點改寫明文、依次陸續填入氣筒吹至冣近屬新報館之信局、是

卜

向馳送報館、報館立用新創、反作、鉛模之皿述詳觀六造
字分段成板、齊則置架刷印、天未明億萬張報成矣、由
格拉斯溝至倫敦、四百零五洋里、合中國一千二百一十六里半、每五
分傳四百話、章在格城、數萬言說畢、五分鐘後倫敦則
如數印出、達可知矣、
二十日辛未、陰、倫敦現尚樓色哈巴狗、有女名莫蒲喜
者、前于禮拜六日申刻、伊家開狗茶會、帖登新報、凡婦
女之畜此色犬者、屆期願往、須先給信、以便預備、一切
刻因天寒、各狗皆須背覆棉被、項圍圈領、鈴鐺銳明、主

姓及犬名至申正備各犬美食一盤其喜吠噬者列第

一横小而嫩弱者列末横當其喫食時人相賞視并請

獸醫之了然種類者暗為甄别分定甲乙前列者各有

賞號西人嗜此當不如中國之鬭鵪鶉鬭蟋蟀也

二十一日壬申陰雨西國屋壁忌徹白或以彩石包鑲

或以彩紙裝潢所用之紙不比倭刀至賤者一捲長約

六丈寬不足二尺質粗而薄印花亦不精細直尚一先

奥都貿民無力用花紙乃翦紙為花鳥貼之此俗傳至

倫敦竟翊為新法鏽中閒有雇聰明幼女翦出各類花

上

卉鳥獸備售、并可隨意訂定各式、畧如喜猫之剪猫、喜狗之剪狗、襯以花木山勢、或樓房各景、吸烟室或定剪菸花貼壁、臥室或剪鴛鴦黏之左右。

二十二日癸酉、早晴、午後雨、涼、前于禮拜三日希臘國三太子安得里亞取德國巴坦堡公主阿麗娰為妃、在達木斯達城成禮、由倫敦卜薩鋪中定喜糕一、高約六尺、直五百鎊、或曰往時英國三公主碧阿特麗娰出嫁、堪特城各官夫人公獻之喜糕、高至八尺、直則五百二十五鎊、西俗定例、王族嫁娶、皆設喜糕、五一由新婦之

庖丁自造用分贈己友、然平日所用皆僅一層直一二十鎊而已、
二十三日甲戌早晴午後陰雨陣陣入夜微晴、聞昨日倫敦某學堂、諸生畢課游戲時、有男孩名周賓弟五歲、因一物墜入水溝中、從孩相助、揭將鐵蓋撇起、周孩探手入、手未出、從孩力盡放鬆、蓋驟落致傷一指、周姓禀官、伊學部判定由部發給四十鎊三十鎊、孩養傷十鎊贈孩父、
二十四日乙亥白晝細雨陣陣、入夜大雨、風、初三日曾

記牛堪路之墨爾緋堂襍𧜟會茲聞禮拜六日、彼處開第二次會、與會者一百九十男女嬰孩、又有孖生十二對、其得第一賞者、為康橕之男孩卓志、女孩珂麗、生八個月、共稱四十三磅八兩、第二賞則司特里他之男孩蒂來得立女孩芙羅麗甫、一歲、共稱四十九磅、第三賞馬麻訥之二子卓志及卓安、亦皆一歲、共稱四十四磅九兩、葛林之妻一胎生三女、名阿彌綠、碧那、芙蘭扉、一歲九個月、一乳三孩、是會僅彼一家無與比賽者、于是國王特賞三鎊、其稱孩法、一小櫈、櫈下藏稱、坐孩于

覺稱之號碼自露、

二十五日丙子早晴、午後陰、外國氣球船、駛於空中、亦無十分把握、偶然失手、不免墜跌之險、氣球公司現創一法、氣球之下安一輕木架如船、架上置三木筐或桶、高二三尺、寬二尺餘、立其中可以四望、是船騰高可至賢波羅禮拜堂頂三桶、當中者立駛船人一、左右者可各立二人、乘船出遊、價直十日二十五鎊、駛船人工費一禮拜五鎊、用煤氣四十五萬方尺、合五十六鎊、十日內合店費計之、四人約各二十八鎊、

圭

二十六日丁丑、微晴、冷、倫敦救火、向用紅油帶輪高梯四馬運而飛馳、已屬輕捷、然一梯雖高、救火人既不能齊上、亦不能即時分投各屋破窗救人、近用一長方木架、載以四輪氣車、較馬車速率百倍、抵救火樓前、一二分工夫支起、橫則括三玻璃窗、豎則與六層樓齊、架六層、每層左右豎兩梯、梯各十六級、逐層連古米水管支起、則救火人競先登、飛向出烟及人喚處、斧窗而入、扶挽、舁抱、人或自行道出、扶梯而下、救火人隨于要處射水、人不傷、火亦即息、是架用畢折疊、高與闊與公車同、

法尤便矣

二十七日戊寅、陰晴不定、西國百物、日喜更新、豪富之家傾囊不吝、婦女尤好奢華、貿易中人遂多方慫恿之、昨閱新報一則云、現值隆冬、婦女之坐氣車、晋車、疾風勁冒、空輕裘以禦之、令驗各皮、或髹重、或毛厚、鮮合用者、惟田鼠皮、軽煖、婦女作氅、擁身坐車、佔地亦不大、田鼠皮每張長三寸、寬二寸餘、婦女一氅、共須一百五十皮、之色純、絨厚、輕而輭者、以蘇格蘭所產為上、每張直九本士、十本士、如此傳播、是本國之業成衣市皮貨者

十四

驟開利藪、更有喜鋪張之輩、不論物料之美惡、惟才人云產自某地為良者、取之以矜豪富、

二十八日己卯、陰涼、外國貨物向禁偽造、今亦多方欺騙、昨閱新報一則、謂貨與貼帖名實不符、即如淨棉實係棉與麻、淨羊毛實則毛與棉、淨絲乃絲棉兩攙、青果果油實乃棉子油、支因布蘭的、茴斯几酒名不同、顏色不同、實皆燒酒參雜、名稱中國茶實係印度茶、真謀咯〔好加非之別 詳見五述奇〕名實亦常用之加非、硬皮鞋底僅係常用之皮、或絳黃厚紙壓成、人皆不易辨云

二十九日庚辰，陰雨陣陣，現爲暹羅、希臘、澳大里亞及南阿美里加各處之鳥翎大包販來倫敦時，先入老城內敏興巷及克特樂街各行拆大包，分頭二三等，按品羅置，長桌拍賣。一禮拜每日需六點鐘之久，各翎爲杜鵑、鸚鵡、鶺鴒、鶏、鵰、鴻、魚鷹、駝鳥、鷙鳥、孔雀之類。鷙鳥洋名烏拉秋爾，產於南美洲，渾身毛似駝鳥，惟腿稍短。人云昔土人每年必弋獲四十餘萬頭，販之各國。自有駝鳥翎，鷙鳥生涯稍絀，即此可見外國婦女之飾帽用鳥翎者多也。

九月

初一日辛巳。陰雨如昨。倫敦總會報稱：一日之內，辰正至戌正，往來車輛，如自韋棱屯街至司特蘭街，過貨車六千九百四十五，坐車五千七百二十一，轎子車又名搭客車（洋名教木呢柏斯，見前）四千四百六十三，腳踏車千零六十九，汽車六十，合之人家坐車計一萬九千七百二十四。車之往來，巡捕攔阻指示，一日內共需三刻二分，足見車皆順軌也。又騷森屯路至霍勒黄街，共過貨車五千五百六十八，坐車三千二百七十六，轎子車三千七

百四十三、脚踏車一千三百七十四、汽車五十六、合之人家坐車計一萬五千五百九十、巡捕攔指需二刻十四分、

初二日壬午、陰雨、英宮禮官世爵郭武立前日病故、今日卜路庫地方出殯、同日午正二刻在司晏恩街中間堤呢的禮拜堂中唪經、午正余乘車至見各國頭二等公使并男女百餘、有奉君諭代君來者二人、坐與各頭等公使一行、堂之大小形式與他處無甚區別、屆時鼓風琴由堂後來二教士、領沙彌二十八、登臺分立左右、

七三

皆黑衫白袿惟教士腦後垂一黑面紅裏之三角△形
頭蛻雅洲西南之古裝其唪念跪立一切禮節尚不繁瑣未初
一刻即畢
初三日癸未陰雨倫敦英國大銀行每晚官派營兵五
十名官一員自十一點守護巡察至次早六點鐘止武
官入門則通行如一營各門鑰匙皆歸武官掌管雖本
行理事人出入必須報知武官武官執鑰親往詢明然
後啟閉竟夜別有本行二人同各兵環繞巡察亦歸該
員所屬隨時四面以接連鐵樁敲石為號萬有敲石聲

斷續不接、武員又必親去察驗、蓋恐兵之或睡、或患病或有他故致不能傳響也、兵每名銀行給一先作點心費、贈官一鎊美餐一頓、并許外招二友同席、此蓋百年前郭爾敦作亂時事、至今不改、夜夜皆然也、

初四日甲申、陰、倫敦各家飯室臨牆必有石面橱櫃一、隨時放刀叉匙盤以及加非牛奶盃壺各事、各物于冬季尤宜煨之令温、廚竈稍遠者頗不易近、班得街博愛鋪新出一種電氣小圓桌、用時然置于橱櫃石面、再以各物列桌上、自然向熱至久、更有小茶桌連以電管幾

七

人環卓而飲、其上杯壺亦自長燹、
初五日乙酉陰、亥正微雨、一陣雨後風作、閱新報中一
則、猶太教人司平爾出殯、正行間、巡捕忽接一致猶太
教師之信、內書敬陳者、適聞鄰居司姓之死、係由其妻
與寄居之人刀惡虐待所致、望詳察之、馬査木特禀、即
時呈官聽、次日巡捕就近訪察、並無馬姓其人、司妻及
寄居者同供不認信中所言、于是官定司平爾確係因
病身故、其妻與寄居者無罪、夫人命至重、西人之待西
人尚已如是、待他族可知矣、

初六日丙戌鎮日陰晴不定入夜暴風驟雨一陣西俗男子入門免冠雖于茶酒肆亦然帽置壁上横架多人共一架帽易誤取雖各有暗記然一時不能同坐同起也或于匆忙時以其舊帽黏帽潛易人之新帽高帽近人于帽之内頂繫一小銅鈴他人動則鈴響帽主聞聲已知

初七日丁亥陰雨冷居南堪興坦區闊扉園席克滿之女席芙蘭現年二十九歲深求醫學考列高等又善泅水得有寶星于勅建輔立醫院充女醫生西八月十五

七

日（中大月廿三日）午後由醫院出遊、至晚未歸、數日無信、女父登新報、云女身長五尺九寸、强壯大脚、面色深紅、眼珠深藍、髮棕色、著藍裙深藍外罩、戴艸帽飾以黑緞、上插鳥翎、（女醫所脈如此）有能指其所在、贈百鎊、繼醫院亦登報贈加百鎊、于今兩閱月矣、前二十八日（西十月十八日）午後有三小孩入黎池滿園中覓拾風栗、趋入鏡閣一大樹下亂草中、踹見人骨、飛報巡捕、傍晚地方官于尸旁懸燈支布帳、又正外科醫官及仵作至、糞除腐艸樹葉、尸已霉爛、身首兩分、于碎布中察有減筆之女名錢包等、并有賢安布蘭之銅十字及泅水所得之寶星距尸約十二步外得一小玻璃瓶內盛黑藥水其被害歟抑自戕歟若瓶中黑水醫院察為毒水則女為自戕確矣女父與醫院所許酬謝錢聞將給拾風栗之小孩云普他呢地方席芙蘭有至契之女友某氏女友之父老且病芙蘭每至皆於窗外作聲以免驚動老人芙蘭失去第二日晚十西七八明某氏女忽聞窗外作聲女僕出迎門闢無人園中四至搜索不見華俗必以魂篤故交為言未審西俗亦作是想否

初八日戊子、陰雨陣陣。泰西各國女多而男少，如英之蘇格蘭一島，男女四百四十七萬二千一百零三名口，男丁二百一十七萬三千七百五十五，女子二百二十九萬八千三百四十八。傭婦女工者固多，而作男工者亦不少。其在地方官署者二千二百零三，學教務者九百八十八，學律例者三十二，學醫術者八千四百四十五，充教習者一萬七千三百七十四，習格物化學者百零七，歌曲作樂者三千九百八十一，充女婢者十七萬四千四百七十五，作買賣者一萬六千零五十九，耕種者四萬零五百三十一、五金工匠三千五百九十六、織紡十三萬一千四百七十七、此外更有錢商二、船廠工人一、車夫一、泥水匠二、掃烟筒者一、在脚踏車及汽車局中作工者三十七、轎子車中賣票者一、充裱糊匠者一、代人租賃樓房者二、如此雖至苦至賤之工、亦須識字者、

初九日己丑晴、西國男子有終身不敢娶者、女子亦有終身不願嫁者、歿後遺産、有不分給戚友及本族本家徑行施捨助善者、昨閱新報一則、麥偉樸者、卜陸克街

成衣總行行首也、歿後遺三十萬八千八百五十鎊六先八本士、遺書分與行中管帳及裁縫賣衣者、十年內、每年每人由五十鎊至三百鎊有差、又有孤女卜麗娰、存三萬二千二百零九鎊二先二本士、遺書分給教門賑濟牧童會教務會及猶太各教會各二千鎊、本洲及南美洲與各屬地之各教會一千鎊、麥之意在贍同行之侶、卜之意在虔心奉教云、

初十日庚寅、晝晴入夜雨、倫敦婦女競為樂善好施、不能財施乃施力、如司丹佛街第百六十一號之貝克爾

小姐立一助善局、每年函致通城各富家、凡男女老幼不用之舊衣冠靴鞋各物、願捨者、請先賜信、以便送筐定期用車收取、入局後、洗淨、再度其破爛大小、按式拆作用、以濟貧苦男女小孩隆冬禦寒云。

十一日辛卯、陰晴不定。英俗、凡女戀男、兩情投、訂為夫婦、第一須購聘定金約指、此約指鑿花嵌珠寶、價由十數鎊至百鎊不一、故凡男子見女子之手有此約指、知其已經定之聘、無須設法與之交、給用沽情愛之名矣。女子得約指後、復親交男子一箱、為妝奩、內盛各種白布衫褲之類襯以一種香草名曰拉文得爾此草固用以薰衣而更含有使人戀想情愛之義迨入堂成禮之日新郎又自兜中出一淨金約指由敎師交新娘令納之指其鑿花者入夜可去之而此淨金者乃終身不去昭恩情愛情之誠女之父兄于女將嫁時亦可給一織就大花白紗鬘內襯藍綠灰黑等色花朵顯露光潔無比鬘之工價極昂僅于新娘成禮之日服之更有世代什襲者如中國之垂珠鈿子上頭花耳墜鳳冠霞帔諸事

十二日壬辰早晴午初陰中刻細雨淋漓倫敦婦女最

喜畜犬所喜之種類不時變更賣犬爲生者獲利時有盈朒即如四年前倫敦以日本哈吧爲第一繼則改尚比利時之小耳犬邇因一著名女優有一手托小犬圖之通幟富官之妻女咸致書犬商謂如能得此種小犬願償八十鎊或百鎊如其毛色新奇似古巴者當償以二百至三百鎊云

十三日癸巳陰西國于日用之飲食考察頗致力防有攙雜敗壞無益于人然於富室所用未甚著意奸商遂于此中設法作僞攙雜如法人喜食田螺賣者以牛羊

馬肺雜之、其殼另塗以油與軟泥、殼中或實以雞鴨之
肝肺、稱曰柏甘的（地在法國東南界）之田螺、而賣之、食之者反
覺適口、西國由地掘出之土伏（覯奇）、其整出者以番薯
充之、切碎者、則以黑古米或舊紬軟皮等造之、魚死則
腐敗、雖用冰出硼砂涼之、依然變味、乃以鉛盤與礬土
填之、皮外擦以石油、質存以鮮血塗腮、視如新出水者、
西紅柿醬、多雜以紅蘿蔔、胡椒末雜以乾餅末、罕有考
其所由來者、
十四日甲午、陰、酉初細雨。環球產物各不同、飲食使用

之法莫善於本地之人既能品其味而用亦得宜即如加非英名闊弗盃法名戛貴本產于亜喇伯地在亞洲西南西臨紅海北接土耳其上名戛衞亜名戛襪譯乃酒也西人和水烹以高壺傾出後始加糖與牛乳是僅啜其汁如茶如豆湯亜喇伯人乃用弋形小壺至小者容兩杯水大者容八九杯視所飲之多寡先以他器煮水沸後傾滿小壺放以白糖三五齒置火上烹之水滾糖化取下入加非細末兩匙或四匙以匙攪之使和再置火上沸而泡起取下以匙輕震之俟泡落仍置火上如是者三至第四

次泡起、則即按杯注之、俾各杯中浮泡沫不加牛乳與糖、啜之如粥、如藕粉、如杏仁茶、色則淺紅、如高粱米甘而香、不失其本味云、

十五日乙未、微晴、英國一種彩會、如中國之抓彩奪標、現當火雞與菊花競勝時、倫敦一種小會曰鯀夫彩會、意其因婦女不與會、故名、人數寥寥、醵為選、每人如干先、以火雞為標、西人平日飲食尚白、此會則貴黃、卓布瓷器皆黃色、桌面飾花、黃瓷盆插金菊、遍室燃黃燭、作菊花形之燭、酒食數色、牡蠣牛尾湯、火雞、碎番薯、烤西

紅柿、拌生菜、乳餅、乳冰、煨栗子、黑加非奪標、傺、食蝸子
啜湯後、堂倌進酒畢、捧一金盤盛計坐中人數之小紙
捲若干、逐捲中藏號碼、堂倌繞卓一周、坐客隨手拈取、
繼則金盤盛一燒火雞、置之卓、盤之四圍飾以金菊、廚
子先按坐客數插白紙小號碼于雞身、客攤捲對號、堂
倌依號劃分各客、其得食雞之胸背腿膊肉多肉少、咸
視坐客一時之口福、客既不知庖丁插某號于某處、而
庖丁亦不知客所拈之捲為何號也、
十六日丙申、早晴、午後微霧、聞前于十三日波斯國東

北界之土爾什伊斯城、突遭地震、男女死三百五十餘
人、傷者尤眾、其地製造花氊之局廠二百餘、陷入地中
及震圮者一百八十四、僅得完好者三十二、是地東臨
阿富汗、北近俄羅斯、俄國遂派醫官診受傷之人、或云
西國拯鄰之誼、適為收拾人心計耳、然歟否歟、
十七日丁酉、早微陰、申初霧、是時他國果品來倫敦頗
盛、牛心柿子一枚、半先岡榴、極大、味甘、一本土地如橘
李梨蕉葡萄平果芒果桑椹紅莓苔子直布不昂闌由
加那他來之平果二十五萬斛、墺恰日斯巴尼亞之橘

子二萬箱、義大里、扎美喀、喀那里、芙洛里、大澳大里亞
來者共亦數萬箱、一箱八十八枚、由九先至十先十一
本士、喀那里島之蕉子、（地在斐洲西北）一禮拜中販來約八萬
枝、每枝果百餘一枝、由十先至十五先、日斯巴尼亞之
葡萄、亦九萬箱、足徵生齒日繁、食用日夥也、
十八日戊戌、早微晴、酉刻大霧、倫敦于夏季花園敞地、
多打球戲、現值寒冬、于樓中作新法游戲以斂錢、名曰
霍克伊、譯為快樂戲、此者男女耦二耦三耦四皆宜、一
長方卓、面以白粉畫截十一格、卓兩端各一橫格為贏

標處、一曰紅標、一曰藍標、當中九格、緣邊左三格、中為藍家、上下為紅家、右三格上下為藍家、中為紅家、中心三格為局外地、人分紅藍二黨、各執匙形小棍一、長約八寸、起首二黨中一人擲一錢于卓面、隨擲問彼黨曰要頭要背、（頭者王之頭、背者錢之背也）其猜中者先置小輕球一于局外地、以小棍設法敲入本黨格中、球旋轉間、他黨爭敲、冀入本格、既入格、則他黨不能奪、而此球要須緩撥、令常動、至妥處、即外敲俾飛入對面本格中、一球如能連入三本格、末入本色、贏標中間、不為他黨人敲入他

格者勝、

十九日己亥早大霧咫尺不見人、午止霧散微晴、申刻仍陰、倫敦ABC加非館前見通城一百五十餘未家之女工不下二千傭工日久方能熟習各務、工價加增什物處處得宜潔而整、引人常飲、是工價實出自來客多主人反獲利也、然女長宜嫁、據云每禮拜內必有四五名辭工出嫁、屆期行主贈女一嫁餅、賀之為常例、而屢易新工、利獲日縮、上年計入八萬一千鎊、今年則僅七萬七千鎊、資本則十八萬九千鎊、二十日庚子、陰霧、昨一老人由瑞士南界瑪日爾湖邊阿斯扣那郡來、名薩滿森、者百六十九歲、健比少年、只云近百年來不食鹽、戒飲酒、以為鹽最傷身、損血氣、敗神智、酒傷胃、如能法二千年前古人之飲食、可長生至二三百歲也、其人衣服仿古、不薙髮、不脫衣、足著皮帶芒鞋、鬚長尺餘、涼則卧屋中木榻、暖則仰卧田間、斯亦泰西之異人也

二十一日辛丑、陰、冷、前十九日禮拜六、（西十一月七日）公舉李吉為倫敦美爾、今日上任、游街、自午初至申正、往來

于極樂堂法律司、諸定如去年禮、惟兵馬隨護稍多耳。酉正帖請本國大員、各國公使及新舊美爾之戚友、在極樂堂晚酌。酉初二刻、余官服乘車至、入則兩兩執棍人引余登臺、見李吉夫婦、鞠躬握手問候畢、轉立其左、至戌初一刻、男女來齊、陸續依序步入大廳、此次所列之桌改式、正中作一六齒木梳、左右兩翼各六橫、樓上則如是式、統計坐八百七十三人、官場人多、而各國頭二等公使亦不少、是不盡李之善與人交、其兄固前任戶部大臣也。一切禮節、演說各事同前、有不同者、惟桌

上鮮花紅色、龜甲湯分赭稠兩色耳、
二十二日壬寅、陰涼、昨為西十一月初九日、英皇誕辰
也、現年六十有二、官署皆掛旗、賢翟木斯、聲礮四十
一、凡倫敦、臺文恣、圓埃奥堡、衛城、都法、查他木、阿得翔
坡、茲茂斯、蒲當茂斯、各海口之校場之有礮臺衛所者、
皆聲礮、海口兵輪、亦皆淵掛花旗、作人字形、英王與后
現住英蘭東南諾爾福府之三丁杭城、太子與妃及各
王孫以次咸集、祖孫父子共卓歡樂、同聲祝嘏也、入夜
大雨滂沱、

二十三日癸卯，陰，酉初微雨。前日倫敦新美爾到任，讌
客極樂堂，同日同時在老城東北賀蘭路大阿三步立
堂中，招老城貧苦老幼一千五百人晚餐，聞有九十三
歲老嫗與坐。是舉所費，除酒肉麪包茶葉用二百六十
戛倫，墨卜蓄果似黑桑椹稍大餅糖糕各一千五百斤，平果四
萬，食畢，公電致謝美爾夫婦及晒里夫等。又當日新任
美爾代倫敦通城人民電祝王壽，國王覆電，令代為伸
謝城民祝賀之美意。
二十四日甲辰，陰而微雨，陣陣。本街麻里貴小巷內第

三八

十二號老媼詹斯樂創售海參湯，因海參華產，華人喜食，昨送一罐，請嘗，將為長售計。余温而啜之，一罐足兩盤，僅見雞丁、蘑菇、海參已化為湯，海參本無味，湯中更無海參味，不知西人口中以為何如。直則每罐七先六本士，半罐四先，如不用罐，欲即時滿盤上桌，須于四日前給信，合每罐六先。罐盛者十二罐四吉呢，十二半罐二吉呢。
二十五日乙巳。陰，微霧。俄國虐待，遂殺猶太教人，由來已久。本年某月，美總統心不忍，欲致書俄皇而勸之，先令駐俄美使通知俄外部外部大臣力阻以靈俄皇不納為言美總統不悅美遂不滿于俄聞有俄國猶太教多人將遷居於英屬地加那他每戶先交一鎊與彼處拉庇猶太教師擿貝前為質拉庇將所收之鎊寄交住倫敦之拉庇倫敦拉庇即寄還契紙一張內言劃與其人荒地七十五畝為產每畝價作二先其人收到契紙再付一鎊十先統歸地價三分之一其他五鎊俟到加那他後領地開墾陸續交還所以先收一鎊為質者因恐代謀成後其人變心不還也又由俄至加那他之路費各戶須交八鎊聞彼處有荒地一

亮

塊本爲猶太教人屬地名冀爾什也、

二十六日丙午早晴、午後陰冷、細雨陣陣、入夜晴、前聞英蘭北界諾桑晒府暴雨漲河、君王嚴地淹一猴、尸無著、彼處有人自云可用符咒緣河尋之、法以二巨麪包夾兩匙水銀、送入河、順流而下、多人緣河追覓、共謂水銀中含有符咒、遇尸必止、麪包浮數里、抵一處不動、因水至深、巫士云尸必在麪包下、俟水淺時撈之、

二十七日丁未、早晴、午後陰、西人創物不外水火輪機電氣、近見新造一種喚醒帶、升火鐘爐中安納煤柴、醒

鐘放于爐上，式牀旁鐘爐間通一古米管，內含關鍵管連爐之一端，置有易於爆裂生火之物，連鐘之一端，接以小輪轆轤，鐘鳴則轆轤轉，自激火穿管至爐前，觸于爆物火自然矣。豫計某時用火，將醒鐘時針指定屆時鐘自鳴響，晨人未起，而火自生，至便也。

二十八日戊申，晴，冷。華人喜以栱子火上燒焦和鹽為末，調以醬油黃酒，蘸食蛤蜊，入冬火鍋多入蛤蜊仁。大者名美人蟶，乾，皆取其味鮮湯熱也。近因天寒，英人創一種熱湯盤，名曰查芾英的什乃，一淺銅爐，左右有耳下連三角銅架、架中置一銅盒、內然火酒、鍋內盛水、鍋上別一銅盤、似蓋而下凹、盤邊一長柄、以便取下置上、用時火酒燒水、水滾盤熱、盤上作菜、外有叉匙漏勺、鐵網烙物器具諸件、每分至賤者一鎊一先、所作之食物、不知其味如何、姑記之、如一種雞蛋餅、先放兩匙乳油于盤、炸碎葱少許、俟葱變黃色、傾入兩匙薑黃末、兩匙白麪、攪勻再傾入雞末、或牛肉末半升、肉末先泡以滾水、約炒十分工、即加牛乳汁兩匙、熟雞子片六個、攤炒合成一餅、別一種係炸蠣子、放乳油一匙、油化傾蠣子

十二、碎芹菜一匙、調以塩與楜面各少許、炸炒三分二即傾入舍利一杯、再炒二分工耶、出盛于瓷盤内、熱食之、味極鮮美云、

二十九日己酉、鎮晴陰、雨陣陣、冷。義大里王維克多王后愛萊訥于前兩日同至法京游歷、兼拜總統、昨日由巴里乘火車至法西北界什爾堡海口、是處車棧樓房、懸花結彩、法英兩國兵輪皆懸英法義三國旗、而英之維克都里亞抵柏、御坐快艇、尤華美、王后著褐色氅、手執雨傘、先下車、王著將軍戎服、下車後、英法水師各

主

員口親王后之手并向義王行鞠躬禮、地方官呈王后石仙桃一束、束以義國旗之白紅綠三色窄絲綉以金王冕及HR二洋字、用表敬意、當王與后步入帷幄時、水陸兵左右排隊、土人男女擁立、高聲齊祝王壽、在內少坐、經英水師提督屠查與佛格引登御前快艇、官兵奏樂迎迓、其他各船亦皆鼓吹聲砲、入夜岸上船面皆懸燈為白晝、英太子先由三丁杭馳回倫敦、午酌後赴坡茲茂斯海口、住世爵貴汁爾家、備迓義王與后、是早寅初十分、快艇展輪、巳正四十五分駛抵坡茲茂斯海

口他船及岸上礟臺聲如雷發兵奏義樂午初英太子
登船見義王與后兵又改奏天保君王義王著將軍服
太子著二等水師提督服故稱曰陸軍國王水師太子
太子見義后免冠深深鞠躬接吻繼而他官男女參見
畢本地美爾立誦陳詞一段云英義交結和睦歷來已
久又上年當我君加冕曾有貴國兵輪駛至此地頗快
民心今日駕幸此埠人民不勝歡悅恭迎此次貴王與
后來拜我君惟望今後兩國友誼更堅天下昇平也遂
迎入廳中午酌既上火車礟臺聲礟軍民男女歡呼禮

節與接法總統同未初十分開車申初三十分抵文忞行宫英君與后先由倫敦到此候于車棧各處花彩懸結車到衛所聲礮兵奏義樂迓之本地美爾立陳數語義王亦以數語答謝之二君與太子及寬諾公一車兩后與太子妃一車緩行入宫沿途男女歡呼并有以義言拉麻倪那台貝呢的喀譯爲太太上天保佑（太太指王后麻倪那乃英法言麻大木之變音）自伊咸歐乃蒙坦尼格婁土語萬壽各辭祝者

三十日庚戌陰清晨義王親至宫前萊洛墨爾堂中君

主維克都里亞墳前獻花圈、已正二君率太子及寬諾
公各著獵服坐四馬大敞車、別一車載隨人、大槍馳入
文淼園、取山雞鼠兎之類、二后在宮中臺上園內游、午
初獵畢、義王植橡樹一棵于山頂作記念、復在柯蘭班
臺上午酌、二后亦到、隨同拍小影、戌正宮中晚膳、有文
武大員命婦多人宴、間英君立起言曰、王后與寡人深
喜於此老宮中接待貴王與后、會讌嘉賓、四十八年前
曾記貴王祖來此、為寡人已故母與父之客、恍如昨日
當斯時也、我兩國交兵、多謝上天、我兩國于今友誼敦

厚、共樂和平數月前寡人在羅馬嘗貴王及人民之優待、今何敢忘、明日貴王與后離倫敦時自見我國人民交結之誠心、今舉酒先祝貴王與后之福並謝駕臨敝地、再祝貴王與后貴王族及貴國順立興盛怡懌安康、義王立起答曰、貴王所述不惟銘諸心、通國人民亦皆念念不忘、迨其事載諸史記、既使義地各邦聯盟、英亦因而日強、更使兩國人民、因而和睦、義人立為世傳之言、義廷亦為治國之一大典、與貴國感化和平同、多謝寡人與后蒙貴王與后之爽快優待、此老宮載諸史貴老后之聖容及前代之盛物觀之無不令人生感今特飲祝貴王與后及各王族之福云云因義王之來同日酉刻文憑美爾石步爾夫婦在極樂堂招讌義人之寄居倫敦者專覓義廚仿義式隨食奏樂食畢美爾立祝義王與后之福義民歡呼萬歲食畢義民男女六十二公電文憑奏聞義王謂蒙文憑美爾賜食恭祝我王之福敬請王安西人之敬其國主如是

十月

初一日辛亥晴巳正三十分義王與后乘火車由文憑

二十三

來倫敦。未初英太子與妃並寬諾公與夫人率二郡主
同乘火車來。午初義王與后到帕丁屯火車棧。經義國
駐英公使及英坡蘭公等迎登御車。馳走倫敦街海岱
園至格婁佐諾坊入義國使館。英義文武各員謁畢。復
登車走班得街至敦斯佛街交道口。有霍勒賁帕丁屯
馬立本三區美爾會誦祝詞。義王答謝數語。前進而東
過多丁杭闊路至霍勒賁交道口。義國寄居之幼童男
女百餘鵠立歡呼萬歲。再走蟾色俚巷牛蓋街。未初三
十分抵極樂堂。下車入門。御前紅衣吹號筒者兩兩前

引、後則本城、馬爾沙㗅里夫、阿得曼考滿訥爾各員皆
著古制長氅、戴灰色假髮、項圍金練、手執木杖、列位先
行、次則英太子與妃、又次則有捧長劍、嵌金圭者、末為
義王與后、轉入書樓正面臺前、各人止步、義王與后登
臺向美爾夫婦及左右各官命婦、點頭為禮、既而美爾
扶義后、義王扶美爾夫人、緩步入飯堂、同坐中正面、英
太子與妃及寬諾公夫婦、并二郡主瑪戛蕾芭蒂戛與
他文武各官夫婦、左右依品分坐、卓式亦作梳形、正面
一横、下列二十六齒、共坐男女八百、食間隨經儐相名英

爾顏設高聲一吁、令人靜坐勿言、眾坐而依然高聲歡呼者、循古禮也、表欣悅也、食畢、第六座之阿斯曼捧一金匣、內盛美爾祿倫誦詞一篇、此篇非紙、乃羊皮一長方、飾以金邊、裏以彩緞、寫字其上、為其永存不朽也爆交美爾、美爾受之、深鞠躬、雙手遞義王、其詞之大旨、亦敘及四十八年前王祖埃麻迺之來英為始、至今兩國之友誼永宜敦好等語、蓋當時、我大里各小邦分立、尚未成一大國、埃麻迺本為義國西界薩爾的呢亞島王、幾經英以兵力協助而成者、美爾立陳數語、後義王乃立答一段、大旨謂深謝英人之優待、並敘感記四十八年前英助義之、各邦合一歸為自主、義人

至今不忘兩國友誼和睦、自當永世無更云云、言之感
人心曲、為衆所喜聞者、詞畢、人皆歡聲稱讚、申初一刻、
義王與后辭出極樂堂、有英太子與妃寬諾公與公夫
人同隨、乘車走君主維克都里亞街、太木斯江畔、馬軍
校場、格婁伍諾坊、海岱園角、維克都里亞門、申正十分
至怕丁屯火車棧、即時登車、申正二刻抵文德倫敦城
內、自數日前、于今日義王往來必由之路、緣街左右、每
隔十五步立棍一對、高幾二丈、上飾金頂、下裹紅綠綢
二棍間連以大朵假花一串、街中各電燈架亦裹紅白

緣三色綢、意仿英義國國旗也、緣逢左右各鋪、插英義國旗于樓頂門前、義王將過某街一小時以前即禁閒人來往、灑地以黃沙土、緣街左右排立兵官護衛、共官六十四員、兵一千八百、極樂堂中裝潢甚華美、正面一橫桌、金瓶插鮮石仙桃、英名敖爾池伊者、已四千餘朵、其他二十六桌、陳玫瑰菊茶各花、亦九千餘朵、共直逾三百鎊云、所有用緣之處、亦以紅白綠三色、用符義旗、以昭敦睦之意、

初二日壬子、陰、巳正二刻、英義兩君及太子與覺諾公

皆著皮衣、同去六洋里外、順倭直呢亞湖水登馬諾山中打獵、獲得山雞野猫若許、共載三車、獵羅齊入湖邊千總魏蓮池家樓房小而潔、兩后先到、同在彼少坐、乃入釣魚臺午餉、食畢還宮、宮中設晚讌、罷四皆金銀數日前在宮旁槐達店設愛爾蘭土貨場、昨英君儲后及郡主以下、各買多件、因義后無暇親往、經各貨主輻輳千鎊之貨、送入宮中、義后擇購絨紗小人玩物之屬、多件價直未聞。

初三日癸丑、陰、巳初、英太子送義王與后乘火車前赴

坡茲茂斯海口、英君與后陪至車棧、左右立護軍隊伍、
馬車到時、兵奏義國國樂、將上車、二君握手、殷殷兩后
話別、亦頗戀戀、車開、英王向義后免冠、樂改奏天保國
王、午正至彼、下車即登英維克都里亞阿拉柏御船、英
太子辭回、義王與后發電文瑟、致謝英君暨后、未初展
輪、中正一刻、駛抵什爾堡、戌初上岸、登車即開、約明晨
即抵羅馬云、
初四日甲寅、陰、聞昨在文瑟宮所備御用足供百四十
人晚餐之金盤碟盌各皿、共直一百八十萬鎊、就中三

百六十湯盤亦萬鎊、皆盛以鐵櫃、置于衛拉斯王臺下
又義王將行、餽英后及賞賜宮内外各官寶物如鑽石
襟針各物甚多、英后贈義后笨狗一條、遵西一千八百
四十年、老君主之法也、凡貴客之來往文恣者、旋時皆
自御養狗籫中擇一條贈之
初五日乙卯、陰、昨英后贈義后之犬、英名庫力、性頗靈、
西國牧童多用以守羊毛、稍長、色則為黑為白為黃、身
小而足短、北京諺語所謂板凳子也、蘇格蘭牧童、遂年
定期闢賽狗會、擇敞地以木棍兩兩插土成折路、放一

羊於前、人言欲使此羊自某路至某路、末則轉至某處、
狗依所示驅行、過轉能使羊走遍而不差者勝、狗既獲
彩、人亦得名、入夜陰風怒號、窗槅皆鳴、尚不甚冷
初六日丙辰陰、倫敦有一助善會曰小孩晚樂會、英名
池得倫斯哈花伊伍甯斯、會首為太子妃、協理者首為
哲爾奚伯爵夫人、而與會之世家婦女甚多、每年一季、
募小孩玩物若干、于耶穌復甦節、分送小兒醫院及育
嬰各院、是晚分給各孩、以悅之、會以是得名、兩月前、有
前在哲爾奚夫人鄉間茶會所遇之世家女瓦爾得者

致信孫女佑英，謂本年會中擬集各種小布人，如尊處
攜有是物，祈賜一二，置之會中，不勝榮耀。余因無是物，
令孫女答以愧未攜有布人，俟則當奉贈些須華物，請
送入會中，轉售用代小孩玩物。前三日送去摺扇、手帕、
挂鏡、荷包等件。瓦即來帖，請于今日申初赴底喀的里
街之巴斯蒿斯店看所湊集之布人。申刺余攜孫女乘
車往，樓頗宏敞，老幼婦女數百，甚擁擠。見瓦爾得小姐
後，引看各間，見橫直長桌排列，各國男女老幼大小布
人共計一千六百餘，皆瓷頭手腳，紬布衣褲綢草小帽

工既精巧、五彩鮮明、看畢、至他間、奉飲加非一杯辭謝
回寓、
初七日丁巳、陰、華人謂沿海深山大川多瘴氣、宋陸游
避暑漫抄、謂嶺南或見異物從空墜、始如彈丸、漸如車
輪、遂四散、人中之即病、謂之瘴母、按華人之赴滇黔臺
灣、冒瘴而死者有之、咸以為溽溼之氣與腐木枝葉鬱
結而瘴生、人嗅之致斃、惟吸淡芭菰、飲高粱燒者或免
焉、近日英醫多人、謂察是疾非因山水厲氣、乃由蚊嚙
皮膚所致、其受瘴患寒熱、有日日發者、有隔一日或兩

日一發者、因蚊嘴所噴之毒不同、有日日漲發之毒、亦有一日兩日後漲發一次之毒、據云羅馬某處、凡外人至彼、即患瘴氣、三四英醫特于其地造木房一間、因苦炎熱、嵌窗不用玻璃、而用鐵綫密絡如紗、引涼風、納空氣、以阻蚊入、日出方出門、日未落即入、因蚊覓食以暮攢集也、居數日無患病者、又一人于是地捉四蚊於瓶、抵倫敦、乃于眾人前故伸其二指入瓶、令蚊嘬之、蚊嘴入皮不深、其人尚連病多日、統觀各說、似凡瘴疾皆為蚊致之明證、向在香港、中外人多患瘴氣、近年洋人多

遷居山上、凡近室之水池小河、皆傾煤油少許于水面、
使蚊蟲無從出、故至今香港患瘴疾者僅山下之華
人云、

初八日戊午、陰雨、細雨陣陣、聞德國舒恩堡瓦丹堡邦
王爵鄂迺斯之妃阿麗娰、年二十七歲、爲日斯巴尼亞
宗族卜爾胥之第五女、前于西一千八百九十七年在
維呢斯城（地在義國東北臨海）成婚、由彼移住得蕭森城（在德國薩克森
邦之東北界）去歲西六月生一子、名里歐普、妃與車夫義人
瑪特呢最善、忽于西十一月九日（上月二十一日）出門、渺無踪

跡、車夫亦同日不知所之、妃娣愛維臘、于數年前、亦與
畫師義人佛池伊私奔、此類事、一二國之上流人尚不
免、特為者少耳、下此則學養子而後嫁者多矣、然罕聞
有本夫與情夫起衝突者、中外婦女教養之不同也如
此、

初九日己未、鎮日陰雨、冷、聞喜柏得隆雜劇館有粤人
程連蘇演各式戲法、遂豫購入場劵、戌初乘車往觀、計
十四場、有曾看過者、亦有平平無足錄者、惟一法、人名
安那的、背立臺下、池臺上橫一長方黑木板、寬二丈、高

主

五尺餘，旁立一人手執白粉盂，乃請坐客隨意各說五數，衆客言畢，始以白粉一一書諸板上，橫得五六三十數，竪得五五二十五數，于每二十五數下，臺上人先為之加成，既令安先一一背誦後，則疊加六段，陸續述加畢，又統加成一總數，無一誤者。復請坐客信口問以某年月日為禮拜幾，安答之如響。問者數十余，不知安所答確否，以當時無書可檢也。惟令安再背誦板上各數，仍毫釐不失。其記之靈，腦筋之強，苟非生成，余願得其術以療愚鈍。又二男二女，兄弟姊妹，年皆二十上下，姓

哈爾維、演走繩技、往來行走、跳舞、单腿、順進、倒退、雙腿
平伸、坐于繩上、弓腰、俯仰、如在平地。一人名武鐸、演海
狗水獺戲于臺、正中懸一障眼、畫如在船上。武鐸扮水
師武官、别一人扮水手、海獸共八頭、各伏于一白圓木
凳上、令其作樂、擊鼓、吹號、敲鏡鈸、吹喇叭、武鐸作工頭、
舉棍指畫、聲調亦諧。既令其吸菸、捲以嘴及兩翅擎弄
大小古木球、隨弄隨拋、飼以鮮魚、皆張口而接。有時應
飼不飼、獸則或打鼓、或吹號、或兩翅對敲、如人鼓掌、鳴
嗚作聲以討食。通場約費鮮魚百尾。又演一英商自坐

屋中爐前吸烟、其旁別置三椅、爐上鏡邊張一帖曰自由商（英言弗特蕾大）立意謂天下各國皆可來英貿易而得自由也、其人正坐間、突來一他國人與之握手問候畢坐對面椅上、二人正話間、又來一別國人與之握手問候如前坐其旁、如是陸續來四人、皆他國者、竟坐盡其椅、致其人無座而立、（按其義所指、屋者英也、四人者四方之商也、前後咸來英國、用英人和睦毫不能致、將英商之座位概行佔去也、）乃于鏡邊改一帖曰公平商（英言費爾特蕾大）後來三英人將四外人抽起推出、四人分坐各椅、觀者多人擊掌稱賀不已、蓋謂英人須將外人逐出自行貿易方為公平也。此劇蓋本之章伯綸在各處所演說者。又二白臉小醜，一名貝登，一名高柏，二人戲于池中。貝登手執一石板，旁人問此板何用，貝言夥計高柏頗能猜數，如寫一數于板，余拍其頭，即能答所書之數，請嘗試之。旁人偽慮其竊窺也者，掩其面，始以白粉寫數。貝至高身後，以板三拍其頭，問之，答曰三。出石板示眾，數果三。旁人佯作詫异狀讚之。貝言可再請客中一位寫數試之。池邊一男客接去，書以四百三十三。貝見其數，驚訝無法，乃云謝謝，感激之至，感激之至，抱石板

四三

至高副身後、連以石板敲其頭、則喊大痛、抱頭鼠竄而去、旁人問伊何以不荅而去、高副言數本四百三十三、吾祇得敲其零數、彼已遁矣、下餘四百正數、請足下代捱之、何如、言畢、鬨堂大笑、客皆鼓掌、繼出三黑衣驘騎而繞池馳驅、驘則跳擲作不欲被騎狀、殊可笑、演畢劇時、臺正中懸天官賜福四字、左懸孔子像、右懸關帝像、高皆盈丈、五彩簇綉鮮明、中置八仙卓二、前繫綉花紅圍、一班四人、三男一女、獻技者僅程一人、卓上一木斗、滿盛鍋末、將棍插入示人以内無別物、繼而傾出、則活鴨三隻

又以瓷花盆二向人舉起空空如也既手執一紙筒形
如帽筒兩頭皆口、人視之通無物、納之盆中、隨即取起、
生白菊一叢、再納之第二盆、又生黃菊一叢、剪花以二
管籬承之、管座婦分送各女客、見等下盤程小影一幅、
周僅寸五、復吞紙火三十餘捲、白棉一盆、吞畢口中出
烟、隨于烟中取絨絛一縷、甚長、紙條一堆、雨傘一柄、二
尺餘木棍一、又取金橘一玻璃瓶、長方玻璃匣一個、分
置左右兩卓、以木筒套瓶、轉瞬間匣中金橘滿、去筒視
瓶、瓶已空、其他如套鋼圈、舞火球、取盆水各戲、與都門

同演畢臺上忽垂紅毡黑絨字條六長均丈五寬各二尺字之點畫刻作甚工其文則天地元黃一篇不知是何取意子初回使館

初十日庚申陰雨冷辰刻率諸參隨向北恭拜牌行三跪九叩禮酉正公讌樓上下共列十二桌閒近因英王喜愛一種黃色小鳥洋名堪那立（即北京俗名碧雲鳥）價驟翔貴據云所直之金較鳥身重加數倍其至貴者為頭起盔羽長遮兩目直由十五鎊至四十鎊因其不易孳生也雖禿頭無盔羽而鳴聲可聽者亦由十數鎊至

二十五鎊、飼鳥之法、由日斯巴尼亞販來辣椒胡椒之類頗多、以備添拌雞蛋之用云、

十一日辛酉、陰、冷、西國向有風雨表、近經英人復創一至儉至簡之法、洗淨醬菜玻璃罐、滿以涼水、與肩平、一長頸錐把形玻璃瓶、對口倒置插入、土潤而雨、水不入瓶口、稍潤、水上升入瓶一寸、清爽不溼、上升二寸、晴則升三寸、幾至水邊、常晴不變、升四寸、過罐肩矣、屢試屢驗云、

十二日壬戌、陰、午後微雪一陣、西國各式新報、罕有自

販而美他國者，且每多保護國民，鼓舞之，振興之，如邇來華茶賤而英人印度所種之茶運至倫敦，價乃加倍，遂致購用華茶者居半。昨見日日新報一則，題曰茶末灰塵，據云：華茶不潔，多夾塵之碎末，已經各國拒之矣。倫敦人買一先一磅者，以為良茗，苟經善鑒者一嗅，即知為華產。是茶第一盌其味辛，再則色淡味亦淡，雖云貴省，實為多費也。俄人貧而貪，更欲色味濃厚，首尾如一，故今已改飲印度茶。印茶一先半或一先八本士一磅者，價雖畧貴，而味色皆耐久。夫華茶之所由販運進

口者因英無美之禁用賍茶例耳、然醫病之法、主權在
我、尚望司其事者察之云云、由彼之說是僅欲茶味濃
苦茶色黑紅、未讀茶經、不能領畧其趣、夫印度茶余已
嘗之矣、色不黑而味甜辛、入咽使心頭作惡、且西人暴
飲不知細品、泡以死水、烹以大油電氣、香味已失、加以
牛乳白糖、茶之本味亦去矣、亦何辨乎是茶非茶耶、
十三日癸亥陰、倫敦善士恐幼年孤貧子弟隻身外寓、
易被引誘、乃公議于司鐸魁路第四十二號起樓五層、
名曰印格郎寓所、俾有安居之地、得免為非、樓每層卧

室五十二、洗浴房四遍、可居人二百零八、樓下頭層有
書房、飯堂、吸烟廊、打球房、中間大廳、操琴奏樂處、外間
并有抛球踢球處、建造費、除各間陳設器具外、共用三
萬鎊、賃價分三等、每禮拜自七先至十三先、昨日先經
浴柴得爾大牧師落第一塊基石、其房甫興工時、即有
豫賃者六十餘人云、

卷九終

八述奇卷十

鐵嶺張德彝在初隨筆　潘士魁校

光緒二十九年十月十四日甲子，早晴，午後陰，冷，見冰。英蘭、蘇格蘭向為兩國，英稱南卜里敦，蘇稱北卜里敦。至西歷一千六百三年，明穆宗隆慶三十六年。因蘇王猩木斯第六為英君主伊里斯碧娰之姪，迨君主將薨，乃許其姪猩木斯第六兼主英蘭，改號猩木斯第一。其後將及百年，當君主阿安之世，官民以兩國一主，莫若連合為一，遂合南北卜里敦稱大卜里敦，是為現在英國之本名。

然時仍各立議院、各守律例、數年後、以為既成一國、彼此議事辦事兩歧、非合一之大弊、蘇之議院遂併于英、擬定蘇之世爵入上議院者十六、然蘇之世爵頗多、年年散聚不利公舉、乃定每更換時、世爵集而拈鬮、得者入焉、

十五日乙丑、陰、入夜風雨交加、極冷、西人不尚巫術、近聞倫敦新出一賣卜人、佚其名、著補花闊袖大氅、如中國古裝、又如道士、屋之承塵掛古油燈、地置一橢圓桌、一張、立二燭臺、臺前一五色深淺十字籤筒、英人稱其

術曰布拉喀爾他華言黑技也。呼其人曰斯易爾華言預知者也。人問卜彼即然燭恭舉籤筒取出雜色十字籤。橫布于卓頭。再令來人焉掌形磁石一塊。令以右手執之三分鐘後。使已之吸力壓下石之吸力。則于一橫十字籤上面順揮一過。吸起其籤。即按其籤之色斷之。如吸起淡紅色者。卜者乃將此籤列于十三籤之首。往來籌算數次。而後告曰。以此色之籤觀之。如數身體康健平安。衣須以深藍為主。再將此中一十字籤。盛以錦囊。佩于衫襖之間。有益無損。如遇外人附已。凡事如意

隨心須頭戴碧玉或身佩之必當有驗、如得深藍寶石
尤妙、聞遂日問卜者絡繹不絕、婦女居其強半云、
十六日丙寅陰冷、西國婦女尚細腰高乳大臀、自幼束
腰以縧帶、且圍有腰兜、作皿形、英名髙爾塞他、乳小則
於鋪中購紗棉製成當乳凸出之抹胸服以壯觀、他皆
類是、男子亦尚挺腰高肩以表雄壯、腰不直暗用婦女
之腰兜、肩不高令裁縫以綑棉作二勺形之袋覆於衣
內肩上、
十七日丁卯、鎮日黃霧迷漫、咫尺不見人、未正已然燈、

街市左右向來不用之煤氣燈、亦皆點起、以利行人西
國于物之無益於人者、皆設法改製、雖生成之肢幹苟
為其人所不便、亦整理之、近聞英人有以手肥指動不
若人者、醫家創一法、自配一種沃顛香膏油料、用無多、
倸格里賓林（一種白水嗅之無味當之稍甜雜于酒水中即化）一百格拉木（每格
拉木重二分半）乾胰末五格拉木、乾碘鹼末十格拉木、苦杏仁
十五格拉木、四藥和一則膏成、洗手畢、二手搓摩十分
鐘、手熱、即以指蘸少許香膏油擦之、一點鐘後、用溫水
淨胰洗去、再以克倫香水抹之、洗治月餘、易肥而瘦、據

云是方頗驗

十八日戊辰、鎮日陰霧冷、倫敦向有一種以甲字形拍子打球戲、名鑾台呢斯者、詳見前現改用八角手鼓、因鼓之四圍有小鈸、追擊皮球、敲鼓搖鈸、逢逢鏘鏘、勝于拍子、夏季戲于園囿草地、尤覺耳目一新、八角手鼓英名坦柏爾、因改是戲名曰坦柏萊婁、譯為羯鼓、

十九日己巳、陰雨、西國汽車速率極大、婦女喜乘、且欲其軒豁、東敞而行、疾空氣阻力驟加、致人呼吸不利、由是鋪中創製多式傀儡、飾以彩紬、目前罩以玻璃、戴於

三

面上俾面不為風力所襲、呼吸較暢、其價竟有一鎊至三四鎊者、而婦女購用甚多、亦商人求錢法也、

二十日庚午、陰、酉刻細雨陣陣、英國南洋屬地婆羅洲島英名柏呢歐、其北界文萊等處之酋頭世爵猩色令晚於賽西店約客晚酌、數日前折柬來邀、酉正二刻、余乘車至、入前次赴飲之大廳、此次桌式一橫七縱、當中稍短、作冊形、共坐人二百四十六、猩色坐于橫桌中心、坐余其右首座也、老幼各世爵文武及文士商賈諸客、皆曾經東歷雅洲南洋各處者、桌上密列金銀菊花玫

瑰各品、器皿華麗、肴酒鮮芬、餐畢、齊立起舉杯恭祝英

之福、正卓對面一小方臺上坐六女作樂、亦奏天保

國王既而惠容柏呢歐加非一杯、暨大菸捲一盒共四枚、

彼處土產也、遂息燭演射影燈、皆本地風光也、土城名

三壒堪、河名帕大斯、激湍叢綠竹屋聯堂、大與新嘉坡

相似、土人身黑如漆、亦蘇魯三島之一種也、華之工商

現約四萬、然畫中所見、皆苦工耳、看畢、然燈復有多人

演說、不過國家之福、商民之利賴、衆精能、日增月益云

云、予初始畢、

二十一日辛未、陰、昨見九月二十一日中外日報一則、説奴隸、蓬髮垢身食穢卧土之民奴隸也、摘句尋章、懷挾就試之士、奴隸也、下吏韡足、手敝奔走風塵、大臣匍匐宮廷、承順閹寺、舉奴隸也、考其所論、必誤於民主之國人皆平等之八字也、天下文化各國孰無君臣、民丁、士子、兵將、主僕之分、苟謂民主國人皆平等、何其總統至他國、而舉不以待商民者待之商民、至他國、而不以待總統者待之、國有總統、文武官員謁之以禮、士農工商謁之有禮、人之于官長、兵之于將帥、僕之于主人、尊卑之分罔弗以禮、于是學術裕者為官為鉅商、下此、則為兵為農為匠役、工流社會中人以學業深淺分顯晦、中下社會中人以身家富貧分主僕、是皆民主之國有上下之分之明證也、其所謂人皆平等者、不令藐視欺侮之謂、是又各國人民之公例也、又云奴隸之習五千年培之、豈能一旦脫之、惟願此後無賤丈夫、為人人加勉、或有蛻化之一日、由後之說、是舍其國之所以為國、而自比于猺獠生番也、如此變吏不奴隸于本國、恐將奴隸于他國矣、噫嘻、二十二日壬申、鎮日大雨、入夜晴、中國罪犯畫供閒用指印、謂之斗記、印度不惟用此法于罪犯、凡官場雇用之僕役、辭去時、必留指印、防其更名別覓他差、其人得恩養終身者、亦留指印、防其人故後、戚友冒領卹、邇來倫敦蘇格蘭院（詳見四述奇）亦仿此法、男女竊犯銷案時、皆留指印、印時人為塗墨、引其手而印之、人多指紋不一、分為四大種、以便考察、曰半圈、曰繞圈、曰小環、曰湊圈、昔時牢獄皆留罪犯小照、一二十年後再犯、案面孔改老、不易辨認、加留指印、則一生不能變。

二十三日癸酉、早微晴、午後陰霧、聞英皇幸愛爾蘭時在寬洒瑪拉地方、一日微服獨步至林南村稍倦入一草舍憩焉、有婦曰馬婁呢者、潔椅請坐、王見其椅削薄、恐不勝其躰重、遊移間、婦言較閣下躰尤偉者曾坐此椅、王笑問曰偉人為誰、婦曰魯堤南侯、實我國之名人也、君曰我頗知之、然我為國主、較渠不尤重耶、婦失色鞠躬求恕、因遂久坐、細詢民情、君去後、遊人入草舍以得坐君椅為榮者、旦夕接踵、婦亦因之獲利、

二十四日甲戌、陰霧、極冷、聞世爵夫人候模規擬在上

柏棵當街設一家門會館、洋名候木克勒布、凡老幼男子充當僕役之無家及業傭無工作者、皆可寄居、牀椅飲食書籍、打球器具咸備、無異居家、更免流離在外、惟耽酒賭博及匪言惡語必禁。

二十五日乙亥、陰。嘗思吾人之喜學西國之天文地理格物、化學等、必待精純確有把握、方可傳教與人、抑或筆之于書。至其道聽途說者、尤須再思而後說、以免貽笑于人。乃昨見中外日報一則、謂攷上古神洲之地有三大種、最北為韋粥族、中為苗族、南為黎族、韋粥係在白零海峽未斷時、由美洲紅種分出華種則從巴比倫而來、黎族與南洋馬來人同種、按諺云天下四方、有地必有人、夫我中土堂堂大地一塊、爲天下五大洲之至大者、較南北二美洲大皆加倍、較歐洲且大加五倍、雖斐洲比之亦大折半、豈自古無一土著耶、尚按所云則中國人皆外人之流種矣、何不自料如此、雖云巴比倫與馬六甲皆在雅洲、然較內地極遠、且中隔大水高山、至今巴比倫與馬六甲依然蠻貊、不如中國之文化、如果係該二種之流族、中國之文字語言、究當有所相同、何竟一無相類耶、至北美洲之紅種、現仍腰纏鳥羽、更不必言矣、惟中西士亦有言及民之初生、由黃河岸漸次散而之四方者、其言尚屬有理可信、

二十六日丙子、早微晴、午後霧、倫敦衛斯民司得大教堂旁之賢皮特臘典文學堂、每歲冬季、擇聰敏熟學諸生演戲一齣、請人評其臘典語言、所以勵其學、張其能也、此戲余於二十年前曾觀一次、前數日、學中提調具柬請云、十二月十四日卿令禮拜一及十六日禮拜三、演臘典小戲、懇請賁觀、務于酉初二刻前先至教士院

第十九號澈厲、以便接待、酉初、余乘車至入見其夫婦、並二三的音教士少敘、同入學堂坐于臺前第一橫計客男女約三百人、所演乃三百年前希臘京城阿三故事、一商名查爾邁者、因其子賴斯柏呢克司年幼奢侈、擬身出外貿遷數月、冀稍獲利、用以贍家、須行俛其友喀里克照料子女、并告以家中某屋地下窖有財寶、查行後、其子依然浪費、至無餘資、欲售房產、喀里克佯買之、以免窖財歸他人、喀友馬頁晏遜、茲責其私售他人財物、喀里克乃據而暴之、鉅商法伊勒投之子來喜太

欲娶賴妹為妻、賴辭以貧苦無妝奩、既以賣房故得有
存項、遂允許其家奴司他奚莫斯聞之哭訴、謂如此恐
我主僕當皆餓斃、乃設法以言勸止兩人、寢其事、不果、
蓋來喜太意不在妝奩、而賴斯柏呢克斯亦願嫁其妹、
乃終被法伊勒投辭卻、二人無法、然仍各懷嫁娶之心、
既而喀里克立意從中調停、乃商之賴將地竇掘出陽
為其父由外寄來者、一日查爾邁歸、遇一郵寄人于門
外詢之、即執假信寄銀者、正說異聞見司他奚莫斯從
酒店出、乘醉將賣房掘藏結婚、困苦事縷陳不遺一字、

乙

查爾邁開之氣結款什、正喧譁間、喀里克開門出視、手執鐵鏟、正其掘窖時也、喀爲查細述其由、查大喜、始怒其子既認來喜太爲壻、並定喀里克之女爲媳、遍場僕八人裝扮老幼貧富態度頗好、衣冠半似埃及、人皆赤足著皮底皮帶鞋、光頭著白氈斜披花綢一縷、其氈年老者及足面、年幼者適袴、貧者寬袖短襖、腰結粗帶、髮不剪而捲垂腦後、臺正面懸阿三圖一幅、遙望樓房皆白色、式如泰西、惟花木稍異、其服色裝飾多與西國教門畫軸同、念白不唱、語極純熟、演畢、男女客均回提調禮、入門乞書名于簿、遂夜酌、余與提調夫人及教士六人一席、其他男女廿餘、環立一大桌、僅備冷葷、紅酒生菜、麪包數色而已、食畢謝歸、時及子初、

二十七日丁丑、陰、西國天主誕節、在即、各加非點心鋪鬻李子聖糕、閙華比街、査朴曼鋪中、一月之工、造糕一、高四尺、周六尺、重一千觔、飾以金花五彩、不知工價若何、亦不知何人定造者、

二十八日戊寅、陰、西國婦女喜畜類、如金猴銀鼠之屬、昨紫勒比坊設老鼠會、會首牛瓦小姐共聚老鼠六十

餘多人珍賞、其色不一、黑、白、斑白、金黑、皆極淨潔、亦皆馴熟、有估直半鎊及十鎊者、

二十九日己卯、早大霧迷漫、白晝然燈、午後霧散、仍陰、與內子論及西國婦女著衣梳髮之式頻改、余三年前在倫敦時、婦女衣作聳肩、去歲到此、見其衣之兩肩低平、至夏間、忽其袖半仿日本作形、如喇叭、其袖則由肩至肘、依然縫緊貼身、由肘至腕漸寬、至八寸到一尺、時值酷暑、以為披寬袖納風招涼、比及隆冬、衣氈、絨、襯以皮棉、而袖仍前式、蓋隨時派耳、其髮昔皆上攢作髻、

髮之短或少者,整以假髮,一團或覆以假髻。現改落平
作餅、或圓、或半圓、或作三出、或四出、梅花、有出頭寸餘
者、或左右垂下至耳、或腦後垂下至頸,種種不一。髮之
不能依式裝梳者,鋪中特售一種假髮,形作圓圈,可大
可小。髮有長短,色分黑黃,價則由十二先令至一鎊不一。
用法:前藏髮內,後兜髮外,前者後攏,後者左右分挽,任
作各式。故現時新報有云:婦女不利脫帽,防露假也。
三十日庚辰。陰。赫樂彬宮保之夫人為其孫設小孩茶
會。會開于申初,收于酉正。日前來約,遂于今日申刻攜

孫女佑英一往見赫夫人及其女媳、幼童稚女、陸續到者四十餘家、其父母攜帶家其兄姊攜帶家、止女婢隨從者樓上跳玩一場畢下入飯廳茶點、復登樓鼓琴跳舞、各執花拉爆竹數枚、互相拉扯、澍扒震耳、五彩花紙飛滿地、隨令僕婢掃淨、衆孩復陣陣跳玩、乃隨時分贈諸孩玩物大小多種、并有糖果糕點各食物、酉刻謝回使館

十二月

初一日辛巳陰。倫敦土俗、亦有恰遇何物及佩帶何物、

意主吉祥，如黑猫進宅，謂必發財；拾得四葉苜蓿，謂將致富，以此草皆三葉，四葉者不易見也。其他佩帶古錢、小魚之類，皆求吉利。洎乎氣車、氣船盛，于是人以金與銀縮仿其式，佩之表練，取其興旺。值耶穌誕辰，多有餽者，英王亦置如許華美文雅小物，備贈戚友。王喜畜犬，所購金銀質小犬為多，今後英人當必以佩帶小犬為吉祥榮耀矣。

初二日壬午，陰霧。倫敦人大餐僅午後一次，各小飯店所售至賤者亦須一先耶穌教會中之善心婦女，現在

上

西教斯佛街之安瑪斯街慶斯教堂餘間開一大飯店，用待貧苦傭工婦女，不爭厚利，僅賺厨竈人工費。每日午正至未正計頓出賣，飲有牛乳、香茗、肉湯，食有牛肉、羊肉、猪肉、麪包、糕餅，烹調適口。每人僅由四本士至七本士。每日食者都二百四五十人，物賤如是，以用者多也。

初三日癸未。陰霧如昨。上月二十九日，阿拉柏堂中有玩物布人會，大小羅列四千餘種，類不一。外有花扯爆竹二萬七千匣，六本士小銀錢一萬一千枚，皆善男信

女所施者、因倫耶穌誕辰分遺施醫院、育嬰堂、工作房、所育小孩、俾之徽度新年、

初四日甲申、陰霧、英俗每于耶穌誕辰、家家以燒火雞為美食、售此物有二總市、皆在城内偏東、地近老城、一名司米靡、一名里毛霍、而通城各雞鴨鋪亦皆售宰成者、更有由奥、義、色爾維亞各國販來者、逐日進口甚多、重八九斤、斤十本士半、重十斤至十一斤、斤十一本士、重十二斤至十五斤、斤一先、重十六七斤、斤一先零二本士、重十八九斤、斤一先三本士

初五日乙酉、陰、昨聞堪興坦區之肥拉莫園第八號老
婦達爾齡、家產直九萬六千三百一十七鎊、歿時遺言
以七千二百餘鎊分捨本城各教門善地、餘二萬四千
鎊施于斐洲正南銷西開埔塘海口之教堂內二千鎊、
英蘭東南角臨海瑪爾該城之維克都里亞養育殘廢
小孩堂中二千鎊、復在哈特雁地方建小教堂一、交其
夫及子用作記念、計一千六百鎊、英蘭東南角堪特府
卜洛斯台城之養病堂及中斐洲之大學堂施各一千
五百鎊、南斐洲麻收那蘭地方牧師、本國約爾克府牧

師各千鎊、禁止虐待小孩會、保養羊瀾風諸會、亦各千鎊、爰撮其大畧志之、

初六日丙戌、陰、頗冷、聞英人新創一種射覆茶會、洋名迷斯特里悌、所請男女各備一紙、或書隱語幾句、或以墨戲顏色畫些秘密、到齊各紙挂號、各人猜解、主家備贈物兩分、一贈廋詞之奇妙者、一贈其人之第一得解者、猶之北京之鐙虎兒會也、

初七日丁亥、陰、今日係西十二月二十五日、為其耶穌誕辰節、鋪戶及人工休息、老幼男女均衣新衣、街遊與

禮拜日同、閶當義王與后在文德宮時、色爾文達木及穆爾小姐照料周備、昨英君與后各賚一物、以作記念、文達木得一金匣蓋、面正中鏨君像、像左右有ER二字、堆以鑽石、鑲以珍珠、穆爾得一胸襟針、針頂以鑽石作王冕、鑲以珍珠、冕下玫瑰一朵、亦嵌以鑽石、二人本優伶、將于明年赴美洲歌演、

初八日戊子、早微晴、午後陰霧、冷、英國各處有勤工改過二學堂、蓋學堂而牢獄者、凡幼童幼女懶惰愚鈍及淘氣不馴者、經其家送來、或遣人捉入、而教養之、情必

使勤、愚必使明、頑必使化、本年英蘭一島、十六歲上之男子二萬三千九百十七、女子五千二百十八、就中努力學工改過自善者、男六百九十一、女七十九、足徵教養之匪易也、

初九日己丑、陰冷、輕飄點雪、到地即融、倫敦現作一種蛇馳戲、俗名蛤蟆、來自法國、色深綠、大如制錢、每枚價由八先至一吉呢、此類物性本不甚靈、而較靈於蠢獸、于是婦女廣購之、盛于大瓶、瓶底淺浴以水、飼以蝸蟲、螻蛄各蟲、依時教以跳穿約指、據云藝成者能連跳八圈、凡

設小狹茶會、多作此戲以娛樂之

初十日庚寅陰冷、細雨陣陣、聞前于西一千九百年三月二十日（光緒二十六年二月二十日）巴黎北方火車棧失去一萬六千鎊、在補銀水帳房中、十月十五日（中秋八月二十二日）又失去三千鎊、今已三年、賊未獲、且近日各銀行多失金者、昨由巡捕捉得三英人、于其住所搜出許多布囊紙袋、式樣、造法無異法京銀行所用者、據云其盜法係專在帳房于帳館已收將發各袋、潛以假者易之、又波爾多海口（見三逑奇）巡捕捉一剪綹、亦英人、名倭爾達、現年六十

三所住店中搜出許多器具、

十一日辛卯晴、中國養濟院、育嬰堂、粥場、義學、醫院、并施捨棺木、棉衣、薑湯、丸藥、諸善舉、既非勒捐、亦不強募、而募及洋人者實鮮、華人既不肎往募、往募亦無門、苟得門而入、恐洋人亦未必慷慨樂施、華人洋人有種無形之契合、顛倒是非、幸災樂禍、小人之臭味同也、凡此善舉、匪惟不思成全、且毀謗以阻遏之、其在倫敦則善地善事、指不勝屈、事無鉅細、經營伊始、由一二人之善舉、既成則逐年費用、咸歸捐募、如男女老幼各醫院、各

學堂、養病所、棲流所、收生所、育嬰堂、拯救隊、啞院、瞽院、

作工所、自新所、貓冢、狗冢、義店、孩店、捨湯處、賤飯店以

及教堂之各善舉、郵政局、巡捕廳、新報館、街道局及電

報局等、年例均有會、又每年耶穌誕前、名家婦女亦開

善會、或稱濟貧、或稱周卹鰥寡孤獨、或資助貧家子女、

老羸兵丁、或施助兵房、或募化玩物布人、用以施捨嬰

醫院、嬰學堂、好施者年出萬鎊不足矜也、募化之法、開

及他國寄居之客、前于初三日晚、巡捕廳歆調劑四城

巡捕子女、邀義務男女數人、奏樂歌曲于利貞街坤煍

堂浼人購券往聽、半月前以函請、余遂購入場券六分付僕人一往、昨倫敦美爾來函云、米得賽醫院募化年費、舉渠為首、渠訂明年五月初三日、中明年三月十八日設讌于美泰普店、敬要惠臨、以為光寵云云、又募券一紙、空其前、備書所施數目、尾印赴讌與否、祈早賜回音各語、迫於無奈、遂複以盛饌弗克親赴、今助五吉呢、

十二日壬辰、為西歷十二月三十日、晴、申刻、倫敦美爾在極樂堂招城中貧苦男女小孩一千三百名晚酌、孩均梳洗潔淨、衣履整齊、環坐大廳樓上、作樂、各人麪包

一盅、冷牛肉加熱蕃薯一盤、李子糕一盅、牛乳一盌、及橘子蘋果類食畢、衆孩齊聲祝美爾之福、是日入門各攜一劵、名曰班餽、釋為赴宴

十三日癸巳、陰冷、比見英人由汽車復創一種冰牀、洋名艾斯謀特爾、一長方薄木板、四角四木足、裹以鐵、前二足能左右動、如船之舵、足前鐵箄式同汽車牀中心置氣機、僅三馬力、牀後橫亙一極寬巨輪、軸連關鍵、下接機器輪、前坐一人掌舵柄、一牀可載六人、輪左右旋轉、借天氣與風力、一小時能行十五洋里、惜英蘭入冬

少冰、今年較冷而地面多凋、長江大河、偶然結冰、冰牀

畏其險不敢駛、

十四日甲午陰雨、冷、是爲西歷一千九百四年、正月初

一日、聞霍勒本街有鋪名戛美芝出賃布帳、備鄉鎮之

夏間設樂堂、請茶會、設筵宴、設善會、過節、跳舞之用、并

帶裝飾、鋪墊、然燈、長二十二尺、寬十四尺、宴客十八人、

聽樂三十六人者、賃一天三十五先、挂布裏裝飾旗幟

之屬、加二十先、鋪地氊、加四十先、然燭、加二十五先、然

油燈、加十五先、長三十尺、寬十六尺、宴客二十八、跳舞

容三十人、聽樂五十六人者、一日四十先、挂裏修飾、加二十七先、半鋪地氈、加六十先、煞燭加四十先、油燈加二十先、長四十尺、寬二十尺、宴客六十人、跳舞數七十人、聽樂容百二十人者、一日六十先、挂裏修飾、加四十先、鋪地氈加九十七先、半煞燭加五十先、油燈加三十五先、長五十尺、寬三十尺、宴客百十人、跳舞足百二十五人、聽樂各事容二百二十人者、一日九十七先、半挂裏修飾、加七十先、鋪地氈加一百七十先、煞燭加八十先、油燈加五十先、長七十五尺、寬三十尺、宴客百七十

人、跳舞可百八十人、聽樂諸事容三百四十人者一日
一百三十先、挂裹修飾加九十先、鋪地氈加二百二十
先、然燭加百二十先、油燈加八十先、長九十五尺、寬三
十尺、宴容二百四十人、跳舞可二百五十人、聽樂各事、
可坐四百八十人、一日百五十先、挂裹修飾加百先、鋪
地氈加二百七十五先、然燭加一百四十五先、長六十
尺、寬四十尺、宴容二百人、跳舞如之、聽樂各事、可坐四
百人、一日一百三十先、挂裹修飾加百先、鋪地氈加二
百四十先、然燭加百十先、長八十三尺、寬四十尺、宴容

三百人、跳舞如之、聽樂各事可坐六百人、一日百七十
先、掛裏修飾加百十五先、鋪地氊加三百四十五先、然、
燭加百四十五先、長百零五尺、寬四十尺、宴容四百人、
跳舞可四百二十人、聽樂雜事容八百人、一日二百先、
掛裏修飾加百四十先、鋪地氊加三百九十先、然燭加
百九十先、此外別有寬由五十至七十五尺、長至四百
尺者、皆有定價、鄉間無別墅之區用之極便、
十五日乙未、陰霧、夏芙芝鋪、亦賃卓椅、長飯卓、寬由二
尺六寸至三尺、以尺度其長、定其直、尺三本士、椅子每

十二把三先半百把二十五先粗凳尺一本士半、帶礡者、尺二本士半、白木長凳尺一本士、以車載運出城不逾五洋里無車費、逾五里則加算、

十六日丙申、陰、昨見倫敦日日郵報一則、題云致信胆怯之妻、前于初七日晨（即西十二月二十五日）柏林城有少婦由沙洛屯村（見五述奇）之教堂步回家、途次一孩送信一函、度必向來逢此聖節、小孩玩戲乞錢、遂置兜中、抵家拆看、不意內多輕狂暗昧語、乃云豔麗美人之讀此數語寫者深知、而讀者必自知、既經本夫遺棄、可致書知情之

人馬克思云云閱竟或詫異、或恐懼、或交信於巡捕、次早有孩取荅覆馬克思之回信、胆怯遂寫信交孩、孩持信飛到一街犄角處、交衣服華麗之美少年巡捕已豫行訪察、登時弋獲、供名穆理得、曾與其友翁格爾同作此類信件一百二十、耶穌誕日之晨、賄人分遞各婦冀有所得、其法乃令小孩執信立于道中、伊匿于道旁曲處見少婦丰采可人者、作暗號、令孩即遞、揣其寄信之意以為少婦若心有所恐懼、回函必贈錢若干、求其守口如瓶也、由此以觀、則防意如城、非所以望於西國之

婦女、

十七日丁酉陰霧、蝌阿克屯街勾爾車行共畜馬五十八匹每年正月一日、亦犒勞一次飼以紅蘿蔔紫白麰包、平果糖塊乾餅各物盡行割碎拌勻計五十八匹中強壯常用者三十五因羸老不常用者二十二養已三十八年現僅餧養而不用者一計所費壯馬一年二十六鎊羸者七鎊零

十八日戊戌陰涼聞耶穌誕辰、葦泗克里第地方、某學堂女生冠蒐葦買一小木桶、滿糖果及鳥雀應食之穀

料懸于樹杪，少頃百鳥飛集爭食，鉤輈格磔，其聲震耳。女名其桶曰耶穌誕辰百鳥晚餐桶，又曰耶穌誕辰百鳥樹。

十九日己未，陰，不甚冷。西正月六日也。倫敦美爾李吉夫人訂于今日戌刻，美爾府中開小筵，任意跳舞，會洋名茹伍吮番希得蕭斯波，即任意之謂。各裝束可隨意改扮為今古本國他國官民蠻野男女，各童至少者六歲，至長者十四歲。上月中旬豫來柬請，己復以願攜孫女與會，復來一柬，上印請將姓名、年歲及何式裝扮詔明以便覽樓見美爾夫人時、遞與報名人傳姓名及裝式、戊初、余令孫女梳雙髻戴花乘車至見其所有規模同、去年童男女約四百餘、有三女著日本服、二男著中國衣頭戴官帽身則著女裙褂、又一男面塗紅壁頭頂一圈、背垂兩縷、皆烏絲長八九寸、色分五彩、著土紅色綢緊靠假作赤身、腰圍花綢一縷、仿北美洲西印度之野人也、堂正面奏樂、跳舞八場、至亥初、眾散、兩兩由美爾夫婦前走過鞠躬為禮、畢、登樓夜餐、酒食豐渥、勸進良殷、賓主款洽、樓上專列五卓、作坎卦形、皆貴客也、余攜孫女與美爾夫婦及他男女十餘坐中、長卓、其他男女及小孩在別間、食畢、余扶美爾夫人下樓、仍入大堂、坐觀衆孩跳舞、七次乃與握手謝歸、時已子正。

二十日庚子、陰雨。倫敦有種養贍堂、英名倭爾克葛斯譯爲作工房、凡男女之貧而無業者、投入此房、量其所能作工、具有飲食臥房、閒坐步行、看書寫字之處、款由善人施捨、通城此堂不知幾許、惟閒寄居男女共七萬三千六百零五、前初七日因耶穌誕辰、給以美餐一頓、據云通城費共萬鎊、就馬力貢街之約爾克養贍堂論之已二千二百餘人懸國旗于大廳四壁琴臺飾以花卉食則烤牛肉燒番薯李子聖餅啤酒半斤橘子二枚菸葉一兩婦女之不能喫酒者各給茶一盃食畢齊立恭祝天保國王

二十一日辛丑陰霧京中風俗於重九日登高喫烤肉倫敦則夏季約戚友男女郊游于艸地午酌昨初七日英蘭東南角臨海之佛克森地方有人別開生面乃傻晨面海早餐男女三十餘人皆本地土著之歷海邊洗浴常晤面者共是早卯初海邊齊集斯時天氣溫和水

平如鏡、各人下水浴畢、共在岸邊照象一張、以紀其盛、遂環坐早餐、所備惟冷葷熱加非、麪包糕點而已、食畢、各人於捲一枚中有名法格者、因周年海邊浴期、每期必與、眾人公贈一銀寶星、用奬其勤、末乃同唱野曲一陣而散。

二十二日壬寅、陰雨陣陣。昨晚、即西上月八日倫敦臺設孩童茶會、臺上之老、侍衛及守臺各兵之子女、成丁者九十七、未及歲者百二十、食則加非、糕點、眾孩先作傀儡小戲、既于樓上設耶穌誕節小松樹、懸以各種玩物、俵散

各孩、亥正畢、按臺上老侍衛、英名逼芙伊特爾、譯為肥壯漢、實則喫牛肉人也、

二十三日癸卯、陰雨如昨、英俗新婚日屋四壁樓梯、欄干地板、飾以五彩花卉、取其鮮明、出門則紅白玫瑰鋪地、時天寒、花貴、乃創一省費之法、屋中飾以綠白兩色闌干之宜鮮花五彩、改懸綠葉、綴以白花、出門時、廳簷倒懸三四銅鐘、復取綠葉白花實之、鐘紐繫白絲三四幼女門內牽之、新夫婦過時、幼女力曳白絲則鐘即下垂、花葉紛紛滿墜新夫婦頭上身上、而鐘又齊鳴丁東

震耳、

二十四日甲辰、陰雨、英都歷來所食之甲魚、皆來自北美洲南界之尼戛拉瓜國、向來稅款頗重、今春尼國因國帑不足、擬將每頭加收正稅八先、零稅二先、英人不服、英屬地扎美喀島人向其西北近古巴之開曼島人互商、自網一季、得八百餘頭、尼戛拉瓜因之不言加稅云、

二十五日乙巳、陰、鯨魚骨西國用處頗多、昔每噸直僅二十五鎊、據云近年捉獲無多、現在天下僅有四噸、多

絲英美兩國販賣昨在蘇格蘭東界臨海登第城售去
二噸半、每噸三千鎊、
二十六日丙午、陰、雨淋漓、聞英蘭東南臨海色賽府之
十萊敦地方、有葛林者、生于西千七百九十四年八月
二十二日（乾隆五十九年）、寄居其壻魏斯庇家、昨于西正月初
五日病故、年百一十、子女十人、孫子女二十二人、曾孫
元孫不詳其數、可謂福壽兩全矣、人言其致壽之由、伊
本一鄉農、每禮拜僅獲十先、日所食惟瑞典蘿蔔、鹹猪
肉、白菜、番薯、不知牛羊肉為何物、至九十二歲尚事耕

種、半年前已聾瞶、猶能自行脫衣著履、當其幼時、星士
相之、謂當作一百歲老翁云、
二十七日丁未、晴、入夜風、西國工等中等之男孩、女孩、
或入學或與會、罕有爭鬧喧譁、哭泣淘氣者、昨于耶穌
誕辰、創一小孩分獲玩物法、名曰蜘蛛網、乃玩物百種、
收存一屋、每物繫一極長絲繩、繩分五彩、由此間穿入
別間、中編成網、繩之頭皆在別間、屆時各孩于別間任
意執一繩頭、步步順網解繩、解至玩物屋、此繩所繫之
物即贈此孩、玩物不一律、各孩所獲好醜、憑其際遇、明

主人之無偏待也、又一種玩法、一白色圓木靶、中一紅心四圍環丁小針若許、懸之簾幔或芭蕉樹梃、倫敦富戶多以綠木桶植芭蕉于屋角或立一布馬背上、次以五彩翎毛小箭長約二寸餘、黃蠟團球作頭、男女各孩每名三支、一一立數武外、向靶擲之、有能擲插針上且連在紅鵠者、得上賞、他則但能拋插針上、亦各有賞、惟所得者不同耳、二十八日戊申、陰、聞小孩齊會嬉戲得物者又有三四種、一以花草飾一長木匣作船形、上立勺勾臘小人幾許、船內藏以糖果并錢五先、令各孩猜指錢所在、猜得即取錢與之，旌其能，誤指者，亦各給以糖果，或勺勾臘少許，無一向隅也。二用百數十朵紅白紙菊，飾一金鑵作車形，車頂置一糖鴿，口啣花梃，數十小瓷人腹盛糖果，分五花，中各給一名，如馬麗阿尼等，屆時付各孩一人名單，令猜何瓷人何名，其猜得數多者，即得首贈，如糖鴿瓷人等，未猜得者亦給以瓷人一個，或糖果一小匣。三用白菊飾一長匣，作火車形，內坐男女小糖人若許，到晚令各孩約計，作此車共用菊花若干朵，得確數者得上賞，數與確數近者亦有賞，四以帋畫帽架，懸諸壁上、別將一紙帽交以帕蒙面小孩、屬其執去以針插於所畫紙帽架上、懸挂得當者賞。

二十九日己酉、陰霧、入夜風昔特本街路燈、左右兩行、共煤氣燈六十一盞、共有一萬一千燭之力、兩年前改在中央點齊森行之油燈十二盞、燈高光亮、是有一萬二千燭之力、價與六十一盞煤氣燈同、入冬以來、行中致書城邑局、欲稍增其直、局中未允、遂于今日盡行掘去、將道墊平、大鐵筒以敞車載走、又數日前、彼行曾登新報、向住本街各家訴明其情、夫外國街道之

主

平坦淨潔、路燈達旦、便人夜行、所費官錢、皆左右住家
之租稅也、我國人之居洋租界內者、知之否、

十二月

初一日庚戌、早大晴、午後陰、入夜雨、倫敦自冬徂春、向
不甚冷、冰結僅二三分而已、江河小湖、依然水流溫漾、
西一千八百九十五年（光緒二十一年）冬、始冰結二寸、今年東
風凜冽、寒氣逼膚、小湖池沼、冰厚由寸半至二寸餘、自
上月中旬迄今、則以二寸為無險、各處男女、朝暮為走
冰之戲、往來如織、中國則東風解凍、東海溫流至而成

風也、英國則東風結凍波羅的海一帶多寒流、俄國之風也、

初二日辛亥、陰雨、近在英蘭中界北司丹佛之鐵道一帶、婦女頻被搶劫、昨見新報內有婦女遇劫、治敵之法有四、雖云婦人孱弱、然有四法在心、或可得免于萬一也、第一、如對面以右手擊來、女可以左腕格之、隨以右手觸其口、或批其左頰、第二、若其右手入懷、即挾以右臂、而以左手繞其指、或腕、第三、如自後偏身一手摟來、可一手攏其上身、而後推下、可一腿伸其腿後、而前撞、

其人自倒、第四、若自背後雙手由肩上伸來可擒其兩
手盡力綣之、或曲身背起而擲之于地、
初三日壬子、陰雨冷、英俗男女出門、多不携子女、盡留
屋內扃門而去、天寒、鑪火未熄、嬰孩每多爬入殞命、現
鋪中出售一種木籠、式長方、高逾三尺、寬可三尺至五
尺、容二三小孩在內嬉戲、納孩其中、鎖籠門而去、自無
他虞、
初四日癸丑、陰霧、泰西英法德俄四大國雖富強、而尚
多貧民、冰雪嚴寒之季、貧人投宿避冷、惟英有小店四

種（詳見述奇六）法京男女貧民之無處棲宿、則夜投巡捕堆

撥借住、次早即出謀食。德京官設藏身所六七處、洋名

五萊尤之、牀榻桌椅畢備、入者給以熱湯麪包、若其人

誠可憫閔、有給煖衣留養於所、必待覓得掃街撮雪各

等工作、始放出。俄都一年幾至三季寒冷、雖不設貧民

暫宿所、而各街市入夜設大銅火桶、高約三尺、周七八

尺、四面攢孔、內燒紅煤、便貧民寒夜煖身。

初五日甲寅、陰雨。倫敦之大照象館、遇有名人之品高

位尊者、屢具柬以撮影請、勿輕諾也。恐被照時、或不索

錢、印時則索錢、向例出資人使印、則玻璃板歸出資者、鋪中不得再印出售、祇准鋪中印一張置玻璃窗內、俾人觀瞻丰度品評、光學若不出資使印、則原片存本鋪、無權止其不印售也、報館入新報書、行編書以及考訂家欲得名人之小影、購之鋪中、鋪中獲利甚多、且照畢而印、索價極昂、如前日倫敦美爾請小孩跳舞會、有三處來函請携孫女往照、照後印之、竟索八先一頁九十六先十二頁、按銀價幾至四十兩、

初六日乙卯、陰涼、入夜大霧、由檣隙吹入滿屋迷漫北

英蘭約爾克府之巴特當城、有製造毡氊局名郇樂爾男女老幼工人六百六十名、自上年局主向衆約定一年不吸烟、屆時有犒賞、昨日及期、因衆人如約、犒賞人各一鎊、聞其中男子老幼一百四十一、婦女五百一十九、更有男工四十名、誓終身戒菸者、查局主本意、必為防火、如此犒勞人必悅服、如此立約有益人身、一年所費無幾、自與失火所失天淵之隔矣、

初七日丙辰、鎮日陰霧、白晝然燈、西俗君與后以次皆可晨夕微服街游、英皇偕后、太子暨妃與公主輩、現住

文懿宮、昨英皇率太子自午初至申、獵于文懿閣、雖淫雨不止也、皇后率太子妃及諸郡主縣君常服游街、在照象館購小照多頁、又入骨董鋪買大小物件甚夥、鉅者送入宮中、小者皆盛入衣兜、買物時、鋪夥不知為后也、太子妃也、及付錢寫住址、已知之、并無加禮款待、無異他客、惟稱謂不同耳、

初八日丁巳、陰雨、陣陣、入夜大風、連日陰雨、街市行人皆張繖、由是後行者不辨前行者為何人、同行者隨從者、或因人眾、或以他故、相失覓之不易、因此新創一種

透光而纖，能使後行者見前行者之頭，質似玻璃而非，
色如象牙，不知何物所成，其直未聞，
初九日戊午陰，雨，入夜風雨更加冷，倫敦烤麪包爐向
在地下，其中極熱，工人皆赤上身，每日在内十點或十
二點，皮膚生瘡，胃亦染病，業此罕有年逾五旬者，爐中
熱氣由地上蒸，既與地上住戶不宜，亦與往來行人無
益，于是官定新章，自今後須設法改良，不使工人赤其
上身，並保護人身，不使染病，熱氣上升不使有礙於人，
凡屬新爐，皆令安於地上，舊者仍之，馬力責街一帶舊

烤麵包處八十三、七十七處已領官憑設辦、他六處意將關閉、俟再開時設法遷地上云、

十一日庚申、鎮日風雨交加、頗冷、西國婦女有種白紗織花手帕、工細價昂、婦女購之僅爲壯觀誇富之用、納于喇叭袖口、或手內執之、皆不十分露出、自新製雙環約指盛行、上嵌珠玉、下垂細金鍊、鍊下有鉤、以繫手帕、每一舉手而珍貴之手帕見矣、

十二日辛酉、陰雨陣陣、英蘭東界堪卜立址城賴斯學堂前善士賴斯所立、經理一切費用爲色爾耑樸因一

年辦事精審學中人公遺一銀壺、又德卜林城教務學堂名特立呢的因總教師巴柏爾（其人于十年前曾在湖北傳教）一年有功、公贈閃青紙袖紅毡氅一件、二人同定于今晚戌刻在花喀的里街之丹青館受贈、並邀戚友助賀與他學館之茶會。同車樸與余相識（前見）、數日前來柬請屆時余率榮驥乘車往、入登樓、見車樸夫婦與其二女、繼見巴君夫婦。大廳軒敞、男女容二百餘、四壁懸五彩水畫千幅、山水人物、工極精細。正面臺上樂工一班、陣陣鼓吹。亥初樂止、臺邊置一長方卓、陳銀壺及紅氅、臺前對面列椅多行、第一行僅五椅、為余率榮驥及車巴二夫人坐、坐定、車巴二君登臺以次各立演說一段、既已、教師拔鬣下臺、各人鼓掌稱賀、樂復作而歌、導者引余與榮驥至別間各飲加非一盃、辭歸、車巴二君送至廳門、子正回使館。

十三日壬戌、微晴、聞德軍將于下禮拜起隊赴印度東北界、歐得省之都會勒克努城、其地東界那百里、北連西藏、德皇賜眾武官精巧馬鞭各一、以作記念、以勵戎行。

十四日癸未、陰雨、西國販賣人口之禁例雖嚴、而亂法者多、聞昨在法國渭洒地方、見三述奇僑居之英人周十安某曰、向一收生婆云、妻生一孩、產下即斃、因其待孩心重、未經告知、願來由他處抱一新生孩來充之、以安其心、收生婆應允、蓋因昨早某家收生第五孩、因無力哺養、願他人抱去也、孩至、周十安喜、收、償孩家索直若干、并酬收生婆若干、不意事洩、巡捕捉去裁判、兩造各定何罪未聞。

十五日甲子、白晝陰雨、入夜晴、各類禽獸皆有來歐之本形、非可由人矯揉造作、乃倫敦現有狗醫、不知其名、自言善變狗貌、各有定價、如狗嘴短變長、長變短、三十二先令、猛犬面生縐紋、六十四先令、比狗洋名布勒多各、狗尾直毛變捲毛、十六先令、狗尾細小變粗大、十六先令、梳洗剪割餘毛、每一點鐘四先令、改變顏色、二十四先令、垂耳變立耳、或立耳變垂耳、皆十六先令、使猛犬之前腿彎曲、或內收、或外撐、皆八十先令、據其所言、是狗嘴亦可生象牙矣、諺不云乎、狗嘴焉能出象牙、

十六日乙丑、微晴、英外部大臣藍侯夫人請茶、正二刻

茶會、屆時余偕內人率榮驥乘車往樓前、客車行行羅列、燈光燦爛如火龍、門內衆客擁擠、以次各國公使至、惟日本文武參隨至六七人、朝鮮僅一人、慘澹孤寂、未免向隅、俄雖七人、而器宇軒昂、從中少立即去、

十七日丙寅、陰雨陣陣、乃西歷二月二日、未正英君開議院、未初余偕內人乘車往、一切如前、惟英君宣詞云、英君諭上下兩院爵紳曰、我國外交現仍友好如常、我政府已與法政府訂立公斷條約、將來公斷之風或可因此而盛行也、前年朕遊法都、法總統亦遊倫敦、嗣後

兩國官商又相過問、是皆兩國人民友好所致、今之公斷專約、即其明徵、約中之利益且勿論也、又我政府現正與義大里政府及和蘭政府商訂公斷條約、又我之斐洲屬地與葡萄牙之斐洲屬地、界線宜劃清、我政府已與葡國政府商立約款、訂歸公斷、已請義國君主為此案公正人矣、上年三月初三日、我政府與美國政府、訂立專約、將亞拉斯喀爭地之案、請公正人判斷、各員在英集議後、兩造爭辯各節、有判歸我國者、亦有判歸美國者、輿雖言至此、不無怏怏、然數十年積案、今能一

旦了結、免致將來爭執、亦可喜也、立界務約、每因不明
地勢、彼此齟齬、滋事也、征蘇麻里蘭大軍、現隨時隨事
酌量情形、力圖前進、提督艾爾敦所統之兵、日前大獲
勝仗、穆拉之威權、從此可望挫滅、而地方可期安謐矣、
義大里政府及阿比希尼亞王、皆竭力襄助、阿王現已
創立一軍、飭由西邊進取、此實有益于我之軍務也、日
俄現為中韓利益起見、互商辦法、其商辦情形、予時留
心、不能為之釋懷、東方和局、如果不保、關係必大、我政
府苟能力為調停、固所願也、上年二月間、俄與兩國所

擬整頓馬賽兜呢亞之政策、凡與商柏林條約之各國、皆允准可行、此項政策、近又經修飾之增益之、申明各國皆以為可行、土皇始則推諉耽延時日、旋亦允准、俄奧所議整頓該地方政策、實為當務之急、現交冬令、該處亂事已息、予深願得于此時急施行也、其所議政策之中、以整頓馬賽兜呢亞巡兵為最要、此事已由土皇簡派義國武員為督辦、予聞之甚為欣慰、其幫辦各員、由各國委派、予已簡派一員、該員亦有別官數員襄助一切、一千九百二年各屬會相臣在英議時、議准自後英屬各處防務、各屬當格外竭力分籌、今聞澳屬及新錫蘭各處皆已須行條例、俾得所議得行、予心甚爲欣慰、新錫蘭須行之例、并准英國運往之貨較他國運往之貨可以納税較輕、以示優異、我國布業恃外來之棉花爲變通、今聞外來之棉花不敷成布、既少、則市布購花之錢亦少、不覺憂之、深望英屬各處試辦種棉之法、襄覩其成效也、我國之派員赴藏也、蓋欲藏人之奉行千八百九十年所訂之約耳、此舉曾與中國政府商明、北京業已簡閒員赴藏會商、一切事望我國所派之員得

與中藏各員商定辦法、俾我印屬北地永無時啓鄰釁
之故、此案宗卷不久即將送交汝等閱看、王諭下議院
諸紳曰、今年所籌度支册、不久將交汝等核閱、所籌各
款、業已力從撙節、惟水陸武備、亦不能不為講究、所費
自亦不貲、可否節減之處、俟將來籌議整頓陸軍及整
頓兵部事宜時再行商酌、既又諭上下兩院爵紳曰、禁
止外洋窮民來英條例、酌改在英買賣燒酒條例、酌改
估價師條例、酌改蘇格蘭學例、酌改整頓工人住所條
例、皆不久送交汝等核辦、其賠償受傷工人條例、整頓

衛生事宜條例、限制鋪戶作工時刻條例、皆議商改、戰
時兵船追捕敵船各條例、擬纂成本下議院院紳
簡授官職例、告退以待原舉之人再行公舉、現擬另須
條例、不必照原議辦理、蘇格蘭人烟稠密各處之學務
處其事權擬須例加增、捕取海味條例、擬亦酌改、予惟
祝彼蒼庇佑爾等、亦我程途宜畢、還宮中正回使館、
十八日丁卯、陰雨、夾正色英賓公夫人請茶會聽樂、居
時余偕內人乘車西南行六七里至格畏伍諾坊第三
十五號、下車登樓、見色公夫婦、樓房不大而華美淨潔、

廳房左角設一大琴，後立男女六七，鼓琴歌曲甚好。少
立，下樓登車子，正回寓。色公年約四旬，其爵于通國為
第二，其夫人則列第一，因位列第一之公爵尚未娶也。
入夜微風，晴。
十九日戊辰，天微晴，日内頻雨。倫敦飯店多由德、法、義
三國人開設，有廉價可供貧人者，每餐八色，猪、牛、鴿、魚
之品咸備，僅數本士，不知何由賺錢。細為調察，一堂倌
皆地國之閑散幼童，廚竈屋地腌臟，二食物皆非清晨
邁來新鮮潔淨者，如魚，每日待市門將閉，買其所餘，價

只一本士一斤大店所用牛羊肉零星斜出不能入盤
者、皆分賣小鋪、斤二本士、各物購來洗以醋、使無異味、
每禮拜訂買丹國之醃猪頭、初到二三日內冒充小牛
頭、及皮剝盡乃割之作鹹肉、鴿性甚馴、外國幼童、一執
布袋一執包穀各食、清晨擇少人處招鴿、隨飼隨捕、街
市捕鴿有禁、遂竊賣于小飯店、直極廉、每晨雞蛋到市、
木箱筐籠、數及千百、就中有損壞磕裂者、飯店以一先
一百枚取之、用作冰乳蛋羹、湯之有清濁兩色、實皆一
種、乃買大店雞骨、雜以猪油、大鍋熬之日加骨與脂油

不改湯、清湯起即此鍋中濁湯則攙以白麪少許、冒名番薯湯、

二十日己巳、晴、聞上月某日蘇格蘭正南拉那阿府中、莫色衛城之火車棧、二轍之間突陷一孔、周丈餘、自上下視黑暗無底、繫燈窺之、為往年挖盡之煤礦、雖未傷人、而車軌在此類路綫上、究屬險地、英之煤礦鐵礦極多、鐵軌之在地面地下屋上者、往來盤旋、如蛛網不知將來何所底止、

二十一日庚午、陰雨、中國有菜果名多段、借即如木犀

肉乃猪肉與雞蛋也、此不過呼雞子為黃菜、段色于桂花耳、猶可意會也、碎肝和粉漿灌于腸而煎之、為燒鹿尾、洋桃之皮光潤如豆角形、味皆不似桃、海外亦有之、印度孟買產一種細魚、長約半尺、周身無刺、極肥、晾乾油炸食之、名曰孟買鴨子、倫敦一種乳油澆麪包、名曰衛拉斯兎、又在西印度英屬地扎美喀島地在古巴之東南產一種鮮果、大如甜瓜、形同木瓜、外皮鱗甲層層、形如松子之房北京呼為松塔、色如朽木、嫩者微綠而黃、瓤白色、肥嫩充滿、粵人譯曰番荔枝、名曰柯斯他爾達普拉、譯為雞蛋羹乎

果、

二十二日辛未、白晝微晴、入夜風雨大作、涼、昨閱新報一則、英蘭南界司達佛府之庇多福城、有挖煤夥計二人、一李賽、一查斯倭、李已娶而查尚鰥也、李嗜酒長醉、查私其妻、一日李囊空無酒錢、以十五先令賣其妻于查、妻得信、即時料理改嫁、逡居、次日李酒醒、悔價太廉、與查爭執口角、事聞、巡捕男女三人被逮、不知如何了結、誠奇聞也、

二十三日壬申、白晝陰風怒號、入夜大雨、倫敦大路中

凸左右凹、微作橢圓凹處、接兩旁行人窄道、較高三四寸、窄道下大路凹處、隔如千步鐵製溝眼兩兩排比、下連暗筒、上分下合作V形、合處入地溝、兩後窄道大路之水匯流而下、達于江河以入海。英人韋安新得一法、將大路改成中凹、循其凹計步鑿溝眼、接以直筒入地溝、僉云每一洋里、可省由五百至八百鎊。

二十四日癸酉、陰雨。聞倫敦苻來車新立一會、曰大咲會、洋名門池英帕爾悌、乃使人細嚼緩咽、食物消化速而人無疾、大要謂納物于口、必嚼三十二次而後下咽。

若生葱之類、尤必嚼七百七十二次、待其滋潤而後下咽、口中自無遺味、總之食物必待咽之潤喉而後已、食物宜慢入口、既入口、予細糸其味、隨嚼而津液合、遂滑澤由喉入腹、天與人以牙齒、牙齒之用、將使物爛而下咽、牙醫之補牙、甚有益於人、

二十五日甲戌、早陰、申正雨、聞上月間、司達佛府漢五城之畢克里家、一夜被穿窬盜失去珠寶直五千餘鎊、箱簏玻璃罩上遺有指印、遂取影送官、三日後巡捕由指印訪捉一名戴威斯、乃彼地挖煤工人也、其人招云

所竊之物、包以手帕擲諸巴斯街之水池西國緝捕絲由指印于三日間捉賊、亦可謂精速矣、

二十六日乙亥、陰、微風、英蘭西北界格婁賽斯得爾府紫勒墺城叅將郤樂爾習巫術多年、深信鬼神、因與一女鬼相善、彼此恩愛、惜未聞其名、上月某日在屋設壇招鬼、其所善之女鬼從簾隙中露面、年十七八、丰采韶秀、齇然曰、我父曾在中國充副領事、我隨我母住姨母馬里亞家、我塾中女教習為傅萊哲小姐、我名伊薩貝、故已七年、今得與汝相好、喜汝情深、為願已足云云、言

巳

訖不見此事苟非光電之緒餘則其明確顯然、誠爲奇特、

二十七日丙子、陰雨陣陣、英内部大臣倫敦代立侯夫人請避亥正二刻之茶會、屆時余偕内人乘車往、行約十里至海德園東之帕爾克巷、入倫敦代立府、登樓見其夫婦、後轉入大廳、男女擁擠如蟻、遇藍侯及他相識者多人、少立、隨衆環繞他間、逐間陳設華麗鮮花百種、當作王室下樓入飯廳、飲加非一杯、食糕點少許、登車回使館、

二十八日戊寅、早晴、酉初驟雨一陣、雨後復晴、聞上禮拜某日蘇格蘭東北界克拉喜村貧民層里夫婦生三子、皆幼、相與出外傭工、鎖門留三子於內、歸來啟門、三子皆燒斃于爐前、英君聞之、乃傳諭層里夫婦、謂因三子所失之財產、國君施恩、概行償給云云、層里夫婦感激無既、英君之行小惠結民心者如此

二十九日己卯、陰雨、外國碎貨鋪、貨皆列於窗前櫃邊、購者隨意挑選、婦女遂以靚妝華服、謀為竊取其法、第一、由時派女衣袖作喇叭形、中藏古米縧鋪斃向內覓

取他物時、將所擇定物之直錢無多者、如手帕絲帶之
屬、以古米繫入袖中、第二法、則攜小孩、手提敞口皮兜、
作盛食物之具、得間則暗令小孩竊取、急納于兜、第三
法、少婦抱一嬰、手攜一大者、入門坐櫃前椅上、加小者
于膝上、選物多件、故為挑剔、鋪夥將轉身即擒一二件、
放于小孩臂下、少刻、大孩復由小孩臂下抽出、速入皮
兜、如此伎倆、人多不覺、以小鋪皆一二人看守、耳目難
周之故、
三十日丁丑、微晴、英國城鎮有等酒鋪、洋名巴爾、每在

前旁兩巷相交之三角處地基頗隘、樓雖三四層、僅佔地面一層、式作摺扇形、正面立酒格、格前橫酒櫃一圈、形橢圓、酒櫥上品、櫃內藏啤酒、滿罏前有龍嘴、上立開閉龍嘴之銅柄、高盈尺、如棒槌、按杯售之、僅一文錢耳、櫃前以短木層層作格、中僅容立二三人、蓋入此酒鋪者、皆中下二項人、恐人雜語多、致有醉漢口角滋事、堂倌為婦女、飲客則男子、邇來法京立新章、婦女亦許入飲、自定新章後、雖上流社會婦女、亦多前往云、又倫敦各鋪店之工作、皆于禮拜六日午後寬工半日、此類人

每于是日得工直、即入肆求醉、不旋家顧妻子、昨極樂
堂有阿得曼柯斯拜謂工匠放工半日、原爲賙恤、以時
事論之、竟非斯人之福、計今後莫若仍使之作工、停此
半日之歇息、有益于人多矣、
光緒三十年、歲次甲辰、正月
初一日庚辰、大晴暖、辰正率衆叅隨著蟒袍補褂、向北
恭拜
聖牌、行三跪九叩禮、畢、互相團拜、倫敦新報約有千種、各報
館訪事人不惟于本國本城朝夕探詢、并招人專在各

國都會偵其國事不特此也、館中又有專論一國事務
之人、更有不專屬一館而零碎報事之人、即如倫敦之
泰晤士報館總辦一人、年薪四千鎊、每日戌刻麕集譬
如是日由俄都探事使來電字少而事繁、總辦即喚本
館專論俄事者至、示以來電、是人持去盡力為長篇寫
成、遞總辦讀過、或添減、或塗乙、或易數字、或易數句、或
一字不易、是人持去湊印成稿、稿成閱竟無差、則付大
板刷印、時及丑正、是人方去、若專論某國事務之人于
會集時、不見某國來電、即散、此輩每日工費每晚能以

短電申作萬言而成兩大行者泰晤士報字大如蠅頭、每行長逾二尺、寬約二寸四酬四鎊、其分住各國每人工費計國之大小、每年二三千鎊、不等、至于零碎報事者、工錢由館中將其所報者、逐段堞積、每足一行、付二鎊、或三鎊、亦一種生涯也、聞此報館之總辦名博克勒、年逾五旬、敖斯佛大學掌得有三次考憑之超等學生、精通幹練、強記博聞、無心仕宦、而以學問致財、一年所獲比諸西國大員俸祿、殆將過之

初二日辛巳、早雨、午初雪、雪後復雨、雨後微晴、既而仍

陰、日俄搆兵起釁、始自上月二十三日西二月初八日，明屆今僅
八九日、無非在海口水面施用水雷火銃、暗行轟擊、尚
未見有明仗。乃前于二十九日、即經駐英日本公使夫
人率在倫敦日本各婦、仿西規出帖登報募化、以便賑
濟陣亡水陸各兵之寡妻孤子等。按其帖云：敬啟者，凡
吾人之在此地者，當思本國國家時事之際，必至念及
本國水陸兵卒執槍佩刀、為君為國之辛苦艱難，因而
惻隱憐恤之心生。夫人奮勇為國捐軀，忠心陣亡，其妻
因而致寡，其家由是而貧。故本夫人等因恩公請我國

之人同心努力各施善舉以撫恤之、是不專為樂善好施、亦誠為吾人之所當為者、因公募一款、題曰募化賑濟、日本水陸兵卒寡妻孤子之善款、願吾人各發善心、隨便施助、然不敢特請本國之男婦、雖他國與日本友厚之善男信女、願有所施、則本夫人自當代為感激無既也、如有信件、祈寄比翔談街第八十四號交日本總領事收啟、如有善款、望即匯送比翔談街第百二十號、交日本長崎銀行、為感云云、

初三日壬午、鎮日陰晴不定、涼、今日復見新報一則、題

曰英之聯盟據云、昨經林董夫人倡首率衆住英日本婦女設會募化、用以賑濟其爲國盡忠各人之家眷、以及受傷各人、夫英與日本之會盟同心、可即于此善會徵之、蓋日本窘迫其民、自不能資養其勇兵于醫院、使之一切安居自如、亦不能使其不顧身命、奮拒強敵、各人之妻子少受無人養育之苦也、

初四日癸未、白晝晴、入夜雨、英國大小學堂、幼童幼女教法、由三歲至八歲、每日教二十六字母、及以字拼話、讀小書、并隨時講解事蹟小說、令誦習之、聞前某禮拜

日有阿赤巴勸衆男女教習云、教男孩女孩、均以簡明

古蹟小說良法也、而教習或由書中選錄、或自行編出、

雖少虛誕之言、亦有未盡安者、蓋此等教科書紀事不

妨假託、而其理要必關乎人一生循守以盡其所當為

之事實也、先入之言乃發蒙之本、栽培其心地、俾無偏

見無幻想無妄為、不更進而益上歟、

初五日甲申、陰、西國療病不僅藥水丸散諸品、更有電

澡光澡及駱芩之照透皮骨光（詳見述奇六）等、倫敦醫院現

全有備齊者、然費款頗鉅、故惟至富者用之、而至貧亦

用之者、因其無力償費、施捨之、所以邀譽也、至于中戶醫生不敢背院章、耗院費出此珍品療疾、且其人亦不願傾囊償給、故有善法亦不能一視同仁也、以此電學會及紅十字光治會、曾于西二月一日（上年十二月十六日）、公立一電光醫館、在埃得衛路第三十五號、各醫院之中戶病人有須用電光諸法調治、則送入此館、據云所費較醫院半之、光澡是爲晒日法、小木房一或玻璃室、上下四旁不使透風、病者赤身在內、置映日光晒之、去肌膚以內之疾、西法謂日光能殺人身之微生蟲云、初六日乙酉、陰、風、冷、入夜尤烈、西人謂一人寢室必得一千平方尺空隙之空氣供其呼吸、始無病、故凡貧戶矮屋、每間居人何數、寢室睡人何數、官不時派人詳察、英例、國之風篷輪船、將啟椗、均報商部、派人察驗、專載貧者、不得載人、船之新舊、大小、貨之分量、重輕、于載運招工、察驗尤審、既勘船身、復稽其所載人數、卧立空隙是否足供呼吸、廚竈是否可造若干人之飯食、食物是否新鮮、淨水箱中水是否足供一路、卧榻是否敷用、通船上下是否潔淨、一或不當、令其變更如例、毋或不從船將開，復驗一次，再有違例，拘留不准行，皆所以衛民生也。

初七日丙戌。徽晴。英之規則，凡豢禽獸供人日用者，或種類新異，或畜之得當，適人之口腹，長人之精血，如牛馬猪羊雞鴨鵝鴿雛肉嫩而白，骨細而糞小，鴨兩月即肥大，如飼半年者，皆有人購而孳息之。官更有賞，爲去倫敦西北百里埃斯百里地方，一種肥鴨，極輕嫩，昨于稼穡會中一隻雄鴨得第一，賞人以七鎊十五，先買去。又雌鴨一隻，亦得賞，市五鎊。又雌雄十五隻，共賣三十

一鎊英之國家買以送新錫蘭前見作爲佳種、期其蕃衍、

初八日丁亥、陰冷而微霧、入夜風晴、英醫醫病、又有氣

瀑洋名堔爾巴斯、式同光瀑、一箱如木籠、病者赤身坐

其中、頭外露、箱下有管、通以熱氣、熱氣上蒸、病者汗心

爍則食鮮果或飲涼水、飲愈多汗愈出、周身如洗、內外

諸病自消、據云此法專治疲倦及心力交瘁、腦弱無神、

聞之英蘭中界稍南柏克栖府之牛百里城人、現合資

一千五百鎊、公立氣瀑館、以使鄉民、

卷十終

八述奇卷十一

鐵嶺張德彝在初隨筆　潘士魁校

光緒三十年正月初九日戊子、早晴、午後陰冷、倫敦酒店酒館實繁、賣啤酒之巴爾、皆領有官憑、又慮貧民醉飲滋事、每禮拜日申正方許開門、此外通城尚有已領官憑售易醉之烈酒一萬零三百九十處、以居民人數扯算、一鋪供四百三十七人、按房數計之、一鋪足供五十五家、老城人多、而此酒鋪亦多、若按是地之酒鋪及人數扯算、則一鋪僅供四十三人、現在各地方官公議

減散官憑、酒鋪既少有益於貧民工役之身家、

初十日己丑鎮日陰冷、黃霧迷漫、昨聞德國巴威里亞邦木泥城人鄰爾特創一種深夜用電看時計法懸時計于天花板旁、置大如鈕扣之電燈一、夜間欲知時刻、手按電燈之古米管、卧牀仰視時計之巨針于教堂鐘纖毫畢現、且省目力、未考其電燈何法製成、要不外光學顯微之理爾、

十一日庚寅陰冷、西人療病、光瀑、氣瀑、電瀑而外、俄國又有冰瀑、雪瀑、冰瀑、擇河湖水淺處鑽冰作孔、病人晨

飲卜蘭的酒少許、性如燒酒赤身腰圍毛氈、跳入直立、冰水

齊頸、而頭外露、以法倫海寒暑表條之水之冷不得逾

三十二度、然其人必骻壯氣足、方能勝之、醫云洗浴片

時可療百病、雪澡則多在倭里玥芬地方、雪厚故也、病

者赤身腰圍布袋、滚臥雪中、以粗布裹雪周身擦抹、時

之長短、量身之強弱、久浴自愈、凡浴者須早晚飲水、食

從有硝鹽渼氣、如糧食、乳餅、牛乳、豌豆、扁豆、魚蝦各物、

以助養其氣、

十二日辛卯、陰、中國以伶人為賤役、西國列之各工役

之上、非上流人不能與之往來、即以女伶論其技優名
著者、既以富姬夫人小姐自居、而國君亦有時賞以寶
星及爵名、如亞子亞男各號、以故男女有色爾前見蕾的
也夫人之稱、閒有柯來格擬設一伶人學堂、幼童雛女挂
學者、各量其才分類教之、學有門徑、則梨園易入選云、
入夜雪、
十三日壬辰、晝微雪、入夜寸餘、到地即融、中國起營例
祭帥旗、聞日俄兩國構釁、俄皇著禮服率太子宗族、入
宮中教堂、跪禱上天、佑其開仗得勝、兵將平安、牧師鉽

冠大纛旁立、極為虔肅、各兵船每晚戌正、牧師正立、左
手持經、右手上伸指天祝禱、各兵橫排跪向牧師、齊聲
唱誦晚經一次、官與兵啟程去國時、所誦禱告數語、為
上帝長生、有善無惡、保佑慈悲、吾人屬俄、此次出兵之
義、大公故願我兵完而敵兵破、我兵奮勇前進、不惰、上
天開眼、指示妙策云云、誦畢、牧師復灑聖水於各兵頭
上、使兵信此水可保不能受傷、或頭上可保不著彈丸
也、
十四日癸巳、早起、依然飛雪陣陣、午初微止、午初二刻

三

余率馬清臣與榮驥乘車入賢揵木司宮赴朝會、今日傳謁本國文武員弁甚少、各國公使中日本文武隨員多至九員、俄國頭等公使未到、太子暨諸王公身後立一紅衣護衛、手拄長矛、因年老久立、腿倦頭暈、倏爾跌倒、即經人扶至旁凳少坐、既而攙入内間、未初一刻會畢。

十五日甲午、陰、時而微雪。記倫敦上中二等戲園購入場劵于臨期或數日前頗不易、即購于半月前、亦以賣盡對、問宜何時再來、則曰：候一月或兩月、實則頭二等

券、戲園出售無多、皆經各處代賣座票局包去、若覓之
附近局、不惟券易到手、座亦稱意、惟較戲園者貴半先
令一先耳、票局與戲園是謂虎與倀、
十六日乙未、陰雨、昨聞英蘭某處有地縱橫九千四百
六十尺、有舊房一所、昔有夏爾賽以三千一百鎊買之、
今復出售、索五千六百鎊、經八公斷以五千一百鎊僉
云、若依畝估直、竟為二萬三千五百鎊一畝、合華之庫
平銀一十八萬八千兩、畝於英為四千八百四十方碼、
當中國六畝半有奇、中之一畝、彼之七百三十三方碼

半耳、上海每畝漲至四千兩、六畝有奇數僅二萬六千餘金、較英尚賤六七倍、洋人至中國賺錢易、購地賤、中國人在外掙錢既難、又安得貴地購之。

十七日丙申、鎮日陰雨、白霧迷漫、道途泥濘、倫敦別出一種生涯、乃代人割裁新報、局洋名番蕾斯柯聽斯、因英報以千計、不能人人依數買閱、遂設斯局、人之專司某事、關乎某類新聞、欲遍瀏覽、令局人每日於各報紙檢搜、裁割之、封寄之、費款無幾、而所聞者多、良便。中國使館、喜聞事關中國者、亦曾屬此局照送、比及入目、多非確實緊要尤可哂者、局人裁報粗率、遇有中國二字不拘何事概行羼入、如瓷器創于中國、英吁瓷曰中國、報中論某舖所售之瓷器如何、亦剪出送來充數、所裁不論長短、二三橫至一二百橫、皆曰一篇、價一吉呢一百二十五篇二吉呢、三百篇三吉呢、五百篇五吉呢、千篇弁倫一種白紙集賬簿長一尺寬八寸、厚一寸、以便隨時黏報、用備考察、其常行者每册七先半、裝池華美者十先半、

十八日丁酉、陰、聞昨義國正西近海草土埔地方掘出

古車一輛據云乃二千零五年以前物雙輪甚大軸粗尺餘車無箱僅後三面有靠板中高四五尺寬三尺左右高約三尺寬尺半通作凹形造以鐵木刺有頭生雙飛翅手執鐵牌槍劍之人草草不工略具形似而已土人定直珍同骨董倫敦博物院商以二千鎊卒為紐約萬國博物院以二千五百鎊取去

十九日戊戌鎮日細雨黃霧英國下流社會人飲酒之多去歲一年一國三島中所飲易醉之酒共直一萬萬七千四百四十四萬五千二百七十一鎊以通國男女

老幼分計之合一人四錢二先四本士又灰斯凡燒酒每年由蘇格蘭販至英蘭者約三十五兆加倫（每加倫合四斤）（前見）據云灰斯凡酒本係釀以大麥按七十萬夸特爾（前見）大麥僅釀十二兆真酒是實得三分之一其他二分係雜以珍珠米番薯與糖水人飲之尤無益是時蘇格蘭人之飲灰酒者將設法立會以自保云

二十日己亥細雨陣陣而微霧英國老幼男子吸菸者多水師諸生在老船習練者每年按季其父母加送糕點昨經安珮斯船船主戴威來查出各包中有麪餅層

層挾菸絲者、有將麪糕開孔填小菸捲者、此弊由來以
諸生在船無處可購、又因例禁吸菸之故、英人所用小
菸捲、以年計算、十分中有二分五来自他國、合其數約
六十一萬九千斤、英廷原擬加增大菸捲進口稅、恐于
小菸捲稅務有礙、故暫停辦、

二十一日庚子、鎮日陰霧細雨如昨、聞上禮拜某日、英
太子妃乘車至老城、柯樂肎衛街、突遇一童騎脚踏車、
迫不及讓、遂撞童車、童車折、童仆、童負傷、乃命巡捕舁
入附近醫院診治、并詢所業、以告、因知童子乃日以騎

車馳送信件爲生、遂遂日遣人赴院探視、童漸愈則引至車鋪、屬其精擇一脚踏車作爲賠償、

二十二日辛丑早大晴、申刻微霧、聞去年倫敦通城男女小孩死于非命者三千五百八十五、火焚者一千六百八十四、乳食不當者一千四百二十、其父母寢而壓斃者四百八十一、詢其燒斃之故、因其父母他出、投鑰鍵門、小兒在內任意嬉戲、冬月火爐不設保險具、遂玩火柴燒布焚紙、又或因觸倒一種賊油燈、油名帕拉非因、均致殞命、貧苦人家不備小牀、咸以孩離父母睡、恐其受寒、

或母雖脒乳兜感涼、易日病為辭、于是兒在母被多壓死、西俗兒生六閱月、例應停乳、已為過早、而貧家少婦竟有于七個月内哺以鐵罐牛乳、葛粉穀麪之屬、一年以内之嬰食此、安得消化、目今官擬立法禁止、并代為安置、使費用無多、全活者衆、

二十三日壬寅、晴、英國各城有稅名護軍稅、創自西歷一千六百六十年、即順治十七年當英君查理第二之世、每城駐紮鄉勇一營、月餉出于通城、聞架稅按鎊抽半本士、稅雖不重、然三百年來、鄉兵早撤、而今之地方官依然

照數抽收、城民不遵、遂止、
二十四日癸卯、晴、稍涼、聞英宮一年所費、共六萬一千五百鎊、賢瞿木司宮之地窖存酒約直千鎊、宮中一年用度者二萬三千七百五十鎊、宮中園囿所費十萬零四千一百鎊、碧綠囿海岱山囿賢瞿木司囿三處園工巡捕及看守人之錢糧、共一萬零六百四十二鎊、其他隨時雜費、合二十五萬五千五百六十八鎊、
二十五日甲辰、晴、現聞巴里新創一種跳法、名曰踢球、瓦勒自于跳場四面之正中以絲紬竹竿繫一小月門

高盈尺、四面畫半圓徑、六地置古米球一、大如茄、跳者男女六對、各在徑內、隨跳遇球、即蹴、能腳不出徑而蹴球穿過月門者勝、

二十六日乙巳、微晴、數日前、在英君前行走之內大臣伯爵潘百祿、以東來云、奉國君諭、于三月十二日禮拜六晚八點三十分、卿令卜靜宮中、請中國欽差共卓晚饍、望著禮服、佩帶寶星、希賜回音、飭文內送首領、戌正、余著袍褂、帶寶星、乘車往至宮前、車入正門、右鐵柵欄門、轉至正殿前、下車、步入向左登樓、兩旋入大廳、會各

國公使及本國世爵文武大員共二十九人禮官先以
排定座單傳觀，俾客預知坐位，少立旁門，鬮別入一廳，
國君中立偏右，各人陸續步入，向之鞠躬，握手見畢辭
立君左門旁，與君相向，既而左門闢，君前行入飯廳，衆
隨後以次而入。廳左別一大間，坐御前之護衛樂兵一
班，當國君引衆入時，樂奏天保君王，後乃按時分奏六
節，以侑酒。廳中橫一大長卓，陳設鮮花果品，式同他處，
惟一切盤碟盌罐皆金器耳。入座後，先上湯兩種，一肉
精清湯，一豌豆汁濃湯，再則燴麪裹蠣子六七枚，盛一

周盈尺之蠣殼中、蓋烤時同殼置爐旁洞中、熟則連殼舉來、既此觀、更示蠣子之大也。進置金盤上、食畢、盤與蠣殼齊撤去、換放一淨金盤于前、後此則一小瓷罐、式如鉢、周一尺、高寸餘、進置金盤上、啟匳則土伏爛鵪鶉一枚、自傾于盤、僕夫將罐執去、食之熟而適口、他則燒鴿子、烤羊肉、魚團、白煮雞、煮龍鬚菜、冰乳、魚子、均與他處同、然肉皆肥嫩、味皆鮮美、鮮果桃、梨、葡萄、酒五種、食畢齋立、國君先行、衆隨後步入他間、內横兩卓、一列多種酒瓶與杯并氣水、一置大小菸捲并油棉火繩各物、先進加非一盃、既而吸烟飲酒、國君一一向眾暢敘交誼十二點一刻君始轉入內室令日各國公使之入宮赴宴者頭等者德俄土二等者中國瑞典瑞士比利時魯麻呢亞暹羅希臘余列第五坐英皇對面第二座、

二十七日丙午晴、西國電信如中國之驛遞文書按站書以接送之時刻、而外國號碼、每因忽迫悞識時刻、即如1.25本為一點二十五分、錯認則為12.5十二點五分、且3 5二數、忙不易分、誤以5為3、則為一點二十三分或十二點三分矣、因而新創一種表為電信郵政各局

之用、乃不用數而用字母代之、如由一點至十二點、用
a b c d e f g h i k L m 十二字母代十二碼、如
表之長針在L、短針指m、則作mL、是為十二點五十五
分、短針指a、長針在b、作ab、是為一點十分、bb為兩點、
十分、ka為十點五分、然此十二字所指、係時刻及各五
分與十分、其他各分、乃于每二字之間、又加以R S W
X四字、如短針指h、為八點、鐘長針指S、則為八點二
分、長針指R、為八點一分、作hR、如作hw、則為八點三分、
作hx、則為八點四分、作ha、則為八點五分、作haR、為八點

六分、作has為八點七分、haw、為八點八分ha為八點九分、
bb即為八點十分、依此類推、極清楚、亦良法也、
二十八日丁未、晴、凡前日入宮筵讌、皆須于兩三日內
往彼畫押致謝、申初、余著行裝乘車至卜靜宮、仍入正
面右柵闌門、至右角國君門簿廳前下車、入內門右支
長卓上置一簿、橫盈尺長尺半、印就行行橫綠、簿旁列
筆墨宮濡筆以請、遂依列橫書其上曰中國欽差張
坡蘭坊第四十九號十餘字、
二十九日戊申、晴、倫敦道雖平坦、而往來行人車馬最

七

多因頻日陰雨、不免泥濘、蒲逌城凡街之繁華處、行人經
過之道、皆有男女埽除、以討錢、茲聞衛斯民司得大敎
堂下議院之間、早晚往來官人甚多、原有一人朝夕掃
徑討錢、昨議院議定、派其人為官役、名曰官掃橫街使
并分議院附近房間為伊值宿所、工錢每點鐘七本士
往來行人若有施與、每月所得足敷衣食之用、此項人
向有綽號曰柏克柏克者、鹼水也、其說未詳、大要取喻
潔淨之意、
三十日己酉、晴、聞英國議定上下議院之費款、合共四

萬八千三百鎊、巡捕工錢、本年合三千一百鎊、煤火燈燭洒埽等、共需二萬三千三百鎊、修補收拾用六千零五十鎊、印字處加添幷梓九百鎊、報事人房中添用風筒等用五百鎊、

二月

初一日庚戌、微晴、皇叔堪卜立址、公卓志、係堪卜立址公阿多福之子、英君卓志第三之孫、生于西千八百十九年三月二十六日、中嘉慶二十五年現年八十五、前充馬軍元帥、至西千八百九十五年光緒二十一年年老致仕、今早在

上

格婁斯特爾府逝世、即時街市各大鋪皆下半旗、外部
先來黑邊訃聞、禮官亦由賢擢木司宮內公使司來文
內稱奉君諭、所定本月十八即明二十二兩日在卜靜
宮之婦女朝會、皆暫停止、俟耶穌復甦節後擇定日期
再行奉知、外附內廷大臣署中傳諭一紙、其單云奉君
諭、朝廷素服著自明日始、穿六個禮拜、至四月初八禮
拜五日即本月十三明二改為半素
初二日辛亥、陰霧、午後著行裝乘車赴卜靜宮太子府、
及格婁斯特爾府三處門簿畫押弔唁、又禮官來文內

稱擇于本月二十二禮拜二日（即初九日）堪卜立竝公靈輿
發引午初在衛斯民司得大敎堂唪經奉君諭請示貴
大臣能否前往望速示知以便預備座位云云
初三日壬子。微晴。涼。申正細雨。百年前西三月初五日
創一聖經會英名拜布搜賽伊的義乃醵錢多印分送
四方。至今恰百年。遂定慶賀。分聖餅與兒童。于正月十
九日（即西五月三日）午後在阿拉柏堂集會。幼童八千。分坐四
面。始而衆人齊聲誦經一次。繼則教習巴屯教士司梅
依次陳說一段。無非勸善勸教之意。末則克立堅夫人

以刀割荷林齋糕點鋪所施百斤重之聖餅，分與眾孩。又在門外割分千出，遂出包以銀紙，盛以小匣，各孩受之，皆歡喜奔回。

初四日癸丑，陰。西人謂中國醫學太古，西國醫學日新。其外科，原可接踵華陀，至其內科，多未可恃。華人主病洋醫療治，久而不愈，終未得愈者，如曾襲侯、龔仰蘧、羅稷臣、許竹篔星使夫人、羅稷臣星使夫人、劉鶴伯、孚翊文嗣續、曾襲侯之三少君、顧康民之大小姐是也，是皆為余所確知者。前同文館法館學生瞿青松，現隨使義大里其妻患病、洋醫久治無效、因與駐比隨員陳劍航滻善知其通醫、遂將病原寫去、請其酌量立方、及方到而比義兩使館皆無藥料、乃又寄方來英、以求藥、即飭醫官郝桐岡檢備五劑以寄、此五日前事也、今日複來一方、謂前藥有效、求寄十劑、即此以觀、無論其人能否病愈、而揆度立方即能見效、不能不謂其較勝洋醫也、惟病者居義、治者在比、而取藥于英、各相隔數千里、亦屬新聞。

初五日甲寅、微晴、堪卜五址公之靈柩於今早巳初、以礮車由府第送入衛斯民司得教堂有御前馬步護軍列隊護送有的音前覲等在彼迎迓車至記名武弁八名舁柩入停于臺前正中柩蓋罩以國旗上置彼之王爵金冠左右立二燭奴上插長三尺黃燭四枝靈前弁無花圈十字各物兵皆守宿礮車運柩之故以死者曾任陸軍將帥也其運法前車藥箱不坐兵後車以柩當礮位

初六日乙卯晴前曾由禮官行文各國公使以今日午初爲堪卜立址公在衛斯民司得教堂唪經奉君諭恭

請駕臨為言已正、余青褂帶寶星、西禮也乘車往見、一路由白堂街兵部門外至教堂前、緣途地鋪黃沙、每隔半箭、兩兵對立雙手舉槍、并有馬步巡捕按段彈壓、兵後樓前、男女擁立、樓上各開窗、亦多開窗賃座、便人觀望、兵之始由兵部門外對立者、因英皇由卜靜宮走瑪喇街往兵部入教堂、而靈輀亦由教堂過兵部赴塋地也、教堂之前左右亦有馬步兵排隊而立、余至堂西門、見其外支布帳、地鋪花氊、下車入門、左右立兵、兵後男女如雲、入二門、行數武進三門、左右坐槅三層、前半上層坐各國二三等公使中下兩層坐各國武官及武隨員、後半三層上坐本堂沙彌等、下二層則上坐各國頭等公使、下坐皇后及太子妃等、既而本國及各國之王公太子世子王夫人郡主輩陸續到齊、至十一點鐘、本堂首牧師及軍營大教士等率眾沙彌出堂外迎接、屆時先一人雙手舉一長矛入、再一人舉一金花十字入、少待、則白衣小沙彌二十對、白衣紅領教徒十二對、魚貫而入、分坐左右槅中、再則二牧師教士、各光頭著綉花絳袍、如袈裟、如斗篷、綏步前引、後則英皇與后及太子妃

步入、皇后與太子妃入坐旁榻二教士步立臺上君坐
靈前其左右分坐者為寬諾公太子衛拉斯王代德皇
弔唁之王爵阿拉柏德皇叔祖美克林堡斯台立茲邦太子
阿多福堪卜立址公之甥駙馬丹國二太子查里斯三公主壘德之壻
王爵阿色爾寬諾公子㮕隋豪斯田王爵駙馬克立堅王赫海萊
那之壻㮕隋豪斯田世子阿拉柏公主海萊那之子泰克公堪卜立址
公之甥英太子之岳丈巴坦堡王爵魯伊斯泰克王爵阿來三德
泰克王爵弗蘭溪以上皆太子內弟駙馬發艾第公公主綠衣姒之壻
駙馬阿蓋公王妹綠衣姒之壻堪卜立址公長子三等水師提

督阿多福、次于副將教古斯再則代奧皇者為水師提
督孟坦球、古里代丹國王者為駐英丹國二等公使代
卜魯戛里亞王者、為副將祖戛歐、代巴坦堡邦之公立
碧阿特麗斯與漢麗者為副將庫樂本代坑柏蘭公者
為伯爵葛路特、代男爵夫人公主弟耒得立者、為男爵
即明根、自國君入門以來、樓上樂工連奏四節、一奏母
一千六百九十四年前君主馬麗第二之殯樂、二奏勇
將樂、三奏英雄樂、四奏殯葬樂、此後則忽而沙彌同歌
忽而牧師朗誦、衆則忽立忽坐、多與他處所見者同、惟

此次所摘歌句多兵將戰陣鹵栗旗幟獲勝仇敵捨命捐軀、信天前進之語、或因死者曾充將帥、有功於國之故、末則牧師祝誦數語、繼而御前傳報使立于臺上朗誦堪公傳、誦畢、舉矛人及沙彌牧師等依次先出、再則第一副將侯爵賴諾克斯（係池門侯之子）雙手托一方枕上列堪公之版笏、第二將軍狄隆托一方枕上列堪公戰功各寶星、第三提督韋良思托一方枕上列本國各頭等寶星、後則八員記名武弁肩柩出堂、腳前而頭後、柩左右隨行守護武官將軍提督等二十員、柩後第一英皇

下

支

再則太子王公等、末則堪公二子、各國公使武官亦皆依次陸續隨出皇后太子妃等、皆出南門由牧師院内登車、柩出西門、置礮車上、則又頭前腳後、然後國王以次一一登車、礮車之前各營馬步兵二十三隊前引、礮車後、官車六輛、乃英皇太子及他各王公駙馬、車後護英皇親軍馬兵一隊、再則堪公二子車一輛、其後為各代理公使、各國武隨員及提柩軍使洋名坡勒貝勒爾共車十二輛、前後車皆雙馬、車夫跟役皆米色褂、頭頂旦字形寬簷金邊黑絨帽、與平日所見之送殯車不同馬非長尾烏騅，車夫亦非烏紗圍帽，殯入兵部門後，各國公使車，皆分路馳回，時已未正。

初七日丙辰，陰，聞昨日堪卜立玭公之殯入兵部前門出後門，過教場西行，稍北約三四英里，至堪薩格林地方王陵禮拜堂時，自國君以次下車，并有大牧師、軍營大教士等在彼迎候，舁柩安葬時，大牧師等捧經祝禱禮畢，先經步隊護軍齊行舉槍向上連放三聲，繼而英皇護衛行彌撒禮，乃吹角呦呦，以報其終年葬畢，國君等皆登車回倫敦，柩出教堂至于安葬園內，營兵隨即

聲礮、以揚其威、以鳴其悲、自教堂至葬所、沿途左右立兵十八營、共一千六百名、

初八日丁巳陰、西俗各國王族互結親好、王室支派、嫁娶亦必世爵子女、英皇之叔堪卜立址公、幼娶著名女優費爾卜洛仄爾為妻、王門不認、歐洲伶人聲價之高至此無兩、婦遂以費滋卓志為姓、稱曰費滋卓志夫人、中年生二子、一阿多福、一教古斯、亦皆費滋卓志為姓、現已居官王室、雖不認、而通國咸知為堪公之子、其易姓之由、循英例、自國王以及王室各王公、生有私子、不入族譜、必于王

公之名上加費滋二字為姓、費滋譯為之子、堪卜立址
公本名卓志、二子改姓費滋、卓志即卓志之子、
初九日戊午、微晴、其俗人死既殮、停柩室內正中、或
臨牆、擇其地之不礙人往來行動者、柩在室、頭居前、柩
出堂、腳居前、舁上靈輀、則又頭前腳後、葬時不論地勢
若何、安柩必以頭西腳東、意謂亡者坐起向東面也、土
人云、意本教經、蓋謂將來耶穌仍自東來、死者迓之、獲
福無量、無何有之鄉、廣漠之野、有神人焉、夜聞二鬼語、
蓋雅與歐也、雅曰、爾何僕僕東來、何死而遊不倦、歐曰

予浮海至加利利無獲將以為耶穌在遠東、予蓋往謁
耶穌者也、汝安之、雅以西天、禮佛對神、乃大哭之曰吾
覩若輩亦多矣、東西迭徂、繞地一周、惟汝雅仍還北邙
山下、如汝歐仍入旁教堂之首丘、徒行此三百萬里、其
何遇之能有、

初十日己未晴、前于初二日進宮掛號時、見沿途各官
商鋪店皆下半旗、惟皇宮與兵部皆懸滿旗、蓋皇宮于
友邦之喪始挂半旗、兵部之滿旗、乃因是日係皇妹三
公主綠衣奴、稱為阿蓋公夫人之生辰也、按堪卜立扯

公既為英皇之胞叔，亦即三公主之胞叔也，婭既素服，而婭女生辰，兵部不下半旗，未曉其故。

十一日庚申，陰霧在老城，維克都里亞君主街有一官署，英名闊來之教阿爾木，或賀勒滋闊來之微，似我國鴻臚寺，專理王室一切登基加冕、婚喪禮節，並宣報國君或后崩薨之凶信，以及太子公主產生之喜音。內一侯爵，總理，稱賀勒者六；坡蘇伊萬者四，意皆宣報官也。此署始自數百年前，署名及官名仍皆仿古。然應辦之事不能多，故兼管今古世爵，並曾賞有勇號之家譜、勇

號曰阿爾木、故是署名闊𠅘之敖阿爾木意乃勇號院

也、于是別有寶星官曰戛爾特爾意同勇號官、主簿曰

蕾儿斯特勒爾、

十二日辛酉、白晝晴、入夜大雨、英俗無論男女老幼氣

初絕、即行搽洗、裝殮則上身一汗衫、下一白布褲而已、

兩腿纏以布、非世爵官宦不以禮服殮、棺中不墊褥頭

下枕以薄氈一縷、殮畢、棺口左右丁白布兩長方、俟親

近子女戚友臨視後、將兩布交搭掩屍、乃合蓋丁棺、

十三日壬戌、鎮日風雨雷雹、入夜大雨滂沱、忽而晧月、

英‖人葬禮、間有似華者、棺之前後左右丁銅環八、每環繫黑綠一、人工四名以二壯繩懸棺下穴、喪家八人各引一綠作助窆狀、與執紼引靈輀之意同、其次序近前和者第一、婦死夫執之、冢子執旁後和者、二子三子次于夫、四子五子次于冢子、六子七子執當腰之左右者、父喪則冢子居第一、若子嗣無多、則請至契戚友代執、棺入穴後、喪家各掊土少許納之穴、以引掩埋之土、次序同于執綠、最近之戚友、尤可行之、以申篤誼

十四日癸亥、陰雨、涼、西國棺罩四角有穗、送殯時請戚

友手執以行、意亦同中國之執紼、然鮮有行之者、曾立戰功之武職大員歿後出殯時、牽其馬于靈輀之後、繫其戰韡于鐙、韡頭乃向馬尾、

十五日甲子、白晝陰、入夜風雨交加、開堪卜立地公歿後、英皇賞其二子迺特勇號、于是改稱曰色爾阿多福色爾敖古斯蓋凡膺此迺特及巴倫（此稱華人強譯曰從男爵）賞號者、咸以色爾稱之、意為尊也長也、且專稱名而不稱姓、如前之駐華英使威妥瑪曰色爾妥瑪、總稅務司赫德名本樂彬、曰色爾樂彬是也、受賞之禮、則跽于君前、君

坐而用劍點其兩肩、隨點而言曰、授爾迺特授爾迺特
其五等之世襲罔替者世代家譜存勇號院歷來花號
武記號皆列之譜、至新授賞號皆赴院報號登簿自創
花號、自擇形式如赫樂彬以功在中國、則牌上中畫一
鹿右一龍、左一孔雀不能自績牌式口授院中主簿代
績此號如不吝稅費、則夫婦隨處可用故後子姪兄弟
亦可用設有人冒用勇號院有冊可稽其主簿專司各
事、且熟悉一切聞一年俸薪僅十四鎊一先九本士、而
每年所收各費乃至三千餘鎊、

十六日乙丑，晴，風。今日為西四月初一，好禮拜五日（耶穌受難日），鋪戶人工皆休息。中西喪禮有迥不同處，如子不守靈、不守墓、不哭、不跪、不稽顙，在家與客並坐。出殯乘車，不著喪服，僅圍烏紗一圈於帽頂臂上。西人五服，祗有斬衰，服中致書戚友，信函封筒咸白色黑邊，封面戚友之名姓不加別色，似戚友亦在制中矣。

十七日丙寅，晴。入夜風雨交加。英君與后前於十二日酉初坐四馬敞車，由卜静宮至柴拎十字街火車棧，君著水師總師戎服，左臂圍烏紗一縷，寬約四寸，君后頭

罩烏紗、身披黑氅、有堪卜立吡公服也、將赴丹、國賀丹
王克立堅第九西四月初八日之生辰、并游玩雞蛋節、
太子暨妃、丹國公使達碧攜婦與子送別、即時車開、至
維克都里亞海口、登維克都里亞阿拉柏船、駛赴和國
西南富樂興海口、見航海述奇十三日申初上火車、即開、十
四日丑正過漢柏爾、申正抵丹都扣噴哈根、
十八日丁卯、晴、入夜雨、本月初一日、為西三月十七禮
拜四日、乃愛爾蘭島所奉主神賢帕特立克之誕辰、不
惟寄居英蘭各愛爾蘭人胸前襟邊插一束沙木洛草

詳見述奇六君后亦遵前君主維克都里亞之舊制，賫御前
愛爾蘭護衛各沙木洛一束，以彰三島一國之誼，並有
善男信女開會賣新到鮮沙木洛，每匣二先半至四先
十先不等，所獲之息賙濟水陸兵卒。
十九日戊辰，晴。昨日係西四月初三禮拜日，為耶穌甦
生節，又名雞蛋節，大義詳見前鋪戶掩門，人工歇業。西人命
此節曰伊斯特爾，其名之由來，乃古之女神名。此節無
定期，總以彼春分之日為正日，戚友相餽以雞蛋，昔用
蘇木諸料染成雜色，遂踵事增華，竟有糖麪、綢緞、花紙、

勾勾臘之假蛋，二三寸者、尺餘者，含藏食物、玩物之類，價自三四本士漸至七八先（詳見五述奇）。今歲有至一二鎊、三四鎊者，質用金銀，內實糖果，且暗藏小表，固非尋常禮物也。

二十日己巳，陰，入夜雨。英國平民之子女，雖無溺愛，然往往不施教育，長大無能，以故城中善男信女每思設法收養，以彌其憾。聞昨城北東苓池當地方之拯救隊堂（此隊英名薩勒瓦填阿爾密，詳見六述奇）拍賣小狹十三名，男六女七，乃請人收養，叚名于拍賣也。彼時男女客會集百餘，狹之父母與爲首善登臺宣于衆曰、吾輩之願收此孩者、當竭力教養、務使其此生得安樂、并期諸来世意在令其識心奉教、生則得上天保佑、死亦可升天也、一小時後、自承保養各孩者均當衆人以虔心教養爲誓、務期學業有成云云、并向孩之父母商明不平時探訪、不任意領回云、

二十一日庚午、晴、英之大餐、佐牛羊肉、必以油醋拌生菜一碟、如白菜、生菜、芹菜、金盞菜、華苣、蛇麻各品、貧家亦必拌以切片煮熟之涼番薯、聞近日鬬文園飯館中

創以拌蓮馨花、洋名蒲里木婁斯意乃早發玫瑰也、西國庖丁漸學華法、亦烹海參燕窩、不日亦將食白菊火鍋矣、

二十二日辛未早晴、午後細雨陣陣、西國婦女長衫向有盛物暗兜裙之左右者、易被剪竊、身後者零星物件易于遺失、袴前之倫騎脚踏車者步行、又不壯觀、近出一種襪上兜、未見其式、亦不知何以取納物件、

二十三日壬申晴、西國古時兵隊前多用神旗、謂聖神隨護、以壯兵心、如八百年前之英國兵旗杆作船桅形、

杆頭置銀聖骨盒、詳見奇述五盒上插賢皮時賢韋福立賢卓安三聖旗杆長骵重舉之不易、遂駕以雙輪小車、今則各國均用國旗分營隊矣、惟俄仍舊制、神旗之杆長約丈、粗盈握、杆頭或插金鶯、或十字、旁繫帶穗長絛、或一縷、或兩縷、有空白者、有有字者、方旗橫幅、較長于直、四面或字或經呪或神名、中立神像、形如中國焚冥資之包袱、及陀羅經被、或彩畫、或刺繡、五彩相耀、重不易舉、馬隊之兵官右鐙旁有鋏托、行時插入鋏托、右手執杆之中、方覺省力、二十四日癸酉、微陰、入夜大風、泰西各國軍中樂器無非大小鼓、鐃、喇叭、笛、簫等、俄則異、是其領隊者、先舉一長矛、杆之粗長、同彼神旗、尖頭繫五色綢條、五六寬各寸餘、長四五尺、下一銅盒、周八九寸、（內盛諒必聖肖）盒下三四寸一銅覆盌、周約尺半、緣邊滿垂小銅鈴、左右別繫二紬條、長各三四寸、再下尺餘、又一銅器、如仰盂、大與覆盌同、左右垂四小銅鐘、矛之爲教神旗尤重、未悉其意何在、諒不出乎聖神保護之譜耳、樂器則笛、簫、鐃、鈸、八角鼓、琵琶、隨行奏之、別有音調。

二十五日甲戌，晴，暖。聞俄之兵規：每一點鐘步軍行二洋里半，馬隊七洋里半。俄路長天冷，隨營必有一二滑稽之人，戲謔歌舞，俾兵樂而忘疲，忘飢，忘渴，忘風寒。營中每晚八鐘一刻後，兵皆得閒，于是任其歌舞。舞則吹簫跳躍，歌則勝敵凱旋各曲。官亦喜其歌且舞，每列筵，惠以美酒，以鼓勵之。

二十六日乙亥，晴，暖如昨。昨聞白鷗街有年老義大里人名劉伊吉，手轉風琴討錢，其琴朽壞，柄轉雖響，而直腔無調。巡捕乃捉入官廳，訊知年邁耳聾，自以為手動

音作、不知其聲調諧否、遂判定收監一日、
二十七日丙子晴、英例禁攜犬入國以防傳染病症、聞
昨英國郵船由法夏蕾海口攜日本二獵犬至都伍云
二價二百五十吉呢、經稅關察出判定船中人與犬皆
限六個月不准登岸、
二十八日丁丑晴、倫敦美爾夫婦因伊斯特爾節定於
西四月十三日禮拜三在公署約戚友晚酌、上月初夫
婦具柬來、今日戌初二刻、余偕金氏著公服乘車至登
樓見畢少立候客齊、埃及堂正門開有人執金棰寶劍

前引、美爾扶金氏扶美爾夫人前行、後則男女客兩兩步入、其桌列作皿形、主客男女二百八十、美爾夫婦正面中坐、坐金美爾夫人之左、坐金氏美爾之右、再則希臘、比利時、暹羅、三國公使之眷屬等入座、後樓上陣陣作樂、先齊立祝謝上天賜食、繼而坐食、煮熟涼雕鴿卵、粘細鹽、再則甲魚湯、白煮魚、炸小魚、雞肉、羊肉、冷煮鵪鶉、涼糕、熱糕、酒食、加非、鮮果、生菜等、豐美可食、食畢美爾先領眾立起、舉杯恭祝英皇、再祝皇后、太子與妃之福、樂于是隨奏天保國王一闋、後此美爾及他文武多員各立演說一段，有云倫敦醫院創立已三四百年者，有叙王叔堪卜立址公之功、設法保守醫院者，有謝美爾夫婦優待者。子初始畢，出席入他間，吸捲烟，少叙而後散。

二十九日戊寅，晴。西國亦多骨董肆，著名建造工頭胡八其人，過城西某巷舊貨鋪（京中呼為掛貨屋子），觀窗內一舊木匣，由壓封踮附中審非時物，非常用物，詢其直，則三十五鎊，携至家，子細睇視，木質，横式，長一尺八寸，寬九寸，飾以彩畫，匣下支以銀椽樹子八枚，匣蓋與身之四角皆包以精工銀花、且在蓋上正中覆一銀盤、以便藏弆秘件、別有關鍵、可使啟閉、上有D及H等字十處、并暗號等、定為前法王罕里第二供奉布瓦介城燈光菩薩狄阿那之物、誠三百五十年前之骨董也、遂以二十五鎊買去、今已售于南堪興坦博物院、價五千鎊、

三十日己卯、陰雨、倫敦里屯霍街有女書手會館掛號者二萬人、聞館中兼售晚餐、肉食鮮美、有益衛生、價由半先令上至館本意乃代覓傭工、工價每禮拜一鎊二鎊半不等、視乎女之能否、介紹女工以啟彼謀生之門

路中外同也、

三月

初一日庚辰晴。出賃布帳、卓椅、燈火、器具之戛羨芝行、并可代雇各種雜戲、既妥當迅速、且計時計刻、較自行雇覓者稍賤、然考其所列價目、西國雜戲貴可知矣。如尋常戲法演三刻一吉呢一點鐘一鎊半、上等則一鎊十五先、射影燈一點鐘三吉呢一點半鐘四鎊十四先一點零三刻五鎊零五先。歌曲者半點鐘一吉呢或一鎊十一先三刻二吉呢。演雜技者半點鐘一吉呢半、十三

刻二吉咒、一點鐘兩鏑十二先或三吉咒、預備茶會或跳舞會之彈琹者、兩點鐘十五先或一吉咒、三點鐘一吉咒半、

初二日辛巳、晴、記英都一種猜謎午酌、此等聚會、多由婦女柬請、柬式翻新、乃上畫書一册、寫云某氏敬請某男或某女于某日未初、駕臨新奇午酌、會名諾伍倫赤、意指此設、請男女客各十、則廳中設小圓桌十、每桌一男一女、每桌陳物少許、暗合典故并詩句、使客猜之、先猜得者先列酒食、則繼之者急于搜索、不免勞心愈加

飢渴也、畧如桌上置酒一盃、乃莫辭盞酒十分勸也。滿鋪青草、上置玫瑰一朵、乃萬緑叢中一點紅也。一信筒內置樹葉、外不書名字、乃葉上題詩寄阿誰也。或一命書云、那波倫上馬、乃君王行出將、諸如此類、凡先猜出得酒食者、主人更有所贈云。

初三日壬午、晴暖。西人欲考驗血力之助人、茲有醫生安得森、創一器、曰墨色貝意、即肌肉床也。一長桌、中心左右立二鐵錐、錐上懸一長板、長約七尺、板之中心立一表盤、書有數目、由五至九十五。隨板一斜、人仰卧板上、前後均匀，務求懸平、又須瞑目、毫無所思、則板無偏重、儻令卧者或計數、或計事、血上擁入腦、而頭重、板隨頭重而俯、中心針亦隨動、愈用心、針愈動、數亦愈大、令其心思跳舞、腿雖不動、而心力在脚、遂引血下流至脚、脚重而板亦隨脚重而俯、令其食物、血則攢流入腹、以助消化、而當腰以上之板亦半俯、由此觀之、人身全仗血力、故虧者多無力無神、

初四日癸未、晴、西國天主耶穌及老東三教、皆于天主復甦節前齋戒四十天、名曰蕾音特、乃始于一禮拜三、

日稱曰阿什文斯代意乃亥禮拜三日據云係于是日頭上撒灰其奉誼未詳此四十天內除因病年邁或地故不能遵守者其他皆須奉行應食之物不同釋教之五穀菜蔬乃兼食無血動物如水鴨鮮魚雞蛋𪍿牛乳乳油乳汁乳餅之屬佐食有麪包掛麪果品菜蔬米飯茶點加非勾勾臘等酒亦不禁間有不能循戒者亦可畧進肉食惟每禮拜三五兩日及第一灰禮拜三灯禮拜五日（詳見前）并第三十七八九及四十日爲四十天之末四日稱曰聖禮拜必誠守教規勿食肉因之倫敦各

大飯館、于以上各日專依款規預備素菜大餐菜僅五六色、葷素調和、價較平日之大餐尤昂

初五日甲申、早晴、入夜風、聞英皇與后于前日午初十五分、由丹京啟程、乘火車至閣簑耳海口、下車、登本國維克都里亞阿拉柏船、即開、昨日申正抵維克都里亞海口、改乘火車、酉正一刻抵倫敦柴苓十字街火車棧戌初入卜靜宮、英皇在丹京未登車之先、爻丹都邑長二千克洛訥、合百十一鎊、以賑本城貧民、英后施二十五吉呢、用賑西印度寄居之孤獨丹民、至英皇與后之

往來皆有彼此之駐紥公使迎送其他聲識歡呼等事
咸與上次同。又英太子與妃于昨日已初起程往游奧
都維也納

初六日乙酉。陰。風。涼。聞英國進口稅每鎊現加一本士
茶葉每磅二本士。外國菸捲每磅六本士，小紙菸捲每
磅一先令，菸葉每磅三本士。按上年三項共收四百五十
五萬鎊，以現今所加之數計之，可得一萬萬四十三百
六十一萬鎊，除所計一年應費之一萬萬四千二百八
十八萬鎊，可餘七十三萬鎊。上年共收一萬萬四千一

百五十四萬六千鎊。乃費至一萬萬四千六百九十六
萬一千鎊。竟虧五百四十一萬五千鎊。
初七日丙戌。陰雨。亥正偕内人率馬清臣並其女海蓮
乘車入卜静宫赴女朝會。清臣充中國使館參贊官。其
女現已及笄。可赴朝會。但初次須人帶見。故請金氏同
往。又因英皇叔堪卜立址公之下節服期内。英王以次
猶官服左臂圍青紗一縷。英皇眷屬如皇后太子妃輩
仍黑鬖而裾邊袖外畧襯素花數朶。其他則不論矣。此
會因皇叔之喪改于今日。先是婦女因赴朝會而製新

服每件皆需二三十鎊，今雖在下節服內，而不使之別
做黑色者，亦辭恤也。禮官來信稱，與會各官左臂應服
青紗，既非華禮，中國又無下節服期，一說余遂常服，不
掛朝珠入宮，一是禮節如前，數百婦女見畢，丑初一刻
回使館。
初八日丁亥，晴。西國各種工藝極力隨時更新，期多獲
利。一登新報，趨時好奇者爭先購取，生意遂為一時之
盛。照象人韓金蓀創一法，能映小照于扇面，本不足奇，
乃其廣告云，婦女之赴跳舞會者，頻遺其扇，致難尋覓

若有本人小照、他婦女自不願擅耽矣且少年子弟、如
戀偕其跳舞之姊妹亦可于此等扇面中獲有利益是
則以誨淫為致財之媒也、
初九日戊子、陰、倫敦氣車既多、復有多式、售價見前、出
賃之鋪類多分設下貝格蕾伍街第七號歐倭比車鋪
遞到此票價單、以求照顧、內開一車容四人者每
五點鐘為半日價三吉呢、十點鐘為一日價五吉呢、逾
時每一點鐘加半吉呢、一禮拜三十鎊、四禮拜為一個
月百鎊、使車人之工費及他用項在內、惟出城路遠一

日三餐及住房存車等費、出于賃客、至赴大會賽車與各節期價皆加倍、如車已賃定而届時不用、除因要事許用得律風通知外、須付備費二吉呢、

初十日己丑晴、早見本街西邊一半滿鋪黃沙、緣逢男女排如牆、五英皇與后率二公主維克都里亞將往幸愛爾蘭也、四面車馬往來不禁、未初有二巡捕乘馬過始阻東西行之車、道東一半無黃沙、車之南北行者仍不禁、既而紅衣白馬銀盔銀甲之護衛一隊前行、後則敞車雙馬者三輛、君著頭等水師提督戎服、后與公主

皆黑氅隨行，左右男女免冠鞠躬，歡祝英王壽，王則左右向之點頭。王至尤斯屯火車棧，登車即開，西北行二百六十四洋里，酉正抵霍里陵小島海灣，舍陸登船，在彼休息，定于明日卯初展輪駛赴慶斯塘城，走愛爾蘭海，計水程六十洋里，一切預備與前同。

十一日庚寅，陰。西國講求飲食，潔淨精純，不僅為華美壯觀，味佳多進，更冀喜食之物易於消化，方為有益。自十五年來，計年立一食物庖廚技藝會，凡各種肉食麪餬糕點，或涼或熱，若有人創新法新式，皆先報官查驗，

如屬新奇益人、准于會期陳列、以博衆賞、庖丁技藝亦
然、本年為第十五次、在阿拉柏堂陳列四天、今日為始、
會首庫滋、因第一日開會、請本城美爾李吉夫婦并衆
請余偕内人金氏、未初午酌、屆時乘車至導引人引入
一小飯廳、見庫滋、李祺等男女十數人、即時入座、酒兩
色、食冷葷、如雞魚羊肉各味、末飲加非一盃、食畢齊立
出廳、美爾侍者執劍掌笏前引、美爾扶金氏、余扶美爾
夫人、後則男女兩兩下樓、步入堂池正面臺上、前横一
桌、覆以花氈、置劍笏于其上、後則金椅兩行、庫滋、李祺

夫婦及余與金氏并他二三人分坐前行、後坐國王御
膳房首領梅乃哲蒂男女八九人、臺後一班紅衣樂兵
奏樂、臺前左右三面座位層層容人數千、而當時来人
男女僅數百、頗覺地曠、有厨工女學生數十、各戴白帽
著藍衫、極整潔、先是庫滋立陳一段、繼而美爾立起演
說數語、大旨無非鼓舞稱讚厨工技藝、並盼日求精能、
後乃下臺、同至池中見正面横列讌席一卓、多錫造之
樓閣船隻禽獸花木果品、一以彰其能、又因錫可耐久
也、後三面羅列飣餖器皿肉麪菜蔬、一步軍厨、一水師

厨一學堂厨厨立庖丁數名、一日内、皆按時操作、令衆人觀水陸兩營厨務、張工之精純敏捷、各女生則表所學之勤能有成、去此左行數武、步石階十級、入升梯、升至樓上一層、樓本圓形、四面一圈、周足二里、左右密列麵肉食物千種、罔不精潔、計四日内、每日入門費一人二先牛、看畢下樓、答車回使館、凡以所創製之物入會官為考驗、若新奇得用、賞金銀功牌、又此會首列英王與后及太子、太子妃、并他各王公、王夫人、用示皆以保養國人為心、庫滋即三十、娶八十老妻者也、其妻現年

長、

九十、并聞前日西十四明二為其生辰云、

十二日辛卯、晴、西人賴格化等學物之小者大之、大者小之、且能鍊物而提其精、以為少許抵多許之用、于是製嗎啡為鴉片精、又一種錫名薩喀林、造以煤精、係自煤中求出、極甘、一粒米之大、其甘足抵白錫四錢、凡人之五臟傷於錫、致走腎經、致入皮膚者、常用此代之、因其味甘而無錫之滯力也、

十三日壬辰、陰、英之粗錫皆來自屬地之在溫熱兩帶者、到英蘭、復經錫房層層細漉、始白且潔淨如冰雪、洋

餳雖有廠造，其甘香不及我之冰花二貢，間含饘味。西
人慣食牛羊，不覺其饘，華人則誤以為牛骨蹄角之類
所造。詢之土人，乃用一種牛血所造之炭，上下懸隔五
六層，以漉餳濁汁，下滲愈漉愈清，漉至末層，瞭乾色粹
冰雪。餳汁走牛血質之炭，故饘炭久用則澁而不透，以
水冲洗則復可用。
十四日癸巳，早陰，未正雨。聞俄都特靈文茲克廟中有
素著靈異之兵神聖牌，塑以貞女與賢色爾凡之像。聞
其牌乃融銅為之，高約三尺，寬二尺，飾以綢緞珠寶。昔

時每戰請之頗主吉祥、現將東請、以冀戰有靈驗云

十五日甲午陰、涼、入夜風、英國于四百年前有船鬭戲名倭特爾朱斯特、意乃水戰也、係二扁底艇內對坐十人、弄槳、舟尾後出一板長五六尺、上立一人之雄壯者、胸挂鋏牌一方、以護其身、雙手執一矛長二丈、矛頭鋏作山字形、其尖鈍、兩舟於水面對泛、舟尾執矛者隨行對刺、能刺敵使立脚不住而使跌落水中者勝、聞此戲不日將演于水晶宮云、

十六日乙未、白晝陰、入夜風雨交加、聞西人捉猛獸、欲

設陷坑機檻之類、必使獸皮無傷、其法先以巨木粗盈尺長五六尺者十八、于曠野地面插作方城、四面每面上橫一木共高約三尺、橫寬各七八尺、此上又以七木插作目形、為蓋、統作[illegible]形、又如匣匣蓋左右上繫重石兩端、匣後別立一木、有繩連匣蓋、匣中後邊斜立面鏡一方、鏡木間有關鍵、虎見鏡中兇形、撲入、爪微觸鏡、已觸機、陷匣中矣、其捉豺狼與豹亦然、惟不用鏡而用雞、捉海馬則用陷坑、捉猴亂置玻璃罐于林中、盛以核桃棗栗之類、并猴所喜食之物少許、罐頸僅容猴前爪、爪

三七

入罐滿握食物欲出罐頸小矣、猴性饕餮終不釋物、罐頸之繩、牵掣不已、人覺之、猴被捉、

十七日丙申、陰雨、聞已故英皇之叔堪卜立𡊨公遺產、計十二萬零八百六十六鎊、除已發一切費用外餘五萬四千四百四十四鎊、遺命令其二子及公前所用之武弁現任提督貝特森與韋良恩二員照辦一是據云

老王后所賜銀盤、贈其妹現德國美克林堡斯台立兹邦之王妃教古斯他、英君加冕時所坐之椅取出特贈教古斯他之孫福來得立鑽石寶星、贈泰克公覩小珠

石寶星贈太子之長子阿拉柏他寶星、家人旗人願收
者皆可出錢得之、其錢附於遺產、僕役輩如梨池門閽
之總管索亞爾得百鎊、侍僕狄堪斯每年得百五十鎊、
終其身、霍樂得百鎊、小价狄特里車夫賀恩特每年各
得七十五鎊、終其身、他男女僕婢均得薄賞、餘款二子
均分。

十八日丁酉、晴、堪卜立地公本三子、詳見前其一子見擯
于官、並不得分遺產、因數年前充印度武官、由印回英、
豔同舟武官之妻而暱之、遂私爲本夫怒而休妻、彼即

取為婦、事為其父與國人所不齒、
十九日戊戌、晴、靄西五月四日、為日本會第十三次設
宴、公請會友及東西各國之友、仍以日本公使林董夫
婦為首、上月中以柬約、借座白堂街梅特樓埔店、戌刻
余偕內人金氏乘車往見林董夫婦、少待入飯廳、卓作
皿形、坐男女二百六十三、林公使正中坐、坐金氏于其
左第一座、坐余其右第二座、林公使夫人第三座、一是
與上年同、樓上遂節奏日本樂、食訖舉杯祝日皇時、奏
日本國樂、文曰、大哉吾皇在位克昌、水遠瑩固寶享主

長上壽無疆、又曰、過似秋葉、紅色飄揚、年年無已、保佑
安康、上壽無疆、樂畢、齊聲喊曰、班武班武、日語萬歲萬
歲也、嗣有多人演說、彼此申謝讚揚、此會初立、僅二百
人、今則增至二千五百餘、處處仿英禮、此次壁懸日本
水師旗、主客座前名帖、亦繪水師旗、席罷、贈每客記念
小瓷杯一、
二十日己亥、晴、酉正十分、英皇與后率公主自愛爾蘭
回、奉街東邊一半墊黃沙土、其他兵衛與去時同、英廷
于管理故人財產一節、官場抽收極重、即如堪卜立址

畢

公之二子與二武弁報官時，官先抽費一千數百鎊，至分授產財各人，視乎與故人之遠近及所得之多寡，十分中抽取一二三四五分不等。

二十一日庚子，陰雨，雷。英人貿易，極力經營，不惜重費，即如蘇格蘭格拉斯勾城，有一種牛乳方餅，作房鋪名，即昂餅名怕爾美那，寸五見方，厚約三分，如我國之焦餅式加餡，此餅造以牛乳，餅和麪，味辛芳而脆，昨寄來一小匣，橫式長三寸餘，寬寸六七分，內小餅四，匣固而華麗，附附票一帋，金邊五色印，以英文云此餅用上等白牛乳與乳餅造成與平日各種不同足附早晚三餐之末、當稱香美異常、英俗凡于飯末有覺腹中尚欠少許者多用麪包與牛乳餅補之歷來供本國君主國王及俄皇希臘比利時諸國王之用如蒙照顧即請示知

二十二日辛丑陰雨陳劍航由比來英游歷約其酉正晚酌倫敦有種包探洋名撲來為的名克的伍斯代人暗地緝訪如告以年貌或姓名或事迹或裝飾無論男女除卻碧落黃泉舉可探詢時有見聞陸續電其資遣者此等包探通城多有專衙遣之者以為費少事速欲

便之。然亦間有侮弄誑騙。或枉害他人。或自行入甕者。

闈數月前。某官妻私于人。夫偵知訟之。將作離書。英例

官雖允告。須六個月後。的有實據。男意已決。方斷分離。

又西例男子不夫。押倡有外遇。婦亦可告官與夫絶。婦

遂特此綿延之時日。搜擷夫之細行。冀得其閒。以明夫

也不良。非予有咎。然後分離。乃以重金賄包探。狙伺夫

之行止。訪知其夫住某店。包探潛踵其後。隨時鉤稽。乃

并無所得。因兩人終日同室飲食。座離不遠。始相識。既

相友。包探遂言。哲爾奚島（地近法而屬英）天氣清快。盍往一游。

于是二人偕至、入飯店午餐、包探醉之以酒、隱几欲睡、包探言天尚早、何不一遊妓館、醉客遂離允之、至則包探復以酒進、醉客就其手而牛飲之、遂瞢然無所覺、包探遂指某妓納之醉客牀、次日包探遂將其押妓妓之各報之婦、婦遂以之鳴官、兩造對簿時、包探之謀敗露、判將包探監七年、未聞某官夫婦作何了結、

二十三日壬寅、陰雨、涼、印度經英占據後、人雖降為奴隸、飲食日用、惟西人是從、而多有矢志不改本教者、聞彼地有一器皿神曰班禪、或班查木、為保護印人謀生

所用器皿之神、每年春季涓吉祭一次、祭則無神像、無神牌、將所用之器皿擦洗光潔、列之一卓、飾以鮮花彩綢、次早獻糖果糕點、畢、鞠躬合掌喃喃祝禱、保其工作有盛無衰、供畢分食神餘、是為一放工之期、若供事書手筆、乃大木箱糊彩紙、作神臺、上面正中置洋墨水一大瓶、信函、筒、紅火漆、洋筆、吸墨紙、規矩、匣之屬、羅列四面、三四十人環立而祝、瓦木、銅鐵、成衣、織紡、各工匠亦供其平日所用之器具、

二十四日癸卯、陰、印度土人亦分上下多種、其上種之

潔敬篤信佛教者曰婆羅門最下者第四等為首陀羅或蘇得喇、上種人忌食下種所作之食物、甚至水鹽所造之物、經下種人手撫摩即不食上中之人經下種人供奉飲食、亦僅食其生物、凡上種人製物必用上種庖丁、其下種人又分兩流曰潔淨曰腌臢、潔淨為織維匠糕點匠、銅鐵匠、金銀匠、成衣匠、木匠、晾米粮匠、腌臢為釀酒人、賣酒人、賣油鹽人、煮皮人、編席人、造筐人、剃髮匠、洗衣人、打雜僕役、亦列不淨班、因其手多洗弄髒物也。凡人之本為回教、或改奉天主耶穌教以及曾赴歐美二洲、拋棄佛綫、擅食牛猪雞肉、并擅食天主回回教人及下種土人所作之食物、或擅在下種人房中作佛事、或男娶寡婦、或婦女荒淫者、婆羅門以為非其種也、遂而去之、

二十五日甲辰、陰晴不定、涼爽、正一刻、余偕內人乘車至牛貢街內小巷中格拉弟屯畫閣中、赴匯豐行總辦喀美倫夫婦之跳舞會、男女客五六百中所識者日本公使林董夫婦、前任倫敦美爾薩米尤夫婦并其出嫁之女、又赫樂彬夫人暨赫承先夫婦、男女跳過九場、時

乙子丑喀夫婦延至樓下夜餐、勸進良設食畢登樓少敘、出門登車回使館、

二十六日乙巳、微晴、英國四面臨海、地多潮濕、時少燥熱、婦女用心太過、孱弱而患筋熱諸症、日光濕、沙土濕、不能醫、其主病現有老女醫攜久病婦女二三十人赴努比亞（地在斐洲東北界、東傍紅海、西臨乃樂江）大地沙漠、四無人烟、日光炎熇、光灼沙磧、映天如雪、乃在彼支布帳爲觭角式、分住之雇㨾及婦女爲侍者、禁男子至、并禁閱信函新報書籍以及私帶玩物、食物亦取清淡、僅五穀果蔬水則

買於駝運、帳之裝飾及所著衣服尚樸素、使日日吸清氣、養食心神、還腦氣、壯四肢、月餘、病當已如老年轉少云、

卷十一終

八述奇卷十二

鐵嶺張德彝在初隨筆　潘士魁校

光緒三十年三月二十七日丙午，陰。西國花木博士在天下冷熱各處搜求卉木，為水生、為土生、為石生、為雪生，不下百萬種。昨經某博士由中雅洲覓得一種，先花而後幹葉者，名曰謀那教仄伊斯特，譯為東方王。根如大番薯，春初納之空瓷盆，置之煖屋中，無土培根，無水沃根，自然開花。花長約二尺，色紫而鬚稍黃。花落，以汁生植于罐，乃須上培而水溉之。入夏，葉大如繖，幹長三尺

至秋則葉謝、幹漸枯、遂將根滌淨、仍盛空瓷盆安置煖
屋、來春花又發、是亦世間一種奇葩也、
二十八日丁未、晴、久矣夫、闢英商南斐洲、開金礦、因土
人既少、且不善工作、于是有擬招印度人者、有欲招華
工者、官民久爭、莫衷一是、官以順民情、故允招華工、然
民欲私招、官謂須國家與聞、兩部署之、久議始定、英廷
行文中國、兩月前余奉
旨與英廷會議招工條款、屢次率參贊赴英外部商酌、始底
于成、今日酉正、率馬清臣陳安生乘車至外部、與藍侯

畫押換約其約云
茲以咸豐十年九月十一日中英兩國在北京蓋印畫
押之續增條約第五款載云凡中國子民在英國各屬
地或外洋別地承工者
大清國
大皇帝准其按照兩國議訂之保工章程與英民立約為憑
無論單身或攜帶家屬一併前赴通商各口下英船放
洋又以該項保工章程迄今尚未訂立
大清國

二

大皇帝特派記名副都統出使英國大臣張德彝

大英國

大君主兼五印度暨四海諸轄境

大皇帝特派外部大臣侯爵藍斯璫

各將所奉便宜行事之

上諭互相較閱均臻妥善現將商定條款開於左

第一款

按照上開之中英續增條約第五款所載其應議之保

工章程所載既須籠統不得專指一處現兩國訂明自

後凡英屬各處或歸英保護之地如須招用立約為憑
之華工當隨時即由英國駐京
欽差大臣將該英屬或歸英保護之地之名以及將來招載
華工出洋之通商口岸招雇條款擬給之工價一一照
會中國政府中國政府當毋須別項照會立飭指明之
通商口岸之地方官竭力設法俾招工事宜得以迅速
辦理每英屬或歸英保護之地前來招工止須按照本
款所言照請一次若該英屬或歸英保護之地照請在
某通商口岸招工後停招至三年者則再來招時當另

三

行照會

第二款

通商口岸之關道接奉上開之飭文後當即委派一員名曰稽查保工事宜委員會同該口英國領事官或其委派之員將華工須行畫押之合同以及一切細情凡關涉該工前赴之地方之情形該處之法律而稽查保工事宜委員以為該華工所不可不知者一一出示曉諭並刊入報章以便周知

第三款

下列各款內所稱之招工所及一切須用之房屋應作何處暨如何設立之處均由該口之英國領事官或其委派之員與稽查保工事宜委員商辦該所及房屋等或建造或改造俾得辦理招運華工事宜費用均由英國國家支給所中須備有房屋以便稽查保工事宜委員等在內辦公

第四款

一須在招工所衆目易見之地尤須在該所中所稱之接收華工處黏貼招雇華工合同條款漢英文配齊如

招雇華工之英屬或歸英保護之地曾須有招工則例該則例亦一律貼示

二須備有名冊一本凡應招之華工之姓氏均須一一登載漢英文配齊其應招之華工若年未及二十者非具有該工父母或平日照料該工之人准其應招之憑據如無父母又無平日照料之人則非具有該工本縣縣主准其應招之憑據不得註名於冊應招之華工於按照中法將合同簽押後非領有稽查保工事宜委員之准單盡有英領事官或其委派之員之花押則于上

船之前不得擅離接收華工處其已稟準稽查保工事宜委員將名扣除不願奉行合同者當作別論、三載工船開行之前各華工須由考有文憑之醫生詳細驗看該醫生由英國領事官或其委派之員揀派應招之華工須在英領事官或其委派之員及稽查保工事宜委員或其委派之員之前排列成行詳為詢問以察合同中所載各節該工等是否明曉

第五款

凡按照此約載運華工之船只准在中國通商口岸載

運按照下黏之章程辦理該章程與本約一律奉行

第六款

大清國

大皇帝可以簡派領事官或副領事官前赴華工所至之英屬或歸英保護之地照料彼等利益安樂俾該工等及該處所有別色華民得以格外妥行保護該領事或副領事官所享之利權與他國領事官所享者無異

第七款

凡按本約訂立之應招合同須將該工所往之地方之

名以及合同期限如該合同可以續訂其續訂條款若何每做工日之做工時刻招作何工工價幾何如何付給合同之中如載明該工及其家屬回華之船價由工主發給者則其往返船價並在英屬或歸英保護之地之時或在途時所須之醫費藥料俱由工主備給之處又口粮衣件並應得之别項利益等均須一一詳細載明如醫生等以某華工務須種痘則于該華工到接收華工處後即可施種如種而不發可在船再種此節亦可於合同內載明

第八款

該項合同須在稽查保工事宜委員或其委派之員及英國領事官員或其委派之員面前畫押其不能寫字畫押者可按中國通例簽畫花押合同所載曾否於畫押之前與該工詳細講明中英兩國政府惟各該員是問各工須給與合同稿一紙漢英文配齊該合同須俟該工上船方可視為定而不易

第九款

凡華工前赴之英屬或歸英保護之地須派一官員或

多於一員、其專責惟使華工遇有身家產業被傷之處可得前赴公堂伸訴毫無阻碍一與他人所享該地法律給與之保護無異不分種族

第十款

各華工在英屬或在歸英保護之地之時須享有一切郵政利便俾得與本鄉通問寄銀至家

第十一款

如該華工及其眷屬等因合同期滿或因按例辦理之故或因疾病或因受傷而不合工作須載送回國者其

回國之國字係指曩日該工登船放洋之通商口岸而言凡遇此項載送回國之案只可將該工實在送回本國不得付銀作抵

第十二款

現訂明工主不得以按照本約訂立之合同所載謂可不與該工商允稟准中國領事官或副領事官擅將該工撥歸他主其有與該工商允稟准領事官撥歸他主者該工所有按照合同應得之利益不得因而稍減

第十三款

現訂明凡按照本約所招訂立合同之華工每招得一
工須納費銀交付中國政府以充稽查招工事宜之需
至稽查保工事宜委員及華工登船放洋之通商口岸
之各地方官處均無須交納他費以上所開之費當於
載工船具領紅單以前呈交海關銀號收存按照下開
之數計算如招得之工人數不過一萬每人應抽費墨
洋三元一萬以外每人抽費墨洋兩元惟此係指該項
華工同在一通商口岸招運而前後招運之時又未逾
十二個月而言若其登舟放洋之通商口岸不在一處

兩前後招運之時又逾於十二個月則應繳之稽查費應照初次招工辦法交納

第十四款

此次所訂條款即于畫押日奉行以四年為期期滿以後兩國如有欲廢棄本約者無論何時均可先期十二月通知屆期即行作廢、

本約訂於英國倫敦共繕四分兩漢兩英由兩國大臣畫押蓋印以昭信守　　西歷一千九百四年

載運華工船隻務須遵行之章程

按照本約載運華工之船隻務須可以行海務須潔淨務須透風量以下所開各節悉按印度政府現行之印工出洋條例辦理繳照一分即照一分

計開

船上艙位按照一千八百八十三年所頒之印工出洋條例第五十七條辦理

船上安寢之處其在船面者船面務須鋪墊以木或用木炕按照一千八百八十三年印工出洋條例所附之甲表內所開之禁閉鋃面船面章程辦理該章

也

程曾于一千九百零二年八月十六日修改
客位應佔之尺寸按照一千八百八十三年所頒之
印工出洋條例第五十八條辦理
船上須帶考有文憑之醫生並須用之藥料
船上應如何備置盛存飲水之具按照一千八百八
十三年印工出洋條例第一百十三條章程辦理該
章程曾于一千九百零三年二月二十四日修改
船上應如何備置蒸水之具按照一千八百八十三
年印工出洋條例所附之丙表辦理

船上各華工每日所須之飲食開列如下
麪及做麪包之物料不得少於一英磅半
鹹魚或鮮魚鮮肉或宿肉不得少於半英磅
米不得少於一英磅又三分之一
鹽不得少於一英兩
糖不得少於一英兩半
中國茶葉不得少於一英兩之三分之一
中國味料以足用為率
飲食兩項所須之水不得少於一戛倫
十

以上所開各物俱可以他物相代惟其代用之物務
須由船上醫生視之足以相抵

大英國外部大臣侯爵藍斯墻　為
照會事按照英中兩國所訂招工條款之第六款載云

大清國

大皇帝可以簡派領事官或副領事官前赴華工所至之英
屬或歸英保護之地照料彼等利益安樂俾該工等及
該處所有別色華民得以格外妥行保護該領事官或
副領事官所享之利權與他國領事官所享者無異等

語將來該項領事等官務擇練員充當該員又須籍隸
中華僅供中國國家差遣凡該項官員選定以後當將
該員姓氏行知本國政府定其可否接待本國政府以
比各節極關緊要用特具文詢問
貴政府能否允從如蒙允可見示所有此次往來照會
應即附於所訂條款之末以為此事業經議妥之據為
此照會
貴大臣查核見覆須至照會者
大清國　記名副都統出使英國大臣張
一　　　　　　上

照覆事按照中英兩國所訂之招工條款第六款所載
應行簡派之領事官或副領事官務擇練員充當此事
本國政府亦以為極關緊要與
貴政府相司將來選派該項官員時自當按照來文所
指各節辦理中國之於出洋華工政府亦以為固應如
是也所有此次往來照會應即附於條款之末以為証
據為此照覆

附錄印工出洋條例

一千八百八十三年印工出洋條例第五十七條是例

曾于千九百二年八
月二十四日修改

一中艙內或船面客艙內須備有一處專供工人之用該地方高度至少不得少於六英尺又船上務須按設醫病處一所又所有工人之婦孺無論已嫁之婦未嫁之婦須隨時遵照印督按此條例須行之章程設法分別安頓不得住居一處又按照上文所開備置之船面客艙務須按置緊貼四面妥為遮護以上各節如有違碍則上條內所開之准載工人船牌不准給發至船面按置客艙一節須與保工委員或衛生醫官商准辦理

一千八百八十三年印工出洋條例所附之甲表

一凡前赴好望角以西各地之船或船之取道澳洲前赴肥雞島者其中艙艙面若係生鐵則須緊緊鋪蓋木板不令透水或于船之兩傍按照船頭方向鋪設木炕所佔地步當與艙位相等此項木炕並多按置兩層如不敷用可於船之中段添設一行或二行隨時酌核辦理惟炕之多少務須詳酌各炕之前後務須相距寬綽下層木炕相離艙面不得少於十二英寸上層木炕相離下層木炕不得少於二英尺零六寸下層木炕之底

板務須横放可以分段拆卸俾易於移挪各炕邊旁須配有木板高英尺六寸若船之中段設有木炕兩行則中可竪一木板高九英寸將該木炕分隔兩旁各寬六英尺草蓆及羊毛毯務須備置以備工人應用應備若干由照料該項事務之總醫生定奪

一千八百八十三年即工出洋條例第五十八條

凡載工之船于上條所開應備工人所用之地方其應佔地步每工人至少不得少於十二平方尺又七十二立方寸如兩工人年在十歲以内者則按照此條可作

一人論

一千八百八十三年印工出洋條例第一百十三條

章程曾于一千九百零三年二月二十四日修改

一凡載工輪船無論其備有儲水之具與否要當配有大水池以儲可飲之水供工人水手人等之用各池之大小以所裝之水足用為率池之工料以經用為主該項須用之水亦可儲于船頭底艙或船尾之隔底艙或壓載重物艙惟須與船學工師商准而後行汽鍋或汽管下之艙不得用以儲水

一總水池及船頭之底艙其大小尺寸以能容水三千戛倫為率不得逾於此數至各壓載重物艙及船尾之隔底艙其大小尺寸以啟行時能裝須用之水及五分之二為度不得逾於此數

一各水池及船頭之底艙壓載重物艙船尾之隔底艙務須設法安置俾船學工師可以詳細查驗給與他不滿水之憑單並須配有量水管開閉水管機及合葉等件用以接連吸取清水機器此外又須配有抽氣筒裝配亦須合法俾穢物與海水皆不能透入水池水艙

凡機關及合叶等件除上文所載用以探水放水者不論外其通入海水者或通入貨艙者或上達船面者皆不得入于池中所用抽取飲水之水龍亦止准用以吸水不准有別項用法

一水池及別項盛儲飲水之具是否完善是否干淨是否大小合用須由船學工師查驗出結除驗得可用之壓載重物艙及船尾之隔底艙可用以儲水外其餘船上儲水之具不得盛儲工人及水手等所飲之水

一千八百八十三年印工出洋條例所附之丙表章

程

所用之蒸水器具務須配有汽機以運行冷水抽機訣項汽機須專為汽鍋添水而設如遇失火自亦可用以輔他機及甲表所開之抽水機之不及至輪船中所用之蒸水器具所須凉水如由總機器或總機器之抽水機運送者則訣項輪船即可不照此章辦理

蒸水器具須配有濾水機件或入氣合叶其濾水機件須裝有動物炭凡由食物鍋所出之蒸水不得不濾而任其流入盛儲飲水池

飲食所需之水皆係熱水所用引水引氣管不得以鉛為之

船上應行預備之件

做螺絲釘之全副傢具一套

口徑能大能小之拔螺絲釘之鉗子

總吸水管所用之管至小須多倫十二英尺

鍋上所用之量水表須多倫六枚

鍋上所用之樹膠圈須多倫二十五箇

蒸水機抽甬所用之合叶須多倫全分一付

常用之鍊釘等件須多備四打

錐子四箇
一旋八分寸之三之口徑
一旋八分寸之五之口徑
一旋四分寸之三之口徑
一旋半英寸之口徑

驗水重性表一枚

技螺絲釘之箱子

小管所用之材料

絨頭等類十四磅

尖斜形之鑿二把

錘一把多配柄一

鍊匠所用之火爐一個

鍊匠所用之鍊墩一個

鍋爐所用之鍊鎚二把

鍋爐所用之火箝三付

潤機所用之油十夏倫

鑲物所用之料備七磅

大

鑲物所用之銅頭棍一根
接管所用之煤氣箝一付
銼刀六把各配有把
動物炭質五十七磅
平頭鏨子二把
鏨洞錐子一把
汽挺須倫一根
起棍全分一副
口徑四分寸之三之直管口徑半英寸之直管口徑四

棉花薵件十磅
鋼鋏夾子一付
寒暑表一枚
紅鉛十四磅
白鉛十四磅
桐油一戛倫
硼砂七磅
松香七磅

分寸之三之曲管口徑半英寸之曲管各預備二分蒸
水管之口徑如與上開不同即可以之相代
船上所用之煤除水手用十墩各艙位用五墩每百工
人用五墩泡煮飯食外其赴西印度者須裝有二十個
禮拜所用之英煤計須四十墩該項煤斤按照路途遠
近隨時增減别項煤斤如質地可與英煤相抵者可用
以相代
蒸水機所用各管皆須安設于穩妥之處萬無意外之
虞者并須妥為蓋護其吸水總管及放水管則尤當加

上

意

查驗之時務須將蒸水機運動令其出水所出之水受之以桶桶之大小至少須能容該機半點鐘所出之水以部定之量水戛倫量之該戛倫即由船上預備所出之水不得以機器未能盡善爲之減算一經試驗得水則視其第二次半點鐘所出之水多少若干即可定蒸水機之濟用與否矣

所用各件務須呈與船學工師驗看抉擇維精愜其意而後可

所用各器具須派能員一路照料該員須與機器工師商派
所有泡煮飯食之鍋凡與蒸物機相連者皆須外包以木並須配有保險合頁
如船上之蒸水機每二十四點鐘不能出水若干俾得按照册開之數以供工人及水手人等之用則該船合用憑單即不准發給
除以上所定各節外如有未經辦及而須加添者隨時可由沿海所派稽查保工事宜之員向駐該口之英領
丈

事官商辦另立合同
二十九日戊申，大晴暖。英國幼女之名，八九十年前，以所授之教名爲名。此外有父母于隨時所喜之事物名人名地名別加爲名之事。如英得錫蘭值女生，乃名曰錫蘭。或以得勝之人之名之名，或以名人著書之名名之，或以著書之名人名名之，或以書中之人名名之。近年復有以所愛之寶石名其女，如哲池奚侯之二女，一名紅寶石，一名翡翠石。又英國新簡駐俄公使哈爾丁之女名金剛石，更有名女以夜明珠者。

四月

初一日己酉，晴。西人處處講求術藝，苟有所得，即施于製造，或長篇作説，詡其有益於人，或藉之沽名，或設以致財。有英人濮斯特者，創一種食物，曰葡萄子，似藥非藥，其色紫黄，形如糕餅之碎渣，又如黍粒，味甜不澀舌。治以葡萄之類，研碎，攙和糖麵、牛乳，燜成者。據云：凡人多食黏物，凝滯不化，或勞心勞力太過，致生頭腦虧弱之證，購此常服之，無不見效。其直則長方黄紙袋壹個半斤，七本士。每日食四小匙足矣。食法或每早伴牛乳，或乳汁冲服，或攙于各種糕點，或攙食果羹、冰乳、桂達、糖果雜子、蠣黄及白煮魚等，皆無碍。又可與勺勾擱扣扣之類同食，惟忌茶與加非，以二者非食物也。茶與加非之力烈，入腹後，攻擊腸胃、心腎、頭腦。茶百分中三十四分停滯，六十六分消化；加非百分中六十一分消化，三十九分停滯，積滯心熱，軟弱之疾生。惟葡萄能已之，最宜久服。

初二日庚戌，晴暖。閘前禮拜六，早辰正一刻，在韓諾坊賢卓志教堂中有男女二人成婚，女名埃麻，已故伯爵柯來遂之夫人、初嫁伯爵、在西八百七十二年、乃三十二年前也、伯爵故後、八百九十二年再嫁于臘文索伯、又二十年前事也、臘文索上年病故、埃麻遂三次出嫁、年應近八旬矣、新郎乃茲倭現年二十九、魁梧美少年也、新婦之車夫也、夫乃之娶埃、與三十歲之庫滋娶八十老嫗無異也、老婦改嫁少年、英國不知凡幾矣、殆中國尚男、故老夫而少婦、西國尚女、故老婦而少夫歟、余之所聞知、僅此二上等夫人也、西國無拼頭之名、而新報中屢見有男女口角分離、或因爭財、或因害命、或因

下

別故乃不言某夫婦、而言彼此共居若干年月、有妻故妻妻母者、兄弟故而妻婦姒者、父妻女而兄妻妹者、亂倫之尤著也、又有某甲娶某幼女為妻、一日幼女之舊情人突至、彼此接吻、情愛异常、遂携手同奔者、種種駭人聽聞之事、報中無日無之、由是觀之、則西俗概可知矣。

初三日辛亥、晴。倫敦氣車日多、又有人擬創製一種氣鞋、謂氣車利于男女出游、為工商則苦其不貲、雖有一本士之地道氣車、而速率較遲、著此鞋、一點鐘足行十二英里或十四英里、速率之多少、視乎人斧之輕重用鞋法鞋底插輪旁置一小電機、隨行以指按鈕扣發氣以供之、此鞋未能盛興、因須先按人身體之輕重長短、估定鞾中須存用氣若干、以使人兩腿馳行一律、弱點既多、非改良無以善賣、

初四日壬子、早晴、午後陰涼、繼而微雨一陣、倫敦席的路有女工人大餐館、名阿來三德盎（英王后名也）、飯價每人四本士半、一日忽有男女八人、買卷入座、所食牛尾湯、烤羊肉、帶薄荷漿汁、番薯、白菜、李子糕、末則加非一盃

衣冠局度不類、工役、通館不辨為何許人也、食畢始探得、乃王后率二公主維克都里亞、命婦諾立戴格蕾並文武四大員也、地方官李卜屯聞信飛至伺候王后、又率衆遍覽樓之上下、及厨房、帳房各處、隨行見梯邊一幼女以巾幛面而泣、王后詢其年、答曰七歲、問何故哭泣、答以所買飯票遺失、王后即取一先與之、女作禮伸謝、樂極而奔、王后所至之處、以善言撫慰女工、將登車、通館及街市男女歡聲祝誦、

初五日癸丑、微晴涼、酉正偕內人率孫女乘車西行三

四里、至柃婁賽斯得爾坊第七十九號赴道卜立太太家茶會、并聽樂、大廳正面坐立義國樂工七人、其前橫列金椅、行行坐男女老幼百餘、往來陸續、樂工演四場、繼而男女二人同歌一曲、聽畢下樓入飯廳、喫加非一盃、謝歸。

初六日甲寅、早晴、午後陰、入夜雨。未正偕內人乘車入卜靜宮赴朝會、一切禮節同前。子正回使館。英國男女多有犃帶一種驅邪符、畧似我國之護身佛、其形式不一、最珍之品、乃一物作五邊形、藏之身邊、妻子亦不令

知之、此例又如我華人之在理者、據云帶此物可免水
火之災意外之虞、法皇那波崙第一曾帶此物乃戰遍
歐洲無往不利、逮命書及此物遺失、遂至一敗塗地、
初七日乙卯、細雨陣陣、洋皮靴鞋或汙塵垢、或染泥水、
皮黑無光、人將視為潎屣、故街市鬧熱之區皆有刷染
匠、詳前、見此類工藝、專有一會、在薩弟崙山每年一次擇
其尤而鼓勵之、聞前日會集、為首者侯爵祁那爾于从
人茶後、擇其能急擦六雙泥鞋者賚之、本年列入超等、
一狭名司米斯、會首賞以金功牌一枚、遂稱為一十九

百四年之爭勝者云、
初八日丙辰、鎮日陰雨微霧、今日禮拜、為其耶穌復甦
節後第七禮拜日、名曰懷森代、譯為白禮拜日、據云此
日之命名、大意本于猶太教、乃古時猶太人被埃及人
由竺的亞（地在雅洲西北界西臨地中海東近鹹海又名死海）諸處驅入埃及圈
禁如奴、居久之、有曉事人毛色爾能率眾逃回故土、乘
埃人不備、設暗號、定時日、臨期齊集曠野、奮力狂奔逃
回、後第五十日、即今日之禮拜日、名曰嘖太閣斯特華
文、謂其日為五旬節、又為聖神降臨日、意即天神下降

教化人心、悔邪歸正、云云。耶穌教亦遵守之、改名白禮拜者、因幼女之趁此吉期初入教堂受洗者、咸著白色長衫也、

初九日丁巳、陰、前初四日、西五月十八、為鬼日、由晨至夜半、男女多見怪異、最奇者、西大泥弄婦梅戀、白晝突見女鬼從樓板出、初則紅光燗爍、既而見形、遍走樓中、握眾手、手冷如冰、力猛甚、并提其重且長之紫髮、使眾摩之、某家婦靚一小女鬼、自署其名曰色嬉、任意往来跳舞樓中、婦鼓掌、鬼亦如之、鬼向眾以手指口、似欲行

接吻禮、二鬼久之始滅。又敎士郝樸斯舊識一女、姓班名綠緆、比翼同居、共牢而食、如夫婦。西俗男女之名、必至親至契者、始得呼之。郝與班雖暱、而郝稱女曰班小姐。郝固不以愛妻之情待班矣。去歲女死。前之鬼日、郝訪其友艾凌屯。艾習巫術、名爲走十常、英曰美的儀木。艾交郝小方紙十頁、屬用鉛筆書所識已故男女十人之名。班亦在其中。書畢、團作十團、付之火、不使艾知。艾將二石板合一、二板四圍有木匡、如學堂者、中空處置石筆少刻、啟視、只見綠緆二字。豈女鬼情癡、書名以示

親耶、
初十日戊午、鎮日細雨淋漓、倫敦有勅建博學會、英名洛亞搜賽伊的、每三年筵請與國翰林學士讌會一次、今日為西五月二十四日、至戌初三十分、在白堂坊之梅特樓埔店開筵、半月以前具柬來要、戌初以車往晤、會首賀金斯少立、後齊入飯堂、桌列冊形、人一百六十三同席、各國學士多白髮者、此會無樂、侑酒取其清譚避俗也、食畢、眾先舉杯恭祝英君與后并太子太子妃、復祝各國君主、三祝會中名士、繼英德法俄瑞典諸國

士各操國語演説一段、子正席散、轉入他間喫加非飲、茶少叙、謝歸、

十一日己未、晴、暖、英前外部大臣比干斯弗、益守舊黨也、公忠勤正學術、裕如、人所敬慕、平日最喜一種迎春小黄花、名曰普立木畏斯、譯爲第一玫瑰、色黄而萼小、每年春初、鄉間遍野、散地如金、比公故後、其黨中世爵博爾都、倡言每年是日人皆宜插花于襟、大餐置花于卓面、用誌不忘、名其日曰第一玫瑰日、西四月十九日也、

十二日庚申、陰、申初、英王偕后率公主輩乘車經使館前赴椽橋堂看演武戲、酉初細雨一陣、昨見新報一則題曰頑梗子女、乃敖士登畢洛致書其友庫坡爾者、大畧謂、英人不善教養子女、上流人終朝赴會燕樂、下流者子女入學堂、日止三時、其父母在外傭工一天、工畢旋家、更無暇調理之禮拜日、又以為休息游玩之期、既不入堂唪經、亦不送子女入教堂入禮拜日學堂、故有終身不聞教言聖訓、不知持家事親者、為今之計、禮拜日工匠無事時、子女在家學備餐酌以養親、其父母

宜入禮拜日學堂學習第五章天誡詳中國教子之法勝於我英多矣謂父曰嚴父母曰慈母嚴慈相劑以教之子必有成孔門教孝實第一法也云云

十三日辛酉鎮日陰晴不定暖戌刻細雨英國婦女衣服求華美趨時尚以故有專爲此開成衣鋪者人云此鋪資本須厚用備至少兩年之賠墊第一樓須高闊而華麗區分多間作朝會作茶會作跳舞會及戲臺諸式時分晝夜屬夜間則備煤燈電燈燭燈油燈屋之上下便審視顏色式樣門前樓下男工既整齊淨潔聰敏勤

䏻、而樓上女侍更姿態可人、口齒靈利、了然工料、善于
逢迎、冀富貴婦女喜戀頻來戲臺之用、為名女優自備
衣裝、就臺試新、五光十色、觀之者歡賞也、第二人工物
料、日用房租、皆須定付、而婦女欠錢、間有第二件衣成
時始付前次之半價、更有竭力討取、僅得一二、或妻購
衣、夫不與聞、或有因欠款致訟、故婦女每定一衣、價必
加倍、由四五十鎊至百數十鎊不等、以抵其拖欠、一
以補平日之鋪虧也、
十四日壬戌、陰、是月二日、丹國名優海洛初到倫敦、在

闍文園中演歌、頗爲英后所賞、蓋后之家鄉曲也、次早駐英丹麻公使奉后諭傳海洛未初入卜靜宮謁后、因其供奉丹宮赴英時、丹王贈以一路平安語、又云汝宜早回寡人喜聞汝歌也、后見海先繾其在英有名、頗其重來一歌鄉曲、此次須早旋丹、以娛我父之耳而養其餘年、

十五日癸亥、晴、倫敦氣車日多、因乘車行速、噴氣愈恐設法已之、或車前互玻璃一方、或人作文君兜遮目鏡諸物、覩見婦女出門喜攜犬、恐犬弱不敵、勁氣、鋪中製襪

䙯頭兜其兜眼前遮圓玻璃二片、衣則前露嘴、後露尾、下露四骹、

十六日甲子、晴、暖、午初、乘車入賢擢木司宮赴朝會一是如前、未正回使館、比利時國王里歐埔第二之二公主蘇台法尼生于西歷千八百六十四年五月二十一日（同治三年四月十六日）現年四十、前于八百八十一年五月初十日（光緒七年四月十三日）、十七歲時嫁奧國太子魯多弗至八百八十九年正月三十日、（光緒十四年十二月二十九日）奧儲自戕（詳見五述奇）九百年三月二十二日、（光緒二十六年六月二十二日）年三十六

自行嫁于瑯琊公（與中國地名一）埃萊墨事，爲與皇與比王所不認、尤爲人人所不齒、非以再醮故、因其自降爲公爵夫人也、上年比王后死、遺有私產、蘇台法尼偕大公主綠衣娘同行告官、謂后之遺產、比王不得獨吞、經官依比例判定、男女結爲夫婦、則彼此產業合而爲一、二公主皆不得與、

十七日乙丑、陰雨陣陣、酉刻雨止、仍陰、衛斯民司得區、地方官紳集錢、公建民房一所、備貧苦男女工人居、屋潔價廉、又擬起樓房三大排、計三百九十三間、容人一

千六百、凡貧人之祖房一間、每禮拜須納七先半或八先乃預約此房落成每間僅納七先、由去年春間開工、經太子與妃下第一石基本月初開竣工前日太子與妃至彼縱觀一切、嘉其有成、

十八日丙寅鎮日陰晴細雨無定倫敦五里治礮廠官礮廠也（見航海述奇）月前失去舊礮六門巡捕訪拏四人昨日判定機器匠戴威斯接收盜贓監五年賓克森起意盜礮監一年作苦工為從之周安斯監九個月、阿達勤四個月均限滿釋放

十九日丁卯陰西五月二十六日至六月初九日即本月十
十二日大姐晤二英馬步礮兵第二十五次在稼穡堂中演試
作戲數日前彼營總兵李特屯柬請今日申初往觀屆
時偕內人率白厚之與孫女乘車至入壓遏日本公使
林董夫婦率其隨員某甲並其外孫女來觀前後演十
四場頭場水師二場御前馬隊護軍三場二馬兵頭戴
木罩以鈍頭劍對刺劍頭擦白粉能以劍頭觸敵得白
點者勝四場步隊五場排列古今諸式礮位大小十二
門皆隨營載運非安置礮臺者一為一噴礮始于西一

十三日四十 六年（元順帝至正六年）至英君綠達倭第三由法之克來喜城獲來者礮鐵身形似鐘長約三尺圍亦如之厚約二寸駕以木車四兵拽以繩二爲其四百年前之礮名麻泡洛克仿華式鑄成者（據云如此）如我國之神威將軍其餘大小不一大者如我國之五城永固或十數人力或一二馬力拽之現用乃四馬所載之小礮取其速也馬步礮兵共數百衣冠之顔色形式稍仿古制志不忘古也馬之鞍韉轡鐙亦然又有騎獨峯駝與象者各二皆八九十年前英戰印度孟加拉麻打拉薩孟買所

得者各兵隊隊排列盤繞行走、整齊敏捷。六場演支架
聲礮與往年所見者同。七場、礮營馬隊、左右兩營相對
冲跑屈曲轉折、毫不錯亂。八場、馬撞球、當中置一周大
餘之古米、球、左右各四兵、衣各一色、騎無鞍馬、行間引
馬觸球、或踢或撞、能使球滚至一邊、敵不及攔阻者勝、
九場、兵著白色貼身衣演厮操、如越溝、擺字、曲身、伸臂、
各式多與上年同。惟二十步外立一木牆、極高、自遠奔
來、一脚虛觸牆邊超過、為從前所未見、十場、賽力曳繩、
池中立四木棍、長各五尺餘、棍左右距離八尺、對面約

四尺、中橫一繦、粗盈握、長三丈餘、繦中心圍紅𦈡作記、統作卍形、一武官立二棍間監視、使紅𦈡適中繦之兩端、各立兵十一雙手堅執、一邊衣烏、一邊衣白、烏衣隊長立于白衣隊、立白衣隊長于烏衣隊、一以防私為助力、一以便本隊之易瞻視也、屆時吹哨、兩邊竭力對曳、各隊長相時度勢、以手式為令、令其或蹲或立或拽或按、斜立橫拉、必將紅𦈡拽過此邊木棍而後已、左右換拽三次、得標兩次者勝、勝者隊長必向負者握手示和睦、解妒嫉也、後四場則樓上奏樂、池中馬兵賽走礮車

齊馳騎無鞍馬、躍木牆諸藝與上年同、酉正奏天保國
王樂迺散、
二十日戊辰、晴、卯初、偕內人乘車、南行十餘里、至江邊
柴樂溪堤畔第十號、赴瓦滋太太家茶會、樓為木建、別
成一格、梯級曲折、修飾齊整、先在樓上繞歷數間、男女
互談片時、乃下樓入飯廳、茶點少許、出門登車、北行六
七里至道寧闊第十號、赴巴樂佛兄妹家茶會、人稠覺
樓窄、客相擁擠、寸步難移、熱極、勉強由此間至彼間、轉
出旁門、即下樓登車回使館、

三主

二十一日己巳，晴。昨見新報一則，題曰俄國間諜，云：昨在克禮佛堂之俄友自由年會中，有瓦得森者言，現在英有俄之細作，往往伺人外出，扮同巡捕，擅入人室，開箱翻櫃，考察紙張，竊取信件。吾人自當設法防守云云。

入夜微風涼。

二十二日庚午，晴。西五月二十四日。即前十日初為老君主維克都里亞之生日，又名曰國家節。英國并英各屬地，英屬地有距倫敦二萬里者大小男女學堂放學一日。千百聚集，設茶會，鼓樂歌曲，以昭恭敬順國之誠。聞前在本城正南

賢翟木司堂某學堂之幼生雛女聚有六百餘名、歡歌忠義曲、恭頌昇平、又倫敦臺之養老兵并各處已領恩賞銀之老兵、結伴歡娛終日、

二十三日辛未晴、德國美克林堡斯台立茲邦之公爵雖良第一、生于西千八百十九年十月十七日、嘉慶二十五年現年八十有五、其夫人堪卜立址公之妹教古斯他令之英皇姑母也、前于二月翔去世、公爵亦于西五月二十九日卒、即本月十五日月之十六日、內廷大臣署中來文稱奉君諭、因美邦公卒、著自明日即十七日始著素服兩禮拜

至五月七日（即四月二十日）改為半素、至十四日（即五月初一日）除服
十九日談署來文稱奉君諭于初六日午正、（即）令擬在
賢猩木司宮中教堂唪經、以識歲月、請著朝服、今日午
初、余素褂乘車往、入內同各國公使坐于臺前左翼、英
之大員藍侯輩坐于右翼、英君偕后及太子太子妃諸
人坐于正面樓上、禮節同前、未正禮畢、回使館
二十四日壬申晴涼、亥初余偕內人乘車至白堂坊之
梅特樓埔店赴色爾東樸夫婦茶會、兼見英王之故弟
阿巴呢公夫人瑪麗（俄皇阿來三德第二之女）彼此握手問候、少叙

茶點畢、謝辭登車、至本街第二十號、赴前任倫敦美爾薩米尤夫人家茶會、客相擁擠、頗熱、立談片刻、下樓至飯廳、吃酒一盃、回使館。

二十五日癸酉、晴。洋人不易求妻、間有登報招妻、乞女子回書自薦者。兩月前、美國西卜拉斯喀人司乃樂牧場一極富人也、因田地廓廣、佳人甚稀、不知由何處以何法得妻、遂登新報以求耦、閱十數日、間本國老幼女人之函、望集、半月後、新報傳到歐洲、司乃樂前後收信不下數千、致無暇遂件拆閱、各女語意不同、樸誠者巧掟者自稱善持家者自鳴奉教至虔者紙之粗之細或洒香水或繪鮮花不一其式司乃樂遂如小兒市物不知何擇爲稱心今錄數函以資譚柄一瑞典女書云爾見新報知美國人欲娶妻妾至下月將及二十有三汝不拘女子之貌妾不擇男子之容妾屬瑞典教堂曾經管理大家之財物想爾我合配定成一對佳耦也一英婦書云妾係新寡乃倫敦某名家女也身高容美善音樂善接待足作女主酬應賓朋並熟于御車畋獵各事財產雖已浪費然世家之名未嘗失也一蘇格蘭女書

云、現年十七歲、體壯精能、不敢言美、而貌頗可人、篤信忠誠、定使男子一生歡樂云、別一英女致書云、答汝新報所言、我為汝妻、謹遵上帝之訓、以情愛導爾入天堂、以汝錢、定救幽魂于地獄、人謂我之貌美、然而信天之誠、勝於嬌顏百倍云云、

二十六日甲戌、晴、風涼、申正、偕內人帶孫女乘車西行七八里、至格婁斯特爾坊第五號、赴巴里什太太家茶會、聽樂、先是二女一喀爾萊一梅萊堤前後歌一曲、其音宛轉玲瓏、復有美國人凌克恩手鼓琴、口作聲、放一

人聲三男女聲、繼摹英法德美名人演說之態度、或戴单眼鏡、或雙眼鏡、或短髮挽攏向前、或聳肩縮背、口操四國音、窮神盡相、觀之聽之、令人絕倒、旋下樓入飯廳茶點果、謝回使館

二十七日乙亥、晴、亥初一刻、偕内人乘車入卜靜宮赴跳舞會、一切如前、惟今日英皇改著月白襖紅毡褲、腰纏金縧、左垂金穗、因上年英皇親赴義法葡奥四國、拜訪其君、敦親誼、固邦交、義葡國王法之統領、前後來英荅拜、惟奥皇年邁、弗來、數日前、始遣近支公爵福來的

代來答拜、英皇前至與面贈與皇頭等水師提督職銜、此次與皇屬福公答贈英皇兵馬元帥職銜、因今晚福公在會、故英皇改著與戎服、以待福公用昭恭敬親近之意、

二十八日丙子、鎮日陰晴不定、涼、聞英天文生三得恩言、考得日之光點周共三十五萬萬三千萬方洋里、較地球大七十二倍、設四面遮黑、以數度之、當失日光如二千壁月者、然其光點形式不同、雲氣薄掩、乃僅失八百壁月之光、故日近、氣薄則地熱、二十年前、西人尚不

知日中熱光為何物、僅德人萬好福以三角玻璃映日光、考得其中行行有線、亦不知其線為何、復有英人某甲、以三角玻璃映燈光、中化五金逐件考校、以燈中所得五金線、較日中映得之線、始知日之熱光如火山之外噴、內含五金若干種緣、是以之參考各星亦可知其所含為五金中之某金也、

二十九日丁丑、鎮日天氣如昨、土人云、英國一年共銷菸葉四萬噸、其灰之被風氣吹散者約八千噸、按數計之、每噸菸葉應變成四百四十八磅灰、夫菸子一粒重

僅分餘、種之地、借水力、吸地氣、高至數尺、重幾一斤、乾後重亦數兩、是其吸地之氣、酷於他花木蔬菜、栽種愈久、地力愈微、恐將成不毛矣、化學人考察、謂苟能設法布菸灰于種菸之地、則可助菸草之材料、即物還原質之理也。

三十日戊寅、晴、暖、倫敦柏含屯精工會館、現在薩威路第十七號樓中、英君與他國湊借六七百年前義大里賽伊那古城地在羅馬南六十洋里各學堂中之名人油畫、大小百幅、張之四壁、任人觀覽、今日申刻、偕陳縣之、白厚之帶𤔡女往、入門登簿、上樓見各幅巨者周一丈、小者周約五尺、所繢僅耶穌降生、母懷抱子、飄至埃及、偕乘漁舟及釘十字架、卸下入殮故典、畫皆工筆、堆金立粉、頗近唐宋之彩繢、當中玻璃卓罩內列瓷器數件、亦義國五六百年前之骨董。

五月

初一日己卯、早陰、酉初雨、西人每務事事率真、並循規矩、無妄索之錢、以今所聞證之、令人齒冷、如得律風局與電信局本相同、立竿通線、多多益善、然每遇栽竿立線雖幽僻之區、亦有攔阻。曩在城外某處艸地擬沿邊立竿、地主謂彼此須求兩益、汝肯立竿須代我建房一所。城中某樓頂擬立一竿、房主年索三百餘圓。綫路經某家花園已久、女地主俟云綫傳鬼語、令人寢臥不安、屬即移去。一養雞人謂其室上自通綫路以來、雞多不生卵、勒令局主賠償。各處立竿、每遇地主舉槍恫嚇、有一處地主謂立竿人、汝立竿、吾將以脚踢之。立竿人曰、踢後望允立竿也。地主一笑而罷。西國自謂文明、迺有此輩耶。

初二日庚辰、鎮日陰晴不定、入夜風涼西人營生、愈出
愈奇、以公雞喜鬬、鬬則敚眼乃創製雞眼鏡如人、之障
風鏡、面用藍色玻璃、四圍圈以鎮紗前連二鏡于彎梁、
後、繫以絲套戴時置彎梁于雞冠之前、扣絲于雞冠之
後、自堅牢不墜、雞戴此鏡、既不能敚他雞、其眼亦不致
受損于他雞、
初三日辛巳晴、英國男女、冬季亦著皮衣、只於貂鼠猫
羊、水獺海龍各品、近因多乘氣車、東風天氣阻力、大雖
和風亦變成翔風、故須衣皮煖其胸肩、有以狗皮背心

售者染毛華美，別段獸名以騙人。倫敦向來狗盜甚多，率皆生得賣之，狡兔死，走狗固不烹也。一自狗皮牛臂作俑，則剜狗腹，剝狗膚，狗屠痛矣。改狗尾，變狗嘴，狗醫餒矣。于是巧於營生者出，曰是宜立狗頭保險公司。嗟呼，言雖近謔，未可決其事之必無也。

初四日壬午。陰涼。西國婦女，諸多好施，富以財，貧以力。貧以力者，乃設法廣募也。募之本國，外國富官亦及之。用為貧苦水陸兵卒、巡捕、郵使，或孤獨老弱、學堂、醫院之贍費。余常著募務，舉未經言及。蓋其募法不外具柬勸捐或賣戲票、設巴薩前見、無足齒及、茲有一新法、數日前一婦名席蓋佳帕克巷第二十七號來函云、妾現湊各國名官親筆簽印、裝成一册、題曰手書萃集、英名教士拾拉夫卜克擬于本月二十一日即初八日在維克都里亞小兒醫院之墟廊出售、所獲若干、即施之此院、請觀書華字簽押於一官片、如蒙允賜、妾既感激、購者亦覺光耀、院中諸孩尤當記念不忘云云、

初五日癸未、晴、本年春、盛宮保宣懷督辦鐵路總公司及湖北之鐵廠、

奏派委漢陽鐵廠總辦三品銜候選郎中李維格一琴出
洋週歷英、美、法、德、奥、比、義、俄、日本各國，考察製鍊鋼鐵
機器工作，以為振興鐵政張本。一琴于本年二月二十
三日攜帶候選郎中徐慶沅芝生並其子南洋公學學
生徐兆熊子璋及英人彭脫由滬乘船歷日本及美國，
上月二十二日抵倫敦。當日來拜，遂約伊等二十五日
晚酌。今日酉正同賞端陽。余自抵英，每值
聖上萬壽及年節，我國人之游此或奉官來學自備資斧來
學學生，適館授餐，以申鄉誼，乃每直是日，蒞躬食者至

少廿餘人、有通名姓、有不通名姓者、更有不守華規、偏尚西俗者、偶值之樓梯、多不相識、間有悉其爲某某某、某亦靚余若弗識、學生徐兆熊、頗曉英語、將仍留英、魁偉俊秀、舉止安詳、出語温恭、耳目聰敏、若久于英、不染習俗、誠有用材也、生其勉之

初六日甲申、晴、昨閱倫敦太晤斯時報一則、題曰男爵出售、某男爵夫人將鬻爵濟貧、厥直四千鎊、自言無論歐洲某國某人、須得其君主簽押于原執照、俾能使各國官場認爲襲爵、方成鬻

初七日乙酉、晴、申正偕内人率孫女乘車至得求靠坊第三十五號、赴赫承先夫婦茶會、入遇赫夫人及其長女次女輩、敘談良久、下樓入飯廳茶點、款待殷勤、飲畢謝歸、路經海兹園、暮色蒼然、車中左右望約略可辨路人面貌、路旁林間凳上隔數武即有男女並肩坐摟抱摩挲接吻、作種種醜態、一何無恥、前坐火車過哈艾街少停、亦見凳上坐男女二人、意為待車客、乃男摟女頸、女枕男臂、呢呢私語、間以唇遍拭其面、尤甚者、初四日午後、倫敦城西南隅之司丹佛路三少年席門、慈裴志

散森同坐小敞車、正行間遇一女名狄堪娬于途、彼此
不識也、乃陸續下車、摟于懷與之接吻、女哭喊、為巡捕
所聞、捉三男、罰各四鎊、
初八日丙戌、晴、稍暖、令日倫敦地理會借地在康衛路
生類博物院請茶會、由英初至于正名以寬婁薩奚央
意乃交談也、男女聚集暢所欲言也、居時余偕內人乘
車往見會首世爵馬喀木夫婦、皆年逾六十、鬚髮皤然、
地廣人稠、男女過千、樓之上下、樂工兩班、預備茶點夜
餐者三處、余等僅在樓下繞行一圈、間遇二三男女之

曾到中國者少敘至樓後同飲紅酒一盃出門登車回
使館、
初九日丁亥晴、今日戌初、賢馬力責區美爾魏克肥在
馬力責路路北大中店洋名格蘭森特拉設宴請二百
五十五人為首四座發艾蒂公倫敦美爾蒲國公使與
余其卓列作形、屋特乘車至先在四面樓中玻璃棚
下坐待客、薺陸續步入正樓飯廳卓上瓶籃密列鮮花、
惟金銀兩色至器具酒食并一切禮節與他處無甚區
別、食畢舉酒恭祝英皇與后、太子、太子妃、余同蒲國公

使皆先謝別回使館更衣亥初偕内人乘車入卜静宮赴朝會今日為本年春季之末次本國婦女尤多並坐丑初一刻始畢

初十日戊子晴暖英前任戶部侍郎韓百里前年逝世其妻于今春正月一日西二月十六再醮包令夫人見六述奇之次子包艾格亦世家也然位高望重則非韓比其妻以韓富包貲且不欲失其名譽乃令包改姓包韓而自稱包韓夫人中國有承繼用複姓者日本有以壻為子從已姓者若再適之婦強將兩夫姓氏聯合為一未之前

闕卄、

十一日己丑、陰、今日為西六月二十四日、藍侯因代祝英皇十一月初九日之壽、在其寓設讌、柬邀各國公使、及本國大員、計設三十一座、戌初、余著公服乘車往、因是晚亥正、復有茶會、主人恐廳中菜留餘味、遂于院中支白藍二色綢帳、樓旁開門、以通之、如複室、正面別作二月門、門內奏樂、卓上鮮花、亦皆金銀兩色、器皿鮮明、酒食亦美、食畢舉酒恭祝英皇與后之壽、既喫加非、吸菸捲、少坐、登樓、彼此談敘、至子初、男女接踵而入、內人

亦至、偕見藍侯夫人畢、畧步一圈即出、人衆車多、立門

内侍車時許、始回、入夜風雨交作、

十二日庚寅、鎮日陰晴風雨不定、倫敦有一大保船行、

名羅艾得、亦行主之名也、行之創始約在百年前、臨海

某街、開羅艾得加非館、初則往來航海之船主半在羅

館喫酒閑談、繼則每有約會、僉欲羅館相見、館主為人

精明、留心航海并水道地理、每向各船主採源詢委、苟

有所聞、既叅考之于心、復畫圖以示衆、因之欲廣見聞

者、皆以羅館為考驗之所、由是生涯日盛、羅更考明鋼

鋏之性、及泛海船隻得宜之式、後乃自立一行、凡船之依其式製造、所用之鋼鋏相當、則登簿分列甲乙等第、保五年十年或二十年、否則不保、及期應修而不修亦不保、于今各國船隻、多登其簿、每年刷印所保各船名單兩大冊、厚逾半尺、長尺餘、寬約八寸、局既大、保船亦多、天下聞名、一年獲利已多、凡他行保險之貨物、行主亦必察所載之船名曾否列入羅冊、屬冊中之甲乙何等、由何年所保、保若干年、用以定保險價值、船名若為簿中所無、則保險貨物之直、即加數倍云、

十三日辛卯晴。早直隸通永兵備道沈能虎甫子梅來拜。蓋恭送

皇太后聖容至美國賢路義城。地在美國中界奕倫諾爾邦之西界城臨密士失必河賽奇會場者也。午後乘車至賽西店答拜。未遇。英國有種紙製花牌。用占伉儷。牌十三頁。彩畫鮮花。大者一朵。小者一枝。顏色各異。各有所指。凡男女之欲嫁娶。未得其人。以此卜之。求之某方成於何時。或已得其人。而心志不決。即以成否。妥否。宜否。當否。和睦否。其人誠心戀愛否。品行端否。能偕老否。卜之。十三花牌中。如紫色菊意

指熱心、情愛、温和、粉紅鶯粟花、主明愛感情戀慕、黑色毛茛指分裂、轉動、遺失、金黃萬壽菊、指自尊、好交、志高、黃蓮馨花、指恩愛於美貌、才多并善奏樂、蔥綠長香樹、指游玩、佻達、豪放、深綠連春艸、主柔弱不定、猶豫、班白香、香草、指煩惱、憂悶、喪心、淺藍相思草、指勤力用工、長久、白色五爪龍、指實心工作、慇懃、深藍五穀花、指忽略、作錯、品藍鈴鐺花、指明敏、預知、藕色早喜花、指極美、異才、恩愛、卜者隨意列十三牌、作一橫、以所列第一牌為准、仍須合各花之意、先後互參、乃明其大旨、

十四日壬辰、晴、倫敦精工會英名搜賽伊的款阿爾自
今晚自戌初至子正、借藝植園開燈茶會、除柬請之人
外凡購入場券早買每券五先、臨期購則七先半、半月
前以柬來請、届時余偕內人帶孫女乘車往、入至正面
玻璃煖房前、始晤會首世爵阿卜呢等、禮畢、轉入煖房
繞行一周、繼在大路左右安步游覽、見往來男女如織
樂分三班、滿園樹上花邊燈燭爭光、遥望如連珠散錦
迫視則花木參差、銀花火樹、綠談紅紫、較上年尤覺炫
目、煖房前之右鄙有大廳一間、係原為公所、現為樂堂、

奏樂歌曲、廳外列卓椅、備有茶酒糕點、再前別一大布帳如之、廳前以客隨意喫加非或牛乳、余用少許、步出園門、登車回使館、

十五日癸巳、晴、墨蓄夫婦約今日午正在其家午酌、火車自倭特路棧開、當在十一點三十分逮收拾畢、已十一點二十分、遂發電辭謝、戌正十五分船行、那歐布夫婦請飯、屆時余偕內人乘車至伊比坊第六十九號、見其夫婦坐談少頃、入飯廳、共卓賓主男女各八人、酬酢甚歡、食畢、登樓少坐、謝歸、自日俄起戰事、英之男女無

不讚日兵之精而喜其屢勝、我國中立余守緘默、今日飲間一少婦名何碧先詢余今日有所聞否、余曰未也、渠言可惜俄久不勝、且甚懸揣太教之在俄國云云、此語未聞英人道及者、故與洋人談總宜以耳代口也

十六日甲午晴、舊識英人狄李遜前見老夫婦均于客冬辭世、次女茉麗現三十歲、與其兄狄班現任駐黎波斯公使分得遺產後、今春由利貞闊之汗諾倭門移居伊屯臺第六十七號之自置小房一所、日前柬請今日申正至戌初茶會、申刻余偕內人帶孫女往、獨居小樓三層、後一小

方花園收拾雅潔、遇他國公使夫婦及本國仕宦諸公皆其父舊雨也、

十七日乙未晴、色爾那武樸夫婦約今日申正在牛責街左之格拉弟虎畫閣茶會、余偕内人乘車往、一切同上年、惟臺上演短劇三齣、通場二男子、婦女十六、皆那之戚友兒婦及女、無伶人、各著太古衣冠、五色陸離、彪炳、歌亦宛轉可聽、子正始畢、下樓夜餐、客如蟻聚、有坐有立、丑正回使館、

十八日丙申晴、本年三月初十日外務部具

旨、

奏補畫瑞士紅十字會原約謹擬
頒給駐英使臣全權
敕諭並請
批准保和公會畫押各款一摺奉
硃批依議欽此前于十五日奉到
敕諭敬謹譯成法文并各件備妥于今午親捧面交瑞士駐
英公使請其轉交瑞廷按所奉
敕諭係
皇帝敕諭記名副都統出使英國大臣張德彝朕惟

大瑞士國紅十字總會為環球善舉實深嘉許各國公議保
和會內紅十字會推廣水戰條約已派前駐俄使臣楊
儒畫押其陸戰條約亦應一體允認茲特命爾為全權
大臣辦理
入會事宜會商
大瑞士國駐英使臣知照總會補行畫押爾其敬謹將事毋
負委任特諭

卷十二終

清末民初文獻叢刊

八述奇

（第四册）

［清］張德彝　撰

朝華出版社
BLOSSOM PRESS

八述奇卷十三

鐵嶺張德彝在初隨筆　潘士魁校

光緒三十年五月十九日丁酉，鎮日陰晴，細雨不定，涼。諶特百里大主教達威森夫婦于今日四點至七點在朗貝宮中請茶會。余偕內人乘車往。閈閎高大，石堦寬敞。然客多則地仄，又值天陰欲雨，所備酒果茶點長卓、樂工一部，皆列樓中。是以樓之上下，男女往來，駢肩累跡，絡繹不絕。入正門，見達公夫婦，後乃令伊女引導各處遊覽。經堂、書庫皆壯固樸素，其樓亦然，蓋二千年前

之古房也、游覽一周、少食酒點、握手謝歸、惜未得入園一游、

二十日戊戌、晴、時為英蘭初夏、地椹盛結、或名草果、又名紅果、據云是果頗益於人、食之可養神、用之能除斑點、美貌、為婦女之風願、既憎面有黑點、復虞粉面之夏季生斑、其已斑點、法可將此果切開、擦於面、或黃或黑之斑點、自能消去、久生者、用果汁塗之、半點鐘後、熱水醴之、亦有效、果泥牙上擦之、尤能令齒光潤淨白、食之之法、每晨未起之先、一升地椹加餳食之、日久神清而面潤、

二十一日己亥、鎮日陰晴不定申正偕内人率孫女乘車至喀兜甘坊第六十八號赴雷瀾巴夫人家茶會、登樓見其母女、遇日本公使夫人及狄茉麗小姐等、客稀甚、鼓琴歌曲、列茶點於樓上一隅用否任便屋寬敞樸素而修飾部署幽潔、小茶會頗雅静、較大茶會別有風味、陳設瓷器饒華彥、惟廳中鮮花一盆下支木几、以一中國藍綉花女裙圍之、豈彼以為雅觀耶、

二十二日庚子、陰、涼、英蘭西南角寬倭府之西南臨海埃斯屯鎮、每年五月八日鬧跳舞會曰花神會、洋名曰

二

苐洛拉代、預擇健童二三十名、翌早辰正、帽插鮮花、一
童擊鼓前引、從童比肩隨之、齊歌古曲、遍游街市、未初
通城男女官商聚於鎮之官堂、樂工奏古樂、男戴花、女
執花、成對跳舞、或樓上、或院中、或園圃、男女老幼、歡樂
終朝、仿古誌不忘古也、
二十三日辛丑、大晴熱、申初、偕內人率孫女乘車西南
行二十里、過太木斯江、至德威芝村、赴德威芝學堂茶
會、倫敦博物院東方書籍監督德格樂夫婦代請也、入
見主人後、觀古油畫畢、遂之園中布帳、喫冰乳少許、復

至學堂一游、房舍樸且潔、四百年前之土木也、小教堂
臺前古墓一、四百年前伶人阿蘭葉優起家、晚歲建此
學堂、給村中阿姓雛男女學習、供應周至、異姓者亦得
與、但出脩金一半、餘則悉索學費、阿蘭死葬于此堂旌
其善舉、垂之不泯、學規教法、斯地最良、至今列諸英蘭
上等、額設生徒數百名、
二十四日壬寅、陰、聞昨教堂會中有兼萬生會之人名
阿弗拉畟者、倡云、猫非人家所必畜、而英國戶口以千
萬計之、至少亦得猫六百萬頭、每頭年稅二先半、則一

年應進一千五百餘萬先于官家不無小補、爾時男女之豢猫者多辯駁之故因循未達之議院、

二十五日癸卯、晴熱、亥初二刻、偕内人乘車入卜静宫赴跳舞會、子初國君、君后、太子、太子妃、王族宗戚二十餘兩兩步入、登臺後對面樓上作樂、計跳六場、内則二喀得五四瓦勒、自丑初一刻畢、主客飯堂夜餐、局面詳前、丑正一刻回使館、英表背匠工價、糊牆壁以紙捲計工、每捲一先至三四先、其長短闊狹不論、

二十六日甲辰、晴熱如昨、費里墨夫人于其寓所請兩

日茶會、均限四點至七點鐘、月之十七日初期、余以事
未赴、今日申初偕内人率孫女乘車西行十四五里、至
喀木墊山、入喀木墊别墅、穿樓而過、乃見費公夫婦及
女、遂下堦入園、對樓樹蔭中、暗列圓長卓椅、左右分部、
酒果糕點、冰乳加非、星羅棋布、樹下花間、隔數武即有
椅凳、布帳竹棚、點綴幽雅、備客所憇、中院藍衣樂工一
部、節節作樂、花種極多、紅紫黄三色、海棠瓣之巨、如芍
藥而厚、酉初謝歸、順走海岱囬、氣車、單雙馬敞車左右
往來如連、筒馬步巡捕、指示彈壓、路兩旁坐立之男女

稠如雨雲、
二十七日乙巳、晴、英人每當炎夏、多有以一種苡米水
解渴、英名巴爾蕾倭特爾、今皆漸飲賽得爾、前僉謂此
酒不惟解渴、且益人、一不醉、二有滋味、故凡讌宴及酒
肆飲之者、從婦女飲酒者少、現亦有用以代水者、因其
力薄而甘也、
二十八日丙午、晴熱、而風甚爽、近有法人白鷗當新創
一種汽船、名曰平流無聲、洋名格來丁、形長方、長三丈
六尺、寬九尺、平底、底有如魚翅之分水五敞、其中心置

機器馬力由十四至四十、每一點鐘速率自二十洋里至六十、船尾僅坐一人、手扶小輪關鍵、與駛汽車者同、開時汽足則分水動力與輪轉同、是爲取法于魚、

二十九日丁未、晴熱、未正二刻、偕内人帶孫女乘馬車西行十四洋里、稍南、過鋏匠營、禁池門村、至紅果山莊、英名斯托貝里希拉、赴德斯坦男爵夫人別墅茶會、見其夫婦與女、後于樓上走一周、陳設華美、骨董頗夥、樓式倣宮殿、頂作雉堞、層層環圍、數百年前之一衛所也、下樓入園、園極寬廣、花木整齊、白石甃地、細艸鋪氈、樹

徑崎嶇、不知以幾多頃數、正面設布帳、横長卓、帳外又
分列圓卓、環以小椅、滿羅酒果茶與小食、僕歐伺候殷
勤、酒後別有所献、如花捲、搨箋等、扇畫、紅果、以符地名、
後面即各節樂名、因樹下有紅衣藍衣樂工各一部也、
一日本畫師、未識其名、據樹下一卓、卓列五彩水方一
之白緞、成堆、舉筆一揮、或花或鳥、活潑如生、且幅各
不同、洵可謂智生靈府、功在筆端矣、主人擬詩客而贈、
奈悉索難供、男女争求、得者僅數十人、又有義大里照
象人一名、經主人雇來、客欲在樹下花旁照者、皆可照

一頁此等茶會是云賞心樂事矣、

六月

初一日戊申、晴、哲爾奚伯爵夫人今年仍請三日茶會、第一期、上月十二日、第二十九日第三今日、申初偕內人帶孫女乘馬車西行十洋里、至敖斯得立園、繞過花闇、馳過林表樓前、舍車登塔、直至門前、始晤其夫婦、即韋衣促坐、進酒食茶點、少食、跑椹加非、轉入內閣、見陳設多於前、次繼出後門、下石塔、入園、樹下花間、客如戰蝗、為坐為立、叟伴蒼松、童嬉弱柳、紅肥綠瘦、解語之花、

樂度兩闋、日之夕矣、步回出樓下、謝歸、同時車馬蟬聯、
如河流之順軌、至通衢、始分馳、汽車隆隆、飛過若干乘、
一瞥無蹤、速可知矣、路近倫敦、則邁子車地道氣車、鐵
道公車電氣公車、鎮日往來數十里、間甚便、
初二日己酉、晴、昨聞義國東南臨海之蕃斯城、名麻九
者病歿、年甫二十三、因醫院治無良法、剖屍查驗、是人
有二脊骨、胸穴左右各一心、左軌滑、右肥壯、美國博物
院以一千六百鎊、商購全骸、先付八百、死者陰壽及四
十五、再足前款、據云二脊二心、自古希有、置之院中、將

以炫奇備致也、

初三日庚戌、大晴、天熱而風和、較北京稍爽、申初偕内人率孫女乘馬車西行、約十洋里至布蘭佛村大道、赴諾僧柏蘭公夫人府茶會、府號賽安堂、入大石門一、上立師子一、古蹟也、繞行石徑、緣草茸茸、經小鐵橋約二里許始達石樓、前樓爲白石造、式古工堅、下車履堦登樓、迴環數進、達一敞間、晤諾公夫人、畢、步轉而下、出門入園、正面紅衣樂工一部、旁支布帳、帳内外列長卓、圍卓椅、甃窰布茶酒鮮果糕點、加非冰乳檸檬水諸品、入、茶點畢循步環繞園中老松皴雪、細草鋪茵、佳卉敷英、小山纍石、河流環玦、緣點荷錢、四五小舠、任人自櫂玻璨煖房一所、橫作山字式、熱帶鮮花百種、芬郁其中、房前新巧水法、點綴之、計里步行莫窮其境、誠鉅觀也、遙望樓下男女如雲、園門樹陰中汽車停百乘、馬車稅數百車馬排比長逾數里、他國公使夫婦母女多來游者、余又遇印度扎拉瓦爾王回使館時乙夾初、

初四日辛亥晴、英例建修樓房、皆有專行開工時、懸行牌于樓上、遍折房亦有專行、懸牌書某行開設某處專

辨折毀推倒各工等字、

初五日壬子、大晴、熱、現東西各國得律風大盛、而英美兩國為之冠、閘紐約一行、機器已有五十六萬二千分、每分兩端各需一人、共一百一十二萬四千人、譬如每分之一端、使一人司之、用二分鐘、則必二十四點鐘中口不歇聲、連作八年零九個月、若一日僅司十二點鐘、更須十七年零六個月矣、倫敦國行、共有六萬分、用人八百、每日所傳、約百萬次、郵政局二萬分、人數未悉、凡業此者右手執器、以置左耳、久則一耳聾矣、左右兩耳

司聽、更迭為用、則彼此分主腦筋、氣無偏重、左耳勞則
氣偏、氣偏則右耳之腦筋不靈、少歸備工、有謂如將左
耳蒙巾四層、右耳始能敵之者、亦可憫也、總局中更有
一人兼聽說寫三事者、壁懸總牌一、縱橫小筩三四百、
各有號目、依其號志所達之區于號筩、某號小筩聲發、
即將聽筩屬之而繫聽器于左耳、置說器于胸前、左手
執紙、右手操筆、隨聽隨問、隨答隨寫、其工尤勞矣、
初六日癸丑晴、聞英人司米士現年五旬餘、于二十四
年前在諾廷杭城娶妻求氏、今亦及五旬、生三子、長子

已二十一歲矣、上年司米士無事、移家伊斯班村、始與同居人巴安斯相識、水性本淫、人半百而心少艾、衣內別縫暗兜、以匿情書、私于巴、為夫所覺、且得情書兩函為證、以故夫妻反目嗔渠詬孟晰夕不休、乃強水同移柯妻墨爾莊、而水于翌晨仍回伊斯班、司怒以情書鳴於官、裁判離合未斷、水氏情書得之報紙、錄之以佐軒渠、其詞曰、我的寶貝伊伍(巴之乳名)、惜你我不得共榻而眠、深知你愛我眼珠黑而閃爍、奪魂人皆謂我淘氣頑皮、而我實在淘氣頑皮云云、又巴安斯致水氏函中有二

語汝言我不情愛、我實愛之、我之魂夢當皆附在你身、
我之性命亦賴爾得生也、
初七日甲寅、晴、涼、記、倫敦凡守得律風女工、行中定規、每禮拜作工五十四點鐘、乃一日九點鐘也、然每晨十點鐘至午後七點三十分始止、已多作半點鐘矣、而邇來擬定新章、每日加作半點鐘、至八點為度、雖禮拜六亦然、加工不加直、且俯坐之椅不遠于人頭上聽器太重、久則頭痛、左耳用之過當、多聾、新燈不火、致耗目力、複有黑書一本、記過本也、苟多閒言、監工者執黑書強之畫

押、將來工價罰扣一先。聞某得律風行工女六十五名、遞公呈、極言所苦、力求仍舊章。然他行女工已有先作十點鐘者、

初八日乙卯、天晴涼爽。未初、韓睹請在帕瑪街百零四號之禮佛木會館早餐。一席賓主六人。遵館規也。凡會中人具餐請客、客座不逾六。主人而外、其四爲議紳瓦勒屯、乃五年前游歷中國者、十五年前法國駐華隨員阿美達、日本公使林董及卜魯夏里亞公使鄒蔻申

剌興辭十數日前儲宮總管來信、言奉太子太子妃諭、

七月二十日、晌令亥正三十分、在瑪柏樓府設茶會、請貴夫臣與夫人屆時賁臨、太子設茶會由此始也。會與王宮不同、故約束所印之文字下有候去否之回信、于婦女衣飾、則云同于朝會、于男子則云著晚服、黑滕襪、褲、佩帶寶星、余乃著行裝、佩帶三國寶星、于亥正十分、偕內人金氏乘車至、入下車上階、入大廳、太子與妃立於門內見客、與各茶會同、見時隨握手、男鞠躬、女乃請安、此次禮節可謂不上不下矣。通計客不及二百、各國公使夫婦亦未全請、德、俄、土、韓、瑞士、瑞典、暹邏（即暹羅）、波斯及海地巴西等各小國、均無其人、立至子初、禮官手執紙筆、言于子正請各國公使迭扶各公使夫人、屆時某國頭等公使扶太子妃、太子扶某國頭等公使夫人先行、其次兩兩隨後、步入東間、轉進飯堂、屋僅容設四圓桌作器形、每桌環坐八人、各國署使、本國男女、皆入西間、立兩自取酒食等于他處、茶會食畢、男女容如初、禮騈入大廳、太子立西鄙向眾閑談、太子妃立東鄙、令禮官招余携金氏對立其前、敘談已久、丑刻始陸續禮謝告辭、初九日丙辰。晴。涼。昨聞關文特立街新立一乩興杭會館。雖云男女聚會宴讌談天。然必會中人之妻及姊妹行方得入門。一切會規未聞。第一日開門公請茶會。男女客不下二千。又此館堂中樂工一部。每日自申正奏至丑正。以侑酒可徵其專為歡樂酒食矣。

初十日丁巳。晴。爽。英國男女習跳舞均有教習。衆教習亦立一會于梨池門。卸樓舍高廣。便歌舞也。彼中人士稱曰特爾卜奚綽廉。譯為歌舞女神之門徒。人有創新式跳舞。必經衆教習考演。是否得宜人身氣力有無損傷聞有人新創二十三式、或方城、或圓圈、或分節、或排横、形勢不一、本月某日、會館一百二十八人演新、男女須服飾華麗、樂步相隨、俾人觀之不厭、

十一日戊午、稍陰、未初乘車至英太子府同事處書簿、謝其前日之茶會、西人畜犬以為玩物、不盡取其守夜也、犬性本馴、相傳有附書、銜衣救主、尋人之事、而西國又有用以救傷兵、阻驚馬、追尋凍餧之夫、遺失之孩、聞之比德奥義諸國創一法、教犬為巡捕、凡獵犬生半年、皆聚之一窠、使犬者教之、遣人裝成安分之土著及亂

上

法之匪徒、細使其辨明、街市打降者犬竄于二人之間令之如不解、則銜曳二人中之一人、仆斷可已、教演由巳初至酉正、每日辰初戌初飼飲兩次、各犬令窠時皆以類從、獸醫察其眼力耳力、鼻嗅之力、并考其心肺肯節容易教練否、教成能搜捉逃犯兇徒、遇事馳報官所、是又勝於守夜矣、

十二日己未、晴、熱、按英例、戲園觀劇、男女著禮服、脱帽、與赴茶會跳舞會同、在坐禁菸酒閑談、每有新齣、必將戲文演法錄呈大法官審定、若與風俗有礙、或歌白作

法未安、乙改而後演、若通場不叶、可即禁止重規疊矩、以固名譽、雜劇館則男女便衣、吸菸喫酒、樓上有酒館、售茶點、客可任便上下、會晤女友情人、歌舞曲文官例不察、含垢納污、以闢利源、一擒一縱、皆致財之用、蓋西人壹是法則、皆生于商務、政教則以利為根、交涉則以利為本、有商務然後有政教、有商務然後有交涉、我但于商務究其各項立法之由、則若綱在網矣、間有不相比附者、亦與商務無礙、仍之否則去之、即如雜劇館、其有害于人心風俗甚矣、曰奚不已之、曰可以致財、

主

十三日庚申、早陰涼、午後細雨陣陣、戌初大雨、雷、英人
司達禪蘇格蘭、正東阿柏顛土著也、現年二十九、幼習
文字算法地理歷史小成、十五歲改學石印、教習因其
聰敏勤、令專工丹青、又入埃典柏大學堂一年、繪事得
法、旋阿柏顛續廟堂牆壁十七處、各方丈二、畫皆故事、
筆端精妙、既而游歷義法各國、偏訪名家、與之討論、畫
學大進、今懸其畫兩大幅于帕瑪街第五十號瑪柏樓
畫閣、待人品評、數日前、閣主寇那吉以東約申初偕陳
黙之、白厚之、尹元輔往觀、鉅幅高丈五尺、寬九尺餘、為

耶穌幼年之故事、一幅較小、為蘇格蘭一老媼、淡描濃染、人物如生、茂剌駐法參贊官文博亭溥來拜、坐談極久、

十四日辛酉、陰涼、英俗有千年至今不改者、聞英蘭西南代文晒府崔呢吔鎮、月之初八日（西七二十）明本地官商男女叢集中一人扮地主、如役於牧師者、戴三角絨冠、著紅色半臂、藍衫藍褲、周紩銀縧、午正有老娍傳信使立于墟場門外、扮地主者高聲唱曰、傾耳聽、傾耳聽、市節已成、手套立起、無人得戀、手套既下、方可行刑、天祿

王廷、唱畢男女齊和之如怒潮一湧、旁夕、市中鬬棲桃栗榛諸硬殼果于眾中使之搶拾以為樂、手套立起者、長竿頂縛鍍金木手一、立市上之老店簷前、古例凡逋債者、禮拜及各節期債主皆不得索償此手作為各禮拜各節期、是日亦為一節、人人安樂不使催債敗興也、初日牛羊市、次日移馬市、滿城連樂兩日、此事不知創于何年、或云英王罕里第三之世已踵行之一時（在西歷千二百十二年即南宋帝昺祥興十八年）

午後、鹿大司農傳霖奏派出洋游歷之候選郎中陶在寬（栗園又號九龍）由法到英

來拜

十五日壬戌、陰、涼、酉正約文博亭陶九彪晚酌、西國都會兵營亦畜鴿用備戰時由外達秘函、曰信使、亦曰家鳥、萬言長幅縮影成一頁、疊極窄、繫鴿尾翎骨放回、本國都城鴿巢、鴿到作聲、人收信用、美食淨水犒其勞、鴿靈甚、能在半空定其所向、雖三四千里不迷也、每一分鐘飛三分里之一、當中國一里、

十六日癸亥、晴、倫敦一會館曰𨓏慎那茀賴英克勒卜、譯言民間飛禽會館、館人以善畜鳥為事、遂立賽鴿會、

集健鴿于距巢若干里外放回、先至者贏、後至者次之
不爲弋慕終得抵家者又次爲、會中人循年捐十先半、
每期許賽三鴿、外人欲賽、按頭捐三先半、此次之會、西
七月十八日即本月初六日英蘭南北各城鎮之名鴿、集二千
餘、運至法西界之馬蘭、乃城中隔英港、南北至遠、達二
千數百里、闊爾時、法界天晴、從鴿北飛、而英港霧重、鴿
迷路力竭、必墜海、罕能達于英界、即能之、經十三日之
驟雨、當有鬼尾塗中者、故至今巢空、英君壯美花一頭、
亦在其中

十七日甲子、早陰晴不定、午後淅瀝小雨、西人向謂牲畜一槽飲水則病易傳染、馬之流涎各證亦出于此、城中早有牲畜水槽、會集成鉅款、公立今創一水槽、槽中隔木、上出兩口如桶、二馬同槽而分飲、已在乱克饜橋、衛斯民司得街、及維克都里亞街三處試新、盖皆大道通衢、車馬往來多處也、

十八日乙丑、早晴、申刻陰、西人無處不求簡而速、倫敦地下、早有火車、氣車、鱗淨水管、電氣筒、商務風筒、信局氣筒、樓下地中、粗細空洞、蟠環已如蛛網、又創寄物氣

十六

筒、名曰卜努麻提克秋布、每日通城之包件箱匣、可十
分之八、由筒寄、先造氣筒九十五洋里、收送物局、計一
百五十、款須三百萬鎊、筒粗十二寸、足寄貓、狗、鳥、表、酒
瓶、瓷器及脆而易壞之物、每一點鐘、例行四十洋里、通
城信件由此至彼、尚須多時、況包匣之類較信尤遲、客
歲郵路不通、信件專人轉送者、不下百萬、費鉅而延時、
包匣等件、一年四百萬、由此筒寄、可速與信同、寄物大
小、須與氣筒合式、免挾壓摺皺、或破損、並謂此筒尤便
於婦女購物、電致十里外某鋪買某物、由傳電至收物、

不及一點鐘苟親身往、人未入家門而物早到矣、各新報館皆有馬車汽車脚踏車百分遠近分送、多有馬驚人跌之事、此筒出則一館數百千張一車足矣、郵政局有紅車千乘氣筒皆可代之、就中省費頗夥、此筒造成則各人各行、不僅省費作事尤速也

十九日丙寅、鎮日陰晴不定、暖、人云西國有種餓賊、英名的訥爾斯伊夫倫敦西城一帶尤多、其騙食不一法多可笑者、一人在某館食畢、步至櫃前言多謝、寶號之嘉餐、我腹中飢餓、賴人給食、無力償錢、館主問汝何翳

我是食客曰以貴館飲食著名也、言間已偷步至門意將狂奔、館主度其必逃、隨言以手招巡捕、其人始懼、即時取錢以償、乃云此我旋家之火車費、無此我將步行遠路累矣、館主笑云、如此、一走再食、更開胃口、但是而今而後再不敢伺候耳、又一人食畢至櫃前、先論飯價、隨指座間曰、我友將代付、堂倌回顧、其人已出門飛去、又一人飯後索加非、令開兩票、付錢時僅付加非飯票、則匿諸兜中、遂不承認、西域各飯店、每年被人詐騙、致賠百五十鎊至三百鎊不等、二十日丁卯、晴、暖、倫敦一城、善人公設之作工所、英名倭爾克葛斯、以濟貧民老幼男女極多、如近本使館之賢馬力責作工所、人云便當舒適、勝於住店、貧人初入、必洗浴、脫舊衣換新衣、衣式與街市稍異、用別爲其作工所中人、舊衣盛以布袋、記以號碼、收他間、梳洗穿戴畢、有人引入一屋、醫官考驗身體氣力、按年力強弱、列入一班、班有臥房、房內左右鐵床兩行、氊被毛褥、白布兩層、式與醫院同、天寒無火、煖以氣管、即八年前在本使館經羅稷臣按在参隨各屋者、每早卯正喚醒、辰初齊至園中、緩步游行片刻、分入飯堂早餐、男一邊、女一邊、女皆著藍衣白帽、食畢再入園中少坐、至巳初、分處作工、午正大餐、燒牛肉、煮羊肉、人各一盂、熟番薯若干、隨飯一盤、年老加牛肉茶一盌、軟麵包一盂、食畢仍作工、酉正工停、晚餐則各人麪包四兩六兩八兩不等、乳油乳餅各五錢、茶一杯、或加非一盃、食畢入書房、或觀書、或看新報、或弄骨牌、戌正齊睡、十分後燭熄、夜間每隔兩點鐘、有人秉燭查驗一次、子初、又有人執紅酒一瓶、審視年老不睡者、傾一杯飲之、引其睡魔、他店每用滚水須喚人、此中各卧

房門旁皆有龍嘴、冷水熱水取之任便、惟不備啤酒菸捲、惟年老不便遠求者有之、午後覺渴、准買一本士茶葉而自瀹之

二十一日戊辰晴、聞魯伯街之魯伯王飯店、一中國庖丁名阿魯克打雜印度二人、一阿得堪一印勾堪、前日口角、印度人以木杵傷阿魯克頭顱、經巡捕捉獲送入馬力貢街之巡捕廳、訊時、有曾到印度之英人哈他呢者作繙譯、眾以阿魯克能英語、遂問汝信上帝乎、息對曰不、汝孔子教耶、答曰新嘉坡所答屢非所問、究不得

知屬何教遂令手舉一瓷碟誓云吾則實言不敢背信
言畢擲碎其碟又云吾若謊言則吾之魂魄與此碟同
其供云昨在廚作工時畧與印度二人口角二人齊言
出去出去我要煮菜未能應允二人遂以木杵擊我云
云醫官驗其傷痕露骨罰二印度人各十先
二十二日巳巳晴閒前于禮拜六日即前八日十早巴特溪
區之賢米栖教堂中一婦名鄂碧蓮者長裙花帽太太
如也乃于禮衣房中開放箱櫃問其何為曰我包探也
因見教堂左右有人窺探往來故入內查驗云云人見

箱已空、抽屜曳出、失去教士披氅九件、遂捉入官廳、一訊而服、判定收監半年、幷作苦工、
二十三日庚午、早雖微風、而大熱、似中伏、酉初陰而驟雨、頓覺涼爽、前所敘之寄物氣筒、今又見新報内一則云、苟有小孩患病、亦可由此筒將孩寄送某醫療治、遠寄回時、必隨有藥方或藥水一瓶、或芥末膏一帖、貼于臍上云、
二十四日辛未、晴、近因天熱、西人亦論及男女飲食、謂除作工之人每日須用四五兩酸質生力者、如牛羊瘦

下

肉與雞蛋各味，并十四五兩之炭質作熱者，如糖、酒、牛乳、肥肉各物及脂膏三兩，鹹鹽一兩外，其他事少之人，皆須少用肉而多吃菜蔬，經名醫立一早晚三餐之菜單，如早食冰涼甜爫、炒雞蛋、烤麪包及茶或加非午酌麪包片挾黃爫或熟雞蛋、薏米或鮮果，晚餐為凸起糕、小扁豆捲、拌生菜、麪包片挾包穀，此等素食想皆非我雅洲人所肎入口者也。

二十五日壬申、晴、昨所論之素食，英人云、價廉物潔，即如扁豆捲，用扁豆四兩、一本士雞蛋二枚，二本士碎麪

包二兩半、本土、切碎芹菜二小匙、本土、乳油一兩、一
本土、茴香菜牛漆艸及鹽與椒面各少許合半本土、合
計半、先將扁豆洗淨、寬水煮熟、二十分鐘後漉乾與各
粗相羼、俟涼作片成捲外刷雞子汁、黏以碎麪包炸以
牛油、色變深黃即可食、条作凸起糕、用果核半斤約三
本土、白麪半斤二本土、大番薯一蔥兩棵共一本土、雞
蛋三枚、三本土、芸豆數枚、西紅柿一個、共五本土、奶油
半斤、六本土、椒面鹽荳蔻各少許、都一先八本土、先以
水二兩熬奶油、油水沸、洒入白麪、打成漿糊、立即取出、

主

置于煖處待用、別用葱與番薯及煮熟之芸豆入勻以脂油炒之、再將西紅柿果核及煮熟之雞蛋切片炒熟、其棑末荳蔻與塩攪入所炒各物內、和均傾之麪糊作餡、包妥、刷以生雞子汁、鐺中烙三刻、取出涼而後食、涼排包殼者、包殼半斤三本士半、生菜兩棵一本士半、水芹菜一小捆一本士、紅蘿蔔一個一本士、煮熟雞蛋二枚二本士、共九本士、各切碎、加菜油塩醋拌成、加少許鮮牛乳汁、味尤佳、

二十六日癸酉、晴、涼、辰正、率眾叅、隨向北恭拜

聖牌、行三跪九叩禮、西正樓上下設讌、合本使館之參隨繙
譯供事等及各省學生之數、與者共五十餘人、外國上
下樓、現興用自升梯、既省時刻、復養腿力、法國無論伊
誰住便用之住戶鋪店、均可安設、英亦任便設用、惟依
定章每一梯、必專一人司之照料人之上下、一免誤用、
二則貧人可以多一衣食營幹、
二十七日甲戌晴、英國酒價之昂、大小酒家無甚區別、
茶館酒肆稍貴、客店飯店尤貴、客店一瓶、貴於茶館二
先至五先、不等、酒無異也、聞有時躉價言十二瓶僅二

十四先令，三十先令，賣則一瓶十先令，蓋大店樓比宮殿，裝飾奢侈，以壯門面，耗費甚夥，又各向酒行爭購，以備不時之需，存酒既豐，積壓本錢，不能不取價于售物也。

二十八日乙亥，晴，涼。倫敦大店諺云：拾金不昧者，所在多有，官法店規，比例信守，并恐有誤招倈也。數日前，江邊薩外店中，有美人大婦率女走後，女僕洒掃臥室，見火爐前鋏盤內一白綾手帕疊作囊形，取之，琤瑽有聲，展開則鑽石戒指數枚、青藍寶石戒指一、鑽石珍珠項圈一、鑽石教皇小帽一、金葉匣一、金表一，直共數千鎊。

别一錢囊、藏英金鎊票五十美鷹圓票一百二十把玩

再三、由喜而懼、乃交櫃房、櫃東說異、不知何時何人所

失、前日駕康扒呢亞船赴紐約者耶、抑或他客之前宿

於斯屋者耶、無從遂人詢之、正猶豫間、由美來電云、第

若干號屋中火前鉄盤遺有物件、如拾得乞留之、待赴

倫敦來取云云、何日繳還、未聞。

二十九日丙子、陰晴不定、午初、駐法繙譯官恩福田慶、

商務委員水孟庚鈞韶來拜、前年秋季、參贊官周稺瀚、

因居使館不便、遂偕其夫人并學生高恩洪、男僕祝樹

堂女婢翠英在附近水晶宮之婁荅屯路第一號租樓
一所一切床榻卓凳應用之陳設器具皆自備直共一
百數十鎊寓將半年十二月間不知何由高恩洪勸送
男僕回國上年夏又不知何故以翠英贈高恩洪以故
其夫人十二月杪患病急請醫官郝掴閎診治月餘稍
可本年正月移居城内而婁荅屯之房不住亦須按年
付直且所買器具亦無處措置遂將房交高恩洪與翠
英住本月初間二年房租將滿高恩洪爲之拍賣器皿
百數十鎊之物僅賣二十餘鎊拍賣須報知地方官門

外挂拍賣招牌、官收挂費八鎊、是百數十鎊之物甫用
年餘衹得不及二十鎊之數、吾輩寄居外洋、不達洋語、
到處需人者盍視此、

七月

初一日丁丑、早雨、未初晴、酉正約恩福田、水孟庚、晚餐、
往倫敦于讌宴、茶會、嫁娶、弔唁諸事、亦有用鮮花者、
讌宴不過卓面一二瓶花、點綴而已、近年來花樣加新、
誇多鬬靡、如在圓卓面則以鐵條為架、作巾形、形分四
面、面各一鈎、皆滿攢鮮花、鈎下以紅絲繫一花籃、巾

之中壟于四鈎攢處結一紅絛作蝴蝶形、上下掘插鮮花、五彩相間、高幾三尺、在長卓坐十四人、坐二十人者、一式中一圓花圈、左右各連以繩纏繫之鮮花綠葉四長圈、平置卓面、繞作形、一式係繩花置作形、三撱圓中各置一圓花圈、圈中又各立一高座金盆、盆插鮮花、當中者高大有耳如鑪、其高亦逾二尺、左右者稍小而矮、三撱圓中二花繩十字交處又各置鮮花兩壟、另有三式、係以鍍條攢花分立三壟、第一、鍍條纏花作形、頂上加一大花圈、架下左右鋪二扁花圈、四鈎上下

繫兩捆花架下又纏花與長葉統作形左右者鋏條作卜形條上纏花下捆長葉下鋪一扁團花上二鈎繫花一捆統作形第二式與上三盤相似當中者鋏架作形臨卓正中置花一盤左右以花棍作籬笆向內上二鈎橫懸鮮花一縷向外二長鈎各垂一花籃統作如此高亦二尺餘兩旁者狀類當中者之半其式如此第三雖亦三盤然較前二不同當中者二鋏條作葡萄枝插真葉綁真鬚上掛葡萄兩串當中又斜插籬笆下鋪綠葉雜以他種鮮花旁枝另垂鮮

二蓋

花一籃其式如此左右者下一金棍小筐滿盛鮮果旁插一鋏條葡萄枝上下挂葡萄三串并飾以花葉其式如此當中者高三尺左右者亦各二尺餘以上僅述其三其他種式頗多然皆大同小異至長卓坐客數百者多於卓中瓶瓶橫列鮮花外於左右順鋪花繩兩行或四行不等其價自十先至六七八鎊是請客一二十僅鮮花已費至五六十金矣

初二日戊寅晴叅贊官周揖瀚移住倫敦城內東北之特英迺圄街後其夫人因無人伺候病復發蓋葉人已

遣回國、侍婢又歸高恩洪也、由房東代延英之御前名醫卜洛賁診治、因其食難下咽、不時嘔水、謂腸中有病、須破肚斷腸驗之、且病屬危殆、不治則限在二十四點鐘內必死、蓋謂此為英醫查得一種新症、係由前在華英醫德貞之子年二十餘、因久不能食一日竟斃、眾醫詫異之、遂開肚考查、始知其腸之業經填塞不動者八寸餘、乃謂惜早不知、苟得早知、一日開肚將填滿者割去、再打縫連必定得生。稺瀚懼、謂若剖腹不甦、寧可病死、總以不割為妙、遂謝辭之、是醫索馬錢四鎊、竟合庫平銀三十六兩幸當將房主僅告以華人、尚其知係參贊、當索十鎊云。次日並未死、乃由駐比醫官陳劍航漳診治、半月而愈、周稺瀚擬效西人下鄉避暑

注

之舉、今日赴英蘭東南臨海之佛克思屯地方租房風掃煤渣眯黏眼珠、水洗巾拭皆無效、旋庽後、就使館附近中等醫家求治、醫使仰卧、推開眼皮、以鑷挾出、索門脈錢六先、（按時價合銀二兩四錢零）

初三日己卯、晴、涼、入夜風、火車站之工役、有司車門察坐客者、收拾洒掃者、然燈者、膏油者、取送行李貨物者、昨聞卜萊屯地方工役盧益年二十五、推送貨物時、偷去雞蛋五枚、不及半先直、察出交入官廳、供云實因一時錯作、官判此雖小事、仍須重罰、以儆效尤、遂收監三個月作苦工。又一彩畫匠瓦爾得，昨在佩斯投街，偷棺旁之花園被捉，判入囹圄六個禮拜。

初四日庚辰。鎮日陰晴不定，未初細雨一陣。英下議院安廚竈、售飲食，昕夕需用，隨時可辦，以便鄉紳。據云，自西二月至七月二十三日（即前六月十一日），大賣小賣，計共十萬零六千五百二十頓，就中早餐四萬八千八百九十一頓，晚飯二萬六千頓，午酌二萬五千頓，夜餐二百四十九頓，清晨茶點一百五十一頓。飯價收七千六百三十七鎊十六先令十士。酒直四千九百九十七鎊，於攙

直六百九十七鎊除人工辛金外合賺六百餘鎊

初五日辛巳陰涼聞之英人云目今婦女新出一洗浴法謂可潤肌肉法有三一日日洗浴每晨用熱水多加澡醋以助力浴畢香醋擦之二為補力澡水中加醋二升樟腦一凷大如核桃丁香十二粒花露水茴香碎桂枝各少許浴一次可停浴一禮拜三加醋二升安息香一兩二藥不同時傾入須漸漸加之别一法曰黃瓜澡黃瓜四條擠汁二升（外洋黃瓜之大有如絲瓜者）熬半點鐘入沙漏濾之再加安息香一兩時時分加水中以之洗浴可使

皮膚結實而輭云、以上固近于褻、姑妄聽之、姑記之、以見西國風土之一斑、

初六日壬午、陰涼、倫敦各監牢樓房牀榻整潔、書房看新報、花園練體操、教堂依期禮拜、教士每食倡領謝天、均與外同、每日三餐肉麪、菜蔬加非茶水、睡食步行看報、咸有定時、且食雖給足、但必量人之強弱、依時察其氣色精神、稱其身觔輕重、苟有變更、或身輕而氣弱、或面瘦而神衰、則管監官眼同醫官、調查而更張之、每日飲食不適者、酌改之、損益之、涼煖不合者、遷移之、被褥

或添或減各事、雖重犯之石屋、亦必整潔、涼煖合宜、惟飲食散步、皆有人監守、屋中少瓷鍍器皿、一防其行兇、一防自盡、
初七日癸未、陰雨、涼、前初五日、西八月五日英議院散值期、因國君現赴某城、令世爵某誦宣詞于上議院、詞曰、諭爾上下兩議院爵紳、予依舊交好于各友邦、予前赴丹京謁見丹王、後至吉業會晤德皇、兩國接待、極見殷勤、我國政府與法廷訂立公斷約章、冀環球之關涉兩國利益各件、皆可和平商結、此項約章、不獨于約中所言

之件有益、且立此一約、英法人民亦可因此益睦也、義
德及日斯巴尼亞諸國、我政府亦與訂立公斷約章、以
斷嫌隙、察我國前與巴西自主國為吉阿那屬地疆界一
事、爭執不已、現經義君判決、數年積案、遂得妥結、義君
判語如何、奉行之處、不久即設法辦理、我國大軍之征
討蘇梅里蘭者、業將土酋痛懲、除酌留兵士暫守各處、
為土人整頓防守事宜外、我之軍士以及協同進勦之
美尼雷克王之軍士、皆已一律撤回、俄日戰爭、仍無已
時、言之可歎、戰局初開時、曾頒謹守局外之詔諭、令我

臣民確守勿犯乃近忽出各案、凡戰國應如何處置局外各國之商務須詳論此事與我國商務大有關繫、惟望和衷辦結我之商利不因稍有所損至萬國公法所載局外各國應享之權利、我政府必力助我人民以固之也、整頓瑪賽都尼亞巡捕之條陳業已開辦各國派往之員亦已前赴指明各地段總其事者為吉貝雖斯、該員調度有方將來必有成效可觀教產十分抽一之稅法、亦經地方官再三斟酌不久即欲於某數縣中試辦政府諸大臣奏請脫屬法政司中應行選舉之法予已批准照辦、此即為將來自治張本、所望自此以後、凡該屬之臣民皆戮力同心、俾該屬從此大興、生民亦得安樂也、予之派兵赴藏、出于不得已、且與中國政府商明派兵之意、蓋欲藏人遵守一千八百九十年所訂之印藏條約耳、我兵一路前進時、藏人畧為攔阻、現已安抵拉薩、聞之至慰、并兵之健勇絕倫、于此可見、所望將來會同中國駐藏大臣與藏員開議後、即能就議、俾商務從此振興、而印藏交界之處、亦不復有轇轕之虞也、下議院宣詞曰、本年國中應用各款、汝等籌撥甚妥、予特致謝、又諭上下兩院爵紳曰、整頓軍政一事、汝等極注意、予見之甚喜、惟望照此辦法、足以增我兵力、捍衛我之土地也、准人賣酒之牙票、舊者如何減少、新者如何發領、新立之准人賣酒條例中皆一一載及、實為近今法律中最善之條例、於業酒者之利益無礙、而戒酒之人或可因此日多、街巷之間或亦可益見安靖也、一千九百零二年須行之學務條例、應如何舉行無偏倚、俾英蘭及衛拉斯之啟蒙學堂、各孩童皆得獲益、業經議有條例、予已准其須行矣、英法公斷約章中訂明之

各項辦法亦經汝等議立條例允准照辦矣通國店鋪應如何使之每日閉門較早業經議有條例予已准其須行矣朕謹告辭並祝上天保佑成功

散值議院大臣將散值之諭宣讀議院廼散須至本年十一月初三日再行開院

初八日甲申陰倫敦各戲園雜劇館皆賣有戲单洋名普婁格拉木戲則數月或終年不改雜戲亦多日不變晝夜一律戲園所印之式一齣分二三四截先總言男女何角扮何人物人物故典有極僻者亦綴數語解之

再詳某齣何事何名幾點鐘演起某時休息幾分鐘雜戲館單或大小十一二場分場齣印第幾場某時演演何技藝伶人某或新到或来自某國有何新奇技能尚有細瑣論說或小戲某伶所排本于何典取何意射影燈井何人攝影何處景物禽獸魚蟲来自何洲一一註出普用厚紙一頁長七寸餘寬逾六寸其上館名地名以及了事人名并某年月日下一方圈四周簇以彩花中印所演一切紙白字或黑或藍或綠清楚整齊後加三頁用印他事（詳見後）外包一皮紙尤厚正面或印本園

之樓房景物、或印他種五彩人物花卉鳥獸、鮮明精工如畫紙之中心結以一縧、丁作八篇之小書、（詳書以一頁兩面、為兩篇）價皆半先閱畢多棄諸座邊、戲園人慮賣戲單者拾匿私售、遂于書角套一小銅環、非搯破不能開卷

初九日乙酉、陰晴不定、各戲園及雜劇館之戲單冊之大小短長稍異、而皆厚紙兩面印字、其後三頁所印、首則關乎本園之事、如總司事某甲、如有信件請致其人、賣票處每日自巳正開至亥正、座價包箱若干鎊、由樓頂立處至臺前池中、一一註明、自半先至十數先、本園

開設某街第若干號、得律風第若干號、此單係某街某
行所印、凡定座者可定全四個禮拜之內、來信定座、務
望座價一併寄來、當日由會館飯店酒肆等處以電話
定座者、至遲至九點三十分、逾此則歸賣票處公賣、本
園臺上一切衣冠彩具、皆經某行包做、并歸某燊火公
司保險、料理臺上臺下、園內園外各人名姓、晝一點三
十分開門、兩點開演、夜七點三十分開門、七點四十五
分開演、園主本錢共百數十萬鎊、通園電燈用某行者、
本園帶售酒食、處開清晚餐夜飯茶點、加非價值、又謹

遵地方官所諭八條、一戲演畢須將各門大開使人齊出、二凡行人之路皆不得有閒人坐立、三通園坐立之處皆不得賣逾定額、四一截演完園內各門須開以便看戲者上下出入、指去出茶吸烟茶點散步等五凡人所必由之路以及樓梯之旁看戲人行走者皆須開敞不得稍有阻步、六演戲之間臺上景物須有更換當垂內簾、以昭整齊、七每逢歌唱之際禁止吸菸、八園中廊廡通路皆不准存留衣服、或懸挂帽氅、看戲者偶因故喚人、或請醫生、須將座號告知賣票房以便往來傳信、物有遺失須告知賣票房或致信與總辦散戲後、如有遺忘之物、須暫存于賣票房或總辦房園中、伺候各人若流寧或函蒂無禮或於飲食諸物妄開錢數皆不得饒恕、應行告知總辦按章責懲、本園一切規章、如有不妥不便之處尚望隨時指改之、本園賣票房有喚傳信使之氣筒、便客人用、并有得律風便往來傳言等款、此外則即本園著名優伶之小影一二、并各處至園之馬車價及車行章程半篇、又印附近各客寓飯店酒肆之字號街名、早晚飯與散戲後夜餐之價值、更有銀號酒鋪火柴鋪菸捲鋪、點心鋪、香水鋪、淨水鋪、茶葉鋪、書鋪、藥鋪、叫貨鋪、賃車鋪、照相鋪、成衣鋪、脚踏車鋪、音樂曲譜鋪、書櫥木器鋪、婦女腰箍鋪、鞋鋪、帽鋪等等，皆詳其字號地名、此殆印字局所附入者，常見各報刊有各鋪報單價直錢由鋪出，以此忖之，則戲園刷單之費，當必減縮，是一舉兩得矣。

初十日丙戌，晴。前英人某甲畜小犬一頭，遇事外出，以日無多，又攜帶不便，留犬于家，屬其妻豢養其人去後，犬不飲不食，有時獨卧，有時樓之上下搜索，至七日忽無蹤迹、執燈遍尋、至園中、犬仰斃于花下。又一駕公車之馬、馬本成對、前年船載其一赴斐洲軍營、此馬竟鎮日窮跳不食、一日奔出車廠、至某家之石牆、距立數武、眾意馬將越之、而馬竟以頭觸牆裂顱而斃。噫、犬戀主、馬戀伴、獸亦有知者乎、而卒以捐生、其可感也。夫麞有香、鹿有茸、獵之疾、噬臍解角、以求生、象有齒、以樊身也、有拚一死不為用者。印度人獵一象、象以四面皆人、無所逃、踊身入河、以頭入水不動、人以繩鈎牽曳于岸、則身冷而氣已絶。

十一日丁亥、陰雨陣陣、英規弔唁之物、花圈、或周四五六尺、花十字、或高由二尺至四尺、此外更有花捆、其式一束鮮花、捆以花絛、英名闊芬卜闊意、乃柩前花捆、別有數種象形與會意者、如船錨、乃贈水師兵官及關予船廠、船塢、駛船、造船之人、立琴、洋名哈爾鋪、中一絃斷意謂其人死、比琴絃斷、音不能調也、半段石柱、意謂如砥柱斯折、勢將傾也、有作扁桃形、為圈為片、西人畫心如桃、指其誠心弔唁也、又有圈內或心中加矩形、作XX、蓋故者為三合會中人也、是會英名福立美森、詳見四述奇、其錨、琴、

二十五

石桂、有高至四五尺者、花色尚白、葉與花之多少、及花之美惡、以別價之貴賤、至賤者五先令、依次倍加、則至五六七鎊不等。

十二日戊子。陰雨陣陣。雷聞。前英君主維克都里亞逝時、各友邦並各屬地暨本國文武官商、皆購花圈以表親睦致敬之意、圈式不同、又有高大逾於常用者、即如葡萄牙王所購、用鮮花成王冕一、略大於真冕、上立十字、旁繫白綾二縷、結作蝴蝶形、下垂兩長條、一書一千九百二年正月二十二日、一書王名阿美里亞等字、美國

總統馬勤禮所贈，則排花七層，當中直徑七尺，一花心，
乃某公主所獻，高五尺，密密排花，兩周中心鋪葉爲紙，
以花攢由君主之痛心女所奉九字，又胡薩第七營各
武官所獻者，乃以葉鋪作斧形，高六尺，以白花堆一王
冕，冕下用他花堆君主二減筆字，如押，耳下堆一橫縧
作乚形，白花作地，藍花攢胡薩第七營五字，
十三日己丑，陰雨，如昨，涼，我國所云不茹葷，戒殺生也。
邇來西人有謂水族昆蟲非葷物者，彼固謂是涼血動
物耳，而失不殺生之旨矣，水中蟲，空氣蟲，動物植物中

蟲、此蟲甚微、人所不見、西人以為飲水納氣、不能絶于食素之人、故不以殺生為葷、而以熱血動物為葷、此不如終身不茹素之為愈也、然列國食品、要亦不同、中國食蝗、食蒲中之蛹、夏日懸生肉于淨室腐而蛆出、謂之肉芽、阿支里亜與阿爾比亜二地皆在北斐洲土人皆食蝗且醃蝗為醬菜、墨洛扣地在斐洲西北界土人舂蝗蟲于臼、雜伴乳與棗以成餅、巴來斯太音地在雅洲土耳其土人以油炸蝗、麻達夏斯喀島在印度洋土人油炸蝗以拌餃、乃云味比炒蝦、希臘人喜食炸蜢、云勝於鷓鴣、堤墨爾島地在太平洋之土人、謂蜜蜂肥而甘、如蟲在桂樹則帶有異香、迨蠹化蜂則美味盈甑、巴哈麻之喀晏來安犀島（地在太平洋西迤雅洲）與吉阿那（地在南美洲之東北界）土人云、別有一種繭、內黃蜂有異味、天文生拉蘭氏謂菜蟲味同杏仁、蜘蛛之味似桃核、前于西一千八百八十七年（即光緒十三年）巴里蟲學會中諸博士考蟲之可食者、如小黑菜蟲可以作羹湯、惜其法未傳、又云蠮蠓乃美食、印度人喜食白蟻、吉阿那與巴西人皆喜食大紅蟻、或謂其味甜而稍酸云云、

十四日庚寅、微晴、倫敦西南隅瑤爾克路、有李義者本

義大里籍妻法郎西人夫婦僑居美國東界伊里奴阿邦之開婁城二年前生一女名樂然今春來此女甚聰穎習父之義言母之法語加以美之英言出口無礙且初學德文并西喇伯文人云李爲著名通事達數國語女將三歲能英法義語將來又一著名女通事矣

十五日辛卯微晴英國貼長紅人温特爾之子阿柏三年前年甫二十七歲以貧故在伊樂佛輪船充火夫由英蘭駛至澳洲東南界之梅勒班海口舍船業別覓生計月前呈其母信言在牛錫蘭島西界格拉呢的村礦

内傭工、昨其母復得信、則現獲七萬五千鎊、將回故鄉、詢其致富之由、居臨太其秋呢河、一日偶拾石擊水鳥、覺石重、審之乃金含之水晶也、人爭購取、遂得善價、一飲一啄、莫非前定、信然、

十六日壬辰、晴、英國一種糕名奎音斯鋪定、譯為君主糕、糕法用浸透麪包一椀、雞乳油二兩、生雞蛋二枚、用餳多少隨意、和為一、乃以蜜漬鮮果實于圓瓷模、用所和之麪包汁傾入模上、覆以乳油紙、鋏爐烙之、或滾水煮之、數刻已熟、過于玻璃碟、涼而後食、頗佳、

三瓦

十七日癸巳、晴熱、馬車易敝、更致傷人、汽車尤甚、聞在英蘭一島、一年內汽車損壞四百六十二、傷人五百一十、殞命者十三、氣機腳踏車之自敗一百二十、傷人一百三十、殞命者四、馬匹損傷三百三十二、傷人三百三十七、殞命者八、馬車之自壞七千三百二十七、傷人七千五百八十四、殞命者一百九十、

十八日甲午、大晴熱、聞在脫蘭斯瓦傭工白面人一萬三千一百七十四、內粗工一千零三人、均歷來僑居在斐洲東南一帶者、比等人曰喀非爾、現寄居之英人五

百零八、佔地六十二萬零四百二十三畝、中有三十二萬八千五百五十二畝、價直一十九萬三千一百三十六鎊、橘子河一帶居人六百二十七、內英人五百四十一、佔地八十九萬八千四百二十九畝、中有六十萬七千九百五十八畝、乃五十二萬四千零一十二鎊買得者

十九日乙未晴暖、見倫敦創一種兒戲、曰蛇捕鳥、六七男孩長者為首、次頸、次腹、次尾、凡年稚身短者、以次遞下、蛇形串成、女孩六七四面飛舞為鳥、蛇則取勢圍鳥

圍得一鳥即以繩繫一石上捉盡而後已又一種戲未
悉其名女童八四人練成一行前後計兩行外一女為
逃者靈敏二女為捕者都十一人二女竭力捕逃而兩
行人出法阻撓之得間遂圍困捕者捕者又以法避其
阻解其圍仍追逃者逃者已獲乃編一逃一捕于前行
後行前行後行更出一逃一捕留為捕之一為新捕影
從耳獲逃者免其役附于行如是者周而復始
二十日丙申陰晴不定白晝曉入夜涼西國古有勇士
稱商邊好平不平之事以故每遇英君即位例有一勇

士保之、當國王加冕、極樂堂開宴、勇士鍍盔、人鍍甲、馬鍍甲突入、舉利刀揚言曰、加冕之王、實為我國共戴、有不順者、來予與若鬭、遂擲鍍手套於地、眾默然、王乃以金杯一滿酒捧與勇士、勇士受杯爵而懷之、二百年前、某王酬某勇士地如干項、令其世守、上年英君加冕、厭其煩瑣、先一日諭曰、今日招汝、見予與汝、明日往差、同予例賜爾金杯一、汝其仍守汝田地、往哉、蓋不奉王諭、不任差、恐收回其地畝也、所棄歷代金杯甚夥、是亦其世守之寶也、二十一日丁酉、陰雨、近聞倫敦城東太木斯江口、臨海驗森村、二少年創一種火料、名曰拉顛他、譯乃光亮也、據云第一、火力當煤氣三倍、第二、能吸蒙氣養質、以清天氣、第三、無煤氣臭味、第四、光等于煤火、第五、價同泥煤土、（詳見述奇五）且用之無窮、但未詳何物所造耳、

二十二日戊戌、陰雨涼、英皇宮副禮官曰洛爾禪柏林、正禮官曰洛爾格蕾禪柏林、係世職、封有土地、據其職掌、衛斯民司得教堂鑰、並堂中例行之大典、如國君加冕、伺候盥面、更衣諸事、此外他無所司、百年前世爵某

歿無子女二、長達詹晏葛侯、次安喀色伯英俗長幼相視皆平等、女壻與子無親疏、于是詹安二人互分其封地與遺產、前君主維克都里亞加冕、迺互爭其職、蓋美決是官之尊崇、且保其已分之地、不致撤回也、官議定輪流任職、乃先詹條、令條達倭加冕、又以爭、英君言禮期已近、官定尚需時日、姑仍之、如何輪值、以條將來遂後安伯、而二爵爭差、今尚未已也
二十三日、已亥、陰涼、倫敦凡設跳舞會、聽樂聽曲茶會、并專爲晤尊貴之客者、不僅門內樓上、至客廳飯廳樣

之左右闌干被以鮮花、更有以花飾大廳火爐上高鏡者、若鏡高丈餘、寬七八尺、有以花作月門形者、龕形者、皆左右以花枝作籬笆、下堆花、整上懸花球纍纍、花條縷縷者、亦有將屋角以花枝作籬笆、作月門、上以彩絲繫花、捆下置花卉盆盆者、以上皆隨時定價、關乎花多、裁葉多、人工物料如何也。然為之設想、其價亦必由十數鎊至數十鎊耳

二十四日庚子、晴。昨見新報一則、題曰毋醉子、其事出于諾爾烏莊之北衛得路、管船人海波安遠出一日、其

妻携四歲子飯館早餐，食鴨肉、酒，則香賓食閉子報渴、
母以酒代茗，舉杯飲子，子初畏酒烈，既乃甘之，三飲，眼
合，隱几而睡，遂仆于椅下，僵卧不動，巡捕逮婦面官，訊
明，罰婦十鎊，飭將孩交官差看養，俟海波安放洋回，迺
交還、

二十五日辛丑，晴，西人朝夕用思力，莫製造生新法，藉
以專利，汽車用石油氣味熏蒸，嗅之難忍，創得一種香
水，滴少許于油櫃中，車開，氣出，味清而潔，物良價省，遂
通行、

二十六日壬寅、晴、聞英宮侍衛冠武者年八十五、日前病歿、遺產約四萬四千六百八十七鎊、病革時、自知不起、遂留遺書、以一萬五千鎊施助教夫薩勒木蓋洋名之眼疾醫院也、英京米得賽醫院如其數、衛斯民司得眼科醫院萬鎊、餘則助某善堂、是人偏重眼科、豈其老年目瞶、醫之得效耶、

二十七日癸卯、早晴、午後陰、微雨陣陣、倫敦巡捕學堂、守非日日上課、充此役者、必周知所司之規矩、而心靈手敏、勤奮稱職、是則得之口授、故每百名每禮拜教練

三次有時出題面試詢以遇某案應如何辦理、條其所
答、別以差等、而依次傳補之、
二十八日甲辰鎮日陰雨冷、聞江邊薩外店中住一六
歲幼女其名未詳、前早偕其保母乘車街游、至法答敦
弄見一鋪有碧玉鳥四十五小籠、要保母盡購之、置諸
車𠫊于鋪主遣鋪夥步車後、到店取直、直五鎊、餘鋪夥
將籠運上樓、迺言籠粗、是宜精工鳥籠、方足玩賞、如用
之本鋪可置辦、女不答、而迫之去、母歸以愛女故、并保
母亦不加責、顧未曉女收羣鳥之意、次早女使人送籠

于店後園中、陸續開籠放之、衆鳥高飛去、哉聲在樹間、哉迴首自舒、翎悵悵乎其何之、一鳥急于逃生、猛脫籠觸玻璃窗上、裂頭折頸死、比時店客與僕婢及鄰居旅人之年幼者爭入鳥羣、四十五鳥半被捕回、女之母女之保母、若因女之惜生耶、奚不禁从人所為、

二十九日乙巳晴、西人不信鬼祟、遇之畏懼尤甚、聞在蘭喀晒府之峩活蘭村、（地在英蘭西北界臨海）饒古房一家、臥室臨某教堂塋地、不知何時屋中築有巨石、人力不能全移、黎明寂然、旁晚而厲聲作、叫號中以物敲墻、斯墻紙、

或掀牆灰、設有不信而起意冥搜者、則四面飛石夾擊、退而後已、不知是何鬼魅、地方官巴斯特欲往詳審、而心先畏葸、約鄰村某甲與偕、將入門、則靨靨有聲、巴急回時、兩手十指交插而不開、如被拑毀而哀懇、始得解、今已半月、罕有過其門者、

三十日丙午、晴、聞前于西八月二十日、（即本月十日）在英蘭又有小鴿賽飛會、鴿皆三四個月之雛、由柴晒約克晒司鐸埔、朗喀晒、司達晒等府、（以上各府皆在英蘭正西界）共集小鴿三萬餘頭、會于英蘭西南界色墨賽府之巴斯城、據云

路至遠者、由巴城飛回本鄉、須二百餘英里、鴿小力孱、遇順風則勢若鴻毛、若逆風、需七八小時抵巢、尾脩脩、音嘵嘵矣、其鴿先飛至奪標贏錢若干、皆未聞、聞他處亦有此會、四五月之雛鴿、能于七點零三十分工夫飛三百一十英里、則雛鴿亦有健者、

八月

初一日丁未、晴、英俗嫁娶、以進堂成禮之日為婚期、近來花費疊加、花籃花捆之外、更有花手護、洋名摩芙、西俗天寒、婦女每以皮作筩、叉手其中取煖、茲複筩外鋪

花芬芳華麗、每箇一鎊一先至二鎊半、又種提結花、洋名阿來三德卜凱、乃鮮花十數朵、以枝葉結成一排、作形、錦縧兩條、一繫肘前、一繫腕下、所以令手閑不為花捆累、亦二鎊至三四鎊、花捆又名花球、其式不一、率皆綑條束花十數朵至數十朵而已、名則弍那歐斯訣弍樸希弍收爾弍維克都里亞收爾、價則由一鎊至十鎊半、是皆新娘應用者、其伴新娘女儐、若不執花捆、則拄一花杖、洋名栖坡爾代斯克路克、譯為女牧童之鈎杖、杖〜形、鈎下以縧結花一捆、價由十五先至三吉呢、

生

按此式鈎杖乃英之牧童用以捉羊者、富官之新娘背後二侍童洋名珮芝者、為之提抽鸞尾、二童各挂一花丨條、一直丨中以綢條結花一捆、價由十五先至二鎊二先、英人新夫婦啟程鄉游時、戚友有擲米散花之戲、花米需筐盛、人乃編花於筐以售之、價亦由十先至二吉呢、又新夫婦出門登車、女儐例拋靸鞋、古俗取吉祥也、今東花作鞋形以代之、意取雅相、價至賤者一弓亦索十五先、吉禮尚白色、專用白玫瑰各花、價固不賤也、一笑、初二日戊申、晴、英俗新夫婦入堂禮成時、堂內鳴樓頂之鐘以賀喜、富室於鐘外滿飾鮮花、價鎊餘或笵銀鐘、四面滿被鮮花彩縧、懸之堂門內者、價則四鎊至六鎊、更有堂內正面經臺、通堂四壁、戶牖闌杆、盡飾白綠兩色鮮花、花價至賤者六吉呢、聞上年英王約法總統覲劇、以鮮花飾戲樓、由下而上五層、層橫五圈、闌杆門壁既懸花萼、柱亦簇鮮葩纏之、價之貴可知矣、

初三日己酉、晴、英國富豪新婚、又有于花萼飾樓而外、大廳正中作一花棚、夫婦駢立棚下、棚頂正面作式

四七

異

上以白玫瑰朵朵結串、下以花作〔〕形、橫垂半空、用花逾萬、人工精絶、價未詳、恐不僅十數鎊也、車夫衆役胸前白花、大小不同、價則每束由一先至五先、有于成禮日每客贈鮮花一小束、每百束由二鎊至五鎊、

初四日庚戌、晴、倫敦男女多插小束鮮花于胸前、男之束名枸叱侯勒、譯乃鈕孔也、束既小而花祇一朵、花鋪售價半先至二先、較街市花婆售價一本士者、但修飾整潔耳、婦女所用花香朵大、價一先至七先半、英倫地窄房多、各家無隙地栽花、多以綠油長方木盆種植、橫

列窗外、以故花之多寡不同、鋪售四季異宜、價由四五
先至一二鎊不一
初五日辛亥、陰雨陣陣、涼、現聞有老嫗郝克萊在伊令
區設一學堂、名曰妻學、專教幼女學治家之法、大畧謂
須知其所應知、及經紀理財各要題、據云其教法、乃使
幼女與之同居、女若干鎊、設為其夫一年所得者、譬
如二百五十鎊、以如何使用方得綽裕而無支絀、先籌
一年應付之租款稅責、再則逐月逐日應用之肉菜米
穀、成衣僕婢以及保險并休息諸日之游玩所費各款

四

均為預算每禮拜之食用、按人僅費十先令半、錢固不多、而每日早餐、夫肉食、妻則粗食二三色、飽而已矣、夫若朝朝出門理事、妻則每晚自行點染、飽食而必備美餐以待夫歸、周年衣服、雖女自做、其外仍備二十鎊、以便置買鞋帽外襪、其夫亦給二十鎊、作衣履費、每禮拜一切用款之細帳、皆須計算裕如、按日并領赴肉菜等鋪、指示何所應用、須買若干、按以上之教法、雖生母罕有如是者、且西國婦女、苟皆如是教養、尚慮不有三從四德耶、初六日壬子、晴、昨日所聞英創婁學館、係專授以掌家政理財、一年節儉之法、聞法國亦仿之、凡幼女入學、以十二歲至十五爲率、學期百日、于持家針綫補縫、厨工燒煮、及婦女分所應知之事、無論貧富、一生皆宜切記者、歐人曰、加此教法、凡爲婦者、皆善理家云、

初七日癸丑、晴、馬性最靈、乙于東西各國馬戲見之矣、茲聞德京一叟萬諾森、數年前由俄中界得一烏騅、命名曰汗斯、目善識、心善悟、云能分字之點畫、能計算、能辨色、能分時刻、能别曲文、能識人面、能解人語、如六人

界

排立馬前、每人身上號以一二三四五六、叟指六人中一人之小照、問馬曰、此為誰、馬以蹄敲地者三、咸審之、則六人中第三人也、舉表示馬、問是何時、若四點半、馬則先以蹄敲地四、少息再敲六、主人以白粉畫一橫于黑牌、繼而以指抹分為二、為三、為四、為五、為六、為七、為八、為九、為十、末又拭去其半、問馬曰、此橫線我共分為若干、馬遂以蹄敲地者五。

初八日甲寅、陰晴不定、涼、西國地中鍈軌、英國蘇格蘭人馬都鈉所創、現英法美及瑞士四國有之、法京巴里

軌長八洋里半、倫敦十八洋里瑞士東南界之新卜崙
及賢高薩二地、共長二十一洋里半、美國紐約長三十
洋里、美之樓房極高、九層十層、高至三十丈、鐵道地窨
深雖五六尺半、用鐵架支撑、峙立不陷、然亦險矣、倫敦
地軌各站、僅有新報攤、間設酒食糖果小鋪、而美國則
各行貨鋪與地面街市同、

卷十三終

八述奇卷十四

鐵嶺張德彝在初隨筆潘士魁校

光緒三十年八月初九日、乙卯、晴、暖、南美洲西北角之
克倫比亞國、四百年前土著曰赤卜叉、亦有酋長屬地、
近山有湖曰瓜他威他聖湖、每歲酋長兩次祭時、先以
膠水浴身、遍敷金屑、隱於小山後、人衆肅立湖邊、斯須
齊聲高呼山巔、乃來一金人、緩步而下、獨立石上、祝禱
數語畢、遂登舟、教僧隨侍、舟中滿納黃金、至湖心、僧舉
旗焚香、仰天祝畢、主祭者拋金寶于水、以贖罪、意謂每

一次祭則酋長以下、半年應獲之罪、天神免之、乃維舟登岸、齊奏樂聚飲、終朝而散、歷世沿行、明宏治中、乃經日斯巴尼亞人隗賽達爭得其地、獲酋長薩計霸、酷刑以訊藏金之所、薩至死不言、後聞苦日人哥索盡棄其金于湖、湖深二百十四尺、日人擬將附近山隙鑿寬瀉水、工多費鉅、始瀉至一丈五尺、得見湖底金光、方籌畫取法、乃隔夜泉水暴發、溢如前、事遂寢、至西歷一千八百十年、（中嘉慶十五年）部人博立瓦爾背日自立為民主、彼時人分兩種、其數相敵、居地總名柏勾達、土著赤卜叉種

居山野、日斯巴尼亞之遺種居中、各守湖而處、三年前、
英人蘭克達允其撈金用鐵筒及各機器洩水、湖淺日
淺、或冀有成據云水中金銀寶石直應一萬萬鎊、
初十日丙辰、大晴、美國下立芝坡醫院現有大磁石一
面、供外科之用、石高五尺、圍不及四尺、重五百七十餘、
設人患目疾、疾為鋼絲、愈長愈礙視、乃坐之石旁頭枕
石頂尖、令石氣遍達、取半尺長之鋼針數條、放于病目
四圍、因吸立不落、少頃目中鋼絲隨針拔去、
十一日丁巳、晴暖、現聞美國紐約城內第五條大街、城談

（街巷無名而以數名詳見序述奇）新開大店一座名曰賢樂極據云房及裝飾等項計五百五十萬鎊器皿直三十萬鎊樓高十八層大小屋三百間上下盡法防火險凡大廳廊廡皆甃以白玉石各處備極奢華彩緞花毯糊屋壁地氈皆在法國定織每間設一隨天氣之自鳴鐘牀榻有直二千鎊者洗浴堂應用諸物及床椅類皆錯以白金書房儲書二千一百五十卷居停客若費用從容年須二萬鎊飯廳只容五百座開張日竟坐男女萬人開此店者富翁阿斯妥是店人稱之曰霍台佛米連內爾斯譯

言店爲富、翁設、蓋非大富、翁不能寓此也、
十二日戊午、晴、華人詳夢、以子正之夢爲正夢、英人則主黎明將醒之夢、周公解夢書中國好事者爲之、英則有毛那太太解夢小書、比來葛林又著解夢一册、售三本士、葛善爲人解夢、訪而求解、償以一本士、昨聞有幼女夢杜鵑連嘑五聲、往告于葛、葛曰、嘑五聲者五年外方得嘉耦也、
十三日己未、晴、英國蘋果樹約二千萬棵、多爲春霜夏蟲所損、每年執樹家所虧耗甚鉅、英屬之加那他及美

國有無核平果、不畏霜、不生蟲、擬由加那他各地、取新樹、船運來英、衆果園已爭先購定、苟非遷地弗良、舊樹易爲薪矣、倫敦無核橘子、亦美、產初到時、盛以玻璃匣、一枚索一先半、無核平果將來上市、一枚必二先半矣、

入夜雨、

十四日庚申、早陰、午後雨、華人水試雞鴨卵、審其下沉者爲新、上浮者非新、無能考其已經若干日也、西國近得一法、謂卵之殼空日久愈凹而體愈輕、法用淨水一盂、涵以粗鹽、用匙攪滲、增水至鹹、而下鹽不融爲止、至

三

新之卵沉下直立、或卧而不偏、逾三五日者、空邊懸起二十度、八日者四十五度、十四日者六十度、三禮拜者七十五度、一月者浮矣、鋪中辨其新舊、燈下逐枚映之、空殼淺深畢見、故大小雖一而新陳價殊、又謂置卵于燥地、殼易空、外敷以油、則外熯不入、内氣不洩、可以經久。

十五日辛酉、早晴、午後陰雨、逐陣、入夜晴、巳刻館中團拜、賀節、酉正上下設讌、八阜恭隨繙譯供事及鈕學諸生同時歡飲、度中秋、各國公使駐紮北京以來、華人罕

四

有趕彼乞錢者，諒庚子以後，庚癸之呼，更難達其限界矣。余自抵英，英人男女屢有乞求，或函或續粗紙一方，或筆頭一合，或撮影景物一幅，或小書一册，不可勝數。余以數先酬之而歸其物，甚或贈一枚金鎊。憶八年前修使館，余輩暫移不悶街第八號，令則居停主人之妻來樓下，鉛筆作書，謂房期將滿，無力付租，望賜數鎊，以濟急，不則流離失所，或入作工局，諒非仁人所忍聞也。余不可辭，即交洋僕兩鎊周之。

十六日壬戌，晴。聞英蘭西南角臨海格拉莫爾干府有鬼曰屯堵魑魅、一日某甲夜午獨行于伊呢翔得煤礦旁之小巷、遥望面前一鬼、其人雖壯亦胆怯、周身倏寒倏熱、勉強注目、鬼身細高、白衣殭立不動、戴縐紋紙帽、面色如灰、兩目凹深成筒、筒尾睛光炯炯、發綠燄、一瞬閃鬼突而前、約距人二十碼、止、向某甲遲遲然舒其長臂、甲畏極欲逃、己手足酥輭、鬼手逼身而摟之、如被蛇纏、竭力爭脱不得、但其臂有形無質、如烟如氣、少息盡力一捽、則空空如矣、西人若不信鬼、何以屢著有鬼論歟、十七日癸亥、晴、見西國新創傳音花片、價則與常用花片無甚區別、乃片上隨意印用者小照、鋪中售圓形膠質收音紙、紙名的斯克、收成各項語言、如賀禧、賀節、賀年、祝壽、致謝、問候、以及戲語、激語之類、擇其相合者購而置諸片上、收到時、祇見人影、別無所覩、及鑽孔放傳音筒上、筒轉言出、如晤對、但語音與小照多有未合耳、趣甚、

十八日甲子、晴、男女同浴、日本多有、漸知其有傷風化、爰勸他國之分浴、聞本年夏聞英在騷桑屯海口、添設

男女同浴池室、每禮拜一日一次、三個月内計十三天、較每年多進三十三鎊、男女洗浴者多加一千二百七十人、據云明年夏季擬每禮拜内改設兩次、若此風一開、初年一次、明年兩次、將來以次遞加、漫無限制、非善舉也。

十九日乙丑、微霧、英俗安葬、以繩繫柩下之、由來已久、守儉約也、近有富室別創一法、一不經日曬、二無人鼓喧闐聲、三爲壯觀瞻、法於穴之左右邊安鋏輪二、二輪同纏絨繩兩條、穩柩於其上、左輪中一鋸齒輪、其下又一小鋸齒輪、旁有關鍵鋏柄、其大輪高僅尺餘、穴上四周、鋪以青綠枝葉、穴左右二尺外、立一長方木、架高距地面一尺六寸、架上覆以綠絨或布、布上密灑鮮花、中置一金十字、統作形、頗似柩罩、西人名其架曰花幕、一人用手一曳輪上鋏柄、柩遂悄然而下、

二十日丙寅、大晴、中國婦女間有喜豢鸚䳇白鴿貓犬之屬、未有如西國婦女所愛之多而奇者、如英老君主愛畜犬鳥多種、并日本公雞、今后阿來三德亞并愛白鴿、碧玉鳥各羽族、太子妃亦爾、他如喜養天鵝及貓犬

猴馬各禽類之貝達佛夫人、最愛鷹之馬柏婁公夫人、
專喜碧玉鳥之卜慶杭公夫人、愛羊之伯爵柯慈夫人、
喜養大小犬狗數十之伯爵吳莪威夫人、皆著名世家、
其喜蚌蠏龜蟲之婦女、前已述及
二十一日丁卯、微陰、美國別一種賭具、現傳至倫敦、用
墨西哥一種花殼蟲、其殼頃刻變色、忽金忽銀忽光忽
闇、物觸之即迸起尺餘、無論落于何地、必在原處二三
寸外、賭者畫一圓圈于卓面中心、外分六格、號以由一
至六之數、每人任意置錢于六數中之一、放蟲於圈中、

一人以小棍觸之、蟲迸起、落于某格、則某格勝、西人禁賭不嚴、是亦政教上缺事、

二十二日戊辰、陰雨、西國救火法、已屬盡善、然苦無避烟妙法、救火者、烟中不能持久、近法人創一法、名曰不至癰悶、乃一小袋盛養氣、口含一端、養氣生于袋、能令人口中管自開閉、其開閉機件之壓力、足使放氣袋內所收之空氣、吸入藏鈸鑄器內、所放之養氣、同計爾發吸氣機、用鈸鑄者、意在吸收空氣中之炭強氣、炭強氣盡、空氣乃淨、惟此一收一吸之間、空氣變熱、須入冷氣

管、由冷氣管再迴入于中之吸氣管、一路運行時、即觮吸足所放之養氣、以供人呼吸、正氣足人可往來濃烟中、至少三十分之久、

二十三日己巳、早霧、午後雨、華人食狗肉、有燒有煮、貧民乞丐之食也、西國則多偏嗜之、名曰坡台得多格、譯言桶中狗、因煮而入于桶罐中、得名、現聞柏林保養生靈會議將禁止、以蓄畜犬類、憶庚子秋、義人以槍斃犬、殆為口腹計也、

二十四日庚午、陰、聞昨在都倭街、新立一婦女會館、人

雖無多、家皆仕宦、且擅文學、音樂、繪畫諸藝、始得入朝夕聚首、互究才能、美國正南界太克薩邦之三安特中城、又有婦女自盡會、館規入法、未詳諒皆浮華左道之婦耳、廣東順德之七姊妹、將毋同、一日巡捕見婦人巷中來往、囹圄然、狀如失魂、詢之謂自盡會浸早掣籤循會規、婦應自盡、然甚惜生也、若違會章、會中各友皆能設法致之死、求生無路、故往來忖度也、夫西國無君黨、掣籤使行刺、未必死也、且可背而逃也、遯而被捉禁錮終身耳、此婦之會翳可慘矣、亦何取意而入會耶、識者

日、此必有故、

二十五日辛未、陰、昨見英日報一則、云父土指德國、英名發仄爾蘭達各學堂、一切規模、尤屬完備、每日有幹操、又有灌澡、年壯者一禮拜三四次、年幼則至少一次、諸生身幹健而潔、信為有益、將來雖較英蘭諸兄弟院中嬉戲之時少、無礙也、各生身體、官醫年驗三次、精神氣力盈朒、筆諸冊、并令諸生之父母知之、官為設法教養、尤加意于貧生、灌澡乃屋中方池一、不過深、上懸田形溫水鐵管、每二尺強垂一形噴壺、人立其下、水如雨注、則自頂

及踵皆滌淨

二十六日壬申、早陰、酉初風雨交加、西律自無姦案、故不立強姦順姦名目、官報無所登、私報亦無月旦、惟新報中頻錄之、即如西九月十四日（即本月初五日）之日報、英名代里美勒、連述兩段、一在哈斯丁莊羅柏森巷第十七號、姓敖萊之母女、向分間而寢、昨晚女謂母曰、此間臥室衣櫥、足容一人、立、母曰、毋妄語、母多疑、女遂啟櫥視之、無人、繼而屈身窺牀下、一人蹲踞焉、女不懼、陽作入別間、實下樓呼巡捕、而牀下人尾之、將至門、被伺居一

男捉住、巡捕來、問其姓、曰米晒勒、問何以擅入他人室、
對以誤認為己家、經官判收監一禮拜、此女明知其故
而不宣、卒以捉賊、可謂膽壯、又一女名石莫爾、年十六、
寄居坡自葦村茅店、夜半醒時、覺一男旁卧、問為誰、乃
笑而遁、一幼女年十五名瓦喀木、某夜被一男抱醒、別
一女年亦十六名李立、某夜半夢境迷離、覺一男伏于
身、報中僅此數語、蓋有欲言而不言者、
二十七日癸酉、陰、聞英國扎克森與米池甘兩監、新定
寬待監犯、准其每日應作之事畢、吸菸捲、准其一月內

致戚友三四函信、喜食之物、准其自購、或由戚友遺贈、衫褂鞋襪、准其買著鮮美者、惟于每禮拜及放工之日方得服用、以本日作工易汙也、每日作工、若逾應作之數、工價贏餘、准用之別作生涯、以權子母、數月前、公製印字機一分、每禮拜集小新報一篇、印而售之、計月分利、報名卜洛敦教特、意為闢充、如有著作及所見所聞、并准其賣于各報館、監中陳書卷盛、任好學者觀誦、

二十八日甲戌、早雨、午後雨止、仍陰、聞昨日安格蕾溪衛所、英仕家住所名拍賣某侯爵遺產、有電信兩頁、一為國君

答電印六字、云君謝汝之慶祝、竟售七十鎊、一為君后阿來三德亞答電、印十三字、云君后深謝侯爵卑慰本后之煩惱、亦拍至六十六鎊、裁云此物翔貴之由、不惟君與后之言可寶、而歎此兩紙、乃鍍金銀、架其花押、勇號等更飾以鑽石也、

二十九日乙亥、晴、英俗、戚友為新娘添妝者、徽物表情而已、雖為數無幾、然就中優劣不同、關于女家門第及戚友之疏密、其薄者所應用之物、零星以千計、不可枚舉、厚者為首飾、金銀珠寶、直有數十鎊至百餘鎊者、英

俗新夫婦成禮鄉遊後、皆自樹門牆、料理一切、以故滌妝戚友別翻新樣、邀送卓椅陳設、罈鏡器皿之類之為屋中所必須者不惟受者省心力、而與者尤省財力、

九月

初一日丙子、晴、英人禧在明、見四述奇久居中國、語言文字既已通曉、而尤講求風俗禮節、妻早故、遺子女各一子入水師學堂、一日禧自外歸、子偃臥長椅、口含雪茄菸而言曰、汝回耶、安好耶、禧怒子之無禮也、責之曰、爾向誰說話、其子曰、來無他人、非汝而誰、禧曰、爾當起立、躬

身而言、爾在兵船向長官言時、應必起立、況我為爾父、敬父不與敬長同耶、爾將目我之尊貴反不如轄爾之長官耶、其女立旁笑曰、父在中國多年、染華俗矣、禧曰、我非願學華規、惟其有理故喜從之、二蟲又何知、

初二日丁丑、白晝陰、入夜雨、西國男女最重情愛、而必兩人情愛暗投、始言婚配、以致藉物調情、或關於調情物、各鋪競作淫巧以蕩人心、外國婦女手釧多內空圍僅小指之半、扣于腕、左右接連、繫以小練、或方或圓、或半圓、不一其式、價之貴賤、在乎金銀及珠寶鑲嵌而已、

未有更出新奇者，乃近日新售一式，練下別繫一小扁合，或長方，或扁圓，周僅寸餘，合中任意鏨情言一二句，情男贈情女，女見而心喜，則情愛或可益深也。

初三日戊寅，陰霧，晴，有細雨。英民猶太教人苟什米住海岱園旁之寬諾坊第二十四號，前日身故，生年六十七，遺產計十一萬三千五百八十一鎊，乃遺書致本區美爾，謂予祖籍本德國喀賽爾人（地在德國東界稍北之奕斯那蓑省，舊為奕斯喀賽國之都會），小遺產按年應進利息二千鎊，請每歲代分贈喀城之本年以前婚配諸夫婦，而其祖又必皆一千八百六十六年六月十八日是為日耳曼各邦合為德義志之日以前之土著若男與婦之父現官布邦者、漱意皆不贈云、初四日己卯、微晴、數日前由法國來內外科醫生一百六十一員、專為訪求良法、昨在勅建外科學院聚會後、即分作十股、前赴各大醫院、如賢巴索婁繆小兒醫院各處、內并有二乳娘、係為考察英國哺乳之良法者、初五日庚辰、陰晴不定、倫敦各茶行工人皆雇用女子之由十六至二十歲者、工錢每禮拜由十先至十五先不一、視乎作工之年分、每機器旁女工四、三捆束一黏檘、蓋機器自將茶葉稱妥、傾入紙包也、各行現約定改其工價、三兩一包者、每百觔一先二本士半觔一包者、每百觔八本士、各女閧而罷工、謂行主設法吝給工價、尼也、行主駁云、每架機器平日一禮拜可包四千二百五十觔、用足力能包至七千零五十觔、如是則一禮拜用四十六點鐘之工、足得十七先、較曩時工價、亦不少矣、

初六日辛巳、晴、西人謂蟻身有毛、且能自梳、蓋以顯微鏡窺出者、據云蟻毛為稀為密、與獸同、毛中惹塵垢則

梳之、梳與洗、隨身皆有器具、第一蟻舌四面凸凹、含尖刺、用以刷毛、以撮食、用舌同猫犬、梳毛則伸腿、開口出舌、用牙、少頃周身梳淨、洗法亦然、

初七日壬午、陰晴各半、聞美國紐約城內西第七十八條衚衕、有詹樂爾小姐、祖為富商、遺產甚鉅、詹以禮拜及他節期、市肆休業、貧家子女無處玩耍、爰將所居之樓第二層花壇、覆以帆布、撤去四壁陳設、改列玩物、雇四五老嫗彈壓照料、登之新報、謂每禮拜日某點鐘至某點鐘、某處樓上、特備小狹玩耍、云是日貧家小兒女。

到有數百、嬉戲終日、盛備茶與小食、食畢、歡然散去、
英人歎為善舉、期仿行之、
初八日癸未、白晝陰、入夜狂風驟雨、倫敦會館固多、率皆有益於人、或長學業、或陶情、罕有矯情立异者、適聞美京華盛頓有一會館、名曰曼海丁、譯為厭惡男子、十數年前、一孀婦名馬懷特所創建、同時有三老婦同逸入館、費則二萬餘鎊、誘鄰地婦女入會、共百餘、會規禁見男子、禁入教、幼者禁入學堂、慮其聞男女嫁娶及理家諸事、通館如一大農莊、一切皆自製、故百名中有庖

丁、成衣、皮匠、醫生、牙醫、擠牛乳、耕種果木菜蔬、諸藝畢備、馬病故、遺囑續充首領者須在各國都會分立會館、或云是會不日當傳立于倫敦

初九日甲申、陰雨淋漓、英人卜勞安昨在薩勒太爾地方之薩勒特學塾中演說、大旨謂英俗四五歲童子即送入小學、練髒操、非良法也、童子四歲至十五、正皮膚筋骨生長時、此時可用者惟手、故此十五年內男童習手藝、女童須學手指靈利、更宜皆學泅水、爬繩、跳舞各技、乃為練髒而不傷髒

初十日乙酉、稍晴。西國有水族院洋名阿奎良詳見四述奇五。

向來羅列各種水族、俾人博識。今添一魚醫館，曰魚科、

如魚之風胞失力、不利泳游、小囊氣滿不得下沉，乃由

前分水下以鍼、刺入胞囊、氣散則魚力壯矣。又法、左手

輕握魚尾、浸其頭于水如倒懸、右手摩挲魚背循腮而

至口、少時氣散、舍之、攸然而逝。西人精益求精、醫魚之

法、將來或有用藥者。

十一日丙戌、早陰雨、午後大霧。獸顱雖大、其腦漿反小

於人、人固萬物之靈也。西人云：人腦髓皆半黃半白，黃

中所含紅點作構思用、白中所含烏絲作傳信用、昔聞人之頴鈍關于腦殼之大小、今知其不然也、夫五洲海綫、歐為最長、非以曲折既多、水之方向屢變、流動不滯歟、腦漿最碎而分線最多者如之、是故腦殼雖小而四面凸凹極多、高下量之、則歐洲海綫之說也、人之腦、隨身而增、身加重三十分、則腦自隨加十二分、黑人腦殼極大、而外面圓圇、如瓠如糢首、其不靈敏也可知矣、涵來一法醫云、曾稱過人顱二萬五千、其中至大者、皆發羊癎之人、他六十著名人中、僅有七人顱大、腦大主聰

銳之論、然乎否乎、

十二日丁亥、陰、霧、西人游歷、不惟殊方絶域、欲徧足跡、雖附近之與國、亦喈時一至、以致其日新月異之事、擇善而從、有所見聞、輒登新報、俾國人繹其得失、以爲殷規、殷鑒焉、設無可去取、亦可稽其國勢商情暨財產之盛衰、聞英人某甲、往歲游美、喜看人之豢家禽、昨登日報云、紐約邦有養雞莊、長房一橫、母雞五千、色皆白、公雞二百五十、雞雛無數、麻沙朱色士邦、立鴨莊一、可命之曰鴨城、蓋入莊但聞呼名之鴨震耳也、中一大場曰肥鴨場地百畝、養鴨三千、孚卵大房四間、間各八萬五千方尺、煖以熱水銕管、各長二百五十尺、每值孚卵、計窩四十二處、卵共一萬九千二百、當春季日須穀食四噸、皆以手攪拌、上年得雛五萬五千四、五、六三個月中、每日送市五百、一年所得鴨絨、共兩噸半、直五百鎊、周年共賺三千鎊、東夥三人、自西一千八百八十八年、共養雌鴨四雄鴨一、以耦俱無猜、故十四年間同成巨富、

又倭海阿邦、專售一種雞雛、用供饈饌、出卵僅七禮拜至十二個禮拜、重由半斤至二斤、畜此者費鉅甚、造房

支

半圈、作馬掌形、長八百四十尺、費五萬鎊、內孚卵處三十、以次輪流生雛入卵、每處入卵三百、每日共孚九千、日日得雛三百、美人喜食黃色肉、英人喜白色、色不同、味無異、美國人飼鴨用粟米與包穀、日三次、飼雞亦然、此外、更加粗麩、麥皮、大麥、蕎麥、碎肉碎骨之屬、使雞鴨肥而嫩、

十三日戊子、陰、英雖富強、而老少貧苦流離失所者極多、入冬尤甚、善男信女立普愛尉房、英名攸呢倭爾薩庫克立并飲食會、英名夫得阿搜什埃慎遍城分設湯

厨、每早自丑正施捨熱湯、貧人煖腹解渴、略藉充飢有名人思作三種湯省費而養人、一養人牛肉湯、若熬十加倫、每加倫合八升合十奔士一加倫料用不帶骨之精淨牛肉十二斤、碎牛骨十斤、紅蘿蔔三斤、大頭菜二斤、葱三斤、乾豌豆三斤、塩與椒末各少許、切碎肉劈開骨加塩一把、以十加倫半水入鍋熬之、待水滚起去浮沫後切碎蘿蔔葱菜與洗淨乾豌豆同傾鍋中文火熬四點鐘、將用時、洒粃末並塩各少許、再滚水若干湯熱、味濃飲自有益、二冬季湯、熬十加倫合八奔士一加倫料用燻肉滴油二斤、葱三斤、米二斤、蘿蔔五斤、小扁豆三斤、番薯十斤、醃猪肉九斤、椒末碎盐丁香芹菜共一把、先熟滴油以炸切碎之葱與蘿蔔色變黄後加切碎之肉及米小扁豆再傾入淨水十加倫半煮之不時攪和剝皮番薯切片入湯或熬或煮約兩點鐘爛後加盐與椒末少許嘗其得當而後已三、菜湯熬十加倫僅合五夲士一加倫料乃大麥或米四斤、小扁豆三斤、番薯十斤、紅蘿蔔二斤、白蘿蔔一斤、胡蘿蔔一斤、葱二斤、或乳油或滴油二斤、盐與椒末各物二兩、割碎各菜同置一鍋內傾淨水十加倫半、塩一把、待水滚、掠浮沫、後入乳油椒末之類、熬兩點鐘、貧人飲之、當别有佳味也。

十四日己丑、白晝晴暖、入夜霧涼、現聞英蘭南界稍東色蕾府之教育長某甲、擬分贈各學堂生彩印畫圖説帖片若干、圖皆古今各地景物、雖屬文玩、而長人識力、以考天下地勢、現定印百萬千張、合一先。

十五日庚寅、早陰、午後雨、西國亦有迷人竊物者、如昨晚比翔普斯門街、俄國波蘭人名阿拉哈木、年三十一。途遇一女名伊薩克、年始及笄、作帽之女工也、阿故蹈女裙、既免冠求恕、男女偕行。問答漸入佳境、因同赴酒肆、各飲卜蘭的一杯、阿知伊已受聘、乃索其左右手所戴三約指與看、直共五鎊餘、看畢、還女手、遂坐地道气。車至蘭喀色門、下車、另強女入酒肆、再飲、女謂不善飲、且憎其味、濁阿言汝勿品其味、宜直呑之、女無法、僅飲其半、出心神恍惚、搖搖不能自主、逮走入海岱園、稍坐、畧清爽、而一小時以前之事皆忘、但覺手空、兩手約指及包中二先六本士、盡失去、急至馬力賣街巡捕廳報官、于今賊尚未獲、

十六日辛卯、陰晴不定、戌正雨一陣、雨後晴、西人喜食
蠣子、又恐其有傷胃口、無裨於人、醫家考出蠣子之補
人血與力、功同牛羊肉、牛肉一斤內含七十七分半化
水、二十二分半補人質、上等蠣子僅有七十七分化水、
餘皆養人、按時價、蠣子一先十二枚者、百分內有十七
分補人、二先半十二枚者、內二十分補人、三先半十二
枚者、內二十三分補人、因其中之酸強與雞蛋青及牛
羊瘦肉所含之質無別、燐養肥質參錯、足已人之氣弱、
鹽錮少許、燐酸鹽多許、故蠣子殼中所有之質、均有益

於人、

十七日壬辰、陰、醫家驗蠣子、並云、若將蠣子擘開擲冷水中、逡巡幾消其半、囫圇擲入則消去四分之一、故知在口中嚼碎、迨入喉時半已消化矣、欲其化速、則以冷水代酒佐之、否則飲法國之沙卜里白葡萄酒最宜、惟斯桃特黑啤酒、無消化蠣子之功、

十八日癸巳、陰、聞慶斯十字路鞋匠柯洛里鰥夫也、住房自用兩間、餘則計間按禮拜租人、相傳昨早俯卧屋中、患心疾死矣、背心之背暗兜內藏金鎊四十二、紙鈔

三百鎊、據某暗狀師云、前于一千八百九十六年、伊曾許將財産遺某婦、婦已故于八百九十八年、現無人得受、故所有樓房財産胥入宫、

十九日甲午、鎮日白霧、箭地不見人、傳聞三閲月前、一人在英蘭中界稍南柏克晒府、東臨太木斯江瓦靈佛村、見江畔泊一木棑、光頭赤脚兩兒、短縧繫之、使其長不到邉、免落于水、四面又環以皮帶、兩兒在中嬉戲、哭笑無常態、觀之頗有趣、四顧無人、秋風颯爽、兒肉紅色、毫無寒意、游戲自如、凝視閒、突有手拍其背、遂言曰、公

E

看吾之雙生子耶、顧之一造船者也、據云兩兒生六月矣、夏季酷熱、罩以布帳、亦繫于此、久不著鞋襪、不戴帽、永壯而無疾、由此觀之、小兒足食、尤宜多得爽氣、其人因思此節不必報諸防禁虐待小兒會也、將布告於爽氣局、使貧兒健壯不畏寒、

二十日乙未、大晴、聞數日前拍賣安格蕾溪侯之遺產、有賣雜貨人某甲、以三十一鎊拍得全副果酒玻璃瓷器多件、據叫貨人云、此分傢伙、乃安格蕾溪侯前次由倭特路回時、土人所贈、某甲運回細玩各件、察得珍珠

數顆、大如棗如胡桃、約直一萬五千鎊、

二十一日丙申、晴、倫敦城西南狠狽區太木斯江上有大鐵橋、曰狠狽橋、年久須改造、工商估價八十七萬二千鎊、是地理財紳董世爵畢樂碧、以向來造橋有費至五百萬鎊者、此次所估尚不為多、工價遂定、開工日期未聞、凡學生子女中國長先者幼後者、西國則反是、

二十二日丁酉、陰、聞在斐洲西界臨海、舊有一種傳染皮病、名曰克洛克洛、係細小微蟲名安歸路里代者、以顯微鏡窺之即見、飛動極速、最易傳于兩顯肩臂、現在

柏名根城見航海述奇漸染是疾、醫家細考、謂此疾可名曰人情病、蓋平時男女相見、未必傳染、苟彼此情殷、因而接脣吻頰者、此類情氣噴出、蟲必隨飛、由此口至彼腮也、今而後以口表親愛者、其知之、

二十三日戊戌、雨霧交加、咫尺不見人、倫敦邊子卑俗名波司者竭力馳驅、各行均爭先、冀獲多利、上年西三月十日、有曲樂女教習駱阿美在慶斯十字街南首乘瓦拉木戈林抵伊苓屯之邊子車、擬于貝克街第三號下車、到駱足未及地而車鬪、傷駱、管車人亦外因無証

據、車行不認罰、是年西四月十八日、駱居停主人富賴
登諸新報、訪詢彼時人証、上月有巴爾迺、自投作證、同
赴於官、證既確、官判定、以駱遂日應得之款、因傷虧損、
令車行賠補四百五十鎊、

二十四日己亥、陰雨、今早見新報一則、題曰獵夫、少婦
何爾曼擇壻難、其選以五十吉呢、交姻緣結婚報、聲明
擬嫁一侯爵、歲入二千五百鎊至三千鎊者、果得如願、
當以二百五十鎊為贈、乃報館代薦多人、既非侯爵、且
皆鄙夫醜漢、更有黑面婦、告官、官判報館償四十七鎊、

入夜雨止、
二十五日庚子、陰、英國婦女之細腰高踵、皆爲時尚、有
外科醫生韋柏爾、論及足踵墊高之非、謂天生人足平
行蹋地、前分五指、面高心軟、而踵堅各有所由、無非利
人行動、若由人工墊高二三寸、婦女由此受累多矣、不
僅累於足、而害更及身、足既彎、身亦因之不直、則一身
重心盡歸足指、第一易生雞眼、第二使百骸更改行動、
非天然、第三使人血流不週、熱火生而踝骨瘇、由上而
觀、他皆易治、而血管之傷難療、且街市階竿以高踵皮

鞋爲有益者、

二十六日辛丑、早晴、午後陰、倫敦城西南之文柏敦區、現建高樓十所、總名曰君后阿來三德亞、又名曰官員寡婦家、四所已告成、四所分作二十四家、他六所分作六十三家、約明春可竣工、選官婦之貧老者居之、定例須年逾五十、而每年進款僅六十餘鎊者、其五十歲年逾八十歲、一年進款多於百鎊者、皆不納、

二十七日壬寅、陰涼、現聞美國西界稍北歐爾干邦之坡特蘭地方、有人創一得律風、二人談時能諜、而話筒

上約三寸之地、懸一透光凹面鏡、鏡上又一方匣、如照相之光箱、箱邊發熱紅光、談時光發鏡中、各觀其面、鏡箱之閘、連有關鍵、雖三百里外亦可用、如何製造、秘而不宣、

二十八日癸卯、微晴、曼那叩島王妃阿爾嫩游巴里、居普來斯布街之美爾賽店、日前緊閉廳門、携女李迪柳出游、返而啟門、見卧室箱籠亂開、鑰遺凳下、珠寶匳中已失二千四百鎊、直之王爵寶冠一頂及約指、笄、釧、項圈、表練十字、直共六百餘鎊、金錢紙鈔數十鎊、合之都

三千二百鎊、寶冠各項半皆世傳之物、妃言所用僕婢、皆驅使多年可信任者、故巴里巡捕踹緝竊賊、至今尚無線索、

二十九日甲辰、陰霧、德人霍格樂創一帶浪澡池、長四十五碼、寬六碼、深六尺、池下藏電機一分、工夫湧浪十八層、浪小而力柔、老幼壯弱皆可浴、臨流解衣者、改浴此池、海風之寒、髓石之險、意外之虞均免矣、

十月

初一日乙巳、白晝雨、入夜風、晴、昨見新報一則、題曰何

得永幼、係一老媪年已八旬、眉髮皤然、心力雖頽而慷慨仁慈、勇於任事、與少年同、不知者方以為年方六七十也、或問其奚由而得此、媪曰人情喜怒最易耗神、妾亦人耳、何以忿不如意之事、何以不喜說悅耳之言、惟弗思多求于人、恚怒自息、諛言自泯、遇不適意事、勉強以受忍性以為之、見人窘累、必竭力援之、己之所苦度亦然、人之所甘不敢加焉、是為一生樂趣、故得大年、

初二日丙午、白晝陰、入夜風雨、文加英例、君后孕將生、乃傳內部大臣入宮臨產、則入內室守之、生下未洗之

先、由宫婦雙手托示為男為女、内部大臣親書一紙、云某年月日何時入宫何時入内室、君后何時臨蓐、所産之男之女是實、此字乃藏于宫中為據、并即登報宣示通國、若為初生、且生儲嗣、更傳鳴賢波羅救堂之大鐘、普告通國以志喜。
初三日丁未、早雨、未初雨止、仍陰、今日為西歷十一月初九日、英皇生日、又值倫敦美爾依代之期、曾以柬約今日戌初極樂堂晚酌、新美爾名包恩得、夫婦皆朱顔皓髪、年逾六旬、届時乘車至禮部、如前此次堂中坐男女客八百五十三、食畢、先後多人演說子正始畢、又是晚在極樂堂之東二洋里外麥勒安路之茶荟比堂中復讌美爾之苦友男女二千一百、實非美爾夙識、乃老城一帶之貧民也、讌為食物一紙袋、分給眾人而已、袋內猪肉大餅一個、糖糕一塊、大麪包一個、鮮苹果二枚、二千一百分、費共八十五鎊、

初四日戊申、早陰、酉初雨、英人車步現年五旬餘、乃秘法創暗鎖之人、繼乃募化九萬餘鎊、用以教養水陸兵丁、因建威斯嚴禮拜堂、賴斯學堂、在本國及各屬地建

樓房多所、均名曰兵家、內器具陳設書籍、應用者畢備、
閣木牀有一萬九千餘架、遂得英王賜小男爵色爾之
稱、東之友人擬醵金賀其能成善舉、半月前由其會首
傅樂爾來函、請作陪客、期在今日戌初一刻、在白堂坊
梅特樓埔店晚餐、依時乘車至大廳少立、候客到齊入
飯堂、設座卌形、人二百一十七、東步在內正中首座、為
色爾傅樂爾、其右第一、為東、步次為英太子內弟泰克
王阿來三德、再次為僉、次余為敖士巴柏爾、其左第一、
為倫敦大律師、次為希臘公使、再次為色爾梅蓀、又水

師提督、陸營將軍各官、與談、備舉樓上奏樂、賓主聯歡、殊爲款洽、食畢、齊立舉酒恭祝英皇與后之福、後則多人起立演說、盡讚車之善、舉車立而謝之、子初出座別

晤、喫加非、少敍、握手別回使館、

初五日己酉、早晴、午後風、聞倫敦婦女修飾、三百年前已事事奢侈、費用頗鉅、近見一世爵夫人赴茶會、其髲裾華麗超俗、而鞵尤別、前後四面鑲嵌珍珠、鑽石、翡翠各珍物、光彩射目、或謂每隻直應百鎊、英人樸素之風、今更不如昔、

初六日庚戌、陰、倫敦東北角、有地名法丁也、周約一洋
里半、住貧民男女老幼十數萬、因飲食價廉、均以法丁
計算、故曰法丁也、食物多損壞不鮮、新故價廉、即如油
滾小魚五法丁一鍍匣、皆係霉敗變味者、乳油一法丁
二兩、皆運船遇險水漬者、潮溼者、茶葉一法丁一兩、茶
行掃除地板之雜末也、麪包一法丁一斤、皆麪包鋪裁
大飯店所餘之碎塊也、頓飯有四法丁及六法丁一頓
者、乃黃乾魚一凷一法丁、麪包一凷一法丁、猪油質一
小鉤一法丁、加非一盌一法丁、共四法丁、他則熟肉一

片二法丁、番薯一法丁、麪包一法丁、加非一法丁、小餑餑一法丁、共六法丁、此數、在英國為至苦矣、而尚及中國當十錢六百文、都門苦人得此則餅麪之屬、亦足一飽。

初七日辛亥、晝夜大霧、現值倫敦菊花盛開、聞騷色蘭公夫人拌白菊以代生菜、味杳而甘、食時先列白菊淺紅玫瑰于卓布之四周及心、彩飾之食畢魚羊雞肴既列、僕捧一籃花、大盌置于女主前、女主計人數、以銀剪剪菊若干朵、去蕊、盌盛花瓣、襯以紅玫瑰紫蘿蘭、菊葉二三傅其色，拌以油醋，計碟分客，色味鮮美而價廉，兩朵白菊，足侍六客，價只一先二本士，合油醋計之，共一先半。

初八日壬子，早霧，午後晴。初三日，英通國稱曰美爾日，是為倫敦美爾及倫敦三十一區之美爾覲英蘭三百二十三美爾瓜代期。倫敦三十一區所選人分三黨：曰一律更新，洋名普婁格蕾希伍（乃竭力向前更新者）；曰擇選更新，洋名莫得蕾特（乃不甚必擇其實可改者改之）；曰自主更新，洋名音的噴旦特（乃不歸何黨而自行斟酌者）。各府三百二十三美爾分

元

五黨、內守舊黨、洋名寬色爾瓦的伍者一百四十九，會合更新黨、洋名里柏拉勒攸牛呢斯自者一十七，真更新黨、洋名里柏拉勒者一百四十八。自主更新觀者二、工匠黨、洋名蕾柏爾者一、（因該處工役人多、故擇由工匠致富而品行端方者管理、）他六處者未詳。

初九日癸丑、陰、客歲英皇赴義大里之先、往拜葡萄牙王喀爾洛王后阿美麗、令葡王偕后擬來答拜、昨早由力士門乘火車北行入法界、申初抵法西北界之海口涉爾堡、法廷派官迎迓、預備一切、英亦派維克都里亞

阿拉柏船往接、當時英法葡三國文武萃集、三國船隻
互挂花旗、葡王與后下車宣言致謝法員、後登英船、英
船聲礮接賀、岸上船廠人工齊聲歡呼賀臘賀臘、入夜
各船滿然電燈如白晝、英太子衛拉斯王亦于昨晚赴
坡茲茂斯海口敬候。
初十日甲寅、早陰霧、巳初晴、巳正率眾參隨繙譯等向
北恭拜
聖牌、行三跪九叩禮、酉正公讌、樓上下八卓、人數如前、聞葡
王乘維克都里亞阿拉柏于昨辰初三十分由沙爾堡

海口展輪、北駛、左右礟船隨護、午初十五分抵英蘭正南司皮台海灣、英兵輪二十八排五行、聲礟迎接、船入坡茲茂斯泊焉、英太子率武官及本城美爾等登船、先後謁見畢、登岸、時有敎斯佛𥉠步兵一營、列隊鼓吹、葡王曾授該府將軍職銜、故即時閱操、兵奏葡兵樂、未初登車、即開、申初二十分抵文淴行宮、一切預備如前待義王者、本地美爾之女名樸麗奉英葡君后各鮮花一束、王與后演說致謝、畢、英君葡王率英太子乘駟馬宮車、二后偕公主維克都里亞別乘一車、先後入宫、戌刻、

宮中橡木堂設筵、陪侍則葡國駐英公使蘇伍拉侯并
文武多員、
十一日乙卯、陰霧、昨早葡王乘車入圍、英太子衛拉斯
王寬諾公及阿蓋侯陪行、英君以近在三丁哈木莊（地在英蘭正東諾爾茀府之西北近海、周七千英畝、前于西一千八百六十二年、經英君以二十二萬鎊購得作爲行宮）田獵、膝傷、爲辭、蓋微傷也、衆執火銃獵于圍、未初共
得野雞山猫之屬四百餘、午酌于柯蘭本亭、英君君后
葡后、葡國公使輩共卓食、畢共拍小照一幀、有坐者有
立者、既復從事于弋獵、日暮回宮、宮旁賢卓志堂夜讌、

三王

男女一百六十六、王爵、王公夫人、公主、郡主、公侯并諸國頭等公使、英之文武大員子初始畢、

十二日丙辰陰霧如昨。昨日倫敦美爾請葡王偕后在極樂堂午酌，兩日以前由帕丁屯火車棧至極樂堂，度王車必經之路，每隔箭地左右對立紅杆，挂花旗，届時左右兵排鵠立。太子與妃陪葡王王后由文瑟宮乘火車，午正十五分至帕丁屯棧，登馬車，走白玉牌樓，轉東過教斯佛街、海蒿本街、蟾色狸巷、牛蓋街，未初抵極樂堂。堂中男女客共八百零六，美爾夫婦自午初立候諸

客先到、末則葡王與后來矣、王服敎府將軍戎服禮也

未初一刻入座、食畢、美爾舉酒茶祝英葡兩國國主與

后之福、既而立陳數語、葡王亦演說千言、大旨謂兩國

自古和睦、至今友誼更當敦篤云云、言甫畢、通堂歡呼

不已、未正二刻、葡王與后出堂、登車改由維克都里亞

街、走太木斯江堤、穿海岱園、過貝斯倭特爾路、司普齡

街、至帕丁屯車棧、登火車回文莎、晚在宮旁御戲園、特

召名優特立演劇、園僅容人一百五十、所演名一人影、

未經目覩、不知其詳、演畢、在賢卓志堂夜餐、各優亦賜

三…

酒食、天明乘專邊火車回倫敦、葡王遂與英太子輩入囿再獵、兩君后於宮左右步游、英君晚開筵于賢卓志堂、男女九十八人、食單書法郎西殽饌、樂用愛爾蘭曲文、賓主聯歡、國人傳布、食畢別有小臺男女名優歌曲、子丑始散、

十三日丁巳、陰、霧、頗涼、葡王等晨獵于囿、二君后徽服街游、購買零物、晚英君復開宴、男女百餘、夜在倭特路堂聽曲、葡王之喜獵、據稱伊爲歐洲第一、善用手槍者、葡后亦知醫理、曾拯二溺水者、后爲法人、本法國前朝

布爾賁敎里爲之裔、若非民主之國、伊亦有稱君主之分、父名貴里樸敎里爲公、又稱巴里伯爵、自法改民政、乃遷住英蘭倫敦城外地、近黎池門莊、卽葡后所生之地、

十四日戊午、早陰、入夜晴、英君與后晨入宮中耶穌敎堂禮拜、葡王與后率本國文武乘車入賢埃達倭天主敎敎堂、行中等彌撒禮、後至宮前福洛格墨堂、祭老君主維克都里亞殯宮、供以花圈、

十五日己未、早微晴、入夜大雨、午初二刻、葡王與后啟

程、由文迻莊北行赴茶滋味村拜代萬晒公及其夫人、地屬得爾貝府、爲英蘭之中北界、統屬代公山青水秀、幽雅可游、葡王與后擬小駐五日、然後回國、午正英君與后回卜静宮、午餐、順路至葦子店地方拜翟木斯夫婦、

十六日庚申、早微雪、冷、英葡兩國、歷來和睦、世代姻親、葡雖弱、屢見援于英、藉得久安、葡地自古南北分國、北即西班牙、現名日斯巴尼亞、南臨海曰魯西他尼亞、彼此鏖兵、西武將韓立本、法柏爾根的朝之王族、爭勝魯地、西王

妻以女、封魯西他尼亞伯、以奬其功。此西歷一千一百年間（即宋哲宗之世）事也。後其子阿芬搜襲位、稱雄一時、土人喜于一千一百四十年、（南宋高宗紹興十年）奉以為王、叛西自主、改名葡萄牙。是法人阿芬搜為彼地立國之祖也。至一千五百八十年、（明神宗萬歷八年）國王喀的那罕里出戰斐洲、敗沒無子、而勢弱、復為西班牙所奪轄六十年。西政貪殘、土人患之、遂于西一千六百四十年、（明莊烈帝崇禎十三年）揭竿而起、逐去西班牙官守、立卜拉干薩朝卓安第四為王。西兵屢次來侵、搆兵幾二十年。阿芬搜第六即位、修

好於英、賴英兵助、隨時保護、始免於亡、至一千八百年、

（嘉慶初間）法皇那波侖第一侵伐四鄰、葡不能禦、國王卓安

第五于八百零七年、（嘉慶十二年）棄國逃至美洲屬地巴西、

（現改民主詳見四述奇）逮英擒那波侖、各國復舊、王乃歸國、尋卒、

由其子卓安第六王巴西、後乃兼王葡兩國、一王、巴民

不服、不得已、自王巴西、而遣女馬麗雅王葡、時在一千

八百二十六年、（道光六年）王弟培特婁第四已自立、不肯讓、

卓安第六在巴西、亦不習其俗、國民迫逐王、致位乃狼狽

回國、與女合兵攻弟、英協以兵滅之、王女乃定位、葡王

祖母、乃君主馬麗雅第二十三歲即位、至十六歲乃贅日耳曼薩克斯庫柏爾果薩王佛的楠為婿、前英君主維克都里亞之母克恩特公夫人、本係日耳曼薩克斯薩勒庲庫柏爾故王之妃、而君主之婿阿拉柏王、本亦薩克斯庫柏爾果薩之王爵也、葡王之母、為義大里王維托里歐埃麻牛之妹、名馬麗雅庇阿、葡后之姊、又為義國王弟教斯投公費里柏爾投之妃、已生二子、設義王無嗣、則教斯投公之子、亦有嗣位之望、是則葡英二國之親誼為最近、十七日辛酉。白晝陰，入夜雪寸餘，冷。倫敦各學堂幼童赤足無鞋者二千五百九十餘，破鞋須更換者二萬九千九百四十七。前日晚報中言有某善士倡錢若干，訂做皮鞋二千雙，每雙估定三先令，業經多人簽名協助。昨有義大里馬戲園之東主言願以一夕戲款資助，每鞻印以暗號，登各館新報，約各押當局不得收押，并要幼童父母不得押賣。

十八日壬戌。陰，冷。倫敦庇木里溝區之堪卜立址街第百十六號有狗醫院，樓上小屋排比為狗窠，外有大管房、看病房、作戲房、玩耍房、及彩球之類、女役須在他院有年、經人保送、性能忍者、使守病狗、較侍病人、用心加千倍、屋之涼熱合宜、晝夜不時檢視、若痛極而嗥、則刷以嗎啡、究不知狗醫為何許人、賤人貴畜、西俗乃爾、

十九日癸亥、早微晴、午後陰、聞半月前有南斐洲幼女計木那、游歷倫敦、上書于英后、言海外來此、願得瞻仰慈顏、方不枉此一行云云、三日後、女得卜靜宮復電言某日某時、君后乘車經某處、屆期車過、后見老嫗攜一少女、高處鵠立、女手舉紅巾、向后展搖、笑而請安、后點

頭而去、入夜皓月當空、繼而黄霧四塞、
二十日甲子早微晴、既而陰、申初大霧、屋内然燈、閉前
日倫敦西南立定縣額爾來村之幽僻處有女皮爾喜
者患癲証、地方官與巡捕往察之、見屋中桉桃木小棺
十三各殮死猫一、下鋪棉花、上蓋香水浸之炭、出猫有
久斃者、有新斃者、甚有霉爛者、官問其棺殮之由、女則
讕語迷離、人不能解、送女入醫院考驗而治之、
二十一日乙丑晴而微霧、現值天寒、坡兹茂斯海口兵
船廠中人之無工作者幾至千名、柏名根極救會各善

士、擬日日養賑千名、至天主誕日西十二月二十五日止、倫敦城南太木斯江邊慶斯屯地方、擬設一劈木廠劈短木作柴、每滿一布什、英斛名七十磅工錢三本士半、每日辰正作至酉初、可得二先四本士、一半付錢、一半折食物、恐其傾囊飲啤酒、不顧妻子、并不自飽也。

二十二日丙寅、陰、霧、入夜微雨一陣、英國婦女人盡夫也、不擇種而嫁、中國日本而外、如北美海的島國駐英公使長伍伊面黑而紅、齒長而白、其夫人英產也、不以夫貌寢也、昨聞韋令屯街寡婦卜姒嫁于南斐蘇魯里

番戴婁威勒的亜、地在斐洲南界偏東臨印度洋據云英勝蘇魯後、多
攜幼年土人來英、戴在其中、見君主維克都里亜後養
育教讀、久于英、不思故鄉、乃謂蘇魯俗陋、飲食不良、意
將入英籍、

二十三日丁卯、陰霧、英蘭西南角近海色墨賽府攸韋
城之樂福屯人乃多信鬼、據云彼處現出射光怪鬼、入
夜人未睡則敲街門、人已睡、不知何以入内而款卧室
門、忽上忽下、踐蹤有聲、雙眸光怪、致人目合不能覩、是
室近坦屯火車站、先有老夫婦二人居已三年、因鬼見、

不勝其夥移去、後一人遷入、謂地中應有珠寶、掘搜徧無所得而去、至今房空無敢居者、此則何異于華人、

二十四日戊辰陰霧如昨、今日為西十一月三十日禮拜三、係蘇格蘭所奉賢安得路之誕辰、蘇格蘭自西一千六百三年明神宗萬曆三十一年當國君翟木司第一、創建醫院善會、以救貧苦病民、逐年擴充、為善無既、繼而蘇人之在英蘭者、別設一會、每年於是日設筵聚友、并由會首約外客數人、冀募款助醫院、本年為第二百四十次、半月前會首洛斯百里伯折柬來請、今晚六點鐘讌于

蒿本街白玉堂、酉初乘車往、入登樓、至一大間、先見會
首諸侶少立、人到齊、轉入飯堂、樓高三層、建以白玉、嵌
以花石、上下四面穿廊、工極精細、左鄙樓上坐蘇格蘭
紅衣樂工一班、樓下卓列形、八長一短、如梳、坐人三
百二十五、正面中坐洛斯百里伯、坐余其右、為第一座、
其左坐高爾侯、為第二座、卓上花果絢彩、爭誇酒食、甚
豐、甲魚湯、白煮魚、炸小魚、羊肉、山雞、各味皆同他處、惟
一種蘇格蘭菜、名哈吉斯、頗似中國之鄱冬瓜、作法、材
料將肉菜剁碎、拌以油料醬汁、納于洗淨羊肚中、縫而

熟者、人少則主人于卓上以刀割分之、人多則由廚中計數而分、此可名曰𦍒羊肚也、又有童樂兵九名、年皆十四五六、由育嬰堂選出者、各著蘇格蘭披氈短服、茀一名手執領班銀杵、他皆雙手拱吹蘇島之五管氣筒簫、英人呼曰派鋪、其人曰派鋪爾譯言吹筒人也、不時繞廊一週、至正座後、排立齊吹一陣、以侑酒、其聲獸舞鸞飛新奇、震耳、食畢、齊立舉酒祝英君之福、樂奏天保國王少坐、再祝君后及王室各人之福、又明日為君后千秋、祝畢、又齊舉杯而高呼賀來賀來者三、此後多

三七

人陸續演說，乃每一人說畢，即有女名狄阿米，或男名郭克本者，鼓琴一曲，以醒人耳。演說歌唱畢，衆齊起立，互以左手握右手，右手握左手，成一圈，同聲而高歌一蘇格蘭曲，曰阿勒郎司音。曲文未詳，大要爲自幼至今，總角至白髮，彼此和睦，視同一家。隨歌更搖臂，歡喜作手舞足蹈狀。又食畢吸菸時，有人手執白紙一頁、鉛筆一支，挨桌請人書所施助，先寫名姓，繼住址，末則施捨若干。余遂書五鎊。五先少待，後一人執單立首座後，高唱各人所施數。第一，國君施六十鎊，太子二十五鎊，首

會人百鎊、其他多者數百鎊、至少者二鎊二先、共二千
餘鎊、子初歡唱畢、握手興辭、
二十五日己巳、陰霧暖、英規人之將死命分遺產、必及
于女、女幼則請四特勒斯的理其財、待其嫁、特勒斯的
者、譯為信任受托之人、女長成相夫、必經四人考察允
認、方能受遺產、否則不給、聞一女名槐蒂英、其父槐丁
故時、遺屬分三萬二千鎊與女、彼時蒂英甫九歲、曾請
四人者管守、女兒與爲謂將來嫁時、如經四人考校而
允之、始付遺屬之數、若違背、則將此錢改施賑濟院、女

昨嫁提背特爾訥爾、于是特勒斯的已故三人系、女兒謂其嫁不合兒意、三萬二千鎊概施賑濟院、女一無所得、西俗惟財產多以遺言為重、女雖告官亦屬枉然、

二十六日庚午、陰暖、西人不信妖術邪法、今早有英人周恩慈者來函、謂前在斐洲軍營、歷兩年頭腦中現藏秘術、一隱身在人面前、人不覺、二令四人暗阻火車、三令大船飛駛半空、或墜于敵營、或某處、更有許多奧妙法、如貴國用之、祈早示知、按彼不為英用、不為他國用、獨於華而自薦、將謂華人皆可蠱耶、

二十七日辛未，陰霧，暖。十七日所記捐皮鞋一事，茲見新報云：二千雙已成若干，現有五處學塾各領二十雙，惟願通城苦狭無一赤足者。此捐須多，多益善。如有樂捐善士，祈寄函晚報報館，或紙鈔，或信票，咸於函面註明「皮鞋捐項」四字為荷。本館在城内偏東嗒美來樓第三號。

二十八日壬申，陰霧。文波行宫之園囿。英君多畜牛羊，文波莊東北二洋里半之司撈鎮，地在倫敦之西十八洋里半。現設天主誕會，一大墟場也。英君擬選牛羊之肥壯者二百

三十七頭、後日于彼出售、國人之好奇特并以得食君圈之牲為榮者、將爭先恐後矣、

二十九日癸酉、晴、倫敦地面嚴整、故巡捕權重、遂處搜察看管、不免為工役貧苦人所怨恨、聞昨晚在太木斯江畔、巡捕耳中驟入呼救人聲、謂人投水、巡捕五六奔至岸邊、見破皮鞋一雙、巡捕入水覓之、巡捕著衣泅水救人、循定規也、遙望箭地外、一人順流而下、竭力泅去援之、乃布人也、呼者已杳、此亂法之尤者也、

三十日甲戌、陰雨陣陣、今日為西十二月初六日、戌初

北柏爾呢歐會館在賽西店設筵、十日前、會首翟喜以東來約西正乘車至下樓入敞廳見翟君輩少立客齊轉入飯堂其卓作Ш形、男女客二百六十二人、翟坐正面居中坐余其右首座也卓當中一行稍短者因對面臨牆搭小臺一高及尺蒙以紅毡坐女樂工六名著白氅作西國女神狀隨時奏樂侑酒食畢先看射影燈本地風光山水船隻火車茅廬木舍中國人士人大要與上年同惟此有著色者看後先齊立舉酒祝英君之福樂奏天保國王既而立起演說者六七人所用加非菸

四三

捲、皆土產、并贈每客巨菸捲一合、十一點一刻散、謝回

使館、

十一月

初一日乙亥、陰霧、倫敦新出一樣新報、名曰郝爾訥禮拜報、郝爾訥報東姓也、報初出、人未知其可看否、買者少、前日報東告登、謂有以自著詩賦詞歌寄來入選者、酬五百鎊、其送法著作封一函、名姓住址封一函、兩函封面報主各志以同數號碼、選文至佳者、依號發姓氏函、得其名、即匯五百鎊、聞此次超等者、為南諾爾塢村

哈萘屯路第四十九號之聚珍版工頭吳樂福報館又擬聚天下古信票送善會中售以濟貧、并協助醫院、育嬰堂諸所。倣徵文法、有能寄極舊極多寶為貴重之信票、酬三百鎊。西人以信票為骨董、聞英君集一簿、直共一萬五千鎊。

初二日丙子。陰霧。入夜風雨交加。暖。英蘭、蘇格蘭二島雖合為一國、而律例迥異。即如男女婚配、英蘭以曾入某禮拜堂成禮者為據、蘇島則以久經同處同宿、朝夕偕行、引妻見諸戚友者、方認彼為夫婦、無論或拼頭、或戚友、男女既同行同居、無不曰某姓夫婦者、聞昨有近埃典柏城坡土貝婁鎮火車站賣加非女孟特勾美里久與彼處紳長蒲武斯同宿、人多認其為夫婦、前于一千八百九十八年、光緒二十四年生一女、乃近日蒲別有所愛、孟女以無養贍控官、官判循例已成夫婦、夫當養婦並須令孟女所生之女認蒲實為其父云、

初三日丁丑陰霧、昨聞賽丹杭巷居人畢斯里蓄二鳥、細繩連頸練繫之、羽毛皮肉有損傷、巡捕偵知報官、謂虐待牲畜、罰二鎊、又狀師槐特蕾賃住阿蘭女之糖果

店樓上、阿蘭之猫碎槐花瓶、槐告官、勒賠五先、西法之重細故如此。

初四日戊寅、陰雨、甚涼、英俗夫婦生辰、互有禮物、昨聞騷斯倭街某甲妻、購家中應用諸物、負債日多、其夫未償、鋪告官、傳票到其妻匿票、昨日某甲生辰、妻雙手遞傳票以為壽、某甲無法、赴官認償。

初五日己卯、早微晴、午後陰雨、入夜大雨滂沱、倫敦各教堂入門壁間、懸馬口鐵小長方匣一、如銛筩、謂之助賑匣、入堂禮拜、可隨意出錢物投之、滿則分施各善堂、有義大里教士莫爾當其人數游各教堂、以竊賑款、持一短鯨魚骨頭黏膠物、探而出之、人以其形迹可疑、捉交克樂根街官所訊、係二次竊犯、遂判收監一年作苦工、

初六日庚辰、早晴、午後雨、聞今春倭特路火車站一行車之赴立文浦海口者、將到時、轉轍管車人輕率、駛車過速、致張度變成直角、車出軌而傾、引車末勢未衰、車裂人糜、内有立文浦銀行夥計牛斯泰母子同時殞命、本家得訃、控於官、詳訴其疏忽之咎、官判定賠償四千

五百鎊、

初七日辛巳、陰霧、捲菸之害、烈同罌粟、英人尤惡其傷腦力、亂心神、致孱弱多病、乃立會禁之、以為訓、戒由幼始、英蘭童子不下八萬餘人、聞數日前柏名根城會中童子廿餘嬉戲、一孩名計思、本年十四、作判事官、餘為署中司事人、用紙作大菸捲一、先作捉獲狀、舁入公堂、既作審訊狀、斷該犯有損人身害人肺腑、律以火焚之罪、乃舁出堂外火之、此雖兒戲、亦足見童子之戒心、

初八日壬午、陰霧、倫敦小孩晚間歡喜會、會首仍為太

子妃、協理班素屯夫人太子妃之子女所餘玩物、頻年施入會、本月妃由子女屋中搜集一箱玩物數百種、內一射箭靶子若中紅鵠、後有關鍵即擊鼓鳴、又有小兒戎服多件、乃喀戛伊布者、一種棲色麻布極厚、皆貴物也、上年未經分潟之一百十六處、遂于此次足之、

初六日癸未陰霧時而微雨成陣數日前色墨賽侯夫人柬請余偕內人今日赴埃克賽比慎路之鍼黹學堂茶會、以申初酉正二刻為時限、屆時乘車至登樓見色侯夫人暨男女多客、余初意其借地開畫茶會、藉以表

揚女紅耳、豈知其賤貨貴直博利以濟貧苦女工耶、樓上左右卓廣羅小物出售、如鈕扣小刷燈罩小匣瓷盅、墨壺紙刀巾帕種種百色、逐物號極昂價、似墟廊幸余㩗錢囊、環行一周、擇可用者以三鎊五先揀買數色、更上一層、見老幼婦女廿餘、支機、綉花多粗絨麻布、粗花大葉、疊見不鮮、下樓登車回使館、

初十日甲申、稍晴暖、煤窰中煤與石相間、如層樓、如階梯、人工鑿取、既勞且險、現聞英蘭中界稍北栖扉地方某行、別創天氣壓力機器、小而捷、僅百五十斤、上縮斫

刀、每斷一段、長十五尺、深六尺、一段畢工、不假人力、步步自進、斫刀大小、隨地勢之闊狹更易之、此式器機、若得力、遠近煤窑將必爭置、英之機器局、又有專利之劵矣、

十一日乙酉、微晴、極熱、歷來瑞典有園圃學堂、專以培植栽種各法、授童子、近年德義志法郎西奥斯馬加及瑞士諸國、以其有益于農事、遂倣行之、授諸生以新得之善法、舍其舊之不善者、間有新舊參證、以申其理、功課同于寫讀測算學、旁留隙地一二洋畝、試驗樹藝以

教五六歲之童臚列鏟、耙、鋤、鑁、灌水噴壺各器、從其性之所近者授以用法、并種植各種菜蔬果木、至十齡、則教種粒生芽法、插秧法、莖蒂根芽移植法、別有培植花木地、依候使之肥潤、預防生蟲、臨時藥治、如何摘實、如何收置、如何辨有毒與否、何種土壤其肥其瘠、宜種何物、何種宜手種、何種宜器種、除莠剔根、培土去土、溝渠灌溉、風雨露霰、寒與溫熱、何者為宜、教幼女以何種母雞下肥蛋、如何豢法、擠用存製牛乳、畜牛羊、養雞鴨各法、學有成效、則植物動物蕃衍孳生、」英人善其法、亦將

習去

踵行云、

十二日丙戌、早驟雨一陣、雨後晴熱、聞昨日哈艾街路北衛拉斯王酒店、坊者六七挖甃地溝一鍬、土飛落石礫堆土碎有聲、出古錢金鎊十四、銀錢若許、皆西曆一千七百三十六年（乾隆元年）者、內有卓志第二之半色伍崙錢一、某人以一鎊買去、別有二吉呢之金錢一枚、人酬以五鎊、匠人吝之、近二百年來此類金錢皆更易不用、是以貴重、

十三日丁亥、陰雨、微霧、頗暖、衛司民斯得大教堂旁之

賢皮特拉典文學堂、去冬至今、又及一年、諸生演戲、定
于西十二月十九二十一兩日、即今日與後日也、上月
學堂提調率諸生柬請往觀、復以今日前往、戌初乘車
至的音院內第十九號、提調之寓所、入書名于號簿、繼
見提調夫婦、嗣陸續來柬請之貴客二三十人、各飲一
盃、加非畢、提調前引、穰武而入學堂、諸事與上年同、新
劇為一希臘阿森京城人名遲來木者、將啟程游雅洲
乃文長女帕西肥喇與其弟法尼亞養育之、彼時希遭
兵燹、法擬攜姪女追其兄以避亂、乘船至安滑婁斯島、

遇險沉船、雖得救而囊空如洗、流寓於義大里北里之安達里亞城、與土人某甲同居年餘、法尼亞身故、某甲乃認帕西肥喇為寄女、改名克里賽力尼木、而與己女克里西斯同育之、二女及笄、某甲亦故、克里西斯偕帕携女僕麥西斯同回阿森城、尋帕之父母、弗得、賃房同居、屆日對戶希木之子潘扉洛斯與帕西肥喇情愛私通、且生子、是為此戲之來源、戲分五截、第一截為希木向其奴搜西亞述其子之不端、擬令與其友遲來木之女肥婁美那速成婚、用紓遲之恚怒、比遲來木游回、弟女皆失、僅妻與次女在、帕西肥喇之來阿森暹亦不知也。潘扉洛斯之奴達倭斯欲助子違父又恐于已有干涉。希木亦責其立意擅為之罪、一日麥西斯偕一乳娘將入門、突遇潘扉洛斯至向之泣訴父所命。麥西斯驗其是否情愛克里賽力危木潘則發誓以自明。第二截别一少年名查里訥斯本與肥㚶美那情投忽聞其奴拜里阿言潘將娶肥為妻、大為失望、然經達倭斯左右播弄致查里訥斯狐疑不定。達倭斯設計使潘明順其父而暗使其父斷肥㚶美那為媳之念、因知暹来未必不允也、潘陽遵父命、希木喜、第三載、達倭斯令麥西斯與乳娘賴斯比亞乘希木來時、彼此細談潘與克所生之子、以入希耳賴斯比亞去後、達倭斯又蠱使希木猜度所聞之語、疑為克里賽力厄木同其女僕揑造、又促希木請暹來木仍踐前言、第四載、一日潘扉洛斯邀向查里訥斯言明其本心、并請息怒達倭斯謂將使潘查各遂所願、達倭斯使麥西斯買小猴于希木門外、故使暹来木聞知為潘所生、暹聞所言、乃誓謂肥婁美那終不得嫁潘為妻、適來一安得婁斯島之老人柯里投者、

乃克里西斯之堂兄也、乃循例來承某甲之業者、因領
麥西斯達倭斯同入克里賽力厄木房中、告衆以克本
阿森所生原名帕西肥喇希木、聞而怒、謂其奴上下瞞
哄、文官治罪、並切責其子賄柯里投妄造謠言、他人所
言皆弗聽、遲來木來認柯里投為故交、聞柯所言、確認
克里賽力厄木為其失去之長女帕西肥喇、由是希遲
兩造說合、始允潘扉洛斯娶帕西肥喇為妻、肥婁美那
亦得嫁查里訥斯、而三家歡洽矣、大戲演畢、別作一場
小雜劇、甚無謂、惟一小孩玩弄小船、忽墜落旁一俄國

水師提督、見而驚訝、問曰此水雷否、旁人笑言、君久在船上、然是固地面、非海面也、請勿懼、趣甚、看畢、仍由提調前導、入彼廣所、夜餐、飲食少許、謝辭回使館、

十四日戊子、鎮日黃霧、涼、昨見同文滬報之消閒錄中一段、題云女權不振、據云福建日日新聞言、廈外清某氏女、小家碧玉也、年才及笄、與其鄰子私、兩情繾綣、密訂終身、而女母以鄰子家貧、將為覓婚別姓、女知之、掩鏡悲啼、愁無善策、女母怒其忤也、挺女及鄰子送諸廈防廳、廳官訊其顛末、以其未由媒婆之言、命責鄰子隸

擧板一下、女回風而啼、痛比身受、司馬微窺其情、命隸轂刑、將鄰子送交差看管、而女付母領去、噫、中國女權不振、一至於此、果其兩情相洽、婚姻自由、則海燕相接玳瑁、又何致孽海生波、情天莫補哉、按中國女子十五而笄、二十而嫁、彼女年纔及笄、即謂婚姻自由、則是母權不振矣、英國女子二十一歲以前、由父母主婚、二十一歲以後、方得自由、若謂西法宜學、切莫蹈游學笑話中所謂無非是鄙薄本國、盛稱別國、竟學了一些些個皮毛、一些些個節文、一派的空話、一派的惡習、究竟那真正

上二

的好處、一點也沒摸著頭腦、白白的連本國的好處全都昧煞了、各語世人咸謂風俗宜變、若婚姻自由之風一開則凡關乎婚姻禮節制度均須更改、甚恐變本加厲、遠不如歐‖而我國之九烈三貞、三從四德、守節清貞、孝順賢明等字、皆可塗去矣、噫嘻、

卷十四終、

八述奇卷十五

鐵嶺張德彝在初隨筆　潘士魁校

光緒三十年十一月十五日己丑，鎮日黄霧，燈晝然。英人不奢則吝，目奢為闊，廓吝為節省也。宴客始用冰乳，購于市者六七分。即須六先，有奇，十先半之冰乳器機，至小者製乳足給六七人。法用粗鹽二觔半，冰五觔，新而濃之乳汁六兩，如此而已。今將其常用之五種作法分記之，一檸檬冰，不用乳汁，為至省者。白糖一觔，計十二兩，水一斛，前觀載用二升，檸檬二枚，雞子四個，酙注水安竈上、入糖六㕭、漸漸融之、候糖水凝結、篩以將食二指張之能作綠移斛以涼之、刀破檸檬、去皮、濾汁、餘糖六㕭、研末抹其皮外、以吸香味、少刻取下、灑于斛糖水既涼、加以濾淨之檸檬汁、攪勻、傾入機器中、轉機令半凍、傾入雞子青、木片調勻、再轉機、凍成、

十六日庚寅、大霧、如昨、涼、冰乳第二法、為地椹冰、新地椹一觔、入瓶之地椹膏（洋名札木）一觔亦可、乳汁半觔、糖末三兩、檸檬汁一茶匙、如用果膏則不用糖、因其味已甘也、鮮果摘去莖葉、置鐵絲羅中研之、其汁漉盡、雜以檸

檬汁與碎糖、再以回斯克一物（造以銕絲作形長逾半尺）攪乳汁、使其稠而欲黏銕絲、則和入地椹汁中、若不甚紅、可加以呀𠷈色（洋名扣池呢拉）少許、傾入凍機、緊扣其蓋、而急轉其柄、以免結凍不均、并隨時啟蓋、以木刀四面刮剗、俾均匀而凍遍、後將銕罐埋以鹽冰、包以氈絨、存兩點鐘不融、

三、為香蕉冰、蕉八枚、去皮研碎作漿、傾十二兩乳汁于鍋、熱加糖半觔、攪糖化而涼之、再加果漿、和牛乳十二兩、調匀、瀉入機中、旋其柄速其凍、

十七日辛卯、陰霧、冰乳第四、為桃冰、鮮桃八枚、切碎[illegible]、

去皮碎研、糖末一盅、加攪半盅糖末之三檸檬汁、待二十分後、入水二升、攪之使勻、並傾于機器中、轉柄冰成、第五爲勻臘冰、勻勻臘四兩、糖末多半盅、水半觔、乳汁一觔、瓦呢喇精[illegible]再一匙、先將三色納斛中攪勻、剝將乳汁燒熱、陸續瀉入、候涼乃入瓦呢喇精、調勻凍成、其茶冰、加非冰、準此。

十八日壬辰、陰霧迷漫、聞今春屬土耳其賽里亞都城達瑪斯克斯之英國維克都里亞施醫院中一男喇伯小女于碎紙中偶得新報一頁、上有英后肖象、遂剪下鑲以花紙、飾以藍絛、藏在枕邊、逮上月英后生辰、乃封好文、彼處英官寄呈后覽、相旁并書云英蘭後美皇后、上帝保佑平安、以伸遙祝、并達施醫療治之謝悃、

十九日癸巳、陰霧沉沉、地濘、是日為西十二月二十五、屬耶穌誕辰、又禮拜日也、鋪戶掩門、人工息業、為英蘭一大節、前觀家家以燒火雞為珍味、遂年售約千萬隻、本國不足購取、他國及土耳其者、船運而至、獲利夥頤、殺雞而敗、水程匪遙、不致肉敗、邇來霧重、船遲、火車亦多延閣、遂多霉爛、作鮑魚臭、往年一雞直四五先令、至十數

先。昨晚則一二先仍勘購者，累在天時，亦其意外所遇也。

二十日甲午。陰霧如昨。西國無斷姦之律，故無姦案。常有爲子女涉訟者，官弗能理。昨聞歪斯葦區渭斯里路有婦雷薩者，告官言十二年前嫁司庫勒。十年前有整容匠瓦勒屯寄居其家，經年生一子，司庫勒怒，乃謀遂瓦勒屯。未果，遂獨宿他間，以主爲客，怒少息。簡定每禮拜，司庫勒出若干先以食婦，瓦勒屯供婦一鎊，且代司理家務。又生兩孩，婦供三孩，確爲瓦姓子女，令報官，請允咸用我姓。官謂汝姓本司庫勒也。此等案件，殊難判斷。乃置之不問。又一婦年近三旬，名阿尼。姓根得里。控其夫根得里不養六歲孩。根得里供稱，阿尼乃其姪女。雖爲十一年夫婦，而三子二女皆寄居客某甲所生，確非我之骨血云云。官一哂而已。又倫敦東北埃賽克斯府之克拉也安西城，有菸商佛克思，外出貿遷，忽于前日旋家，入于其宮，不見其妻，索而及複室門，突有人奪門疾走。診之，同居樊得蕾也。舍之急入，見妻伏于床下。詰之，妻曰：俯而縫一鈕扣耳。夫默然。

二十一日乙未、陰霧暖、英俗耶穌誕節、食中有聖餅、名克立斯麻斯開克、至小者重一觔、價二先、昨聞本年在萊屯斯敦街卜克鋪中製一極鉅者、重一千五百觔、作桃爾槗形、餅料、乳油與餹各百五十觔、麪三百五十觔、乾葡萄色勒他那小葡萄、及別種小葡萄名克蘭者、各百觔、雞子三千、重三百觔、香橼皮、榅欂皮、橘皮各四十觔、杏仁漿五十五觔、冰糖百觔、甃杏仁三十觔、牛乳五十觔、榅欂汁五觔、香料二觔、豆蔻末一觔、

二十二日丙申、陰霧、倫敦有髦兒戲名潘投邁因、極其

惹吸有趣、新年小學舍多未開課、故專于是時歌演、以悦狡提、然往觀以賞貧人、向隅、以故上年晉籓句爾會館（詳見六述奇）包租某戲園演劇一日、招集通城僻區陋巷之貧兒、計一萬五千餘名、觀之、本年西十二月四日、（即上八月二十日）御戲園主人特立將通園借與會館一日、會中善侶咸往協理、各司一事、并各班女優均往助善、照料女孩、分送戲單、此次貧童不下一萬八千、凡男女孩將入門、各贈一布囊、內肉餅一、橘子一、果糕一、蚩糖果一匣、二十三日丁酉，陰霧。西國歷來因故械鬬，各握一刺決勝負，傷敵而後止。洋名丟埃勒，詳見再述奇。英之國家久已示禁。比來英蘭新式跳舞，名曰丟埃勒啖的曼，譯為跳中比試。英規，兵勇比武，刺頭冒以銅俾，鈍不傷人。此則刺尖裹紗，內含白土，跳畢一場，身上白點少者勝。然女子常勝，男每讓女也。且男子衣黑，白點易彰；女子衣白，白點易藏。

二十四日戊戌，微晴。男女耦跳，向皆男而請女，女首肯，乃攜手登場。近日有撞耦之法，免客終宵向隅。其一用

寬且厚之白布、橫隔男女、不謀面、男齊舉右手、將指高
出于布、使女擇焉、其二、將入跳室、各領大紙囊一、冪首
至肩、附近囊底、適值目處、有窟籠為視孔、孔可窺囊、不
能覿面、兩囊為一耦、同標以物名、如茶糖米鹼之屬、入
室尋耦、囊會而後除囊、雖有違願、無如之何、其三、雜色
絲為韁、設人十二、則男女各半、分繫一韁于右腕、局外
一男執韁、驅六女、一女驅男、如之、齊入跳室、視韁色而
求其匹、其四、鏡選、美女六七、比肩而坐、左手各一小面
鏡、男子鱗次、安步面女背而過、鏡現男面、男無由覿女

面也、女擇面首停鏡映之、不合則拭以綉帕、猶豫未定、映其半面、促之走過、

二十五日己亥、早大晴、午後霧、傳聞柴晒府（地在英蘭西南界、瀕海面對愛爾蘭）池伊得村之教堂、向有鬼為祟、居近恒見一烏衣女、或入屋面鏡自照、或但聞婦女緩步衣裙珊珊聲、平日寂然、惟值禮拜日及各神聖誕辰、則必現、據教士馬斗耶云、居此三十餘年、年年如是、細揣厥由、當是數百年前英王罕里第八由教斯佛城中驅逐之女道姑髙斯援、彼時髙攜從女尼至池伊得村、宿于女道院、屢

謀懇王釋回、所致艾齎公之函、于今尚存、求之不遂、抑鬱、以殁、時西一千五百五十九年（明世宗嘉靖三十八年）也、葬于教堂、怨魂為厲、出必依期、殆明其奉教之誠耶、

二十六日庚子、微晴、冷、今日為西歷一千九百五年正月一日、聞英國各學堂有種奇風、一避已婚之學友、二、教習皆須鰥夫、其故未詳、或謂各教習歲入約一百五十鎊、不足供婚禮及贍家之用、故無室言、頗近理、然避已婚之學侶、無道其由者、遠嫌歟、抑畫眉風韵、恐亂心曲歟、果爾、則學舍規模嚴且整矣、特恐未必爾爾、

二十七日辛丑、早雪、午後細雨、昨聞有老嫗哭訴于官、謂生二子、長已三十二歲、少二十三歲、皆不孝、每日卧至未刺方起、任意指使母、久矣、母朝夕為之作炊、且一文不給、今欲將母逐出、改廚竈為酒房、又數欺其妹、握髮斯衣、以故我母女時扃房門避之、官謂如此當遺地保往責之、嫗言欲與子分居、不則恐害我母女、官即判令分居、以孝治天下者、豈作如此判斷耶、

二十八日壬寅、陰霧、因前日新歲卜靜宮內之僕役車夫等、奉君諭、准其昨晚設茶會賀新年、馬號車房花懸

彩結、修飾一新、飲食豐備、鼓樂聲聲、跳舞至天明始散

復奉王諭、准僕婢車夫之子女擇日設小猍茶會

二十九日癸卯、陰霧、現當寒令、復值新年、人多設法濟

貧、聞昨經太子妃手製藍羶衿一條、其女瑪麗自織半

指手套一副、其子埃達倭阿拉柏各成洋絨護肩一個、

并將英君與后之冬衣多件、概先列入倫敦針黹會、俾

衆觀覽、既乃轉送聖會醫院諸處出售、昂其直易錢分

作賑款、

三十日甲辰、陰霧、土人云、歷來大霧皆在西十一月間、

、

未有客冬至今正之日久者、上月中大霧三晝夜、適國馬車火車之遭險對撞者尤夥、船之對觸及遇礁者五十一艘、幸沈一艘耳、大西洋風浪尤烈、攸喀坦船之二副、為急浪由船面擁去、適來英界霧重隔海之法國亦然、德國則大雪、

十二月

初一日乙巳、陰、午後、三品頂戴、前候補部堂張蔭謀翼來拜、以德璀琳為開平礦務控之來英會質也、今日戌刻、倫敦美爾包恩得在倫敦府署請兒女跳舞會、屆時

余携孫女乘車往小兒女千二百餘、作新奇裝束、英人
某甲云此次華裝甚夥、著日本今古衣服者尤多、惟無
一作俄國裝者、鼓樂跳舞六場畢、登樓夜餐、下樓新見
別開有傀儡、提燈、小影、笑話各戲、小孩往來觀聽、其樂
陶陶、游至十二點鐘、人漸少、余亦携孫女致謝而回、
初二日丙午、午正微晴、繼而復陰、乘車答拜張燕謀、兼
拜嚴又陵復及德璀琳、今電汽車漸多、人或受恐嚇而
致死、名醫新傳解救法、云人驚仆即救之、舁之扶之者
毋赤手、或戴手套、或以衣襟包手、或用新報裹手、使病

人仰卧、解鬆頸鈕衣扣、或捲衣、或取他物墊其肩下、則頭倒仰下垂、啟其口、以帕裹指、抽掣其舌尖、一伸一縮、一分鐘掣十五次、別一人握其肱臂、使之向前直伸而搖蕩之、并使其肘忽觸地、與救溺者同、延醫診治、需二點鐘可復生、

初三日丁未、早大晴、午後陰、入夜大雨、聞倫敦赤足貧孩尚多、僅訓蒙小學中、猶須一萬三千雙、晚報局代募今已集款足買一萬八千雙、計通城貧孩赤足不能入學者、仍有一萬九千餘、報局亦函致余求施助、昨晨送

去二鎊二先、
初四日戊申、早雨、午後雨止仍陰、霧、文恣莊亦有日中
育嬰院、洋名克蕾池詳見前 初一日西正月初六日太子妃令孳
孩入文恣宮領賞、孩皆衣白、接踵而入、一一至妃前行
禮受賞、有太稚需人抱起者、有肥鈍行動跛蹶者、饒有
趣、
初五日己酉、晴、涼、聞本年冬季、倫敦北城陶亭哈木一
區、飢寒者老幼男女二萬五千餘、日日新報代募錢鈔
食物、聲明凡施錢者請送至土多爾街第十七號、日日

新報館主代收、食物及火柴者請交瓦爾堤路賢卓安
聖會堂日日新報之食物局、是區之司米斯扉市助羊
一百頭、牛肉八百觔、戴蘘利牛乳行助牛乳五百六十盆、
毛四麪包行助大麪包一萬枚、么行助香腸二千八百
觔、番薯一十三噸、共款已募入一千五百鎊、人云每先
足給一家二三口一日之餐、計錢則可飽四十萬口、計
月則尚不足、仍望樂善好施者、源源而來、
初六日庚戌、鎮日陰風、夾初暴雨一陣、電工之工、屢遇
險而致殞命、西人尚不悉若干電力始能斃人、有邱園

電學教習阿的來甫剏一種稍能避險之法，名曰護身衣，因五金傳熱流而不滯，于是以極細金絲織成衫褲頭包，顆比綢緞，穿時，或靠身，或在本衣外，皆可，無礙人之屈伸四肢。據云著此金衣雖手執綫力至十五萬，亦可放心而無害。

初七日辛亥，晴，微暖。戌刻，同街第二十號，前倫敦美爾薩木依之幼女美達請幼男女跳舞會于其寓所，十四日前柬請孫女佑英。戌正，隨余往，登樓見薩公夫婦，并其子女、小男女四五十，皆致樂工作樂佐遂場跳舞，一

上

幼女七齡又五個月，名愛瑪，坐立說笑跳舞，毫無齵態，

如及笄女，貞正同入飯廳夜餐。熱湯涼肴各器，其勝食

畢，登樓閱兩場，謝回使館。

初八日壬子，微晴。倫敦各店居客既多，而早晚來食者

亦不少，故廚役實繁。廚頭必求諳練，即如薩外店之廚

頭名屠洛，別號廚子王，手下人二百四十，分班各司所

司。或云前一美國富豪曾延廚子王至家，具餐請客，只

此一次，除往來車船各費，或謂王獲廚款，較古臘于當時

日俄交兵之費，薩店朝夕男女充飢者一千六百餘，在

二

耶穌誕節前後每日竟至二千四百餘人作工、皆循時刻、毫無錯迕、又阿斯特店之廚房長二百三十一尺、寬一百五十尺、廚頭魯多福手下亦二百餘人、據云、每日必需牛六頭、羊十五隻、羔羊二十、竹雞一百五十、鹿兩隻、火雞一百、雞二百五十、伊可謂夥矣、

初九日癸丑、晴、入夜大風冷、酉正約張燕謀、嚴又陵并其少君嚴伯玉璩、晚酌、嚴父子臨時辭、聞美國一富豪名胡為家貲萬萬、一日值耶穌誕節、戚友互相饋贈、獻其雷同、乃思雇人作一活笑面贈人、自度為古今未有

之奇事、先將眉髮眼皮髭鬚傅以膠水、俾安帖而不頗、兩耳塞油灰、鼻孔插錫管、以油塗面、和泥摹其面以為範、面有油則不傷、耳鼻有塞則泥不入、而氣通、傳聞如此、不審確否、然西人之好奇、將有勝於此者、

初十日甲寅、微晴、冷、入夜風、西報中恆有小技廋詞使人射之、猜得者畧有酬贈、如二父二子喫一先令之頓飯、食已、償三先令、堂倌謂此次賞錢甚豐、實未得賞者、何曰、祖與父、父子也、子與孫、父子也、都三人耳、又一守錢奴、某甲約之飲饌、食間守錢奴曰、我昔邀汝飯、直二先令半

觀今日所餐僅一先半耳、甲曰旣爾、可借汝半先則所出同矣、守錢奴前出二先半、甲令出一先半、甲則借半先半之計、各出二先、

十一日乙卯、鎮日陰雨、雨雪陣陣、冷、英之各城、有鄉勇曰米里提亞、又名洛亞第奚里爾、譯乃御前捷步兵也、營官有俸、兵無錢糧、年操一次、臨時官發一日口糧、平日任其營生、此兵例不出戰於敵國、一營以請則允之、惟遇國內醫各屬地不靖、皆須調往、倫敦營各官、今日成初賽西店公讌、仿我國團拜之搭卓大員可就中請

客、半月前、彼營提督門克立甫來請乘車往、所識有副將但弟益、游擊賴得、廳中立談片刻、入座、各武官皆著紅色戎服、三四客皆著烏色禮服、原備四十四座、客來僅二十七、塗泥灣結冰、車不易行、武官所居距此頗遠也、禮節甚簡、將食、謝天、食畢、舉酒恭祝國君、不陳辭演說、令人快活、貞正、握手興辭、

十二日丙辰、微晴、倫敦現因冬季、工作無多、萬千流氓、有收入專工處者、有收入善會者、有三五成群、在街市吹簫歌曲覓錢者、昨聞老堪得路有三人歌曲乞錢、一

名貝拉、一名歐闊諾、一名蘇里萬面無菜色之強壯人也、因其塞途且惡言訾不出貲者、巡捕捉之、復有一包探云、二十年來貝拉從未正日作工、且曾犯案多次、于是官定收監十四天餘二名七天、所歌之曲文鄙俚、乃英國千萬人飢餓、看來皆非己之過、于今各各皆須知、因貧故受此坎坷、憫櫃空空無淂作窮漢、羣羣街市坐、終月禮拜無雇工、家中子女嗷嗷卧、

十三日丁巳、微晴、未初、有由周玉帥奏派英法德比留學監督內閣中書饒石頑智元來拜、倫敦土俗、耶穌誕

辰後為柏克斯英代譯、為盛匣送禮日也、有因此開小
茶會者、慽友男八九游戲取樂、昨聞世爵沙爾洛夫人、
創一戲式、敬聽列小卓二三、卓坐人三四、而各桌之戲
具不同、茲述所聞之兩式、一以二洋筆提白玉石齿移
于盤、似易而實難、二係各人紙筆一分、主人出題、如以
何字母為首、背寫地名、限定時刻、寫多者勝、如在此桌
勝、須移彼桌、若能無處不勝、或兩卓勝者、主人贈以靈
巧玩物、其大負者、贈以一蠢笨物、博大眾之一笑、
十四日戊午、陰霧冷、英之婦女奢華日甚一日、一女周

年衣服費約十八鎊七先、如自作家衣一件二鎊半出門晚衣一件四吉呢、鼠皮鑲邊冬氅一件三吉呢冬帽兩頂、一鎊半、裘衣襯以法蘭絨十七先半、綢襯衣一件一吉呢、皮鞋手套共一吉呢、腰箍等三鎊半、皮手籠十先半、此三十年前事也、于今一女所需竟至七十八鎊七先、如成衣鋪作成之家衣二件、十鎊十八先、午後妝臺兩架十二鎊十四先、出門晚褂二件、十三鎊十四先、襯綢褂之內裙五鎊半、晚氅一件三鎊半、帽六頂八鎊七先半、腰箍等七鎊十七先半、皮領帶及皮手籠共十

鎊半、手套皮靴腰帶等共五吉呢、按前後比較、三十年中、多至六十鎊、如此枉費、西人更畏娶妻矣

十五日己未 微晴、上月十二日、西十二月八日為耶穌敎之聖餅禮拜日、聞當日午後、在伊斯池浦區賢馬里雅喜教堂、羅列大小聖餅數百、皆會中男女施分本地貧苦者、餅大重六觔、小如茶盃、有盤盛者、有布包者、又聞在黎池門村某鋪、作一三千五百觔之大餅、用乳油白糖各二百二十五觔、白麪三百四十觔、桃仁百觔、小乾葡萄七百二十觔、橘皮百六十觔、冰糖二百三十觔、雞卵

二千六百枚，其零分出售，約十夲士。

十六日庚申，微晴。聞克拉蒲比阿有婦名滿斯艾，前于槐達質庫以二先半典外褂一襲，洎贖時，鋪以被焚言，婦遂謂其褂原直一鎊，須償也。鋪主不允，而鳴官。官察當行定章，凡物遭意外，如搶劫、水火，賠償者不得依原直，除典錢若干，及若干月之利息不收外，更按夲利加給百分之二十五，故爾日官定賠七夲士半。

十七日辛酉，陰霧。西國例嚴，人死須有醫生病單，及家人或鄰居戚友報官，乃竟不然。聞在法國立克森里地方、半月前有一年幼人名舒伍歐、舊患羊癇風、一日病發仆地、久未蘇、家人以其已死、遂即預備裝殮入棺時、旁人云伊唇尚赤、葬三四日後、有在塋地挖坑者、聞墓中有哭聲、二三日不止、聲稍弱、挖坑人愚甚、仍作工而未奔告其家、後偶向人言及、始經旁人報官、時舒死已十一日矣、啟出時、見尸右臂與股作強伸狀、拇指已經嚙去大半、其家如何受罰、未聞、由此觀之、華人故後、至少必五日方葬、不為無理也、

十八日壬戌、大霧、冷、西人矜奇、鋪售新貨、必敷陳其有

益以引人、即如蒿本街戛美芝鋪之螘窠、乃云此種奇
玩、可充耶穌誕日贈給小孩之禮物、以方十寸深約三
寸之木匣盛之、中有螘約二百、診其如何遺卵、乳哺小
蛾、築窠、浴子、及葬死蛾、一切情形、漸致蟲學藉此而入
門、一年以蜜飼螘四次、則養之甚易、每匣十二先令、究
不悉何從掘得如許螘窠、
十九日、癸亥、陰、聞法人新創一種騎脚踏車繞行之錶
轉圈、名曰支洛斯扣鋪、譯為表明地球旋轉器、屬博學
人製造、圈之徑綫長十三尺、式如脚踏車輪、輪之錶幅

丈

條棍出八叉橫梁作乂形、輪邊橫排短木、以使行路稍寬。如與街市之腳踏車同、但稍重耳。地面立一渾鋏柱、作丄乂形、輪之軸橫貫于柱頂、如乂人騎腳踏車左行、鋏輪右轉、雖行至頂而倒垂不墜、或視其人之腳力及輪力弁車力往來均勻也。

二十日甲子、陰。聞前于九月初二日西十月十五日章伯綸在蘆屯城地在倫敦正北、屬貝達佛府集衆演說、本地官商釀金建一木臺、前面寬二百尺、進深百三十五尺、高二十四尺、有棚簷處容人四千五百、左右敞處可坐人四千、由外登臺之木梯十五、寬各六尺、各處有門有號數、與戲園同、人無亂登、更有售票室、存衣室、值事房、偶患病之暫留室、新報館人坐處八十、地面鋪厚板五百方、二寸厚者二百方、長五方木一萬一千、費共三千鎊、產價未聞、

二十一日乙丑晴、聞在英蘭西南臨海格拉墨爾根府之美斯苔村有鬼、乃傳謂某教堂前塋地林中有七馬王車（古西國製）往來、某甲夜歸、經教堂旁失足入敞坑、突有鬼竄出、逸、似言冷甚、冷甚、其聲沉沉出于地中、村夫自曉此時非夢、然膽夙壯、乃曰汝誠冷、他人懶惰、寔汝不

埋、汝誠冷、遂以足推土、使與坑平、抵家睡、乃夢一人免冠來謝云、

二十二日丙寅、微晴、美人現多富室、號為米連內爾譯為家財百萬大富翁也、與我國所謂甲百萬乙百萬同、西國又有葉子戲名發婁紙牌銀匣兩色、不費心力而憑時運、聞有紐約富翁談茲、五點鐘內輸七千鎊、旁人代為計算、每分鐘輸二十三鎊零五點鐘共三百分、若放五分行息、債一禮拜可得八鎊、足供中人一生之用云、

二十三日丁卯、晴、西人喜骨董、買賣各物有至奇者、前日司的文叫貨行、拍賣丹國海賊皮一幅、大不盈尺、滿鑿毀得、買以三吉呢、又前于西一千七百八十九年乾隆四十四年由文淵宮英君埃達使第四之陵中掘得君髮一束、未得售去、並聞于九百年前、在英國埃賽府、有人于罕茲多教堂偷物被獲、即時處決、剝其皮而釘于教堂門上、意在懸皮示衆、至今其皮如剪成之羊皮紙、以塞老門之鋟云、

二十四日戊辰、晴、聞倫敦東北埃賽府一村名考格翔

乃數百年前之老鄉村也、皆茅舍、男多事農、婦女世傳
繡工、老幼皆業此、未詳始自何年、有老嫗現年七十、自
云八歲學工、既為人妻、為人母、今為人祖母矣、六
十二年如一日、自作工外、教妹教女教孫女、茲出嫁之
女亦皆為幼女師矣、繡工則女帽、靠枕、褥面之類、所用
之料、乃麻布棉冗線、然料雖粗、花樣格式自出心裁、亦
頗費腦力、法用鈎針、上帶活柄、可長可短、右手執針立
布上、左手托線球于布下、往來小鈎取送、白髮嫗戴眼
鏡作工者、尤勝於他人、

二十五日己巳、白晝雨、入夜風、照相一事、人之顧照者、或坐或立、多失天然、邇來法人新創一喀美臘布克斯、意即照相書、不惟預備特照、且可偷照、册不大、可藏西衣兜中、書皮內面有鏡、書中第一頁、即上藥玻璃、照者欲照何人何物、兩手執書、陽作看狀、形式弖妥、轉瞬照成、本人尚未知、則天然之態得矣、

二十六日庚午、微晴、獸類中象亦靈物、産于熱帶、炎天入水浴身以為涼、萬生園馴象所附近無池、象得水則淫狂不上岸也、溽暑象僕用筲水飲象、象鼻吸之盡、乃學

人坐、仰首伸鼻、鼻下垂、左右自如水溉其身、遍以解熱、
入夜大風、冷、
二十七日辛未、早晴、午後陰風、倫敦有專為助善救貧
之教會、名曰者爾赤阿爾密意、即教堂營、月前由英王
助百鎊、會中遂以之在克蕾爾市、地在城中近司特蘭街設一大
布帳房、長百餘尺、餘所募得之錢、不與乞丐、乃印成六
本士之憑票、凡錯木前見若干者、皆領一憑帖而得晚飯
一餐、并准帳房睡覺、帳房初設時、苦工得安睡者百七
十八人、晚飯亦熱湯麪包牛肉加非等、亦以一飽、亦善

舉也
二十八日壬申、早大晴、午後陰冷、英人畏娶妻、家富不
顧同族及戚友、前已屢記之、茲又聞侯爵陶瑪年七十
有二、病殁、遺產計七十二萬零三百九十九鎊、所留遺
書、注明曾居英蘭西北界柴晒府埃的斯百里所用僕
人、現年逾六旬且有功者、年酬九十鎊、分賞炭薪錢二
十五鎊、年例冬季、以二十鎊贈育嬰乳母為衣服費、以
十六鎊贈醫院病人、其現居之色滓地方、貧年逾六旬
之老僕、年十八鎊、炭薪錢八鎊、贈其幕賓書手車夫年

各三十五鎊、終其身。歷來服侍之女僕，年賞五十鎊。女廚二十五鎊，跟役及女管家各二十鎊。供其一生，贈其幫辦千鎊，律師三百鎊，代為經理分款之人年二百五十鎊。又韋淩坦大學堂總辦郃樸斯年六十三，遺產二萬鎊，乃專送卜立斯托眼科醫院千鎊。餘一萬九千，分贈傳教會、邦布屯瘡癰醫院、卜特尼之難療雜症醫院、卜立斯托施藥院、養病院、雜症醫院諸處。蓋卜立斯托為其本生土地也。地在倫敦西百十八英里

二十九日癸酉，陰。倫敦城內西邊一帶，二三月間立有

男僕會館、男子之一時無業者收住、省費而更免游蕩、有候樸夫人仿立女僕會館、以收暫時無業之老少婦女房屋各費、須至二千餘鎊、事屬創辦、募款無多、館中小樓、不敷人住、好施善士能助以擴充、則有裨于貧苦婦女也良多、

光緒三十一年、歲次乙巳、正月

初一日甲戌、晴、巳初、率眾參隨繙譯學生等向北恭拜

聖牌、行三跪九叩禮、畢、互行團拜、後奉外務部來文、知上年

十月初十日

主

皇太后七旬萬壽、蒙

賞出使英國大臣張德彝大張壽字一張、如意一柄、當即具

摺謝

恩、具云奏爲恭謝

慈恩仰祈

聖鑒事竊奴才于光緒三十年十二月二十日接准外務部函

開十月二十五日由内務府領出十月初十日

皇太后賞出使英國大臣張德彝大張壽字一張、如意一柄寄

交祇領等因前來奴才當即恭設香案望

闕叩頭祗領訖伏念奴才自愧庸才忝持使節幸逢
慶典願效呼嵩兹承
澤沛臣工猥使班同
錫賚
宏萬壽無疆之
仁寓遠被行人
須百事如意之
天珍傳誇異俗凡斯
優賚實屬殊榮奴才　惟有勉効涓埃兾酬

高厚
珠光輝映仰瞻
藻翰於
五雲
玉氣澄波長普懷柔于三島所有奴才感激下忱理合恭摺叩
謝
慈恩伏乞
皇太后
皇上聖鑒謹 奏

初二日乙亥、晴、西國男女嫁娶、新郎新婦至近之戚友、各有所遺、既為夫婦、應不分彼此、乃昨見新報一則、謂少婦本姓魏斯屯、名阿麗奴者、控夫席四爭用新婚戚友所贈禮物、請斷分離、官謂箇人素識之戚友所贈箇人自用、苟夫婦同識之人所贈、又當公用云云、京諺有夥計夥計好比夫妻、西國可云夫妻夫妻好比夥計、一咲、

初三日丙子、晴、記有之、貨惡其棄於地、不必藏於己、力惡其不出於身、不必為己、我華之古風、半為外人襲去、

英人善舉、各竭其能、西十二月二十八日、即冬月二十二日有

錫拉街第十六號之信女馬奴歐致書于日日新報館、

請登之、謂用過花片、請寄伊家、將轉送聾啞育嬰堂、以

供兒戲、數日間已得三十萬幅、馬謂若此舉有成、當為

年例、

初四日丁丑、陰雨、客冬倫敦人之失業游蕩者尤多、西

正月初八禮拜日、即昨日清晨十點鐘、流氓千餘、集于城

西隅之克樂冑衛格林地方、將群行擁赴賢波羅教堂

祝禱、即時彼處巡捕四方傳電、先在本地傳集二百七

十名、環繞彈壓、又于便衣巡察若干名外、特派巡捕一千二百三十餘名由談家至賢波羅緣途一帶、分五彈壓、攔阻旁人喧擾、官諭眾退排隊而行、有人執黑紅二旗前引、并令隨行歌馬賽蕾曲、前見及老英饑民歌入堂禮畢、午正仍排隊步回、而後遣散、幸往來安靜、未生事端。

初五日戊寅、陰、見昨日西正月初九日日日新報一則、題云懲論男女摟跳之非、設言者為教士居蕾據云倫敦男女混跳、為習慣熟識之常情、然使余摟他人之妻而舞、試問其合理乎、某人看其妻與合跳之人不在跳舞堂而在他間另態交談不知其作何思想作何結局喜耶、娟耶、怒耶、抑無法耶、當紛亂之際、任爲何人喜看其妻與他人親吻乎、吾人蒙昧、以此事爲常俗、尚望有妻女者、仔細思之、

初六日己卯、陰霧、老女卜洛斯楠者、在新教斯佛街第二十七號、售天下萬國信票、因聚有闊斯他里喀國之國課票也、（地在南北美洲中間脛地南接帕那瑪北臨尼格拉卦）票數未闌、價索二百鎊、前日某以一百二十鎊購去、昨有庫柏爾者禀

官、謂票之得售、伊為介紹、應有所酬、卜女謂鋪設四年、
聲聞久播、交易不待綰合而成、無所謂分潤、官不聽、勸
令卜付庫十二鎊十先、
初七日庚辰陰、魚葉貧人葛路木、昨有婦人馬喀喜惠
以男子舊氅一、將去西人衣中多暗兜、葛于其中得紙
一束、內裹五鎊票一、一千一百鎊兇帖一、遂告知巡捕、
詣馬繳還、馬勞以半鎊、拾金果不昧、乎官法嚴耳、
初八日辛巳陰、聞倫敦貧民馬那里精神矍鑠、西一千
七百九十七年正月十三日生、今日為其百有三歲、于

眞

米斗路之天主教養濟貧女貞女會堂閙晚筵以慶、馬
自述大年之由、一安定、二強恕、三不忍也、
初九日壬午、陰霧、西國有種聖徒銀匙、英名阿婆斯勒
斯普恩、蓋當初耶穌有十二門徒、洽西國人以十二為
一副、乃造十二柄銀匙、每匙柄頭各鐫一古裝聖徒相、
聞前日在阿恩第鋪中拍賣英國古聖徒銀匙十七把、
共直一千一百三十鎊、中有一把柄頭鐫賢妥瑪斯之
相、乃西一千五百二十七年、明世宗嘉靖六年英王罕里第八
之世所造、匙小而輕、竟拍至一百一十五鎊、

初十日癸未陰、亥正、偕内人乘車赴藍侯家茶會、入門見侯夫婦、後轉入大廳、遇各國公使夫婦子女、文武參隨并本國文武官員男女千餘、室少空氣頗熱、少立步入飯廳、各飲加非一盃、十二點回使館、當晚有外部司官歐克思夫婦、因其子將赴變裝跳舞會、擬著華服、段余一單衫、以為矜式、仿作。

十一日甲申、微晴、今日係西二月十四日、巳正、開議院、屆時乘車前往、至彼下車、入下議院、同各國公使坐御座前右鄙第一段、絕世爵律官等男女分座如前、巳初

王

太子偕妃到、少坐、君偕后到、君脫帽約眾坐、繼而戴帽、

手執一帋、向眾諭上下兩議院諸爵紳曰、我與各國現

皆友好如恆、前年秋間、葡萄牙王及后辱臨敝國、葡與

我英邦交輯睦幾數百年、今王與后來遊此土、予甚欣

幸、自去年二月俄日構釁以來、至今兵禍未解、我國政

府凡于中立國應盡之責任、莫不兢兢小心恪守勿替、

貝爾坎地方情形、現仍有可慮之處、自俄與兩國辦法

以來、其被擾各處情形已有起色、但欲土國在辦理該

省各事、日進不退、則除俄與所陳辦法外、還須籌大變

之方而於理財一端、則尤為緊要、現聞俄奧兩國、已行
文土國商辦此事、予甚為欣慰、我國政府亦與此事有
關係之各國往返函商、我前與法國訂立之公斷條約、
蓋為輯睦邦交起見、業經法議院批准、予思自此以後
兩國之友誼將益形敦固、兩國可同沾利益、此外我國
又與瑞典、嗒爾嘁、瑞士及葡萄牙等國訂立公斷條約、
按照該約、凡交涉各案中有可以請公正人判斷者、前
者俄國兵艦大隊行經北海時、突將英國海船擊沉旋
與俄政府訂立一約、派員查辦其所以致事之由、咎在

何人、應如何分別輕重辦理、並著一律查訊、此乃按照一千八百九十八年拜兵條約辦理、所擬在脫蘭斯瓦屬地設法舉辦選舉之制、我政府及該屬地政法現正商酌核辦、該屬自行理治之權、茲可從此大有進步、予有厚望焉、上年九月初七日、我與西藏訂立一約、讀約中所載各節、似辦理印藏交涉、此後可期妥洽、赴藏員弁此行備嘗險苦、然莫不力任艱難、中國政府現已簡派大員赴印商立准約、至藏事文卷已交汝等閱看矣、阿富罕王派伊子前赴戛勒喀達問候印督起居印度政府亦派大員前赴阿富汗都城商辦兩國交涉各案、蘇格蘭教產應如何經理之處、議論紛紜、在上者不能不為干預、予已簡派大臣查詢一切、奏報到日、或能使汝等知所籌畫、俾教中人和好無嫌、近予有厚望焉、諭下議院諸紳曰、今年度支冊不久將交汝等查核、所籌各款業已按照現在情形、竭力撙節矣、又諭上下兩議院諸爵紳曰、近年以來、戶口有增、且居民又遷徙無常、若照定之例、舉行選舉、殊多不合、應如何補救之處、爾等須為籌議、又外人來英日多、因之流弊滋生、爾等須互例補救、又工人皆無工作、今年冬間受苦甚慘、其所籌辦法、不過為一時之計、須另籌永遠辦法、此事當如何立例辦理、將與爾等商議、又蘇格蘭學務條例、爾等業經商議、此事今年還須籌商、又賠償工人條例、今須立例著改、不久當將新例與爾等商酌、又管理各地方事宜部及商務部、應如何改良、商工兩務大臣應如何添設之處、均將與爾等商議、又管理估價人及如何估價條例、又戰時設立海軍法堂之條例、又工人猝遭不測、應如何申報之條例、又農田納租條例、並一切暫時奉行之條例、凡關係農田租戶者、又牛油應如何禁止攙雜他物、又刑案應如何由大法堂覆讞之處、皆須立例更改、予謹上祝彼蒼、示爾程途、佑爾藏事、未初登車回使館、

十二日乙酉、白晝陰、入夜雨、聞倫敦貝勒發斯區之監察住戶精神董事某甲等、因欲勸貧家屋舍淨潔、有益於人、乃設一法、一年內由三月初一至十二月三十一日、有能永遠淨潔者、官有賞、立意得賞者、先稟官、呈半先以為質、司事人于此十個月內不時往察、至少十次、

然禀官之貧民、必其房租每禮拜不逾四先者、方准賞
則今三等年終核其不懈者列頭等、代付五十二禮拜
之房租以作賞、二等者、代付二十六禮拜房租、三等者
代付十三禮拜之房租、不列等則所賞之半先歸官、
十三日丙戌、陰、英人謂新報中帶印商務告白紅條、既
表揚于一時、更可考核于數十年後、新報館徵獲其利、
而本行實得其益、而司此貿遷者又以為不涸倉矣、有
世爵特萊洛、言其父四十年前、在樂談山前設肆、專理
代報館收存商務門號告白各事、因倫敦茶塘郝伍鋹

路公司、擬在山前造橋、欲侵其肆之地基、而肆名地名、人所共知、未可他徙、鐵路公司邀棟其所入之款、賠償若干年、並云是肆屢有人往考、十數年前某月日某新報中之告白報單、皆能如願不失、參奏聞昨有司丹達新報館之管理日記告白人郎穆司事四十年、因老乞休館東贈金表一、表練一、以酬其勞云、

十四日丁亥、晴、熱、亥正、偕內人率陳默之、王杏園、白厚之、三隨員乘車入卜静宮赴朝會、婦女八九百、一是如前、惟數日前、附近著名各照象館來信、請於今日前往

賜光、為集印各國著名公使夫婦喜容並云本館終夜
開門敬候、因是晚男女入宮皆公服、無須更衣來也、
十二點出宮、順路至歐樂班街甲字第百十三號公館、
各照一頁、
十五日戊子、早陰、未初雨、涼、聞有美國庇兹堡村人曰
羅喀百萬者、上月病歿、遺鉅產三千萬鎊、其遺言分與
己嫁于傅洛爾之女六萬鎊、二子二女各七百五十萬。
鎊、據傅洛爾之妻云、羅喀之不喜長女者有二、一因已
欲嫁傅洛爾乃不著名之牙醫、第二女長子生乃擬襲

羅喀之名、或羅門中人之名、父恚因有父女終年不見之言、按羅致富之由、係按格致創造司丹達燈油行中人、歲入三百萬鎊、奉教亦虔、但僅助教堂七萬三千鎊、準其入款計之、一禮拜之利息耳、故教士神甫輩因不嘖有煩言、

十六日己丑、鎮日陰晴風雨不定、間有大雪兩陣、落地即融、英國日用自來水、因工料費重、故大城鎮始用之、他處仍鑿井、聞在荷汀磐晒府（地在英蘭中界偏東）之梧里村、因井少水不足、現補掘一井、工竣未放水之先、于禮拜四

日午後、敎士率鄉紳環井祝禱一番、入井底禱告一次、末則通村男女入一大堂茶點、入座、敎士立陳一段講論掘井之由、上天保佑、通村互受其益、飲食畢、男女鼓琴歌曲、時許而後散、此舉等于中國之祭井、

十七日庚寅、早陰、午後雨、入夜風、聞西墨奥蘭大街第五十一號有少婦霍芝、其子前日殤、放一二先令之銀錢于死狻目上、以爲殮、俾其雙眸緊合、此蓋西俗恐其復行睁開也、婦出門報官、鄰兒賽里克甫十齡、入見婦之姑、姑年八十二、瞽目、一老嫗也、賽言欲覩狻尸、老嫗

諾之犾入尸室、掀起覆衾、倏見二銀錢竊去、婦回詬明、鳴于官、用樺木鞭六擊而止、以童幼弗重責也、是鞭洋名柏爾赤、

十八日辛卯、陰、外洋治罪之法、凡不至科以槍擊投環之死罪、皆收監若干年月日、按罪之重輕、或作苦工、或不作苦工、吾人所知僅如此、尚有未竟者、監中預備一切、供給飲食器皿床榻、概皆整潔、無異家居、且外有醫官教士人工等、一年費款甚鉅、非富强之國不辦、故俄國于輕罪、或以樺木鞭鞭之、數之多寡不同、因監費不

足以此代監禁、用求撙節、

十九日壬辰、早大晴、午後雨、聞昔有英人班達貝游至馬加國西南臨海之肥攸木城、見骨董鋪舊小銀鐘、作平果式、愛而以數先得之、攜歸旅舍、拭淨垢污、露字跡、細審之、鐫有義文云、予蓋蘭的池西伍里商船行主也、所有寶物、藏此鐘內、備將來遺贈現居來巴什之堂華安斗牛俾不肖子、一無所得、一千八百五十四年正月初五日志于肥攸木、乃轉開關鍵、出大吉寶石、鑽石七、翡翠六、碧玉三、其次稍小、共直約六千鎊、西國官員夫

婦皆習數國語言文字、下至工商僕婢、亦多有習二三
國者、斑之獲財、非以能識義文耶、
二十日癸巳、陰雨、冷、記現在各國公使之駐英京者、共
四十、内頭等者八、為奥斯馬加、法蘭西、德義志、義大里、
俄羅斯、日斯巴尼亞、土耳其、美利堅二等者二十六、為
中國、阿真坦、比利時、博里威亞、巴西、克倫比亞、墨西哥、
日本、歡都勒斯、五貝里亞、尼格拉卦、智利、古巴、葡萄牙、
丹麻、希臘、高麗、和蘭、波斯、秘魯、薩勒瓦多爾、魯麻尼亞、
瑞典、瑞士、暹羅、帕拉怪、三等者六、為魏乃蘇拉、烏拉怪

二二〇

海地、瓜的麻拉、伊奎多爾、卜魯戛里亞
二十一日甲午、陰、美國正東之哈特拉斯地角、臨海水
淺、藏有沙灘、船頻遭險、包斯頓城有船主伊樂斯創一
法、禀官考之相宜、遂發二十萬鎊、選地建燈塔、使船隻
避險、法于水內流沙下挖若干尺、石齒甃臺如形、出
水若干尺、體重大且深、使不為四面之漩沙及冬季之
狂風巨浪所搖動、臺上別建鋼塔、塔頂安燈、開工時、先
一鐵鐘下水、鐘下口周百二十尺、上口周四十五尺、中
空實以碎石、使壓力重、下墜深三十尺至底、下口入沙

腹、鐘首左右鍊練繫錨而鎮之、遂卸石舌、以機筒抽出
鐘内水、鐘空繫入泥水匠十名、凡石舌灰泥、以舢運于
鐘旁、由鐘上口用木斗繫下、此臺造成重二萬噸云、大
抵西國工匠學生之獻新法、官為考驗、毫不輕允、塙則
必用蓋創物者必經考物者細勘、俾事理詳明、決其獎
少、方可施工、
二十二日乙未、陰、今日係西二月二十五日禮拜六、晚
八點三十分、英招卜靜宮中晚酌、戌正乘車入宮登
樓、陸續晤三十餘人、是為各國公使、英之文武大員、少

立、英君率太子入、握手相問候畢、君率太子先行、引客
飯廳入座、君面南正中坐、太子面北正中坐、坐余太子
左第二座、餘同上年、惟廳旁樂兵一部、乃奏蘇格蘭樂
耳、宴畢、君率太子引衆入複室、喫加非吸捲菸、飲果酒
啜淨水、太子侍君向客立談許久、丑初與衆握手話別、
丑正旋使館、
二十三日丙申、陰雨、泰西大小各國之王丈近族、互結
姻親、而與國家無涉、遇事則兩國官民依然仇敵、平日
邦交、貌為親近、儻友國之君與后及宗親逝世、為之下

半旗若干日、宮廷服素若干日、日期之遠近、視乎逝者之品秩及友誼之淺深、所謂素服者、男臂青紗一縷、寬約三寸、婦女黑鬢不襯五彩花朵而已、不有縞素也、俄皇叔色爾格斯公生于西一千八百五十七年四月二十九日、年四十八、上禮拜斃於京民炸彈、該公之夫人艾麗奴貝德國海斯邦侯魯得威姊也、侯之母英皇之妹阿麗奴、侯之妹阿莉奴乃俄后、侯夫人英皇之故弟埃典堡侯阿弗來之女維克都里亞、埃典堡侯之夫人瑪麗是俄皇之姑、瓜葛相縈、求援、求繫前于十五日、西二八月十日英禮官司來函云、奉君諭、俄皇叔色爾格斯公之喪、著自本月二十一日禮拜二、朝中穿素服七天等語、歷來此類信函內外皆黑緣、而此次獨無昨晚宮中宴值素服期內、英人臂上亦無烏紗、然則英之視俄畧可知矣、

二十四日丁酉、早陰、午後晴、西國婦女服飾時式、多橅法國、倫敦莫勒屯街第十三號、有自稱柯萊麻的太太者、專賣四季時尚之服飾、名曰闊爾特米里訥爾、意即製售官場時式衣冠者、日前來信致內子金氏言、現在

柯萊麻的太太由巴里回倫敦春季擺賣新式衣在三月初七日、夏季則後再赴巴里回倫時、豫定五月初二日、如願用新式服色、請即惠臨為荷云云、華人華裝度柯久已知之、

二十五日戊戌、鎮日陰晴不定、未正、乘車赴卜靜宮之朝房署押于門簿、復至帕爾克街第百零一號赴小姐莫斯萊家茶會、兼會海斯邦侯魯得威觀侯之母英皇姊、侯之妻英皇姪也、室仄人稠、男客女客駢肩累跡、又值天陰、室中闇黑、侯年三十餘、矮身眇左目、握手問候

數語、轉閙稍立即歸、閧伕目之傷、乃二三年前、在本地同他人打獵、他人獵槍弓之斜勢左激于木而右飛、遂入其目、醫將弓和眼珠一并取出、

二十六日己亥、陰晴細雨不定、英人云、倫敦一城之乞丐、可名之曰丐商、以其無本而得利也、男女成羣結隊、以固其防、巡捕嗔其擾而無法阻止、西城地方官、曾令盡捕收監、以清街衢、并冀其改悔、奈罪非久錮、為日無多、釋之則仍理故業、且人數日加、即如前年捕一千六百十五、監一千二百七十八、上年則捕一千九百二十

五、監一千五百三十九、蓋以乞得之錢視如應給之工
價、惰民所樂為也、設一城四千丐、每禮拜人可得三十
先、以年計、不下三十一萬二千鎊、枉耗於此無用之輩、
而作苦工人所得反遜、或謂有一簡法、預訂丐律、每日
乞有時、得有數、違者重懲、則呰窳之貧人風潮少殺、
二十七日庚子、早晴、午後陰涼、英國賽馬場極多、紈袴
子有馬癖、善豢善馳者、賽跑一圈、得犒賞以為榮、間有
以馬賭錢、為主賭、為賭客、賭客僅知某馬奚若、度其必
勝、則持十鎊向主賭者聲明、賭ム馬、并約定彼此三七

成或二八成、賭客所言之馬若勝、則主賭者償以十二或十三鎊、否則赴賭者之十鎊盡歸主賭人、主賭人名曰卜克美克爾、按其字之本義、誼乃著書者、而以為名、不解所謂矣、主賭者所常贏之由、蓋用有一黨夥計、名曰堤克勉克曼、或堤克勉克太里格拉弗伊譯、乃丁當人、或丁當電報也、攷其立名則此輩不時入各馬圈、探詢向彼馬夫伴為閒談、偵其馬之髒力、或身微傷、腹微病、或食少不飲之小症、決其賽跑時未必得彩、其人苟有所聞、即步至高處、向其主賭作丁當報、示某馬某名現體力若何、能否馳勝、故主賭者能知臨時各馬之情形、因而定意、以何馬可賭、何馬不可賭、及何馬當賭以何價、勝於賭客、僅知某馬平日之浮名也、丁當報者、以四肢作式、黨不同式、此黨之式、他黨不解也、或兩臂上舉、兩臂下垂、兩臂橫直伸、橫半伸、或兩臂橫伸而雙手變撫肩、或左臂下垂而右臂上伸撫頂、或右臂上半上立而左臂向下前半橫伸、手撫右肘、或伸左腋、伸右腋、不一其形、以當二十六字母、

二十八日辛丑、鎮日陰晴不定、申刻雨一陣、凡小國酋

元

長初至大國、以罕覯之物為奇特、遂不吝傾囊購去、如墨婁扣（地在斐洲西北界臨海）之色勒坦（土言君也）即位後、先王遺產通國稅款用之一空、購無用之物大半、畧如于倫敦買金製碧玉鳥二千鎊、照相紙如干匣于巴里買去者、值一萬方、一年購衣料諸事共七千鎊、

二十九日壬寅、早微晴、午後雨、參隨有三年報滿請內渡者、余餞之、因約以今日酉刻晚酌、并約暫留使署各員為副客、英人之喜潔、多有迫于官令者、一為街巷房室多鮮嫩之空氣、疾病既少、而傳染尤遲、所以衛生也、

故公車、電車、火車、蕩子車、均有告示告白、禁止遺唾于車中、違則罰鍰、唾中有微生蟲、乾則入人口鼻、有損于人、各節、詳見前。

三十日癸卯、陰雨。西人好奇、不遺異種鳥卵、聞前日某叫貨行拍賣鸕卵二枚、價四鎊、由美洲西北界臨海之阿拉斯喀地方攜來。海鷗卵二枚二鎊十二先、日本白畫眉卵三枚二鎊二先、秧雞子四枚三鎊、紫鷺卵二枚二吉呢、金鶯卵三枚二鎊五先、揣其用意、必為設法孚出、育之萬生園、以新耳目。

二月

初一日甲辰、陰雨、英人目今力除輕視工役僕婢之心、

聞昨樂斯坊第六十號之阿拉辰會館有周恩夫人演

說一段、畧謂教各婦女不惟以持家之法、凡僕婢廚工

及年老充苦役者、皆須待如友朋、不必分男女主人也、

自用之僕婢、尤當視為親近契友云、

初二日乙巳、陰雨、上月二十日接外務部來電、本日奉

旨副都統銜候補三品京堂唐紹怡著充出使英國大臣欽

此、當日外務部照會駐京英使薩道義、伊謂不行預先通

知本國似不合宜等語云云、奈已奉
旨不便照辦、繼于二十五日來電言希告外部執事任滿、
現簡新使、須俟議約事竣赴任、余即去外部告知、該部
仍接前情推拒、當晚復接來電云、告外部時須加新簡
使臣深盼有感（疑是當字）英國大皇帝之意一語、以符公例、
二十六日余遂具文照會英外部、內稱為照會事、照得
本大臣任滿在即、我國
大皇帝現特簡派唐紹怡充當駐紮貴國大臣前來接替、唐
公紹怡前曾充天津海關道、近奉簡命派赴西藏查辦

事件、現在印度加爾各答商議藏約一條議竣即行前
來倫京接印視事唐公來英駐紮我外務部深望有當
貴國大皇帝之意屬令代達為此照會三十日英外部
照覆云為照覆事照得本大臣前准貴大臣本月初一
日文開本大臣任滿在即我國
大皇帝業已簡放唐紹怡作為我國駐英出使大臣前來接
替等因本大臣准此當將來文奏呈我國大皇帝茲奉
面諭云貴大臣離英在即聞之悵然新任出使大臣唐
紹怡到英時亦願接待屬告貴大臣等語至我國政府

聞貴大臣離英在即、亦與我國大皇帝同深悵悵也、為
此照覆、
初三日丙午、陰晴不定、英蘭中界司丹佛府之巴爾屯
村、有啤酒大釀房曰巴斯、其地水甘、西十月之醞尤佳、
以故著名于歐邏、敞工人一萬二千有奇、前聞其禮拜
五日放工、使赴立文浦牛稗屯兩處閒游、二地居英蘭
正西臨海、南北距約十餘洋里、屬巴爾屯村之西北、相
距百洋里、特備十七專邁火車、每人保以千鎊險、此等十鎊
車行僅收三四五六本士、不費遭險無多、乃其餘利也、寅正開車、每隔十分鐘一

邁、至卯正五十分止、由廠至火車棧鐵道公車、亦由廠

東包雇、每人得往返車票一頁、并一日工直外加十先

作游費、抵其地、凡往來附近各區用火車、公渡船、亦由

行主包定、自由而游、或喜乘船、則赴敖曼島、或蘭堵奴

一在立文浦之西北、約八十洋里、一在喀那彎府東北

臨海、在立文浦及牛稗也之西南、相距亦八十洋里、皆

勝景也、人給程途記畧一本、每本九十六頁、指明二地

之程途景物、解說故典風光、使遊者預定其向、用免徒

勞思索、聞工人一日之遊、廠主費一萬五千鎊云、

初四日丁未、鎮日陰晴不定、午初、率馬周二參贊及尹隨員乘車入賢翟木司宮赴朝會、文武千餘員、立至未刻始畢、戌正帕瑪街禮佛木會館晚酌、赴前渣甸行股東開喜克之約也、賓主二十人、有張燕謀、馬清臣、匯豐行之陶斯恩、胡艾泰、及陳安生、禧在明等、食畢登樓入菸廊吸菸坐談、既入書室一觀、四壁圖書滿架、中設卓椅、懸電燈、有三人燈下觀書、迎門卓上橫長牌一、署曰緘默、蓋以喋喋多亂讀者心曲也、用志不紛、乃凝于神、可謂不負讀書、

初五日戊申、陰、昨之日日新報一則、題云酒瓶遠程、上
年西五月間、有美國派駐騷桑屯之領事官司瓦木由
南美南界偏東臨海烏拉怪國之芒特威兜海口啟程、
出口後、司約同舟二三人各出名刺、共納于玻璃酒瓶、
復書一紙云、疇得此瓶、一鎊酬之、固緘瓶口、付之海若、
日前有人致司書、謂四月前得瓶于愛爾蘭正北偏西
兜迴戛海灣之兜村岸邊、按瓶逐海浪而行、共六千餘
洋里、日行五洋里也、
初六日己酉、晝晴夜雨甚、英以六十五萬鎊建兵部新

署、樓舍仿四百年前義大里者、擇地于倫敦白堂街、已
于兩年前興工、云仍需兩年落成、樓基爲三英畝零四
分之三、高七重、廳閣軒室大小六百七十間、上下烟突、
屈曲得九洋里、用甎二千六百五十萬、坡蘭白石二萬
六千噸。
初七日庚戌、鎮日陰晴風雨不定、富人好施與、志各不
同、英多善士、半屬沽名、每有善舉、新報既已布之矣、而
報中善士自叙之言、尤爲詳備、昨閱一則、題曰四千小
客、屬前昨二日世爵司閣特夫婦宴西馬力貴區之八

千男女學生于欠卜蕾園、一日四千、復擬二三禮拜後、
于是園宴是區之三千寒苦幼童、此非好名矛然豈于
好名者、世間安可少此人、
初八日辛亥、早晴、酉初雨、雷、聞有寡婦考爾溫、現二十
七歲、上月自作揭詞登諸新報、言有學問之中年婦、願
晤稍長之男子為友朋、來者親投刺注以姓名居址、德
人聳應科造訪、兩情既翕、因騙去二十五鎊、考爾溫鳴
于官、逮聳、聳供不諱、其日記冊書以邇來所作伊何、乃
漢柏爾一妻布克斯苔、湖一情女、此地又有三情女、無

一不欲嫁我者、云云、官判收監四個月作苦工、
初九日壬子、鎮日陰晴風雨不定、聞倫敦葛字窩斯匜
之教士巴勤堆、西千八百九十八年三月娶妻阿麗奴、
二三年來琴瑟甚篤、應倫敦西南色蓄府之鵲鶤青城、
管理教堂、繼因羸弱而病、遂至西色墨賽府東北近
巴斯城之黍柏的斯兜克莊之水療病之醫院中、是院
英名海得婁巴阿與院中醫官帕爾克一樓而居、巴以
辭職、無心理家務、浼帕代之、千九百一年九月間、一夜
巴醒、不見其妻、虞其夢迷狂走、因曳鈴著衣往他間呼

帕爾克、帕告以無所見聞、度其必在樓下、巴疾走下樓、
遍索不獲、返則妻臥牀上、疑之、乃言擬十月二十八日
遷居翌晨、雄伏而雌飛矣、越數日、帕出遊、一去不返、巴
大失去五百七十五鎊金、嗣偵知其妻與帕同寓于
美國紐約城、此類案件、倫敦日二三見、所謂無足論者、
巴控于官、如何裁判未聞、
初十日、癸巳、陰雨、雷、入夜晴、英之印寫字式、仍羅馬二
十六字母、而愛爾蘭則有土字、其字母僅十八、如Ꭺ A
b b C c ꝺ D e e F F 3 G h h l I l L m m n n

n O o P p R R r T S s P s Z T U u 中有與德文或合者、其他大寫小寫同羅馬、愛人或以上字還英音寄信至倫敦、由愛至英、僅須四小時、而郵局必遲至三五日方送到、蓋必待辨明各字方可送往、是亦郵局之一種累事、

十一日甲寅、鎮日陰晴不定、上年十月、因

皇太后七旬萬壽、英君主有書慶賀、當日經駐華英使薩道義

皇上致書答謝、半月前、外務部來電、令余呈遞、數日前、敬謹呈遞、因而

接到、遂行文外部、請定日期、昨晚來信并電、謂定于今
日午正二刻、在卜靜宮覲見、屆時、余敬捧
國書乘車入宮、登樓進大廳、見藍侯、御前大臣色弗義伯、
世爵柯林屯、上駟院隨侍大臣郝佛爾內大臣傅來的
禮官多森、在彼少待、先是巴西原任駐英公使達洛茹
與其新任公使賓里威喇入內呈遞交任接任之國書、
繼而余經禮官前引、轉入內閣、三鞠躬立君前、言本大
臣奉本國
大皇帝諭、呈遞此書與陛下、英君親手接去而言曰多謝多

謝惟願貴大臣不即離本國也、遞畢退出、下樓向各官

握手謝別、登車回使館、謹記

國書內云

大清國

大皇帝問

大英國

大皇帝好朕欽奉

慈禧端佑康頤昭豫莊誠壽恭欽獻崇熙皇太后懿旨本年七

旬壽辰遠荷

四十七

專書致賀由
貴國駐京大臣敬謹呈遞頌祝周備吉語駢蕃欣閱之餘
實級厚意我兩國夙稱親睦歷久彌敦從此益見真誠
邦交永固惟願
大皇帝長膺福祿國泰民安昇平共享朕仰承
慈訓用特修書荅謝望
鑒察焉
十二日乙卯、雨、英國有賣書即曰闊勒坡爾塔爾乃代
書鋪售新出之文學教門各書者、書鋪先與一冊作招

牌、是人擬定城鎮四面之街程、按日環游、款人之門、以
求售書、欲購者寫某街第某號某人付之、回書鋪、言渠
代售若干册、價則二八成、或三七成、似此生涯、無本而
利、閒有致小康者、
十三日丙辰、鎮日忽晴忽雨不定、英廷待各教無軒輊、
故猶太教人可官可兵、若輩亦以熱誠報之、本使館東、
大坡蘭街、東向之猶太教堂、數日前堂右緣壁立二碣、
高約八尺、寬二尺餘、黑質金字、左碣猶太文、右碣英文、
皆鐫猶太教兵卅餘人姓名、蓋一千八百九十九年至
罷

九百零三年、英脫戰事陣亡者、所以銘其功旌其忠也、
入夜雨止晴、
十四日丁巳晴、邇來各國多以雜藝敎國人、為彼將來餬口計、聞德之百工學堂分授各藝、如丁馬掌作玩物、翦髮裁衣作假髮作樂器雕刻照象作玻璃編草繩磨麪淹皮之工、工價極廉、本國人二鎊半一季、外國人入學百鎊一年、
十五日戊午、英例之扑作敎刑、於幼童僅有樺木一鞭、學堂撻責亦輕、現聞各學堂備一木樺、總敎習掌之以

責年長諸生、匪鈍是責、惟怠不恕、本課教習請以棒來、不惟通課人在場、并請他課數人監視、且專有書一冊、注明是生名姓、歲數、某年月日、因何受責、總教習引棒、至多兩擊而止、幼童各課不設棒、當責者輕掌批其肩或手、

十六日己未、晴、暖、人有夢中鬭門外走者、擔水者、前早哈木斯台區第四號費爾哈色樓中、七十二歲之老女韓特爾著寢衣由窗內突出、落于園之草地、巡捕喚門舁入、蘇詢其故、卧言夢由戲園乘車回家、中途遇刦、擬

逃去、急開車窓躍出、不意是樓窗也、樓窗距地丈六、細
草如茵、未即死、而女老、負傷、當夜斃矣、
十七日庚申、白晝晴、入夜雨、數日前麥加里銀行之副
司事胡艾泰柬請今晚戌正在帕瑪街禮佛木會館觀
晚酌、乘車至一桌十二人、張燕謀、陳安生、禧在明在坐、
食有加來拌飯頗佳、出席登樓入别間、無非飲加非吸
捲菸談、至子正、握手興辭、
十八日辛酉、晴、雨如昨、匯豐銀行總辦現爲陶斯、息陶
夫婦柬約今日戌正赴其鄉居晚餐、地名皮訥爾村、在

倫敦東北、距城四十里、酉正二刻、乘馬車至攸斯比火
車棧、登車即開、戌初一刻六分至下車、陶之子以汽車
迎、達其家、入見其夫婦二女及張燕謀、陳安生并他男
女四客、客廳中少敘、步至飯廳入座、酒菜精緻適口、食
畢、同赴客廳喫加非、談至亥正、謝别、其子仍以汽車送
至車棧、少頃車來、登車即開、子初一刻抵攸斯比車棧、
下車乘馬車回使館、陶斯恩者、康美倫之内弟、康總辦
陶幫辦、康之告退在于客歲、客冬康背脊骨旁有疾、屢
經名醫診治、並請英御醫、咸謂病同國君前年所患者、

然君所患、在腰前腹下、可剖可割、康之患、在腰後脊骨旁、無法割治、恐不能久、至多半月覺耳、康聞而晝夜通籌、安排身後事、遂辭銀行總辦、以陶繼乃以七千五百镑酬康、康固體肥神旺、去冬余屢晤之、毫無病容也、自聞醫言後、步履維艱矣、飲食無味矣、由此觀之、醫之言、所以速其死也、醫言果驗、誠歐之越人矣、去冬徂今、幾三閱月矣、康尚在也、未審醫官又有何説、

十九日壬戌、天氣如昨、英伯爵羅斯林、現年三十六、一千八百九十年間、曾娶韋訥爾幼女韋阿蘭為夫人、生

子女各一千九百零二年、夫妻不睦、官斷分離、男別娶女再適、羅斯林登場演劇有名、月之十五日、娶美之名優駱彬森為夫人、在衛三敎堂成禮、同車赴諾爾茀街帕爾克巷駱家午酌、後乃去他方游覽、以度蜜呢木恩、前見據云、駱為美國正北米乃搜塔邦米呢阿埔里城人、是彼邦之一系美者、羅駱同臺演劇相識最久、為成夫婦、中國以業俳優為最卑下、世人每以倡優並舉、稍知自愛者莫不視為大恥、乃近日吾人處處羨西俗、無往不稱讚、不知于此又作何論、二十日癸亥、晴雨如昨、聞貝達佛區皮勒闊苐街肆主計定恩者、六年前與鄰居雜貨鋪女費勒達情愛相投、誓為夫婦、二年餘生一子、計致書于費云、昔囊有餘錢娶汝、雖難而今利薄本微、尚無善術以自贍云云、女度計立意不娶、遂以計無情、生子四年、不給養贍、各事控于官、官無法、遂謂男女未行婚禮、可以援情定律、斷女別覓情人、勒令計出百五十鎊、給女為養孩費、

二十一日甲子、鎮日陰晴不定、西國婦女喜畜犬、呼曰四腠友、有晨夕與友共卓餐者、隔案對面設椅墊以緻

褥、坐友其上、前般掎桌胸前，亦圍白布一方、女為友擇羊排骨雞肉屬取其去小而精美無骨盤盛之、雙手奉友、友乃引頸垂喙以食、間有飲以淡紅酒者、日日待友、頗費心神、為之沐浴梳毛、洒香水、午後以彩繩繫而援之赴街一遊、以為樂、豢犬之家既多、或謂醫人不如醫狗、乃為狗醫、狗醫往診一次二鎊、狗醫臥室牀旁、安有得律風、備午夜請醫狗者、

二十二日乙丑、雨、西國老幼飲食牛乳為最、然牛乳百分含八十七分之水、性不耐久、或天熱、或村民存儲不

善、致色變而味酸、食之無益也、有哈特美克爾者、創乾午乳之機器、用熱筩二、生乳灌入第一筩、筩轉乳漸稠、內有刮刀、隨筩轉而刮之、使漸凝之流質、因熱仍流、恆匯于一處、再轉再刮、則乳中所含之顆粒、受熱極勻、然後令流入第二筩、筩轉乳乾、片片從旁縫橫出、乃笵成凸出售、乳一升、得乳餅重二兩零八分之三、每一點鐘、作餅之乳七十夏倫見前水一升下餅、一飲之無異新者、

卷十五終

八述奇卷十六

鐵嶺張德彝在初隨筆　潘士魁校

光緒三十一年二月二十三日丙寅晴昔西國婦女只用香水漬巾帕既而淋頭洗髮今乃以拭身而芬其膚、又有求其芬而更欲其潤使膚嫩如娃娃臉者則為洗花澡洗花澡中有玫瑰澡用玫瑰瓣若許盛以布囊滚水煮十分時飄後傾入澡盆盆中先注温水深尺餘身未入盆牛乳塗身需時十五分方入水洗浴浴畢出盆、拭乾後再以玫瑰露水漬身乾始著衣久自潤而嫩夫

西人頻浴、為濯周身毛孔之垢、藉以禦病耳、花澡亦將
去病乎、此雖褻事、記之以為是書之雜事祕辛
二十四日丁卯、陰雨、倫敦瓦里克街舊樓一所、曰貝五
局、為英國香水局之最、乃自二百年前創製香水、名曰
埃斯布開、譯為百花精氣、一千八百二十九年、道光九年英
王卓志第四之世、宮中跳舞會、此水著名、因責歲供釀
水、則擇花于稗爨里村、日出至入、每用幼女百餘摘之、
而祕其法、或有知之者、述其大略、取若干牛淨脂油、鹿
油亦可、放于銅鼎、鼎下蒸氣煖之、油化洒入鮮花、四十

八點鐘後、傾入布袋、擠出油、再入鮮花如前、如是多次、
香氣浸透油中、入阿克霍酒（燒酒類）精少許、油凝、安于電
氣削刀機中、機轉削油爲片、落入容二十戛倫鐵鑊、鑊
蓋作饅首形、鑊前有管、通入冷水池、管頭有龍嘴、鑊下
水滚、鑊内水油亦滚、蒸氣由中走冷水管、出龍嘴、則自
成汁、復由漏筒濬出水成、
二十五日戊辰、晴、歐洲多作香水者、據云一洋畝可植
玫瑰萬棵、直七十鎊、出鮮花二千觔、素馨花一洋畝可
得五千觔、直二百五十鎊、紫蒡蘭一洋畝僅得一千六

百觔、直百鎊、橘樹、一洋畝可得花二千觔、直一千五百鎊、最佳玫瑰、產于土耳其東北之布戛里亞（在多瑙河南巴勒干山北、東臨黑海）及魯美利亞（在巴勒干山南亦東臨黑海）二地、魯美利亞一處一年所產可直二十萬鎊、或謂二十五萬觔玫瑰花瓣、僅釀香水數兩、橘花一噸、可作香水四十兩、五十六觔、拉丁文得爾未（花種未詳）可作香水一觔、阿柏爾格立斯（華名曰龍涎草）香水最貴、每兩十一鎊、素馨花者每兩八鎊半、麝香者每兩六鎊、六先、釀用脂油使味濃而耐久、麝香者、專用麝貓囊袋之一滴、龍涎香草者、又專用鯨魚油、二十六日己巳，晴。美駐英頭等公使伉德將旋國，昨日西三十三明戊初，金匠局會正副掌局使請在郵政總局後佛斯得巷金匠堂中晚酌。是堂英名勾勒斯迷司霍勒，掌局使曰瓦爾頓，月前亦東約余，又一函詢余願否，亦約張燕謀，答以張燕謀係前任工部侍郎，約否是在諸君，非本大臣所應干與也。酉正二刻，余乘車至樓階，崇閎點綴華麗。與會首包樂斯、龔立談片刻，入飯廳，設卓作门字形，兩面座九十二，中首座包樂斯，坐余包右第四座，他三座伉公使、商部大臣索里斯百里、侯哲爾奚

三

伯、其左首四座、內部大臣哈斯百里伯、及丹和日本三
國公使、丹則希臘、瑞士、墨西哥日斯巴尼亞四國公使、
幷文武大員及張燕謀諸人、通桌滿列玫瑰茶花花瓶、
酒斝、鐙臺、果盤等盡金製、正面壁上懸大小鏨花金盤、
工極精、所用之大小菜盤刀叉與匙、亦多金質鏨花者、
食畢、吸菸捲喫加非、臺上逐陣奏樂歌曲、先舉杯恭祝
英君與后及太子太子妃之福、後包樂斯仇公使索侯、
哈伯輩先後演說一段、稱讚英美友誼之敦厚、仇公使
之忠心為國、人品之公正端方、中有稱讚有答謝前後

立陳兩三次者、去此登樓、別入一間、吃酒吸菸捲、彼此
談敘、予初謝別、將出門、各贈糖果一匣、無非五色糖芯、
惟匣則核桃木金鏤銀鑲、製法精工可愛。
二十七日庚午、晝晴、入夜陰。倫敦有城邑公司會、英名
阿摟什堠慎敷伍米攸呢希帕闊爾坡蕾璨斯、乃各區
美爾及工部局等會議整頓一切者也。昨晚七點三十
分、在白堂坊梅特樓埔店設筵、會集各區美爾書手等、
并請多國公使及本國文武大員。上月折柬來要。戌初
乘車往、登樓見駱立諸人。少立、入座。卓列皿櫛形、首座

外、得二百六十六人、首座會長英稱紫爾曼者、為世爵駱立、坐余其左、第一座、復有希臘、暹羅兩國公使及奧國使館頭等參贊官王爵順步卓上滿列黃花點綴頗華美、臺上節節奏樂、食畢、起立舉杯、公祝英　與后之福、再祝太子與妃并宗室各人之福、繼而多人起立演說、稱讚議論、英之水陸兵官、上下議院爵紳、通國文武各員及各區美爾畮立茀等、復祝衆客之福、既論多種學問、并本會之一切、直至子正始畢、此類筵宴、人之喜靜而好安逸者、必以為煩累、二十八日辛未、陰、昨為西四月一日、英人呼其日曰舞弄日、泰西西南一帶人曰賽勒堤種、現英三島中高山僻壤多此種人、又曰阿里安種、或謂此係賽勒堤禮神之古蹟、書中僅列是日五差一赤、足使至各家、其詳未聞、今所傳者、乃舞弄小兒及實心之人數語、既非侮弄、取笑而已、譬如某甲突謂某人或某猴曰、汝母喚爾上樓、人即上見母曰、來矣、母初詫异、既而笑曰、今日四月初一也、爾忘之矣、子聞而亦笑、乃罷、故又呼所舞弄之人曰四月呆子、英語曰埃普立拉夫勒、

之

二十九日壬申，晴。西國新報日貢奇聞，今閱二則付之。一哂：一女名阿朕，自憎面黃，延醫使緋其頰。醫用黥法，遂日針刺，傅以紅果汁，久則紫如淤血。女怒控官，醫云：願出自渠，非予擅治。判罰女十鎊，償醫費。又蘇格蘭人盧伊斯營鋪業于某城。一日妻教薩鳴得律風寄口信，盧屬夥代聽，僅數十親吻聲而已。巡捕以之經官，罰婦四鎊。

三十日癸酉，早雨，午後雨止，仍陰。外國婦女無老幼富貧，皆喜香水，直有貴賤，味有淡濃，各適其用。聞婦女有自製香水法工省而費薄、兼可自娛、用芝拉訥木洋葵花名拉文得爾式、婁爾貝那馬鞭草以代玫瑰、取四足銅斛、深圓如桶、然煤油文火、內盛沸水、以雙手搓花滿一面盆、傾入銅斛、斛旁別一銅桶、銅管通之、花煮若干時、水變蒸氣、由管流入桶、桶下藏冷水、使氣凝成水、由龍嘴滴出、香水成、一斛沸水、僅得香水一小瓶耳、製此香水本為價廉、而美國某百萬之妻、亦喜事此、且專用玫瑰、擬以五百觔玫瑰作十二兩香水、速成僅半酒杯、重約一兩、因選花過刻、竟費至八百鎊、

三月

初一日甲戌，早陰晴不定，未初雨。兩國交涉，互換利益，必持其平，罕有以力要求，而人即讓之者。必不得已而與，則心中耿耿，勢所不甘也。即如六百年前，葡萄牙為大國，西一千四百七十一年，（明憲宗成化七年）据墨婁扣國，止西臨大西洋之檀芝爾海口，（在支卜洛達海峽，距日斯巴尼亞正南之支卜洛達之西南三十八洋里）一千五百三十二年，（明世宗嘉靖十一年）又得印度西南境之孟買城。至一千六百六十一年，（順治末）因葡王公主巴拉干襍嫁英，查里第二為后，遂以檀、孟二地為粧奩、（以上所給一因嫁女再因當時無輪船往來不易也）爾時英以孟買路遙地畧商務尚未東興、不甚著意、惟以檀芝爾地為大西洋與地中海之要境、設兵築礮臺以鎮守之、迨一千七百零四年（康熙四十三年）英由日斯巴尼亞戰得支卜洛達後、以其南向斐洲、尤為地中海之門戶、乃舍檀而于此山頂建礮臺、設兵房、極為雄壯、（詳見四述奇）又埃及本土耳其之屬國、前于一千八百七十五六年間、（即光緒初）開的伍（埃及王稱）伊斯美、荒淫奢耗、國債鉅甚、貧不能守、至八百七十九年（光緒五年）、經英法兩國勒逼退位、改立其子推肥克為王、歸英法德義俄五大國保護、八百八十一年、（光緒七年）土官、擬盡逐泰西人、朝夕殘害、臨海日建礮臺、五國同約發船進兵、頃下安的美當戰書、入夜以千里鏡覘之礮臺人工反加、終夜不息、當時惟英法船到、法船不戰而退、英乃礮攻登岸、連戰四年、土冦平定、埃及一切、多歸英官管轄、隨時代為設法、開河灌地、按年多收、遂至稍富、新開河取（又名蘇土河）為洋船東駛之要路、便逢英欲獨操其權、須除彼四國之相爭、義與英和而不爭、俄無力爭、義俄不爭、德則獨力難爭、法欲和、雖不爭而擬別求利益、至上年春英法議定法不爭英在埃及之權利、而許法自往墨婁扣向其色勒𡉏議事、英謂彼此私議他事莫論、惟不得在國之北界蘇塔一帶向北建立礮臺以對支卜洛達、如是英得埃及之獨權法得墨婁扣私議之利是爲彼此互換矣上月二十二日、德皇倏乘漢堡輪船出游、謂將赴斐洲、比時英法并未介意、乃德船竟駛至檀芝爾口內少停、法聞而怒、恰值英后由日斯巴尼亞回、亦入口住輪、法駐墨之公使及文武偕駐墨之英公使乘英輪謁英后、是英法德各存意見而不發也、姑記之、初二日乙亥，晴。英國水陸營醫向僅外內兩科，聞水師新章，乃添牙科，品位次於他醫，視同文僕，並不別著號衣。英名希威色爾彎他，須倫醫官原爲治病，而此次添用牙醫，不知有何命意。

初三日丙子，雨。倫敦有濟貧會，名門的爰的搜賽伊的，男女困苦無聊，皆可以書求濟。據云會中所收之函，每百封冒名撞騙者半，二十五封在兩可之間，其公認堪可濟者五六人而已。雖極力考察偵擿，而每年枉費不下十萬鎊。會中所知已周濟者七萬六千人，就中有日

日安逸、以為勝于工作之度日、月來日往實繁有徒、
初四日丁丑陰雨陣陣、聞前之藝植園賽會乃煉使樹
木不恃土而生者、如橡樹一棵植之水、攙燐酸鹽、鹼沙、
石灰與阿摩呢亞中、亦能挺生、瓷茂、榆莢以涇鋸末種
之則圻甲而出、橘種植糞中、可得小樹之類、
初五日戊寅陰雨、涼、坡茲茂斯海口城邊之伊斯呢大
道有郵政分局、朝夕往來商賈既多、且近水師營、聞昨
禮拜二日迫暮局門將閉、僅一女名計格收理一切、突
一人走入、女謂已晚、不收信、賣票乃轉息氣燈、其人旋
乙

至旁門、雙手執女之袪、女見其紗蒙面、驚欲呼、扼其喉、索鍊櫃之鑰、女不允、牽至櫃前作殺害勢嚇之、既得、開取金銀紙票約四十餘鎊、將出門、謂女曰若呼叫吾則戮汝、言畢而奔、女喘息定、緩步能行、始出門一呼、迨巡捕水軍到時賊已杳矣、

初六日己卯、晴、聞昨早茶湯村、有村夫狄勒森攜女由墟場牽牛旋家、牛忽怒逐女、女入門、牛尾之、登樓撞入卧室、踹皿床帳之屬盡毀損、狄夫婦無法、彼時樓外仰面驚視者纍爲之塞、幸鄰居某甲突入爲之啟兩面樓

窗、牛首外窺、前蹄雙出、鉛板護窗斜凸牆外、苔滑蹄疾、
墜爲未斃、亦無傷、
初七日庚辰、雨冷、西國男女喜譚情愛、往來情書秘密、
竟有猥瑣不堪者、昨德布林蜂宅坊寓之巴柏爾夙與
喀爾婁街之女馬桂蘭情愛甚深、男致女信不下二百
餘函、函函有云、我愛儞之故我不能明言、然我愛你之
心則每函中亦足抵至少十二次親吻也、馬曾贈巴一
布袋、名曰代吻、不知何物、諒亦口香丸之類耳、又一函
云由電光傳接吻、不尤快耶、情愛如是、不知何故女竟

請其食言控于貝勒發斯地方官判罰男五十金鎊以與女是書所記多類此者余非喜談褻事也記有之飲食男女人之大欲存焉此實彼土人之真色相采風使者所不屑言余則志之亦以冀智者見微知著爾

初八日辛巳晴閣洛斯多倭路有老婦孟喀左臂患酒風入紫苓十字街醫院昨日洗上等電氣澡先出汗既四肢不動少刻氣絕管電氣醫生卜路斯云是非電氣之過乃恰值他故耳又據醫生傅來柏云必係腦中脈管崩裂之由官乃定老婦死因已病與電澡無涉云按

老婦孱弱氣衰、而擅以十分電氣治之、是太不量力矣、得不謂之草菅人命乎、

初九日壬午、晴。倫敦乞丐、手推小車、上架一轉柄八音匣、入閭巷人家樓下窗外、停車轉柄、以討錢。或男女一人、或夫婦、或兄妹、更有筐盛小兒置于八音匣旁者。聞昨巴特溪區之卜洛比街、馬克呢其人、既作樂以乞往來行人之錢、不時以指輕搯三歲子、令之啼號、冀人憐小兒而多與。巡捕察出、送官判監五個月、作苦工、罰殘虐也。

初十日癸未，晴。昔英人達爾文，謂男女婚配，均在兩情契而善擇，昨有倫敦大學堂教習皮爾森謂男女擇耦，多緣于天生自然，必彼此同類而不自覺者，所謂天然乃髃高相同，眼珠色同，左右手之食指至食指及肱之長短相似，性質氣力相等者，尤待彼此意投，始嫁娶之。且謂人眼珠之色，每一千當有藍者三百六十三，綠者三百一十二，黄者一百二十七，棕者九十四，女子眼珠色多深於男子者，每一千僅有藍色二百八十六，紫色較多，而每千中不擇色而配者，約有一百零四，色同相配者當至一百四十、可知重在眼珠顏色同矣男子身長、大都六十七八寸、婦六十二寸半、故長男娶長女、矮男娶矮女、至臂之短長、雖不便量、然長臂之男罕有攙短臂妻者、

十一日甲申、晴、英美兩國之小孩玩物、多德國森遜堡地方所造、聞上年由森城販出者共直二百七十四萬鎊、分運于美者八十萬鎊、各廠作布人及人頭之工價、男工每日二先半、或二先三本士、女工一先半或二先、小孩由一先至二先、每日作十點鐘、

十二日乙酉、陰雨陣陣、雷英人生嬰不善育、每不及一年而斃、未嫁生孩者、或因不可告其父母、或因無力哺養、無人哺養、竟即時毒斃、或扼其喉死之、乃生齒日減、官則憂之、上年有英蘭北界約爾克府荷得爾斯肥城之美爾卜婁責遍諭城內外、自渠抵任伊始、凡人生子女有能養至一年而肥壯者、賚一鎊、任滿後一年內如之、法良意美、活嬰無祘、倫敦工部局現仿行之、更別立一法、其家生孩、有人能於四十八點鐘內報知某收生醫官者、酬一先令、官即赴其家、見生孩之婦與夫、或生孩

之女告以養育之法、綳中嬰兒何以致死、何以得生、又

隨時偹乳娘二、遇貧户産生、往導以哺乳之法、若無乳、

計時送以牛乳、冀其有彭無殤、

十三日丙戌、鎮日陰晴不定、入夜風、梨池凹村土山旁

有贒馬蒂阿教堂、昨午後、土人入内、唪經畢、雷雨交作、

突一火球由鐘樓撲入歌詩沙彌屋、屋凹、自鬭擊斃一

沙彌、屋亦火、幸衆得逃去、沙彌之殛也、天意耶、電氣耶、

人之辭力不同耶、

十四日丁亥、微晴、英例通國男女老幼、一年生死皆有

報单總册、即如英蘭與衛拉斯大城共有七十六、去歲一年、人死之火數、約每千中一十七零、然小孩之未及歲而死者、一千竟有一百六十、合之兩府、一年共死老幼男女二十六萬二千五百五十九名、口孩生不及周歲者七萬零八百八十八名、倫敦一城、上年死嬰一萬八千九百零三、較之前年有增無減、官急欲設法察救、以蕃種族、

十五日戊子、晴、倭特路路第三十三號、一小禽獸魚蟲鋪名蓋伊斯所存各種甚夥、前早不戒于火、各式樓房、

一時成灰燼、幸火夫救出金銀魚十二萬尾、黃雀碧玉七十、狗十三條、猫四頭、白兔五個、田雞蝌蚪、小龜等共二萬餘、統計共十三萬零、所失則銀魚四、碧玉等四十、狗三十、中有直二十鎊者猫十頭、田雞等二十四、共計一百零八、因皆關鎖鐵木籠中、不易飛跑也、是地一公車、昨晚見一蟾伏于座上、不知何時登車、又不知若干往回矣、趣甚、

十六日己丑、白晝陰、入夜晴、倫敦新立一婚姻會館、英名麻特里謀呢亞、凡男女之欲嫁娶而不得其人者入

會，隨時選擇之，朝夕館中聚集，天暖又有游鄉，乘舟，跳舞，歌唱，諸舉館有情愛神像，名求必得，一三四歲之胖小孩也，背生雙翅，手執弓箭，擇所喜射之，每射必中，入會者須叩禱否未聞。

十七日庚寅，早晴，午後陰，是為西四月二十一日，禮拜五日，乃當時耶穌難期，名曰好禮拜五，薙見鋪皆憩業，人工休息。英人之墳墓在教堂之陰及左右，舊俗由教堂教士或談家富室預偵其地七十上下之老嫠婦，若而人，是日俟晨以有鬮記之新六本士錢置各婦夫墓左右、令往尋之獲則以告乃騐錢塢、別給二先牛大銀錢一十字麪包一、此俗之來由及其命意皆所未詳、昨聞西鋏匠營地方有善士博特威在賢巴搜婁米攸敖堂旁之塋地、集七十上下之老婦二十一人、又在彼處代文路一老嫗、因子在某船充水手、自某年今日去後未歸、嫗乃依年于好禮拜五日懸一十字麪包于承塵、上書子之年及名姓、今早又懸一枚云、教規耶、抑迷信耶、

十八日辛卯、早晴、午後雨、英俗好禮拜五所食十字麪

包烙時先以刀縱橫劃一十字、英名克洛斯賁意爲十字麪包、聞昨在英蘭西南角臨海之溪得茂斯村、善男信女釀金烙十字麪包、分贈三千餘狹每名一枚、據云原商之各麪包鋪公助、未允改爲募化、成此善舉、又前早在克來敦村諾瓦路、一小猴名韋薩苗手提一紙囊中熱十字麪包六枚、踽踽獨行、被巡捕捉住、西國巡捕凡街市見老幼男女之形迹可疑者皆有捉獲之權昨訊之爲韋姓之子、以紙囊印有麪包鋪字號地址、領猴往詢、鋪不認、韋良謀謂其子平日行爲安穩、不曉竊物、官謂汝子既非妄爲、則無可

罰、而巡捕捉之亦分內事、六㡬色應以三酬其勞、

十九日壬辰、天色如昨、記前十六日係西四月二十日禮拜四、為其好禮拜五日之前一禮拜四日、英名曼的色爾斯代、按曼的一語乃當時耶穌受難之前一日、即禮拜四日、謙其門徒、並親以水濯各徒足、此日濯足曰曼的、故至今希臘天主兩教堂是日聚貧民、神甫為之濯足、以為追憶古禮、又此一禮拜、英名潘慎章克、意乃受難之禮拜也、

二十日癸巳、早晴、午後雨、記好禮拜五之前一日、又名

曼的摩逆意乃曼的錢也、御前周濟官、英名阿拉摩訥
依國君即位之年數分給貧人若干銅本士自西一千
六百六十二年、康熙元年為英君查里第二即位之第三年、
乃特鑄小銀錢以與之、至今照行、規模則稍異、乃御前
正副周濟官先在衛斯民司得區内選擇安分貧民依
國王之年歲男女各六十四名口、十六日午正集衆于
衛斯民司得阿貝大教堂外、先是本堂大小教師、門徒
沙彌、御前周濟官及他文武多員共百餘莘一護衛雙
手捧金盤、盛所賞各物、按班走入、各至應立之地、至未

初、太子衛拉斯王及他王爵王夫人等進堂入座、鼓琴唪經一陣畢、大救士朗誦數語、先分各男子一鎊十五先、各婦人二鎊五先、為製衣之用、盡古時王賞各人以衣多不合體故今改折現錢使其自製、大救士二次朗誦一段後、各人又分領一紅錢包中一金鎊、一白錢包中盛特鑄之銀本士六十四、此六十四中有一本士二士三本士四本士者不等本作買食物用、此後再行朗誦兩次、一以祝君主之福、再則禱謝天賜之福、既而鼓琴唪經一陣始散。又循古法、在英蘭島各城鎮邨莊選老人若干、以後各禮拜之一二兩日、按名分賞、

二十一日甲午、早晴、午後雨、前年冬臘間、格婁伍諾坊

第八號住之富戶巴勒多雇一美少年名畢翔埔爲汽

車使、巴僅一女名麗蓮、數月女私于車夫、乃辭去車夫、

送女之他國、然彼此各知住址、情書仍往來、巴夫婦不

知也、麗蓮回國、設法會聚、而防其父母之嚴察、後乃禀

明欲嫁畢翔埔、而切求之、麗蓮年已及歲、并有應得之

財產、巴夫婦無法阻止、昨早在伊比坊賢皮得爾教堂

成禮、當時除新夫婦之二状師外、僅六七人、而教堂外

立有巡捕官多員、蓋以門戶不相當、恐巴族裁至成來

争論也、禮成、新夫婦至倭特路火車棧、同往柏恩茂斯海口、地在英蘭正南稍西以度蜜月云、

二十二日乙未、兩、英國察捕賊盜、多由指印鉤得之、茲聞銀行欲定新章、凡取大數兌票匯單者、不惟親筆畫押、貼以信票、且須印一指模、用防假冒僞造、票之來自外邦者、視尤緊要、

二十三日丙申、鎮日陰晴風雨不定、颻二三年、來中國古瓷之至英蘭者多矣、聞昨柯里斯的叫貨屋拍賣一中國卵形小黑瓷瓶、高約尺餘、瓶嘴有衝口、初置几上、

即有人商以百零五鎊、言未畢、竟有聲唱千零五十鎊者、繼而陸續加之甲五十、乙一百、末至杜文唱以一千九百五十吉呢、買去。杜抵家、有巴特里池者踪至、先商以三千吉呢、杜不允、增至四千二百鎊、允之。杜文于三四點鐘内獲利二千零五十吉呢。

二十四日丁酉、陰雨、雪色搖銀、海漲甚、雨花良然。聞北美洲英屬地加那大之安他立歐府冰天雪地、林木而已、現雖近夏、遍地皆白。上月某日、有四人在歐他瓦村外近遏倭爾湖處伐木、倏然八目皆昏、只透一綫光時將暮、冷風砭骨、摸摸尋路、慮有意外、甚幸有一人携火柴、然樹皮一束、得其微光、遂相將緩步覓路、路旁一茅屋、入求寄宿、以待天曉、款關無門焉者、排門而入、火燭之、愕然而驚、卓後坐一人、寂然不動、腳下臥一獵犬、近之、人犬皆殭、卓上有半年前之新報、多張、手旁鉛筆一支、白木一片、畫瞎字若許、度其人亦雪傷目、不敢離屋、遂至凍斃、犬戀主人、殉之、次早四人目稍可、燬屋而去、人犬皆成灰燼、誠慘事也、

二十五日戊戌、陰、庇咯的里街路北之敕建技藝大學

院、英名洛亞阿閙代米敖瓦爾自樓房高闊、百數十年
前、為名人博凌屯居故、現名其樓曰博凌屯、後經國家
置買、專列今古名人油水畫軸、及各技藝、其古畫閣名
几卜森安的普婁麻戛勒立、每年由正月第一禮拜二
日開至三月內第二禮拜六日、每日午初開門、申正閉
門、觀者無入門費、其時人畫閣每年懸畫一次、係自五
月內第一禮拜一日開至八月內第一禮拜一日、每日
辰正開門、戌初閉門、入者人一先、中有茶點室、惟當未
開之先、別擇一日、專請官宦戚友往觀、即昨日即西四

月二十八日禮拜五、此次為其第百三十七次、內油水
畫軸大小計一千六百四十三、雕刻工技共一百八十
九、半月前閣中具柬來請、未正乘車往登樓游觀一周、
男女擠擁、頗覺累目、畫王后一幅、全身高八九尺、名手
樂格扉繢畫、太子一幅、半身高四五尺、敎樂斯名家之
筆、精神態度無不神肖、
二十六日己亥、陰雨陣陣、倫敦勅建技藝大學院、每年
春季于耶穌受難節後、讌一次、延請本國王公文武大
員、各名士及數國公使、今年期定昨日戌初、酉四月二

十九日也、會首色爾潘特爾、月前以柬請、酉正乘車至、
入門得贈畫幅人名號簿一本、以便觀覽、又客座單一
頁、見潘君握手問候畢、少立、容齋轉入飯廳、桌列罒形、
共座二百八十五、正面中坐潘君、其右所識者為太子
衛拉斯王、駙馬克立堅王、薩克斯衛瑪爾王、約爾克大
主教、坡蘭公、諾僧布蘭公、巴斯侯、阿勒貝瑪伯、安斯婁
伯、柏明根主教、水師提督席墨爾、御前學社長胡勒斯
倫敦博物院總理陶模森、天文臺總理杜祿、其左者為
覺諾公、美公使仇德、土耳其公使穆蘇勒斯巴沙、駙馬

費蒲公、日本公使林董，余座為第六位，再則阿柏的因

伯子爵、狄崙艾舍爾里盤主教、阿什百里伯、倫敦美爾

他二人未詳。前面十六行，亦有風識者。食畢，立起舉酒

先祝英君與后之福，少待又祝太子與妃及王族各王

公王夫人之福。廳外本有樂工一班，兩次隨祝，皆奏天

保國王。此後，潘特爾及太子、寬諾公、弁他王公、美爾主

教等各皆立起演說一段。既而出廳，入他間喫加非，吸

捲菸。子正回使館。

二十七日庚子，早晴，午後陰。赴勅建技藝大學院，覽畫閣。

收畫之定章九條、一、送畫之時日及送畫之法凡擬送畫入閣懸挂者、務於所定收畫限内送來、逾限不收、由鄉鎮或他國寄來者、須在倫敦由代管之戚友拆箱轉送、箱不拆本閣既不收、而一切車船脚費、本閣亦概不代付、以上一節、英人之在外國、及外國人之在英者、尤當知悉、二、畫軸之記號、各幅須隨一照印成之格式填寫名姓住址、以及所畫景致人物之名、苟欲出售、并須號明價值、與畫同時函送、其他報單說帖議論等、亦概不收、各木架後亦須寫明本人之名姓住址、本畫之名

及第若干號、架上更須以繩繫一小牌、書明一切、第一
以防遲悞、再便於刷印名目簿、其印成之格紙與小牌
須于三月內來信、言明共用若干、來信中須附一寫明
名姓住址、貼有信票之信封、以便回寄格紙與小牌、三、
收畫之數目、人之屬本閣者、可送六幅、外人僅許送三
幅、四、架之大小、框之寬窄、凡油水畫皆不得兩幅一木
架、閣有兩幅畫本一題配一木架者、本閣雖收、仍按兩
幅計、又每小塊象牙玉石之雕刻、亦皆照一幅畫計、然
盛于匣中、其匣長不得逾六寸、寬只五寸、凡小照及地

三

五、金壁畫其至寬者不得逾七寸、各油水畫架、皆須鍍金、小畫架之飾以珠寶者不收、油畫罩以玻璃者不收、架形長圓者不收、五本閣不收之畫、凡畫已在倫敦他處懸過者不收、摹仿他人者不收、僅彩畫人物而無名目者不收、草木小照及畫之無遠景者不收、強水雕刻等畫于半年以來他人已見過者不收、六、選擇凡畫到後、皆經會首決斷收否、定後有信致畫主、七、出售、每件所定之價、須寫致副會首、以便聚登一簿、別值他閣、凡物與價、皆須保定、至付錢運貨、本閣一概不管、而由買賣兩造自辦、八、畫閣收閉、運送貨物、于畫閣未閉之先各貨主須領一印成格式之運貨票、此票經貨主畫押書名、以便取物者為憑、而取物之人更須别寫收條于此簿、裝載運送、本閣不管、且各件皆須于閉閣後十日内運完、九、物主之優待、各物主皆給有准入之憑票、以便隨時往觀、冬季懸比古畫、及會聚議論學工、咸准入内觀聽、以上此票須各人入院親領、當懸賽時、本閣自當隨時竭力守護、然苟有損壞遺失、本閣概不認賠、

二十八日辛丑晴、英廷定例、凡古物經人拾得或經掘

三

得、無大小、皆尋歸本主、無則歸官。匿不報者罰。蓋以鄉民不識古物、往往得而毀棄、致可惜也。街市拾遺繳還之例見前。設有耕夫鋤地得物、報官、報者微得賞、而地主則無意謂地屬其人、物則不屬其人、當時買地未及地中之物也。此蓋預為廿苗發現計爾。

二十九日壬寅、陰。倫敦美爾夫婦、每年夏初、設有耶穌復甦節、讌英名伊斯得爾班筵、半月前、美爾夫婦折柬來請、即今日戌初二刻、六點半。余偕內人乘車入老城、至其公署、登樓、見其夫婦。少立、後美爾攙金氏先行、余攙美爾夫人隨之、有官對對舉杵執劍前導、入飯廳、其桌長列皿形、男女共坐三百一十二、樓上奏樂、一切規模與前二年者同、子正回使館、晴雨如三伏、在老城上車時、細雨一陣、逮至柴吝十字街、乃天晴氣爽、詢諸人並未下雨也、

四月

初一日癸卯、晴、冷、西人謂人之善惡好醜聰魯及七情所露、皆在眸子、邇日男女每藏其情人密友之目小照、或單或雙、多用金銀小盒、周寸餘、厚約三分、開分兩頁、

一貼己目、一貼他人目、亦覿面如在一室、小盒繫以表鍊、懸胸前、尤謝親近此誨淫之物也、

初二日甲辰晴、西人竭智求財、餌人以厚利、而使之有所貪、且零費無幾、不知積久則爲數甚鉅也、如由英至法之海峽、浪雖巨而遭險者尠、行人晝夜往來不息、遂設保險公司、若付以三本士、彼給憑單、儻遇險、則償千鎊、人以爲出費少而有鉅利、爲質囮不費三本士者、然十數年來車船均無險事也、

初三日乙巳晴暖、新報館之設法招人購閱、紙上頻有

一問題、英名卜來克發斯特太卜晉洛卜勒木、譯爲早茶卓上之燈謎也、有能猜荅贈如約、其問題云、英話之尾用dous四字者有四、寫出者贈、以華字爲比例、如字後之用于字者二十四、又如能以new door兩話別成一話者、贈、依華字則淋汝二字改成一字是也、別一法、云本館現在某村或某鎮藏有何物、能覓來者酬若干鎊、此雖誘人以利、而非詐騙、皆實有其事也、又專一種報、謂若終年買閱、則報館兼保險、立有字據、一年內遭險、賠百鎊、初四日丙午，晴。倫敦自汽車興用以來，官定至快者每鐘若干里，覵奈巡捕察之不易，于是各在本段量定由某號至某號爲一洋里之若干分，苟見汽車速率有加，即取表看其在所定若干分內需時若干，如逾定數，以得律風轉報路綫之各道巡捕，車何字第若干號，此車至某街，巡捕須倫攔阻，帶入官廳，禀官受罰。

初五日丁未，晴暖。自前年冬季，牛貢街某書館擬油繢上次國君加冕朝會一幅，橫六七尺，竪五尺，國君、太子及各王公文武大員、各國公使皆按班站立如宮內共人三四百、排立局式不一、或全面、或半面、或垂手、或抄手、或一手撫劍、一手執帽、或一手插入兜中、一手撫胸襟、國君一面身之至高者盈尺、對面遠而至小者五六寸、來信借蟒袍小照一張、又親來使館看衣冠朝珠補服之顏色、未請到畫館二次、覿面彩畫面色以及鬚眉、月前圖成、未進國王之先、請往一觀、工極精細、五色相宣、精神態度、人人畢肖、令人一望則曰某某、乃云此畫將先照一幅、横三尺、豎二尺、後石印百幅、内第一幅價五十鎊、末幅價亦十五鎊云、初六日戊申、晴、西人游歷各國、行李無多、本國僅一皮手包、間有一物不携、應用錢鈔置之兜袋、故于宿客不察其有無行李、又凡寓客一切皮鞋毡衣、店僕皆任刷油撣垢、近日有借以訛詐者、譬如晚入店著長氅拖地、次早卧床曳鈴、責秽于店、乃謂昨晚曾遺門外、令其刷撣、實則不秽而來者也、又有來時著紙作皮鞋、次早索要者、小店因之賠不勝賠、

初七日己酉、晴、今日亥正、堪特百里阿赤比翔戴璵威森夫婦請茶會、余偕内人乘車過江至朗貝宫、入見其夫

婦、繞行一周、樓房古式、四面纍石、中撐以木、內有小禮拜堂、頗幽雅、通樓陳設不多、惟四壁密懸油繢歷代主教之像、客數百、多傳教士、未入飯廳、喫加非一盞、登車回、

初八日庚戌、微陰、西人亦重名人之手書、其價每出人意外、不知其所貴者何、三日前索斯碧叫貨鋪中拍賣九十年前女優席敦以致其舊友之信二十四函、價至百鎊、蘇烏詩人博爾恩之信兩函、三十九鎊半、洒勒森致哈米乇夫人一函、七十一鎊、哈米乇夫人致洒勒森

兩到五十鎊、五先、按哈米屯妻本餵猫街住户一女婢、極美、哈初見即戀戀、乃訪明領出送入學堂學成娶為妻、哈繼授駐紮那百里、當時另為一國至西一千八百六十一年始歸義大里迫英與西法兩國水戰、哈妻與西勒森情投、遂改適、西陣亡、西妻貧苦無依、不久亦故、

初九日辛亥、晴、西人常代婦女預籌節省據云、一女旦、每禮拜當得三鎊半、為之設法、第一僱房二人、影住可免思家、每禮拜各出半鎊、洗衣用錢手巾及襪可自洗、且有法不用熨斗、將巾展鋪面鏡上、或搭方置玻璃窗

上、自然光而平、欲其骨力、則洗時用漿粉少許、穢洗畢、挂于椅後或他處使自乾、一禮拜費五先足矣、飲食既須得當、又宜較省、自作為宜、十本士購馬口鐵加非壺一、一先、煤氣小鐵爐一、一禮拜之早餐、應用六先半、計牛乳六升九本士、加非十本士、糖果汁一先三本士、不用亦可、乳油八本士、麪包十本士、雞子一先二本士、糖三本士、牛肉或猪肉九本士、午飯擇其可食者一二色、一禮拜僅費六先、晚飯為一日之大餐、不家食者、較省、然若力求儉約、則家食廉于飯店、一禮拜五先亦敷用、合之早餐五先、三本士、糖果計不在內午飯六先、晚飯十四先、指在飯店房錢十先、洗衣五先、零用五先、共計二鎊五先三本士、得餘一鎊四先九本士、是可徵西人度日之法矣、入夜微風陰、

初十日壬子陰、微涼、聞西女有以領瘦為不美者、用輭縮古米絲、一端作圈縮以鈕扭套諸頸、一端釘于壁、每日依時作習武式、前後左右撦拽若兩人同病則作兩圈、二人時相向、相背、横向、側向、乃云久則如蠐螬矣、

十一日癸丑陰、雨陣陣、涼、入夜風、環球大國有置官者、

中國及土耳其耳、歐洲古有今無、而羅馬教皇宮中有歌詩之門徒、取其聲雌而雄、剛健含婀娜也、

十二日甲寅、晴、英蘭立文浦海口有博物院寶物盛以長七尺寬四尺之玻璃匣、固以自製密鎖、上月某日白晝失去那波侖第一遺物三事、即日報巡捕、並登新報、謂有能報失物所在及代捉竊賊者、酬二百金鎊、因其為無價寶也、其竊法、火漆暗作鎖模、日日偕伴來此、偽作游人、隨時窺伺、守者偶失神、或因故入他間、則開匣攜去、失物、一為金約指、滿鑲珠寶、刻有那波侖小影、係

彼時法皇與后同贈兵馬元帥、封墨斯扣瓦王聶葉夫人者、二為鼻菸匣、長三寸半、寬二寸半、金質飾以花漆、上蓋鑲嵌寶石、中刻法皇與后及太子小羅馬王小影、乃同時贈墨斯扣瓦王爵聶葉者、三為金質印、工極細、印外有字、而印內復藏一印、為那波侖之密印云、

十三日乙卯、早微晴、未初雨、中外判案之法不同、而控告之情亦異、聞昨太木斯江畔慶斯貢池地方之鎮道公車中一人、曾座車夫向之索一本士座錢、其人無以為囊空、迨下車處、以無錢故、留名片、乃姓臘名木奚、住

費爾廝路也車夫不允以交巡捕帶至官廝搜查囊中尚有五本士二法丁遂經官判付堂費五先繳車座錢一本士

十四日丙辰晴暖聞前于好禮拜五之禮拜六日倫敦貝連丹路奕格蕾學堂五十餘名學生教習因在放學期內領遊阿柏戛文呢城（地在英蘭正西稍南門茂斯府距倫敦一百三十洋里地多山水古蹟及古王行宮）往返一禮拜為限令生各備三十先以充路費日用而學生皆非富室有于兩月前設法撙節積蓄者有功課完後他處作工得些須以絫存者極貧者

教習募而資助之、未啓程先給諸生書一冊、內叙彼處
之景致故典、抵境、每日遊回、教習各詢其所見、令述寫
一篇、繁簡不論、若對答明敏、寫記多者、分列等第、并給
獎、別有簿、逐日記諸生之行動安靜否、及用錢若干、備
回時報知學生之父母、是于放學游覽之際、仍期其擴
充識力學業、敦重品行也。
十五日丁巳、晴、西歷一千六百六十六年、康熙五年倫敦大
火、焚教堂八十九、他如極樂堂及公署、醫院、學堂、畫閣、
等、共一萬三千二百所、大小街巷四百條、共四百三十

六英畝、盡付祝融、千六百七十一年、康熙十年擇于城中偏東、太木斯江北萬伊什巷立碣一以志當年之災、英名毛牛門、其式如塔、如柱、上懸鍈盤、下有石座、與德國京城五道門外之銅柱同、詳見述奇五高二百零二尺、石座正面有門、入内步螺螄鍈梯、三百四十五級至頂、出門即鍈盤、周數丈、四面圍以鍈闌、在上眺望可及數里外、盤中立火龍、龍上作火團、皆鍈鑄、至七十七年工始竣、費一萬三千七百鎊、落成、任人登眺、每日巳初開門、申正閉、入者一人三本士、現因察其頂上裂隙頗多、有則火

龍銅角風吹搖動、三則頂上鐵質火苗生銹、既不壯觀、
且與遊人有險、故將修理之、至幾時開工、估價若干、皆
未聞、
十六日戊午、晴、午初、率陳尹二參贊及陸隨員乘車入
賢翟木司宮赴朝會、一切禮節人數如前、當在宮中聲
立間、瑞士公使謂瓷器傳自中國、究不知中國燒瓷始
自何年、余遂匆匆荅以千年前、周末宋初時、其實乃後
周世宗顯德初也、當時為西歷九百五十四年、迄今一
千零五十一年矣、繼問初時瓷品以何為佳、余謂青如

天明如鏡、薄如紙、響如磬是也、伊云西國造物、精益求精、然其瓷器至今尚未至此地步耳、

十七日己未、鎮日陰晴不定、涼、倫敦西南傍太木斯江西岸、有村曰胡凌哈木、距使館約十六七里、設有會館、即以地名為名、館中人千餘、每年湊集一萬四千鎊、按定規、其初入者付二十一鎊、每年交五鎊、其中地頗寬敞、專備夏季天氣清朗、薰風南來時、會中男女讌客、隨時并有賽車、打球、火槍射鴿、乘馬追球等戲、地左正面白樓一所、兩上、內有花廳、客廳、飯廳、左通白磨鮮一大

間、內分三大廳、隔以玻璃門窗、容人數百、或筵讌、或議事、或閒坐聽樂、皆可、樓前平坦如臺、左右二亭、各樂工一班、中支紅白布大傘六七、每下設卓椅、備人茶點、臺前地稍凹、而亦平鋪綠草、中分設打球場四五、英名曰洛安太倪斯、再前高坡、大樹行行、坡外則臨江水矣、右行鮮花、分畦五色、芬郁、木亭點綴、綠樹葱蘢、中有小河、小橋小舟、亦頗幽雅、樓右先為廚茶房、再則木牆一圈、為射鴿處、此後為一大敞院、周約里餘、為乘馬追球處、此戲英名坡婁、傳自印度、四面圈以鐵闌、正面一臺、有

棚設座、備八坐看、對面正中奏樂、左右橫榜、各三行、閣
内兩首各立二高杆、長各丈餘、二杆相距亦丈餘、作戲
者分兩彩、每彩四人、衣帽分兩色、或紅緑、或藍黃、各屬
一邊、乃地中值一牙球、大比橙橘、人騎馬手執一木棰、
柄長三尺、棰長半尺、周如之、彼此乘馬往來、以棰爭擊
牙球、有能將球擊穿本屬二杆者勝、今日申正、馬清臣
請往一觀、蓋今日為作戲期也、乘車至先在樓前傘下
喫加非一盞、既沿江堤步行二里許、過小河至進球場
前坐觀片刻、因寒風蕭颯、陰雲欲雨、遂步回白樓花廠

三三

少坐、戌初入飯廳晚餐、菜有龜甲湯、他皆不甚適口、食畢、轉入樓左平房坐、吃加非、聽樂、亥正回、

十八日庚申、陰、補記胡凌哈木會館中之射鴿處、係一地周約四箭、圍以木墻、高二丈許、正面有臺、設座、備人觀看、一人立當中、開籠放鴿、他人火槍擊之、中者勝、蓋一鴿脫籠外、飛所向無定、擊不易也、英名此戲曰皮珍鋘定、近日會中人有謂此為殘害生靈、須禁止之、有謂有此木墻、既不壯觀、且枉費場地、須拆去者、本年業經排定夏秋兩季某日作此戲、已登新報、遂定昨早集衆

三三

會議、于是謂應撤者多、仍存者少、乃定本年秋後天涼、
會館閉門時撤云、
十九日辛酉、陰、倫敦兩衚衕閒有小橫巷、多車房馬廄、
英名米依斯住者多車夫馬夫、婦女之出門及入教堂
者少、聞昨在施捨傳賣教書會中、有世爵侯樸夫人者、
特捨三輪脚踏車一輛、以助善人騎赴小巷、分施教書、
車尾安木匣、盛書與小鋪送貨車同、
二十日壬戌、微陰、西人皮靴及鞋之塵垢、市上皆有人
專司刷染擦亮、近日新創一種電氣刷擦器、係一低圓

臺、周列六座、欲刷者登臺入第一座、脚踏機關、則塵垢去淨、移入第二座、抹以淨皮藥水、入第三座、擦去藥水、入第四座抹爲油、入第五座磨光、至第六座、則不使坐乃使越步下臺也、自登臺至下臺、僅需二十秒、據云一日十點鐘之內、可淨一千八百人之靴或鞋、且用僅二人、一收錢照料來人、一管理二馬力之機器足矣、

二十一日癸亥、陰晴不定、聞有祖籍德國之美人某甲、創一種海戰紙鳶、勝於無銅線之電、數月前、獻諸德皇、某禮拜六日清晨、試于波洛的海、以銅綫放起七紙鳶、

爲式不大、飛上由一萬至一萬二千尺、執線者駕德皇
每一點鐘駛三十海里之信船司里普訥距岸一洋里
外、紙爲起後、用許多國之文字傳送音信、甚捷、其造法
不傳、當時船上水手之倫使用者、未著手之先、亦須立
誓不洩、
二十二日甲子、晴、法國醫院、洋名葡蘭池葛斯皮塔、在
沙弟斯百里街、觀創于數十年前、後因善人日多、進款
有餘、定年宴一次、特請仕宦、行善諸人、著名醫官、讌畢
募款、以冀多得、本年爲其第三十七次、法國公使康邦

為首座、半月前折柬來請、係予今日戌初二刻十分、席設賽西店之地穴中、維克都里亞堂居時乘車至入門旋兩轉、步石堦數十級入見法公使、握手問候、少敘領衆入飯堂、卓作皿形、設座三百三十、法公使坐橫卓正中、其右第一為倫敦美爾色恩得、次為余、再則晒里夫司特朗、其左第一為比國公使李阿郎、次為墨國公使及御前太醫卜洛賁、他無須瑣記、對面樂工一部以侑酒、食畢、法公使立而舉酒、公祝法總統呂貝之福、繼奏馬賽蕾斯之國樂、少坐、再立而舉酒、公祝英皇與后及太子太子妃并王室各人之福、後奏夫保國王之樂、此後法公使立陳萬言、述醫院之立、及蒙各官商與倫敦美爾梱里夫之施助、并讚各醫家學問精良、既而比國公使代各公使演説數語、末則倫敦美爾舉杯領衆公祝、法公使之福、坐後有人按座遞紙一頁、上印法醫院求助或本年或按年寫畢、遂將去、後有男女四人陸續歌曲數次、末有駱美者向衆朗誦各人施助之數目、法公使六十鎊、美爾十吉呢、余助五吉呢、比墨二公使各三鎊、總計是晚募得三千六百鎊、合庫平銀二萬六千

四百兩、
二十三日乙丑、晴、亥正二刻、偕内人乘車至道寔街第十號赴戶部大臣巴樂佛兄妹家茶會、此次内外大加修飾、樓雖不大、而式與王侯埒、門外添八字紅白小布帳、以便來客上下車、巡捕數名彈壓指示、排列而行、環繞一圈、以免壅滯、舍車入直前左右兩敞間、為男女留存外氅衣冠處、中有女僕伺候、衣皆作捲、挂以號目、轉過登樓處有紅衣樂工一部、步梯入客廳、見巴樂佛兄妹、均與前三次同、惟至末間右鄰另一門内通一大廚、設有丁形長卓、羅列酒食茶點、頗豐渥、各間邇日標背彩畫煥然一新、西人尚油畫、尤重古名人影象、每間油畫多幅、乃每下横一粉牌、金字書各人之名姓、

二十四日丙寅、晴、華人髮粗直不易彎曲、西人髮細軟、熨烙紙捲、便作花朵雲團、近日西國婦女頭髮蓬鬆形式不一、而多假髮、戴頭上、簪花、此假髮極貴、即如歐貴衕第二十號一大髮鋪、曰層伊扉、一縷長尺餘者十五先令、西髮辮輕、不以重論、按尺寸人工索直也、再長依寸加價、編三股辮者亦然、冗髮少許作形者二先令、形者分顏色、

式髮式之大小至賤者三先半、白髮少許作形及他色冗髮作形、形及形、至賤者皆三先半作形至賤者十先半、形、至賤者七先半以上皆戴于額前額角及兩鬢至其滿罩前額之髮卷髮作形、價則由一吉呢起滿覆一頭之髮卷髮價由二吉呢起滿覆一頭旁觀作形、正看作形者面之方圓長闊頂之高下皆宜者作形不拘何等衣裝皆足壯觀者價皆二吉呢起上自右分左右垂耳作形者價自三錢半起其中分左右過耳宜于年老作形價自二

鎊半起、別種假髮、名曰頭盔、係為婦女髮稀不易梳、鋪
以密法造成、戴者不用真髮而觀之與真髮同、其式自
後觀之如[illegible]、價則八吉咒、須自到鋪中、按以上擇定形
式、配成顏色、量頭之大小、用髮之多寡、以及人工物料
之等次而別定價直焉
二十五日丁卯、晴熱、脫裘著袷、婦女之髮雖長而不易
高聳、于是鋪做種種銅絲架及亂髮團襯之、其價則貴
於髮、婦女飾頭之費、由此可知、即如一種銅絲架四面
以髮織網、網既輕而不剝刮巳之頭皮與髮、其式如此、

三月

價則十二先半、亂髮團式作、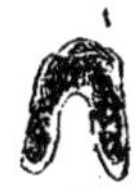形、價由五先半至十先半次種銅絲架滿鋪長髮後襯玳瑁笄式作形、其價二吉呢、其銅絲架之鋪以短髮、中襯玳瑁笄者、式如此價則半鎊半先、別種滿鋪長髮之銅絲架、雖無木梳而髮則光潤可同戴者之髮、並梳不亂、法甚巧、式作形、其價一吉呢、

二十六日戊辰、晴、熱、亥初二刻、偕內人率尹元輔陸澤生乘車入卜靜宮赴朝會、宮中簾幔地氈多加添更改度、為接待日斯巴尼亞國王也、一切禮節如前、此次婦

女甚夥、由亥正二刻至子正二刻始畢、齊入大廳、立卓
前飲酒喫冷葷、既下樓、登車回使館、時已丑正、
二十七日己巳、早陰、午後驟雨、陣陣雷、申正、偕內人乘
車西行十數里、至克鑾衛路第百四十號、赴喀万的什
太太家茶會、樓小客亦無多、遇赫樂彬之次女及其子
媳、茶點列于同層別一小間、鮮果冷葷皆無、只糕點三
四種、熱茶涼加非、檸檬水各物而已、酉正雨止、陰、
二十八日庚午、陰、英國婦女真髮挽作髻、飾以髮中下
戶、縮以八形鋼鍼、富室玳瑁笄、或鍼上嵌點星鑽石、直

極昂貴於我國之珠翠鈿金步搖、其式如小梳長二寸、橫寸餘、背鑲金線鑽石點作形、每副三把價由二鎊至十鎊半若畧大、背作形者五吉呢、鋮作形、每枚由十先半至二吉呢、中國翠花玉簪一支、未有貴于此者、

二十九日辛未、陰晴不定、涼、申正偕同人攜眷女乘車西北行七八里至格婁斯特爾坊第五號赴巴立付太太家茶會、樓小而修飾華美、多陳中國瓷漆器、樓上男女鼓琴歌曲、平平、惟一美國紐約人名凌崑作象聲學

英法德人演說、及英人夫婦閒談聲音笑貌、惟妙惟肖、既下樓入飯廳、飲舍利、食冰乳、紅果各品、辭回、三十日壬申、晴、倫敦稼穡堂之水陸兵戲、今年爲其第二十六年者、二十二日西五月二十五日開演起、數日前提督歐理蕃率從司事各武官吏約今日申初往觀、未正偕內子攜孫女乘車至、下車、武官引入、仍坐中間中層官廳中、同日來者、日本公使林董率參贊神山松次郎并某國一婦領三小兒、三點鐘開場、計演十五節、第一、馬兵六名、年皆不及二十、著白貼身衣、乘馬對對馳越高約四尺之樹枝關、及高五尺之假甎牆、第二、乘馬執長矛刺木凷、與上年所觀者同、第三、演礮兵礮車四輛、每輛兵二十、縋拽走極快、到場分四處、其分車、卸礮、聲礮、換輪、整齊一律、肅靜無譁、繼作過石牆狀、人先卸車推輪抬車、後則以檣作杠而抬礮、同時躍過、頗見從容、先過者接車置輪、再則插檣安礮、毫不遲延、各事所司、不費時刻、其過木橋也、橋窄車寬、先卸右輪、乃繫礮于左軸頭、左輪行橋中、後推前拽、而左礮右車之分量相等、蓋預酌合而造者、第四、十六人戴鐵網罩、著厚布衣、兩兩以火槍刺相刺、每二人一官監視、識其勝負以討賞、第五、四礮車駕各六馬、繞道左右馳不亂、第六、六人乘馬對撞大古米球斯、皆上年閱過者、第七、二人對刺與第四無异、第八、自西一千五百八十八年明萬曆十六年至今之水師共十隊、每隊衣裝形式顏色不同、有長髮、散髮、編辮、剪髮諸式、至槍礮刀劍短長粗細亦殊、隊列左右、中一古式假戰船、長二丈、寬七八尺、下一長方架、人在内舁之、四面圍之以畫水紋布、即百年前英與日法海戰之船式也、兵扮失右臂之水師元帥廼勒森立船前、

四二

第九、演馬之躍中横長卓一、卓鋪卓布陳盤碟酒杯之屬、式與大餐同卓前左右二樹枝所編之短牆、合作尺形、三兵各騎馬依次由一箭地外馳到躍過、極輕捷且驟馬亦能馳躍卓面毫無觸動、既而卓上置板凳三、馬中一馬猶能躍過、第十、爲上年看過之兵過高牆諸技、晚有他處邀飲、未得竟觀、遂先謝辭、回使館、

五月

初一日癸酉、晴、昨晚馬器會英名活爾訥爾斯約飲于賢隋音斯巷之薩勒特爾堂、酉正乘車往、地在老城内、

狠狽街後巷，雖窄而樓極崇宏。入見會首伊斯益少敘，後入飲廳。桌作冂形，設座一百九十五。會首正座，坐余其左，倫敦美爾坐其右。合正面十五，餘六行各三十。迎面木臺一坐，立女樂工六七，鼓彈琴瑟湖琹之屬，而無喇吧號筒鼓鐃諸器。桌上列鮮花，食湯與魚畢，正面通報使宣云，會首將向諸位通飲一杯，于是通場起立，舉杯各一沾唇。繼而各進大小菸捲火柴，吸否隨意。後上菜三四色，至糖糕、冰乳、鮮果、加非時，復傳飲親愛罩、前覲再傳遞香水一銀盤，各將布巾蘸少許拭唇。此後齊立舉杯祝英君福、譜天保國王之樂、少坐、再祝君后、太子太子妃等福、作天保君后之樂、繼而會首美爾等六七人陸續演説、每一説畢、有女度一曲子、初始散、此次除座位人名單一頁外、別有小本一、周二尺餘、外飾假羊皮紙、其首頁列祝福及演説之次序、再則酒菜單次頁列侑酒十二節樂名、第三頁印度曲各女及所歌曲名、後數頁印曲文、新式也、檢譜而聽、不數闋即能頤曲矣、入夜天陰、欲雨、

初二日甲戌、陰、聞日斯巴尼亞國王阿芬搜、于上月二

十七日、西五月三十日明午後、由本國乘火車至巴里法國總統呂貝率百官接待以王禮二十九日西六月一日戌刻總統約日王大戲園觀劇、夜半戲散、總統與日王共車回、由大街轉入路安街、過鷺鷥梧店將至立五里街、萬民歡呼之際、突見車下地出藍火焰、比時人聲喧雜、不聞轟聲、只見濃烟撲入人群、驚呼聲尤烈、男女四出奔逃幸地雷力弱、且藥線未準、僅前驅兩車微傷、有謂爲擲鬧花彈者、未中亦二君福也、侍衛圍護馳回下車後、日王先問隨官有傷否、受微傷者、惟千總施洒得馬五匹及王車之前右輪而已、日王急以得律風報慰王母曰無傷也、法總統亦電致日京述明一切、人云法巡捕聽接信、謂前日有無父無君黨人一夥、由巴賽婁那城覷飛來、恐在巴里滋事云云、故法之巡捕隨時極力偵其踪跡、業已捕獲多名、抄出炸彈三次、日法總統請王在沙龍地在巴里東百零七洋里閱兵、日王喜甚、并欲領馬兵一隊、混入偽戰、呂貝恐遭不虞、力阻始止、

初三日乙亥、陰雨、英君之維克都里亞阿拉柏艇、昨已初出坡茲茂斯海口、南駛百洋里赴法西北之沙爾堡

海口迎迓日王、王率各官今早由巴里火車西北行二百五十洋里至即上船、辰正十分展輪、未初抵坡茲茂斯、英之登戛墨茂斯、貝達佛、喇恩特四兵輪隨行護送、船臨海口、各兵船並礮臺聲礮行接待禮、泊後日王接見英太子衛拉斯王、日國駐英公使參隨及本地水陸各提督、見畢登岸、本地美爾立、而陳數語、太子引日王登火車、緣途左右密布步兵、即時車開、未正十分抵倫敦維克都里亞車站、下車、英君寬諾公、費蕭公並戶外家兵四部、與營伍各大員迓之、彼此握手寒暄畢、兩君同車走格婁伍諾園格婁伍諾坊、海岱閘外、過底喀的里街、賢翟木司街、瑪柏樓門、轉瑪樂大道入卜静宫由車站至宫門、左右亦排立步兵、並有馬步護衛、前引後護、又前在海口下船上車處、及此地隨行一路、皆鋪陳華美、左右立杆、横竪懸旗、樓房皆裝潢五彩、盈畔如英君加冕時、旗幟則皆英日兩國者、且當日王下船下車、樂兵皆先奏日國國樂、繼奏英軍樂、蓋皆西國禮也、入宫後、英君偕太子及寬諾公等引見君后率王室各男女及各娘好命婦、並内廷各大臣見畢、入所備宫中少息、後乘車往拜各王族、宮中晚膳畢、日王偕來各員謁英君與后、宮中派御前護衛晝夜巡守、並備日王行動隨時守護。

初四日丙子、陰雨、涼、現各國駐英公使首法國、兩日前、送來法文知單、謂今日巳正三十分日王願見各國公使、參隨于卜靜宮、巳正、余乘車入宮、係在入門大廳中排立、一圈、廳右內門外左立日官一行、過正門、先立各國頭等公使、再則二等三等公使及署公使環立至內門外右鄙、一切次序、皆經英外部官指引照料、日王出

著本國戎服、紫衣淺藍褲、飾以金彩、佩寶星、駐英日公
使前引、見各公使、先握手、少敘數語、後再握手一鞠躬、
見畢、轉入內門、各人分散、乘車馳歸。按、隨日王來英各
官、為外部大臣韋洛路的亞、家部大臣索托麻攸爾公、
內大臣三特歐瑪婁公、阿勒巴公、武備將軍巴斯喀蘭
御營參將郃布什游、鼙葛婁伍埃里亞戛艾巴爾、醫官
阿拉貴。日王奉天主教、早餐後、親赴衛斯民司得教堂
前之新天主堂、有二牧師迎入、至阿赤比朔蹶教前、日
王虔吻其戒指、教師復以聖水潑洒王身、繼登高臺跪

十字架前、奏一千六百年前之西班牙樂嗱經畢、立起教師演說一段、日王隨荅數語、大旨無非兩國協合、官民視同一家之意、後贈大教師博爾恩金聖餐杯一、此杯洋名茶立斯、出此步入衛斯民司得阿貝大教堂一觀、午後寬諾公夫婦約日王在克拉蘭府午酌、三點鐘寬諾公陪日王乘車至稼穡堂閱兵演假戰戲、閱其看至步兵越墻及馬躍飯卓、甚為激賞、少坐即回、順入上下議院一游、後至日國使館喫茶、日國公使夫婦侍坐、又有藍斯璫侯與韋苓屯侯夫婦、既而接見本國各銀

行東主及他著名富商戊止、卜静宮筵宴、兩君皆有陳詞、詳後、

初五日丁丑、陰雨陣陣、候期在邇、厨工皆飭回國、戊初、遂約諸參隨學生等白玉堂晚餐、舍利酸湯煮以西紅柿味頗酸燒鶩炮羊刀叉代箸、聞洋樂度端陽、各飯店皆備樂工一大班以侑酒亦樂事也、聞今早巳刻、日王携其二隨官便服乘气車、先至南堪興坦看大博物院、既至庇喀的里賣得華人以名當貴街、因所售多貴物也二街購物件、由賣得街之痕多斯漆大珠寶金貨店中出、登車時、車欲開而輪不轉、許久輪動、而

車下猝然作響，烈焰上騰，王與兩官急躍出，心驚不知所向，狂奔數武，稍緩顧視，車無大變，王心始定。是時圍人已多，眾不知為日王，王覓車，幸巡捕察出，備馬車送回宮。此等包探巡捕，英名的台格的伍屬蘇格蘭院專為防護貴客。午正一刻，英太子同日王坐六馬宮車出宮，走瑪樂大道、瑪柏樓門、帕麻街、倭特路坊，轉利貞街，過教斯佛街、萬本街、牛蓋街，至克英巷，入極樂堂午酌，為倫敦美爾所備，循例也。入門後，倫敦老城公進誠心接待兩國和睦之誦詞一篇，係以細羊皮恭寫楷書，盛以金匣。美爾讀畢處上日王接受彼此一鞠躬、此後進大堂入座、美爾坐正中日王坐其右日王之右為美爾夫人衛拉斯王、寬諾公夫人、日國外部大臣、英王弟埃典柏公夫人蕙德國薩克斯扣堡公妃娥皇姑瑪麗碧阿蒂奴日國公使夫人、戶部大臣巴樂佛美爾之左者為四公主碧阿蒂奴寬諾公寬諾大郡主芭蒂夏日國公使寬諾郡主瑪戛蕾堪特百里大主教其他世爵文武及日國各員、皆別坐兩行食畢美爾舉杯祝日王之福并演說一段、日王亦以英言答之皆百言相祝頌禮畢、出堂登車走克英巷、奎印街、維克都里亞君主大街、維克都里亞堤、馬軍侍衛街、馬軍較場、轉瑪樂大道入宮、所行一路皆黄沙墊道、左右排兵、每箭地對立高竿、圍以紅黄布、兩竿間縱橫連以綵繩、繫五彩小旗花朵、左右樓房皆懸旗結彩、庇喀的里十字街、有挂中國大龍旗者、街中各路燈下、皆以木作高四尺之方木或六角木、圍以紅黄布、飾以花卉、色多紅黄、日國國旗色也。王車隨行有馬步護衛、舉旗前引、後護。又宫門前及極樂堂內、樂兵皆先奏日樂、後奏英樂。又敎斯佛十字街之四角、立四大金獅、形與我國者同。當其經過倭特路坊、敎斯佛十字街、蒿本街、三處皆有衛斯民司得馬力賁蒿本三區之首紳、獻陳詞申剌入宮。戌初、外部大臣藍侯厲所設筵、以請日王、筵爲一長卓、電燈光與金銀盤斝爭耀、所列鮮花悉仿日旗紅黃二色、樂工起首亦奏日樂、侍坐者、除本國之首相公侯及堪特百里大主敎外、有俄、德、美、三國公使、食畢、齊往帕克菴赴倫敦得里屢夫人家茶會。同時英皇亦與后及太子太子妃、寬諾公夫婦率二郡主往。

初六日戊寅、陰、今早英君特贈日王以頭等副將職銜、其戎服則紅衣黑褲、飾以金花、左右肩有甲字形金餅兩、無總帽、皴形黑絨金邊頂、插紅白雞翎一枝、未刻英君請日王在阿得朔村閱兵、并柬約多國公使攜眷往、隨有往返火車票來、正偕內人率三子榮驥及孫女坐馬車至倭特路車站少待、登車即開、申刻抵阿得朔下車、乘所備雙馬敞車、馳至校場、此次較异于前者、國王木亭左箭地外、立木臺一、高尺餘、上列木椅、鱗次排比、臺前綠艸地、設紅褥籐椅兩橫、專坐各國公使夫婦、臺

上坐叅隨人等、臺後偏左、相距約箭地、有白布大幄、幄
內後橫長卓、前排小圓卓、列酒食鮮果、涼熱加非與茶
等、任人隨時點取、國君與后等由火車站坐馬車到後、
君后公主等上立木亭中、英日君著戎服騎馬、至對面
游看各隊、回後竝立亭前、兩君到時、各隊亦先齊奏日
國國樂、繼奏本國天保國王樂、由前走過之水陸馬步
及礮隊、大致與上年同、惟至某字馬隊時、太子引日王
至一里外、日王轉馬前行、作帶隊狀、亦於距木亭箭地
外垂劍向地、將至木亭前、舉起對鼻、此蓋將官見上之

禮也、禮畢即拍馬旁行、仍立英君左、記今日共計排演及站道之武官大小七百八十九員、兵二萬一千八百七十一名、馬四千三百九十一匹、礮百五十二門、又今日有各使館之武隨員、著戎服騎馬排立于亭臺之間、日本館爲宇都宮太郎、閱畢、二君及英后等登車先行、余等後亦登車至站房上火車、酉刻開、戌初一刻到倫二刻回使館、今日戌正二刻、英君請日王及各國頭二等公使夫婦與隨日王各員并本國文武大員在克文御戲園觀劇、約今早閱兵柬下印墨爾寧得蕾斯譯言早衣、即便衣也、約晚間看戲、東則印福樂得蕾斯華言盛服、即官服也、余偕內人回使館、未及晚餐、急洗面更衣、戌正乘車往、將近戲園、左右排兵、懸燈結彩、巡捕彈壓、園在司特蘭街北、左傍克文花菜市、地即四十年前之克文燈園、詳見航海述奇至下車登樓入座、園地頗大、臺前池座如蕉、惟前三面樓四層、層層以木板紅毡截作包箱、每層二三十間、特第二層正中作三大間、中間坐二君及英后、太子、公主等、右間坐各國公使夫婦、乃列椅三橫、公使夫人在前、公使在後、左間坐他文武官員命婦、每座上置戲單一頁、一尺方白緞、四圍垂以白絲綫穗、長盈寸、上橫臨邊中印日王小影、左右臨邊中印英君與后之小影、皆周不及寸、印戲名及各男女優伶之名、包箱前上下左右皆用鏤絲纏綠葉作籬笆、按空實以淺紅玫瑰、戲臺正面亦然、迨到時、先奏日樂、繼奏英樂、所演之戲、係義國事、按義大里舊風、兩家世仇、永不解釋、互相殺害、有甲乙兩氏、讐已百年矣、甲男與乙女情愛相投、後乃知為仇家、然二人情重、終不欲離、雖其母阻止、院戶搜捉、亦不顧、而乙族人眾、終不允許、仍事謀殺、一日某甲舉刀自樓窓躍出、乙女駭而仆、昏絶于地、共演三齣、第一齣、樓閣花園、皓月當空、晚景幽雅、女立堦前、男藏花下、相歌情愛、第二齣、木樓雪景、六出繽紛、僕役佃戶、羣作尋覔狀、演畢此場、國君先行、余等隨入後廳夜餐、與在宮內同、飲食畢、復入座、第三齣、樓房一所、即男躍窗女驚倒事、子初演畢、通園人立起、奏日英兩國樂、國君去、衆亦陸續下樓、登車回寓、聞今日園中除官定各閣外他座則七吉呢、又今晝日王所經各街、左右鋪、設座倚人瞻仰、價亦當與上年無异、初七日己卯、陰、涼、早英君伴日王游戈㳫宮、晚太子請日王瑪柏樓府晚餐、亥正三十分卜靜宮設跳舞會、十點鐘、余偕內子入宮、見各國公使夫婦子女、此外男女數往日加倍、臺上王族宗戚亦多、日王著英戎服、英君佩日國寶星幷著其烏色戎服、寶星帶色白心淺藍邊、（余前在日都曾得此式寶星及帶）跳竟四場、別加乱勤蕊一場畢、入大廳夜餐、王出入跳舞堂、先作日樂、繼英樂、食畢出宮、登車回使館、時已丑正、

初八日庚辰、晴、巳初日王由維克都里亞車站便衣上

火車、走都伍戛蕾假道巴里回國、午後大雨、雷、按英日兩國、雖云友邦、向無國君往來、此初次也、在昔四百五十年前、英君主美麗招日國太子費里爲壻、君主甍無子嗣、太子回國即王位、曰費里第二、時爲西歷一千五百五十六年、明世宗嘉靖三十六年、日王阿芬搜第十二、曾在英國練習兵學、此兩王均于未即位以前來英、非今之日來英之比、前日英君舉觴爲日王阿芬搜第十三稱壽曰、君王來臨斯土、爲我嘉賓、予與后欣幸莫名、謹以奉告、予等盼望君王來遊英國爲日久矣、今者君果來臨、

大慰我英國人民之企望、故莫不歡呼以迎、惟懇落于
法人後也、自貴國君王駕臨斯土以來、今已有年矣、茲
先君王來游之盛事、直至于今、予未忘却先君王前在
三德赫爾斯特武備學堂學習兵學、予與之交夙深、敬
仰今君王允受英國提督之號、衣其戎服、予思維之不
勝榮幸、先君王棄世甚早、故君王未得承受庭訓、言之
可痛、然老王后淑德懿聞、洵為不世出之母后、吾知舉
凡重要機務、凡為君上所必理者、王太后必有以教之
矣、日英兩國時為聯盟友邦、惟願永遠如是和好、為天

臣三

下太平計、為天下前進計、為天下文明計、凡此則尤關緊要者。予謹酌此祝君王壽、並祝貴國興盛無疆、彼蒼永佑君王、永庇君王。日斯巴尼亜王答曰、側聞溫綸、感激萬分、謹誠心致謝、并為我母老太后致謝、我兩國不獨利益有關、而追念往事、實有令我不能不親貴國、我先王嘗于三德赫爾斯特學習兵學、當時貴先君后、君臨斯土百年之內、鴻德盛業、不可枚舉、洵為天下表率、我先王即于是而得知憲政國國君應盡之責任、為我兩家親愛如是之誠、我兩國人民又友好如是、此種情

形、日後定能日長不已、于我兩國人民大有裨益也、今予謹舉觴祝君王壽、祝各帝胄壽、并祝大英國福祿無疆、

初九日辛巳、陰、海岱園、在倫敦新城內之中西界、其西首與堪興坦園毗連、南為堪興坦路與奶子橋、其北橫貝斯倭特爾路、東為帕克巷及哈米屯坊、其東南角曰海岱園角、三石門外即韋凌屯公之石像、爰再南則近王宫花園、其東北角名曰白玉石牌樓、英名麻布阿赤、條敖斯佛街之西首、據云一百五十年前尚無此園、地

為處決官犯處、原名太貴義、乃法場也、門外寬諾坊、舊有樹曰太貴樹、為縊頸架、凡縊死者、除經本家戚友領屍另葬、及經醫院收去考驗學習者外、皆埋于周之東北角、（即此牌樓下）石碑歷年久、不知幾千百屍矣、此石牌樓、英君卓志第四、建于卜靜宮前、時西一千八百二十年（嘉慶末年）共費九萬鎊、既因擴充宮院、遂移于此、一千八百五十年（道光三十年）于此掘地基時、見極深處有巨石、甚大而重、無力遷移、乃移牌樓于其上、因石上有字云、兵丁韓斃於此、不知石下埋骨若干、故又名其牌樓曰韉畏牌

樓、蓋下有瘞骨靈魂也、

初十日壬午、早陰、申刻雨、英國婦女、戴鑲嵌約指、約于食指或中指、間有在小指者、美國婦女、則無老幼、僉戴于小指、意謂或可邀福、去病、且飾以肖生辰之寶石、西國婦女按月擇定十二種寶石、如正月為翡、二月為翠等、寓意頗多、日今倫敦創將指約指、珠寶飾之、富女喜新、購者接踵、

十一日癸未、白晝陰、入夜晴、德皇喜游歷、水陸兼程、每遇佳景樂事、親以小鏡取影、印之信片、寄贈契友、聞于數月或一年餘、寄之以提醒、知其以前所遇、凡德皇寄

信、皆外書要件、飛遞莫悞、無晝無夜、突然速寄、人往往夜半驚醒、開函則花片一頁而已、某日德皇駕車經一處、見樓頂有人作工、樓高而架木險峭、德皇嘉其能、乃擊掌呼曰、卜拉倭卜拉倭、西國之君、豈皆不自矜重如此歟、

卷十六終

清末民初文獻叢刊

八述奇

（第五册）

［清］張德彝 撰

朝華出版社
BLOSSOM PRESS

八述奇卷十七

鐵嶺張德彝在初隨筆　潘士魁校

光緒三十一年五月十二日甲申，大晴暖。今日英皇與后由四點三十分至七點鐘，文慤宮開茶會于倫敦正西稍北比翔路之帕丁屯火車站，備專車十邁赴會者，自兩點四十五分至三點四十五分回車，自六點三十分起，運盡而後已。申初，余偕內人率各參隨至車站買票，登車三點二十五分開，西行，三點五十三分到下大車，有錦衣宮官備馬車，坐行里許，入宮右門，過正門，至

左門下車、步入宮左苑内、一白布大帳房、存男女外罩
衣氅、各有號目憑牌、左去兩三箭地橫列三白布方帳、
前一花綢小棚、帳内設卓椅、列銀壺瓷碟、刀叉鮮花等、
為英皇與后、及他宗族坐處、由此右去兩箭地、橫白布
大帳房五、每中橫長卓、列酒食、為諸客小食處、地勢平
坦、豐州綠縟、平日為國君打球游樂之所、右傍宮外城
堞、短牆當中接有石橋、酉初、英皇率眾由宮内步石橋
而下、男女各容自橋下至御帳前、分立左右、君等過、各
行鞠躬半跪禮、君入帳、他人有赴大帳飲食者、有徘徊

于御帳左右者、有少待即去者、余偕內人入大帳、各飲加非一盃、乃緩步出宮、時已酉正一刻、乘馬車至火車站、登車即開、戌初二刻抵使館、聞此次男女客六千餘、由倫敦至文溫火車、價往返每人五先半、統計帕丁屯車站、于今日午後一點鐘工夫、所獲應不下一千五百鎊、

十三日乙酉、白晝陰、入夜雨、英君弟寬諾公之大郡主瑪戛蕾生于西一千八百八十二年正月十五日、光緒七年十一月廿六日二現年二十四、英君許配瑞典國王鄂斯喀長

二

孫司喀尼亞公阿多福爲妃、阿亦二十四、乃生于八百八十二年十一月十一日光緒八年十月初一日半月前、率男女文武多人來英、就親擇于今日午正二刻、在文瑟宮齋賢卓志敎堂中成禮、今早奉英君諭、特贈瑞典國王以本國海軍水師提督之職銜、按瑞典與諾爾威本兩邦合一、諾爾威原屬丹麻、中隔北海、九十年前爲西一千八百十四年、即嘉慶十九年改從瑞典、因地毘連也、雖屬一君、而各立議院、與英之蘇格蘭同、邇因諾擬剔派領事赴各國、瑞王未允、諾地議員告退不准、謂旣如此、則本院無權、即請令本地自主、然本朝世代君王、恩惠有感、人民敬仰、不忍分離、可否即派太子古斯達夫分治此地為主、至今分否未定、或謂不派太子、恐將派王孫、故阿多福有稱諾爾威王之望也、夫英瑞結婚之易、以耶穌教故耳、又寬諾公之次女芭蒂夏、現年二十二、于兩月前、原擬嫁日斯巴尼亜王阿芬搜為后、因教門不同、日王天主教、英王耶穌教、故寬諾公夫婦曾潛赴羅馬商諸教皇、未蒙允許、遂行停止、

十四日丙戌、大晴熱、昨日郡主瑪夏蕾成婚、各世爵大

臣男女餽送之禮物，如寬諾公之子王爵阿及爾次女迤蒂夏同送鑽石珍珠約指一枚，克里堅王與夫人（夫人為英王二妹海萊那）送銀加非茶具一分，君妹四公主巴特堡王妃碧阿特麗姒送大花銀盤一，妃子阿來三德里歐埔墨里斯及女娭那，仝送銀果刀一匣，君妹三公主阿蓋公夫人綠衣姒送鑽石翡翠金絲項練一，二公主長女維克都里亞送紫玉瑛耳墜一副，次女教古斯達送瓷油表架一，法皇那波侖第三之后尤芝尼（寄居英蘭）送珍珠鑽石蝴蝶胸襟鍼一，斗斯達公（義國國王堂兄）與夫人娭萊那同送鑽石碧玉耳墜一副、德國公使（因寬諾公為布邦公主）夫人送鑲嵌鑽石金圖章一、色爾喀色送鑽石耳墜項圈各一、色爾駱斯柴夫婦送鑽石碧玉胸襟鍼一、代萬時公夫婦、送鑽石紫玉瑛胸襟鍼一、坡蘭公夫婦送鑽石藍碧玉胸襟鍼一、多洛古勒齋王與夫人（俄皇之叔寄居于此）送銀燭臺一對、阿福來送鑽石珍珠手釧一隻、曼逸泗得公夫婦送鑽石攢成香水瓶一、衛斯民司得公之母喀色蘭送珍珠帽鍼一、衛斯民司得公夫人送金墨壺一、全營武官（寬諾公所帶者）送銀墨盤一、筆二枝、馬爾喀立伯夫婦送

金漆按鈴器一、色爾卜拉西即四十年前所暗之某船歷主人送金漆
鈕扣一分、鄧拉文伯夫婦送喀爾里書一部、堪特百里
大主教送教書一本、文澂教士書一本論尊守耶穌者、格蕾伯
夫婦送瓷胸襟鍼一、格婁係諾伯夫人母子送鑽石
碧玉十字架一、洛克斯柏爾公夫人送珍珠鑽石袖扣
環一對、曼沁洇得公之母寬蘇婁送金糖罐二、帶鏨花
匙、婁斯美侯夫婦送鑲金藍玻璃墨罐一、將軍駱柏滋
夫婦送四柄銀罇二、將軍李特敦莫蕾濮路墨德格樂
公送銀燭臺一對、哈荷扉伯送鑲嵌皮匣一、得得來伯

夫人送大銀托盤一、藍斯瑞侯夫婦送古式游行金器一匣、內盛刀叉匙等阿柏的音公夫婦送挖墊卓一張、勅建音樂大學堂司事著書由郡主音樂送船形銀醬油罐二、鱉色蘭公夫婦送銀墨罐一、立本大主教送小坐鐘一架、

十五日丁亥、早陰雨申刻晴、倫敦婦女喜畜犬、應用什物遂售有專鋪、如銀銅皮緞之脖卡、鈴鐺、鎖鍊、名牌、價由一二先至一鎊、食槽、皮鞭外、最新者為剪毛器、為天熱剪犬頸毛、天寒則有古米之犬靴、可大可小、犬背背衣同馬衣、綢緞絨毡所製、前有領扣、中有肚帶、其上可

以金綉主家名姓暗號等、又有犬睡筐、携犬出門筐、編以柳條、襯以毡緞、爲房形、爲籠形、有門有鎖、各物價皆十數先至一二鎊、

十六日戊子、晴、英婦女既好飾髮、復求蓄髮、欲其潔而澤、然因病因地故致髮稀、有鋪售多種藥水、不一名、未詳何物所製、有一種名埃格朱蓄埔、係以卵黴攙克倫香水而成者、藥水皆盛以小玻璃瓶、高二寸弱、寬寸餘、厚五六分、玻璃既厚、裝潢華而潔、每瓶水由二先半至一吉呢、

十七日己丑、晴、西方美人所用、不僅脂粉、即粉言之、則有肉皮色粉、細軟潤膚、雅洲者稍黃、斐洲者微黑、各如其面也、每匣由五先半至十先半、又有一種紅香水、名婁西安、料不外乎玫瑰、以之拭頤、豔而不傷膚、每一小瓶五先、一種烏眉藥末、產自埃及、名埃拉羨斯的阿木、一小瓶五先半、紅唇藥水、唇不澀、不油膩、終日洗不落、如生就者然、一小瓶價四先半、

十八日庚寅、早微雨、午後晴、英國郵局定規、凡寄函之人因忙將空函且封面未黏而擲之郵筒者、某信局收

到、先以筆識其外曰到手中他無所封至大信局、又印
云某區某局、見其中無他物、并手信後加封一長方紙、
印云第若干號、察其開口、茲由官印封、此等空函亦照
封面所書之人名姓住址寄交之、
十九日辛卯、晴、西國自古亦裂地封爵、故至今各世爵
皆有若干地畝、千百年來、官禁賣地、而貿可鬻爵得之
者、遂因爵而有地、不必國人也、聞奥國有一埃斯他奚
王爵、僅一女名阿那、繼之年五十三矣、西千八百九十
九年（光緒二十五年）嫁法人某甲、甲浪費而沈湎于酒、一禮拜

婦代償者一二百鎊、背遂讀上年禀官具結分離、婦擬鬻爵以度日、登之新報、價二萬金鎊、

二十日壬辰、晴、英例市衢禁乞丐、倫敦新舊城各區區設大房一所、曰作工所、洋名倭爾克葛斯、以倫無工作之人棲止、一宿必作粗工若干、如析麻開石之類、翌晨他往、充工為有為無、仍宿于此、宿他處者聽之、又各區住戶、年有捐款、賑贍貧苦老幼、然各區大小貧富不同、間有房無一人宿者、乃暫改為小店、宿客出徽直而不作工、名以償債客、如太康店、入者浴之、俾免身垢汙襟

被、牀臥一夜四夲士淩昆晒區店、有夫婦攜四猍宿、其人每禮拜由善會局領五先三夲士之賑款、宿此每七日四先半、尚餘九夲士、格林泥芝區店、改收年老男女、每禮拜祖十先、供飲食、因病而醫之費在外、室大足居四百人、七日間可賺每人二先、

二十一日癸巳、晴、英都富與宦室婦女、既思麗其容飾其髮、復光潤其指甲、鋪中乃備諸種藥水粉散器具之屬、并可代懶婦修飾之、修洗一次工價五先、所售之藥、每創新名、洗指水、立除指甲內外之污、每小瓶二先半、

藥粉兩種塗于指拭之、數分鐘、光如龜殼、每一小紙匣、一先半至三先、謂剔指之檣木籤、優於鋏器、其長二寸寬二分、每束六枚一先、指甲剪後以錯、錯齊再用洋名埃莫里柏爾滋小凸細沙布磨錯處使光滑、每小匣計六頁一先、復用小刷刷一種藥油以潤之、每瓶三先半、末則一種紅水、刷于蓋肉之指甲、使作血暈、亦龢壯也、每瓶二先半、

二十二日甲午、晴、水晶宮內正面之大風琴年演鼓一次、今年則今日申初、酉六月十四日二半月前、會首等折柬約、

附入座劵四、皆正紅色、別二帖、白色者、謂繞行全宮毋
阻淺藍色者、申正後在御用包箱小食、未初、余偕内人
率三子榮驥及孫女佑英乘馬車至、入宮步至臺右、進
門有人收劵撍去其半、導客入座、爲臺前第一横池中
金椅共十二横、横椅二十五、入門劵色不同、因池中座
價分四等、頭等正紅、一鎊一先、二等淺紅十先半、三等
黄色七先半、四等綠色五先、臺左右搭敞閣、其上座分
三等、與池中二三四等同價、池外三面座之不列號者、
每座二先半、臺作箕形、正面一人鼓風琹、左右兩翼坐

和聲度曲之男女三千、箕心至臺邊、男女樂工坐五百、
臺邊正中、樂工頭以短棍不時上下左右立而指畫調
音之高低、樂作兩闋、第一節、鼓風琴拉湖琴、箏瑟齊鳴、
合奏天保國王、是時通場肅立以聽、曲終、迺坐、已鼓一
再行、復有著名六男女蟬聯各度一曲、繼又鼓吹一次、
是為頭節、畢、畧歇、時值酉初、下議院紳董查得潲引至
對面登樓至歌廳後飯堂中坐、飲加非一盃、糕點少許、
移時、會首盛克夫婦齊至、請轉入御用包箱中坐聽第
二節、同座遇諾特佛伯夫婦、又旁閒坐暹羅公使日本

叅賛、聽畢、盛克夫婦并請七點晚餐後看烟火、因時尚早、遂先下樓一游、所列貨物、及各樂場甚多、人多壅路、無暇細觀、戌初步囘、登樓入飯廳、即時入座、座間八人、除盛克夫婦外、有色爾威亞國之總領事父女、食畢、恰值九點十五分、開放烟火、乃即步至廳外敞閣、坐傍鋏闌眺望、歷來樂工係在宮前左鄙石臺上、現改在宮前正中石臺上、建一高亭、坐紅衣樂兵一部、循臺一帶石闌及臺下水法花池、皆挂五彩鮮花、屈曲彎環、作字及盤腸式、烟火放三十三次、次別以名色、有爆竹至半

空、變成五彩金銀星、大片飄洒、有僅作金星帶綫、騰空
一束而散開如節者、雷光球起、裂為火球數十、火箭射
空、金條亂舞、名曰火龍雲集、爆竹上升極高、轟然出彗
星千尾、蹮蹮下墜、隨墜變色、始金銀、既紅綠、名曰寶石
垂天、鐵架立地中、一扁輪、金銀色之火星外飛、輪轉能
編作花式、名曰編花輪、飛起銀星隕如雨、名雨落鑽石、
五色萬花飛起、落未點地、而復騰空、高於初次、名曰探
花、及第冲天、鐵架一、由上飛下白花、四面佔地數千方
尺、名曰大雪繽紛、是晚風吹對面、俾清楚得看、就中精

巧者有二、一鐵架一行、上作鐵甲兵輪多艘、左右相向、火花明時、左右見烟、隨聞礮聲隆隆、作彼此海戰狀、倏一船折桅、倏一船中斷、此船失火、烈焰飛騰、彼船落水、波濤激湧、此蓋仿本年日俄兩國對馬島海面交兵水雷轟斷俄之勒維亜坦兵輪事、二左立鐵架樓房一所、突火起、烈焰熊熊、即時對面一救火車馳來、二救火人下車、大步至樓前、以皮筒激水、車走人行、與真無別、皮筒所激之水、乃大花也、共止二刻、看畢、與盛克夫婦同車回倫敦二十三日乙未鎮日陰晴不定、聞立文浦海口仕人某甲年五旬矣、妻故年餘、遺二子一女、女年十八、數月前、甲與女之同學女友李艾米情投、前禮拜日（即前十六日）潛入教堂成婚、李年十五爾、甲之子女不知、娶繼母李之父母不知女出嫁也、禮拜三之晨、李母睡起、至女臥室、見空榻枕邊遺一紙云、女今已有夫偕之他往、閱畢驚詫良久、度其必無引線人、夫婦乃竭力搜尋、現尚無著、蓋李與甲約是早同坐火車赴柏明根也、此類事、情愛歟、拐帶歟、未悉有干例禁否、

上

二十四日丙申、晴、前赴德國賀太子豐良新婚之日本
有栖川宮威仁親王與夫人由比利時西北敖斯瑺海
口駕克來孟丹輪船、今日未正二十分抵都伍海口有
日本公使林董率文武叅隨、并英廷欽派各員在彼處
迎接、船傍岸、林董率衆登船謁見王與夫人上岸、先有
宮官遞英后所贈夫人之紅鮮玫瑰一束禮也、礟臺聲
礟、禮也、繼見英官步兵左右列隊、作日本國樂男女攢
立、大聲歡呼、王與夫人隨行同向英旗鞠躬行禮、登專
邁火車、開時、兵復作日本國樂送之、酉初一刻抵倫敦

維克都里亞車站英太子衛拉斯王及寬諾公著戎服
候接、日本男女百五十餘、排立一行、佳車後、彼此握手
寒暄、日本王與夫人皆深深鞠躬、繼引帶來各員參見
太子與寬諾公、見畢、王等緩步前行、日本男女向之鞠
躬行禮、王與夫人皆手拂冠簷點頭答之、日本參贊夫
人又親奉王夫人玫瑰一束、（非日本禮仿英禮也）夫人先登馬車、
日王乃足恭上車坐對面、太子笑而手握王肩坐之、夫
人右時有馬兵護衛隨行、沿途左右亦有步兵排列兵
後男女如堵、車過均向之免冠搖巾行禮、王則不時以

右手觸冠、夫人不時點頭以答謝之、車入卜靜宮、英皇與后迎入大廳、茗談一小時、後乘車入賢猩木司宮左之約爾克府、又經外部、大臣藍侯等接入少頃、英皇坐車入府答拜、少坐即去、兩處皆有紅衣護衛奏樂、英皇轉回始散、戌刻、王與夫人入卜靜宮晚餐、夜半回府、二十五日丁酉晴、申正率榮驥乘車至貝勒格萊伍坊、第五號赴色韓夫婦家茶會、英俗子娶妻、須別立門牆、故其母仍住伊比坊、新夫婦則移此新居居焉、樓房高闊、修飾華麗、度為其妻所購者、夾初復同內人乘車先至康衛路大博物院赴地理會之茶會、此次不惟大堂作樂、預備酒食、更在西巽頭層設禽鳥處、別安一琴男女陸續歌曲、備茶酒小食、坐間遇立德夫婦、述見猷其妻著大紅寸蟒罩片氅、去此至太子門第二百六十號赴司特安伯夫婦家茶會、有人奏樂歌曲、樓雖敞而人多擁擠、少立下樓、主人引入飯廳、飲香賓一杯、食地椹幾枚、謝歸、時已子正。

二十六日戊戌、晴、申初、同內人乘車先至特拉伐勒戛坊之喀色林別墅赴葛蕾太太家茶會、無多客、所集北

上三

京哈吧狗二十餘、大小顏色與前年同、去此北行數里至海岱園南之埃呢斯莫爾園第三十一號赴蒲的滿太太家茶會、樓小人多、擁塞覺熱、少立下樓回、亥初、復携榮驥乘車至格婁伍諾園第四號、日本使館赴茶會、並見阿里蘇戛乱王（日本音即有栖川宮王）與其夫人、屋以人多而偪仄、遇各國公使及藍侯等人、語嘈雜、好靜者應增其擾、

二十七日己亥、陰雨陣陣、中正偕内人乘車至阿拉柏門法國使館赴茶會、其大廳正面設一木臺、高及尺、安

大琴一架、有少婦羅娅歌曲、臺前遂行排金椅、坐聽兩曲、法公使乃引入他間、酌以香賓一盃、爵之辭回、戌初、復乘車至白堂街、入勅建水陸公所、英名洛亞仮、乃代色爾威斯音斯的究慎赴將軍駱柏滋所請茶會、其樓本名槐達霍勒、譯即白堂、三百年前尹呢勾周恩斯所建、擬作酒館、既歸國王查里第一、王昏亂、國人不服、西一千六百二十五年、（明熹宗天啟五年）弑于是樓窗外、六十年後、六百九十一七年、踏陸續燒燬、今僅存此所、修理齊整、以存古蹟、房不多、皆古式、精純堅固、既爲水陸公所、兼作水陸軍械博物院，除于每禮拜三閉門一日，餘皆任人觀覽，入門每人六本士，内有多式槍礮刀劍旗幟，于戰勝敵國奪來者，并有東方幾國之風篷用槳船式，公所首領為寬諾公，餘皆水陸大員，大員中又以駱將軍為首，故今日為主人，入門與之握手，稍敘寒温，遂步至内堂樓上，作樂，四壁釘懸刀劍旗幟，當中行行羅列玻璃罩卓，内戎服寶星等，半屬水師將軍洒樂森于百年前鏖兵之物，今日係西六月二十九日，即百年前戰勝之日，特設茶會，繹其功也，少頃，作天保國王樂，寬諾公與夫人率郡主至余向之鞠躬握手、他男女客分立左右、亦皆向之鞠躬半跪、樓上自亥初至子初二刻、時而奏樂、時而歌曲、皆當時戰場之詩詞也、地仄人稠、不能久立、遂由後梯步至下層一觀、存有礮位小船等、正面橫長桌、設茶及小食、乃飲加非一盃、步石堦上樓、出正門登車回使館、

二十八日庚子、晴、今日為西六月三十日、英皇壽辰、為西十一月初九、而藍侯于今晚戌正開筵、請各國公使并本國文武多員預祝之、前二十天印柬來云、恭慶國

上

壽辰、擇于六月三十日禮拜五、晚八點鐘晚酌、席設藍斯璫府、布著朝會服、敬候回示、覆函祈致外部總辦、蓋欲知被請者能否准到、以便均設座位也藍斯璫侯拜、戍初二刻、乘車至、入見藍侯、握手問候畢、進大廳、同眾立談、少刻客齊、轉入飯堂、一長桌、周坐六十七人、旁間作樂、食果、藍侯立起舉杯、率眾恭祝國君壽、作天保、國王樂、繼而法國公使代各公使立祝英皇壽、眾齊隨立、舉杯一飲、作天保國王樂、此後吸菸捲、喫加非、少坐齊入他間、立談片刻、辭出、登車轉至帕克巷、入倫敦代立府、赴倫敦代立侯

家茶會、其請柬首句亦云恭慶君壽上樓見侯夫人畢、在上復遇許多公使并倫敦美爾夫婦等少敘後由左梯下樓出門登車回使館時將丑正、

二十九日辛丑晴。昨聞某城男名武達夫婦不睦武告官欲休其妻并將其周歲小孩一并帶去、官判令每禮拜攜其妻與孩鄉游一次夫婦每日至少合吻一次妻別居、每禮拜給一鎊四先、更須不時遺以鮮花一束、不得令其妻母代理家務、以四禮拜為限、限滿同來報聞、如不遵行、則為違背公堂、俾其久而感情深、或有破鏡與、

重圓之一日、
三十日壬寅、晴、英廷宮禮、自西一千八百六十二年、同治
元年前君主維克都里亞之夫阿拉柏王逝後、多停止于
今復有陸續規復者、即如宮中每設跳舞會畢、命婦皆
伴君主回至寢宮門外、自阿王逝後、君主自不入堂、令
太子與妃代之、此禮遂廢、自埃達倭即位以來、前于初
七日宮中跳舞會畢、命婦送皇后登樓入寢室、迨入門、
值日斯巴尼亞國王阿芬搜亦到、蓋彼此之卧房咸在
宮樓一行也、既見日王、趨英后前請夜安、忽謂我武家

也、后肎看操否、皇后笑曰可、日王乃連打觔斗數輪始
入屋、
六月
初一日癸卯、晴、記上月二十八日未初一刻、倫敦美爾
請日本有棲川宮王與夫人極樂堂午酌、共卓二百二
十人、中有藍斯瑺侯、日本公使林董幷他日本文武多
人食畢美爾立起、舉杯請貴客同祝英皇壽、再祝秦晋
結好之日本皇帝之福、隨陳數語、大要謂現在倫敦通
城人民咸讚日本皇帝聖明其世、及為天至久者、現為

第百二十一世、相繼不絕、于今深與前進此時之奇特
也、願貴國皇帝萬壽、國泰民安、以其大畧治其通國云
云、言畢通堂齊呼班𢧐、班𢧐、（日本語萬歲也見前）少坐後復立而
舉觴恭祝王與王夫人之福、并陳明王前曾在此學習
且英兵船、又前當老君主即位六十年大慶時、王曾代
日本皇帝來英慶賀等語、王立起荅云、此次美意優待、
感謝無已、猶記二十年前、某在此歡樂之時、歷歷在目、
今得再來、何幸如之、今日榮遇、達知敝國上則皇帝皇
后、下則官民、罔弗深為感激、某可比作江河、歘將日本

通國之、美意、如水之傳致大英通國也、言畢通堂復髙
呼班我、又當日威仁王奉日皇命賜美爾以日升寶星、
敦聯盟之誼也、戌刻藍侯請王與夫人侯廌晚酌、
初二日甲辰、陰、各國新報、除俄國外、皆暢所欲言而不
禁、然人心不同、官場每有一事、無論鉅細、必肆論其是
非、故邇來我國各報、亦頗效之、倫敦气車、近數月間日
多、客雖上等、然輪轉如飛、險甚、且烟气羼异味、易致疾、
倫敦每年西五六七三個月、天氣清爽温和、曰倫敦季、
多有乘馬車游園及請茶會、海岱園中尤夥、每午後車

輛往來于途、左右游人、或坐或立、擁擠以看馬車行行復行行、到處馬步巡捕、彈壓官場、以園中游覽多婦女既非賽馳、亦非急務、數日前海岱園各門外懸牌、每日自申正至戌初、禁气車出入往來、以免撞車驚馬、前日新報乃云、自開門諭帖出後、園中頓覺異常寥落、人則慘淡無神、巡捕亦逍遥無事、除王后公主王妃等經過、其他名家婦女入者殊尠、即有高軒過、無非乳娘携官家小姐而已、園外四面气車等車混雜、路仄難行、由此以觀、諭帖恐不能久懸云、初三日乙巳、晴、記英人豢猫狗、多表愛惜之意、昨聞在巴斯地方有哈埃者畜六猫、臨終遺書、謂每年令鄰婦卜麻薩由某銀行取五十鎊、代養其猫、經大法院法官朱艾斯考察、謂遺書未言以何時為止、無所斷定、經院首某世爵判以第六猫死後為止、又有弄猫狗戲者、名歐訥悌、住蛤蜊街第三十四號、昨在來祥雜劇館中演劇、二椅背立、相距尺半、一猫橫立其上、作〈形、猫犬大小十二、陸續經猫背而過、適訪察虐待生靈者某甲見之、謂其暴虐不仁、猫忍痛而攫撻、令人憫憐、遂聞于官

九

官傳試驗、良是、遂判罰歐四鎊、外索官費四吉呢、

初四日丙午、晴暖、午後、去約爾克府挂號、并至藍倫二

侯霧投刺、英蘭無工貧民、經善會設法賑濟、帶領各霧

募款、以憐貧一防作亂、聞上月初間有四百數十名、

善人帶領由距倫敦西北八十四洋里之哈柏婁村南

行十八洋里至諾桑屯、蓋將接踵赴倫也、翊晨、經彼地

善會計名給粗襪一雙、除昨夜犯規之二名、撤其牌號

遂出外、辰初、備麪包、乳餅及茶、而使飽、巳初一刻、善士

余立福步引列隊而行、經過貝達佛路屯、賢阿拉班等

村鎮、逐處加添、抵倫敦已逾千、各地凡有添者、別有首領、皆歡迎施皮鞋舊衣麪包牛肉、并令洗浴臥以草褥、朝夕善士宣講演說、勸導之、激諷之善舉也、

初五日丁未、大晴熱、因日本有栖川宮王與妃在此、英皇特于今日亥正三十分在卜靜宮添設跳舞會一場、數日前、經內廷禮官奉英皇諭、具文來約亥正余偕內人率陸澤生、白厚之乘車往、天雖熱、而宮中四面窗門敞開、且堂上玻璃雙層上下參差、開放不見天而納涼颸、出熱氣、人雖擁擠、尚覺清爽、一切禮節如前、共跳六

場、第一場喀得立勒前兩對、為日王與公主綠衣娘日王夫人與寬諾公跳第二三場皆亂勒、自第四場又為喀得立勒頭兩對、則王夫人與英皇日王與英后跳第五六場仍皆亂勒、自皇后王妃公主等皆坐觀、各國二等公使及他文武官員妻女彼此換摟歡跳、至子正二刻齊入飲堂夜餐、丑初回使館、

初六日戊申大晴熱而微風、美國自西歷一千七百七十六年七月初四日叛英自立至本年西七月四日即前初二日為其第百三十年、倫敦美國會館原定于是日戌

刻在賽西店設宴慶賀、兩月前、會首具柬來請、忽于上月三十日來電、以本國副總統海專瀘逝、應俟葬後補行、特改于初八日宴賀、不知能否惠臨、望亦知電費已付、此節、來電不言、乃送電者代言回電費付訖、因此等為迫人電覆、如此先付、乃禮也、曾荅以仍欲助賀、今日戌初乘車至見、會首佛克斯等少立、報酒食備齊、佛克斯君前導、接踨入飯廳、卓式橫一豎九形、人三百六十七、佛克斯君坐橫卓正中、右三座為美德二國公使與余、左三座為藍侯及和墨二國公使、左右餘三十六座、亦皆來客、九豎卓所坐者、除新報館七

人外、餘皆美國人、卓左臺上坐紅衣樂兵一部、每卓上
密列瓶瓶插鮮玫瑰、紅黃粉紫不一、其色花大如芍藥、
且作高三尺餘之花月門三十三、立于卓面、乃橫卓六、
豎卓每上三、新式也、侑酒以樂、未舉刀叉、倫敦副牧師
英名阿池的昆立起、口陳數語、率眾謝天賜食、食畢、復
率眾立謝蒼天、既而喫加非、吸捲菸、再則佛克斯立讚
英君之聰穎仁愛一段、畢、舉杯領眾祝英君福、樂作天
保國王此後、藍候起立稱頌美國歷代伯理璽天德、并
謂英為美之祖籍、美則英之後裔、彼此視同一家、日見

和睦、云云、因而舉杯公祝總統福、作美之國樂、繼又公祝新任美國駐英公使李德之福、美公使復頌揚今日聚會之誼、德公使代衆客稱謝今日之請、末則佛克斯立陳一年會館之情形、兼謝會衆贈物、蓋佛公一年辦理得宜、公贈一銀斝也、斝高尺餘、周一尺、形、其重未詳、四面鏨花、工頗細、陳畢席散。

初七日己酉、大雨滂沱、列鈌宣威、豐隆震地、左車撤豆、滿地珠跳、酉刻雨止、仍陰、華人間有更姓、或因承繼、或為避禍、或隱遁、或賜姓、未有取名家之姓而為己姓者昨遇三十年前之税務司滿三德、本英國蘇格蘭人、姓滿名三德、按英法稱之、則曰阿來三德滿也、慕司九阿爲蘇格蘭望族、遂襲其姓、而以本姓爲名、曰滿司九阿、若改華名、可曰司加滿矣、

初八日庚戌、陰、英人喜用玫瑰、蒔蓺既佳、具各種顏色、蕚亦大、英蘭東南埃賽克斯府東北、有村曰扣紫色爾、距倫敦東北五十一洋里、東界閣安河、有甘特姓者、世業蒔玫瑰園、極廣、已及一百四十七年、名曰老玫瑰園、栽培得法、花蕚異常、曾由賽會得金銀工牌、酒罇諸物、

其售花之常價、自西六月二十四日至十月底、雜色者、每二十五朶二先九本士五十朶五先半百朶十先千朶四吉呢、其深紅淺紅白黃各色、皆二十五朶三先三本士五十朶六先半百朶十二先千朶與雜色價同、專指何等式樣顏色者、每二十五朶四先五十朶七先半、百朶十五先千朶亦四吉呢、凡連莖者每百朶一鎊、各處寄送匣價在內、路遠加寄費、如二十五朶加半先五十朶加九本士、百朶加一先、如在六月前或十月後、及朶數在二十五以內、皆須隨時討朶定價、

三三

初九日辛亥、大晴、熱而微風、昨早巳正、日本有栖川宮
王與夫人啟節回國、由賢猩木斯宮至維克都里亞車
棧、有馬兵護送、英皇與后派人至車棧送別、申正偕内
人率孫女乘車至柏克雷坊查爾斯街第二十六號赴
馬其萬太太家茶會、大廳遂行列椅、臨窓一大洋琴、有
法人蒲蘭桑霍樂滿、吳樂第、婦女古爾等陸續鼓琴歌
曲、聲調亦幽雅、遇土耳其魯麻呢亞兩國公使夫婦、坐
聽六場、後下樓入飯廳、喫酸桃一枚、飲舍利一盃、遂出
門登車回使館、

初十日壬子。大晴。熱。英國有種小說，與我國之鏡花緣同。亦謂有大人國、小人國，亦不言屬何地，人皆以爲妄言。按各國現據之阿斐利加多臨海地，故謂内地沙漠無人，罕有到者。二十年前，英人司丹里自中斐洲之東界臨印度洋海口向西直行，至西界傍大西洋之海口，途中固多沙漠，而遇小人國，亦有酋長，遂名曰皮㒄米，譯爲矮也，短小也。後既知其地有人往者日多，漸熟，屢見長人亦不懼。前有參將哈里蓀擬帶數名來英，俾人觀之，官批准，運以船，上月到倫敦，送入喜坡得隆馬戲園、初四日（西七月初六日）英二公主維克都里亞生辰、英皇在卜靜宮後園中請茶會、人共一百五十餘、皆王族近支戚友也、傅矮人入宮演耍、以氣車送入用地、棲鵝、果酸桃、香蕉、牛乳、熟雞子、飲之食之、畢于宮園敞地耍舞、看名猛甘勾與麻土喀者、互用小弓箭射麻雀樹窩樓高、無一中、乃以短矛對刺一陣、以又單腳跳舞、設法絆跌同侶、戲畢、以原車送回、余所聞如此、

十一日癸丑晴、哲爾奚伯本年在其鄉居歐斯特蕾圃、仍請茶會四次、五月二十二、二十九、本月初六與今日、

前三次事忙未往、今日申初、偕内人率榮驥與孫女乘車、申正二刻至下車登樓、見其夫婦一切如前、步出後門、下樓入園、見林中别設一卓、上列香蕉、雞蛋、牛乳各類、周列六椅、不知款待何人、正步游間、忽傳謂皮夏米來、已坐食矣、因哲伯招來備衆觀也、遂轉入林中、見四男二女、面色紫黑如鐵、白牙厚唇外哆、似老猴、短髮如骨重羊而色黄、察其相貌、當與亞丁人為一種、惟身長不及三尺、如我國之五六歲孩、面孔異耳、此類野人居當熱帶、必皆赤身、肚下圍花布一條、今乃男著西國水手衣、赤足。女戴耳墜、穿日本闊袖襖、登西國黃皮鞋、均頭頂土耳其紅毡藍總帽、男女脖纏串串珠子螺蛤。男女相貌無大區別、男之髮間戴有豬鬃花朵朵、手執小弓箭。長者年四十餘、其子十八歲、食間有將銀刀插入兜中者、領來之英人怒之以目、畏而一笑、取出置卓上、主人給菸捲、大把抓起、收入兜中、食畢、齊至林中作鞦韆戲、惜時已戌刻、無暇觀其耍舞。遂出回樓前、登車回倫敦。

十二日甲寅、晴。聞宮女席奴將嫁三汀航官地之園丁周爾志、英后將文潞宮旁囿中自築之鄉樓一所賜新夫婦居、派人修理裝潢、洞房陳設整飭、并改周爾志為文潞宮囿丁英后頻住文潞宮、席娖可仍入宮伺候、按三汀航屬英蘭正東諾爾蒂府、東臨北海三洋里、周七千洋畝、前于西一千八百六十二年、同治元年經英君以二十二萬鎊買得、圈二百畝為囿、樓亭臺榭、樹林叢隆、頗幽雅。

十三日乙卯、晴、未初、偕內子率榮驥及孫女與尹王陸三君乘車西行三十里至鸞鴛莊、入鸞鴛別墅、赴公爵

諾僧布蘭家茶會、登樓見諾夫婦、在上、繞行一周、觀其
陳設古董、既下樓入園、豐艸綠縟、密樹濃陰、其玻璃煖
房地基作◠形、極高、入左門出右門、有竹高抵房頂、粗
二尺餘、溫熱二帶中物也、轉至湖邊、清流蕩漾、小艇往
來、觀之令人心怡、回入紅白布大帳、坐飲舍利一杯、食
糕點少許、出坐草地椅上聽樂、過許多公使夫婦子女、
酉正起、坐上樓、出門登車、回倫敦、隨行單雙馬敞車、魚
貫成行、气車馳前、隆隆不斷、可徵赴茶會之客多、
十四日丙辰、晴、涼爽、嘗思人事皆有理在、然亦由于人

之心精力果能忖度而達其情、故事有須預防者、有須臨時審定者有于事後斟酌者有須循理經公斷者、邦國亦然、即如西歷一千八百五十八年俄土戰後訂立巴里條約時、約中曾載有一款、訂明俄國不得于黑海創立海軍、俄國當時雖無如之何、而心終未願也、至一千八百七十年普法戰後、法之兵威已殺、俄政府遂乃行文各國聲明巴里條約限制俄國不得在黑海創立海軍一款、俄政府以後即不遵守、所以不能遵守者其故有三、一、黑海作為局外之地之說止有其名而無其實、二、當日時局情形與立約時情形不同、三、各國兵船曾有違背巴里條約駛進黑海者、當時英國外部大臣為伯爵葛蘭費爾、彼謂俄國聲明文件內所指之三端、皆可置不理、蓋各國合訂之條約、如一國不欲遵守、則當請命于各國、方為合理、今就俄國聲明文件而論、似各國公共所定之條約、遵守與否、一國可以隨便、如是則將來立約有何益哉、俄人亦躡其言、旋即請前訂立巴里條約之各國、商議比事、後俄雖得償其願、然一國不能擅廢條款之說、亦于是中明矣、及本屬土耳其一千八百十一年、該地總督叛土自立、一千八百四十一年土皇諭令埃屬政令仍照土例理治、經各國承經担保、英法兩國尤任其難、至一千八百八十二年埃人又以政府不善治理、苛政迭施、遂揭竿而起、土國既無力平亂、英乃請法國合力為埃靖難、法不從、英遂獨任其難、亂既平定、英仍派兵駐守、年復一年、以迄于今、現在埃及政令、名雖出自埃主、實則徒擁其位、行事之權、全在英人掌握、假令當日者埃即以英兵不得駐守其地、一切務須自理、為請則埃及情形、亦何至到此地步、

一國行政之權、不可一日假手外人者、不于此可見一斑哉、

十五日丁巳、晴、上月二十七日、水陸公所茶會、因地窄人稠、未得細觀、數日前、公所協理李薩木、復以函約、今日一觀、申初、携榮驥與孫女乘車至登樓、入客廳先晤李薩木、并遇車步覲、少敘、同入大堂、前窗臨白堂街、後傍小園、四壁挂各處水陸戰獲得各式旗幟、傘蓋、刀槍、劍矛、籐牌、火銃、皆前所見者、地面更縱橫列玻璃罩、長卓、儲一二百年前名人遺物、大小六千零三十四件、屬

水師元帥迺樂森者居多、如劍、刺、盃盤、寶星、毡帽、手槍、
水壺、紙夾、銀壺、裁紙刀、狗脖領、玻璃盃、酒一瓶、千里眼、
鼻菸匣、圖章、手棍、雨傘、串珠、墨罐、信函、小照、說票、帳單、
金表、銀扣、錢袋、官衣、外褂、木架、臉盆、并迺樂森失右臂
後左手所用之叉、邊帶刄之刀、又哈米屯夫人覩之小
影、及其受傷時所服之戎服、衫、褲、鞋、襪等、皆有血跡、迺
物盈千、悉數難既、皆其西一千八百五年、駕威克托五
兵船、在西班牙西南特拉發勒戛土角外海面、與法西
兩國戰時所用者、更有迺故後剪下之黃髮小辮一、英

名花格太勒繹言豬尾也、其棺上花圈桂葉一枝、遺言一頁、棺外鏨花銀片兩頁、出殯載棺車式一、一千八百六年正月初九日、在賢波羅敎堂誦經單一張、出殯禮節單一張、威克托立兵船上所懸之國旗一方、此旗于送殯時經水師兵手舉前引、迨葬而落旗時、該兵將旗扯碎、言須各分一幅以作記念外有是船被砲擊透之桅杆一段、桅尖一段、後以是船木作迺樂森棺式一、小鏡錨上鏨迺樂森像一、百年來凡水手多佩此作護符又一臬、面長一丈寬六尺、以油紙作水浪、前浮古式戰船一橫、共二十餘隻、為西法兩國者、後兩行、分而前駛、亦二十餘隻、作前冲狀、為英國君、蓋西法國船擬同阻圍英船、而英船乃設法冲斷為三、即西樂森當年海戰獲勝之事、各船發礮、以白棉作烟、看之如在半空俯視然、更有法皇那波倫第一之馬骨、支以鐵條、罩以玻璃、蓋法皇敗後崩在英蘭也其他名人遺物多件、不及瑣述、看畢至後梯、據云、是處原有門通大街、前英君查里第一、係由此門拽出至大堂第二窗外被弒、遂堙其門、至下層所存、無非船礮、礮彈等、由此再轉上樓、觀其書室、頗寬宏、書卷地圖、甚富、因其中又為水陸一會館也、既入客廳、備有茶點、

年

食畢、握手謝歸、

十六日戊午、晴、英國夫婦分離、權多由婦、已屢記之、今又聞有都司巴克爾西一千八百九十八年、光緒二十四年娶妻卜發木巴屢在立文浦、柏木達、支布洛達等處分駐當差、妻隨之、及改駐莫洛塔時、曾引其妻與同營游擊伊池林相見、更赴他處、妻乃以路遠跋涉勞甚為辭、巴遂獨往、半月後、接其妻信、言與爾同室、厭爾久矣、今後自尋樂境、不久當使爾知此、上年西六月間事也、前後巴致其妻之信、因信面所書之住址、并無其人、乃咸由死信局寄回、覩至西七月十日、復接其妻來信、內云、往日所言、念念在心、我得樂境、汝其別娶頎爾公私如意、下窩卜發木伊池林同具、已明知其妻與伊池林合無法挽回、聽之而已。

十七日己未、晴、申刻貝克爾街約爾克街之貝達佛女學堂請茶會、屆時至、見男女管學多人、後引登樓、看用功講論各室、幷諸生住房書房、地基既促、屋間亦小、下樓入飯廳、少立即回。

十八日庚申、晴、菘塔沽街東首路南有勅建康健義學、英名洛亞音斯的究教伍坡卜立海勒斯乃為經名醫設法使人操練身躰康健也、正副總理定于今日申刻在范塔沽衕口外樂斯坊之花園中請茶會、申正乘車至入園見各總理後、經曾到廣東之英人甘得立夫婦前導入內、樹下烏衣樂兵一部奏樂、繞至林中一敞地、四面環列小椅、正中一琴、遂坐琴前、少刻來女生十八名、皆十七八歲者、白布闊氅、有襪而無鞋、襪下有皮底、俾周身鬆活、經絡疏通、操練運動、血脈上下無滯、遂左右手執一銅片小鏡、依式文舞、或對對、或行行、忽俯視、忽仰望、忽翹足、忽伸臂、忽斜立、忽鞠躬、忽雙手觸鐃作聲、整齊可觀。繼一婦領年皆十三四幼女四十八、白衫白短裙、婦立其前、宣令列隊排行、忽分忽合、忽速忽慢、臂則上舉旁伸、或单或雙、或下垂而拍胯、或身蹲而探股、如斛操、如步隊、再則各執一木棍、長約三尺、按步排演、亦同營隊。聞今日男女諸生、皆經司丹佛山培蘭堃路各學堂及司多貴育孤院之教習帶来排演者。此外更有歌曲搖鈴之學、未經聽及。乃甘得立夫婦請入林、前院中、白布帳前所列之圓卓環坐點心、飲加非一杯、

食葡萄糕少許、握手謝歸、

十九日辛酉、晴、熱、聞有英國教士巴那兜、四十年前立一養育失怙恃子女院、名洒甚那衛夫斯阿搜什埃慎、譯爲國家拾遺會、是院陸續分枝、日月加增、至今共養男女小孩一萬六千八百、西七月十五日、即前十三日爲巴教士生辰、諸生聯名慶祝、又經阿蓋公阿柏的音侯及倫敦大教師等多人公助十二萬鎊爲院費、

二十日壬戌、晴、熱如昨、聞有住卜立他尼亞街第九號婦人名特訥爾、因將遷居、送其所畜之貓于佛的南街

之貓家（詳見六述奇）囑代餋餵，俟新居安排妥帖再取回，及
特取猫已知爲管猫之婦畢第五誤爲無主之猫，焚死
爐中，特告官，謂其猫係波斯種，愛同至寶云云，官因判
畢第五昧所司，罰二鎊二先令償猫主。
二十一日癸未，晴爽。美國副總統海專因病于上月二
十日由華盛頓遷居其東北近海紐罕什爾邦蘇那庇
湖，以養疾，據云抵彼後，朝夕浴于湖以增爽其精神，乃
於西三十夜（即五月十八日）二神氣倏變，急延醫，醫馳至，已氣
息奄奄，無法療治，翌晨身故。按海專係美英鐢安那邦

薩來木城人、生于西一千八百三十八年、道光十八年十年六
十八、八百六十十一年考入律例館、是年擢為總統湊崑
幕友、美內亂、充巡捕營副將、繼升將軍、自八百六十五
年至七十年、屢授駐紮法與大呂宋三國公使、此五六
年間著作甚富、八百七十九年充本國副丞相、八百九
十七年改充駐英頭等公使、次年舉副總統、訃到英、英
皇即電寄唁文云、貴國名高望重之副總統海君、相别
未久、倏爾殞逝、大國失此名人、予殊惋惜、之美國總統
盧斯衡答云、蒲國惋惜、世家有同心、感謝無既、藍斯瑞謨

亦致信美廷甲之皆禮也、

二十二日甲子、晴、英蘭正西紫晒府之諾爾威芝村、有大芥末局名庫勒曼、所用工人不下三千、現因生意旺甚、局東定于本年八月初五日禮拜六、即七月初五日、放工一天、擬贈工頭及出外者人銀壺一、歷來勤工年老告退者人銀表一、工人已娶各一鎊、未娶者各十二先半、婦女及幼童、各七先半、工人在局已五十年者、除應得者外、各加贈一鎊、

二十三日乙丑、晴、西國喜為無鬼論、乃倫敦有會館名

普奚奇喀勒立色爾池搜賽伊的譯為考察靈魂會館、聞其現欲研究者二、一韓諾倭坊某號之薩爾的夫婦、數日前某夜、其妻忽覩牀旁立一少婦、頭戴花帽、耳綴雙環、驚醒其夫、然電燈燈明無所見、少刻息燈、夫婦睡去、轉瞬薩醒、遂見其妻所見者、立于對面、急然燈、又不見、夜夜如是、不知其由、又克英街某女學堂樓房頗廣、學堂未立之先、為一住宅、據云數年前、在頭層某間、曾害一命、迨改學堂後、是間封閉、各窗罩以黑帝、旁一大間、為諸生寫字處、當各人舉筆時、寂寞無聲、頻聞隔間轔聲橐橐、往來不絕、似非一人、昕夕如此、不惟諸生驚駭、敎習亦悚然、聚眾啟鎖視之、塵封寸餘、毫無足跡、遂仍錮之、以是諸生不往者多、亦彼土之奇聞也、

二十四日丙寅、晴熱、英俗凡歡喜如意之事、皆用紅字圈點標識、厭惡者用黑字、其理無異、我國倫敦城內正北界之喀木墪塘區內大學堂街、前三十年西七月十五日奉敕設獸醫院、英名洛亞衛特里那立閣、蓄支俗名喀自薩那托倆木、譯為猫之養生處、然所醫者猫之次尚有牛馬猴犬驢贏、每年通院醫生聚集一次、宣揚

三三五

一年内共治走獸各若干、屬何病症、愈者若干、收助款若干、費用若干、院中首領現爲寬諾公、前于十三日禮拜六、即西七月十五日、衆人聚會、名其日曰紅字日、因是院始自是日、畜牲得重生者多、人所歡喜者也。

二十五日丁卯、早陰熱、午後涼、酉初驟雨一陣。聞前于二十日禮拜六、英后親赴紫勒溪區之維克都里亞養治小孩醫院、院中男女孩八十餘、孩各屋一、遂屋以觀、慰各孩以巽語、院頭擇一男孩上皇后鮮玫瑰一朵、早間曾教以呈遞之禮、并屢囑遞時一鞠躬、孩不難懸、乃

口言曰鞠躬、是誠可哂、然鞠躬二字以言教不以身教、
是誰之過歟、有一狹微盲、后問療治何如、對曰治已有
効、眼力已得到窓邊、尚不能遠視、后喜甚、并云想不日
自當如初矣、别一女因跳舞傷足、后與之溫語畢、抽玫
瑰一朵賜之、女言此花自當永世寶藏、以昭不忘厚恩
云、此外備空樓一所、小屋櫛比、王后入内步行一遭、見
一切亦極潔淨齊整、乃以已名名此院曰阿來三德亞、
入夜晴、
二十六日戊辰、晴、巳初、率衆叅隨向北恭拜

三七六

聖牌、行三跪九叩禮、戌初一刻、偕各參隨繙譯、供事學生等、
在苐拉斯嗒悌館晚酌、曩見銀器鋪中有種小銀匙、其
柄短而寬、上鏨哄孩睡歌數語、未詳何用、茲聞凡孩生
後入教堂受洗時、必經其父母同請至契戚友男女三
人偕往、男孩則請二男一女、女孩請二女一男、男稱聖
父、女稱聖母、英語曰高發及爾、高摸及爾、蓋洗畢命名
後、即為入教、將來孩之父母若故、則此三人代為教養、
無异與所生也、洗禮畢、聖父母贈此一匙、始用以哺兒、
後併他玩物藏弃、迨其能記事時、與之、則知物之由來、

将寶藏之、闢現在各國天主耶穌兩教洗法不同、有抱入教堂、僅在盆上作洗狀者、亦有真洗者、洗法教士手撫孩面、闢其口鼻向水一浸、提出、隨祝云、聖水濯汝、聖名命汝、願汝今後、永遵天主、揆小孩之名、既由其父母由古之名流中擇取其一、更于聖父聖母中取一名、誌不忘也、

二十七日己巳、晴、清風謖謖、頗飄、西俗凡男子平日玩弄各藝、婦女必效之、如前次所看之印度婆婁戲、向皆男子乘馬擊球、聞前于十三日在拉洒拉甫會館有六

女創效之、屬女子創始、因請王后公主一觀、女白衣、分兩班、三白帽、三藍帽、白帽中二女、一巴婁、一阿柯萊、一婦巴木扉、三藍帽二婦、一候木斯派、一麵卜麗、一女為于英、彼此爭擊、一時之久、惟白帽之阿柯萊藝精力壯、中白球六次、王后甚喜、

二十八日庚午、晴、暖、倫敦已有陣亡水陸兵丁妻子之養贍院、前觀茲聞又在西南隅文卜敦區、設一養贍陣亡武官之妻女院、名曰阿來三德亜家、前于西十五日禮拜六（即十三日）英皇與后前往開門、以住寡婦孤女之貧苦

者、皇與后皆使服、武官多在彼迎迓、下車入正門、由院中長使呈后金鑰一、以啟內門、齊入中廳、司事者上陳詞一紙、后文信一函、內云昨經立文浦善士李二呈來六千鎊、英人以助善款項呈交國后、本人寄交尤覺辭面云、今特均分、半交養贍水陸兵卒家眷院、半交是院、附有三千鎊紙鈔一、后所收助款中有善士膺斯募得呈交者萬鎊、前戰斐洲時所湊兵餉盈餘者五千、加立文浦之三千、都一萬八千鎊、此外復有戰時君后募得養贍武官家眷所餘之一萬鎊、前後共二萬八千鎊、皇與后游幸通樓、稱讚不

已、瀕行皇種銅色葉桃樹一棵、后栽金皮榆一棵于樓後園中、以作記念、

二十九日辛未、晴、英國婦女修飾、不茍求華美豔麗、又恩所以趨其眼珠與類之色者、即以飾項之串珠論之、若眼珠色藍、配宜青藍寶石類、紅須用珊瑚串珠、長短不同、用法各异、長者繫表一、藏之腰帶或衣兜、稍短而垂至胸前者、繫帶套小面鏡一或小平果合子一、盛面粉暨伺其短者繫一小影、多係丈夫或兒女者、或情人一目者、單眼小照詳見前

七月

初一日壬申、晴、倫敦會館極多、名目不同、城中有一青年會館、洋名土安的埃斯森秋里克勒布、譯爲第二十百年之會館、館旁敞地一塊、闊而坦、且有花木蔭、不同荒郊、現定通城各種學堂之男女學徒、由十四至二十一歲者、皆可在内嬉戲、如打球拋球之類、入者每禮拜納一本士、爲傭人看管修理之費、每年由四月開至九月、四九兩月、皆自戌初開一點鐘、其他四個月、皆兩點鐘、計現在通城男女之由十四歲至二十一者、男二十

二五九

餘萬、女三十二萬五千餘、雖非皆到、然每月所收、亦足給雇人之費矣、

初二日癸丑、晴、上月二十四日、因在倫敦城東北隅之倫敦醫院、述見就新設一乳娘家、英名訥爾賽斯俟木、凡扶侍病人養育孩提、皆以乳娘二字讀之、經寬諾公與夫人率郡主芭蒂夏至彼、以金鑰開門、以居少婦善女之一時無工作者、俾節省其日用、因設茶會在附近之維克都里亞園、有官兵奏樂、到處樹蔭下分設小圓卓、男女客甚眾、往来嬉遊、又當夫人入院時、病孩中一名

呈鮮花一籃、寬諾公并演說一段、大旨謝眾立伊為首
領等語、蓋西規每有會館等事、善舉必立王族一人為
首、第一日必待王門貴客開門以為榮、
初三日甲戌、早陰、雨陣陣頗涼、酉正雨止、微晴、斐洲東
界臨印度洋、有義國屬地名薩米里蘭、人類與皮夏米
同、特身稍高耳、英人某甲帶來男女盡住水晶宮外草
廬、圍以木牆、倫人觀看、聞昨運以二敞車遊倫敦街、經
卜靜宮、值君后午酌、先在西門外少停、乃各人立起以
土語祝頌一陣、既而轉至東門、復立片時、女婢數人憑

窗外望、眾度皇后必在其中、乃手舞足蹈、歡呼一陣而去、

初四日乙亥、早微雨陣陣、申初晴、涼、聞立文浦海口之活蘭街有一乾餅大作房、婦女工人甚多、附近見達佛街牛耶路撒冷教堂之牧士霍諾爾巡捕每見其赤身立屋中、咳嗽作聲、引作工婦女注目、窗雖不開而大扇玻璃相映也官廳差巡捕密察多次、是實、遂逮之廳、其妻云、伊為每日卧室中赤身體操、官判罰一鎊、巡捕考察費二十鎊、

初五日丙子、晴、涼、午後陰雨、雷、申刻雨止、陰晴不定、聞

有美國舊金山童子名臘喜克、貧苦無依、以刷烏皮靴為生、每日所得、不足養贍、一日檢囊只餘五仙（合英二辨士半）、遂信步東游、沿途各村鎮以烏靴續有所入、日見贏餘、至華盛頓謁總統盧斯衛于白府、總統乃更番置左右足木匣上、令其拭以烏油而光之、畢、總統向之握手而別、至紐約時、已集洋百圓、搭賽得利輪船充廚役、初一日抵立文浦、謂人曰、吾將給英之埃達倭第七及德之維良第二烏靴、蓋如此生涯榮耀且生財也、

初六日丁丑、晴、東西各國均有國樂、日本近亦仿行、曩

曾譯出美法兩國爲民主、在所不記、今將英樂譯出、其題曰天保國王、即每讌畢祝君之樂、戲園樂場末節之樂、并各地開場迎送國君太子所奏之樂、詞曰、天佑仁愛當陽壽寓無疆、咸仰尊光、天保君王、天使威克萬方、雝雝皇皇、國祚永昌、天保國王、天備萬物之良、共享安康、福祿允長、天保國王、天保常守憲章、歌以宮商、虔感頌揚、天保君王、

初七日戊寅、鎮日陰晴不定、涼、西國婦女惰于女紅、所用之物購其已成者、雖秘布、藥鋪、絨線鋪亦專有一種

布裹棉物者英名薩尼他里濤㗅勒譯為防恙巾、一種細輭薄白布內裹棉花、式作絲依形、長短粗細不一、兩首各一縧環、辭輕而柔、分為五等、長由八寸至尺餘、中央寬周由三寸至五寸、頭二等短而細、每包十二枚、價由六本士至一先、三等稍長、一包一先半、四等稍稍長、五等者辭微粗、價皆二先、一包別售一種袴圈、以連防恙巾、圈寬寸餘、外用白料、內襯法蘭絨、兩首安靈扁鈕扣、有僅前後兩短帶者、其式如價則每個半先、一先、及一先半、視手物料之如何、因西女襪長至膝上

里一

遂有別種帶繫襪口者、左右別垂兩帶、其式如價則一先令至二先令、用時圈圍胯上腰間、以其前後兩小帶連防恙巾兩首之絛環、以兩長帶繫襪口、是物用畢以火焚之、即時不能焚、稍存亦無礙、因棉中配有專種止腐藥、名曰安堤賽普提克、并治不生异臭也、外有燒巾器、每個三先令、盛巾匣每個九十本士、皆不甚大、便于婦女隨行攜帶、倫敦以騷特霍行者最佳、因其工精而造法得宜也、

初八日己卯、晴、記西國鋪中別有婦人臨蓐應用物、如

一種收溼布、極柔輭、能漲縮、寬十八寸、長二十二寸者一片、一先寬二十五寸、長二十八寸者二、先寬長各三十三寸者二、先半禦水布、寬三十六寸、長六十寸、一片四、先別種藍防悉巾、面鋪藥水、鈷專備產後接遺血、并防他疾、每包二先九夲士、一種肚帶、亦極柔輭、用於產後結腰間、以防肚漲、而不壯觀、每條二先半、小狹屎尿兜、用在夜間及行路、頗相宜、既不致磨痛、亦不能感寒、每分十二個、價由一先半至二先九夲士、一種洗物土、名曰博樂爾斯額爾斯、大約由博姓創製、研磨極細、雜

以香物、用洗藓布、去毒無損、每一小匣六本士以上各件、亦以騷特霍行所售最佳云

初九日庚辰、鎮日陰晴細雨不定、涼、英法不睦、由來在昔、則爾自商定以埃及摩洛哥彼此互換利後、前年四五月間遂將屬地牛佛蘭島海邊數十年未結之英法漁船互爭捕魚一事、辦清、繼而英王由義到法、法總統亦來答拜、按德國之意、本擬盟俄和法以拒英、故英法聯貫、頗爲所忌、前者德皇親至檀芝爾以擾法、法賴有英、竟使德皇無隙可乘、乃德愈嫉、而英法之友誼愈固、

本年春季、英之一隊兵輪駛至法國北界布蕾斯特海口、法國官民歡迎、閘前于初六日戌初、法兵輪一幫、由法之沙爾布海口展輪抵英、初五日午刻英皇與后由固達梧地方、（地在英蘭東南臨海色賽府之池柴斯特爾城之東北）于早膳後駕維克都里亞阿拉柏船至坡茲茂斯海口、備接法船、太子及寬諾公與郡主等、皆由倫敦至水師提督韋樂蓀領大小兵輪四十艘、亦于是晨到、按班排列、君船進口、皆聲礮、初七日午初、法船到、向英旗聲礮、岸上兵營聲礮答之、下椗後、未正二刻、法水師提督閑拉爾率以員

過船參見英皇與后等，既而英法武官互相拜會，晚英
皇召法武官晚酌，鎮日水面岸邊人民歡呼。初八日，巴
刻英皇召法官同閱彼處快艇賽會，因彼處有快艇會
館，覩英名洛牙牙克克勒布艇小蓬，多賴人之善駛，每
年西八月初賽駛，今其時也，國君往閱，捷足登者賞，此
賞英名慶斯柯普意，乃國王盅也，多係銀器，如鐏斝瓶
罐之屬，而以盅該之，得是物者，每當宴客時，列于桌面
以為榮。午正，會首協鎮歐爾曼侯約文武從員在館午
酌，繼而領游水師學堂、教斯貴養贍老兵院、覩等處，入

夜各船滿懸電燈、演放烟火、如電如虹、光搖銀海、男女之往游者約千萬、今早巳正英皇游覽各船、早餐于法領首兵輪瑪賽那船、以後法船駛入港口、晚在兵舍中設茶會、據云費至六千鎊、

初十日辛巳、早晴、午後驟雨陣陣、戌初雨止、晴、自昨日通城大街各鋪、多懸英法國旗、更有以紅白藍三色彩綢裹飾門柱及鋪垂窗外者、又有通樓横一花綢、中畫二巨手相交作握手問候狀、兩手左一E字、右一F字、皆四尺見方、義指英法合和也、男女多插紅白藍三

色花于胸襟、仿兩國之旗色也。維克都里亞火車站一帶、地鋪花毡、共懸兩國旗幟一萬一千、橫挂花繩七十二三色小旗一百十三、花綢木整百五十、綢裹木杆百六十、在坡茲茂斯海口、特備頭等專車一行、共八輛、車頭橫扁書款待法人四字、車尾左右插英法國旗、今早巳正、法武官八十員、繙譯二十員、英官五十員乘之、即時開車、午正抵倫敦維克都里亞車站、倫敦馬敞車六十輛、兩國武官分坐之、車首尾相接走成一行、經海岱園東南門外、賢瞿木斯街、帕瑪街、諾僧布蘭街、太木斯江畔、維克都里亞君主街、喀楠街、克英街、未初十分至極樂堂、因倫敦美爾定於今日今時在此宴賓也。一路各處挂旗、花懸彩結、維克都里亞君主街之兩首立彩綢牌坊兩架、以壯觀瞻。美爾夫婦同立前堂接待、法國各官到時、兵奏法國樂、客則除由海口來之英法水師武官百五十員、有法國公使康貝藍斯瑫侯、律法大學士、商務大臣及本城各美爾阿得曼等、計人八百。飯廳正面一横、中坐美爾夫婦、左右則英法各員間坐美爾等、皆金鎖紅鑾古裝、各官皆朝服。食畢、美爾先舉觥恭祝法總統及法海軍之福、并陳數語、無非熱心接待之意、法提督開拉爾亦舉杯祝美爾夫婦及倫敦總會諸公之福、并陳數語、申謝悃也、未正三刻席散、衆武官即由極樂堂乘車過賢坡羅大教堂、走苐立街、司特蘭街、寬斯的完琛山、奶子橋、至阿拉柏門入法國使館、赴法公使之茶會、戌正、藍侯請法公使及其水師武官二十、五員、并本國兵員、共計五十三人、在其寓晚酌、食畢、無陳詞、彼此舉杯互祝君主之福而已、聞今日極樂堂共用瓷盤一萬、刀叉匙各一萬一千、玻璃杯大小三千二

百、脚魚四十五、海蝦一百二十、雞二百、侍僕三百、庖丁四十、

十一日壬午、陰晴不定、涼、巳初二刻、法國水師提督率各官八十員、又英官三十員、乘火車至文澂宮午酌、英室名也、至先導觀各處、既至福洛格墨爾堂、祭老君主之陵、獻花圈畢、在賢卓志閣入座、人一百三十、申初回倫敦、戌正、內大臣巴樂佛請各法武官在其寓晚餐、共四十人、同席有法公使阿盖公、艾涉爾公并內廷各大臣、又今日巳正、有英法武官各十員率法國水軍一百

二十、英藍衣水師八十、由坡茲茂斯乘火車來倫敦申初入極樂堂赴美爾之酒筵酉正回海口、今日英議院散值、英皇宣詞見十六日所記、

十二日癸未晴、今日未刻、上下議院各世爵紳董公請法武官眾在衛斯民司得堂午酌、共席計人五百、中有藍斯璫侯巴樂佛大臣等食畢、彼此舉觴互祝者四次、乃英王法總統法之水師、英之議院也、又阿拉罕卜拉戲園、原擬將今晚所賣座價施助法國醫院、遂并請法之武官往觀、乃故奏法國國樂迎送之、昭和睦、申恭敬

也、

十三日甲申、晴、微暖、今日禮拜、而坡茲茂斯海口甚風光、鎮日法之兵官騎馬坐气車游于鄉、緣草為茵坐而一觴一詠、此類鄉游、英名皮格尼克、艴有請遊阿崙岱行宮而午酌者、有約在營房午酌而舉杯演說、互相祝慶者、更有本城美爾夫婦在維克都里亞囿中請茶會、男女千餘、晚英水師提督多格拉斯夫婦請法水師提督及他各官茶會、邊岸夜放烟火、自法兵輪到後各處英人男女之往觀者不下五萬、故晝夜免冠搖巾、歡聲

記

載道、

十四日乙酉、晴、熱、今早法艦一律啟碇駛回、此次法海軍答拜英君甚喜、因贈法國北方水師各員以各等寶星、又自法兵輪到後、是地男子多著紅藍白三色頸領、婦女戴三色細結于胸襟、水師兵房內供法兵飲食牀榻四天均由官備、巡捕皆以鹿膠粘鬚作八字形、効法式也、凡鐵道公車之車夫及管車人亦皆改用三色頸領、帽上圍以三色細圈、且專備一車、飾以彩紬、供法兵游玩、又前于初十日巳刻、除隸論敦之法官百員外、別有四十員經本地官請遊船廠未初齊赴奮樂島上之花園茶會並弄打球各戲、戌初在水師兵房宴英法水軍各五百名、戌初二刻、本城美爾在其公所請英法武官各八十員晚餐、十一日、當法官赴極樂堂時、車衡一串、緩緩而行、經槐蒂立街時、左右觀者堵立、突一幼女向車呼曰、沽得勒克邁的爾意為好際遇我的貴友也、法官即開車門躍下、免冠向之合吻、畢始登車、觀者羣笑、高聲歡呼不已、

十五日丙戌晴、涼、英俗每至八月、則上中二戶多移住

鄉間一月半月、以納鮮空氣、或謂人家畜猫捕鼠、當此議院散值、人因求身體康健、急赴鄉遊、或有誤遺猫于空房、閉屋中、鎖門外、致猫飢渴無依者、大略其數不下五千、苟無人憐而收之、亦必衰弱疥癬、多病終至于惛迷不覺痛癢之死地、指猫家之燒猫器、見六述奇。大倫敦多猫店、即如鍊匠營之高爾敦隰台芝猫店、內有房屋足供養猫二百、凡送入代養者、每禮拜僅需二先半或三先、猫店餧養、皆有定制、卯初餧以牛奶淪麪包、午初改熟牛奶、未初煮魚拌飯、申正牛奶與羊肝等、戌初則僅牛奶、禮

拜日、午初所食、乃肉菜及番薯、如此養法、半月無不肥者、今而後、望吾人之外出者、送其猫至猫店、得此善養而得生也、

十六日丁亥、晴、西一千九百五年八月十一日、即前十一日

英皇散值議院宣詞云、英君詔諭上下兩議院諸爵紳曰、英現與各邦交好如故、西班牙王、前者辱臨我國、為我嘉賓、躬迎之下、欣慰莫名、英西兩國友誼夙敦、王之此來、必可期兩國交好、益形輯睦也、俄日兩國現從美總統之請、不日即欲開議、一切俾遠東方戰爭可以止

息、予惟祝兩國得能議一和能持久、又能與兩國皆有鄰面之和局、摩洛哥國急需變法、其當如何開辦最為相宜之處、現經該國王照請簽畫于一千八百八十年、馬得立公約之各國、集會公議、公議大概辦法、現正在酌核辦理、瑞典、哪嗽不久即將分土而治、我知兩國必能和衷商辦、俾所議各節、兩國皆可允行、而我國政府亦得與該兩國人民輯修舊好、馬賽都尼亞及克里脫兩處之情形、仍屬可虞、我政府與各國政府皆極為注意、我英前以斐屬巴羅仔地、地界與葡國有爭、業經義

王據公判斷、故此疑難之案、今得了結矣。義王現啟創
設萬國農務會、俾凡關涉農政各節、皆得有以博訪搜
羅、特請我國政府派員入會、予已允行、深望該會功成
有日、大有造于中外之各農家也。加那大之東西兩海
口名埃立發克斯及埃斯奎瑪者、應如何籌款設防、現
據該屬政府申稱願任其艱、洵屬急公好義、我政府已
核准照辦、不久即將經營各海口之權移交加屬辦理、
我政府于此事深得加政府之助、此足為欣幸者也。本
年開院之始、予曾言斐屬脫蘭斯瓦當給與自行理治

臣

之權、現已照辦、一俟選舉章程議妥、即行選舉、惟願從此以後、各族人之在該屬者、善用此項利權、以振興該屬耳、予與阿富罕國近訂一約、所有前與阿國先王訂立之各約、為敦輯印阿邦交計者、現皆得一律照舊奉行、新約之款、前曾飭送汝等閱看矣、又諭下議院諸紳曰、本年所需各款、汝等業已一一籌畫、予今特致謝、末諭上下兩議院諸爵紳曰、前以農民境況艱窘、曾須行條例、為之補救、今者復行須例、予甚樂于批准、又近以外人來英日眾、弊竇滋多、特為立法補救、予亦樂為批准、又失業工人應如何安插一節、現特議立條例、為暫時補救之計、予已批准、甚為喜悅、至贍養無告貧民一事、極為難辦、凡所有頒行之各條例、現在奉行若何、予已特簡臣工詳查一切、將來議院闢門商議時、所查各節、足資印証、裨益定當不淺、蘇格蘭前以教務頗有為難、今已為之頒行條例、予惟願自此以後、該處各教教士可以息爭和衷共濟、凡有教門弟子皆以畢斯得楞之教之宗旨為依歸、予今特詔令汝等散值、汝之所辦各事惟願彼蒼佑爾成功、

斯時律法大臣即將散值議院詔文恭奉宣讀、文曰、欽

奉君主詔諭、著汝諸爵紳等散值、俟本年十月三十日、

再行在此開院此諭、

二二

卷十七終

八述奇卷十八

鐵嶺張德彝在初隨筆潘士魁校

光緒三十一年七月十七日戊子晴。前因金陵城圯傷人，五月五日居民在文德橋爭觀競渡，闌杆傾折，多溺斃者。署督周玉帥假月牙池旁陳公祠，召緇流啟建七日皇壇，超度幽魂。本地善士亦多為之建道場、放燄口。拈香者往觀者屬於道。或謂與其事後超度，何如防患於未然。試問設壇誦經於死者何益耶。又謂玉帥前後大啟皇壇，超度諸鬼，玉帥之加惠於鬼也無微不至矣。

云云。噫。是何言歟。夫佛教之傳入中國。自漢明帝至今由來已久。民心早為釋氏所惑。像教寖興。染習蔓衍。僧徒日廣。佛寺日崇。以至蠹耗乎通國。于今又有改奉天主耶穌兩教者。沿海幾省固多。究未必各縣各村。人人皆改也。唐武宗雖有毀佛寺制。而千百年來。其風未殄。愚民依然以事佛求福。故為民上者。不得不神道設教。以準輿情。以讋民心。崇尚西學者。多謂中國之教務禮節。咸宜刪改。時語謂之改良。恐有未必然者。夫天下各國所秉之教。名目雖異。理多暗合。如佛教之木偶泥像天主教亦有天主母子及各門徒之石像畫像、唐憲宗曾令僧迎佛骨於鳳翔、天主教之神前亦藏聖骨于匣中、佛教男女平日既有入廟焚香者、天主教于非禮拜之日亦多入教堂跪禱之人、佛教人遇事則謂神佛保佑、西人遇事亦祝曰上帝保佑、是皆彼此脗合者、至謂人死魂魄無靈、殯葬而已、然曾見法國人死棺停門外前置淨水一盤、柳枝一束、以便往來經過之人立在棺前左手脱帽、先以右手指左右肩再由頭頂至胸前以作十字形、後再以柳枝蘸水向棺三揮而後已、是與中國奠酒焚香相似。又大東教每年于天主甦生節之前夜，教堂唪經，設有木棺一具。天主、耶穌兩教人故後有在他處擇日開弔者，耶穌教僅在堂中唪經，天主教乃置一空棺于堂內，此與中國之設神主又相同。且神甫不僅在十字架或天主母子像前跪而誦經，且在空棺之四圍環繞唪經，并薰以檀香，洒以聖水，是又與中國之和尚轉呪同。富戶出殯，亦有先送棺入教堂唪經而後舁至墳塋，其他則僅由本家舁去葬埋。總之一人亡故，必經神甫或教士誦經一番，此與華人無論如何必有三五僧人念誦一陣無異也、又俄人送殯、樂至十字街不奏、神甫隨至十字街又必奉誦一番、是又與華人之音樂沿途鼓吹同、惟僧道喇嘛排班隨殯而不念經耳。按佛門念經之意、欲使亡人免罪不受地獄之苦、西教亦無非欲亡人免罪而得升天、是彼此之大致、仍不相反也。由此觀之、設壇超度幽魂可無異言矣、又西人于平日或故人之生辰或其人之忌日、或男或女親至塚前、放花圈、然蠟燭、更有跪旁哀泣而洒泪者、此與中國之掃墓拜墳無異、尤有相同者、乃西每年十一月初二日名曰萬魂日、英言教勒搜勒斯代、家家上墳、現花圈以示追憶不忘、此與中國之清明節又何異耶、夫亡人之魂魄有靈與否姑莫論、凡人之祭祖拜墳者、皆謝乎追遠之念、永矢弗諼耳、尚望崇西學而僅習其大略者、反覆思之。

十八日己丑、早晴、午後陰、微雨亦止、大雨一陣、入夜晴、酉刻、約游英之駐比隨員祁君殷師曾、顧席箴賜書晚酌倫敦四圍之、藹子車四百六十餘輛、年獲厚利、近因電气藹子車爭其利、乃將與電車同路之車減價以廣

拾來、按電氣車、初僅二十餘輛、半年間、得三千七百三
十七萬七千八百九十六人之脚費、一禮拜、每輛合十
七鎊三先七本士、
十九日庚寅、晴、風、涼、倫敦叟佚坊第十五號、有恤車夫
會、英名喀布得賴倭爾貝尼爲蘭阿摟什埃、愼是會創
于西歷千八百七十年、同治九年大要專爲憐恤車夫之年
老孱弱、不克執鞭、及老年寡婦無養贍、幼年子女之無
依者、按其定章、凡年老赫衰、無營業而平日安分、則每
年恤以二十鎊、車夫受意外之災病、患難、無力延醫、無

力度日、縫人作保貸款可借與若干鎊、而不徵息、已故年老車夫之寡婦及孤獨子女會中斟酌供給養贍、老嫗必須自幼守分持家者、盡執鞭一役、至為勞碌、衝風雨冒寒暑、病者傷者頹敝、善士創立此會、就中所費、除通城車夫按名月捐一本士外、總辦各處募化之前日來信請施與、故得知之、會中善士正首領為國王公主漢麗副首領為太子、及二公主海萊那、其他六十八人、多為世爵公侯輩、

二十日辛卯、早微雨陣陣、午後晴、英有一拯救苦孩之

會、名曰克路賽敉伍當斯秋義乃竭力救援也、其募款
法乃一紙片、寬二寸、長三寸、正面上印會名下一十字、
中空、縱橫各分三行、共截作六十方孔、乃縱三行每行
各十二、左右各十二也、後面印云、一請以針刺方孔、每
孔為一本士、多少任便、六十孔、計合五先、二請書名姓住址于
此上、三即請將此片及錢封文衛斯民司得阿赤比朔
堂云云、此片不拘何人皆可用之、代募昨有夙不識之
英人婁姓寄來一片、亦可見倫敦募錢處之多矣、
二十一日壬辰、晴、涼、按禁止裹足、前于康熙三年曾奉

上諭議政王貝勒大臣九卿科道官員會議元年以後所生
之女裹足其禁止之法該部議奏等因禮部題定元年以
後所生之女若有違法裹足者其女父有官者交吏兵二
部議處兵民交刑部責四十板流徙十年其失察枷一個
月責四十板該管督撫以下文職官員有疏忽失於覺察
者聽吏兵二部議處等因

諭旨如此皇皇通國官民自當如何凛遵乃二百餘年來
竟成具文十餘年前張香帥以幼女纏足矯揉造作戕
害天和著有論說民間亦有一二禁止纏足會而入會

者寥寥、自洋人立天足會、乃翕然之若鶩、咸謂西國法善、
余甚恥之愧之
二十二日癸巳、晴、凉、入夜暴雨一陣、雷。英于千百年前、
茹毛飲血、赤身穴居、土人爲賽勒玆或開勒玆一種、覩
以拜橡樹及奉日月爲教、教中僧稱得路伊、其教早經
禁除、於今三島山内居民、仍皆賽勒玆種、間英蘭西南
韋勒晒府之司歎混芝村、尚存日廟之古蹟、現雖無是
教、而彼處仍有一會、名曰得路伊玆司特蕾恩之來玆、
意乃教僧之奇怪禮節、每年八月中旬某日、會集千人

先由地主倫早餐、繼而地主偕眾裝扮、各著闊袖白氅、腰纏烏縧、頭戴白尖帽如袋、頦垂白鬚、手執一長杖、杖頭作圓勾、列隊齊行入廟、內正面一石臺、臺後立僧長、頭頂花冠、鬚垂過胸、手舉一斧、其他各人左右分立兩行、僧長唪經、兩翼者演神禮、同日有新入會者、各用白布遮面、一僧徒前引、後者各以左手扶前者之肩、以免跌倒、至僧長前、授教言畢、解布行師徒禮、雖近於戲、而極嚴整、廟外官兵建旗奏樂、男女觀者千百、皆極歡娛而無喧吸者、亦一時盛事也、扮教僧演為戲、亦不忘古也、按其廟無房室、只有石柱環立如陣、其式千年以前、本有棚窗、未可知也、地之四圍古塚極多、石圈圍平地長徑三百六十尺、作橢圓形、短徑九十七尺七寸、內外兩圈、外圈柱皆紅沙石、每柱高十三尺、周約圍半、共十七柱、上橫連石塊六、各長十尺、寬三尺半、厚二尺八寸、各柱相隔四尺、其式大致如冊形、距大圈內九尺、另一小圈柱皆青石、再內九尺、別一圈作馬掌形、缺處面向東北、有二巨石作框、高各二十二尺五寸、上橫一石成門、共作二十六尺五寸、左右各立四柱相向、今僅四柱尚存、此內仍一小圈、柱高六至八尺、彼此相距五六尺不等、正面有石臺石龕及璿璣之屬、此石柱圈始于何年何人所建、歷來無書可考、惟六百年前胡德敦所著書中畧叙及是地、地主為色爾安阿博斯美爾為公爵李滋、其扮僧長者為伯爵倭爾感、

二十三日甲午、鎮日陰晴不定、涼、英都街市車馬、車每日每輛用馬兩匹、八點鐘一換、以勻其勞、車夫每日工夫十七點鐘、每早駕車出、交廠主十八先、賠賺不論、隨帶拌成之草料一布袋、俾得暇餵馬、入夜回車至廠、自

有專人卸車、洗馬、飲馬、并驗車馬有無損傷、車夫袖手
旁觀畢方去、
二十四日乙未、微晴、巫覡之術、西國儘有、且不獨四鄉、
即大城之婦女惑而深信者實夥、官場禁不勝禁、英則
以為不滋事可付之不問、聞其畫符誦呪之直頗昂、其
呪語則新約全書數句而已、復燒鹽、繞桌跳舞、口中喃
喃、有無效驗、須酬一鎊、更有呪人法、一羊心上滿插鋼
針、置于烟突項、日久羊心乾、針墜、見之者必主不祥云、
是亦西方另種鎮物也、

二十五日丙申、陰雨細雨、涼、測地繪圖學術各不同、英國建築樓房、亦先繪圖、然後令瓦木工作估定工料價值、此等畫學亦有專門、其工價不論房之大小、于建造估價百分抽五、如估價一千五百鎊、則繪圖者當得七十五鎊、是也、畫時房主亦以地基其人大量舉、告以樓外形式、樓內屋間、畫成如式、則交起造者估價興工、其工作精細、報竣需時、搭木架、用一種松木如我國之杉槁、新者刮去皮、以免淤水霉爛、傷處無撐支之力、有妨工作、且束用鐵繩、粗如小指、亦足見其一二年不能完

工、臨街不圍荊棚蘆席、乃以木板樹牆、而板必潔整、更
有搭作穿廊、木板長橋、工亦頗細、而彩畫壯觀者、俾街
市一律淨潔齊整也、
二十六日丁酉、晴、西人無小星、故無嫡庶、然有私娶而
生子、爲合而生子、私娶者平日同居、養其母子、野合所
生子、例認子不認母、當按月給養贍若干年、其人故後、
財產分否任便、爰改其姓、有本姓前加費茲二字者、觀
有另擇姓者、有從母姓者、本使館爲坡蘭公之產業、前
公因有微疾、鮮有嫁之者、終娶一醜婦爲夫人、繼私娶

一寒微美女、稱曰杜魯斯太太、兩妻先後各舉一男、西

一千九百年光緒二十六年、坡蘭公卒、醜夫人之子襲爵、當時

公故于杜宅、遂稱杜魯斯者病故、報官殮葬、同時本宅

亦稱坡蘭公卒、棺而窆之、杜婦告官、謂伊子居長、當授

公爵、且謂在伊家所故者、確係該公、而本宅所葬者、乃

一空棺、鉛餅代屍身、請開棺驗之、事固屬實、奈醜夫人

原為仕家之女、官場戚友頗多、故至今四五年、未經審

辨、杜婦則貿、遂無人叙及云、

二十七日戊戌、早晴、午後陰、護照二字本意、謂沿途保

九

護其人不得阻遏、以利遄行也、屬西國者、名雖不同而
意則無異、英文曰帕斯坡特、合譯則帕斯為經過、坡特
為隄岸、為門戶、合譯乃准其經過也、登岸也、入門也、又
英文字典註云、帕斯坡特、係一游歷保護准行之憑单
或執照也、由應管之官發給某人由此處至彼處者、聞
英法德俄等國所發之間有之、亦僅註明某人由某處
過某處至某處而已、且華人之經以上各國、皆無護照、
何赴美國而獨用之、夫既用護照而不照常規填寫、乃
至考明其人、書其形貌年歲生日身材尺寸、前時作何

事業、目下作何爲生、曾住何處、家財若干、擬去何處、共住若干月日、不僅此也、且臨行先付美領事二圓、合美一圓、粵海關九十四圓用費、幷於紙上印其右手中指、次拇指、其下復粘以其人之小影、蓋美領事之騎縫記、是則美之視華人、甚至等于囚犯盜賊矣、

二十八日己亥、早晴、午後驟雨一陣、雷雨止、仍陰、入夜復雨、涼、英俗以西歷六七八三個月爲淹溺季、英言曰得撈窩希森、國人喜朝夕浴身、天暖則于海邊、或江畔、或湖及河、以泳以游、其溺斃之由、則少年逞性者、有年

老力不及者、有跌入者、有不諳泅水者、有不知淺深者、有突遭大浪者、更有素善浮水而飯後或酒後致氣力驟弱者、小狹滑墜者、男女入情魔而攜手胥溺者、以繩縧結于一處者、每日新報所述頗多、或謂此百日內葬于魚腹者、通國當不僅一千人、

二十九日庚子、鎮日陰晴細雨不定、雷倫敦地大而人稠、老城尤甚、樓高巷仄、每年春末至秋初、天清氣爽時、街市之濁氣依然不散、秋末至春初、晝夜烟霧迷漫無益、衛生閣有醫官賴安思得一法、能使通城人皆得吸

嫩空氣，其法與器與煤氣燈同。亦於城外四面安氣櫃

機器壓氣入櫃，以連筒分入城中各街巷，轉入各樓。氣

由四壁噴至棚頂，由棚頂緩緩下吹，樓中人呼吸，頓覺

清爽。

士

八月

初一日辛丑，晴。中國跪拜禮，旗漢之繁簡有別，而皆所

以致敬也。或謂及今人心反古，勇於維新，處處變易，咸

尚西規，跪拜之禮當除。是則一人之私言矣。按西國男

女跪拜亦多，如謁見羅馬教皇，跪且嗅其足；見君主，有

時跪而吻其手、禮拜日入堂唪經、時立時跪、靈柩出門、
教堂誦經亦然、新夫婦第一日入教堂成禮、跪禮尤繁、
平日亦多入堂跪禱、有因父母夫妻身故而牀畔跪泣
者、更有男跪女而求婚者、是皆意在以跪為禮者也、尤
有不須跪而跪者、如婦女買鞋、鋪主則跪而捧足以試
大小、街市闤擦鞋人亦跪而著色擦刷、男女之燒火爐
刷石階、擦地板等事之凡須蹲者則皆跪、不知以上各
節、亦謂有損於高尚、有虧於氣節否、且西國哲士謂世
界人類各有先天地位、及後天地位、何國之人守何國

之習慣、先天之地位也、治何處之事、守何處之章條、後天之地位也、華人視西人似皆一律、者實則各有不同、各國之文教既殊、節文亦異、若中國去跪拜禮、將以何禮為禮哉、

初二日壬寅、早晴、午後微陰、倫敦地窄人稠、房地日貴、繁華處尤甚、邇因庇咯的里街與老官前之贊翟木斯街一帶、鎮日車馬往來、路雖不狹、而時時擁塞、巡捕指畫、不勝其勞、官擬買地一條、以擴充之、量定一千二百方尺、價四萬一千鎊、合每方尺三十四鎊三先四本士、

又合一百四十八萬八千三百鎊。一英畝、其老城内之寬喜街租房一間、一年二千六百鎊。新城西首、人少街寬、而賣得街一小鋪、僅租地面一層帶地窖、一年尚須千鎊以上租價、比之中國置買尚餘數倍、

初三日癸卯、微晴。英太子衛拉斯王之長子埃達倭現年十一、次子阿拉柏十齡、皆自五歲習騎馬、今已嫺熟、三個月前同在都倭爾街第三十六號巴斯會館从人習泅水、從前教法、用小轆轤長繩式幫助兩肩之物、現僅用一長繩自背後環兩腋作結于胸前、教師立岸邊

上三

執緣之一端、童入水、先雙手執緣而練以足打水、繩繫紙鳶、式紙鳶得風則繩直、童子得力而緣亦直、師隨而鬆緣前有善泅者、童子隨泅而效之、隔日一演、無幾時解緣、既熟則改于河邊、數月有成、湖心海涯、亦可無恐矣、

初四日甲辰、晴、德國正北漢柏爾城、臨海多鱗介、有賽騎鼇魚場、幼童女騎鼇背、手執尺餘棍、棍頭繫青苔艸食一團、垂引鼇頭、使之行、七八名横騎一排、場主摇旗、齊舉棍引鼇前走、先到某地者勝、

初五日乙巳、晴、英蘭夏季放學期、幼女多赴園嬉游、創一式競勝之戲、擇敞地、二人對曳一繩、約二丈、中以細線繫小糕點十餘、多名由若干步外齊跑來、有能不著手以口得食其一者為靈利、眾皆鼓掌、

初六日丙午、晴、遠路火車經過驛站、大小不同、亦視乎停時之久暫、大村飯館酒肆、停時久可下車任便飲食、苟暫停不下車、亦有人提筐舉盤往來於車旁高聲售點心、鮮果、茶酒、加非者、過小鎮、則房屋寥寥、數間而已、雖久停、飲食亦毫無可得、故行遠路者、設不自備往往

受飢渴之害、兩年前、西國創售涼食法、乃小筐一、盛紅酒一小瓶、白煮雞牛肉各一塊、麪包一個、鹽一小包、并刀叉瓷碟各一、價稍昂耳、售法、係此站付錢、沿途可隨行而取之、食畢、將筐及各物、放交下站、或即留之車上、蓋緣途大站、皆有是鋪之分鋪也、行路者、已為便當、聞現時倫敦維克都里亞車站于赴茶塘都伍兩地車尾、添伙食車一輛、有鮮果、奶油熱麪包片、及各種食物、并有新煮香茗、每盌二本士、沿途至各站、火車停、即有人推小車、傍火車唱售各物、車客任便吩咐、茶且新煮、費

錢無幾、尤為利便、
初七日丁未、晴、暖、倫敦日中有嬰院、曩曾敘及、係為婦女之有嬰而在外傭工者而設、婦人作工、早去晚歸、家中無人看管、送入院中代管若干時、費錢無多、法京現有六十六處、倫敦僅五十五處、現擬設法加添、俾通城傭工者子女、日日皆得其所云、
初八日戊申、早陰、午後晴、英規雇用僕婢、于其去時、無論自辭、被辭、轉薦、皆須主人給一憑单、書其名姓、歲數、是否已娶已嫁、所司何事、前在某宅若干年月、在本宅

主

若干年月、因何辭去、身健壯、心樸實、或安靜、或忠誠或任勞、或靈利、或性情柔和、或知節儉、或有才幹、或可嘉賞、或明禮節、或善養育、或懇勤、或潔淨、或于末書其所能出衆、要皆揚其善以便他處謀生、然主人多有因此受累者、或言過其實、啟怨于新主人、或所言稍與其人有碍、致多日無事而告官、謂其事為前主人所悞、須令前主人償其按日所應得之工錢、各事煩瑣之甚、故今轉薦僕婢于戚友、先行面商者居多、

初九日己酉、早大雨、雷、午後雨止、微晴、入夜風涼、航海

遇漩渦險于颶風、颶風之險在中樞旋渦亦然、然遇颶風可循其轉勢漸次退出、漩渦則四周高中心低如釜、愈轉愈下、船遂沉、西人某甲現創一種戲場、名曰回勒浦伊路申意即洄瀾幻景也、造一房高五十尺、周四百尺、四壁假山、正面飛瀑布、對面一門、當中空地周九十尺、水流上下旋轉、深約五十尺、假山後有機器鍍筩水之外面旋轉而下者、自能暗由山後轉流而上、回環不息、止之則有關鍵、其水勢衝激由上而下、旋轉洶湧、澎湃有聲、欲作此戲者、入門步梯而上、至頂登舟、展帆舟自前向飛行如螺旋、漸低漸仄、至末層舟隨水入黑洞、忽而撞石、忽欲入水、使人生恐懼心、正驚駭間、陡然舟停、遙見日光、審之已至場門外矣、趣甚。

初十日庚戌、晴、風涼。倫敦人多晝夜車馬往來不絕、每日依時有人埽塵土、除馬糞、尚虞偶遺污穢、惡味薰蒸、於人無益、各區地方官同定費款、僱人每日丑刻、逐地洒水通洗一次、故每晨街市路潤而潔。

十一日辛亥、鎮日陰雨、涼。倫敦議院散值後、大員及富商、皆攜眷他出、各部院之司官、亦輪流換班、國主亦乘暇出游、名曰慶斯豪賴代譯乃王之放假日也、上月十四日、西八月十四日巳正二刻、英皇著水師提督戎服坐馬車至柴苓十字街火車站、隨行有兩武官并其所畜之小獵犬名扎克、隨行前驅、狺狺歡吠不止、有奧國公使候送彼此握手後、登車即開行、向正東午初三十分車抵維克都里亞海口、改駕維克都里亞阿來柏御船、展輪仍東行、酉初三十分至和國福樂興海口、上岸坐火車即開、南行轉東、夜過德國十五日申正到奧斯馬加國正東薩茲堡府之伊什城、經奧皇卓賽福乘四馬宮車由門墅車站迎入伊里薩貝斯店、將下車、有店主小女喜藕兒獻鮮花一束、英皇以婉言笑謝之、沿途滿挂英旗、男女擁擠歡呼、二君同入大廳、與太子公主及他大臣命婦多人迎迓、少叙、後二君同車入行宮、晚膳、共卓男女二十人、無陳詞、食畢、奧皇送英君回店、十六日早同步園囿、午後、英君坐火車北行、奧皇送別、酉正二刻、抵奧國西北卜海米亞省之瑪林巴城、下車、有彼省巡撫貝賽林與本城美爾狄埃勒迎候、英君與之拉手問候畢、即乘馬車馳入威瑪爾店、英君此次乃隱名閒遊

書店客簿中曰格拉甫蘭喀斯特爾、譯為蘭喀斯特爾
伯蘭喀斯特爾英地名、格拉甫與言伯也、自是每早便
服游于山水林木間、並以溫泉沐浴、俾身體康強、其地
近山、四面林木森密、中有鹽井、水名薩林、人飲有益、注
瓶四出販運頗多、亦彼處之一大生涯也、人浴此水、尤
覺身體強壯、每年各國人之養病者萬餘、故英皇在彼
閣四禮拜、今日申初回倫敦、晚入柴市園觀劇、定于後
日幸蘇格蘭、
十二日壬子、晴、自日俄開釁以來、英倫敦先在射影燈

館中射演英日水軍、其他綢緞玩物以及婦女衣式、無不以日本為佳者、并有佳家花園、亦有特改日本式者、

昨日在格蕾伍森衙衙、有少婦周索布告其鄰居婦人施伊烏向伊身洒水并出惡言、兩造傳到官問、施婦作何惡言、周婦謂施呼我子為日本人、且令渠子高聲喚之、官云是亦美名也、然汝夫是否日本人、曰非也、官又問被告曰、汝曾呼其子為俄人否、曰否、曰既未呼為俄人、不為辱也、皆逐之下堂、此案奇、斷法亦奇、

十三日癸丑晴冷、英人亦間以蕨為食、洋名曰卜拉根、

據云此菜、居時加細挑選、勿過嫩、勿過老、必待其上葉將發未發時刈之、大小與龍鬚菜同、食法亦同、水煮一法、尤須按時得宜、時少味苦、久則太爛、煮畢盛盤時、加以熱牛油及葱各少許、此蓋西國食此菜法、不施烹炒也、

十四日甲寅、晴、英國男女多於已卧時及夜不寐之間、卧榻看書一點鐘、近人謂有損眼力、年老者無論已、幼兒雖女則必危襟正坐以看書、蓋榻卧看書、久自昏迷也、人之目力貴乎直視、若上下左右視之、非目之本權、

七

若強用之、久則倦矣、況臥時以手舉書費力、故稍下舉書直向燈光、不映則視不明、欲映燈光、又須下執、既下執、必須下看、下看非目之本力、非本力久則傷、以致迷暈、試以目視鼻準、久而自暈、此其証也。

十五日乙卯、晴。巳正、團拜戌初、蒂拉斯喀悌館晚酌、同賞中秋。入夜雨。倫敦喀來斗年路有通城公車會館、名曰得路伍爾堂。前日會期、會首名蕙維斯、云通城柳車管車人四萬餘、茍非膂力強壯、安得每日正立端坐十七點鐘。此等人每日每一點鐘、僅得三本士三法丁、亦

良苦矣、嗣後當令各行設法加增工價也、

十六日丙辰、晴、吾人現多以西人為問題、取西規為準的矣、然謂西國之更新、皆屬便於人者、未必爾也、即如男子、平日衣冠、高帽不如軟帽之便、百年來未改、高帽即且字形黑帽汗衫之胸襟領袖、必皆潔白堅硬、俯身撐胸、袖手傷腕、垂頭顯、仰首頸、至今不改、婦女細腰、胎產有礙、鞋底後踵、式與華婦之鞋同、不惟不改、且日加高、腰愈求細、此何為者、然謂西裝盡從時式、而不尚古、亦不盡然、土波兩國、仍戴紅黑毡帽、以不免冠為禮、此姑莫論、至

下

官服法古、英國為最第一國君加冕及每年開議院、君與后皆頭戴金冕、身披銀鼠烏針紅氅、同時各世爵命婦、亦按等著金冠紅氅、平日議院各律師及赴朝會等、皆按班戴灰色假髮、團團作髾重羊皮式有長過兩肩者、有僅過枕骨而下垂小辮長約半尺者、身穿闊袖黑氅如僧衣、各處正副比親、助教教士等、凡入教堂赴朝會及他大典、咸著闊袖黑氅、與律師者同、各地美爾阿得曼等每于宴會大典及其接任之期、無冬無夏、皆著紅或黑紬闊袖皮氅、項圍金花鎖、長約三四尺、形式不一、坐古式

四馬、金車、隨美爾舉杵捧劍之人亦身披黑皮氅、頭頂
貂冠高八寸、英之羽林軍有紅衣兵戴黑皮高帽圓形
高尺半周二尺餘者、蘇格蘭兵頭頂小毡帽上穿短襖、
腰圍黑質紅綠雜笆花毡短裙、下不及膝、膝下露腿半
尺自膝蓋以下則高襪皮鞋且自右肩至左膀、斜圍黑
花毡一條、一首垂於肩後、長至三尺、（係倫敦山中用者）數年前、
英蘭兵部尚書富斯得以其行動不便、擬令改從英裝、
蘇兵不允、誓守蘇之舊制、衛勒什（即衛拉斯者）兵皆有山羊
前引、（因本地多山羊古制使然）多各文官于赴朝會及絶官場大典、

冬夏皆著短褲過膝、高襪皮鞋、宮中筵讌、國王亦著高襪皮鞋、由國王至各世爵、雖美爾之侍僕門丁、皆髮刷白粉、蓋皆千百年之古制也、(見四述奇)不僅此也、泰西各國各地之鄉民男女服飾、仍多仿古、亦足見小節之不時從古矣、夫英國本衹三島、四海屬地極多、不易治而大治土耳其、與波斯無屬地而不治、日斯巴尼亞葡萄牙皆有屬地、亦不治、德法皆大國也、法本君主、德則數邦初合、因故交兵、法敗而德勝、俄則地跨三洲、強盛之老國也、日本地亦三島、新學西法之小國也、彼此起釁一

年、俄乃水陸皆北、西日本終獲大捷、尚望吾人之明理者察之

十七日丁巳、晴、微暖、英國世代太子于未即位前、皆封衛拉斯王爵、按衛拉斯地在英蘭中界正西稍南、南臨卜立斯托港、西靠賢卓志斯海峽、北傍艾里什即愛爾蘭者海、東界英蘭之柴晒爾什洛鋪晒爾賀爾佛曼毛斯四府、周共七千三百六十三方洋畝、內分十二府、居民一百五十一萬九千零人、與英蘭異種、生在山谷間、語言、性情、教門、亦多與英人不同、數百年前、英蘭雖為一國、

尚未盡有其地、衛拉斯則為土番而無酋長、仍由英國
派官往治、某年土人忽揭竿作亂、英兵討平之、英君問
其叛逆之由、咸謂自愧無主治屬英官、苟得一不操英
語之人為邦主、于願足矣、英君仰首少思、繼而言曰、我
將派一不能英語之人為衛拉斯王何如、眾曰諾、及派
時、乃英君太子也、生纔一歲、尚不能言也、衛人無法、遂
遵之、自是立為定制、現雖統順英藩、仍循舊規、此即太
子封衛拉斯王爵之所由來也、
十八日戊午、晴涼、英國太子與妃、于今冬將去印度一

游、英君擬照大幅像影、用贈印度王爵等、艾百里街之道尼照像館、歷來備官照相已四十七年、前日特召館人入卜靜宮照一滿身者、君著兵馬元帥之戎服、佩劍帶寶星、後披御氅、照畢放大、改油著色、木架金邊、每架頂上以木雕一王冕、下墊一小方褥、褥亦木刻、概著金色、現用油工畫匠各六名、或謂工竣時、當費共數千鎊云、

十九日己未晴、聞英君前于十三日未初二刻、由卜靜宮帶戴威森、瓦爾得、二武官、便服至慶斯十字街火車

二三二

站、登車即開、西北行一百五十六洋里赴約爾克府之東喀斯特爾地方、樂佛達碧別野、會男爵薩威夫婦、暫駐數日、兼看賽馬、此會創自西一千七百三年（康熙四十二年）每年西九月第二禮拜內某日（即數日前）會賽一次、斯亦彼處之一盛典也、禮拜五日（即十七日）午後坐气車西行百里、至比稜爾莊拜路特蘭公、少敘、馳回、次日往蘇格蘭駐貝勒莫爾城、兼閱兵操、此地在蘇島東北界、距倫敦約五百洋里、傍的伊河有阿拉柏王（老君主夫）行宮、建于西一千八百五十年（道光三十年）、依本地樓式、費共十萬鎊、或謂

英君駐披、俟西十月方回倫敦、
二十日庚申、晴、涼、前于初八日奉慶邸來電稱唐紹怡
在印患病須令回華擬即日請
旨派外務部左參議汪大燮接充駐英使任須已知照薩使
希速告外部深盼有惬英國大皇帝之意即電復云云、
即日行文英外部、待至十五日未見回文令馬參贊去
外部探問、據甘侍郎云、前于十二日當英皇由奧回時、
業經奏遞、不日批下、想三五日必見復也、至今早已五
日、仍無回信、乃再令清臣往詢、當伊到外部時、批件尚

二二四

未寄來正閒談間遷見批件文下、批云願意接待、外有
內大臣致藍侯信云、奉王諭、願汪大臣于十月以後到
英、以便得與張大臣再得一見云云、清臣回後即將願
意接待四字、電禀慶邸、又馬謂當在外部時、伺甘侍郎
詢其遲延之故、據云該部收文後、即電致駐北京英使
薩道義詢察一切、待其回電曰可、因此時為大眾放工
之際、本部管理往來內廷事件之司官巴苓屯現值歇
假他往、無人明其妥協辦法、遂將來文并回電一併寄
呈國君、而不知其外應另有藍侯一函也、迨到蘇格蘭

行在經內大臣察不合宜、不便上遞、遂即繳回、本部因
而另繕一摺寄往、是故遲延至今也、又今晚收
電旨一道、乃奉
旨前有旨特派載澤等分赴各國考察政治該大臣等每至
一國著各該駐使大臣會同博採悉心考證以資詳密欽
此
二十一日辛酉、晴、聞昨在法國東南界臨海之木那扣
地方、有工人某甲在敞地以電氣作工、鋼條入地、帶有
百分電力、電氣衝行、所有左右附近電條地孔隱匿各

蟲皆飛出而死、由是得知電氣可以滅蟲、而無傷于花木菜蔬、今後電學各家、苟能竭力考察、創設別種電機、專用捕蟲、則與田地、菜圃、果園、花畦甚有益、據云、俄人某乙、現製一小手車、上置電機、車不行而電不作、車行則電氣由鋼條入地數寸、如是電氣隨行、其左右附近之蟲、概行震滅、此乃初創之小機器也、將來製有大者、則捕蟲不更多耶、

二十二日壬戌、晴、奉

旨外務部左參議汪大燮著充出使英國大臣欽此、又汪伯

棠回電請候

國書劉洋即蒞任總署陳安生記蘇格蘭島人、族類各府不同、每年冬季、在貝勒莫爾地方覲設有各府縣集賽技會、其名目色冬數、飯灰克蘭斯曼義、乃湊會各族類人也、屆時國君與后往觀、本年係在前初九日禮拜四、惟當日國君尚未行抵彼處、后亦于兩日前往赴丹麻、觀者僅太子與妃、及覺諾公與夫人、公主、綠衣姒駙馬貴莆公等、正面設高臺、先是各府人按班列隊、由臺前經過、衣裝雖皆短裙高襪、而顏色記號有別、一見即知

屬何府、樂器雖皆木管皮兜、乃各有音調、知者未見其
人、聞其聲、即知為何樣、至所演各技、未得盡聞、惟一技、
係一壯士雙手抱一剝皮大樹梃、舉起遠擲、其力大不
為奇、乃樹梃飛去、必使觔輕一端先觸地、而觔重一端
向外跌倒、方為孔武有力云、凡人之有出奇膂力而新
奇獻技者、上皆有賞、
二十三日癸亥、早晴、午後微陰、西人笑中國貧民之嗜
狗肉、聞近日法京人家所畜之狗、多失去、其中長毛狗、
洋名撲得勒者居多、貧民偷去、斃之、售其肉與賤飯鋪

以代羊肉、華人盜狗煮賣、即明日狗肉法人之代羊肉售、法乃高一等、中國鄉民間有以泥包蝟煨于竈下而食者、聞總京現因肉食缺少、價日昂貴、通國之蝟幾盡、貧民煮食僉云味佳、香比小牛肉云、

二十四日甲子、晴、聞現在安亭杭闊路第二百三十一號、新開一六本士一頓之乾鮮果子小食鋪、鋪名什安此等小食英名奎克弗路特勒恩赤意乃迅速果子小食也、謂其易食而不耽時刻也、果五品棗、桃、李子、香蕉、青無花果末吃橘子以當酒有九本士及一先者乃加

葡萄、梨桃等、樓房開敞、飾以紅花綠葉、如在山林園囿中、圓桌成行、每桌四座、潔淨幽雅、亦頗有趣、惜倫敦暑熱之時少耳、

二十五日乙丑、陰、西國醫生多重衛生、吹求無已、總冀有益於人、醫生杜額池謂人之病源、多有無意中得來者、第一、各鋪各攤售雜貨、皆有紙袋、然袋既多、層層疊壓、匆匆裹物、袋不易開、遂呼氣凸之、其氣遺袋內、再開時、人不覺其中含異味、偶吸入鼻口中、體弱不敵、則病氣傳染矣、第二、舊紙新報之屬、城邊陋巷多用作包裹、

其異種氣味、將必熏留于食物之上、有損於人、第三、各學堂所備玻璃盃不能如學生之數、遂致彼此換飲、而不滌拭、恐於衛生有碍、若改令諸生各自携帶、或免染病、第四、男女老幼分數果品糖餅之屬、兩有損、宜令知之、第五、歷來學堂諸生、不知其人及其家人有無病証、輒以同窗故、常親吻、此俗宜禁、

二十六日丙寅、陰、英例、凡輕罪之幼童、向皆與重犯同屋、柏明根城、現乃改法、別設空屋一間、童犯之輕罪、皆令回家、專于每禮拜四日早晨、傳其父或其母領入巡

捕堂中聽審、盖防童子無知或爲重犯誘之爲非也、官謂罰錢懲治、于此等案件無益、今後凡童子犯案之關乎父母疎忽教養者、不罰錢而治其父母以罪、即如前日兩案、一係數孩在街道踢球、官責數語、謂不能使街巷作球場、一係一孩夜半仍在街市游蕩往來、其父名郝艾供稱教養得當、官謂既云得當、何使其飢渴破衣、深夜依然街市閒游、乃判令郝艾于每禮拜給其子二先半、以供食用、

二十七日丁卯陰雨陣陣、涼倫敦每于西八月間、議院

散值時、自國君至百官皆赴他國或本國別府寄居一兩個月或一二十日、吸新空之氣以衛生、他富室亦然、雖貧乏亦多次城外游玩、惟中等人謂僅在城外一遊不足暢懷、欲往他處僦居、而樓房客寓皆貴、傾囊亦不敷也、乃有一法、較店房賤、較租房及寄居兼飲食之處亦賤、惟灑掃炊爨皆須自行操作耳、如欲住于海邊沙地或山上林木中、乃有鋪出賃大白布帳、每邊長九尺、寬七尺、內中分隔、以布作牆、可睡五人、并有閒階為坐談處、繩架俱全、賃價每月一鎊十四先、兼出賃桌椅床桶、及廚竈器具、如活腿木凳五、木卓二、廚竈中者、銕鍋一、大銕勺一、瓶罐之為盛乳油、茶葉、糖、牛乳者四、銕稱、銕壺、扁鍋各一、五味架一、刀叉匙及大小盤碟盃盌、一切足供五人用、其他應用之盆罐菜刀肉叉俱備、以上統盛一筐、外加鋪之厚帆布等、統計一月賃價、共需四鎊十二先三本士、再則被單一先、燈火一先半、先後共計四鎊十四先九本士、此等住法既為幽靜、且無向房主口角事、一月僅抵住店及租房所費四分之一耳、又一法、係租住海邊或山嶺之舊圓礮臺、皆千百年前之古蹟、英名麻爾太婁濤爾其中有傾倒破爛者、有羣鼠竊據者、亦有修理整齊者、中有客所、飯堂、臥室、并小花園、租價係一禮拜二吉呢、

二十八日戊辰、陰而微霧、西人之講花果菜蔬之學者、謂草木植物不同動物之有靈能去各處覓食、而草木間賴有播散其子種之性、因而苗裔可得生長之地、此種共分為二、曰拋者、曰飛者、其拋者、逮熟時爆裂子種拋出于數武外泰西北界之黃瓜即如此、其作殼或大或小類乎扁豆豌豆、有僅在一邊按子裂小縫、届時拋

出、順風飄落有一殼先裂分三岔、每岔排一串、到時迸
出數尺、壯類指彈、亦有平分兩半、即時回捲、戛戛有聲、
其上之子則四面分拋、即如芹菜之子、爽迫極熟時、以
指按即崩裂、既有聲而噴出、似氣槍、然其飛者、係賴梗
幹伸縮之力、設若一枝被風吹、或牲口挨礙而剔向能
自轉回、似有發條關鍵、其子種外迸突、類飛石、且甚遠、
云、
二十九日己巳、陰雨陣陣、酉初、外務部來電、云考察大
臣廿六上車尚未開行、忽有炸彈轟震之事、五大臣及

隨員均無恙，澤公紹右丞徽有碰傷，將息就痊，仍即起
程。聞昨在英蘭西界臨海福林府扣塔斐莊之火車站
內，經管車人在三等空車中架上見一工人所遺之小
筐，啟籃後先見麵包、奶餅、鹹肉共多，由其下忽一鐵錢
匣，鑰匙插孔上，啟而視之，乃有金鎊八枚，紙鈔一千五
百鎊，其上并無人名住址。前日該車站接某律師來函，
叙及某人所失，據新報內載，按其人本意，第一不肯存
留銀號，恐其倒本關閉；第二不敢收存在家，而怕家人
竊用，隨身携帶，乃因忙亂遺失，不記何處，故致告禀律

師也、

三十日庚午、陰雨如昨、英賈懷待剌年七旬餘、極精能、向在倫敦新城西隅衛斯班大街之南奎印路開兩間門面兩層樓之小襍貨鋪、當時街甚湫隘、數十年來、街既開拓、其鋪亦日鋪張、現樓四層、正面二十間、巃巃整玻璃、在奎印路、由第百四十七至百五十九號、其左臨衛斯班大街、由第三十一至六十一號、右傍堪興坦園坊、係由第四十九至五十三號、出售一切已熟未熟之食物、已成未成之玩物什物、約萬種、與水陸公司無异、或謂其致富之由、為歷來商賈所不屑為、即為之亦不必有懷得利之奇遇、蓋其以一萬鎊之貨報十萬保險、三次遭火、乃成巨富、後被人察得三次皆火起鄰居實懷得利與鄰人謀、所以火之、而保險所償已三倍、兩處楚如鋪償鄰居有加、以故英之各保險公司皆不作保、而美國公司保之、第三次鋪開、招牌書有一概俱全、有豪富某甲笑然曰、一概俱全、予欲買一白毛小象、懷即應曰有、然必三閱月後、價錢水脚共若干、遂立定契據合同、言三個月內到、則給如數、否則罰若干、僅八十日、

而象由印度到、可謂善于謀利矣、

九月

初一日辛未、晴、英與日本續訂之聯約、昨日始由外部寄來一通、茲特譯成漢文、

英日兩國政府現欲重立新款更換一千九百零二年正月三十日訂立之聯約、所有約款訂立如下、約款用意共有三端、一為力保東亞細亞及印度等處之太平局面、二為保全中國疆土及其自主之權、而天下各國亦可在中國經營工商、不分畛域、藉保其公共之利益、

三為保守兩國所有東亞細亞印度等處土地之權并在各該處所有之特別利益、

第一款

現訂定將來兩國政府如有以上文載明之權利有危險可慮則應如何設法公同保護當彼此竭誠熟商、

第二款

無論何時如立約之兩國有以一國或多國無端前來攻擊或有別項侵凌之舉動因而不得不與之用兵以保護上文載明之土地權利及其特別利益者則未開

三

戰之聯國當即前往協助公同用兵和時亦公同商酌、

第三款

日本在朝鮮既有較大之政事利益軍事利益、財事利益凡應如何經理保護俾各該項利益可以保全擴充之處英國現認日本可以隨便設法辦理惟其所設之法不得與各國經營工商事業須一視同仁之宗旨有違、

第四款

英國于印度邊圉之磐固既有特別之利益、凡附近印

度邊界之處應如何設法俾可保護印屬日本現亦認英國可以隨便辦理、

第五款

立約之兩國非經彼此商明不得與他國另立條約致與上文所言之約款用意有所妨礙、

第六款

日俄戰爭之際英國仍謹守局外若他國或多國有與俄連合以攻日本者則英國當即往助日本公同開戰和時亦與日本公同商酌

第七款

按照本約所載如有約中所言之事兩國即當協助用

屆時情形必當若何而後可以辦理以及如何實力協

助之處當由兩國水陸軍政司統將彼此利益隨時細

心妥商辦理

第八款

此約除第六款外自畫押之日起、兩國即一律奉行以

十年為限如限、滿之前十二個月兩國政府並無有以

此約作廢聲明者則自將來聲明作廢之日起再展行

一年若限滿之日英日兩國有與他國戰爭者則此次
所訂和約當展至和局告成之日止
以上各款于一千九百零五年八月十三日中本年七月十二日
訂于倫敦繕寫兩分由英國外部大臣侯爵藍斯瑠日
本駐英公使子爵林董公同簽押蓋印各執一節以昭
守
初二日壬申、晴、聞昨英蘭中界之諾汀杭與萊溪色爾
二府中間之蘭鋪斯屯村有佃戶狄勒斯之孫女理麗
與男僕蘇萬目挑心招、漸起桑中之約、往來情書、匿于

麪包、後無端理麗疏厭其人、蘇豔其色、遂緣愛情成怨、前午啜茗、蘇以手槍擊理麗之頭與手、幸理麗之犬在旁、嚙蘇之臂、穿住受傷、遁不重、蘇度理麗必死、反槍自戕、蘇遺其父書云、因理麗戀慕之情忽變、諒理麗一人必派棲萬、亦不願銜苦獨生、故思兩人携手登天等語、察其箱中並有鴉片酒一瓶、是酒洋名洛達訥木

初三日、燕園陰冷、英俗幼女及笄、父母即准其孤身遠遊、遺失被害者累累、非善法也、聞前于禮拜日晚、英正二刻、有少女名莫賸、由倫敦橋大車站登車赴布萊敦

地距倫敦二百餘里、夜過墨爾薩木山洞被害、拋屍車外、所以得知底細者、蓋每夜車停往來之際、守道中人皆秉燭巡察、有無損壞毀失物、故洞中得女屍、搜其身、有名片車票、故得知其去來何所、某時坐某車也、今已六七日、兇犯未獲、圖財害命耶、抑私約反目耶、嘗聞英人云、一人獨行、莫坐無伴之空車、防被害偷竊也、且謂長邁火車、間有盜賊匿于車下軸旁、壙地車行之際、爬上車邊、隔窗看頭等車中、有獨坐之婦女、則破窗而入、搶劫行凶、蓋凡婦女携帶必多、一因頭等、更為力弱也

三十八

此輩之胆力、可謂猛矣、
初四日甲戌、早陰、酉初細雨陣陣、英國兵部、向在帕瑪
街路南、後擬在白堂街水師衙門對面、地基四面、各百
三十二步、前覲五年前興工、現規模粗具、高樓三層、築以
白石四角圓頂鐘樓各一、正看作凹字形、正面左右及
兩邊之前半、各鑿一白石警世銘、正面右方者曰太平、
二老嫗分坐、一抱兩狹、意指接收凱旋之報、一抱多狹、
意指寡婦孤兒之凄涼、左方者曰戰爭、左坐一男、頭頂
銕盔、手拄長劍、指血戰之勇、右坐一婦、手捧骷髏、指矢

三二六

兵之觳觫、右邊者、二女分坐、手執金鏡、指名望與得勝、左邊者亦二女分坐、一手執面鏡、一手捧書與劍、指公義與信實、下立望上石人之體、尚較生人大數倍、將來落成、必極壯觀、

初五日乙亥、早晴、午後陰、吾人夙知西人不信巫覡、而近日吾人之習洋務者、其不崇信視洋人為尤甚、上年聞英人有善扶乩者、已奇矣、茲又聞有圓光者、英名曰克立斯他談仄爾意、即注目于水晶者也、其法僅水晶一片、令親切問事之人、定睛立視、久則有所見、倫敦有

萬步者善其術、前日地洞受難之女、其兄與妹訪萬步、萬執水晶一片向女兄對立、須臾問有所見否、曰尚無、曰再少待、繼即呼曰我見山洞矣、我見一火車中只坐一男一女、萬曰且令汝妹觀之、從之、其妹曰我見一男頭戴黑帽、與女交談、繼曰男捉女肩、二人折在一邊嘔車門開矣、一團黑物外墜、門復閉矣、一男獨立矣、萬步曰汝姊被害之確情已見、汝二人既不識害汝姊者、須牢記其像貌云、酬費何數未聞、

初六日丙子、早大雨滂沱、午後晴、風冷、中國男女婚姻

因父母之命、媒妁之言、皆能諧老、口角既少分離亦無
無故出妻、且既出休書、更無復娶回者、婦被棄、其夫或
生或故、尤多以改適為恥者、西國則否、男女雖自配、情
愛相投、而半途分析、即時改嫁者甚多、茲聞在英屬地
加那他東南界龜背城、有胡盧柏其人、數年前娶孤女
艾墨莉、女年十八、結縭未一年、胡赴西界謀生、謂有餘
貲當迎往、始則魚雁來往、數月後因故不諧、音問遂絕、
又一年、婦以孤身無依、改醮老叟貝來佛、兩年後貝故、
遺有子孟他那邦（地在美國西北界）之礦產股分進款、婦往孟邦

住埔特城店、突遇一男、貌頗前夫、按房間號目檢察住客簿、果胡盧柏也、朝夕頻遇于飯廳客堂、婦已確識而男尚茫然、婦漸知胡現亦在礦場司事、思與之交結而無法、遂請胡為之代辦礦務、然不便自言、乃約人介紹之二人交談甚得、察明礦款、胡遂為之辦結、胡已不識婦為何人、而婦亦不露色相、意謂與其重申舊情、莫若別抒新愛、于是兩相情投、婦赴牛墨西溝（地在美國西南界墨西哥北國）之他幹、情書往來甚切、未一年、婦回孟他那、胡向婦求婚、婦允、遂擇日登山成禮、洞房之夕、婦始施其舊態、

小聲言當日之隱語、胡始知新婦即舊妻、然破鏡重圓、新情乃濃於舊、次日遂携手他往度第二次之蜜月、

初七日丁丑晴、冷、聞奥斯馬加之諾多福城有街市拾取骨頭爛布之人（即俗謂之幻貨行）名庫得來吉、所居茅屋兩楹、因日日出門、隣居咸知之、忽杜門不出者累日、人乃壞其門而入、診之死矣、尸陳于牀、所畜十二花猫圍而守之、不令生人近前、竭力遂以棍、始得至牀、尸旁有遺書一紙、云歷年積金鎊一百六十、願人以之代養十二花猫、猫死而後止、入者以金鎊故、咸欲代養其猫、爭持

不洩遂報官、官判以起意入門之人、

初八日戊寅、早晴午後陰、周玉山制軍奏派江蘇候補道李經敘同製造局各工匠及員司學生人等至英法諸國考求製造軍械等事、前日到英李叔倫觀察、并候選知縣羅伯蘇之彥、候選通判馮德生仁佺候補縣丞王伯安榮光江南製造局監造英人柯尼施、及羅稷臣之仲子羅忠詒前後來拜、是晚戌初、邀在苐拉斯嗒悌館、同席晚酌、倫敦自百數十年來立有穕貸公會、凡此行中人、多有故後將其遺產囑歸會中若干、用賑同行之孤苦、歷來存款甚鉅、昨經會中公議、由存款內撥出五百鎊、自本年冬至西千九百八年、按時考校本行之人、各抒己見、暢敷所言、有能於行務最精明確有致富之法者、次第獎之、

初九日己卯、晴、元流火器于歐洲、歐非創製者也、百數十年前、蘇格蘭君主安尼時、火器已傳、而猶尚弓矢、令火器益精、蘇島仍留一營、約兵二百、稱曰蘇格蘭弓箭手、護衛卜路池侯、管帶之、示不忘古也、此次英君幸蘇為即位後之第一次、入荷利宮時、先經卜侯帶隊經過

繼乃敬遞倒鈎小銀箭三支、以彰兩島和合、同心順承
之意、聞英例典賣地產中有與此例似者、乃賣假出租、
典不能贖、而其人無十分出售之權、地既賣給、買者須
每年寄文乾穀三粒、賣者給收條、世代皆然、蓋此時蘇
島以英王為地主、蘇人作佃戶也、英蘇雖合、蘇別有議
院、一切律例亦多與英蘭不同、
初十日庚辰、陰冷、聞曼柴斯特城有婦艾得勒、兩喪其
夫、以小糖果鋪為生、有已娶妻、六十六歲叟馬斯敦
者豔之、知其可蠱而得也、屢訪之、文遂密定嫁娶焉、踰

半月馬叟絕跡、婦控以背嚙臂盟、馬因官詁、迺言丈以
他人股為椅凳故舍旃、官斷馬賠艾二十五鎊結案、
十一日辛巳、陰、微暖、英國鐘式短而肥、口闊較身長加
倍、料係紅銅錫及他藥攙混鎔化、其鑄法則酌定尺寸
分量後、先作一鍊模、頂上中心有孔、掘地入土若干尺、
模內又按式以甎砌成甎心、與模皮中留空地若干分
寸、為鐘身、甎心忌潮濕、以防崩裂、距此坑若干尺為化
料爐、中掘條池作乀形、料化開門放出、由池流入坑、隔
日料結而辭涼、啟土撤模、則大致成矣、此鑄大鐘之法

也、鑄小鐘亦用銅錫、惟所化之料、由池流至模下而上擁、大鐘之由上而灌者、為尤堅固、鐘身若欲鑿年號詞句、不得鑄成而後鑿、須先照式作模、置于大模之內、待鐘鑄成、筆畫既深而且清楚、鑄鐘人須明格物測算音學、于鐘之尺寸、銅之厚薄、皆經計妥後、方興工、苟有聲音尖銳不純之處、則倒置地上、以木支起、敲聽測量、擇其有碍而厚處、鏇刮之、合式而後已、英蘭東南界堪特府之洛棐色城之司當班鑄鐘廠、祖孫世代流傳、至今已五百餘年、十二日壬午、微晴、聞英國醫生莫勒森、新立一預防嘔瀉癨亂法、謂無論男女、自春末至秋初、凡恐罹此疾者、以絲帶繫一小圓銅片由項下至臍上、銅雖有毒臭、而肉皮緩緩吸入以毒攻毒可無虞、意謂銅礦中人皆不染痢疾、則癨亂等症亦無之取以為法也、

十三日癸未、微晴如昨、英人常用之粗大麪包、作頭枕形、名曰婁夫、每枚價五本士、倫敦一城內、每日需麪包六百萬觔、現創一省人力法、僉云每枚價可減二本士、一日足省一萬二千五百鎊、計一年省四百五十萬鎊、

其法由磨麪至烙成麪包、僅用數人、省工省時、可名其
器曰節省器、向來磨麪、必前後十五次方成細麪、此法
則一氣而成、隨磨分作三股、曰細麪、曰粗麪、曰稃子、由
磨房挼筒分流、細者流入穀房、稃子流入布袋、粗麪流
入溫水漏、將其上之麪洗下、轉行流入搓麪鏇、即時發
酵、兩鐘後發麪與細麪遇于一處、調和均勻、僅用一人
團成麪包、一人以大盤推入爐中、一時後即熟矣、煿麪
包之鋏器、作環形而旋轉、前者已熟、中者將熟、後者初
入、陸續不已、麪盡而爐工亦完、每次磨麥若干、出粗細

四

麪及發麪各若干、共得麪包若干、皆預為算定故一切得宜無不的當目令倫敦中間稍東太木斯江北岸之上太木斯街、有大麪包廠曰阿坡斯托洛桴即用此法計火爐四百一日可得麪包三十萬觔其磨機及地基之大可知矣然人工愈省則無工之人愈多矣

十四日甲申陰霧按牛乳油係小珠含于乳內、目所不見見須顯微鏡、取油之法有二一鮮乳一乳皮取由鮮乳為首時也擠足一罐即以攪器攪之蒯使油珠裂開融于一處作塊起出手沾涼水拍之則油成取由乳皮

者，則待乳皮浮起。提出別置一處，攪之與上法同，現創一器，人家可自作乳油以取其潔，物極輕靈便用，可與茶具同列桌邊，其式為一銅架，高尺餘，作𠃍形，其下嵌在桌縫上，含一銅條，條下繫攪器，架旁一輪，內有齒輪外之柄，如轆轤，攪器下一大盌，盛以乳皮若干，以手執柄轉輪，輪轉而攪器亦隨而四面攪之，先遲後速，一分之工則乳油成，取出，濾以涼水，置小碟中，即可用以佐食麪包，或謂攪乳時屋中不可太煖，至多六十度

十五日乙酉，晴。英□例，凡人臨危若無遺囑，其遺產經親

族稟官請認、必有確實憑據及保人、否則為冒認罰款

甚鉅、以故罕有人敢爭者、海傍圍旁衛斯班坊之十總

韋樂遜、前年正月二十二日去世、無照例之遺書指明

承業之人、於例隔一年無認者、則盡歸國君、故韋產十

五萬零二百九鎊十九先九本士已入宮庫、又有世爵

魏專住阿來三德園第十三號、西一千八百五十六年

六月二十六日去世、所遺之二萬五千六百六十三鎊

二先八本士、雖有遺囑歸其姪魏立蓀、而魏立蓀至今

未赴色莫賽房、前覘辦理承認、故亦歸國君、計韋魏兩產

共十七萬五千八百七十三鎊二先五本士

十六日丙戌晴。今日午後、英王由蘇格蘭回、后自丹國回、皆住卜静宫。記英例舊有承業稅、英名蕾戛奚吾梯。覩十數年前、英海部以時局緊要、擬添造鐵甲、商諸戶部尚書哈爾闊、再三籌計、無法可撥、久之思得一法、乃謂凡人之手有盈餘者、皆收諸藏寶庫（見六述奇）、并須報諸色莫賽房、一人將故、倘有遺書、則他人皆得照例承受、夫此等鉅款、若僅有承業稅、則所徵尚少、待人過寬、何妨自今日始、別加一項故人稅、以益國帑耶。先將此意

呈報下議院、下議院然之、轉達上議院、上議院商妥、達

諸國君、君曰可、遂加訂一種新例、按此項收死人稅之

法、與承業稅不同、不僅收已故之人所報之財數、且將

其所遺之房地、珠寶、器具、什物等、概行折價收之、一人

將故、既有遺囑、即有請爲料理代辦者、或二三或四五

人、齊赴邑莫賓房稟明一切、即將故人之房地、器具等

估其值、并發誓、謂不妄估、官遂前後統計而抽稅之、或

謂一年所收及供銀、費夫立法伊始、自當再思、既擬施

之于人、更須反求諸已、有益于此而無益于彼、非公法

也、哈爾闊自創定新例、不久、即三次承受他人之業、屢次親赴色莫賽房、既費周折、而于所應得之中少得、若干、迺悔其法不公、卒亦無法更變、夫為國家裕財源、即不應悔、若以一人之私而悔之、母乃自貽伊戚耶、又前羅稷臣回國後、在倫敦銀行存五千鎊、按季所收利息、供其子忠誠之學費、羅故後、其子欲將五千鎊盡行取出、銀行不允、求諸律師、乃謂須汝繼母有信言汝可取、乃取之、不僅此也、更須汝縣來有文憑、謂汝確係應取之人、方可、遂親身回國辦理、往來半年後、始定、銀行允取時、不惟收承業稅、更收死人稅、百分之三、已抽百五十鎊矣、吾人多以金銀存外洋、意謂較在本國穩便、然歷來華人財產之遺失外國者多矣、據吾所聞知者、如李丹崖、李文忠、李藹堂其較著者也、願今後吾人以此為前車之鑒、

十七日丁亥、早陰、酉初雨、英國花片、製者日多、而尺寸格式一律、皆橫用、寬三寸八分、長二寸五、一面潔白、一面印畫、白面當信封、畫面作箋紙、畫旁及畫下、雖有餘地、而除人名外、僅足書一二語、不堪作長函之用、其畫

四七八

之山水人物、花木果蔬、鳥獸蟲魚、日翻新樣、人多喜之、有特寄一片而祇書名姓者、因之書鋪創一式册頁、以備集藏花片、大本縱一尺、横九寸、厚有二寸者、寸餘者、篇厚二分、一篇兩面各留四空處、每空處四角有縫、將得意之花片四角插入空處四縫、畫畢露、無須黏也、薄册容百片、一本二先、厚册容二百片、每本三先半、大據

英都郵政總局報稱、西歷六七八九四個月、因值息工鄉游、凡屬繁華之海口、每一禮拜、左右擔計、一海口所寄之花片不下二十五萬頁、

十八日戊子、大晴、而涼甚、倫敦郵政總局、在老城西隅、
賢馬蹄音大街南首、分東西兩所、皆白石高樓、廣廈千
間、東所建于西歷千八百二十九年、（道光九年）西所建不及
三十年、現以郵函日多、兩所樓不足用、因西所之西、爲
埃達倭王街、街西一教堂内原有克賴斯滋大學院、是
院南臨牛蓋街、西傍吉樂滋柏爾街、以地窄、有碍衛生、
遂移于鄉間、將樓房拆去、地基頗敞、官以千、鎊買之、欲
築高樓一所、作郵政局、用聯東兩所、因相距、皆箭地也、
今日午正二刻、請國君立第一塊基石、以傳永久、半月

前、郵政局總理伯爵司丹力東請往觀東下一横、印云

著朝會衣、午初、余携縈驥乘車往入吉樂斯柏爾街、進

大栅闌門西行箭地、至棚門外下車、步入見地式作長

馬掌形、如⋂、四面植高竿、以紅白兩色綢横搭作棚、靠

邊三面設木看臺、分十五節、每節横座十二層、一層容

人十餘廿餘不等、計可坐男女二千數百座、皆滿罩紅

毡、臺前地面横板、上鋪紅氈、内中正面一五層方臺、每

層厚半尺、四面文四、見方、末層者横寬一丈、縱長五尺、

上下滿蒙紅毡、末層上、前設二紅絨金椅、為王與后座、

後排四小椅、為太子與妃及其二子座、臺前正中案置青石兩凷、長各四尺、寬厚各二尺餘、石面有鋃環、石左右立一木架、作冂字形、三面纏以國旗、架當中垂鋃鎖、下連石面之鋃環、架右有繩、暗與鐵鎖通、有關鍵、拽繩則鋃縮而上、石自鬆起、架與石之四面、圍列五彩鮮花百盆、左右看臺下、各列小椅兩行、共計一百六十、左坐本國大員命婦、如美爾夫婦等、右坐各國公使、布棚前半懸插本國及義法美和日本等國國旗百餘、棚前有紅衣樂兵一班、陣陣奏樂、凡棚內坐者、皆入正門、坐木

臺上者、皆走左右旁門與後門、各請帖後皆印明第若
干號看臺第若干號座、應走何街入何門、故人雖衆多、
毫不錯亂、由皇宮至此、沿途皆以黃沙墊道、鋪戶懸花
結彩掛旗、左右排兵、馬步巡捕往來彈壓、英君與后及
太子等于午正由卜静宮坐四馬敞車、走花嗒的里及
牛敖斯佛等街、十二點二十一分至蒿本街之西首名
蒿本門、蓋過此即入老城、古有門早經拆去、所留者僅
街內路南古式木房數間而已、倫敦美爾敬候於此、迨
宮車到時、美爾雙手遞劍與君、君接過一視、交回而後

馳去、因老城屬美爾拉比君王、英君到此、佯作開門迎送、劍作權衡、遞之以示順承之意、循古禮也、午正二刻國君到、樂奏天保國王、君與后等入自左廊、登臺對衆點頭、衆皆向之鞠躬、繼而伯爵司丹力上臺、對立君前、手執一卷、紅色、如手捲、展開高聲誦讀、甚長、讀畢、君接文、侍衛、君復擧一頁白色紙、向之陳誦、誦後遞交司伯爵、彼此大旨、無非稱讚鄭政之盛興、經人辦理之得當、此後鄭政幫辦司米斯雙手捧一長方烏銀匣、置石上、匣長一尺寬五寸、大約內盛彼此之陳詞也、旁一人立架左拽繩、上石自徐徐起尺餘、下石露、其中心一長方槽、槽上椽木蓋、一人啟蓋、請君放匣槽中、既覆蓋、四面圍抹石灰、抹畢、呈抹刀與君、君亦橫豎稍抹、上石漸漸下落、兩石合齊、遞王一水平、君亦以之陽作測量狀、卸去鋃鐺、後王以木棰敲石曰、砥柱已立、樓房建起、天保平安、萬年無既、末則倫敦比刹立祝一段、一切禮畢、君與后等自右鄙下臺、君與太子向各國頭二等公使握手問候、后與太子妃亦咸向衆一點頭、君等前行、臺之左右者亦隨後魚貫而出、陸續登車、末初二刻回使館、

又其上石一面勒有金字八横云郵政局埃達倭王樓
此新局之名之石基經大英國并愛爾蘭統轄四海各屬地
大君主五印度大皇帝埃達倭第七立于前一千五百
五十二年英君埃達倭第六創設克賴斯滋大學院之
舊地址、皆維一千九百零五年十月十六日云君與太
子皆戎服、兩嬪皆蘇格蘭裝、后著藕色絨氅、太子妃著
橡色氅、
十九日己丑晴、昨郵政局擬建新樓之地、據窰人稱、雖
屬新舊兩城往來之通衢、然在六百年前羅馬人據守

時、固城內西北隅之空地也、先有天主教萊蘭奚斯堪與格蕾第里爾斯二門之謀那斯特立（西言僧也）多名到英、遂佔居閣恩山（即現在美爾府之附近）至西一千二百二十四年（南宋寧宗嘉定十七年）經綢商伊文施送空地一古（即現今蓋街之北）南臨賢倪和喇斯大教堂（即現在之地基）當時經眾僧以南建格蕾第里爾斯大教堂、以北建謀那斯特立各僧舍、中留餘地一條、即今擬建樓房之地、繼而兩門各僧、誓願行善濟貧、遂致嘉名盛傳、稱為歡喜地、三百年間在教堂後連葬英地有權異常之人數百、如英君埃達倭第

一之后瑪格蕾、埃達倭苐二之后伊薩貝、及地王公名
人等、至一千五百三十五年、明世宗嘉靖十四年因亂地歸英君
罕里苐八、敎堂及各僧舍、官用之存軍火、地樓房亦多
拆毁、十年後由比犁李得立、請將其房地改作貧民、後
于千五百五十二年、嘉靖三十二年英君埃達倭苐六賜作孤
兒院、繼而改作、大學院、名曰克賴斯滋、又名卜路扣特
意乃藍衫也、蓋學規凡入學者、皆須光頭、著黄綫高襪、
黑皮鞋、外罩窄袖藍鈕長衫、屆今三百數十年不改、至
千六百六十六年、康熙五年倫敦大火、學堂被焚、此後陸續

修造、較前尤為壯觀、且將其旁吉樂斯柏爾街之空地一齒圈入、作為諸生按時躰操游戲之地、自四五年前、因倫敦人多樓密、四面清氣不納、而與學堂之衛生無益、于是凡學堂之為羣樓所圍者、多遷去鄉間、前年此學堂亦移至城外、其地遂經郵政局以千鎊購得、

卷十八終

八述奇卷十九

鐵嶺張德彝在初隨筆　潘士魁校

光緒三十一年九月二十日庚寅晴英重貿易倫敦貨物往來懋遷水路則城東太木斯江岸北各船塢陸路則城北約克發斯兩道中間各車站均爲會萃之地四面載運皆以大車路闊方得暢行今倫敦街道雖四通八達其近老城一帶仍多湫隘紆曲以故各貨車多旋繞而行經新城各區紳董（英稱靠安悖靠安喜近日在華稱工部局類乎地方官者）會商定由亥萬本街中間路南北對騷桑比路之小

奎印巷向南直開大路一條南至司特蘭街之談阿悌戲園旁南可渡僂特路橋至江南岸北可順格蘭萃諸大路直抵大北方車站計長洋里四分之三約二里半華寬百尺拆買各巷樓房五十一所共直十七萬九千六百鎊數月來拆房補房平道築道至今始成統費四千二百萬鎊此款由新城各工部局公攤非支自官庫及解自官囊者盡平日住戶之捐項也地屬新城故專歸新城而老城屬美爾周年近款稅則捐項統歸美爾亦似寺即位一年之百堞小城之民主也是街南北兩名南

半日阿堆址北半日慶斯衛今日午正請國君與后開
門、君與后先走過地人始敢往來宮車所向定路由南
而北、先在司特蘭街談阿悌戲園西之舊韋荅屯衚衕
南口外、立一彩綢牌樓、旁一小臺、上立衛斯民司得區
美爾紫斯莫蒿本區、美爾費彩鐸、蓋地南北屬此兩區
也、宮車到費美爾之幼女英齡、趨前獻君后鮮花一束、
繼而由此轉北、過牌樓入新開路、馳至兩街之間、横有
鐵門、由門向南、搭紅白綢彩棚、長逾百碼、地鋪花氈、左
右列看臺兩層、中坐由法國請來游玩之工部局人六

十餘、祂皆本國之男女、鉠門前一方臺上鋪紅氊、置二金椅、君與后至、未下車、又有幼女庫柏奴獻君后鮮花一束、下車登臺入座、工部局首領庫安慰五陳數語畢、國君立答一段、大指皆謂開此大道以利商民等語、言畢、庫遞君金鑰一、君以之向臺前石墩孔內一推、鐵門即開、蓋鉠門與石墩中通有電氣關鍵也、君與后登車、出鉠門、走慶斯衛新開街、至奕蒿本街轉西回卜静宫、君著元帥黏褂、后著銀鼠披肩、其黃沙墊道、兵丁站街護送、馬步巡捕彈壓、以及男女擊掌歡呼、各節由來一

律、無須瑣述、左右看臺共坐人二千五百零人、工物料、
費至一千零九十九鎊云、
二十一日辛卯、晴、爽、正同內人乘車至斯達佛坊节十
一號赴靠卜路夫人家茶會、并會巴里衆紳董、樓房崇
閎、男女千百、至子初、偕阿柏的音伯夫人等下樓夜餐、
食罷、登樓少立、辭歸、法京工部局首領卜路斯率屬員
六十、十九日、到此、入卜靜宮覲見、君先與卜路斯握手、
繼而卜路斯側立、衆陸續進見、代為報名、君亦一一握
手、出宮後、坐雙馬車三十輛、至騷斯瓦總救火局看兵

三

演、各救火技、在彼冷葷午酌、晚經本城工部局首領邀在賽西店晚餐、同座有法國公使、各堂館皆項結紅白藍三色領帶、取色于兩國國旗、以明鄰交和睦之誼、昨日在阿堆城新開道、君見卜路斯即立至臺邊與之握手、并帶見君后、彼此操法語交談、許久、未初一刻自彼去曼琛府午酌、徇美爾請也、共桌四百人、為英法兩都城之工部局及新舊兩城各美爾阿得曼等、去此轉至沙浮斯百里大街法國醫院、施助一千五百方恰六十鎊、既、至克勒冐衛街之麥代屯學堂、學生八十名、齊操、既整

而同歌法之馬賽蕾斯曲、前見尤字字清楚、因施助十鎊、
令日午刻、由本城工部局先約伊等坐電汽公車馳至
牛克洛斯門看其公車廠、并至所設之六本士一夜之
樓流所、如代他佛街之喀苓屯房等入工部局公所午
酌後、再至格林泥坵村看涌道、造電綫局、遍觀畢、末去
克洛斯洒司莊看陰溝淨水處、蓋涌道城繖水由管筒流
匯被處、經機器清分淨水入江、污水糞田、以上各處皆
工部局所司、故請觀之、沿途有工部局各學堂學生及
各救火分局之兵役列隊迎迓、又因昨在新開道一婦

名荀麻里者、為法人所乘馬車之馬踢傷、今晚卜路斯特匯十鎊交慶斯醫院、作為養傷費、云此次法人來英又為德廷所忌、蓋自昔德勝法後、經德相王爵畢駟馬與俄奧義三國設法聯盟、以備英法、彼時德兵多而義兵數不抵德奧義、弱遇事不敵義、遂勉添兵額、每年所費不貲、數年前英法互易埃及摩洛哥兩地理事之權一節、德雖迫於無可如何、心雖不然、亦姑聽之、去歲英法辦妥多年未定之捕漁等案、英君赴義、法兩國、而義王法總統咸來答拜、因德欲聯法、遂處處蠱惑、使法離

英乃德國愈欲使分、而兩國友誼愈密、故今春兩國兵
輪互拜、此時彼此工部局又互相往來、英法既合、因之
義日亦與之和、于今俄敗、德勢頗張、又法國外部大臣
戴喀希為人精幹、怨德而和英、屢為德廷所不喜、登報
斥之、法恐怒德、事生、勒令辭職、法民由此怨怒、謂我國
內廷公事、豈他國所能干預、初次如是、將來德之予取
予求、愁索何饜云云、即此以觀、則環球之有類于此者、
盍以為前車之鑒、
二十二日壬辰、陰晴不定、夾正、偕內人乘車至法國使

館赴茶會、復遇法國工部局諸人及各國公使等、子正
回使館、英國太子與妃、曾擬冬日游印度、日昨西十月十九日
午初二刻十分由卜静宫乘馬車至維克都里亞火車
站、英君與后送之藍斯瑙侯、潘布露侯、法爾奪公、坡蘭
公等并他世爵命婦與之握手話别、君親太子吻、后于
太子妃如之、即時車開、其至都伍坐官船到戛蕾改
坐専邁火車、于今日申正二刻抵熱諾瓦、即登本國兵
輪立諾安、戍刻展輪、定于西十一月初九日即十月十三日至
印度孟買、君派隨往由英乘船前赴熱諾瓦等候者、爲

沙立斯百里公夫婦、色爾杜格代、色爾柯斯特、約明年西四月底五月初方回、順路至希臘國阿森城拜其王與后、希王乃英后兄也見前在彼少住、後至義國維呢斯海口登岸、乘火車至戛蕾走英海峽回倫敦、太子又帶有上等氣球、擬在印度半空俯瞰各城、太子之三子由杜簑小姐與胡阿安賽二君領赴英蘭正東諾爾福府三汀杭城之約爾克別墅小住、以待其回、

二十三日癸巳、陰而細雨陣陣、今日係西歷十月二十一日值迺勒森在特拉發拉戛爾前見水軍報捷、因傷身

六

故之期之百年、因而通國大小各村鎮各屬地、及各海口、無不慶賀其獲海權之功、（自是得支布洛他為大西洋與地中海之門戶）并追憶其以身報國之忠、早在柏明根鑄錢局、以廼勒森當年所駕兵船之銅、鑄造銅餅大小萬餘、鏨有兵船并廼勒森之肖象、且奉英皇諭、准加E R VII等字、義乃國君埃達倭第七也、外有領扣、手牌及廼勒森小銅像等、以之贈送學堂館院男女孩童、用作記念、以上均由英外水手會承辦、雖云特贈、而物之大小、亦視乎助錢之多寡耳、賣價由一先至五先不一、聞此款用助商賈漁船、在特拉發拉戛爾坊中間之迺勒森石銘柱、上下挂國旗花圈、并花葉長繩、繫至四角四鐵獅項上、石座四面尤多、環柱行行如團龍、又自頂上至石座、左右挂小旗兩行、清晨有水師學堂之童子軍數百名、手執器械、列隊至石柱前、向之行軍禮、後赴阿拉柏堂聽樂、午後、各水師武官及倫敦美爾至石柱前聽巴克爾教士祝禱、并歌老百年曲名時有御營兵在彼奏樂、奏至迺勒森身殲軍勞樂時、柱頂國旗下繫一半、繼而國旗繫上、有瓦達森者歌齊卜齡人名鼓激人心詩、并天保國王歌、軍樂隨奏、四面環立男女千萬、俱聲唱和、遠聞數里、又太子二子埃達傪兄弟乘宮車經過石柱、則同立起向柱免冠行禮、并奉一大花圈、套于柱頂石像上、在阿拉柏堂中、係經英外水手會賣票聚人、男女老幼數千、自申初、先經色爾卜拉布前覲演說一段、既經教士梅爾祝禱、大指皆讚嘆洒勒森有報捷身死、大功以就、大名以傳各語、涌堂男女皆泣下、且每言至洒勒森身故一語、堂中所懸各旗、亦皆繫下一半、用以示哀、此後丁斯岱夫人上臺、將洒勒森小銅像分與各著名尊貴之人、第一

謂贈送大東方今世名垂宇宙之迺勒森日本水師提
督東厢日音提句即有日本使館隨員水師守備喀巴拉几
漢守來洋登臺代東厢接收隨陳數語謂特異者迺勒森百
年後使日本水師同獲斯名、亦東公之幸也、一千八百
零五年、英國水軍獲勝、百年後、于一千九百零五年、乃
日本水師亦然、在日本海、東君亦升其旗、不更奇耶、言
畢、出東厢來電云、今日百年盛事、所贈念念不忘、領受
之餘、感謝無既、此後他人連歌兩曲、一名我國水軍、一
名在特拉發拉戛爾灣、後奏樂歌曲、亦極鬧熱、天堂中

英君本有包箱、今日特賜英外水手會中人坐、按此箱本係國君按年以若干鎊包定者、此次既蒙賜准他人入坐、于是該會擬令其施助最豐者坐之、至今日坐者為誰、未聞。又在伯爵府英名額勒斯䦨爾特先名印度會場，因集印度物、上年陳列義國物、本年陳英國物，詳見前。因有瞕眼行船畫、又值天漸短、寒涼陰霧、游人不多、擬定明日謝關、乃用行船畫借今日慶賀逈勒森海戰獲勝、設法化錢、用賑航海之孤寡。半月前、該會柬信出售進門票、每本二十頁、善人君子願買若干本、祈示知。余遂寄去兩鎊、逮票本到、分賜中英各僕役、又自昨日各處懸旗慶賀、倫敦漁業公所亦于昨晚設讌慶斯盛事、席間公所接日本水師提督東廂賀電、其文曰、今為慶賀貴國前海軍提督廼勒森立功百年之良辰、廼提督功勛卓著、震燿寰宇、實為不世出之臣僕、景企之私、與時俱深、敝國水師、一切規模、皆取法於貴國、言念及此、尤深感戴、際茲盛舉、謹電數語、以表愚忱、今早英屬地莫洛他島（在地中海義國西奚里與斐洲居北斯之間、詳見四述奇）操演水軍、聲礮祝禱、申正二刻、為廼勒森曩者殞命之時、各兵官在各船尾列隊、到時旗下一半、各

人免冠、樂奏哀樂、英名代埃麻爾池晚談島總督色爾

巴蕾斯佛讌會各船兵官演說迺勒森前後各事、同望

各存忠君保國之心等語、傳坡兹茂斯之維克都里亞

兵輪滿懸桂葉花圈、早在船面唪經祝禱、後開船緩行、

通船兵官操演放礮、作當年迺勒森交戰式、入夜滿然

花燈、設席讌客、其他各地、諸多類此、誠屬一時殞身爲

國計、百年傳名表人心、

二十四日甲午、陰、是日爲彼星期、申初司台晉乃比翔、

在賢波羅大教堂中誦經祝禱迺勒森、届時國君太子

皆簡人代往英各屬地、亦皆遣有專人赴此堂者、本國
文武官并各國公使、通堂男女數千、誦經間、比翔向衆
言、𨒂勒森為上帝使下之武豪、乃百年前上帝以爍爛
火光照定英蘭、在地球面之地步也、伊以誠心、願我通
國永享昇平、各戒酒色賭博、莫欺同類之人、貿易須用
良心、凡事務皆有益於人云云、旋有一人舉匣向衆募
錢、余同各國公使皆助一鎊、又英外水手會中人謂、自
本國英蘇愛三島至各屬地、如印度、美洲等處、今日祝
禱𨒂勒森之教堂、為數不下三萬、且凡有英人之處、無

不謂今日為適勒森禮拜日者、

二十五日乙未晴、微暖、聞有德人安蓋哈者、在德屬地

牛十立屯、于四年前、創一拜日教、曰三倭什坡爾大旨

謂三人同立、稱曰拜日兄弟、其二人一名魯祖路、一名

歐金斯、三人首創、以之化衆、思得將來環地一周、皆有

同教者、安住喀巴寬島、日日修練其法、乃終日不衣、日

食椰子肉、飲椰子汁、坐立于烈日下、身變銅錫文雜色、

夜臥海邊沙地、前日逝世、年九十六、是或衛生而得期

頤之法歟、

二十六日丙申、晴、入夜陰、閒德人創一巧提煮肉法、名日敎投麻提克庫克英譯乃自行煮熟也、又名庫克英柴斯特譯乃廚匣也、言匣中即廚竈也、式為馬口鐵小匣、上蓋極緊、不透空氣、將肉先以酙煮半熟、或僅三分之一、匣中有架、架下滿鋪烤熱之物、如鉋花、鋸末、乾艸、麥莖、或碎紙、盛半熟肉于盤、置架上、推嚴匣蓋、則無須用火逡巡、肉自熟、是匣能省火工而有火力、湯與肉于二十四點鐘後食之尚温、鄉民入城作工、不能家食、而吝于購食物、乃于臨行時、將湯肉煮半熟、納之匣外裹

上

熱布鋁末之屬、藏于懷、英之一天時無濟暑、以故便人工

息閧匣食之肉熟而熱、

二十七日丁酉、陰、記西國男女結縭、入堂成禮、往來車

馬本無定制、聞昨在立夫浦海口、有男名安得遜、女名

司閣特同屬得爾貝脚踏車會館、因入賢費里教堂行

婚禮、新夫婦同駕一气車、上插本館藍白色花旗、圍車

飾以鮮花、其戚友男女百人、亦多屬本館、咸騎脚踏車、

左右兩行、竝肩而走、男子襟插白花一束、手戴白手套、

婦女手執鮮花、身著花氅、沿街左右、人皆擊掌歡賀、

二十八日戊戌、陰、早收外務部轉
電旨一道、言本日奉
上諭、著派尚其亨、李盛鐸、會同載澤、戴鴻慈、端方、前往各國考查政治、欽此、現尚、李兩大臣會同澤公、前往英法、比日本等國、希知照外部、聞英民業商、有因虧折、無力周轉、將至閉歇者、可以禀官、稱曰報窮、事見六述奇、乃將其出入及虧折之數、詳細呈官、官核是實、既允準歇業、則其人即不得列為上等人、而人亦咸恥之、凡其人往日被欠之戶、乃公抄其財產、拍賣、按欠項之多寡、均分、然所得

十二

之數、無論幾成、皆作了清、不能彼此更加理論、在西國、此為商家不得已之下策也、然各國人心不同、西國每有如此報窮之人、皆不齒之、蓋以法當然也、設此法行之于中國、其報窮之人之戚友、肎一旦以下等人待之乎、因華人重在人情也、近日吾人之羡慕西法者、不知此法亦可學行否、

二十九日己亥、陰、奇事而屢見于英者、則有馬口鋏匣匿屍之案、今擇其駭人聽聞者述之、如哈爾來斯敦城米勒圯大街、住戴武魯夫婦及兩孩、一日戴入保器所

立（英名立保希多，詳見六述奇）謂將携眷遠遊、擬存器具、既而運到、共
箱若干支、中一馬口鍱箱極大而重、稱係書籍鍱具、皆
其素日化學用者、四個月後、其岳母葛蕾勾里不見女
踪跡、遂報官、請協助搜尋、多日不得、末至保器所巡捕
開箱驗之、則戴妻與兩孩屍也、婦頭挾于兩腿之間、兩
孩置其左右、因何戕害未聞、又慶斯屯火車站車到後、
經人灑掃滌塵、見頭號某車座下遺一粘包、包內一馬
口鍱匣、開匣視之、則一月餘男孩、身裂數𡧍、兩腸已失、
十三
不知何人所匿、一婦名瑪麗者、未嫁時在已故外科醫

生瓦勒搜處充女管家、六年前、曾產一子、生下即死、遂藏諸馬口鐵匣內、無人知覺也、繼而嫁瓦勒搜、瓦故後、即移去、悞遺鐵匣于廚內、現為人察出告官、又自他處火車寄一馬口鐵匣、上書倫敦某巷第幺號某人、然此巷并無某號、亦無此人名、車行無法寄還原地、無人認耿、迨開匣、中一婦并二孿生男孩、至今尚未破案、

十月

初一日庚子、陰、涼、入夜風、記倫敦郵政總局所用人數、前于一千八百二十九年、九年道光共計八百、現在仍前各

科司事者、增至三千五百三十六、再加以後陸續添設、各科、如電線、得律風、存錢、寄錢等、統計用人不下一萬九千七十五年前、倫敦城內外送信人共五百六十名、今加至萬名、按舊章信走國內各府者、每封九本士在城內由總局計算、在三洋里內者二本士、十二洋里以內者三本士、不論分兩、惟所收各信、皆有人向燈映照一次、內紙多於一頁者、費加倍、昔時街無信筒、每日午後五六點鐘之間、有人週行城內外大小各街巷、搖鈴取信、每信一函、加使費一本士、現改通國不論分兩之

函、皆一本土、且在城內、一日取信十八次、各府村鎮往
來、向來僅午後一次、今則晝間由兩次至八次不等、向
來兩本土之信、一天送六次、外村者二三次、至各府皆
一次、今則城內外共送十二次、第一次在辰正二刻前
者、通城分局及信筒共四百二十五、今則增至四千三
百二十四、由總局四面計十二洋里之內、昔者、一禮拜
約寄四萬件、現除新報包封外、共有一千九百八十萬
件、足見事便而費少、總局立章無欺無弊、而使他項生
意同時竝興者多矣、除官票外、養育男女多工、而紙筆

書墨花片尺牘等、一年各鋪不知出售凡幾、
初二日辛丑、早大雨、午後晴、繼又雨、聞昨有美國紐約
一機器鉅商、素稱喀特百萬者、因雜病糾纏、各名醫束
手、卒莫得其病源、臨歿、留遺書、允將其屍入大醫學院
剖驗、冀有益于醫、戚友五十餘人、聞之驚愕、其妻初亦
不允、奈從謂此為喀君之善念、況有遺書、尤不可改、屍
遂入目勒烏尤醫院、俟割開細驗、畢、所餘觔骨皮肉則
歸火葬、觀云、
初三日壬寅、早微雨、午初雨止、仍陰、入夜大雨傾盆、聞

圭

昨在文淼莊、一賣青菜人名柯拉克、一酒鋪管帳人名韋音斯、各畜一犬、一日柯犬鼻準有傷、告官謂被韋所嚙、涉訟到官、訴係兩犬鬭傷、官問其犬名、柯犬名努布釋英言豪傑也、官按名呼之即至、再問韋犬何名、答曰普林斯譯乃王爵也、官按名呼之亦至、于是官判云、太平年間、王與豪傑不須相鬭、按彼此之品位、豪傑究屬犯上、著罰其主柯拉克六先令、兩人牽犬回家、完案、此事一何可笑。

初四日癸卯、陰涼、倫敦設有按年賑濟跑報人會、英名件斯文多爾貝尼烏倫安普婁韋頓音斯的究慎義乃仁心保養跑報人之會也。蓋每日各報館分送通國各城，以萬萬計，一日兩次，早在寅初，晚在戌初，皆有專人大捆肩負，馳趕專遞火車，冷熱不避，風雨無阻，得錢無幾，誠一苦工，因經善士設法募化，按冬而賑濟之。至今日，栖十一月三為設該會第六十六年。會首馬爾沙定今晚戌初二刻在太木斯江維克都里亞提還得凱色爾店筵讌契友、善士及各報館主人，半月前具帖來請。戌初乘車往，入見馬爾沙夫婦，并他素識多人。客廳少立片、轉入飯堂、卓設一橫九竪、作ⅢⅢ形、共坐男女二百四十六人、一切器具與他店同、惟每座前立菊花一束、花朵極大、色分紅白紫黃、惟不甚香、食畢吃加非、各進捲菸二枚、火柴一小匣、先首座立起頌仰英君數語、後舉酒同祝英君之福、樂奏天保國王、少坐、復齊祝君后太子太子妃及他王族各人之福、樂奏天保君后、首座再起敘說歷來設此會之利益、既有人按座遞一化錢紙、余因寫助三吉晚下書名姓住址、繼而倫敦美爾等六人陸續各演說一段、末則首座立而向衆宣言本年所募

共得二千六百六十六鎊三先、言畢散席、男女各擧鮮菊一束而歸、

初五日甲辰、陰雨、暖、倫敦教堂會衆、昨在衛斯民司得堂論及善待生靈、因謂自在熱諾瓦議定紅十字會後、與戰場受傷之兵、官頗獲利益、夫既謂善待生靈、則戰場受傷之馬匹、既不忍其死、又何忍視其痛不起、今望各大國依然設法立會、各營携帶獸醫、每一仗後、尋取傷卧馬匹、竭力療治、以救其生、云云、此等善擧、確望紅十字會中各國、同有此念焉、

初六日乙巳、陰雨如昨、聞數月前、一印度佛教僧某甲、航海至美國喀立佛尼亞邦之洛桑談城、宣傳佛法、因印度人善英語者多也、不及半年、婦女之被引入者已數十、（中外一理婦女心慈）或謂佛以和平良善忠信之心化人、恐將來願奉者良多、該僧在彼誠心訓導、業已化得四萬餘、將建佛寺云、余謂佛教始自印度、東傳至華、至日本、現華人又陸續棄本國之儒教及西來之釋教、而改奉天主耶穌教、今佛教復東傳至美洲、使人棄天主耶穌教而入佛教、竊以大國各教、法雖不同、理則一律、無往而非以善化人、但願各國之人、各以所喜信者、任便奉之、惟不行互相妒忌欺侮、不起爭端、各守所奉、彼此往來、不分黄白、不分強弱、温和相處、永享昇平、實為天下生人之福、想各教所奉之主宰、亦不咸無此心也、將來或有一日如此、亦未可知也、

初七日丙午、陰雨、昨見福建日日新聞內一則、題曰世界各國之紀年、云世界各國紀年各異、然足稱歷史上之大紀念、為一定不易之記號者、厥有八種、今將現年之各種紀年、表於左列、中國黄帝開國紀元四千六百

十八

零三年、耶穌紀元一千九百零五年、日本神武紀元二千五百六十五年、釋迦紀元二千八百五十二年、回回敎紀元一千二百八十二年、美洲發見紀元四百一十二年、羅馬開府紀元二千六百五十六年、猶太敎紀元五千六百六十六年、以上八種紀元、已嫌其繁、按耶穌歷萬國已公認、若吾國始祖開創、將來革新事業成就、不能不兼用之於已國、以興國人愛國之心、外此又增以孔〇為紀元、未免徒為好事、適足亂人耳目也云云、嗚呼、是何言歟、竊以立斯言者、必已改奉耶穌敎、僅知其一而不知其二者也、按謂耶穌歷萬國已公認一語、恐未必然、其他如土耳其、阿富汗、波斯、暹羅等國姑莫論、至英國雖國教為耶穌教、通稱一千九百若干年、然每由議院議有新例、則曰君主維克都里亞若干年、敘埃達倭第七若干年、再則附近之日本、雖力効西國、而國不改教、凡案皆稱明治若干年月日、雖改而本制終不改也、又謂將來革新事業成就、不能不兼用之於已國以興國人愛國之心、苟若紀年一改、而人民愛國之心頓興矣、葡萄牙、日斯巴尼亞、瑞典、和蘭等國奉教已

久、何至今乃人心不齊、而國勢不振耶、一國之興衰、關
乎治法、如因改紀年而國治、則治國亦甚易矣、
初八日丁未、陰、入夜雨、涼、今日為西冬月初四日、為其
蓋佛日、（詳見述奇）三 早晚貧孩以小木車拽假人街游討錢、
無須再述、倫敦郵政局自西一千八百二十九年、（道光九年）
至八百八十三年、（光緒九年）五十五年間、加添新法、便于人
者有八、一代寄金銀、始自八百三十八年、二國內信資
及各屬地皆改索一本士、始于八百四十年前後、三准
寄書卷始于八百四十八年、四代民存錢、始于八百六

十一年、五、電信改歸信局、及信局兼辦得律風、皆始自八百七十年、六、花片及寄新報報單等式樣、節省寄費、亦皆始自八百七十年、七、信局錢票始自八百八十一年、八、代寄包匣小件、始自八百八十三年、以上名目辦法、詳六述奇、

初九日戊申、鎮日陰雨、烟霧迷漫、倫敦郵政總局、新舊三所、高樓各有分司辦事屋間、如總管處、分理處、四外分信司、總電局、内地電線局、修造機器局、郵政大臣、郵政協理、總理會計、及律例訟師、各分司代寄金銀司、錢

下

票司、得律風局、内地分信司、内地分包匣司、收存無主
信件司、存錢司、製電司、雜物庫、三樓人共萬餘、
初十日己酉、大晴、巳正、率各參隨向北恭拜
聖牌、行三跪九叩禮、戌初、約衆在白玉堂晚酌、甚好、昨見申
報内一則、論孔子生日大紀念、因錄之、曰今日何日乎、
非孔子降生後二千四百五十六年之大紀念日乎、史
記於秦本紀列國世家、皆書孔子卒、老子列傳又書孔
子卒後一百二十九年、以示孔子爲萬世長生、爲萬世
師表、自漢至今、固已爲吾人心一無異義、是則朝野上

下、久已默認孔子為國教、恍恍學子頂禮而膜拜之固其宜也、今日何日、適逢誕辰、吾常有無限感情、蟠際于腦而亦不自知其忽然悲忽然喜也、孔子之教、多屬於智信的宗教、而非迷信的宗教、有智信孔教之所以高出於各教、無迷信、孔教之所以不能普及而為他教所滲入也、彼夫西教誕辰、如四月之雞蛋節、舉行贍禮、全國歡呼、可見迷信宗教之一斑、而吾國民戰戰受治畏懾神權、其於淫昏厲鬼誣誕之神、猶且謬託誕日、奉行祝典、而於大聖誕降為獨一無二之聖節、乃反蔽罔不知、與人尸祝、亦可知孔子之教、不尚迷信、故淩夷衰微、至於如此之甚也、且也入其學宮、登其殿廡、塵埃寸積、茅草叢生、每年除地方官春秋二祭、新生入學外、類皆扃鐍森嚴、擯人瞻仰、由此推之、即被服之儒者、吾料其八月二十七日之聖誕、亦久已置之度外、嗚呼、是則可悲也已、然而羣治之破壞、以廢教為歸宿、文明之肇興、以從教為託始、現今中國科學未進、斷不能離棄宗教而翹然其特立、前十年廣西創設聖學會、其時適逢聖誕、曾仿庚子拜經之義、以尊至聖、嗣是厥後、橫濱大同學校、上海南洋公學育材學塾、今改均於聖節奏樂演劇、籍留紀念、行見國教昌明、一尊已定矣。昨閱本埠學界中人今日種種祝典、如龍門師範有影戲、南洋中學、民立中學等校皆有演劇歡慶、誠盛舉也。孔教之價格、雖不因慶祝而有所加增、而孔教之真理、終且因慶祝而多所信仰、至於信仰愈多、而社會心目中人人皆有一孔教、而孔教乃愈益光大云爾。凡有血氣莫不尊親、斯非極可喜之事耶、或曰、自哥白尼、達爾文倡新科學、而宗教將在廢置之例、歐洲今日宗教已成弩末之勢、

三

子猶斷斷以宗教為言、毋乃與梁氏保教非所以尊孔論大相剌謬乎、曰此又言各有當不能據以為實者也、大抵宗教之為物、自科學一面言之、誠為魔魔之怪物、而自群學一面言之、則宗教為群治之母、而人道之所不可一日無者也、梁氏謂學定一尊束縛國民思想、遂至闢去孔教、不遺餘力、其立言之宗旨在望人研究科學、豈以治道為必棄孔教耶、且梁氏不云乎、無宗教則無統一、無希望、無解脫、無忌憚、無魄力、又不云乎、今日之世界、其去完全文明、尚下數十級、於是宗教遂為天

地不可少之一物、其重取宗教之義、丁甯深切、可見前
之立論爲一偏矣、孔教乎孔教乎、今日爲降生後二千
四百五十六年之大紀念日、其盍各買入場劵、躬親慶
典、而一盡其馨香私祝之忱也乎、余因讀以上一篇有
感、隨陳數語、望我同胞量之、子不語怪力亂神、又曰敬
鬼神而遠之、夫聖人立言以教人、使人知情順理而得
天道、二千年來後人之所以尊敬者、尊其德行、敬其聖
明也、故按時頂禮而膜拜之、不比他教焚香叩頭、可以
求福、默祝懺悔、即得保佑、孔子大公無我、本不欲人諂

三三

媢、其學宮殿廡之塵埃寸積、茅草叢生也宜矣、凡人一生罕不欲求福求壽、生前少病、死後升天、因而奔走廟堂、焚香禮拜、欲以禱祠為邀福之階、夫升天一節、姑不具論、至福壽少病、皆由人心自求、不必求諸天神也、苟能遵守孔子之言、志道行仁、則天君泰然、百骸從令、病自少而福壽隨之、先聖有言曰、智者樂、仁者壽、其斯之謂歟、

十一日庚戌、早大霧、午後微晴、繼復陰霧、‖利貞街路南之新畫閣、今日為第十五次陳賽名家油繢像、數日前

東請一觀、申刻率孫女乘車往樓下三大閒懸老幼男
女油像大小二百四十八幀、皆本國之名人富官其男
女畫師亦皆一時著名者、酉初回使館、英例男女成婚
皆報官註册、然中下等人有私娶者居久思離、多有改
嫁他娶者、生有子女、或歸男或歸女、而男認資養、聞昨
有大車站副管事婁四與醫院伺候女柯莉奴初同居
一樓、女入醫院、婁復屢次去訪、末乃致書醫院女首領
謂擬娶柯莉奴為妻、蓋二人早已聯牀、互相繾綣、今欲
行結縭禮也、婁四領女出醫院、先去多處買給成親戒
指

指戴之後、則引入其室、見他人、即偽云女為己婚之妻、
入夜在樓私行婚禮、英名謀克麻里埃支譯、乃欺騙婚
姻也、居三年、生一兒、繼因口角分離、莉奴旋見婁四欲
仍為夫婦、婁四不認、亦不認資養其子、莉奴告官、地方
官賽勒細考其往來信函、判罰婁四百鎊、賠柯莉奴、俾
其他適云、
十二日辛亥、鎮日陰霧迷漫、不甚冷、時上月下旬、曾由
日斯巴尼亞京城來電、言西十月廿七日由日國東北
角喀他婁尼亞府正南稍東之巴爾賽婁那海口觀運

到盛鮮花大木箱十餘、法國察訪官與本地巡捕疑而開箱驗之、每箱匿炸藥五七包不等、箱皮所書寄交之名姓、非鋪店即貧家、爾時附近一人業被捕獲、蓋因法總統不日往拜日王、運此以備轟震總統、盧貝及日王阿芬搜者也、以今時之局勢觀之、天下各國之官場巡捕、皆宜細心竭力巡察、預防一切、蓋因人心不古、為之主者、須防無君黨也、

十三日壬子、陰、是日為西十一月初九、英皇之生辰、及新美爾接任之期也、美爾名墨爾根、年七十四、牛月前、

率各咪里夫柬請今晚戌初極樂堂晚酌、因國君誕辰、希著朝服酉正、余乘車至登樓、左右排立之城兵唱號舉槍為禮、轉入大堂、二官執細棍前引、別一人高聲唱名、一路左右排坐之男女鼓掌歡呼、登臺見美爾夫婦、握手問候畢、轉立其左、客到齊、分路入飯廳、其卓椅排列、同前三次、惟人數則八百五十五、正面一橫、中除新美爾夫婦外、為御任美爾夫婦、樞密院首相、外部大臣夫婦、律法大學士、美國公使、兵海二部大臣、倫敦大主教、輩外國二等公使、僅中國、日本、希臘、比利時與暹羅而已、酒食禮節演說亦同前次、予初席散、飯堂別有男女奏樂歌曲容聽、改作跳舞場、蓋皆老城中人也、他人陸續登車各回寓、入夜大霧、

十四日癸丑、早微晴、午後細雨連綿、昨見八月初八日福建日日新聞內一則、謂歐美兩洲數十國、祇稅入口貨不稅出口貨、其國中及其屬地所需之物、此往彼來至二三四萬里之外、除有損人身之烟酒二物外、概不徵抽、至出口貨、無論運往何地、皆為吾民所自造、豁免之所以使工藝興盛、製造發達、以阜國民之財、以保閭

闊之富、雖俄羅斯為老專制之帝國、亦須順輿情、顧大局、就此範圍云云、按以上所言者觀之、則各國待民仁厚之徳重矣、然吾人之未經遍歷兩洲、未得細考其情者、不得僅以所聞一面之詞、而善言誇耀之也、今姑將在英所聞者、大畧言之、以使吾人知該國抽收之法、不在外面而在内囊、英之土貨、出口固無税、而煤仍有税、入口貨蒐驗雖嚴、科徵雖重、而凡國人所必須者、仍無税、意蓋以出口貨之為本國所必需、不欲多往外販、則收重税以阻之、入口貨之必人所需、而本國所產無幾、則免稅、以使源源常來不已、在內雖無人丁稅、而生產亡故、婚娶、給名、受洗、皆須報官花使費、凡房地工作借貸等事、無論大小、立劵即有稅、房稅、地稅、大小買賣稅、存產稅、進款稅、僕婢稅、銀號存錢利息稅、匯兑稅、承業稅、死人稅、襲職稅、職號稅、槍稅、狗稅、車稅、馬稅、戒指、器具、房前車旁鑿畫世職名號稅、房捐、地捐、人口捐、街道捐、燈火捐、水道捐、巡捕捐、飯店按樓房地式有稅、火車按票有稅、船隻在本㕓、按其大小馬力噸數有稅、以上各節、我國皆無、一旦仿行、則必轟然震動、而又曰吾民何辜、被此暴橫荼毒、較之歐美不有天堂地獄之分耶、又謂在中國有狹童老弱、僧道尼姑、為分利之人、而非生利之人、莫非外國不有狹童老弱乎、夫無狹童何至老弱、無老弱何得狹童、外國不有僧道尼姑、而闊袖黑鬘之神甫、頭戴斗形白冠、目不斜視之貞女、又皆何人耶、又謂兩洲各國、無論男女老幼、通計每年每人入款、多則二千餘元、少亦數百元、中國四百餘兆人、通計每年每人所入之款、不知可十元否、吾恐其尚不能至十元也、惜其不知外國情形、不相比較、外國物貴錢賤、而

中國乃物賤錢貴各節、故擅如此云云耳、並聞法京、凡
鄉民之携活雞一隻、或雞蛋數逾六枚者、進城皆有税、
其内地税務之重、亦可知矣、
十五日甲寅、鎮日陰雨、微暖、倫敦城大人多、每年男女
老幼之貧苦無事者數萬、入冬尤迫饑寒、衆擬共至首
相巴樂佛前、求其設法救濟、因恐男子成夥滋事、童子
被欺壓、遂由各區湊得老少婦人八千、前于初十日早、
各以大車載至柴苓十字街一帶、蓬頭垢面、破衣赤足
者甚多、皆按地分班、武官帶領巡捕彈壓、無敢喧譁、先

赴衛斯民司得哲池蒿斯各教堂坐喫茶點、繼至白堂街之本地憲署巴相登臺諭以將交議院竭力維持賑濟等語、後退出順途列隊由卜靜宫前走過巔國王親見其苦、又前于十三日晚老城新美爾在大阿森卜五堂一飯本城苦民入門有票計二千五百門外饑寒者尚有千餘、各冀門票儻有盈餘博得一飽、持票入坐者各得紙袋一袋内肉餅油糕麪包各一、平果兩枚、茶水任便、

十六日乙卯、陰、閏上月底、倫敦鍼蔺會館太子妃領首

設會、任人施捨煖衣、計需三萬五六千件、分送施醫院、棲流所、養濟院及各監牢、凡入會者至少須施兩件、在英之欽定律館陳設兩日、備人觀覽、王施入者甚夥、有羊皮襖、狗皮手套、及毡帽、絨襪等、太子妃施小孩藍棉襖、女工棉襯襖及絨花女帽等、太子施小孩絨襪手套及羊絨腦包多件、每件綉太子埃達倭阿拉柏同贈十个字、太子之女瑪麗亦施自做之婦女應用各物多件、王后特助二千鎊、分送各區云、

十七日丙辰、鎮日陰霧、細雨淋漓、稍冷、英國著名優伶

伊爾伍英、本姓卜洛得里、名罕里、係英蘭夏斯屯百里城人、生于西千八百三十八年二月初六日、（道光十八年）習貿易三年無成、至千八百五十六年、年十八歲、遂去而學戲、始于英國各府、繼赴美洲、至八百六十六年、（同治五年）始至倫敦、遂聲名日起、八百七十八年、（光緒四年）自作班頭、演戲通國、名人讚稱、至千八百八十三年、（光緒九年）十年四十五歲、經英君主賜以寶星、封爵士、遂即改稱曰色爾伊爾伍英、本年九月十五日、在洛垂卜拉佛園中演劇、戲劇將登臺、初乃行步躊躇、既而仆、經人扶入屋中、先時有十五齡莫卜斯者、在船行傭工、善畫、三日前、繪就一伊爾伍英小影、聞伊病急、攜入戲園、務懇伊爾伍英署名于其上、經人執入、得伊勉強書之、時為子初十五分也、此畫將來傳入賽閣、必為人所重、賞而價亦必昂矣、後以車載伊赴其僑居之米得籃店、急延醫、醫至、伊死矣、其家在庇喀的里街內司特拉比巷第十七號、其妻與二子居之、長子名罕里、次子名洛瀾斯、是夜店中入殮、次日舁伊家中、伊妻與二子收得英皇與后及太子倫敦美爾等慘惜弔慰之信、十九日早開棺、雕刻匠以白蠟按印故人臉模、印畢、即蓋棺、以車運至芬池蕾路之约勒得爾斯格林焚尸場、（英名克蕾麻安里庇林）堂門外、一長桌置棺、其上旁有機器關鍵、鋏門開、棺自寸寸拽入、少頃、空棺出、鋏門閉、牆壁一紅、則尸骨成灰矣、一小時後、門再開、棺再拽入、則骨灰盛入棺中矣、通場靜悄無聲、蓋棺畢、輿回、停于本巷第十一號男爵夫人卜爾代庫滋（前見）家、係二十一日出殯、同日伊子并接暹羅太子弔唁之電文、及法義兩國優伶之祭文、前後共收花圈六百七十三個、內有國君公主者各一、大小共直五千鎊、衛斯民司得敎堂中所葬者、皆名臣名士男女、其中著名優伶亦有三四、故擬葬伊于彼以耀之、通堂容坐二千餘、自此信傳出、人之欲往觀望而致信堂中者萬餘、二十日午後、其二子與其三十年來所用之老男僕冠林森送其靈柩入堂、沿途觀者甚眾、官兵護送、巡捕彈壓、二十一日午正、堂內哞經時、國君派往代弔者、為色爾蒲婁彬、代太子者為副將色爾喀凌屯、執罩片者、為阿柏的音伯、譚尼森侯、卜爾杭侯、色爾潘闢、萬達木馬勒吉戴倭爾、名優特立、郃得馬皮、迺婁羅柏森等一

切禮節奏樂唪經、咸與他人者同、西國之重待優伶乃
爾、故記之、是日午正、希臘國王來往文淵宮、
十八日丁巳、天氣如昨、東西各國有一種筆跡册、見再述奇
不同、我國之專求名筆、大書長幅也、乃男女戚友之至
契者、互請書名姓于其上、以作記念、繼而添能繪者畫
半幅、能詩者題一首、不善詩畫者寫數語、邇來復有加
將指印于名姓旁者、已奇矣、昨聞新出一種親吻册頁、
爲堪興坦街一女名伊婉姒所創、式爲厚書一本、首篇
敷可溶化之紅顏料一方、後則可篇清分限界、人書名

婚娶聘問以[illegible]

作紅印于其上據云各人唇式寬窄厚薄圓扁短長不同頗易分別記識且書面題云給我一接唇用以記存又每篇首印數字云貴莫貴於記人以親嘴是書之作徧也將亦謂之文明耶

十九日戊午陰晴不定聞倫敦比翔募款在司鐸衛街設一書手會館名曰音格拉木蒿斯樓極寬敞共臥房二百零八間外有飯廳書房烟房打球房洗澡房且點電燈并管擦鞋洒埽諸事屋價每禮拜由八先至十五

先不一、其早晚喫頓飯者、每禮拜十六先隨意點買者加三先半、客又須外付一鎊、作保護錢、其最有益于人一事、為禁人醉酒、又終夜有人看門巡守、各人有街門鑰匙、戚友往來亦可。戌正韓闓夫婦約飯、戌初余偕內人乘車往、入內見其夫婦與女少敘、後下樓入座、男女十八人、酒食豐美、唱酬歡甚。食畢登樓少坐、喫加非、後謝歸、時已子正。

二十日己未、早大晴。酉刻陰。按希臘乃其國之古地名也、英名海藍斯。現名戈里克、戈里斯國王卓志第二、現年

六十歲、為英國君后之兄、丹麻王之太子、千八百六十
三年、（同治二年）被選即位、時年十八歲、六十七年、（同治六年）年二
十二歲、娶俄國寬斯坦典侯之女歐勒戛為后、共生五
子一女、昨日倫敦美爾在極樂堂備筵請午酌、午正希
王由文愍宮乘火車抵倫敦帕丁屯火車站、改駕四馬
宮車、走敎斯佛牛蓋等街、未初五分至極樂堂、共卓男
女八百十五人、食畢、彼此演說數語、未正一刻出極樂
堂、沿江堤走海岱閣至帕丁屯火車站、回文愍宮、當日由
火車站至極樂堂、沿途王車所由之路、左右懸旗結彩、

兵列兩行、巡捕彈壓、與昔之接待義奧國君同、聞英蘭振濟無工苦人、自英后施二千鎊、後復由新城各善家及新報館、戲園、飯館、銀行、幷他大生意等施捨、已至四萬四千五百鎊、又經各人工會公印憑票十萬張、分各苦人、內稱本人不求施助、惟望有工作云、通城各區至苦之民、選共九千、定于二十四日、處處經人帶領、于巳初會集于太木斯江畔、後將列隊下鄉、廣募協助維工云、

二十一日庚申、陰冷、記外國日三餐、而多重晚飯、肉食

既多、而無冷葷、卓皆鋪白布、各人一白飯單一小白布、為喫鮮果淨指用、凡大讌無非排列鮮花、增陳銀器、罕有別出新意者、若人家請客不多、每經女主人巧思陳設、遂有不鋪大卓布、各人前置一小方布、盤下別一小圓布、皆本色綉花、有各人前置一五彩綉花絨布、方圓八角六角形式不一者、有鋪大白布、正中置一大盆、上插鮮花、圍以綠葉、四角與中心置六小瓷盆、每中實以冰乳、上覆句勾臘鉡、蓋、蓋中插鮮花一束、食肉菜果拔花啟蓋、按人匙分冰乳、亦頗有趣、有置淨水一大盤、或圓玻璃一缸，四面圍以青苔綠草，而放油紙水禽，或小瓷鴨於其上，作游泳狀；有果品，先置卓之中央，而堆疊成山者，如葡萄、平果、桃、李、梨、橘等，飾以鮮花，圍以綠葉，五彩鮮明。凡讌客者，各座前卓上置一白紙片，上注座客姓名，以爲次序，其字或寫或印均可。此片間有飾以金邊者。近又一法，乃大玫瑰一朵，擇其平大之瓣，以電針刺人名，筆畫皆成白色，亦新式也。

二十二日辛酉，陰，霧迷漫，冷。前日午後，英皇與希王在老文迭園中打獵。英國有種土鼠，洋名木歐勒，緊毛黑色、短腿無尾、寸眼閃爍、爪甲甚利、穿土作窟、曲而長、入地亦深、窟中土推出窟口、堆作饅首形、堆下頗深、人失足陷入極險、爾時因英君目注定一野獸、策馬直驅、馬蹄誤觸鼠洞而踣、槍柄折、君腿傷、不能步、乘車回宮、電傳御前外科名醫郎武斯診視、郎云無大損傷、惟右腳折斷細筋一條、云新報所傳如此、余今日未刻乘車至卜靜宮門右朝房畫押于簿、以申探問之意、或云二百年前英君維廉第三一日乘馬在漢普屯宮前馳走、馬足蹈入鼠洞踣、君壓于腹下、回宮三日而崩、故此次傳

聞、人多憂懼云、

二十三日壬戌、陰霧、西俗不信鬼、而所傳聞者、又多與中國同、有婦名司悌爾者、生有二子一女、四歲、其夫故後三個月、一日半夜乍醒、月光中見女肩上一人手循手猝視、乃故夫臥女旁撫女也、拭目細審之、則無所見、疑為夢、當時女醒呼爸爸、婦作聲曰、汝父已在天堂矣、既而母女同睡、少刻復聞其子連聲呼媽媽、曰見我爸爸立牀前、且言善侍爾母云、即時下牀、然燈察之房內依然固閉、遂處搜尋、迄無蹤跡、此事若在中國、則謂魂

憶家而探視也、又太木斯江引水人周安失足溺同夥
多人尋覓不得、因其身帶一小馬口鐵盒、係內盛其由
特里尼的官署所領憑單、其妻不得是物、無法承其財
產、數日後有人領至某巫婆家、謂請招魂問事、使婦閉
目靜坐、巫婆在旁念念有詞、婦見其夫至、問其尸何在、
言在格蕾伍森堤外淺處、次日延其戚友駕舟往尋得
之、兜中小盒未遺失、亦未傷損、婦遂得養餘年、又倫敦
某戲園管臺人哈里森、夜夢其滿紫斯得城之同學友
卜拉蒐至、面目慘淡、項結布帶、手指項間、欲言不得、既

三、

而驚醒、次早急坐火車至彼、見其妻、詢之、知其人卧牀兩日未起、昨夜忽作譫語、乘人不在時、竟用白綫自縊牀邊鐵架而死、一人名佛斯特爾者、性嗜蒲樗、屢邀至契于家、終夜賭博、其妻竭力規勸、不聽、因之患病氣息奄奄、仍厲聲規勸、伊遂誓不再賭、其妻故後、年餘不賭、覺無聊賴、一日約友玩牌、以消寒夜、由戌刻至子正、彼此勝負不分、正暢賭間、倏見其妻偶立其旁、面色慘淡、低聲斥責、佛戰慄瞪目結舌、遂散局、一人名霍爾奚寄居姊家、某禮拜日入堂不歸、其姊夫弟兄尋覓多日、婦乃連夢其弟三次、黄面閉目、兩腿皆折、訴云為姊夫弟兄某月日某處所害、屍盛布袋拋之河、請姊撈屍歸葬地、婦無法、告于翁、翁不可、且云為事犯則汝之子女皆孤、無人養育矣、婦遂已、冤魂含憤去而入夢於其友事發、遂得直、當英蘭瘧疾傳染時、武官巴克爾家突到一包辦殯殮人、謂昨有人令為貴宅做棺材一口、巴謂我家人口平安、我長子現在二百里外、何出此言、爾為何人所覓、並言、聞適接其子凶耗、昨日某時病故、巴又問包辦殯殮人、昨日覓汝者在何時、相貌何如、據包辦人

三三

所答、則正其子之相貌與其子之身故時也、德國男爵柯曼罕言在德國某城、凡人將死、必有先兆、乃在手帕、頭枕、被單等上、自有黑十字數個、水洗不去、送交藥學化學各家考察、亦不得其詳、必待其人瞑目、字自消滅、云在克倫城有埃達倭者、向與名李特爾者至契、始則朝夕不離、繼因彼此工業不同、遂不得屢見、乃二年前李特爾病故、自上月、埃達倭患病數日、前病篤、本家及其至近之親朋、終夜圍守、某夜忽聞有人大呼曰、我友埃達倭、陽壽已終、請與特爾同登樂境、衆聞、趨至窗前、

外視、但見皓月當空、樓舍參差而已、病人即開目微聲
答曰、我聽見矣、當同往、言畢、瞑目而逝、英人司磐者家
有打球桌、據云、前晚桌上三球、倏不見、少頃其一自棚
頂墜桌上、餘落在南北壁下、各一、明燈照耀、他無所見
也、忽白粉一出自起、在桌面綠毯之上畫甕瑪若干、桌
上一打球棍忽自移行桌後、懸空如衡、似有人兩手奉
遞者、椅上置某婦之皮披肩一件、徐徐自起、披婦肩上、
婦驚倒、又法人即碧葉者、某夜乍醒、見一青年男子立
其旁、審視為舊友葛尚、然其人故已多年、初頗恐、繼而

二天

交談述其生時所學之格物化學、葛衣裝氣色如平生
天將明、隱隱而沒、甲乙丙三人共居、皆在鋪行充書手
者、甲乙同畜一犬、名卜拉扣、甲因事外出、久而不歸、犬
遂不食而瘋、旋被人以槍擊死、甲在外一日晚餐、犬見
于門外而內窺、甲起視之、卜拉扣也、呼之、犬搖尾、繼悟
犬已死、趨而細審、實是犬、亚詫異間、犬忽不見、甲回見
乙、述其所見、乙謂同日所見者與甲同、惟隨犬走出、至
其埋處而沒、丙聞二人所言、頗譏笑之、一日丙在他間
鼓琴、甲乙忽聞呼叫聲、驅視之、丙謂適見卜拉扣來至

琴旁、且覺有涼物觸其足、以故驚呼、三人乃感其情同
送一花圈于理處、始不復見云、美國管庫官賀思本幼
年孤苦、在紐約城寬街旁第百七十七條衚衕賃住樓
頂一間、同居者為古氏母女、女名愛奴、貌頗都、後因咳
嗽、日見軟弱憔瘁、賀則朝夕設法扶持協助之、一夜忽
醒、見該女立其旁、賀問曰天明耶、汝來喚我耶、女答曰、
現將遠行、特來告別、且汝前途遠大、旺運將興、言畢不
見、賀以房門關鎖、何得竟入、往驗門鎖依然、正說异猜
疑之際、突聞隔鄰悲泣聲、天明著衣往探、則女昨夜身

故、其母哭哀也、女魂預告之言、是後頗有驗云、計余所聞、皆無索命害人之鬼、是則西國之鬼乃多善良也、一笑、

二十四日癸亥、早大晴、午後陰、倫敦城内御前短槍營各武官、每年冬季讌會一次、名曰營讌、去冬余曾一赴、茲經提督滿克立甫等復以柬請、今日戌初讌於賽西店、酉正一刻乘車至、見各武官及副將鄧飛、遊擊來德立、敘少刻入座、卓列皿形、人則百十七、本營武官著紅衣者七八十、他皆客也、彼所謂外國之客則僅余一个

人、首座為鄧飛、坐余其右、屬衆中第一座、樓上營兵奏
樂、將餐及餐畢時、皆經遊擊明森立起率衆垂頭喃喃
數語、以謝天賜食、後衆齊立舉杯恭祝國君之福、樂奏
天保國王、再則鄧飛演說一段、盛稱通營新舊武官和
睦同心、營務日有起色等語、後又率衆舉杯祝余之福
余繼立起答陳數語謝之、言畢齊鼓掌歡賀、此後有二
女六男、陸續歌曲、變戲法、說笑話、皆可人意、安止謝歸、
武官一排、各人握手送別、腕為之酸、入夜大霧、
二十五日甲子、陰霧、冷、河水結冰、入夜霧尤稠密、客人

携狗住店、倫敦各客寓之規章不同、如賽西店、設專屋備狗窩、每日二先半、備專食者外算、薩外店亦有房室羅列狗窩、其養在所備房内、或係哈吧狗之留在本屋者、皆隨時定價、格蘭店不收狗、須别存附近馬號中、惟格婁伍訥店只收哈吧狗、每日二先半、柴苓十字街店、存養樓下之狗、日二先半、存本屋則五先、店規禁止帶狗上樓、然私袖其狗入室者、婦女恒有之、陛英王微恙痊愈、昨日回倫敦、

二十六日乙丑、早晴、午後陰霧、近日新出一種飯館、名

歐琛蕾斯托蘭意為洋面飯館也、創自倫敦喀勒屯大店、係在大西洋往來各船上開頓飯館、以便客之不喜本船所備者、店行與船行互定規條、各船特備一廳、專售頭等美餐、船客欲日食洋面飯館者、特買專票、船行僅收船費、乃按日少收十先之飯費、其日食船上所備者、聞或改食一頓、或在飯館請同船之客、則兩行互相折價、其定價、早餐三先、午酌亦三先、晚飯四先、既為公平、便當且專廚工精也、聞有漢美行之阿美里喀輪船、初由紐約回漢柏爾、昨日經過浦來茂斯海口、據云此法初創、而了理頗善、往來共用肉三萬七千二百觔魚四千八百九十觔、雞鴨共七千四百觔、麪二萬九千七百觔、果品一萬二千五百觔、牛奶三千五百升、雞蛋三萬七千個、計其水程往來不足二十日、而食物如是之多、亦足見海客之多、商業之盛矣、

二十七日丙寅、陰雨陣陣、昨日由英禮官來赴告信、共兩頁、一稱奉君諭自本月二十二日、即昨著在宮中為魯克森堡公著素服兩禮拜、（地在比國東南德國正西自主小邦）一、亦自昨日始、為比王之弟王爵費里朴著素服一禮拜、函則

外封加黑邊寬約二分、內兩頁無之、又歐北界瑞典國本係瑞典諾爾嘁兩邦合一、瑞在東而諾在西、近因議院分爭、諾遂思分立、初擬立瑞王太子、即前月娶英寬諾郡主為妃者瑞人不允、乃改迎丹國太子查里斯、英王之婿前于二十四日查里斯與妃同請丹王克立斯懇允准之命、當日丹都扣噴海根通城懸花結彩、十一點半同入阿瑪連柏行宮、隨有諾爾嘁大員博爾訥等同立王前、博先宣云、今謹請陛下允准太子查里斯受加諾爾嘁王冕、丹王曰可、繼向太子與妃接吻、作喜顏狀、後出宮登四馬金車、有忽賚爾兵前引後護、再入阜志王宮、對諾爾威人誓曰、寡人在諾爾威、當必永存信守云云、次日午正至諾京克里斯加那、即位稱曰哈寬第七

二十八日丁卯、陰、倫敦汽車、創自七十年前、其法不備、未得盛興、十年前街市始見二三、乘客亦無多、邇來一二年間、則往來日夥、或云現在通國共有三萬餘輛、且步隊立有汽車營、不僅兵能駕駛、更能自造、工既精熟、無慮臨時之人修理、城中立有汽車會、英名敖投謀比克勒卜、又名英愛汽車會、蓋至今蘇格蘭尚禁用之三

島尚各執己見、通國一心之説、未必爾也、此會循年遞讌一次、本年為其第八次、于今日戌正設諸賓西店、半月前曾首騷色蘭公率衆柬請、今日戌初乘車至彼下樓三層、入容廳、見代首座司丹力人衆陸續到齊、按班雁序進飯堂、入座、卓式横五縱九作▥形、人共五百五十九、美國公使坐首座右第一、余坐其左第二、凡此首横者皆世爵文武大員、各卓陳列鮮菊盛以鋤條造之小汽車、四輪能轉、工頗巧、樓上奏樂、酒食豐饒、食畢首座立起舉杯率衆恭祝英君之福、樂奏天保國王、此後

星三

少坐、再祝　后、太子、太子妃、及他各王族之福、樂奏如
前、喫加非時、奉各座菸捲一匣、匣外金字兩橫書云某
年月日汽車會議作記念也、繼而人之陸續立而演說
者十八、各皆萬言于正始畢、盛會也、
二十九日戊辰大晴、今日墨蕾請午酌、巳正偕內人率
榮驥與孫女乘車至倭特路火車站、買票登車、即開、午
正抵艾崗村下車、墨蕾以馬車迎入其家、地名羅泥梅
圓、入內見其妻女、坐談閒看其所畜之哈吧狗十餘、皆
可愛、北種也、入座同席有葛蕾立德二位太太、本定今

日往謁老君主墳、遂在倫敦利貞街花鋪定做一大花圈、周八尺、輳以銀菊、頂上立五朵紅菊并葉、統作形、盛以扁木匣、糊以白紙、價三吉。晚半云食畢、遂同坐馬車、先西行、繼轉北、順大道直馳、共約二十里至文恣宫東稍南、至福洛格墨爾下車、有守陵官牛特迎進銕柵闌門、内一小花園、正中一白玉石亭、正面如龕、寬二丈餘、高約三丈、四面八角、四方四圓、地基作方圓合併形、頂上中一圓頂、四面石臺、前面四石柱、柱前石堦六級、柱後壁中一門、大致與前在德國所看國君墳、其

式同、亭內作長方形、四壁上下、花石攢墁、五彩鮮明、入門步數武、正中一白石臺、高五六尺、寬四五尺、長逾六尺、上仰臥二石像、左為老君主維克都里亞、右為君主夫阿拉柏王、皆頭向內牆、脚向亭門、余先恭置花圈于君主一邊、繼登左邊所立之木梯、看石像、鑿工精美、甯看如生、距此臺右數步外、另一小石臺、右近石壁、高約二尺、寬如之、長五六尺、上仰臥大公主阿麗娫之石像、懷摟小孩、按公主生于西千八百四十三年四月二十五日（道光二十三年）、六十二年七月一日嫁于德國海斯邦大公爵路義第四為夫人、故于七十八年十二月十四日光緒四年生有四子二女、次女阿麗克姒即今之俄后、當時子女羣患白喉症、公主處處自行照料、其三子二女先愈、其四子病、公主溺愛屢向之接吻、致被傳染醫罔效、子死公主亦死、故此石像懷摟小孩也、看畢步出牛特復引入文瑟宮中賢卓志教堂中一覲、此中葬有歷代國王王后及現在英皇之弟與大太子維克多等、有分葬者、有男女多人葬於一處者、有做石棺者、有僅地面覆烏石一長方、上刻白字書死人名姓官銜品位者、看

畢齋至車站、握手謝別、登車即開、酉正回使館、
三十日己巳早風雨交加、午後雨止風息、陰晴不定、暖、
原醫之始、本為療病救人、非專作一種博鈔之營業也、
目今中醫不經考試、自貢其能、故有多索馬錢、復以路
遠而加添者、固已非矣、西醫係經考試者、馬錢有定額、
豈不以為便人計哉、乃視其門第品位而加添、且任意
索求、了無定數、由此以觀、醫為爭利、中外同矣、記前晚
在汽車會之年讌間、駱五觀演說中有數句云、汽車撞
人、須命與居不定、而未有索錢者、強盜刧人、刀置頭上、

猶問曰給錢耶、送命耶、醫生則不然、既要錢又要命、是
言也、雖為刻詭竊恐天下之庸醫皆近此也、又聞德國
巴坦堡王爵魯伊斯、于本月中往遊紐約、以其牙不甚
壯觀、二十四日特延本地著名牙醫戴立為之改補、乃
補一新牙、撥正四牙、王入座三次、共需時不及十一點
鐘、竟索費至二百鎊、王遂如數付訖、以後經人傳述通
城著名各牙醫會議、謂歷來五吉呢一點鐘即為至貴
之價、十一點鐘之工索至二百鎊、須令戴立詳細分解
之、戴立聞乃置之不理云、按治牙索二百鎊合庫平銀

一千六百兩、固屬額外擅索、然據眾牙醫所言、一點鐘五吉呢、已合庫平四十二兩五錢、亦不爲不昂也、入夜仍雨、大風尤烈、

十一月

初一日庚午、早大晴、午後陰、日斯巴尼亞國王阿芬搜上年原擬娶英寬諾郡主靚爲后、繼因彼此所奉之教不同而止、茲聞又擬娶德國巴坦堡王罕里夫人之女幽貞尼爲后、女乳名埃那、現年十八、生于蘇格蘭、賦性聰慧、品貌甚都、不日母女將由英蘭赴支布洛塔再至

日國正南臨海之阿吉希拉斯城、以度隆冬、以備日王頻往晤面、而得彼此情深也、何時成禮未聞、按巴王之夫人英君之妹碧阿蒂似也、生于千八百五十七年四月十四日、（咸豐七年）現年四十九、前于千八百八十五年七月二十三日、（光緒十一年）老君主維克都里亞命嫁于巴王罕里為夫人、千八百九十五年（光緒二十一年）英與南斐洲交兵、王精通水師、自請赴敵、英主允之、未料斐洲天時不正、次年患病、旋車時故于途中、王遺子女各二、長子名阿柏爾、次子魯伊斯、（即昨在美國補牙者）長女幽貞尼、（即將嫁日王者）次

女倪那達、

初二日辛未早晴、午後陰雨細雨陣陣、閏上月二十九日諾爾威新王與后由丹國駕諾國官船展輪北行、一路雪霧迷漫、至其都城克里斯加那尤甚、因其地為赤道北六十度也。未初登岸、礮臺聲礮二十一、迎迓禮也、雖霧濃雪厚、而男女蜂擁、歡呼震耳、太子歐樂蕭現十歲、國民見其手中無物、遂令他孩之手擧諾國國旗者遞之、太子接旗歡樂稱謝。當時通城燈燭相耀、極繁華、有一孩手街市間拾得國王手下船登車忽忙之際所遺之犬、親送入宫、王與后同下樓覿面道謝、又通城各學幼童、公送太子北極白熊皮一張、此等西規、在外不多遇、特記之。

初三日壬申、陰暖。西國歷來興辦人命保險、保火險、後有爲其犬馬保險、均與賭錢相似、視乎彼此運氣、近又有爲善歌者保咽喉險、善舞者保脚指險、善鼓琴者保手指險。據云保指險之常價、乃失一手指賠三十鎊、一脚指四十鎊。聞著名樂師古貝理善拽四絃拉琴、其兩指近保二萬鎊之險、設其手遭險而非指落、則當其不已

能譜樂經醫施治之期內、每日賠補十二吉呢、如失一
指賠一萬鎊、保險日奇、不知將來何所底止
初四日癸酉陰、戌初乘車至白堂街美特要普店、赴御
前學士會之年讌、卓作卌形、同坐二百二十三人、首座
雷立侯、其左右為余及土俄奥德丹麻希臘等國公使、
再則諾僧布蘭公樞密大臣巴樂佛、并多侯伯世爵、除
本會人外、又有各國各屬地及各城各學院之名士、中
有俄國天文名士叫代立甫者、年逾古稀、會中特邀來
此、贈以紅帶寶星、食畢、先立祝國君之福、繼祝君后之

福再祝太子太子妃及王族各人之福以後由首座及他人陸續立起演說者十二詞甚長大旨無非天文地理、格物、化學等類學術、子正始畢

初五日甲戌、陰而細雨陣陣、戌初入老城至倫敦橋北喀楠街之庫什蒙格爾霍勒（義乃漁戶會堂）赴製造紙牌會更換會首之年、讌本年新會首、為使館鄰人色爾卜喜慶也、此會堂白石樓房、高大宏敞、裝飾華美、比于府第、登樓見卜君、握手畧敘寒暄、繼立其後、陸續客到、齊共二百五十六人、乃依次序兩兩入飯廳、卓設Ш形、首坐卜

昆

君、在横桌正中坐、余其左第一座、倫敦美爾坐其右第
一座、其他客爲本任晒里夫、前任美爾及紳世爵文武
官員、食畢、先將一銀大花盤、周約四尺者、内盛香水滁
紙牌一副、由首座傳至各人前、各將白布單之一角浸
水拭唇、再後以大銀罍傳飲、又愛酒觀當時在正面添
設大洋琴一架、先齊立舉酒恭祝英皇之福、再祝皇后
太子太子妃及王族各人之福、皆鼓琴譜天保國王三
則同祝大清國
大皇帝之福、祝畢、余即起立、陳説一段、謝其優待、深願兩國

友誼日敦等語言訖、衆亦擊掌敲卓、歡呼一陣、後時而演說、時而男女四優伶鼓琴歌曲、凡演說者無不稱水陸之雄、上下會堂之公弁主客互相讚揚所能、于初始散、臨行各贈紙牌一副、第一頁背印本年會首之像、其他逐頁背皆印迺勤森像、蓋以本年爲其立功之百年、處處書其名、畫其像、以醒人也、此會二百年來已無本行中人、惟以歷來所存之款用以行善而已、須行贈紙牌、則亦不忘本也、

初六日乙亥、陰霧、半月前、善士柳坡請于前初二日申

五下

正在上細墨街路南司田衛堂中聽樂、募鈔以助貧苦
樂工、座劵直每人七先半、購兩劵、居時率孫女乘車往、
屋不大、容男女三百坐、樂亦平平、少坐即歸、又本年夏
季、義國正南、左右臨海之喀拉布里亜府之多爾衛山
一帶地震、傷人甚多、凡本國人之在外邦者、多設法募
資以賑、倫敦住義國著名女優特蕾碧尼者、自上月中
旬、寄來兩票請施助、每票一吉呢、余買信局票如數寄
去、後又來兩座劵、請于前日申初在阿盖街第十八號
堂中聽曲、遂亦携孫女往、堂式等于司田衛、男女陸續

鼓琴歌唱十次皆佳特蕾碧厄、年近四旬、歌喉尤宏亮可聽。
初七日丙子、鎮日黃霧、倫敦善人自二十五年前五一收拾游蕩失羣會英名衛夫斯安司特蕾斯搜賽伊的凡街市貧苦無依及其父母殘虐之小兒女經會中收養者、前後不下萬餘、現擬添築樓房、但鉅款須四千五百鎊、應設法廣募、倫敦大教士畫押立簿、有願施捨者、祈送交薩烏艾街教士盧多茀云、又已故武官渾特爾之妻鬼臘者、素稱善人、保養小兒教門新報所稱為養母、蓋代為孩童之母也、獲利甚鉅、凡在外傭工或事務繁累之人、多以撫育兒女為苦、乃月出資而令人代之、業此者、不僅倪臘一人、而索價多寡既不同、因之所供之衣食亦不同、倪臘則每收養一孩、于兩三日後即轉交他婦之索價稍賤者、而按月獲其餘、不意于上月某日、有一不知名姓之婦人、交伊一孩、付以三十三鎊、求暫養、當時係在喀爾的第村、婦去後、倪向一酸溪村婦商令代養、價未商定、倪乃暗以帽攣勒孩死、擲溝中、幸被一暗察事人訪知、送入官廳、昨經官判收監十年、兼

作苦工、兜臟陽為行善、而陰很如此、不知所奉為何教耳、

初八日丁丑、陰霧如昨、冷、時近西國耶穌誕及新年、遂别創兩式玩牌法、第一曰彌勒托爾、（本義未詳）設如設四卓、卓四座男女各二、每卓為一國、卓上立一木做衛所、上竪本國大旗、四圍插二十小旗、各卓互換一男作為出本國入他國戰爭、彼此打牌、勝者即奪彼國小旗一、奪旗最多者為第一強國、有時請四國相識之契友以為戲、雖不賭錢、而甚于賭錢、蓋奪旗多則於本國增榮耀

也第二曰斯蓋、義蒼天也一副五十六頁、分紅黃藍綠四色、每色十四頁各牌點數亦由一至十外加小月牙、大月牙、半月、圓月四頁、惟黃色中缺一九數而以一大紅圓點代之為日、其他四色各點皆為星、日月星畢具、故統呼曰天、其中以日為至尊、管轄各牌、其他各色皆由圓月按次轄制、至一數為至小、鬪牌時男女或五六人或七八人、每人旁置小銀碟一、每次各置一錢于碟內、按人分牌畢、手中有一點者先出、擲于卓心、依次有能管者擲之、無者喝過、容其後者隨擲、通場以手先空者勝、贏者收錢法乃手中留無日牌者、先取各人碟內之錢、再向各人按手內所餘之牌點、數索錢、係一點一文、惟向其本有日牌者索加倍、若勝者手中本有日牌、乃向各人手中牌之點數索錢亦加倍、斯亦勝於飽食終日無所用心者也、

卷十九終

八述奇卷二十

鐵嶺張德彝在初隨筆　潘士魁校

光緒三十一年十一月初九日戊寅、陰霧、冷、英國海關稅則、歷來進口各國貨稅頗重、英地窄人稠、應用之物、如肉菜果品穀糧、多自外輸入、稅重則無益於民、六十年前、下議院紳董冦普屯創議、凡他邦販來之貨、非所必需之於酒茶葉各品仍納稅、外此概行豁免、命曰無稅生涯、議遂行、諸物價縮、人民便之、至今舉國苦民以敬神者戴冦然、彼時屬地所產率多蕪雜、且無便運法、各國來貨既多、其直既賤、反滯土貨消路、令土產日盛、貿易日多、販運得宜、有無相輔、上年章伯倫擬仍重收外貨進口稅、而輕各屬地之貨稅、俾利不外溢、并使土貨製造、復臻繁盛、稱其法曰寓愛屬地、遍國到處演說、有稱便者、然貧民尤苦之、章謂食物加昂、所差無幾、而國之工務盛興、自無向之多游閒工匠、工多價足、食物昂貴、庸何傷、外部大臣藍斯瑞與首相巴樂佛、咸謂不必一律加重、須視邦交之厚薄、彼以何等待我、我如等報之、議院之同黨、皆須一心、事方易辦、大員巴訥曼者、巴樂佛之黨也、乃唆多人從牢愛屬地之議、于是巴之勢微、恐事掣肘、遂于今日告退、別選何人、未聞、因而國人由此創一種紙牌戲、護同黨以敵二黨、牌頁五十二、戲者四人、分為四黨、曰如等以報、曰無稅生涯、曰進口外貨、曰牢愛屬地、四黨實則兩黨、蓋流合源、合有暗助以使其成者、牢愛屬地與無稅生涯相維持、如等以報與進口外貨相聯絡也、牌上數由一至十、除數外可任意畫什物、貨物或濤邊諸黨中人之小影、分牌各八頁、其餘疊置桌面中心、余所聞者蓋如此、

二

初十日己卯、早晴、午後陰、入夜雨、英國紙幣、每頁橫七寸縱三寸五分、淨棉造紙、其色月白、中嵌暗花并字他國幣紙、多由大張裁成小頁、是紙乃按張自造、僅一張橫翦成二、故凡票之三面毛邊一面齊者方非偽鈔、每張印成、必經五六人各印一類、遇有遺失錯誤、各職所司、銀行新鎊票、如五鎊、十鎊、二十鎊、三十鎊、至百鎊、各有分匣、出匣再回時、即為廢紙、雖當時經人索換零票整票、其舊件亦不收回、匣中即于票後註銷、票之轉回銀行、亦即照廢紙例按號入庫、婦人專守之、以備考察、凡票之已入庫三年而無事故者，皆焚燬之。

十一日庚辰，晴。倫敦舊有成衣會及皮貨會，兩會同在老城，因爭先故不睦。四百二十年前，當英君里察第三即位之首年四月初一日（西歷一千四百八十三年，中明憲宗成化十九年）經倫敦美爾畢斯敦等從中調處，令之相睦，并令以後每年于耶穌再生節前，兩會為首之人，擇日互請一次，以敦和誼。客冬余曾赴成衣會之讌，今年復請，係在是月底，已致函辭謝。惟皮貨會之邀，係今日戌初，在老城內稻蓋山地方之皮貨會館晚酌。此會英名司金納爾斯

三

此二會與製造紙牌等會同、每年所餘之錢、用以施濟。余于酉正一刻乘車往、至下車登樓、見會首駱七握手問候畢、少立、客到齊、按班兩兩入飯廳、卓列冂形、人共八十七坐。余駱七之右、為第一座、其左第一座為戚衣會首馬克燧、再則水師提督司鬮、馬隊將軍、羅蘭斯并他世爵及兩會中人。教士謝天賜食畢、齊坐、酒食豐美。食已、復經教士立起謝天、食間樓上逐陣奏樂、繼而舉杯恭祝國君之福、再祝君后、太子、太子妃之福、前後樂奏天保國王、末奏中國國樂、後則二男二女陸續鼓琴

歌曲、再由首座諸人前後演說、叙畢水陸軍營稱讚兩
會和合、駱公并立起先頌余一場、繼率眾舉杯祝余之
福、余再立起陳說數語、謝眾優待之情、于初席散、轉入
別間喫加非一盞、別時主人贈客糖果各一匣
十二日辛巳晴。倫敦各戲園、雜劇館樓頂末層皆有立
處、價極廉、以備衣冠整潔之貧人觀看、然各園人立無
定數、地方官恐其擁擠、擬度各園頂樓之大小、限定立
人數、俾免人氣薰蒸致疾、其各出園之路、并門外站立
待車各處、皆擬設法區分、以免淆亂、又凡戲園起火多

由後臺、故現在各臺前添用一種火浣布簾、以障後臺之火、此簾每於演一齣畢、垂一次、以防滯澀、而用時不靈、是布即不灰木、產自異國、土人用所製、汙時不以水洗、而用火燒、火過而油膩自淨、各園于各層樓三面多闢四門、每上橫一玻璃燈、窗上書一闢字、此門平日不闢、遇事自闢、便人奔避也、

十三日壬午、陰雨、英國有種碎肉餅、名曰民斯派、時人所造、日求節省、味甚劣、且時人亦漸忘、老年老婦持家造餅之法、有人將舊法三種、登諸新報、俾人知其多費

無幾、而有益於人、一、脂油一觔、平果一觔、乾葡萄一觔、
碎牛肉一觔、糖一觔、珠菩提觔半、柚皮十二两、香料四
两、二上等瘦牛肉觔半、加荳蔻林末及鹽各少許、用少
水煮半熟、再用乾葡萄黄糖與橘子各一觔、檸檬皮半
觔、香櫞皮三觔、索子葡萄三觔、上等平果六觔、香料鹽
等共二觔、各味切碎攙於一處、盛一盆内蒸熟、可由今
年天主誕日至明年天主誕日不壞、費僅六先令三索子、
葡萄、乾葡萄、珠菩提、平果、白糖各一觔、甜杏仁四两、荳
蔻一枚、薑末一小匙、香料两小匙、橘皮、檸檬皮各一、皆

切碎、蒸熟後、晾收一月、仍可食、苟用機器吸盡天氣、置于乾燥之地、亦可供用一年、用時照李子餅法、亦燒以灰斯几戎卜蘭的酒、

十四日癸未、早微晴、繼而陰霧、入夜尤甚、車不敢行、連日倫敦一城、陰暖而四外清爽寒涼、蓋城內房密、此時人眾而煤火多、雲霧遮蓋、天氣故暖也、察西國駐紮公使之品位、安定自西歷一千八百十三年、嘉慶十八年、由法皇那波倫第一敗後、各國同在奥京維也訥議定、乃頭等公使代國主、二等公使代國人、三等公使祇代本國

之外部云

十五日甲申黄霧迷漫對面不見人白晝然燈汪伯唐

自八月二十二日奉

旨後久住美都前于十月初三日始奉外務部來電稱接任

辭任

國書本日由文報局寄英為之計算當于本月二十前可

到遂即電達汪伯唐繼接其來函于十一月十五日復

任十一日由美國抵法國哈伍海口見三述奇十四日來英

因即行文英外部請為知照海關免察昨日忽接汪伯

唐電、謂改于十九日來倫敦二十日接任、當條初到法京、稍作勾留也、又英外部函稱奉君諭定于本月十八日中二二日十請貴大臣謁見、時刻容日奉達、度其欲見之由、因八月二十日曾由內大臣諾勒斯傳諭、願與余得再一見、且現耶穌誕辰在邇、英皇將往薩勒貝諸處幸坡蘭侯等之別墅、故於

國書未到而先見、亦優待之意也、蓋新任既到而國書未到、前任便可辭行、其謁見與否出自國主也、

十六日乙酉早微晴、巳正大霧、酉初稍霽、上月郵政局

來信為賑濟信行人之孤寡子女請賞今日戌正一刻
在奎印堂聽奏樂歌曲之座票因賞四頁共合一鎊乃
分交王香圃陸澤生等往聽至巡捕廳所化賑濟巡捕
之孤寡子女之聽樂票係在本月底雖賞六張乃分給
本使館各洋僕、聞英廷首相選定巴訥曼各署大員于
前日始經巴訥曼請齊當日英王由克立柴城回倫敦
原任各員入宮繳呈印信、新任各員由宮中領印、其新
任法律大臣為李德家部大臣葛拉森外部大臣葛蕾、
今早接藍斯瑙葛蕾各一函、藍侯述其交任葛蕾述其

接住并云擇于明日 西十二 十三日 月在署恭候各國公使會晤、遂即荅覆兩函一道謝、一言明日當往拜見、又匯豐行總辦陶斯恩之女出閣、半月前陶夫婦來信言小女周斯荅許嫁教士卜拉簀為妻擇于十二月十二日未正卿今在皮訥爾邺帕里什堂中成禮、後在哈禪巷之歐都伍別墅本宅恭候駕臨敬候回音、余因汪伯唐原定昨日接印、當即致書慶賀、并送伊女冰紋古瓷瓶一架、綉花手帕荷包成對、

十七日丙戌早大晴、午後霧、申初一刻著官服乘車至

外部、登樓入大廳、晤各國頭二三等公使、已陸續到齊、此次外部新任葛大臣會晤、除各頭等公使外其他不按當日進署之先後、乃按朝會覲見之次序、故待至酉正始經請入客廳、相見、彼此握手問候、余并言特來致賀新任、汪大臣將于十九日到倫敦、擬次日午後偕來一見、繼而少敘、辭出、此等會晤、公服便服無定規、致參差、各半、義丹土和日本海地等國皆便服、然主人既公服、賀者似不宜便服也、

十八日丁亥、陰、英耶穌誕節之李子糕、向為紫色、式作

饅首形、現誕節伊邇、埃騷佛爾鋪改一式、菓多出售、名曰攸勒洛格、意乃誕日祭爐燒用之木也、模作長圓形、大小任便、周刺木皮、出笵成圓木一節、其所用之料、乃淨白碎脂油二觔、碎麪包二觔、白麪一觔、平果半觔切片、珠菩提乾葡萄、索子葡萄、冰糖各半觔、糖橘皮香櫞皮各四兩、皆劃成小方塊、薑與杏仁各二兩、橘子檸檬汁各一兩、香料半兩、雞蛋三個、勒木或卜蘭的酒半升、司稻達酒一升、（三種酒皆類中國燒酒）各物和一處、傾入模中、蒙以白布、或蒸、或煮六點鐘即熟、糕中并無李子、而葡

蒟居多、可易名曰蒟蒟糕矣、又因汪伯唐明日來英連日收拾安置、今日始畢、酉初率眾移入大中店、靦

十九日戊子、陰、早接汪伯唐由巴里來電、謂今日晚五點鐘到倫敦、酉刻余偕馬參贊、呂學生至維克都里亞火車站、候至五點半方到、下火車後同坐馬車至使館、彼此暢叙、已往因彼初到、一切未齊備、余之廚役已去、伊之庖丁未來、遂邀汪星使、陳參贊、呂學生來店中晚餐、

二十日己丑、微晴、寅正汪星使接印任事、一切交遞清。

楚、申初偕伯唐乘車至外部、見葛蕾坐談片刻辭歸、近有英后著詩詞一册、英皇書後坊間印成出售、國人所珍、男女争以先覩為快、初印五萬本三五日售盡、現補印二萬五千本云、

二十一日庚寅、陰、倫敦電汽公車日多、編來通城共有二百餘輛、又汽車千輛、不惟車輪聲、鳴鐘聲、吹哨聲、噴氣聲、使人朝夕不安、且街市往來行人更須格外小心、前晚亥正一刻格婁伍諾坊、一電汽公車竟悞行突入維克都里亞火車站對面之泰樂堪珠寶店、店内三人

而僅一門、欲出不得、車頭將門窗玻璃撞碎、珠寶鐘表、震落滿地、人幸未傷、巡捕等及从人將車拽退、鋪中始得收撿一切、

二十二日辛未晴、前日午後、英外部來信云、英皇諭于十八日即今日午後三點鐘在卜静宮候謁、今日未正、余著公服乘車入宮、有禮官迎入正廳少坐、經外部侍郎三得森前引上樓、至他間入門三鞠躬、至其前止步、宣言曰、本大臣此次在貴國蒙優待、得使本大臣平安、卸任辭任

國書未到、乃蒙先令謁見、不勝感謝之至、
國書到後、當由接任大臣代遞、言畢、英皇伸手相握、問候數
語、并云此次乘船回國、甚願一路平安、言訖復行握手
送別、遂鞠躬退出、至正廳向各禮官謝別、並留一刺與
內大臣諾勒斯辭行、出宮順途至使館、見伯唐少叙、
二十三日壬辰、陰、戌初、余約汪伯唐、陳安生、尹元輔、呂
學生及馬清臣、伊現告退定明早回往蘇格蘭在本店晚酌、一以洗塵、
一以餞別、英國罪犯入囹圄、其妻與子女在家無人贍
養、艱于衣食、曾經教堂義會中善婦侯得爾者設法賑

濟、使有工作、既得溫飽、且免離散、現值隆冬、因耶穌誕辰、昨晨巴訥街之賢樂克思堂傳集老幼婦人二百餘、各給飽食一頓、并舊衣一二件、善舉也。

二十四日癸巳陰、戌初一刻、洪伯唐約余與陳尹二參贊并王香圃、繼旭生陸澤生在店晚酌、時因耶穌誕辰、倫敦通城各鋪、無論大小、何項生意一月前無不極力修理裝潢、其半多小孩玩物及乾鮮果食糕點之鋪、其他各鋪、按貨上皆貼有招帖云耶穌誕辰禮物、有大鋪因照顧之人太多、于是設法收入門費、乃凡入門者、先付六本士買一入門票、在内不買、則枉費半先、若買、則于第一件價内繳還門票、明值一先、則僅再付半先、如是、既入門則不得不買、苟不買而鋪及另獲餘利、誠奇法也、街市小攤、亦多另設新法招人照顧、即如稱人身體者每次一本士、乃稱後請本人猜其所稱之分量、如果不差、即將銅錢奉還、亦頗有趣、

二十五日甲午、晴、近日耶穌誕節、各鋪之物、貴賤不一、聞在牛賁街之阿斯在珠寶鋪中、一日銷售甚多、有鑽石項圈一箇、價二千鎊、摺扇一柄一百鎊、在里敦霍市

所售、除鵝鴨外、共有火雞兩億、中有重四十二磅者、養僅二年、有不足一年而重三十八磅者、極肥嫩。又倫敦馬步各營皆定于後日分設長卓、筵會兵卒、入夜并開跳舞會、以樂佳節。

二十六日乙未。晴暖。閏月之十五日申初、大霧迷漫、舊任各官入宮繳呈印綬、新任各員吻君手以謝委、發誓接印。乃有迷路逾時始抵所赴之地者。又議院自當日展至西正月十五日始定期會齊、轉文一切。新任各員互相拜謁。外部大臣葛蕾亦赴各國使館投刺。當晚首

上

相巴諾曼在貝樂格來坊第二十九號本宅、請新任各員晚酌、以示同時同黨、同舟共濟也、

二十七日丙申、晴、戌正中華會館諸生在賽西店設讌、稱曰第一次年宴、坐余偕伯唐横卓正中首座、卓作冂形、人四十餘、酒食豐美、暢談甚歡、食畢前後多人演說、大要皆謂彼此勤學、一心不嫉等語、聞昔英皇在奧國麻林巴時、一日晨游、著紅青短襖、白褲紫皮鞋、花絹内坎雙層領、灰毡高帽、土人慕之、乃即日電傳通國男子衣服如式、且連達奧京著名成衣鋪十七電、令如式成

做數日後凡著是服者、往來街市、頗自矜喜云、
二十八日丁酉、微陰霧、西國女帽喜飾鳥羽、每年各國所用不下三千兆箱、英國一年由外輸入二三百兆箱、專市藏法見前聞上月在水晶宮阿來三德宮中皆有家禽會、如雞鴨鵝鴿、火雞兎鼠之類、頗夥、而所號價碼其昂無比、如一馬六甲雞號千鎊、一雛雞號二千鎊、戴西斯伯夫人所列紫鼠一對號五千鎊、一小銀鼠號至萬鎊、不知所貴者何屬、
二十九日戊戌、晴、是日為西十二月二十六、為其耶穌

誕辰、鋪戶閉門、人工休息、由早至晚、男女成羣、歡歌早赴使館、向汪伯唐、陳安生、呂學生辭行、再至中華會館及坡蘭店、向李舒倫、羅伯蘇及諸留學生投刺、戌初本店有外人會集轟飲者二百餘人、食畢在外客廳中奏樂歌曲、主賓雜遝、頗覺喧鬧、又今日午後、德船行來電、謂本公司之在田輪船在比國安土耳海口、因霧重水淺、遲延晚開、須至後午方到騷桑比、貴客如仍欲明早啟行、請在海口西南店中一宿、一切店費本行代付、酒在外、余因行李各事收拾妥協、不欲改期、仍定明早起

程、

十二月

初一日己亥、陰霧、卯正輕起、梳洗、小點、辰正偕內人率榮驥與孫女乘車至倭特路車站下車、入大廳、當時送別者為汪伯唐、陳安生、呂學生、并會館留學生二十餘人、外國者為希臘、暹羅、土耳其、智利、墨西哥、尼喀拉卦、瓜的麻拉、瑞士、日斯巴尼亞等國公使、日本參贊官及金登幹、赫承先、韓楊、墨蕾等夫婦、巳初登車、即開、西行、出城不及二十里、則天氣清爽矣、午初抵騷桑屯下車

古

步入西南店宿、
初二日庚子陰卯初睡起、辰初早餐、辰正乘馬車至江邊登小輪船、計男女廿餘、上畢即開行數十里至海口停輪、大船尚未到、待至午初、遠望不見烟桅、而小輪未備飲食、遂駛回以便店中午酌、傍岸搭跳板小輪、又請諸客少待、遣人至本行探聽、有無來電、頃刻轉回、謂大船已到、遂復展輪回抵海口、轉傍大船、諸客上畢、申初起椗出口、微風而船搖、同船有日本貴族院議員男爵文學博士末松謙澄、海軍大佐鏑木誠、東京外國語學

校長文學博士高楠順、遞信技師西大助、

初三日辛丑陰、鎮日西南行、陰風怒號、波浪洶湧、船搖

蕩簸揚無安晷入夜尤甚、至午正行二百八十洋里、當

赤道北四十七度英格林泥址村西六度九分、

初四日壬寅陰、風浪如昨、仍西南行、至午正行二百八

十三洋里、當赤道北四十三度十七分、英格村西九度

八分、後過比斯吉灣至日斯巴尼亞國之西北角、地名

托里那那、

初五日癸卯、晴、風稍息、波微小、船漸平、至午正、行三百

三十一洋里、當赤道北三十七度五十六分、英格村西九度十九分、在葡萄牙之西南角、地名賢萬三枯山黃白色、上有燈塔旗杆、船過時鳴哨、使升旗、俾知本船爲第若干號、以便發電各國、知本船於某日某時安抵此地也、連日水黑色、過大小輪船甚多、過此轉東南行、初六日甲辰、晴、辰初抵支卜洛塔、住船、不傍岸、不上貨、僅上男女客七人、咸以小輪艇渡來、即時上畢、辰正二刻復開、出大西洋入地中海、東行稍北、天漸涼、水深綠、勢平而船穩、今日爲西麻一千九百五年十二月三十

一日晚餐後、自亥初在船面艙左一帶懸挂各國商旗
左右作壁整齊平坦、五色鮮明。中垂各色電燈一串、前
設四長卓上列花盆小樹、再則長凳兩行、中一凳上置
一小松樹、各枝繫以金銀五色小球玩物、滿然紅白小
燭、後為敞地一段、末則樂工一班、各二等男女客皆經
請過、一律新衣。既而鼓吹陣陣、跳舞亥正。奉各人冰乳
一盃、糕點、聽便。子初歌曲、先客中小孩分各小球玩物
纔乃宏聲作樂、至子正、男女歡呼慶賀新禧、後則樂工
前行、男女隨後繞船上下四面各一周。又水手多名裝

扮牛驢、與京師耍獅子同、亦前後兩人、隨行並有人騎牛騎驢、亦奏樂繞船一周、至末飲啤酒、互相歡樂、且正始畢、如此終宵、意爲送舊歲迎新年也、

初七日乙巳晴、今日爲西曆一千九百零六年正月初一日、早起晤面各道新禧、水色深藍、平如鏡、船行頗速、至午正共行三百四十七洋里、當赤道北三十九度二十六分、英格村西一度三十八分、此船造于西千九百零二年、長四百六十九尺、寬五十六尺、高三十六尺、馬力六千五百、船主賓斯爾、年近五旬、人尚溫恭、

初八日丙午、陰、冷風逆、船搖、至午正共行三百十八洋里、當赤道北四十三度五分英格村西六度四十四分、仍北行稍東、申初過義國芒那勾地方、亥正至熱諾瓦口外、子初傍岸、大小輪船林立、蓋自二年前始築有堤岸如錫蘭者也。

初九日丁未、早起、朔風凜冽、霰如粟、密、冷極、似北京午後大雪繽紛、上下客貨、酉正畢、即開、南行稍東。

初十日戊申、晴、微、平水藍色、至午正共行二百四十一洋里、當赤道北四十一度二十一分英格村西十二度

三十二分午後左右頻見島嶼、戌初抵那百里下錨、止
面沿堤火燈行行、遙望火山頂上烈焰一縷紫紅色長
數十丈寬數丈、佳、船後上下客、上煤貨肉菜菁、終夜鍊
輪隆隆、使人不寐、幸天氣清爽明星在望、稍覺心暢、
十一日己酉晴暖、丑正展輪、仍南行稍東、水平船穩、至
午正行一百五十四洋里、當赤道北三十八度三十分
英格村西十五度三十三分、繼而左右見山、遙望樹林
菜園樓房點綴、未初陰、少頃細雨一陣、未正過麥西那
浪湧船搖、一刻時後風息、水平船穩、如履平地、

十二日庚戌，晴，涼。南行稍東。水平藍色。至午正，行三百四十六洋里。當赤道北三十五度五十四分，英格村西二十一度三十三分。亥正過克蕾塔島（地屬土耳其），西見樓房。

十三日辛亥，晴，微暖，始脫皮衣。至午正，行三百三十二洋里。當赤道北三十三度二十分，英格村西二十七度二十七分。

十四日壬子，晴。辰初抵波賽，辰正下錨。遇英公司某輪船中有汪佑唐奏調之參贊崇茂、竹鈺等七員，已正偕

內人率榮驥與孫女坐渡舟登岸乘馬車一游、稍闢土
氣、樓房添蓋道仍龍嶙順遂入新建之回回禮拜寺一
觀、入門請各于鞋外套蒲履一雙、內中空空無他物、僅
一講經小木臺、一守寺人赤足領入別間、亦以經與款
旗看、造例贈英先、其人亦以英語謝之、出此繞行四五
里、後回船、本船上下客貨上煤上菜果、未初展輪、夜過
鹽湖
十五日癸丑、晴、涼、仍著皮衣、辰刻至蘇耳士停輪上水、
午正開行、水平船穩、鎮日左右頻見枯山成行、皆不甚

高進紅海南行稍東、亥初西見燈樓、

十六日甲寅晴早起日紅色、俟爾大熱、以致挾扇衣葛至午正行三百四十五洋里在赤道北二十四度五十五分、英格村西三十五度三十五分、亥初本船在二等艙前面上復設跳舞亦上垂五色電燈、四面懸挂各國商旗子正始散、又鎮日南行稍東西面仍遙見山頭點點、左右連遇輪船六七、亦皆南駛者而我船竟皆趨過入夜微風、覺清爽、

十七日乙卯、晴、水平船穩、熱而有風、至午正行三百五

十洋里在赤道北十九度五十分英格村西三十九度一分、記西國天文黃道分十二宮每宮按星湊畫一式、式式不同乃有實無其物者中當另有取義也如一曰白羊（在中國春分清明雨節）二曰金牛（穀雨立夏）三曰夫婦（小滿芒種）四曰螃蟹、（夏至小暑）五曰獅子（大暑立秋）六曰翅女（處暑白露）七曰天秤（秋分寒露）八曰蠍子（霜降立冬）九曰人馬（小雪大雪）十曰弓、又曰磨蠍（冬至小寒）十一曰寶瓶、（大寒立春）十二曰雙魚（雨水驚蟄）昨見茶餘客話中有云十二字之分子曰寶餅、（非餅也但水女也時東方雨少西正月底日入此宮）丑曰磨蠍（非蠍也一獸山羊頭魚尾也西十二月底日入此宮）寅曰人馬（乃馬身射之形連人半身、手執弓箭、西十一月底日入此宮卯曰天蠍、像一蠍、西十月底日入此宮辰曰天秤、時值秋分、西九月日入此宮巳曰雙女、一女背負兩翅、西八月日入此宮午曰獅子、西七月日入此宮未曰巨蟹、西六月日北之極處至申曰陰陽、二人並坐、西五月日入此宮酉曰金牛、一雄牛西四月日入此宮戌曰白羊、一公羊、時值春分、西三月二十一日入此宮亥曰雙魚、兩魚以繩繫尾、西二月日入此宮

十八日丙辰晴、逆風甚勁、而船平、南行、早東面連見小山、至午正行三百三十二洋里、當赤道北三十三度二十分、英格村西二十七度二十七分、午後西面復見枯山一縷、延亘不絕、戌正東見燈塔、并遙見大船三、每上

燈盞密密作看、疑是碼頭、記楊汝士有詩云、山僧見我衣裳窄、知道新從戰地來、是古人亦知窄袖之便 又按聖人短袂之義、劉秩裁衣、竹云、裁衣須裁短、短衣、短衣上馬輕如飛、縫袖須縫窄、窄袖窄袖、彎時不碍肘、自昔然也、然而衣窄不要圍身、其長不要遮脚、袖窄不要箍臂、長亦不要過手、用之靈便、看之得當足矣、

十九日丁巳、晴、涼、辰初抵亞丁、下錨、上煤、遙望岸上紅黃兩色樓房、加增尚多、仍少星點綠葉、未正上畢、即開、出口平穩、入印度洋、嘗以時人處處搪塞含糊、因思古

人作事精緻、不吝工夫、非若後世賤丈夫、苟且成事、故古器必款細如髮、而匀整兮曉、無纖毫糢糊、二十日戊午、晴、東行稍南、逆風不熱、而船簸揚、至午正、行三百零三洋里、在赤道北十二度十八分、英格村西五十度四分、鎮日南面屢見短山、行行乃南斐洲正東之戛爾達蒂雅角也、二十一日己未、晴、仍東行稍南、逆風浪湧如昨、至午正、行三百零六洋里、在赤道北十一度十八分、英格村西五十五度十一分、同船義國水師提督子爵努威里之

E

夫人、昨以乾顏料用三小時給孫女佑英塗一半身小影、周約四尺、神彩如生、并罩以玻璃、因贈以紅緞綉花雞滕成對、女絹扇一柄以謝之、

二十二日庚申、晴、逆風浪小而船平、至午正、行三百三十三洋里、在赤道北十度十六分、英格村西六十度四十四分、亥初在二等飯廳中請男女客之能歌者九人、奏樂謳曲、入聽者每人一票、當晚共得二十七鎊、用以賑濟貧苦水手云、

二十三日辛酉、晴、天雖熱而逆風清爽、水微波而船穩、

至午正、行三百二十洋里、在赤道北九度二十六分、英格村西、六十六度五分、

二十四日壬戌、晴、熱、水平如鏡、如油、忽有縐紋、如魚鱗、如蝦鬚簾、至午正、行三百二十一洋里、在赤道北八度四十分、英格村西七十一度二十七分、船甚穩、東行稍南、戌刻北見燈樓、嘗思李寶君三華云、枕不可過高、高令肝縮、過下、又令肺縮、枕席柔輭、其息乃長、西人牀榻得其當矣、

二十五日癸亥、晴、至午正、行三百零九洋里、在赤道北

七度三十三分英格村西七十六度三十分、華人采茶
不可見日、以指不以甲、則多溫而易揖、以甲不以指則
速斷而不柔、故纖指女郎、勝於禿爪奴子也、西人用茶、
僅求色深味苦、何得論到此等精細法耶、
二十六日甲子晴熱、寅初至克倫柏口外住船、辰刻引
水人登船、即開進口、巳初下錨、本船上下客上煤上食
物、早餐後、偕內人率禁驥與孫女并各參隨、駕小輪艇
上岸、坐馬車往遊古廟、內桂園博物樓等、其園與樓皆
加擴充、整齊修飾、惟古廟更覺狹卑不淨、沿路牛糞積成

堆游畢入教連達大店午酌、申初回船、申正展輪乃撤梯後見有送行者九人、皆以長繩繫下、墜入小船、高下二三丈、浪打船搖、險甚、實因此船于要鬧未鬧之際、不有催人下船之哨號也、出口平穩、亥初驟雨一陣、

二十七日乙丑、晴、溫風清爽、波浪不大、船不甚搖、至午正、行二百五十七洋里、當赤道北五度三十七分、英格村西八十三度八分、記月初歌云、三出辰五巳八齊、午生初十正未上、十三申、斜十五、角酉時十八、落戌二十亥上見光明、二十三日子時出、二十五日丑時興、二

十八日寅時現三十之日卯上尋出茶齊正斜角落、萬載千時此是真、此言每月初三日辰時出月、初五巳時、初八午時、初十未時、十三申時、十五酉時在東方出也

二十八日丙寅、晴、平水深藍色、至午正、行三百二十五洋里、當赤道北五度四十九分、英格村西八十八度三十四分、亥初、復在船面左鄙掛各國商旗、作樂跳舞、並有水手扮男女坐汽車、管車人佯為醉酒撞人跌車、故作驚呼、頗喧呶、亦備有冰水冰亂各物、

二十九日丁卯、晴、頗熱、迎面薰風熱中生微涼、至午正、

行三百三十洋里、當赤道北六度七分、英格村西九十
四度五分、水平船穩、未刻、始見左一圓島、上滿樹、繼右
見青山一縷、甚近、乃馬六甲地也、
三十日戊辰、晴、水平船穩、左右頻見青山、申初一刻、抵
檳榔嶼、往船、即有副領事梁璧如、廷芳率隨員何惠荃
晉祥等、以小火輪來迎、登岸、乘馬車至領事衙門、入內
少坐、驟雨一陣、繼復乘車街遊數里、樓房齊整、且值新
年修飾、尤華麗、戌初領署晚餐、亥正回船、子初展輪、出
口甚平、

光緒三十二年、歲次丙午正月

初一日己巳、晴、平東行稍南、南北皆見青山、同時遇往來大船八艘、計本船共用華工六十四人、因昨日余由檳榔嶼市得糕點數種、皆華式也、今日爲新年一日、午茶時用瓷四大盤分置船面卓上、同船男女相見、各道新禧、又分散各華工年糕一凷、逮晚餐本船特加肉菜果品數色、並添奏鼓樂兩節、余將所買糕點亦分置各卓、食間咸向余舉杯祝賀、食畢、堂倌樂工分賞五鎊、因見華報中有賀新年說一篇、其中維新等字、令人觸目警心蕊錄之、其文曰、吾聞之、春之為言蠢也、夫曰蠢、則有何可賀、而諸君憧憧往來、紛紛徵逐、紅男綠女、衣冠簇豔、脂粉流香、一般社會、伸頌禱之詞、致吉祥之語、路上相逢、門前造謁、投名刺也、獻果酒也、肩背相望、萬口同聲、吾意諸君必曰、賀新禧也、夫禧也者、祥瑞之名詞也、是固不得不賀、然以歲之首、春之初、而彼亦賀此亦賀、習為弗察、而莫知其故、則可異也、吾乃舉意之所及者、而一為研究、夫所以賀之原因、謂之曰賀年、則一年一度、年年必有、歲首、是不過年華遞邅之理耳、人生數十寒暑不知幾經年華之過渡、固不足以言賀也、且度一年即者已多一年、而來者已減一年矣、曾日月之幾何、忽流光之易逝、方將用弔、何賀之足云、然則賀年之說非也、謂之曰賀春、則春亦四時之一耳、以四時之序、成功者退、將來者進、此理之自然、無足賀者、而夏而秋而冬、其位置與春平等、考之月令、迎夏南郊、迎秋西郊、迎冬北郊、皆與迎春東郊無所輕重、夏秋冬不足賀、而春則有何足以紀念者、而動同胞普通之賀耶、或曰春於五行屬木、乃茂生之現象也、是則宜賀矣、春於五方屬東實吾中國位於東方之一大紀念、有紀念有又宜賀矣然今日東方之國吾中國實無可賀者如是則賀年者非賀春者亦非顧不賀於平時而獨於歲之首春之初羣相致賀者何也、蓋取維新之義也舊去新來猶否極泰來之理也新之一說自一國而一人皆有絶大之紀念此則賀之原因也三代而後秦至漢、而國家一新隋至唐而國家一新、五代至宋胡元至明而國家又一新、況今為新舊過渡之時、考察政治也、提議立憲也、官吏之增、冗員之汰、科舉之廢、學務之改良、是皆新字之萌芽也若夫機器新戰法新藝術新、政法新、言論思想亦無不新且景仰富強而望中國之維新者、亦非一日矣彼年曰新年、春曰新春年與春不足以感動情而新之一説、實國民之神游目想於平日者則當此新機發達之時、其所以致賀也、誰曰不宜然由舊而至新即不難由新而復舊則新亦偶逢其適耳然、止惟如此而感情自生觀此新日月新人年華而新世界新景運之觀念於是乎起、謂余不信、則舍此而外今年今春固無可賀之一事也、彼耶締游學則陳天華蹈海矣美禁華工則馮夏威飲藥矣粵漢鐵路之風潮起則黎國廉被逮矣天荊地棘行路難長夜漫漫何時旦我同胞之陷於黑暗者尚不知何如而顧漫然日度新年賀新春戲葉子擲樗蒱花天酒地倚綠偎紅樂則樂矣無如江河日下世事全非年耶月耶去不復返以是為賀則優游此好韶光不幾虛負此好時機乎今幸矣無舊不新由天時以驗人事吾願與同胞覲中國之前途而靜驗維新之現象也吾因是以為賀

初二日庚午晴熱辰初抵新嘉坡口外稍停繼而進口

巳正傍岸、即有我國署總領事孫銘仲士鼎、前署總領事吳壽珍士奇等率供事陸同福、學生榮灝等來接、定于未正登岸、屆時先差人往英國總督署投刺、因其有事公出也、繼乘車先至領事署午酌、戌刻轉至吳壽珍處晚餐、遇張弼士振勳、子正回船、

初三日辛未晴、辰初孫銘仲、吳壽珍等上船送行、辰正一刻展輪、出口水平船穩、仍熱、今日係西正月二十七日、為德皇生辰、晚餐食有甲魚湯、堂正面船主座後卓上立王相、左右挂國旗、食間船主立起演說一段、既祝

皇福秦國樂、夾初復在船面懸旗奏樂、陣陣跳舞各奉
檸檬水一盃、
初四日壬申、晴、熱、水平船穩、昨早至昨午正、行四十五
洋里、至今日午正又行三百四十四洋里、當赤道北六
度十一分、英格村西百百零七度四十分、船東行、
初五日癸酉、晴、早稍涼爽、船行平穩、轉北稍東、至午正
行三百三十二洋里、當赤道北十度七十六分、英格村
西百一十度四十七分、
初六日甲戌、晴、逆風、浪不甚大、而船搖簸、至午正、行三

百四十二洋里當赤道北十五度四十九分英格村西
百十三度二十五分午後倏冷去單衫而著棉、
初七日乙亥早晴船稍平著皮衣至午正行三百四十
一洋里當赤道北二十一度三十分英格村西百十三
度四十七分申刻陰霧酉正抵香港泊船後戌初有前
任檳榔嶼副領事謝夢池榮光迎坐輪艇登岸乘肩輿
至百步梯入景泉別墅晚酌留宿入夜大雨謝出冊索
書即書曰丙午新正上澣余使英事竣還　朝復
道出香港謝夢池觀察邀飲於景泉別墅勝地盛筵洵

一時佳話也、

初八日丙子晴、早餐後、于未正謝別回船、昨日船甫到、駐港英國總督禰蘇（此名粵人所給也、實姓鄉三名麻摟）差武官庫樂滿以函約于今日申初午酌、屆時庫駕維克都里亞小火輪來接、登岸有兵列隊、礮臺聲礮、肩輿登山、入其公署、彼此握手寒暄、少敘入座、同席有日本男爵末松謙澄食畢坐談、片時謝歸、仍飭庫陪送回船、

初九日丁丑晴、卯正二刻開船、出口平穩、而逆風、入夜尤烈、鎮日左右見無數漁舠、兩兩盪于波浪間、

初十日戊寅、鎮日陰晴不定、逆風極冷、船微簸揚、夜過臺灣、

十一日己卯、晴、雖風而稍暖、水平船穩、左右仍見漁艇、

三三兩兩、亥初、抵吳淞口外、停輪、

十二日庚辰、晴、早登德公司特備小火輪、于巳初二刻展輪進口、午初至德國碼頭、經上海令備車迎入天后宮、即有袁海觀觀察樹勛、汪瑤庭大令懋琨來拜、繼有商約大臣兵部大司馬呂鏡宇海寰來拜、坐談極久、蓋三十年前之舊雨也、

十三日辛巳、早微陰、午後晴、有英租界會審關絅之司馬炯及文報局總辦李汝才、景枚謝筠亭上松金鞏伯紹城并舊同事王少山崇厚等先後來拜、

十四日壬午、晴暖、午後有盛杏蓀宮保宣懷張叔和觀察鴻祿、法租界會審陳楚生大令曾培、及周子安叅戎明清、尚賢堂總辦美人李佳白來拜、

十五日癸未、微陰、入夜風冷、上海華人男子二十一萬二千五百一十七名、婦女十一萬八千四百三十二口、小孩十二萬一千七百六十七名、計共四十五萬二千

詐

七百一十六名口、連日各街燈燭雙映、花懸彩結、鼓樂
喧闐、紅男綠女、小孩隊隊往來梭織、以慶上元、較他各
大都會尤安樂繁華也、
十六日甲申、晴、冷、早有出使奧國李季皋星使經邁、電
政大臣吳仲懌重憙、商會總董曾少卿觀察鑄、朱葆珊
觀察佩珍及江海關總稅務司好博遜來拜、午後乘車
答拜呂鏡宇、盛杏蓀、李季皋、吳仲懌、并好博遜、順至招
商局拜顧緝庭肇熙、沈子梅能虎、徐雨之潤、徐孟祥傑、
唐鳳墀德熙、

十七日乙酉、早大雪、午後細雨、頗冷、未正乘肩輿答拜、袁海觀、汪瑤庭、周子安、謝筠亭、金鞏伯、曾少卿、朱葆珊、關絅之、李汝才、回寓、知有蔡和甫鈞、徐紫生慶沅、及李一琴維格來拜、

十八日丙戌、陰、冷、電報總局總辦周金箴晋鑣、商會總董施子英則敬、前後來拜、午後、坐車答拜蔡和甫、張叔和、陳楚生、李一琴、徐芝生、回寓、知有鐵路大臣李伯行經方、駐法參贊吳平伯爾昌、駐德參贊吳朋三壽全來拜、

十九日丁亥、陰、冷、辰正拜印關封、前于二十年在上海經中西董事立有尚賢堂、洋名音特那琛那音斯的秋、意乃萬國公會也、定于明日酉初在大馬路議事廳齊集會議、談堂督辦半年之報告、并選舉議董兩事、前日李佳白來信、請往會衆演說、并帶緣簿一本、余因天寒、瀉肚乃致函辭謝、隨助二十華圓。午後有劉星階字泰

王丹揆清穆、來拜、入夜雨。

二十日戊子、陰、早招商局督辦楊杏城士琦、隨辦滬甯鐵路鍾紫垣觀察文耀來拜、午後乘車往拜英法瑞德

俄、美、丹、奥、義、比、和、日本、葡萄牙、日斯巴尼亞十四國領事中有見者、有未遇者。

二十一日己丑，陰冷。午後，薩鼎銘軍門鎮冰、德總領事碩爾資來拜。酉刻，李一琴梓、紫生同約在大慶館晚酌，同席有張叔和，彼此歡飲暢敘，已往亥初回寓。

二十二日庚寅，陰。酉正，施子英、曾少卿同約晚酌在本宅，同席為王丹揆、徐孝餘乃斌、龐萊臣濟元、倪君錫疇、吳子培觀樂，亥正興辭，入夜大雨。

二十三日辛卯，陰雨。巳初，日本總領事永瀧久吉未正

三

俄總領事閼雷明咸親來拔刺、坐談許久、記上海衣業、在城內衣業公所現立小學校、學生共三十人、乃于昨日已正舉行開校式、先由校長報告、次來賓演說、次行開學禮、一切頗屬肅靜整齊、按該同業公立義務小學緣起云、蓋自華洋互市以來、風氣日開、雖經營場中、普通學識亦必不可少、倘言語不通、交易一道難於推廣、現今各公所設立學堂者頗多、若我衣業公所苟能及時開辦、不但大有利於同業中人、并大有益於同業之子弟、目今時勢艱難、開銷日大、諸同事之薪水所以仍不能加增者、因無謀利之實學、若再不將年輕子弟及早培植、恐日後仍操此業、定然人多事少、更難位置、方今朝廷見各國富強、首重學校、次則商務、因此力圖變法、興學重商、藉以開特別之智識、奪泰西之權利、將以使五大臣出洋、探明各國政治、他日回國、必有一番改革之舉、倘有任意改裝明文、我恐後進子弟、勢必漸漸趨效、老式衣服、日衰可決、為此協同諸同志、創設義務小學校一所、請林景周先生為校長、同發起人經理其事務、蒙慷慨認捐、襄成斯舉、俾得惠及後進、不勝感激

盼切之至心竊願通國各業咸有此更望衣業永存是舉又滬上各名伶倡捐
興辦之榛苓小學堂亦于昨日行開學禮先學生教員
揖聖次學生見教員發起人次唱歌次呂鏡宇演說次
孫菊仙供奉述答詞次拍照是日來賓到者甚多在滬
諸官紳均至商界學界及城內外各小學堂學生羣往
參觀伶界中各戲園園主及名伶無一不至天雖陰雨
而贊成者均熱心鼓勵故頗極一時之盛然伶界興此
善舉亦不易得也茲將呂鏡宇演說特照錄之曰今日
為榛苓小學堂開學之期承諸位董事之約來預斯會

曷勝欣慰、本大臣奉差滬上、凡有以創設學堂來商者、無不樂贊其成、每逢年暑假期、亦時承學界諸君柬邀觀禮、深喜此邦人士沐浴

聖化、爭自濯磨、風氣大開、日有進步、而榛苓學堂諸董事、尤能以汲引後進為心、合集羣力組織此舉、尤令人欽佩、此後我中國之學務發達、可為預卜、竊惟學堂之設、原期造就人才、若但徒襲皮毛、毫無實際、或科學未備、或教法參差、是雖有創建學堂之名、猶未盡教育普通之理、今觀所立課程簡要、得法率而行之、必無流弊、尤

願開學以後、諸生發憤用功、鼓舞志氣、忽游惑異說、勿荒棄國文、人人勉為有用之材、事事均從實地做起、勿辜負諸董事經營締造之美意、須知自古英雄豪傑、不擇地而生、天下之大、何地無才、只要能自奮自強、文武兼習、在　朝廷為忠君愛國之名士、在家庭為顯親揚名之肖子、吾為榛苓小學堂之學生頌、吾尤為榛苓小學堂之學生期焉、

二十四日壬辰、陰雨、涼、早、孫蔭庭觀察多森、駐俄參贊劉鏡人太守仕熙、前後來拜、午後乘車答拜楊杏城鍾

紫垣、劉星階、王丹揆、李伯行、吴朋三、吴平伯、

二十五日癸巳陰雨、昨早英總領事霍必蘭差人執一帖來上云、總領事吩咐持片前往張大人行轅請張大人於今日兩點半鐘降臨總領事公館有要公面商、守候回示、祈勿悞、切切、余因與該領事並無交涉、看之殊覺詫異、乃届時乘車馳往、見時伊頗驚訝之、乃云吩咐僕人早先送信、言今日兩點半鐘前往答拜、請在行轅稍候也、余將述來帖所言與閱、伊謂僕人聽錯、可惡、可惡、由此觀之、繙譯之緊要可知矣、此等小事尚繙成反

面、大事將何如耶、故今日伊仍來拜、以踐前言也、
二十六日甲午、陰雨、酉正、呂鏡宇召飲在本宅、同席爲
吳仲懌、蔡和甫、施子英、何頌圻蓀麟鐵松岩林、鍾紫垣、
歡飲暢談、亥初回寓、
二十七日乙未、雨、午正、袁海觀召飲在趙家花園、同席
爲呂鏡宇、吳仲懌、李伯行、薩鼎銘、劉蓀良樹屏、施子英、
王子展存善、沈硯傳瑞琳、 同寓知瑞典正領事哈勃克
來拜、
二十八日丙申、陰、德商信義洋行、特照李文忠公七十

四歲小影、在德國鑄一銅像、像高共九尺、穿團龍馬褂、
單裝佩劍、月前由德運到、豎立祠前、夫翔翔巍峩、留於
人目、使人往來瞻仰、不無所感也、今日爲開幕之期、由
伯行京卿李臯星使在祠陳設茶點、款待來賓、至申刻、
共到中國大員税務司各國領事中外紳商、總計八九
百、申正二刻、由德商滿德宣頌祝詞曰、太傅文華殿大
學士直隸總督一等肅毅侯李文忠公爲十九世紀中
亞洲第一流人物、凡立功之處、如北京南京安徽浙江
廣東山東蘇州上海、均奉
旨建立專祠、惟北京建

三三六

祠尤為異數、至各祠建造之費、除發庫帑外、餘皆出於紳民感情輸款而成者、滿德等歐人也、歐人凡遇不世之傑、莫不以金石肖其象、為後人仰止之資、蓋代之績、震鑠八區、如文忠者、誠可謂不世出之傑矣、乃相與醵資要德國、孟生名人米士特藍范鑄其象、不遠數萬里敬謹、恭送來華、即就安於上海所建之專祠之前、上海縮轂、中外輪船車軌之所輻輳、凡過其下者、皆得瞻仰其颯爽之英姿、而追念其事功之彪炳、即滿德等從事文忠二十年、感恩知己之情、亦可以為後世所知、雖然、此豈僅為感恩知己而設耶、亦歐美各洲、凡知文忠之人聞文忠之名者、所深共許者也、今日為銅象舉行開幕典禮、到者為呂尚書海寰、盛宮保宣懷、吳侍郎重熹、袁廉訪樹勛、並各國領事官、中外各紳商凡數百人、暨文忠之哲嗣李經方、李經澣、兩京堂、幸觀盛舉、猗與休哉、更為詞而祝曰、山有時而崩、水有時而竭、惟公之名永永無極、滿德包爾、李德羅先苞謹祝、此後由滿德夫人行開幕禮、繼而李伯行兄弟還致頌詞云、今日滿德諸君為先太傅文忠公建立銅象、開幕禮成、並致頌詞又承中外各國官紳商董蒞止我等弟兄極其銘感謹爲致謝、惟念先太傅文忠公爲國立功、發軔於上海、今銅象建在此邦、不惟先公欣慰、當亦中外諸君所樂觀厥成者也、從此永爲記念先太傅文忠公之名無極、即諸君之名亦相與無極矣、謹答謝詞、用誌嘉誼、李經方經邁謹述

二十九日丁酉、陰雨、午後、盛宫保、沈子梅、與國正領事許乙詩、丹國正領事樂斯、考前後來拜、學生回國、不求進益、自以爲足、于是有不念雙親者、寄居在外者、有雖

在家而朝朝在烟花柳巷、與狗友狐朋、蟻媒蕩婦、往來無暇晷、誠可嘆也、乃聞有出洋生李其姓者、世家子弟也、竟爲鮮花一朵、向妓女左貴英者下跪、殊爲鄙甚、豈不更令人齒冷心寒耶、

二月

初一日戊戌陰、冷、早瑞莘儒澂朱靜山格仁、來拜、午後乘車答拜周金箴、薩鼎銘、朱靜山施子英、亥正大雪一陣、繼而復雨、

初二日己亥、陰雨陣陣、午後、孫蔭庭來拜、暢叙已往、知[己]

其兄荔軒現在天津申、正美國總領事羅志恩同其新任奉天領事哲士來拜、哲乃京中五年前美使館之舊相識也、

初三日庚子陰雨、午後乘車至長發棧答拜劉鏡人、道路雖云洋人治理、平坦整齊、奈連日雨雪、以至泥濘异常、

初四日辛丑陰雨如昨、午後葡萄牙正領事賈士度來答拜、酉正孫蔭庭約飯在商學公會、同席爲李伯行、王丹揆、楊杏誠、

初五日壬寅，陰晴不定，冷，今日係西歷二月二十七日，為德皇大婚之第二十五年，西俗稱曰銀婚，前見上月二十八日德領事碩爾資來信，言于今午自十一點半至十二點半在本署慶賀，特具杯茗恭請駕臨云云，午初二刻，余着公服乘車前往，內中水師奏樂，備有香賓糕點，遇有呂鏡宇、吳仲懌、袁海觀、瑞莘如及各國領事等多人立談，許久，齋向碩君握手而別，入夜大晴，

初六日癸卯，晴，冷，午後有製造局總辦魏蕃室允恭觀察，并現署江蘇藩司陸申甫觀察鍾琦，因來滬祭海來

拜、皆坐談許久、

初七日甲辰、陰晴不定、忽而微雨、涼、午後乘車至大王廟荅拜陸申甫、

初八日乙巳、大晴、涼、午後英人柏卓安來拜、三十七年前隨志孫兩星使之舊同事也、

初九日丙午、陰、巳刻黄雪香觀察恩煥、李佳白戴樂爾來拜、午後、乘肩輿進城、荅拜瑞莘儒、順拜柏卓安、皆未遇、入夜晴、

初十日丁未、晴、劉星階之尊夫人李氏于去歲十二月

二十四日仙逝、享年六十七歲、昨日發引、今日設奠在
山東會館、午後乘車前往弔唁、順途答拜黃雪香及英
人戴樂爾、並李佳白、
十一日戊申、陰、風極冷、戌初一刻、柏卓安約飲理查店、
洋名阿斯托爾葛斯、共卓有好博遜、戴樂爾、
十二日己酉、晴、冷、袁海觀之親家金沁園、壽前自備資
斧留英之學生金紹城、紹堂、紹基之父也、上月二十六
日為其三世兄叔初成婚、家住南潯、于此迎娶、乃帖請
飲喜酒、因路遠、不克親往、遂送喜幛喜燭、今日紹城紹

堂弟兄來滬、代沁園柬請在棋盤街新太和館晚酌、柬書以月之十二日申刻、係午後三四點鐘矣、五點半余始得暇、馳車而往、見知單共有六七十人、而此時尚無一客、據飯館中人云、七點多鐘再來未爲晚也、上海請客罕有如是定時刻者、柬署申刻、而戌刻非晚、不知是又何等禮節也、

十三日庚戌、晴、冷、酉正蔡和甫約飯在本宅、同席者爲袁海觀、瑞莘如、魏蕃室、薩鼎銘、洋舍裝潢修飾華美、金碧煥映、內多日本寶貨、屋中雖不列洋槍、金銀器然一

切華麗殊不亞于西國之府第也本廚自造洋菜瓷皆上品、刀叉亦皆銀鑄、菜則工精料美、較外洋者無异

十四日辛亥晴、茲見前日同文滬報内一則、題曰戲擬特別游學會章程九條、雖云戲筆、然條條含有確意、故特録之、以備游學諸生之父母及仰望諸生之學業有成、得用於本國、抑或有益于各身家者察之、其九條如下、

一、本會爲養成慌唐白霍子弟流毒社會起見、以游學爲名、實行特别規則、

一本會學生年限以十八二十二歲爲合格其中有志趣正大、性情純粹者與本會宗旨不合、不得與會、

一本會游學二字有特別解義以狹邪游爲第一要著其次須學習游詞、每日以學嫖學賭學飲學大鼻學裝點爲規則、

一本會起居立定特別章程、每日以十二打鐘爲朝起常期以一打鐘往酒樓妓館鬧晚膳、以免早起感冒且便鬧性情、

一本會以揮霍爲積分、須揮金如土以達至極點者爲及

格其有積分不能過半者賞以襪皮將袋及失匙夾萬等名號以爲不及格之紀念其不及格第次者、革出本會爲同人所不齒、

一、本會以多請嫖界志士登壇演説、以拓張花叢見識并奉嫖大王爲宗教、本會同人歲時設宴致祭以表崇拜同情。

一、本會會份不設定限由闊老樂助以至闊者爲主席、次闊者爲議事員、指甲長者爲司理、好姿指者爲協理、樂助最居少數者、祇許參末議、

一、本會原定年限專為攬壞後生起見、其中有風流佾爺公未免向隅無不缺憾、其肯與後生家作忘年友臨老入花叢者、亦准其入會、入會之初、須三跪九叩於嫖大王案前、執弟子禮、以示真心崇拜、

一、本會所權假壓於懶佬會館、以為聞議之所、容俟會份繳齊、即建一安樂窩、以作本會總會所、

十五日壬子陰、戌初、黃雪香約飲在泥城橋金隆洋飯館、同座有賀興洋行主穆爾、酒菜雖多、然殽理查飯店稍次、入夜細雨、

十六日癸丑、陰雨陣陣、午正赴李佳白寓所之約、同座

為前同文館總教習丁冠西韙良、沙樸夫婦、及李之夫

人、有肉無酒、家常便飯也、

十七日甲寅、微晴、上海城外租界街道、雖不如各國潔

淨整齊、而皆寬敞平坦、城內閭巷偪仄、不易擴充、而溝

渠百折、水少泥淤、穢物堆積、腥臭觸鼻、近日頗講衛生、

而大令為民父母、及他大員之佳斯城者、誠能稍解私

囊、不無有益民生也、且城隍廟後之小湖、水稠于粥、四

面彎橋、中有崇樓茶社、苟能隨時修理潔淨、便人一游、

亦城中之一勝境、

十八日乙卯、晴暖、早丁冠西及李德夫婦覿先後來拜、

午後乘車赴製造局拜薩鼎銘、魏蕃室、一路多成街巷、

甎樓土舍、不比十年前之田疇錯繡、蔬菜分畦矣、

十九日丙辰、白晝微晴、入夜陰暖、天下各大國之金銀

銅錢、以及紙幣、除俄國外、自奉官定後、無不一律通行、

一切規模、無不遵守、罕有日出市價者、且通國皆用本

國者、他國錢鈔雖有、乃按價兌換、視比貨物、聞有某大

國初仿他國造鈔鑄錢、國人雖用、而日有市價、不僅此

也更喜用他國錢鈔、價較本國者每加倍、且外國者過
目、即收本國者老幼皆知挑選、官場起首創辦、即行了
草舞樊花紋不清、銀色不足、而不敢信于人民、良可慮
也、人之所以喜用外國者、因其色足而可信耳、
二十日丁巳晴、午後乘車答拜丁冠西及李德夫婦、皆
未遇、回寓後、呂鏡宇來拜、坐談許久、
二十一日戊午晴、凡廟宇皆宜幽靜、乃天后宮門外每
當日落、男女乞丐成羣睡臥、蝨蚤爭叱、腥臭觸鼻、門外
西南隅、轅門照壁間、有焚紙大爐一、每于上燈時、乞丐

三四、臥于紙灰之上以避風寒。是爐為惜字紙用，反為
乞容之牛衣矣、褻甚、
二十二日己未晴熱、天后宮建于二十五年前不歸租
界、其牆壁坍塌屋地湫溢內外堆積垃圾窗櫺損壞是
則不加修理之故、而院中存木料石由沙土碎甎、不知
為何人者、既非修廟之物自當問諸住廟之道士、且如
此污穢、豈租界亦有之耶、
二十三日庚申陰李佳白定每半月在法界石牌樓旁
尚賢堂之學舍內開講一次現定八次、乃自今日始為

第一次講題爲尊孔篇、數日前伊請往聽、酉初乘車往

至、先入書房少坐、後進學舍內坐、中國少年數十、洋人

二、爲柏卓安、李德、余因首座、遂先立陳數語、繼而李君

朗誦一篇甚長、聽畢少坐辭歸。

二十四日辛酉、陰。未初張叔和約安塏第觀劇、帶晚酌、

同席有徐紫生、他四人未識、所演昆劇甚好、

二十五日壬戌、陰。酉正徐紫生約雅敘園晚酌、共卓爲

張叔和、尹元輔、園屬津人某所開、肉菜雖較異南方而

與北方仍不甚合、入夜風雨交加、雷

22

二十六日癸亥陰涼、按京中俗語云、向天要價、就地還錢、意謂賣者雖索高價、買者可以小價還之也、然罕有要價還價過遠者、若上海、則值一元者索三四十元、買者不還價、則自落至五六元、且云此極公平、如不公平、是兒子賣給父親、苟買者還以一元一角、亦賣矣、入夜大雨、

二十七日甲子陰、涼、午後呂鏡宇便衣來拜、坐談極久、既而孫蔭庭便衣來拜、亦坐談良久、皆世交故也、入夜復雨、冷、

二十八日乙丑、陰、風、冷、上海浮華、街市男女往來、除工匠流氓外、無不綢緞裹身、雖面孔猙獰、粗鄙如村漢者、亦穿綢棉襖、燕尾募本背心、兹是地布貴於綢、未可知也、

二十九日丙寅、陰、冷、未初、呂鏡宇約飯在九華樓、同席爲吳仲懌、沈硯齋、陳巽卿、重慶何詩孫、繼樸、馮伯岩思崑、高壽農、蔚光、酉初謝歸、繼大雨、

三十日丁卯、大雨成陣、雹如穀粒、上海繁華、官商子弟之路過者、囊裹有餘資、苟無把握、必至妙手空空、居此域

内租界之紈袴子弟、其父兄教養不嚴者亦多如此、更有官于此或商之于此、因之致富、年逾古稀、尚戀花柳者、如閘現在某局之為首三總辦、同患遺溺症、非奇事耶、

三月

初一日戊辰、陰、外國各處火輪車船行動、皆有定期定時、買票有定處、無妄收、無錯亂、無遺誤、我國則行無定期、買票無定價、無定處、行李亦無準價、欲求簡便、須令店所包辦、似亦徧袒不公、如三主一僕、行李大小六十

件者二百六十元、二主一僕行李二十件者九十元一人無僕行李亦二十件者四十五元一人十件者一三十六元一三十元究不知其係按人計抑按物計西國既無此規亦無須托人照料概有定章上既不事贍徇下亦不有私弊也

初二日己巳白晝陰入夜雨加微雪一陣凉婦女極力修飾、無非多簪花多傅粉衣色鮮艷多嵌花絲而已乃昨見本也街市游女竟有將頂門之髮剪短捲作一團作鳳頭形者有將兩眉對處切方眉上黑塗出尖如戲

場奸雄之面孔者、彼必自以爲美者也、

初三日庚午、陰、駐義許靜之星使珏三年任滿乘洋公司輪船回國、將于初六七日抵滬、故其大少君、三少君大少奶奶、及二三孫少爺孫小姐等、男女僕婢共十餘人、于今日由蘇來滬迎接、居天后宮樓上、因未經拜見、故不得知其爲官爲商、以及其名號也、

初四日辛未、陰雨、陣陣聞新裕輪船昨由烟台展輪、明日申酉間當到滬上、遂于午初乘肩輿進城、赴各處辭行

初五日壬申、陰、午後乘車赴城外各處辭行、晚、呂鏡宇約余與吳仲懌在春仙園觀劇、入夜料理行裝、

初六日癸酉、晴、辰正上行李、巳刻許星使、到彼此坐談片時、午正偕內人率榮驥與孫女乘車至金利源碼頭、登新裕輪船、吳仲懌本定乘安平輪船北上、因船旋滬無定期、乃急易此船、酉刻亦攜其眷屬僕婢二十餘人登船、晚、呂鏡宇盛杏蓀蔡和甫楊杏城、瑞莘儒謝筠亭、周子安等登船送別、

初七日甲戌、晴、卯初展輪、辰刻出口、水平船穩、未正過

余山本船、船主英人李治士投刺來拜、

初八日乙亥晴、平、未刻過成山、因防魚雷之險、緩行、亥

正二刻、至威海衛口外停輪、

初九日丙子晴、冷、水平、淺綠色、卯初展輪、飛行甚速、因

卜此一路水深、船穩、必無俄國魚雷之害也、

初十日丁丑晴、微風、冷、寅初至大沽口五十里外停輪

即有招商局電派局中小輪接吳仲懌、卯正一刻、伊遂

携眷易船飛去、至辰正、始有本地小商輪駛至、余遂携

眾上船、他客即時同上、人多行李、重行甚緩、午初方抵

塘沽、下船入茅店早餐、食畢後入鐵道官廳、未正上車、申正抵天津、二兒榮驊率僕鮑安及戚友吳維垣紹墉、吳澄浦紹淞、楊址垣福泰、桂子楨棡、賡少儒音來接、下車坐肩輿入長發棧住、

十一日戊寅晴、午後有兵部舊同寅新授福建建寧府白崑圃增煜來拜、伊日昨出京、亦寓此棧、將乘安平輪船赴上海也、又有占桂臣鰲衡子忠光來接、晚約衆在店暢飲甚歡、

十二日己卯晴、頗暖、午後乘車拜袁宮保世凱、海關道

蔡述堂紹基、天津令章受生師程又至行營銀錢所拜
席翰伯淦、銀圓局拜孫荔軒多鑫、并津海關拜税務司
費妥瑪、
十三日庚辰晴熱、早因大潮、新裕輪船始得進口、午初
行李到、同時有袁宮保諸人前後來拜、酉初、席翰伯約
在日本租界閘口西同宴樓晚酌、
十四日辛巳晴、風微涼、午後有指分北河補用同知范
君金鏞來拜、都門之曾相識也、酉正送白崑圃登安平
輪船、

十五日壬午、微陰、涼、早姪榮望來接、午後袁宮保送花
車、未初上行李、
十六日癸未、晴暖、辰初、偕內人率榮驥與孫女乘肩輿
至老車站、入官廳少坐、登車、即開、午正抵正陽門外車
站下車、進城、寓金魚衚衕賢良寺、即日備滿漢請
安黃摺二、綠頭牌一、
十七日甲申、晴、丑正至西苑門內朝房候謁慶邸及樞
密諸公、卯刻、請
安摺下、綠頭牌下、批云明日遞牌、

十八日乙酉晴卯初至西苑門外下車步至德昌門右。
朝房敬候叫起單下德彝第四起辰初軍機下
名見德彝於勤政殿東間啟簾入跪請
皇太后
皇上聖安後
皇上問在途行若干日
皇太后問英國地勢人情水陸兵馬船隻等，彝皆奏對稱
旨良久奉
旨保下去罷遂立起啟簾退出時辰正二刻。

卷二十終